DIE MEDIEN MULTIS

PETER MUZIK

DIE MEDIEN MULTIS

Die Strategie der Giganten

Der Kampf um Europa

Die spektakulärsten Coups

Die mächtigsten Presse-Imperien

Die Revolution in der TV-Branche

Der Umbruch am Werbemarkt

Zweite, aktualisierte, völlig überarbeitete und erweiterte Auflage mit umfassendem Nachschlageteil

Verlag Orac

WIEN · MÜNCHEN · ZÜRICH

ISBN 3-7015-0224-2

Schutzumschlag und grafische Gestaltung: Fritz Gnan
Layout: Alfred Hoffmann
Lektorat: Michaela Gustenau, Dr. Wolfram Bayer
Satz: trend-Verlagstechnik und Digitalsatz Robitschek, Wien
Druck und Bindearbeiten: Wiener Verlag, Himberg bei Wien

INHALT

VORWORT

Falls Sie einmal auf der Yacht von Robert Maxwell zu Gast sind, dann sollten Sie unbedingt zwei Dinge beachten: Sie dürfen dort auf gar keinen Fall, nicht einmal ganz beiläufig, jenen Hund der englischen Queen erwähnen, der ebenfalls Maxwell heißt. Und zweitens müssen Sie sich an Bord der „Lady Ghislaine" sogleich Ihres Schuhwerks entledigen — der Gastgeber pflegt selbst Adelige, Multimillionäre oder Hochstapler prinzipiell in Socken zu empfangen.

Ich mußte mich gottlob nicht von meinen Schuhen trennen: Zum einen sind sie allzeit blitzblank geputzt. Und zum andern war ich auf der Yacht gar nicht zu Gast. Mister Maxwell ist im Augenblick too busy, um Zeit für ein kleines Interview zu finden. Ich hätte es wohl eher geschafft, den Papst zu bewegen, mit mir eine Nacht lang zu pokern, als beim englischen Zeitungszaren einen Termin zu bekommen.

Diese kleine Geschichte muß hier so nebenbei erwähnt werden, weil sie ziemlich anschaulich illustriert, daß sogar der Rambo der Medienszene bisweilen nicht gerne über sich redet. Der einst recht mitteilungsbedürftige Maxwell versucht nämlich gerade — so ähnlich wie sein Rivale Rupert Murdoch —, einen Berg voller Schulden abzutragen; und dabei braucht man eben die nötige Ruhe.

Die Medienbranche ist weltweit im Umbruch, ihren Hauptakteuren die Hektik deutlich anzumerken. Fast täglich liest man in den Zeitungen über ihre neuesten Transaktionen, ihre riskanten Schachzüge oder ihre spektakulären Projekte — dennoch sind die großen Macher dieser boomenden Branche ziemlich unbeschriebene Blätter geblieben. Jeder von ihnen entwirft gerade jene Strategie, die ihn künftig zum Sieger machen soll. Und dabei läßt sich verständlicherweise niemand gerne in die Karten blicken.

Genau das war für mich der besondere Reiz der Sache: Dieses Buch ist der Versuch, ein umfassendes Bild der europäischen Medienszene zu entwerfen und jene Tycoons zu beschreiben, die auf diesem Milliardenmarkt den Ton angeben — zu jenem Zeitpunkt, an dem die Weichen für die Zukunft gestellt werden.

Ich habe mir vorgenommen, die Materie nicht nur so kritisch, sondern auch so praxisnah wie möglich zu behandeln, also auf medientheoretische Überlegungen ebensowenig einzugehen wie auf allzu technische Themen. Die einschlägige Fachliteratur, die sich um die wissenschaftlichen Aspekte kümmert, ist umfangreich und aussagekräftig genug. Den Leser erwartet daher im folgenden weder eine Abhandlung über die Massenkommunikation aus soziologischer Perspektive noch komplizierte Ausführungen über die unterschiedlichen Verschlüsselungstechniken beim Satelliten-TV oder andere High-Tech-Finessen. Es ging mir vor allem darum, den Status quo am internationalen Medienmarkt zu skizzieren, die aktuellen Trends zu analysieren, die mächtigsten Meinungsmacher zu porträtieren und die Spielregeln zu beschreiben, nach denen die Informationsbranche funktioniert. In Teil 4 folgt ein, wie ich glaube, realistischer Ausblick auf das Jahr 2000, in dem u.a. die Entwicklung des Werbemarktes oder die Zukunftschancen von Print und Funk behandelt werden. Der Anhang liefert, als Ergänzung zum Leseteil, geballte Informationen in Form von Grafiken, Statistiken und Tabellen.

Die Arbeit an diesem Buch war für mich zweifellos ein spannendes Erlebnis: Im Laufe eines Jahres bot sich nicht nur die einmalige Chance, zum Spezialisten für englische oder spanische Medienanalysen bzw. griechische oder dänische Werbestatistiken zu werden, sondern ich konnte auch nach Lust und Laune in holländischen Marktstudien und portugiesischen Geschäftsberichten schmökern. Die regelmäßige Lektüre der wichtigsten Zeitungen Europas hat beispielsweise meine überaus spärlichen Italienischkenntnisse merklich aufgefrischt, die Beschäftigung mit französischen TV-Programmen brachte mir einige Abwechslung, und die Analyse der norwegischen Radioszene bereitete mir ebenfalls Vergnügen — bloß die zur Verfügung stehende finnische Medienliteratur erwies sich nicht unbedingt als wahrer Genuß. Ich habe ferner, zur Abrundung, Zigtausende Kilometer im Flugzeug zurückgelegt, Tausende Unterlagen gesichtet und Hunderte Meinungen von Experten eingeholt. Der witzigste Satz ist einem mächtigen Tycoon gelungen und lautete: „Ich verstehe nichts von Medien."

An dieser Stelle möchte ich einer angenehmen Verpflichtung nachkommen und all jenen danken, die mir zu persönlichen Gesprächen zur Verfügung gestanden sind und mich mit Informationen aus erster Hand versorgt haben — insbesonders den führenden Repräsentanten von Verlagen, TV-Anstalten, Radiosendern, Werbeagenturen, Meinungsforschungsinstituten und diversen Verbänden in London, Hamburg, Paris, Wien, Zürich, Mailand, Düsseldorf, Madrid, Berlin oder München. Ich muß mir aus Platzgründen das Vergnügen versagen, ihre Namen einzeln anzuführen — diese werden aber ohnedies im Text genannt.
Ich bedanke mich auch bei jenen, die dort nicht namentlich aufscheinen, und dennoch auf vielfältigste Weise — etwa durch die Bereitstellung von Unterlagen, wertvolle Tips und Anregungen oder durch organisatorische Mitarbeit — am Zustandekommen dieses Buches ihren Anteil haben.
Mein Dank gilt Nora Ander, Elisabeth Ardaillon, Marie-Sylvie Bardet, Burckhard Brandes, Marianne Brodin, Armgard von Burgsdorff, Maria Helena Calvinho, Inga Cedronius, Hans du Chatinier, Yann Clerc, Ann Coston, Pedro Crespo de Lara, Mauro Crippa, Hans Csokor, Jacqueline Delassus, Michel Duterme, Sue Elms, Sandra Fahmy, Florence Fantozzi, Duarte Guedes Vaz, Horst Görner, Luc Gueury, Georges Guiblet, Gerd Jacobs, Roman Köster, Donald D. Kummerfeld, Riccardo Landau, Jürgen Langer, Lisa Last, Joseph J. Lorfano, Walter Lutz, Dimitris Mavrikakis, Jens Meyer, Dimitris Outsikas, Margreet Ottink, Dorothée Pesle, Anna De Poli, Martin Rasch, Riitta Raukko, Jane Reed, Andreas Rudas, Evelyne Santier, Theo Schäfer, Heike Schmidt, Renate Schocher, Klaus Peter Schulz, Raymond Snoddy, Christina Vetterer, George Wedell und — last but not least — Barbara Wonisch.
Die Firmen Nielsen, Lintas, Saatchi & Saatchi oder Standard & Poor's haben mir bei den Recherchen eine wertvolle Hilfe geleistet. Michaela

Gustenau als Lektorin war mir in arbeitsreichen Monaten eine unentbehrliche Ratgeberin.
Ganz besonders aber möchte ich meiner Familie danken. Ohne ihr großes Verständnis und ihre vielfältige Unterstützung wäre dieses Buch nie entstanden.

Wien, im Oktober 1989 Peter Muzik

VORWORT ZUR 2. AUFLAGE

Es freut mich, daß die erste Auflage dieses Buches in so kurzer Zeit vergriffen war. Die vielen positiven Reaktionen von Branchenexperten, auch aus Deutschland und der Schweiz, und die durchwegs erfreulichen Rezensionen beweisen mir, wie stark das Interesse an Europas Medienbranche ist.
Ich habe „Die Medien-Multis" nun mit großem Vergnügen komplett überarbeitet und auf den aktuellsten Stand gebracht. Da der europäische Medienmarkt, insbesonders durch den Aufbruch im Osten, enorm in Bewegung geraten ist und fast täglich mehrere Transaktionen und andere News gemeldet werden, hebt sich die zweite Auflage über weite Strecken stark von der ersten ab. Mein Dank gilt Dr. Wolfram Bayer, der diesmal für die Lektoratsaufgaben zuständig war, sowie Wolfgang Hauptmann und seinem Team, die für eine reibungslose Produktion gesorgt haben.

Wien, im Dezember 1990 Peter Muzik

TEIL 1

DIE MEDIEN-SUPERMÄRKTE

In der Sowjetunion werden die Bürger täglich mit 120 Millionen Zeitungsexemplaren beglückt — damit ist die UdSSR weltweit nicht zu schlagen.
In den Vereinigten Staaten von Amerika verwöhnen rund 1.600 Tageszeitungen ihre Leser — damit sind die USA weltweit eindeutig Number One.
In Japan brillieren die beiden führenden Blätter mit Auflagen von 12,8 bzw. 14,5 Millionen Stück — damit liegen die fernöstlichen Gazetten weltweit in Front.
Diese drei Länder stehen, jedes auf seine Weise, an der Spitze einer Branche, die in erster Linie in Quantität und erst viel später an Qualität zu denken pflegt:

— Die Sowjets, weil sie überraschenderweise die höchste Gesamtauflage in Umlauf bringen und in dieser Hinsicht überlegen vor dem asiatischen Inselreich und den USA führen;
— die Amerikaner, weil sie mit dem breitesten Titel-Sortiment aufwarten können und mit dieser Vielfalt am Pressemarkt alle anderen Länder deutlich abhängen[1]); schließlich
— die Japaner, weil *Yomiuri Shimbun* und *Asahi Shimbun* mit Rekordauflagen auftrumpfen und selbst die *Iswestija*, die *Prawda* sowie das chinesische Volksblatt *Renmin Ribao* souverän distanzieren[2]).

Die Europäer können bei keinem dieser Kriterien ganz vorne mithalten: Die Presse von Großbritannien bis Italien schneidet in einschlägigen Statistiken zwar, ähnlich wie der Rundfunk von Frankreich bis Schweden, recht passabel ab, aber eben nicht spektakulär. Trotzdem ist der alte Kontinent am besten Weg, der größte und wichtigste Medienmarkt der Welt zu werden:
Der politische Umbruch im Osten verheißt, seit die dortigen Medien dank Glasnost heftig in Bewegung geraten sind, allseits gewaltige Chancen. Insbesondere die deutschen, aber auch andere Großverlage haben daher ihren Aktionsradius beträchtlich erweitert und dürften zu den wahren Nutznießern dieser Gründerzeit werden. Obendrein sollte auch das Näherrücken in der Europäischen Gemeinschaft gerade für die Zeitungs-, TV- und Radio-Macher positive Auswirkungen zeitigen und einen spürbaren Aufwärtsschub dieses Wirtschaftszweiges begünstigen. Die rund 350 Millionen Einwohner in 22 Ländern formieren sich gerade zur interessantesten Zielgruppe der internationalen Wirtschaft. Dieses gigantische Potential an Konsumenten wird künftig für Meinungsmacher wie für die Werbebranche wichtiger, vielleicht auch lukrativer sein als die 245 Millionen US-Bürger oder die 120 Millionen Japaner — und daher heftig umworben werden.
Die europäischen Medienkonzerne, die im Vergleich zu den amerikanischen stets als kleinkariert und undynamisch galten, dürfen daher auf eine prächtige Zukunft hoffen: Sie agieren wohl noch auf einem einigermaßen rückständigen Markt, da etwa die Werbeetats nicht annähernd so üppige Dimensionen erreichen wie in den USA, doch der geplante EG-Binnenmarkt ver-

spricht immense Impulse. Mit dem magischen Datum 1993 wird sich für die Informationsindustrie vieles ändern: Wenn die Werbung als Motor der Wirtschaft dann besser in Schwung kommt, eröffnen sich für Verlage und elektronische Medien automatisch ungeahnte Möglichkeiten.

Die Zeitungsbranche, die derzeit 1.330 Tageszeitungen, rund 3.000 Wochenblätter, 4.000 Gratispostillen, 6.000 Publikums- sowie mindestens 18.000 Fachzeitschriften zuwege bringt[3]), und die TV-Anstalten, die 135 Millionen Haushalte jährlich mit etwa 300.000 Stunden Programm versorgen, warten jedenfalls ungeduldig auf den Boom. Sie wollen in diesem reizvollen Mega-Business, bei dem sich alles um Macht, Meinungen und Milliarden dreht, nicht mehr länger im Schatten der Amerikaner und Japaner stehen. Die geplante Schaffung der Vereinigten Staaten von Europa und der Aufbruch im Osten bieten ihnen die wahrscheinlich einmalige Chance, die Rivalen einzuholen, vielleicht sogar zu übertrumpfen.

*

Die Medien-Supermärkte USA, Japan und Europa heben sich in jeder Beziehung vom Rest der Welt ab, wo meist völlig andere Spielregeln gelten: Das Gros der weltweit 8.500 Tageszeitungen und auch der überwiegende Teil der ungefähr 500 Millionen verbreiteten Exemplare erscheint nämlich in Ländern, wo Redakteure bloß Statisten und Informationen so wie vieles andere Mangelware sind. Etwa in Diktaturen wie Vietnam, Iran, Libyen, Guatemala oder Paraguay, wo die Freiheit der Presse nicht einmal in Ansätzen bekannt ist und wo Journalisten ständig verfolgt, verprügelt, verhaftet oder gleich ermordet werden. Oder in Staaten, wo der Berufsstand — selbst wenn er formal als frei gilt — nie unparteilich und kritisch sein darf, weil er permanent der Zensur unterliegt.

Ob in der Volksrepublik China oder in Lateinamerika, in Libyen oder Indonesien — überall fungieren die Medien gezwungenermaßen primär als linientreue Instrumente der jeweiligen Regime: Die rund 1.300 Blätter in Indien beispielsweise oder die nur 160 Titel in ganz Afrika müssen sich vollautomatisch dem politischen System unterordnen. Sie sind — auch wenn in jüngster Vergangenheit da oder dort einiges in Bewegung geraten ist — nichts anderes als Bestandteile von eiskalten Propaganda-Maschinerien, die die jeweiligen Machthaber ideologisch zu stützen und die Bevölkerung im gewünschten Sinn zu beeinflussen haben. Diese Zeitungen und TV-Anstalten befinden sich zumeist in Staatsbesitz, sind auf die Kunst des Verschweigens getrimmt und führen letztlich ein beschämendes Schattendasein. Das heißt: geringe Reichweiten, spärliche Werbeeinnahmen und so gut wie keine Bedeutung.

Im Gegensatz zu den Medien in der freien Welt — zu der, statistisch gesehen, nur jedes vierte Land zählt — kommt Tausenden Printprodukten und Hunderten Fernseh- oder Radiosendern der unfreien Sorte bloß eine untergeordnete Rolle zu. Obzwar das Internationale Presseinstitut in London auch in alten Demokratien wie Großbritannien immer wieder diverse Eingriffe in die Pressefreiheit anprangert, kann sich dort die Informationsbranche, von Politikern und Parteien weitaus weniger beeinflußt, relativ ungehindert entfalten.

Die Diskrepanz zwischen den beiden Polen ist geradezu unheimlich: Auf der einen Seite eine monströse, einflußreiche Meinungsindustrie, die zu den pro-

fitabelsten Geschäftszweigen zählt, auf der anderen Seite eine unterdrückte und ausgehungerte Medienbranche, die in jeder Hinsicht ungeheure Rückstände aufweist.
Während etwa in Japan auf tausend Einwohner exakt 584 Zeitungsexemplare entfallen — im Fachjargon heißt diese Kennzahl Leserdichte —, sind es in Nicaragua 47, in Burma 14 und in Uganda gar nur zwei. Laut einer Unesco-Studie liest nur jeder einundsiebzigste Afrikaner eine Zeitung, womit über den Stellenwert der dortigen Blätter eigentlich alles gesagt ist.
Während die Amerikaner 515 Millionen Radioapparate besitzen — bereits zwei pro Bürger —, gibt es im dreimal so dichtbevölkerten Indien lediglich 54 Millionen Geräte, nur eines für fünfzehn Menschen.
Während in Westeuropa beinahe zu jedem Haushalt ein TV-Apparat gehört, stehen einer Milliarde Chinesen nur 126 Millionen Bildschirme zur Verfügung.
Während die US-Bürger im Schnitt unter 46 Fernsehstationen wählen können — kein Wunder, daß die Psychiater groß im Geschäft sind —, haben Hunderte Millionen Menschen in anderen Erdteilen noch nie im Leben eine Flimmerkiste gesehen.
Und während die werblichen Einnahmen der Medien in den Vereinigten Staaten im Jahr 1990 rund hundert Millionen Dollar ausmachen — in Europa immerhin fast die Hälfte —, wird in ganz Afrika inklusive des Mittleren Ostens laut einer Saatchi & Saatchi-Statistik alles in allem nur ein Bruchteil davon für Werbung flüssiggemacht — nämlich zwei Milliarden Dollar.

Tour d'horizon:
DIE MEGA-INDUSTRIE

Der Handel mit Informationen und Unterhaltung aller Art mag, auch kommerziell gesehen, in weiten Teilen der Welt noch völlig uninteressant sein, in den Zentren der kapitalistischen Lehre ist er mit Sicherheit ein Bombengeschäft: So unterschiedlich die Medienmärkte USA, Japan und Westeuropa auch strukturiert sind, riesige Zuwachsraten und gewaltige Profite gelten allemal als Selbstverständlichkeit.
Für die wenigen Hauptakteure, die global planen und dabei auch Australien und Kanada gerne in ihre Überlegungen miteinbeziehen, sind zwanzig- und dreißigprozentige Umsatzsprünge und jährliche Renditen, die in anderen Branchen zumeist als unerreichbar gelten, keine Seltenheit. Da die internationalen Märkte laut Bertelsmann-Chef Frank Wössner „längst nicht ausgeschöpft" sind, könnten die Medien künftig vielleicht sogar jene glanzvolle Position einnehmen, die derzeit der Erdöl- oder der Computerindustrie zukommt. Obzwar die absoluten Top-Konzerne Exxon oder IBM im Alleingang noch immer mehr umsetzen als die zehn weltweit größten Verlage zusammen, zeichnet sich eines deutlich ab: „Information ist", so Henry A. Grunwald, der ehemalige *Time*-Chefredakteur, „zur wichtigsten Ware der Gesellschaft geworden."

An der Spitze dieser Glamourbranche stehen mit Time-Warner, der Bertelsmann AG, der News Corporation sowie einer kanadischen, einer französischen und zwei japanischen Firmen Umsatzriesen, die ungefähr so groß sind wie die internationalen Industriegiganten Sandoz, Henkel, Olivetti oder Apple Computer. In den Ranglisten der führenden Unternehmen liegen weiters einige gestandene Medienprofis ziemlich weit vorne: Die klassischen amerikanischen Verleger, wie Arthur Ochs-Sulzberger *(New York Times)*, Otis Chandler *(Times Mirror)*, Katharine Graham *(Washington Post)* und Jane Bancroft *(Wall Street Journal)*, behaupten sich — speziell in qualitativer Hinsicht — ebenso souverän wie Japans einflußreiche Zeitungsbesitzer, etwa Yosoji Kobayashi, Tsunedaka Ueda, Miichiro Kato und Haruo Shikanai, die hinter *Yomiuri Shimbun*, *Mainichi Shimbun*, *Chunichi Shimbun* sowie *Sankei Shimbun* stehen. In Europa zählen neben den Selfmademen Robert Maxwell, Robert Hersant oder Silvio Berlusconi auch einige traditionelle Verlegerfamilien zur Crème de la crème, zum Beispiel die britischen Rothermeres, die schwedischen Bonniers, die Schweizer Ringiers und die deutschen Burdas. Gleich auf vier Kontinenten tobt sich schließlich der gebürtige Australier Rupert Murdoch aus, den Printmedien, Satelliten-TV und das Filmgeschäft gleichermaßen interessieren.
Doch neben der etablierten Elite schwimmen etliche, zusehends unersättlicher wirkende Finanzhaie auf der Erfolgswelle mit. Sie sind zwar durchwegs in einem anderen Metier heimisch, reißen sich aber geradezu um Beteiligungen im Verlags- oder Fernsehgeschäft, weil sie den medialen Boom nicht versäumen möchten:

— In den USA konnten sich branchenfremde Multimillionäre längst im Medienbusiness verankern: Laurence Allan Tisch, Warren Edward Buffet oder die Bass Brothers beispielsweise streifen als Großaktionäre von CBS, Time-Warner und Walt Disney fette Dividenden ein; etliche multinationale Companys kommen ebenfalls auf ihre Rechnung: Der General-Electric-Konzern ist am TV-Network NBC, die Rockefeller-Gruppe an McGraw-Hill und die Chase Manhattan Bank an Murdochs News Corporation beteiligt;

— in Japan haben es institutionelle Anleger, etwa die Sumitomo Bank, die Fuji Bank, Dai-ichi Mutual Life Insurance und der Mitsui Trust, primär auf die monströsen Druckimperien Dai Nippon, Toppan oder Kyodo Printing abgesehen; die kapitalistische Hautevolee mischt aber auch gerne bei Großverlagen wie Shogakukan oder Gakken mit;

— in Europa schließlich setzen sich einige Top-Industrielle auch am Pressemarkt durch: Fiat-Boss Giovanni Agnelli, Olivettis Carlo De Benedetti und Matra-Chef Jean-Luc Lagardère sind bei den Verlagen Rizzoli, Mondadori und Hachette engagiert; der französische Baulöwe Francis Bouygues setzt indes, so wie die Mineralwasserfirma Perrier, der Kosmetikproduzent L'Oréal oder der nordische Stahlkonzern Kinnevik, auf die elektronischen Medien. Einige Banken, die sich mit der Rolle als Kreditgeber nicht mehr begnügen, sondern lieber selber ins Milliardengeschäft Information einsteigen wollen, investieren ihr Geld dort, wo sich gerade eine Chance bietet: Die italienische Mediobanca und der französische Crédit Lyonnais naschen zum Beispiel bei den Verlagen Rizzoli und Hachette mit, die belgische Société Générale, Bruxelles Lambert und die Banque Indosuez dagegen bevorzugen eher das Fernsehen;

— in der internationalen Medienbranche haben außerdem noch einige gerissene Geldjongleure die Finger im Spiel. Sie pflegen in der Regel aus dem Nichts aufzutauchen, schlagen stets blitzartig zu und verschwinden bisweilen wieder bald in der Versenkung. Ein solcher Fall ist beispielsweise der in Frankreich geborene Kapital-Kosmopolit Sir James Goldsmith: Er riß sich vor ein paar Jahren das seriöse französische Nachrichtenmagazin *L'Express* unter den Nagel, um es im Handumdrehen mit beachtlichem Gewinn an die Stromfirma Générale d'Electricité zu verscherbeln. Ein anderer Spekulant dieser Sorte ist der Australier Alan Bond, ein medialer Adabei sondergleichen: Er erlitt allerdings mit seinen hochfliegenden Plänen kürzlich Schiffbruch.

Bond, Sohn eines kleinen Londoner Bauunternehmers, hatte als Schildermaler begonnen. Er war 1950 ausgewandert und heiratete in ganz jungen Jahren in eine steinreiche australische Familie ein. Seine erste Million, die er mit 21 beisammen hatte, verdankte er ziemlich dubiosen Transaktionen. Seit damals war er scheinbar kaum zu bremsen: In den vergangenen zehn Jahren kaufte er nicht nur recht wahllos Ölfelder, Warenhäuser, Bierbrauereien, Hotels, Immobilien und Goldminen auf, sondern auch TV-Stationen, Radiosender, Zeitungen und Kinoketten. Er erstand beispielsweise 1987 um 500 Millionen Dollar den australischen *Channel Nine*, stieg in Chile bei der staatlichen Telefongesellschaft CTC ein und beteiligte sich in Großbritannien am ehrgeizigen Satelliten-Projekt BSB. Bond, den dieses Metier ungeheuer fasziniert, weil es nach Big Business und Macht riecht, wurde damit zum Prototyp jener gefürchteten Super-Dealer, die in der Medienwelt rasch und problemlos abstauben möchten.

Der neureiche Draufgänger, der in jeder Hinsicht großes Aufsehen erregte, konnte es im Nu primär seiner Bond Media Ltd. verdanken, daß sein Name weltweit einen Klang bekam — wenn auch nicht den allerbesten. Denn mit der Zeit schlitterte der begeisterte Hobbysegler, der vor ein paar Jahren mit dem Americas Cup eine begehrte Trophäe errungen hatte, immer tiefer in eine ernste Krise. Seit dem Frühjahr 1989 steuerte er unweigerlich auf den Bankrott zu. Mister Bond versilberte zwar ein paar Kleinigkeiten, etwa das 46stöckige Bond-Center in Hongkong oder seine Bierfabriken, gab diverse Beteiligungen an prominenten Firmen ab und schien, ganz wie James Bond, noch einmal der strahlende Sieger zu bleiben. Obwohl er sich mit voller Kraft gegen das drohende Unheil gestemmt und dabei Teilerfolge erzielt hatte, war die Pleite nicht mehr abzuwenden: Das hochverschuldete Bond-Imperium brach, nachdem es im Geschäftsjahr 1989/90 den höchsten Bilanzverlust in der Geschichte Australiens anhäufte, zusammen, Bond mußte im September 1990 abtreten, und die Bond Media Ltd. bekam mit Alans langjährigem Gegenspieler Kerry Packer einen neuen Boss. Packer wird auf 1,7 Milliarden Dollar geschätzt und zählt zu den absolut reichsten Australiern ...

*

Die Glücksritter à la Bond genießen, genauso wie die wirklichen Stars in diesem Metier, die Faszination einer Branche, die völlig anders funktioniert als alle anderen: Erstens ist es ein Kampf auf zwei verschiedenen Ebenen — einerseits um Leser, Seher und Hörer, anderseits um Werbeetats der Wirtschaft; wer gegen gutes Geld weiße Seiten oder ein paar Sekunden verkauft und auf diese Weise Werbebotschaften verbreitet, der kann von der wirt-

schaftlichen Dynamik eines Landes automatisch mehr profitieren als jemand, der etwa bloß in der Nahrungsmittel- oder Schuhindustrie agiert. Zweitens ist mit diesem an sich simplen Geschäft, das Information heißt, eine unvergleichlich stärkere Breitenwirkung verbunden; wer an den Schalthebeln von wichtigen Print- und elektronischen Medien sitzt, der kann nicht nur die Meinung von Millionen Menschen beeinflussen, sondern steigt, zumindest theoretisch, zum mächtigen Kontrollor der Mächtigen auf.
In fast allen Ländern kommt dieser Part nur wenigen Medien-Magnaten zu. Sie dürfen ihn in der Regel so genüßlich auskosten wie zum Beispiel der Brasilianer Roberto Marinho. Der greise TV-Zar, der rund um die Rede Globo de Televisao, die größte Fernsehanstalt Südamerikas, eine ansehnliche Firmen-Sammlung gruppiert hat, zu der die führende Tageszeitung *O Globo* und fünfzig Radiostationen zählen, steht im Ruf, der einflußreichste Mann des Landes zu sein. Trotzdem gibt er sich, so wie es viele seiner berühmten Kollegen in den USA, in Japan und in Europa zu tun pflegen, ungemein bescheiden: „Ich mag den Begriff Macht nicht.“ Doch genauso wie diese hat er es zweifellos auf eine weltweite Expansion und die Ausweitung seines Einflusses abgesehen.
Die Aussichten sind blendend: Der Informationsindustrie stehen, scheint's, überall goldene Jahre bevor — doch überall machen sich zugleich ähnlich gelagerte Probleme bemerkbar.

DER WELTMEISTER ALLER KLASSEN

Die Massenmedien in den **U S A** sind längst in jeder Hinsicht zum Maßstab geworden: Sie gelten in Expertenkreisen als die größten, reichsten, mächtigsten und wahrscheinlich auch als die besten der Welt. Letzteres trifft zwar kaum auf das Fernsehen mit seinen seichten TV-Evergreens à la „Dallas“ oder „Dynasty“ zu, aber mit Sicherheit auf absolute Print-Klassiker wie *Time*, *Newsweek*, *Fortune*, *Reader's Digest* oder *The New York Times*.
Der exzellente Ruf geht zum einen auf das Konto von berühmten Top-Journalisten und angesehenen Verlegern wie Katharine Graham, die seit dem Selbstmord ihres depressiven Mannes die Washington Post Company führt. Große Persönlichkeiten sind eben ausgesprochene Raritäten in einer Branche, in der zusehends der Mammon zählt. Zum andern verdanken die führenden Konzerne des Landes ihren kommerziellen Erfolgen das hohe Prestige: Die erst kürzlich formierte Time-Warner-Gruppe, der TV-Konzern Capital Cities/ABC oder Verlagshäuser wie McGraw-Hill *(Business Week)* oder Dow Jones *(The Wall Street Journal)* sind allesamt multimedial, auf breiter Basis engagiert und prägen das Bild einer Industrie, für die jegliche Gigantomanie selbstverständlich und der Hang zum Superlativ alltäglich geworden ist.
In den USA sind seit dem Zweiten Weltkrieg speziell die elektronischen Medien unaufhaltsam gewachsen: Waren im Jahr 1953 3.000 Radio- und 200 TV-Sender in Betrieb, so sind heute bereits an die 10.000 Hörfunk- und rund 1.400 Fernsehstationen im Einsatz. Die Zahl der TV-Anbieter hat sich allein in der Ära Reagan verdoppelt.
Die amerikanische Tagespresse indes, viel bewundert und oft kopiert, bisweilen aber auch geschmäht und gefürchtet, konnte da zumindest in einer Hinsicht nicht mithalten: Sie produziert, wie vor 35 Jahren, noch immer

rund 1.600 Titel. Für die Amerikaner, die bekanntermaßen visuelle Typen und daher total der Television verfallen sind — laut Untersuchung von Nielsen Media Research saß der Durchschnittsbürger 1988 pro Woche 49 Stunden und zwanzig Minuten vor der Glotze —, ist Lesen eben nicht gerade eine bevorzugte Tätigkeit: Lediglich zwei von drei Erwachsenen halten sich per Zeitung auf dem laufenden, von den unter 35jährigen blättert gar nur jeder dritte regelmäßig in seinem Stammblatt.
Die tägliche Nachfrage wird daher spielend mit knapp 63 Millionen Exemplaren gedeckt — das ist deutlich weniger, als im westlichen Europa hergestellt werden. Selbst die beliebtesten Blätter erzielen nur ziemlich bescheidene Verkaufszahlen: *The Wall Street Journal* schafft als Marktleader nicht einmal zwei Millionen; die bunte Massenzeitung *USA Today* kommt über 1,4 Millionen nicht hinaus; die berühmte *New York Times* schließlich muß sich mit einer Million Stück begnügen — eine Größenordnung, die auch das Wiener Boulevardblatt *Kronen Zeitung* problemlos erreicht. Der Rest ist überhaupt arm dran: Nur 34 der mit wenigen Ausnahmen bloß regional verbreiteten amerikanischen Tagblätter verkaufen mehr als 250.000 Stück, das Gros bleibt unterhalb der 50.000er-Marke.
Dennoch können sich die Umsatzzahlen der amerikanischen Presse sehen lassen: Die Tageszeitungen, die allein 478.000 Mitarbeiter beschäftigen, nahmen 1989 32,5 Milliarden Dollar aus der Werbung und mehr als neun Milliarden aus dem Vertrieb ein. Die 850 Sonntags-, 7.600 Wochen- und rund 6.000 Gratiszeitungen, die in einer Gesamtauflage von 160 Millionen Stück erscheinen, spielen, insgesamt gesehen, ebenfalls astronomische Summen ein. Schließlich trägt die stürmische Entwicklung am Sektor Zeitschriften und Special-Interest-Magazine viel dazu bei, daß sich die Branche in jeder Hinsicht bereits unter die fünfzehn führenden amerikanischen Industrien einreihen kann.
Die meisten Blätter gehören zu schwergewichtigen, kapitalstarken und einflußreichen Konzernen. Diese dominieren so unangefochten, daß neben ihnen alle schmächtigeren Konkurrenten hilflos verblassen: Die 36.000 Mann starke Gannett Company aus Arlington/Virginia etwa gibt neben *USA Today* 86 Tages- sowie 35 Wochenzeitungen heraus und zählt obendrein zehn TV-Stationen bzw. sechzehn Radiosender zu ihrem Einflußbereich. Die in kanadischem Besitz befindliche Thomson-Gruppe kann sogar mit 120 Lokalausgaben aufwarten, die allerdings nur dürftige Auflagen vorzuweisen haben. Die Knight-Ridder Inc. in Miami/Florida produziert täglich dreißig Newspapers. Die New York Times Company hat 27 Gazetten, neun Weeklys und sechzehn Magazine im Rennen, wozu sich fünf TV-, zwei Radio- und eine Kabel-Gesellschaft gesellen.
Die insgesamt 140 Zeitungsketten — die Hälfte davon besitzt maximal vier Objekte, die zweite Hälfte wesentlich mehr — beherrschen mit ihren 1.250 Blättern vier Fünftel des Marktes und bauen ihre Position seit Jahren zügig aus: So haben sie sich praktisch alle 39 Zeitungen einverleibt, die 1984 einen neuen Besitzer erhielten. Im Laufe der Zeit mußten etliche traditionelle Verlegerfamilien — etwa die Cowles, die Fields oder die Burnheims — den finanzstärkeren Ketten weichen und notgedrungen ihre eingeführten Blätter allesamt verkaufen. Nur noch 400 Titel konnten bis dato ihre Eigenständigkeit bewahren[4]). In der ersten Reihe der medialen Prominenz sind daher nur noch wenige traditionsreiche Dynastien vertreten, die so wie die Brüder Samuel und Donald Newhouse mit ihrer Advance Publications Inc. oder die

Nachfolger des legendären Pressekönigs William Randolph Hearst durchhalten konnten.
Die massive Konzentration — seit kurzem kooperieren etwa auch die Times Mirror Company und Knight-Ridder — brachte es mit sich, daß die Leser von Atlanta/Georgia über Phoenix/Arizona bis Boise City/Idaho trotz der vielen US-Titel an den Kiosken mit einer erstaunlichen Monotonie konfrontiert sind: In nicht weniger als 1.400 amerikanischen Städten ist lediglich eine einzige bodenständige Tageszeitung erhältlich. Diese lokalen Monopolisten, die mit dem Begriff Konkurrenz wenig anfangen können, sind vielfach Anhängsel eines mächtigen Print-Konzerns. Sie müssen weder großartig um Leser werben noch mit Rabatten um Anzeigenkunden ringen, denn diese kommen alle unaufgefordert. Auch in jenen Cities, wo zwei oder mehr Dailys erscheinen, ist der Wettbewerb fast immer auszuhalten: Oft haben die scheinbaren Rivalen nämlich denselben Eigentümer, werden daher kostensparend produziert und vertrieben und können sich den gnadenlosen Kampf um Leser und Inserenten sparen. Gar nicht so selten genießen sogar Objekte, die verschiedenen Inhabern gehören, die Vorteile von Kooperationen im Produktions-, Verwaltungs- oder Distributionsbereich, so daß die Rivalität beinahe nirgends ein grauenvolles Ausmaß annimmt. Die unerbittlichen Kämpfe um Anzeigenetats finden eher unter den Magazinen statt, wobei nicht einmal elitäre Produkte wie *Time* oder *Newsweek* auf Discounttarife oder andere Mätzchen verzichten wollen.
Obzwar die Verkaufszahlen vor allem im Nordosten und im Mittleren Westen der Staaten leicht rückläufig sind, stehen insbesondere die monströsen Verlagshäuser durchwegs prächtig da: Die fetten Einnahmen aus der Werbung, die beispielsweise in der ersten Hälfte der achtziger Jahre im Schnitt um 12,3 Prozent per anno und 1989 immerhin um fast sechs Prozent gestiegen sind, garantieren ihnen automatisch die gewohnten Umsatz- und Gewinnzuwächse. Aber auch die kleinen Blätter, die nur in Ausnahmefällen, wie unlängst etwa *The Burbank Daily Review* oder die *St. Louis Sun*, pleite gehen, müssen nicht unbedingt darben: Die Profite der Verleger fallen in den USA fast durch die Bank saftiger aus als die Renditen in anderen Geschäftssparten: Selbst in eher mageren Jahren wie 1990 sind im Schnitt siebzehn Prozent drinnen.
Die gewaltige wirtschaftliche Dynamik des Trotz-allem-Wunderlands kommt aber nicht nur den Tageszeitungen zugute, die ein Viertel des Werbevolumens absaugen, sondern in ähnlichem Maße den TV-Anstalten. Das von diesen erzielte werbliche Aufkommen — 1989 fast 27 Milliarden Dollar — macht vielfach zweistellige Zuwachsraten möglich: Ein Drittel des Kuchens — an die zehn Milliarden — entfällt auf die heftig konkurrierenden Networks *NBC*, *ABC* und *CBS*, die 1989 allerdings nur um ein Prozent zulegen konnten. Sie müssen sich mit aller Gewalt um mehr Zuseher bemühen, denn sonst werden sie sich angesichts der sinkenden Einschaltquoten künftig schwertun, ihre Werbeerlöse zu steigern[5]).
Die 250 network-unabhängigen Independents, die der Werbung 1989 an die 7,5 Milliarden Dollar verdankten, spüren indes Aufwind: Sie holten zwar nur 3,5 Prozent mehr heraus, dürfen dafür aber auf erfreulichere Zeiten hoffen. Genau umgekehrt läuft es bei den lokalen TV-Sendern, die 1989 7,7 Milliarden Werbe-Dollar einstecken konnten: Nach beachtlichen Steigerungsraten in den letzten Jahren sollte ihnen demnächst eine Stagnation bevorstehen. Großartige Chancen zeichnen sich indes für die Kabel-Gesell-

schaften ab, die sich zuletzt um dreißig Prozent auf 1,2 Milliarden Dollar gesteigert haben und in naher Zukunft erneut um bis zu zwanzig Prozent jährlich zulegen sollten.
Während praktisch jeder renommierte Großverlag im TV-Zirkus mitspielt — die New York Times Company beispielsweise hat, ähnlich wie die Times Mirror Company in Los Angeles, kräftig ins Kabel- und Pay-TV investiert —, sind die namhaften Fernseh-Firmen vice versa im Printsektor verankert: Capital Cities/ABC etwa betreibt nicht bloß das drittgrößte TV- und sechs Radio-Networks mit acht eigenen Fernseh- und 21 eigenen Hörfunkstationen, sondern wirft überdies neun Tageszeitungen, zwei Dutzend Magazine und zahllose Fachzeitschriften auf den Markt. Den vielseitigen Medien-Polypen kann es daher ziemlich egal sein, welcher Sparte in Zukunft die meisten Werbegelder zufließen — sie werden überall Kasse machen.
Die Chancen für die US-Kommunikationsindustrie, die zur Zeit alles in allem etwa 170 Milliarden Dollar schwer ist, stehen jedenfalls ausgezeichnet: 1993 könnte ihr Gesamtumsatz laut Prognose der New Yorker Investmentbank Veronis, Suhler & Associates schon 250 Milliarden betragen, das jährliche Wachstum damit durchschnittlich neun Prozent. Diese blendenden Aussichten haben zum Beispiel Gulf + Western bewogen, sich ab sofort ausschließlich auf diese schillernde Sparte zu spezialisieren.
Das 1958 vom gebürtigen Wiener Charles Bluhdorn gegründete und lange als eine Art Gemischtwarenhandlung in rund hundert Geschäftszweigen tätige Unternehmen, das etwa den Buchverlag Simon & Schuster sowie die Film- und Fernsehstudios Paramount Pictures besitzt, stieß daher 1989 seine Finanzgesellschaft Associates First Capital ab. Mit dem Erlös von 3,5 Milliarden Dollar möchte sie unter dem neuen Namen Paramount Communications Inc. ein noch pompöseres Medien- & Unterhaltungs-Konglomerat auf die Beine stellen. Als mögliche Kandidaten für eine Übernahme hatten zunächst die Tribune Company in Chicago, McGraw-Hill in New York oder eines der drei großen TV-Networks gegolten. Doch Paramount-Boss Martin S. Davis legte sich die Latte ein wenig höher: Er wollte ausgerechnet das mediale Monument schlechthin in seinen Besitz bekommen — die Time Inc., die gerade für ihre geplante Ehe mit Warner die letzten Vorbereitungen traf. Der Spaß wäre ihm zwölf Milliarden Dollar wert gewesen, doch trotz der sagenhaften Summe ging das Manöver schief: Die Time-Bosse ließen Davis, dessen forscher Auftritt sie schwer geschockt hatte, ebenso forsch abblitzen und hielten Warner die Treue. Paramount mußte sich daraufhin nach anderen Übernahmekandidaten umsehen und nahm gleichzeitig das Hollywood-Studio MCA, Columbia Pictures, Dun & Bradstreet und die Walt Disney Company ins Visier.
Damit ist die nächste Runde in einem Monsterkampf eingeläutet. Ein paar unersättliche Riesen, die bislang reihenweise die Zwerge inhaliert haben, schicken sich an, zum letzten, alles entscheidenden Gefecht gegeneinander anzutreten. So etwa tobte monatelang um das mehrheitlich dem US-Milliardär Kirk Kerkorian gehörende Hollywood-Studio Metro-Goldwyn-Mayer/United Artists ein spannender Kampf, das schließlich der nicht unumstrittene italienische Finanzier Giancarlo Parretti mit Unterstützung von Time-Warner für 1,4 Milliarden Dollar in seinen Besitz bekam. Parrettis in Beverly Hills ansässige Firma Pathé Communications Corp., die sich mit Rupert Murdoch und der australischen Quintex-Gruppe um MGM/UA zu duellieren hatte, will mit diesem Coup in die Gilde der ganz großen Entertainment-

Konzerne vorstoßen. Dieses Ziel hat der japanische Elektronik-Gigant Sony bereits scheinbar mühelos geschafft: Sein Boss Akio Morita zog bald nach dem Erwerb des weltweit größten Plattenproduzenten, CBS Records, der zwei Milliarden Dollar kostete, für sagenhafte 3,4 Milliarden auch die Hollywood-Filmfirma Columbia Pictures an Land — womit er Paramount zuvorkam. Die Japaner haben damit wieder einmal Blut geleckt: Sony-Konkurrent Matsushita beeilte sich sogleich, den Filmgiganten MCA, zu dem auch die Universal Studios gehören, für rund 7,5 Milliarden Dollar in seinen Besitz zu bringen. Obendrein formierte sich in Tokyo mit Media International ein weiterer Unterhaltungs-Mammut. Die Dai-ichi Kangyo Bank, die Sumitomo Bank, NKH Enterprises, eine Tochter des japanischen Rundfunks, sowie andere fernöstliche Firmen als Geldgeber wollen sich mit dieser Neugründung in großem Stil ins internationale Rundfunk-, Film- und Nachrichtengeschäft einschalten.

DER GEHEIMNISVOLLE RIESE

Die Medienszene in **J A P A N** hebt sich einigermaßen von der amerikanischen ab. Der markanteste Unterschied ist auf den Bildschirmen der 33 Millionen Haushalte des Landes zu sehen: Der öffentlich-rechtlichen Anstalt Nippon Hoso Kyokai (NHK), die vier werbefreie Programme ausstrahlt — zwei davon via Satellit —, stehen nämlich rund hundert kommerzielle Anbieter gegenüber. Diese sind in den fünf Networks

— NTV (Nippon Television Network),
— Fuji (Fuji Television Network),
— TBS (Tokyo Broadcasting System),
— ANB (Asahi National Broadcasting) und
— TV Tokyo 12 (Television Tokyo Channel 12)

zusammengeschlossen und garantieren ein für Ausländer unvorstellbares Spektakel rund um die Uhr. In jedem japanischen Haushalt laufen wenigstens zwei Fernseher mindestens acht Stunden pro Tag auf Hochtouren. Jede vierte Familie benötigt sogar vier Apparate. Laut einem NHK-Report sind 94 Prozent der Bevölkerung täglich live mit dabei.

Das im Jahr 1973 eingeführte, mit dem britischen vergleichbare TV-System sorgt für einen brutalen Wettbewerb: Die sehr aufwendigen, aber ähnlich konzipierten und leicht verwechselbaren Programme der Networks — eine Mischung aus oberlehrerhaften Quizspielen, unermüdlichen Nachrichtensendungen, alten Western, noch älteren Endlosserien und sonstigen Darbietungen ohne Witz und Kreativität — sind nämlich nicht überall auf der fernöstlichen Insel zu sehen, sondern nur in jenen Landesteilen, wo sie zugelassen sind. Die kleineren Anstalten haben deshalb, auch aufgrund der stagnierenden TV-Werbeeinnahmen, mit allen erlaubten und unerlaubten Mitteln um Zuschauer zu kämpfen. Die endlosen Attacken machen naturgemäß der in jeder Hinsicht pompösen NHK besonders zu schaffen: Trotz ihres großzügig bemessenen Personalstands von 17.000 Mitarbeitern und eines üppigen 350-Milliarden-Yen-Budgets kommt sie kaum über dreißig Prozent Marktanteil hinaus.

Der etwas behäbigen Non-Profit-Organisation, die in technischer Hinsicht als Pionier ersten Ranges gilt, geht es demnach um nichts besser als anderen

staatlichen Fernsehfirmen auf dieser Welt: Sie verfügt über ideale Ressourcen, bietet alle ihre Kräfte auf — doch die Konkurrenz hat die Nase vorn. Die NHK, die noch dazu hartnäckig an roten Zahlen leidet, sieht sich deshalb gezwungen, ihr an sich ziemlich seriöses, bei Informationssendungen aber recht zurückhaltendes, beinahe schon langweiliges Programmangebot mehr und mehr dem Geschmack des Publikums anzupassen, das brav eine TV-Gebühr zu berappen hat. Auf die Japaner prasseln folglich auf sämtlichen Kanälen Unmengen von Samurai-Dramas, Familien-Serien, Varieté-Shows, Soap-operas, blutrünstigen Historien-Spektakeln und Baseball-Übertragungen nieder, und es ist erstaunlich, mit welcher Widerstandskraft sie schwere psychische Schäden zu vermeiden scheinen.
Die Inselmenschen, die auch siebzig kommerzielle Radiostationen und den staatlichen Hörfunk rund um die Uhr ertragen müssen, gelten obendrein als fleißige Zeitungsleser. Tag für Tag verschlingen sie mehr als 71 Millionen Exemplare — und Jahr für Jahr sind es ein paar Prozent mehr. Das zahlenmäßig nicht allzu üppige Spektrum umfaßt bloß 124 Titel — in den dreißiger Jahren hatte es noch 1.200 gegeben. Ein Drittel der Blätter kommt abends raus, zwei Drittel erscheinen morgens, manche im Set-Angebot sowohl als auch.
Die fünf landesweit erhältlichen Zeitungen, die zusammen gleich sechzig Prozent des Marktes beherrschen, können mit immensen Auflagen brillieren: *Yomiuri Shimbun* gilt mit 14,5 Millionen Exemplaren als weltweiter Rekordhalter und verweist *Asahi Shimbun*, die als eindeutig bessere Zeitung eingestuft wird, mit den 12,8 Millionen Stück ihrer Morgen- und Abendausgabe an die zweite Stelle; *Mainichi Shimbun*, die älteste Gazette des Kaiserreichs, *Sankei Shimbun* als Newcomer, und *Nihon Keizai Shimbun,* eine Art japanische *Financial Times*, liegen deutlich darunter, aber noch klar vor dem Rest des Feldes.
Die übrigen Blätter, die so wie die Marktleader zu rund neunzig Prozent im Abonnement von 450.000 Zeitungsjungen vertrieben werden, sind entweder in einer größeren Region verbreitet — *Chunichi Shimbun* zum Beispiel im zentralen Teil der Insel — oder decken eine der 47 Präfekturen ab[6]). Abgesehen von den Tageszeitungen stellt die japanische Zeitungsindustrie tonnenweise Sportblätter, Wirtschaftsgazetten, General-Interest-Magazine und Tratsch-Postillen, rund 3.000 sonstige Zeitschriften und unendlich viele Fachpublikationen her. Der bestverkaufte Titel ist mit vier Millionen ein wöchentlich erscheinendes Comicmagazin namens *Shukan Shonen Jump.*
Die meisten der trotz einer leichten Krise am Werbemarkt kommerziell fundierten Verlage sind, selbst im Vergleich mit amerikanischen, überreichlich mit Personal ausgestattet. Von den 60.000 Beschäftigten, die allein der Tagespresse zur Verfügung stehen, dient ein beträchtlicher Teil bei den führenden Blättern, die aufgrund mannigfaltiger Verflechtungen mit Wirtschaft und Politik nicht unbedingt den besten Ruf genießen. Sie leisten sich jeweils bis zu 3.000 Journalisten, die im Falle von *Yomiuri Shimbun* in 436 Büros werken, wozu noch zahllose Korrespondenten im Ausland kommen; und sie stellen ihren Reportern, so wie das bei *Mainichi Shimbun* üblich ist, gleich mehrere Cessnas zur Verfügung.
Die wundervollen Ressourcen finden jedoch journalistisch nur wenig Niederschlag: Die traditionelle Cliquenbildung in den 400 etablierten Presseklubs, die gezielt der Verfilzung von Behörden und Medien Vorschub leisten, und das gefährliche Nahverhältnis zu den Mächtigen in Politik, Finanz-

und Industriewelt haben die japanischen Journalisten mehr als anderswo zu einem fixen Bestandteil des Establishments werden lassen und weitgehend zahnlos gemacht. Als allzeit wachsame Watchdogs, so wie sich viele US-Schreiber sehen, pflegen sie sich jedenfalls nicht zu verstehen.
Das dürfte ihre obersten Bosse, wie Frau Michiko Murayama und Herrn Junichi Ueno, denen die *Asahi* gehört, oder Tooru Shoriki, der *Yomiuri* besitzt, kaum stören: Die wollen, ebenso wie das japanische Establishment, gar keine bissigen Journalisten, die sich womöglich noch wichtig machen. Die medialen Schwergewichte leben ja nicht nur vom Print-, Radio- und TV-Gewerbe, sondern haben noch alle möglichen lukrativen Nebengeschäfte. Das Duo Murayama/Ueno befaßt sich — außer mit diversen Tages- bzw. Wochenzeitungen, Monatsmagazinen, Buchverlagen, fünfzehn Radiostationen und dem TV-Network *Channel 10* — mit Ballett, Kunst, Judo und kulturellem Sponsorship. Der Einzelgänger Shoriki wiederum widmet seine wertvolle Zeit nicht nur der größten Zeitung der Welt und dem größten japanischen Fernsehnetz NTV, sondern auch dem ihm gehörigen Baseball-Team Yomiuri Giants, einem von ihm betriebenen Amusement-Park, einem von ihm gesponserten Orchester, einem von ihm erhaltenen College sowie diversen Reise- und Immobilienbüros. Die Eigentümer der drei anderen Massenblätter, etwa der Fuji-Sankei-Konzern *(Sankei Shimbun)*, stecken selbstverständlich hinter den drei restlichen TV-Netzen. Japans Medienindustrie befindet sich damit fest in wenigen Händen. Und sie ist dermaßen mit der übrigen Wirtschaft verflochten, daß sie deren Kreise unmöglich stören darf.

DER CHAMPION VON MORGEN

Die guten Nachrichten zuerst: Die 350 Millionen Menschen, die im westlichen Teil Europas leben, besitzen 210 Millionen Radiogeräte und 125 Millionen TV-Apparate, kaufen täglich 90 Millionen Zeitungen und sind geradezu verrückt nach Zeitschriften.
Das mediale Sortiment in **EUROPA** wirkt — zumindest statistisch gesehen — durchaus imposant: Die Verlagsbranche verarbeitet etwa 55 Millionen Tonnen Papier pro Jahr zu Lesestoff, unter anderem zu 1.400 täglich erscheinenden Blättern. Die TV-Anstalten kümmern sich um 125 Millionen Haushalte, was ihnen derzeit allein aus der Werbung über fünfzehn Milliarden Dollar bringt und rund 200.000 Arbeitsplätze sichert. Die Werbebranche, der sowohl die Print- als auch die elektronischen Medien großteils ihre Existenz verdanken, stellt alljährlich neue Bestmarken auf: Im Jahr 1988 summierten sich die Etats, die ihnen die Wirtschaft zukommen ließ, auf 38 Milliarden Dollar — 1992 könnten es schon weit mehr als sechzig Milliarden sein. Diese nackten Fakten klingen dermaßen überzeugend, als gehe es um das Medienparadies schlechthin.
Nun die schlechten Nachrichten: Das wahre Medien-Eldorado ist auf der Weltkarte nach wie vor zwischen New York und Los Angeles zu finden. Die USA haben zwar eindeutig weniger Bürger vorzuweisen, aber ebenso eindeutig mehr Verlage, Radio- und TV-Stationen. Die amerikanische Informationsindustrie nahm 1989 allein aus der Werbung die unvorstellbare Summe von rund hundert Milliarden Dollar ein. Sie produziert täglich zwar weniger Zeitungsexemplare als die westeuropäischen Verleger, aber dafür betreut sie

ihre Klientel in Bild und Ton mit einer Intensität, die sich sehen lassen kann: Das tapfere Publikum, hardwaremäßig mit 515 Millionen Hörfunkempfängern und 190 Millionen Bildschirmgeräten überreichlich ausgestattet, läßt sich durchschnittlich ein Sechstel seines Lebens mit TV-Software vertreiben.

Im Vergleich dazu können die Europäer — weder die Medien-Macher, noch die Konsumenten — nicht annähernd mithalten: Sie haben sich mit weniger Anstalten, weniger Angebot und weniger Anschlüssen zu begnügen. Insbesondere bei den neuen TV-Technologien sind sie hoffnungslos im Rückstand: Während Kabelfernsehen derzeit noch nicht einmal in jedem siebenten westeuropäischen Haushalt empfangen wird, ist es in den USA schon für jede zweite Familie eine Selbstverständlichkeit. Den bereits mehr als sechzig Satellitenprogrammen, die in London, Paris oder Brüssel auf Sendung sind, steht drüben eine weitaus größere Auswahl gegenüber. Pay-TV, das in Hamburg, Rom oder Lissabon bestenfalls in den Kinderschuhen steckt, wird in den Staaten allmählich zum medialen Volkssport: 1995 soll es in den Vereinigten Staaten dreißig Millionen Pay-TV-Haushalte geben. Bei Videorecordern ist die Sache ebenfalls eindeutig: Während sich erst jede dritte europäische Familie in Eigenregie unterhält, stehen solche Geräte schon in zwei von drei amerikanischen Haushalten.

Die beträchtlichen Unterschiede sind ziemlich simpel zu erklären: Der gewaltige Vorteil der amerikanischen Medienindustrie ist der geschlossene, einheitliche Super-Markt; der gewaltige Nachteil der europäischen die totale Zersplitterung in viele, meist nicht besonders große Länder. Diese sind stark national geprägt und höchst unterschiedlich strukturiert: Die Palette reicht vom traditionsreichen britischen Pressemarkt bis zur unterentwickelten portugiesischen Zeitungsszene oder vom blühenden deutschen Zeitschriftensortiment bis zur Monotonie an griechischen Kiosken.

Die Medien-Macher beschränkten sich traditionellerweise fast durchwegs auf ihren jeweiligen Heimmarkt, denn einer großflächigen Expansion standen stets scheinbar unüberwindbare Hürden im Wege — vor allem sprachliche: In Europa sprechen etwa 88 Millionen Menschen Deutsch, 62 Millionen Italienisch, 60 Millionen Französisch, 59 Millionen Englisch und 39 Millionen Spanisch. In den zwölf EG-Staaten sind sechzehn Sprachen gebräuchlich. Dazu kommen jede Menge kultureller, politischer, historischer und sonstiger Barrieren — landesweite Traditionen, Mentalitäten und Eigenarten, die auf dem vergleichsweise engen Raum in einer Vielfalt ausgeprägt sind wie wohl nirgends sonst auf der Welt.

Die Folgen für die Print- und Funkmedien, die letztlich in relativ engen Dimensionen agieren müssen, liegen auf der Hand: Auch wenn etwa ein Wirtschaftsblatt wie die *Financial Times* ein absolutes Muß für alle Top-Manager Europas wäre, ist seine Verbreitung außerhalb Großbritanniens relativ dürftig. Auch wenn der englischsprachige *Discovery Channel* in allen Ländern eine Bereicherung der TV-Abende wäre, bleibt er aus sprachlichen Gründen fast überall chancenlos — denn wie viele Portugiesen beispielsweise verstehen schon Englisch? Auch wenn es in Europa ebenso viele Film- und TV-Produktionsstätten wie in den USA gibt, die sogar mehr Filme herstellen als drüben, reicht der kleine Heimmarkt für nicht-englische Produktionen nicht einmal aus, um die Produktionskosten einzuspielen — der Zutritt zu anderssprachigen Ländern und damit der internationale Markt ist ihnen aber zumeist verwehrt.

Die Europäer haben auch in anderer Hinsicht das Nachsehen: Die Werbeaufwendungen der Wirtschaft, meist die wichtigste Geldquelle der Medien, sind bei ihnen deutlich geringer als in den USA. Wurden drüben im Jahr 1989 alles in allem 125 Milliarden Dollar für Reklame aller Art ausgegeben (inklusive Direct Mail und gelbe Telefonbuchseiten) — immerhin sechs Prozent mehr als 1988 —, so waren es in der einstigen BRD und in Großbritannien jeweils knapp mehr als zehn, in den übrigen Ländern noch weitaus weniger[7]).
Der krasse Nachholbedarf wird auch anhand der Pro-Kopf-Ausgaben plastisch: Während jenseits des Atlantiks pro Einwohner jährlich 480 Dollar verworben werden, beträgt diese Quote in den europäischen Staaten — mit Ausnahme Finnlands und der Schweiz — nicht einmal die Hälfte, teilweise sogar nur einen Bruchteil davon[8]).
Streng nationalökonomisch betrachtet zeigt sich folgendes Bild: In den USA machten die Werbeausgaben im Jahr 1988 2,4 Prozent des Bruttoinlandsprodukts aus, in Europa betrugen sie aber bestenfalls 1,9 Prozent (Finnland und Spanien) und im schlimmsten Fall bloß 0,7 Prozent (Portugal, Österreich, Italien und Griechenland). Die entsprechenden Sätze der übrigen Länder liegen irgendwo dazwischen: Die Briten, Holländer und Schweizer schnitten mit einem Wert über einem Prozent noch relativ gut ab, die Deutschen, Schweden sowie die Norweger hielten exakt bei einem Prozent, die Dänen, Belgier und Franzosen lagen deutlich darunter[9]).
Die meisten Experten setzen freilich — im Vertrauen darauf, daß beträchtliche Reserven vorhanden sind — auf den längst fälligen Nachzieheffekt. Sie rechnen fix damit, daß sich der Anteil Europas an den weltweiten Werbeausgaben, der in den vergangenen vier Jahren von 24 auf 28 Prozent anstieg, demnächst auf mehr als dreißig Prozent erhöhen wird — womit der Kontinent ein werbliches Eldorado par excellence wäre.
Die Hoffnungen, daß es so kommt, haben allesamt mit einer einzigen Jahreszahl zu tun: Die gesamte Branche wartet, wie alle anderen auch, gespannt auf das Jahr 1993. Dann werden die zwölf, vielleicht schon dreizehn oder vierzehn EG-Länder mit 320 bis 340 Millionen Verbrauchern quasi offiziell der größte Binnenmarkt der westlichen Welt sein. Von der geplanten europäischen Einigung versprechen sich nicht bloß unverbesserliche Optimisten einen beträchtlichen Aufschwung:
Sie müsse sich, prophezeien die einschlägigen Wahrsager, auf die Wirtschaft im allgemeinen positiv auswirken: Wenn zugleich mit den Grenzen viele Handelshemmnisse fallen, werde es automatisch mehr Wettbewerb geben, was gleichbedeutend sei mit geringeren Produktionskosten, sinkenden Preisen und einer wachsenden Nachfrage. Das wiederum müßte heißen: mehr Wachstum und weniger Arbeitslose. Die Unternehmen würden sich, von unangenehmen Zollsätzen, uneinheitlichen Steuergesetzen und anderen unnötigen Dingen unbehelligt, zusehends anstrengen, ihre Produkte, Marken und Dienstleistungen möglichst überall bekanntzumachen, um sie in großen Stückzahlen absetzen zu können. Sie müßten daher paneuropäisch agieren und ihre Marketingstrategien globaler ausrichten als bisher, was wiederum vielfach mit einer Aufstockung der Werbebudgets verbunden wäre.
Im Augenblick existiert die paneuropäische Werbung nur in Ansätzen, etwa bei Weltfirmen wie Philips, 3 M, Gillette oder Nestlé. Diese Konzerne beschäftigen nicht so wie früher mehrere Agenturen, sondern meist nur noch eine, die für ein einheitliches Firmenbild — das Corporate Image — zu

sorgen hat. Der angenehme Nebeneffekt: Die Kosten für die kreativen Helfer sinken nicht unbeträchtlich. Die meisten anderen Multis wollen dagegen von europaweit identen Slogans, Spots oder Inseraten vorerst noch nichts wissen, sondern lassen ihre Botschaften in jedem Land eigens anfertigen. Die Werbeprofis haben es bislang nur selten geschafft, die großen internationalen Konsumgüterhersteller für Konzepte aus einem Guß zu begeistern — doch sie lassen nichts unversucht, um künftig wesentlich erfolgreicher zu sein.
Sie prophezeien, beinahe im Chor, „faszinierende Chancen für die Werbewirtschaft" und hoffen in eigener Sache auf „ein starkes Wachstum des Marktes". Das kreative Metier, glaubt Chris Jones, Managing Director von J. Walter Thompson in London, sei ab sofort „keine Wissenschaft, sondern eine Kunst". Diese bestehe darin, den richtigen Kunden zur richtigen Zeit die richtigen Ideen schmackhaft zu machen.
Die großen Agenturen — von Ogilvy & Mather über McCann-Erickson bis Young & Rubicam — bereiten sich und ihre Kundschaft jedenfalls intensiv auf den Tag X vor: Sie verteilen hastig ihre Analysen, entwerfen emsig Strategien und veranstalten unzählige Symposien, um die neuesten Thesen und Tips an den Mann zu bringen. Sie wissen bereits, wie man in Zukunft die meisten Autos verkaufen kann, wo die meisten Millionäre wohnen oder warum die Deutschen lieber Bier trinken als die Spanier. Und sie bemühen sich, auch die tausend anderen Rätsel zu lösen, die demnächst auf sie zukommen könnten: Sind griechische Frauen auf gleiche Weise für Tampons zu begeistern wie dänische? Denken französische Teenager materialistischer als spanische? Leben deutsche Pensionisten umweltbewußter als britische? Tragen Italiener lieber Blue jeans als Holländer? Und sind belgische Großmütter eigentlich modebewußter als portugiesische?
Nur wer die Antworten auf solche Fragen kennt, der wird die Euro-Werbeetats seiner Kundschaft vermutlich sinnvoll anlegen können. Wer indes nach Schema F vorgehen und beispielsweise den Briten und den Italienern Rasierschaum oder Hustenbonbons auf ein und dieselbe Weise anpreisen will, der könnte leicht Schiffbruch erleiden — weil es den typischen Super-Konsumenten Marke Binnenmarkt, der „mit den anderen 320 Millionen EG-Bürgern den gleichen Euro-Pudding schlabbert" (Volker Nickel)[10]), nicht geben wird. Die Agenturen, denen künftig neue Werbeträger und relativ neue Werbeformen wie Sponsoring oder Teleshopping zur Verfügung stehen, werden es demnach mit manchen Klienten nicht leicht haben: Denn deren größter — und naheliegender — Wunsch dürfte es sein, mit vielen Werbemillionen im Stile von Coca-Cola, Sony oder Perrier weltbekannte Trademarks zu kreieren. Und genau das läßt sich über Nacht wohl kaum realisieren — schon gar nicht in einem Absatzgebiet, wo es mit einiger Sicherheit auch noch 1993 mehrere Sprachen geben wird, die der grenzenlosen Europa-Werbung letztlich doch Grenzen setzen könnten.
Obwohl der Traum von der schönsten aller Werbewelten so seine Tücken hat, läßt er auch die Medien-Bosse nicht mehr los:
Die einen sehen, in eine goldgräberähnliche Euphorie versunken, plötzlich gigantische Chancen für neue Märkte oder neue Printobjekte, die grenzüberschreitend, in mehreren Sprachen, erscheinen könnten. Warum, fragen sie sich, sollen ihre Produkte nicht genauso international angehaucht sein wie die Reisebranche, die Finanzwelt oder das Showgeschäft? Und warum würden nicht auch sie das schaffen, was etwa die französische *Elle* erfolgreich vorexerziert: Die noble Lady-Zeitschrift dient dank ihrer Mehrsprachigkeit

Luxusfirmen wie Guy Laroche, Christian Dior oder Cartier als ideale Plattform für internationale Werbebotschaften. In manchen Fällen schäumt der Optimismus der Verleger bei derartigen Überlegungen geradezu über — auch wenn die absoluten Wunder wahrscheinlich ausbleiben dürften: Der Londoner *Daily Mirror* beispielsweise wird künftig kaum zur führenden Zeitung Griechenlands avancieren, und *Le Monde* in Deutschland wohl weiterhin ein schönes Stück hinter der *Bild Zeitung* rangieren.
Andere wiederum begeistern sich — obzwar die einschlägigen Pioniere viel Lehrgeld zahlen mußten — zusehends für europaweite TV-Kanäle und lassen auch die Hörfunkszene nicht außer acht. Sie sind von der Überzeugung getrieben, daß sich jegliche Software für die 114 Millionen Fernsehgeräte und 176 Millionen Radioapparate, die derzeit im EG-Raum auf Empfang sind, einmal als prachtvolles Geschäft erweisen werde.
Die Medien-Macher haben also alle Hände voll zu tun, um sich auf jenen Augenblick vorzubereiten, in dem in Europa die Schranken fallen und die Märkte offener werden. Manche scheinen wild entschlossen, mit ihren teils phantasievollen, teils phantastischen Projekten ganz Europa oder gleich die ganze Welt zu erobern. Die Zukunft hat indes bereits begonnen: In den vergangenen sechs Jahren stieg zum Beispiel die Zahl der TV-Programme fast auf das Dreifache an. Die Hörfunkszene sieht ebenfalls grundlegend anders aus als damals. Auch die EG-Verleger, die unter anderem tausend Tageszeitungen vertreiben, warten großteils nicht geduldig ab, was alles auf sie einstürmen wird, sondern haben auf die Herausforderung Europa längst reagiert. Denn der Countdown läuft: In wenigen Jahren könnte ihre große Vision bereits Realität sein.

Status quo:
DER KAMPF UM EUROPA

Robert Hersant hat jede Menge Feinde. Der umstrittene französische Zeitungszar ist stets für Angst und Aggressionen gut. In den beinahe vierzig Jahren, die er als „Epouvantail" (Schreckgespenst) in der Medienbranche umrührt, hat er stets und mit einiger Flexibilität auf dem exklusiven Parkett getanzt, wo Politik und Medien eins werden:
Der 1920 geborene Sohn eines Kapitäns ist im Alter von dreißig Jahren mit dem *Auto Journal* Verleger und bald darauf Bürgermeister des kleinen Dorfes Ravenel geworden. Beides war ihm viel zu wenig: So zielstrebig, wie er jahrelang marode Zeitungen jeglicher Richtung sammelte und sich als Retter zahlreicher Arbeitsplätze feiern ließ, kletterte er daher die politische Karriereleiter empor. Er wurde Bürgermeister von Liancourt und zog 1956 in die Pariser Nationalversammlung ein. Weil es opportun schien, wechselte er 1973 den Wahlkreis und gleich auch die Partei — von links nach rechts. Zwei Jahre später lieferte der gerissene Verleger seinen vermutlich stärksten Auftritt: Er tauchte mit fünf prallgefüllten Geldkoffern beim greisen Verleger Jean Prouvost auf, um diesem für dreißig Millionen Francs den *Figaro*

abzukaufen. Schließlich brachte er es zum Abgeordneten im Europa-Parlament, wo für ihn seit Jahren ein Platz reserviert ist.
Robert Hersant, den der *Spiegel* für „ultrakonservativ, machtbewußt und unersättlich in seinem Expansionsstreben“ hält, schuf sich — scheinbar immun gegen einschlägige Gesetze — in seiner Heimat eine einzigartige Position: Der Hobby-Politiker, auf den sich Giscard d'Estaing oder Chirac stets eisern verlassen konnten, besitzt mit seiner Hauptfirma Socpresse den profitablen *Le Figaro* und einige weniger erfreuliche Titel wie *France-Soir* oder neuerdings *Jours de France*. Er kontrolliert überdies ein gutes Drittel der regionalen Tagespresse Frankreichs[11]) und ist auch bei den Funkmedien im Bild.
Er ist als Politiker immun, und daher kann ihn niemand stoppen — am allerwenigsten jene gesetzlichen Schranken, die einst von den Sozialisten errichtet wurden und die Vielfalt der Presse schützen sollten: Als deren Feindbild Nummer eins setzte er sich etwa beim Kauf der Lokalzeitung *Le Progrès* in Lyon leichtfertig über das auf ihn gemünzte Gesetz hinweg. Damit erbrachte er den Beweis, daß er von den Linken nicht mehr viel zu befürchten hat. Und die Rechten würden es aus opportunistischen Gründen ohnedies niemals wagen, einen derart wichtigen Meinungsmacher gegen sich aufzubringen. „Robert, der Eroberer“ *(Le Matin)*, dessen leitende Mitarbeiter zum Teil in der Pariser Nationalversammlung sitzen und dort schon aufpassen, daß nichts Dummes beschlossen wird, kann somit völlig ungehindert immer mächtiger werden.
Zugleich aber — und das ist das Menschliche an ihm — steht der gefürchtete Boss von 10.000 Leuten bei den Banken schätzungsweise mit 1,5 Milliarden Francs in der Kreide. Seine Unternehmensgruppe ist laut *Libération* „schwer krank“ und vermag sich nur dank des *Figaro* halbwegs über Wasser zu halten. Dennoch setzt Hersant munter auf Diversifikation: Neben rund vierzig Printmedien, zehn Druckereien und drei Werbeagenturen, die ihm und seiner Familie gehören, sicherte er sich unter anderem ein Viertel der Aktien des TV-Senders *La Cinq* — der Anteil wurde unlängst auf zehn Prozent reduziert — und das private Radionetz *Fun FM* mit 82 Stationen. Die Vorwärtsstrategie stand jedoch unter keinem guten Stern: Der Fernsehkanal hat ihn bereits gut und gern 400 Millionen Francs gekostet, und die Hörfunkkette dürfte auch nicht gerade das Geschäft seines Lebens sein. Hersant versucht — weil ihm Frankreich allmählich zu klein geworden ist — auch im Ausland sein Glück: Er hat bei der belgischen Tageszeitung *Le Soir* ebenso Fuß gefaßt wie auf Tahiti, wo er zwei Blätter sein eigen nennt. In jüngster Zeit bearbeitet er die iberische Halbinsel mit Volldampf.

DIE GROSSE OFFENSIVE

Monsieur Hersant beweist einen vorzüglichen Riecher: Für europäische Großverlage scheint es derzeit nämlich keinen beliebteren Tummelplatz zu geben als **SPANIEN**. Dieses Land gilt, seit es die Ära Franco bewältigt hat und der Europäischen Gemeinschaft beigetreten ist, als medialer Wachstumsmarkt ersten Ranges. Die 39 Millionen Bürger locken scharenweise die publizistischen Entwicklungshelfer an, obzwar — vielleicht gerade weil — vorerst nicht einmal zehn von hundert Leuten täglich eine Zeitung lesen und das Sortiment an Zeitschriften relativ bescheiden ist.

In jüngster Zeit ist es in Spaniens Medienbranche drunter und drüber gegangen: Nachdem vereinzelte Vorstöße von früher prächtige Resultate gezeitigt haben — so etwa macht der Heinrich Bauer Verlag mit seiner Tochterfirma H. Bauer Ediciones und dem Yellow-Press-Produkt *TV Plus* auf der südlichen Halbinsel seit Anfang 1987 Furore —, ist es anscheinend chic geworden, dort eine Filiale zu errichten. Daher sind deutsche, französische, italienische, Schweizer oder holländische Verleger beinahe überfallsartig in Madrid oder Barcelona aufgetaucht, um sich nach etwas Passendem umzusehen. Sie zückten hastig ihre Scheckbücher und kauften beinahe wahllos Zeitungs-, Zeitschriften- oder Buchverlage auf, von denen sie sich so manches versprechen. Bisweilen wälzen sie auch gemeinsame Zukunftspläne mit spanischen Partnern, die sich von ihnen eine Menge erwarten[12]).
Der frische Wind, für den sie sorgten, hat etwa im Bereich Wirtschaftspresse gleich zu einem wilden Konkurrenzkampf geführt — und selbstverständlich waren dabei wieder ausländische Investoren im Spiel. Anfang 1989 fanden der Verlag Prisa[13]), der dank der Tageszeitung *El Pais* einen exzellenten Ruf genießt, und die Estructura SA.[14]), die sich großteils in französischem Besitz befindet, zusammen. Deren tägliche Finanzzeitung *Cinco Dias* hatte sich bis dato an der seit 1986 erscheinenden *Expansión* messen müssen, mit der wiederum die britische *Financial Times* zu tun hat. Neuerdings sind zwei weitere Mitbewerber im Spiel: Die neue Wirtschaftsgazette *La Economia 16* ist im April 1989 von der Grupo 16 gestartet worden, die mit dem italienischen Verlag Rusconi sowie mit der französischen *Marie-Claire*-Gruppe kooperiert; der vierte Titel, *La Gaceta de los Negocios*, ist ebenso kurz am Markt und wird von der Zeta Grupo herausgebracht. Diese hat im Ausland gleichfalls nach einem brauchbaren Partner gefahndet und stieß dabei auf Rupert Murdoch, einen der aggressivsten Medienmoguln der Welt.

*

Auch in anderen Ländern ist der Kampf um die besten Positionen voll im Gange. Die Strategen der großen europäischen Verlage liefern einander, stets hektisch auf der Suche nach möglichen Transaktionen, einen aufwendigen Stellungskrieg um Europa. Sie tun das nicht zuletzt deshalb, weil ihnen strenge Antitrust-Gesetze eine weitere Expansion in der Heimat ebenso verwehren wie die weitgehend gesättigten Märkte:
Die Hamburger Gruner + Jahr AG, eine Tochter des Bertelsmann-Konzerns, und der Heinrich Bauer Verlag beispielsweise haben sich, abgesehen von Spanien, insbesondere Frankreich und England vorgenommen. Sie rollten die beiden stagnierenden Zeitschriftenmärkte primär mit Frauenjournalen wie *Prima*, *Femme actuelle* und *best* (alle G + J) bzw. *Bella* oder *Maxi* (beide Bauer) auf. Dabei erbrachten sie den Beweis, daß Konzepte grundsätzlich in fremde Länder exportierbar wären, dort aber gründlich modifiziert und auf Geschmack und Mentalität des Publikums getrimmt werden müssen: Aus der in Paris kreierten *Femme actuelle* wurde also *best* und *Mia* (in Spanien); *Prima* dagegen tritt zwar in Deutschland unter demselben Namen wie in Frankreich und England auf, aber die Logos unterscheiden sich ebenso wie das redaktionelle Angebot.
Die „deutsche Invasion" *(The Times)* rüttelte einerseits die französischen und britischen Leserinnen und anderseits die jeweilige Konkurrenz aus der Lethargie. Die traumhaften Auflagen, die das deutsche Duo in kürzester Zeit

erzielt hatte — die englische *Prima* etwa war nach zwei Jahren nicht nur Marktleader, sondern auch in der Gewinnzone —, animierte die angegriffenen Verlage zum Gegenschlag. Die Engländer reagierten ebenso prompt wie die Franzosen:

— Die Londoner Reed International Plc. etwa marschierte mit fremdsprachigen Schwestern ihres Magazins *Essentials* in Frankreich und Italien ein, wo die englische Kost nunmehr unter den Titeln *Avantage* bzw. *Pratica* erhältlich ist. In Spanien trägt die dortige Ausgabe denselben Namen;
— Das eher auf die seriöse Wirtschaft fixierte Verlagshaus Pearson, das unter anderem die *Financial Times* herausgibt und am Wirtschaftsmagazin *Economist* beteiligt ist, engagierte sich hingegen lieber bei ähnlich gelagerten Publikationen — es kaufte sich in Frankreich bei *Les Echos* oder in Kanada in die *Financial Post* ein, beteiligte sich am holländischen Elsevier-Konzern und machte sich zusammen mit der indischen Modi-Gruppe an die Herausgabe eines Wirtschaftsblattes.

Auch die Franzosen haben ihre Fühler in alle Himmelsrichtungen ausgestreckt:

— Die Frauenzeitschrift *Marie Claire* zum Beispiel zog es nach Großbritannien, wo gemeinsam mit Reed International ihre achte fremdsprachige Ausgabe aufgebaut wurde[15]), nach Holland, wo sie der Marktleader VNU eingeführt hat, und obendrein nach Deutschland, wo sie in Gruner + Jahr einen fachkundigen Partner fand;
— Die Groupe de la Cité, der zweitgrößte französische Buchverlag, schlug ebenfalls auf der britischen Insel zu, aber auch in Belgien, wo ihr nunmehr vierzig Prozent des Verlagshauses Hemma gehören;
— Selbst ein relativ unbekannter Mitstreiter wie Bayard Presse ging forsch in die Offensive[16]): Der im Besitz der katholischen Kirche befindliche Verlag richtete nach Hongkong, Belgien und Spanien seine vierte Außenstelle in Italien und seine fünfte in Kanada ein, wo er unter anderem die Seniorenzeitschrift *Le Bel Age* vermarktet. Mitte 1990 vereinbarte Bayard sodann eine Zusammenarbeit mit der britischen EMAP.

Natürlich bereiten sich auch italienische und schwedische Presse-Profis, spanische und Schweizer Verlagsmenschen, kurz: alle, die über die Landesgrenzen hinaus ihre Chance wittern, mit der nötigen Hektik auf die Zukunft vor: Sie haben es allesamt auf fremde Märkte abgesehen, um dort entweder ihre Objekte zu verankern, interessante Firmen aufzukaufen oder Kooperationen einzugehen. Die Mailänder Gruppe Rizzoli zum Beispiel zog mit ihrer modernen Zeitgeist-Zeitschrift *Max* in Frankreich, Griechenland und Deutschland ein; der Stockholmer Printkonzern Bonnier faßte nicht nur in Finnland, Dänemark und Norwegen Fuß, sondern versucht sich auch in Frankreich oder Großbritannien; die Madrider Hola SA. exportierte ihre gleichnamige Klatschillustrierte nach England, wo diese *Hello* heißt, und bereitet sich nunmehr auf ihren Auftritt am amerikanischen Markt vor; das Zürcher Verlagsimperium Ringier schließlich schlug im Fernen Osten und in den USA mit zwei Transaktionen zu.

Das Musterbeispiel einer europaweiten Zusammenarbeit stellt das seit Herbst 1989 bestehende Network Euroexpansion dar, das Ende 1990 schon aus dreißig Wirtschafts- und Finanzblättern in vierzehn Ländern bestand. Initiator des Projekts war Jean-Louis Servan-Schreiber, Gesellschafter der französischen L'Expansion[17]), dem nicht nur beste Kontakte, sondern auch

eine Reihe von Beteiligungen sehr gelegen kamen: Seine Gruppe ist beispielsweise Mitinhaber der spanischen Estructura (Hauptobjekt: *Cinco Dias*) oder des belgischen Börsenblattes *L'Echo de la Bourse*. Die enge internationale Zusammenarbeit auf redaktioneller, werblicher und vertrieblicher Ebene, die Euroexpansion mittels eines On-line-Computersystems ermöglichen will, schien auch für eine Reihe anderer Publikationen unerlässlich zu sein, um auf diese Weise Informationen austauschen oder ein größeres Potential an ausländischen Korrespondenten oder bereits erprobtes Marketing-Know-how nutzen zu können. Und so schlossen sich weitere Objekte, etwa die Mailänder Wirtschaftszeitung *Mercati Finanziari*, gerne dem Network an, das an ihnen Anteile erwarb: Die irische *Sunday Business Press*, das portugiesische Wirtschaftsjournal *O Econimico*, der schwedische Verlag Ekonomi & Teknik Media AB oder die polnische *Gazeta Bankowa*, die ungarische *Figyelo* sowie das Prager Blatt *Hospodarske Noviny* segeln ebenfalls unter der Flagge von Euroexpansion[18]). Die mediale Allianz will schwungvoll weiterwachsen und hat es neuerdings auf die Sowjetunion und die Türkei abgesehen.
Die totale Expansion, für viele europäische Verleger das Gebot der Stunde, beschränkt sich aber keineswegs auf den Transfer von Know-how und ist weit mehr als die Lust am internationalen Shopping. Die Aufbruchsstimmung hat unerwartet viel Energie und Kreativität freigesetzt und erstaunliche Resultate gebracht: Eine Reihe von Transaktionen, Kooperationen und Fusionen, die den Europäern in den vergangenen Jahren gelangen, fand weltweit größte Beachtung. Jetzt werden sie selbst von den US-Mediengöttern nicht mehr als harmlose Hinterwäldler abgetan, sondern als gefährliche Rivalen gefürchtet.

DIE SPEKTAKULÄRSTEN COUPS

Das Blatt hat sich total gewendet: Bis vor kurzem pflegten die amerikanischen Verlage mit ihren internationalen Beutezügen in der Branche unentwegt Unruhe zu verbreiten und groß aufzutrumpfen — jetzt aber sind offenbar die europäischen an der Reihe. Zwar bereichern die Amerikaner den alten Kontinent wie gewohnt um etliche prominente Titel — die Palette reicht von *Reader's Digest*, *National Geographic* und *Playboy* über *Time*, *Newsweek* und *Business Week* bis zum *Wall Street Journal*, der *International Herald Tribune* oder *USA Today*. Doch ihre Engagements sind Peanuts im Vergleich zu den Super-Coups, die drei Euro-Verleger vor geraumer Zeit in den Staaten landen konnten.
Der erste Streich gelang einem Deutschen namens Dr. Mark Wössner: Der Vorstandschef des Bertelsmann-Konzerns in Gütersloh — das westfälische Städtchen ist für gestandene US-Patrioten tiefste Provinz, wenn nicht gar das absolute Ende der Welt — riß im Herbst 1986 ganz weltmännisch den New Yorker Top-Buchverlag Doubleday an sich. Ein paar Wochen später blieb er beim Tauziehen um die Musikgruppe RCA erneut der strahlende Sieger. Ohne mit der Wimper zu zucken, hatte er für die beiden Prunkstücke 800 Millionen Dollar hingeblättert — den Amerikanern gingen die Augen über.
Der zweite Streich glückte dem Franzosen Jean-Luc Lagardère: Im März und April 1988 legte der Boss der Pariser Hachette-Gruppe für den amerika-

nischen Magazinverlag Diamandis Communications sowie die für Nachschlagewerke aller Art berühmte Grolier Inc. locker 1,2 Milliarden Dollar aus — die Amerikaner staunten mit offenem Mund.
Der dritte Streich blieb einem bulligen Briten vorbehalten: Im November 1988 steckte Robert Maxwell den renommierten US-Verlag Macmillan für die Wahnsinnssumme von 2,6 Milliarden Dollar ein — der absolute Paukenschlag traf die Amerikaner mit voller Wucht.
Seither wirken die US-Medienbonzen geradezu wie gelähmt: Das wilde Trio aus good old Europe — also die drei „kapitalistischen Cowboys" *(Herald Tribune)* — hatte ihnen, noch dazu am eigenen Markt, eine schreckliche Lektion erteilt. Da sie die heimische Medienszene stets für ergiebig genug gehalten hatten, waren die amerikanischen Verlagsbosse jahrelang ausschließlich damit befaßt, immer monströsere Konglomerate zu errichten, von denen dann eines das andere aufzukaufen trachtete. Und dabei verpaßten sie einfach den Anschluß — denn der Zug ist längst in Richtung globale Strategie abgefahren.
Die erfolgsgewohnte US-Medienindustrie hatte in den vergangenen Jahren nur wenige Stützpunkte in Europa errichtet und kaum wirklich faszinierende Ziele angepeilt — was sich nun langsam zu ändern scheint:
— Die *International Herald Tribune* zum Beispiel, mit nur 140.000 Exemplaren europaweit die bestverkaufte Tageszeitung in US-Besitz, wird seit Herbst 1989 auch in Frankfurt am Main hergestellt; der bislang elfte Druckort soll die Auflagenzahlen der *„Trib"* in Deutschland und Skandinavien möglichst rasant ansteigen lassen;
— Die Dow-Jones-Gruppe, deren europäische Ausgabe des *Wall Street Journals* mit 50.000 Exemplaren mehr als dürftig wirkt, kaufte sich bei der französischen Gruppe Expansion ein und partizipiert damit an den faszinierenden Plänen, die sich diese mit Euroexpansion gesetzt hat — ein europaweites Netzwerk an Wirtschafts- und Finanzpublikationen zu errichten;
— Die Time Inc. wiederum lachte sich, noch vor der Ehe mit Warner, in Mailand Mondadori als Partner an und brachte *Fortune* auf italienisch heraus. Die französische Ausgabe indes, die gemeinsam mit Hachette auf den Markt gebracht wurde, mußte nach zwei Jahren wieder eingestellt werden. Trotzdem wollen die Amis demnächst weitere Märkte, beispielsweise Belgien oder die Niederlande, vielleicht auch Deutschland, erobern; ihre Magazine *Life* und *Sports Illustrated* könnten in absehbarer Zeit, etwa in Deutschland, ebenfalls einen derartigen Anlauf nehmen;
— Die Tribune Company in Chicago nahm die Gründung des englischen *Sunday Correspondent* zum Anlaß, um ihre Auslandsaktivitäten auszuweiten: Sie übernahm als größter Gesellschafter 17,7 Prozent der Sonntag-Zeitung und wartet vorerst einmal ab, wie sich diese auf dem heiß umkämpften Markt behaupten kann;
— Forbes, mit seinem gleichnamigen Titel in Europa so gut wie unbekannt, erwärmte sich für den Burda-Verlag, der die ehrwürdige Wirtschaftsbibel seit April 1990 in modernem Gewand auf deutsch fabriziert; der steinreiche Parade-Kapitalist Malcolm Forbes starb jedoch ein paar Tage vor Erscheinen der ersten Ausgabe;
— Die Readers Digest Association, die hinter dem kleinformatigen Liebet-unsere-heile-Welt-Büchlein amerikanischen Ursprungs steht, möchte sich anscheinend mit einer einzigen Erfolgsstory nicht zufrieden-

geben — daher bekam das weltweite Printmonument, dessen derzeit 39 Ausgaben in 15 Sprachen regelmäßig von hundert Millionen Menschen gelesen werden, Zuwachs: Die Firma kaufte etwa das englische Magazin *Money* auf und lancierte kürzlich in Frankreich das Monatsmagazin *Budgets Famille*.

— Weitblick will schließlich auch — auf seine Weise eben — ein ziemlich kurzsichtiger US-Verleger beweisen: Ralph Ingersoll II, bis vor kurzem Chef eines 11.000-Mann-Verlags in Princeton, der vierzig Tages- sowie 150 Wochen- und Gratiszeitungen im Programm hat, mußte diesen zwar aufgrund einer schrecklichen Fehlspekulation an einen Partner abtreten — er konzentriert sich jetzt aber voll auf Europa. 1987 hatte er in Großbritannien für sechzig Millionen Pfund die Birmingham Post and Mail Group aufgekauft, später legte er sich weitere Firmen zu. Die Ingersoll Publications bringen ihm mittlerweile etwa 180 Millionen Pfund Umsatz und sind — anders als seine frühere US-Company — sehr profitabel. Vom britischen Zeitungsmarkt erwartet sich Ingersoll geradezu Wunderdinge.

Seine europäischen Kollegen betrachten dagegen eher die Staaten als Schlaraffenland. Und manche von ihnen rühren am dortigen Markt weitaus kräftiger um als die Amis in Europa. Selbst Verlage, die drüben stets als Nobodys ignoriert oder als dritte Garnitur eingestuft wurden, hüpfen den Amerikanern plötzlich vor, was sie unter Strategie und Dynamik verstehen:

Bislang schnappten sie ihnen entweder riesige Druckereien vor der Nase weg — der Schweizer Ringier-Konzern etwa den Offset-Spezialisten Krueger —, oder bescherten ihnen mit neuen Projekten kräftige Schocks — der Heinrich Bauer Verlag drang beispielsweise im Alleingang, ohne ortskundigen Partner, mit der Frauenpostille *First for Women* in das Medienparadies ein. Die englische Firma United Publications, eine Tochter von United Newspapers[1]), die so wie Reed International die amerikanische Fachwelt mit Bergen von Spezialzeitschriften verwöhnt, machte schließlich bei ihrem Vorstoß die angenehme Erfahrung, daß sich die USA zu Europa so wie Tag und Nacht verhalten: Während sie mit ihren insgesamt 130 Produkten in den Staaten als Nummer fünf auf einem Markt agiert, wo sich insgesamt 2.650 Titel 2,5 Milliarden Werbe-Dollar teilen können, ist sie in England die Nummer zwei einer Branche, deren 3.700 Mitglieder um rund 500 Millionen Pfund raufen müssen. Das bedeutet: Die durchschnittlichen Anzeigenerlöse einer amerikanischen Fachzeitschrift belaufen sich auf 500.000 Pfund, die einer englischen auf bloß 130.000 Pfund — was eben für Europäer sehr ermutigend ist.

Das hektische Aufrüsten, dem sich insbesondere ein paar Euro-Tycoons geradezu mit Leidenschaft widmen, spielt sich aber beileibe nicht nur in den Vereinigten Staaten ab und blieb auch nicht ohne Konsequenzen: Während die größten Medienimperien vor zehn Jahren noch durchwegs in den USA ansässig waren, mischen heute schon mehrere Europäer in den einschlägigen Hitparaden ganz vorne mit — Bertelsmann und Hachette sowieso, aber auch Robert Maxwell sollte nicht unterschätzt werden. Der einstige tschechische Emigrant, der in England groß und reich geworden ist, konzentriert seine Aktivitäten gezielt auf Amerika, wo er unlängst die marktschreierisch aufgemachten Blätter *Globe*, *Sun* und *National Examiner* in seinen Besitz brachte. Selbst Maxwell, der stets als Einzelgänger gegolten hatte, gelangte 1989 zu einer vermutlich wertvollen Erkenntnis: Wer in dieser multimedial-multinational-multilingual orientierten Branche auf Dauer glänzen möchte, der muß auf einer möglichst breiten Basis stehen. Er ging daher als erstes in den Staaten mit dem dortigen Verlags-Giganten McGraw-Hill eine Liaison ein: Die beiden Partner haben sich für das Fifty-fifty-Joint-venture entschieden, um im Bereich Schulbücher eine gemeinsame Linie zu verfolgen. Es ist nicht auszuschließen, daß daraus einmal mehr wird. Außerdem war Maxwell bereit, sich künftig mit der kanadischen Quebecor-Gruppe, der er einige Firmen verkauft hatte, abzustimmen. Denn eines zeichnet sich deutlich ab: Die Medienmagnaten, die in Hinkunft das Sagen haben werden, rücken immer näher zusammen.

DAS INTERNATIONALE INFORMATIONSNETZ

Die Welt des Journalismus wird zusehends eine kleine Welt. Die Branche ist einerseits immer stärker von riesigen Nachrichtenagenturen wie Reuters abhängig, die sie rund um die Uhr bedienen und bisweilen beherrschen. Neben den immer einheitlicher werdenden Informationskanälen macht sich ein weiterer Trend stark bemerkbar, der die Pluralität ebensowenig fördert: Die rasant zunehmende Konzentration auf der Kapitalseite, die in immer weniger Händen immer mehr Macht vereint.

Die mediale Schlacht um Europa erfordert — dafür sorgen schon die banalsten ökonomischen Gesetze — große, schlagkräftige und finanzstarke Einheiten. Auch dem selbstbewußtesten Solisten wird daher, sobald er in globalen Dimensionen denkt, mit der Zeit keine andere Wahl bleiben, als sich mit potenten Partnern zu verbünden.

— Dabei können recht lose Verhältnisse herauskommen, wie jenes, das acht führende Tageszeitungen Anfang 1989 eingegangen sind[20]): Sie bezwecken damit nicht mehr und nicht weniger, als im Teamwork Stelleninserate zu keilen. Andere Blätter wiederum forcieren, hauptsächlich aus Kostengründen, redaktionelle Kooperationen[21]). Und Europas TV-Anstalten haben längst erkannt, daß sie ohne Bereitschaft zur Zusammenarbeit alsbald Augenflimmern und finanzielle Schwächeanfälle kriegen würden und machen daher permanent, in unterschiedlichsten Konstellationen, gemeinsame Sache;

— Dabei können aber auch intensivere Partnerschaften entstehen, die etwa zu gemeinsamen Töchtern führen, wie dies etwa bei der deutsch-französischen Allianz zwischen Bertelsmann und Groupe de la Cité der Fall ist, die gemeinsam einen Buchklub betreiben. Die Deutschen kooperieren in Italien mit Rizzoli und haben sich weiters — womit es etwas verwirrend wird — mit dem Pay-TV-Anbieter *Canal plus* verbrüdert, dessen Gesellschafter Havas auch an der Luxemburger CLT beteiligt ist — die wiederum, so wie Bertelsmann, als Mitinhaber von *RTL plus* fungiert;

— Letztlich können derartige Flirts in ganz feste Beziehungen ausarten, was etwa der deutschen Axel Springer AG und dem italienischen Verlagshaus Poligrafica Editoriale in Bologna, bekannter als Monti-Gruppe, passiert ist: Die beiden sind Mitte 1989 im Zuge einer wechselseitigen Kapitalbeteiligung quasi eine Ehe eingegangen und einander künftig auf Gedeih und Verderb ausgeliefert. Seitensprünge werden aber im konkreten Fall durchaus toleriert: Der Springer-Verlag unterhält zum Bei-

spiel in Österreich, Frankreich, Spanien, Großbritannien, ja selbst in Italien und neuerdings auch in Osteuropa erwiesenermaßen Beziehungen zu anderen Partnern — darunter zu Mondadori und United Newspaper.
Über einschlägige Erfahrungen mit gesellschaftsrechtlicher Polygamie verfügen seit 1987 auch Hachette und die mit ihr verbandelte italienische Rizzoli-Gruppe, an der weiters die Schweizerische Edipresse beteiligt ist. Hachette arbeitet außerdem mit Burda zusammen und ist als Gesellschafter des französischen TV-Senders *La Cinq* Partner von Robert Hersant und Silvio Berlusconi, dem italienischen Fernseh-König. Dieser ist mit dem deutschen Filmhändler Leo Kirch ein Herz und eine Seele, beim Privatsender *Tele 5* Kompagnon von CLT, sitzt bei *La Cinq* mit Hersant und Hachette in einem gemeinsamen Boot und darf sich zu guter Letzt — ebenso wie sein dortiger Aktionärskollege Robert Maxwell — über den vom Baumagnaten Francis Bouygues dominierten französischen Sender *TF 1* freuen. Der englische Pearson-Konzern wiederum, bei dem neben anderen der in Australien geborene, in England ausgebildete und in den USA eingebürgerte Medien-Kosmopolit Rupert K. Murdoch Aktionär ist, ist kreuzweise mit dem holländischen Verlag Elsevier verbunden. Murdoch schließlich ist auch bei Reed International verankert, kooperiert mit Burda und wälzt mit dem US-Fernsehnetz NBC große Zukunftspläne.
Diese verschiedenen Verflechtungen, die immer mehr in Mode zu kommen scheinen, müssen zwar nicht, könnten aber durchaus zu radikalen Fusionen und damit zu noch voluminöseren Kapital-Kolossen führen: Manche Konzerne legen daher, aus latenter Angst, irgendwann einmal ihre Selbständigkeit zu verlieren, so wie Bertelsmann größten Wert darauf, ihre Partner auf sichere Distanz zu halten und preschen lieber im Alleingang vor. Aufs Flirten wollen aber vorerst nur wenige ganz verzichten.
Eine dieser Ausnahmen heißt Tim Hindle. Bis 1987 Journalist beim Londoner *Economist*, wagte er sich, ohne großartige Geldgeber im Hintergrund, an die Herausgabe eines paneuropäischen Wirtschaftsmagazins heran. Mit seinem englischsprachigen *Euro Business*, das journalistisch ausgezeichnet gemacht ist, aber in den ersten beiden Jahren nur spärlich mit Inseraten bestückt war, gelang ihm ein Experiment, das noch nicht allzu viele Kollegen geschafft haben — der französische Versuch mit *Vision* beispielsweise ist schon vor Jahren kläglich gescheitert.
Auch ein paar andere Euro-Projekte haben sich als derart riskant erwiesen, daß sie über Probenummern nicht hinausgekommen sind und ihre geplanten Starttermine immer wieder vertagt werden mußten: Hachette beispielsweise konzipierte gemeinsam mit Time Inc. eine polyglotte Hochglanzzeitschrift namens *Match*, die in fünf Staaten erscheinen sollte, verlor aber bereits in der Testphase den Mut. Der italienische Verlag Mondadori nahm sich die Herausgabe eines mehrsprachigen Nachrichtenmagazins vor, dessen Debüt jedoch alsbald auf die neunziger Jahre verschoben werden mußte. Schließlich mußten auch die unverbesserlichsten Optimisten unter den Managern einiger prestigeträchtiger Verlage, die unter dem Arbeitstitel *Voice of Europe* von einer neuartigen First-class-Zeitschrift für ganz Europa geträumt haben, ihre hochfliegenden Pläne begraben — die Stimme blieb stumm. Allein diese — vielleicht bloß einstweiligen — Fehlschläge stärkten eine Zeitlang die Vermutung, daß es erstens aufgrund der Unterschiede in Kultur, Sprache und Mentalität der Leser gar nicht so einfach sein würde, internationale Titel mit Flair und Weltformat erfolgreich zu lancieren; und daß zweitens — wenn es

dennoch gelingen solle — ein starker finanzieller Rückhalt in Form von mehreren finanzkräftigen Partnern unerläßlich wäre.
Doch seit es Maxwell im Alleingang geschafft hat, sein vierfärbiges Lieblingsprojekt *The European* zu realisieren — wenn auch mit monatelanger Verspätung und vorerst lediglich als Wochenzeitung —, wächst wieder die Hoffnung, daß es mit der Zeit doch zu einer nennenswerten Bereicherung des momentanen Sortiments am europäischen Printmarkt kommen könnte: Das US-Magazin *Time*, das es europaweit erst auf 1,5 Millionen Leser bringt, oder die *International Herald Tribune*, die von Paris bis Athen täglich bloß 140.000 Exemplare verkauft, dürfen sich also bereits auf international verbreitete, qualitativ ansprechende Konkurrenten gefaßt machen. Wenn schon nicht derartige Tageszeitungen gleich rudelweise antreten dürften, so scheint am Markt wenigstens für Euro-Magazine — kurz: Euro-mags — noch ausreichend Platz zu sein. So wie das amerikanische Vorbild *Readers' Digest*, das längst vorexerziert, wieviel es bringt, auf den einzelnen Märkten in der jeweiligen Landessprache vertreten zu sein, werden in absehbarer Zeit wohl auch etliche europäische Verleger auf eine weiträumige Expansion setzen. Diese dürften es zum einen mit ganz neuen, in mehreren Sprachen erscheinenden Titel wie *Fortune* versuchen; und zum anderen könnten sich bereits vorhandene Objekte mit eigenen Ausgaben in mehrere Länder vorwagen — so wie das Hachette mit *Elle*, die französische Verlegerin Evelyn Prouvost mit *Marie Claire* oder der Axel Springer Verlag mit seinen Auto-Zeitschriften schon eine Zeitlang mit beachtlichem Erfolg tun.

DER WILDE OSTEN

Seit die Berliner Mauer gefallen und der Eiserne Vorhang demontiert ist, vollzog sich in der Medienlandschaft Osteuropas ein tiefgreifender Wandel: Der politische Umsturz in mehreren Ländern gleichzeitig führte zum totalen Zusammenbruch des gewohnten kommunistischen Informations(un)wesens und war zugleich Auftakt zu einer neuen medialen Gründerzeit.
Zum einen wurden die staatlichen Presse- und Werbemonopole dank der revolutionären Ereignisse allmählich liquidiert, um den Pluralismus zu fördern. Selbst die KPdSU in Moskau verlor per Dekret ihren Einfluß auf Fernsehen und Rundfunk. Überall brachen für die aufgeblähten und ineffizienten TV-Anstalten und Hörfunk-Sender, für die technisch rückständigen und kommerziell ausgelaugten Verlage sowie für die früher auflagenstarken KP-Titel harte Zeiten an. Die einstigen Partei-Organe, die wie *Népszabadság* in Ungarn, *Rudé Právo* in der ČSFR oder *Rabotnitschesko Delo* in Bulgarien eine Ewigkeit lang einen medialen Eintopf aus der Giftküche der moskautreuen Machthaber hatten verbreiten müssen, existieren zwar weiter, ringen verzweifelt um eine zeitgemäße Linie, aber sie haben gegenwärtig gewiß keinen leichten Stand und erst recht keine Zukunft.
Zum anderen war im Osten — analog zur vielfältig gewordenen Parteienlandschaft — plötzlich eine sprunghafte Zunahme der Printmedien zu registrieren. Die neuen politischen Lager beispielsweise — die ungarische Volkspartei oder das tschechoslowakische Bürgerforum ebenso wie die Union Demokratischer Kräfte in Bulgarien — können sich allesamt auf Gazetten verlassen, die ihnen nahestehen. Die Zeitungsbranche kann nunmehr,

insbesondere in Ungarn, Polen und der ČSFR, schon deutlich weniger in Rumänien und Bulgarien, mit einem Phänomen aufwarten, das jahrzehntelang tabu war — Meinungsvielfalt. Obendrein wurde in den meisten betroffenen Ländern schleunigst — in der einstigen DDR und in Ungarn bereits Ende Jänner, in Polen im April 1990 — ein liberales, demokratisches Pressegesetz erlassen, die Zensur abgeschafft, die Freiheit der Medien besiegelt und die Unabhängigkeit der Journalisten beschlossen.
Schon lange vor dem historischen 3. Oktober 1990 nahm sich etwa der damalige DDR-Medienminister Gottfried Müller vor, „darauf zu achten, daß das zarte Pflänzchen Pressefreiheit nicht an altem und neuem Unkraut erstickt".
Der Übergang von einem geschlossenen, staatlich gelenkten Mediensystem in eine offene Medienlandschaft, die den Wettbewerb der Informationen und Meinungen ermöglicht, war und ist jedoch alles andere denn unproblematisch: Der Start in die Zukunft forderte nicht nur die Leser voll, die jahrzehntelang hilflos gegen eine Mauer des Verschweigens und Schönfärbens angerannt waren und sich plötzlich an die neuen Spielregeln gewöhnen mußten; er verlangte natürlich auch den Journalisten einiges ab, die früher nichts anderes hatten sein dürfen als zur permanenten Manipulation gezwungene Schreibsklaven; und schließlich stellte er jene vor gewaltige Probleme, die man im Westen als Verleger bezeichnen würde: Die drastische Knappheit an Zeitungspapier, die rückständige Drucktechnologie, das mangelnde verlegerische Know-how und das bescheidene journalistische Potential drohten die zum überwiegenden Teil ratlosen Pressemanager restlos zu überfordern.
Der Ausweg aus diesem Dilemma schien aber vorgezeichnet: Die zumeist abgewirtschafteten, kaum lebensfähigen Verlage waren, weil es so sehr an Maschinen, Material und Moneten mangelte, durch die Bank auf fremde Hilfe angewiesen. Die internationalen Medienkonzerne, allen voran die deutschen, aber auch die französischen, englischen oder italienischen, witterten sogleich ihre Chance und widmeten speziell dem Printmarkt ihre volle Aufmerksamkeit: Sie stürmten in Scharen nach Ost-Berlin, Budapest, Prag oder Warschau und machten sich daran, den östlichen Blätterwald mit westlichem Geld kräftig aufzuforsten und sich nach Möglichkeit auch gleich bei den elektronischen Medien dieser Staaten einzuschalten. Seither tauchen im Osten fast täglich neue Titel auf, darunter besonders viele Business-Zeitschriften und Sexmagazine, werden unentwegt die zahlreichen Marktlücken geschlossen, enge Kooperationen besiegelt, mutige Expansionspläne gewälzt, marode Firmen übernommen und allseits nicht gerade bescheidene Hoffnungen geweckt. So wie etliche clevere Werbeagenturen — allen voran McCann-Erickson, Young & Rubicam, Ogilvy & Mather, Saatchi & Saatchi oder RSCG — in den osteuropäischen Metropolen ansässig wurden, um nur ja nichts zu versäumen, warfen sich auch Europas prominente Presse- und TV-Meister ins Getümmel: Der Brite Robert Maxwell *(Daily Mirror, The European)* und der gebürtige Australier Rupert Murdoch *(Times, The Sun)* etwa beteiligten sich so wie der Axel Springer Verlag an ungarischen Tageszeitungen; der Pariser Hachette-Konzern gründete unter anderem in der ČSFR einen privaten Hörfunksender; der Franzose Robert Hersant *(Le Figaro)* wiederum hatte es primär auf den polnischen Zeitungsmarkt abgesehen, insbesondere auf das offizielle Organ der Regierung Mazowiecki, *Rzeczpospolita;* das Haus Burda *(Bunte)* übernahm den internationalen Anzeigenverkauf für ungarische und bulgarische Titel; der Italiener Silvio

Berlusconi schließlich band, ähnlich wie die französische Havas-Gruppe, einige TV-Anstalten per Exklusivvertrag an sich, für die er im Westen nunmehr Werbespots aufzutreiben versucht.
Sie alle sind angetreten, um erstens das bislang eigentlich vielfältige, aber — in ideologischer Hinsicht — doch recht einfältige Presse-Sortiment Osteuropas auf Hochglanz zu bringen: Als das kommunistische System in diesen Ländern seine totale Pleite erlebte, waren alles in allem immerhin etwa tausend Tageszeitungen zur Wahl gestanden[22]). Viele davon werden den Umschwung nicht verkraften können und lautlos eingehen; dafür sollten andere Objekte einen stolzen Aufschwung schaffen und durchaus prosperieren. Während etwa Polens Tageszeitungen, so wie alle übrigen Ost-Titel auch, am notorischen Papiermangel leiden und daher bis vor kurzem in ihrem Inseratenteil bloß Todesanzeigen, Stellenangebote und Wohnungsnachfragen abdruckten, haben sich die meisten Gazetten inzwischen für die Werbung, speziell für die mit ihr verbundenen Einnahmen begeistern können. Manche bringen heute schon mehrere Anzeigenseiten pro Nummer, wobei der Seitenpreis in Polen zwischen 10.000 und 18.000 Dollar liegt, in Ungarn und der ČSFR aber wesentlich darunter. Auch die ersten Anzeigenblätter, die überwiegend aus kostenlosen Kleinannoncen bestehen, konnten sich mit Erfolg behaupten. Der Berliner Offertenverlag zum Beispiel, der daheim die *Zweite Hand* vertreibt, ist seit Herbst 1989 mit dem polnischen Ableger *Kontakt* in Warschau, Krakau, Danzig und Stettin vertreten.
Europas Medienzaren wollen es obendrein nicht verabsäumen, am längst fälligen Boom bei den elektronischen Medien teilzuhaben: In der vergleichsweise unterentwickelten TV-Branche, die für insgesamt 126 Millionen Bildschirme in neun Staaten zuständig ist, dürfte es infolge der politischen Öffnung zu einer rasanten Aufwärtsentwicklung kommen, die kommerziell einiges verheißt[23]). Schließlich ist bei fast allen staatlichen Fernsehanstalten die einst verpönte TV-Werbung salonfähig geworden, so daß im Osten seit geraumer Zeit die Werbesonne aufgeht: In der UdSSR wird die TV-Reklame seit 1988 gestattet, in Ungarn sind seit Anfang 1989 zwei 5-Minuten-Werbeblöcke erlaubt, und in der früheren DDR hat seit April 1990 niemand mehr etwas gegen flotte Slogans einzuwenden; in Polen wickelt die staatliche Agentur Agpol zentralistisch sämtliche Orders ab und betreut Auftraggeber wie Canon, Minolta, Bosch oder Oetker; in der ČSFR, wo die Frankfurter IPA exklusiv die Werbezeiten des tschechoslowakischen Fernsehens ČST vermarktet, stehen bereits pro Tag und Kanal fünf bis fünfzehn Minuten TV-Werbung am Programm, die anfangs den inländischen Firmen vorbehalten waren — mittlerweile kommen ausländische schon ebenfalls zum Zug; auch in Jugoslawien, selbst in Rumänien darf sich das TV-Publikum schon an Commercials erfreuen, nur in Bulgarien und Albanien sind Werbe-Botschaften am Bildschirm vorerst noch tabu. Die Preise für TV-Spots sind nirgends bescheiden, am allerwenigsten in Polen, wo dreißig Sekunden zwischen 2.500 und 3.700 Dollar kosten, und in der Sowjetunion, wo eine vier Mal ausgestrahlte 5-Minuten-Einschaltung mit ca. 50.000 Dollar zu Buche schlägt. Speziell die ausländische Klientel läßt sich davon allerdings nicht abschrecken: In Ungarn beispielsweise, wo die teuerste 30-Sekunden-Message 3.600 Schweizer Franken kostet, wurden 1989 nicht weniger als 8.800 Minuten TV-Reklame ausgestrahlt.
Obzwar Fernsehen im Osten noch überall eine Domäne der staatlichen Monopolisten ist und private Sender wie Jugoslawiens *OTV* bzw. *TV Capo-*

distria ausgesprochene Raritäten sind, möchten die europäischen Medien-Multis auch auf diesem Weg letztendlich von einer Entwicklung profitieren, die sich im Grunde genommen seit März 1987 abgezeichnet und 1990 ihren vorläufigen Höhepunkt erreicht hat: Seinerzeit signalisierte die Tatsache, daß *Burda Moden* als erste westliche Zeitschrift in russischer Sprache erscheinen konnte, eine mögliche publizistische Öffnung. Die nächsten Schritte folgten dann Schlag auf Schlag:

— Anfang 1988 starteten der Münchner High Society Verlag und der gewerkschaftsnahe Verlag Neszava in Budapest gemeinsam eine Novität ersten Ranges — den *Szex Press* ;
— Im Mai 1988 waren westliche Zeitungen und Zeitschriften für Sowjetbürger erstmals frei erhältlich;
— etwas später war das erste Joint-venture eines sowjetischen Verlags mit einem amerikanischen Partner perfekt;
— Anfang 1989 kam in Ungarn mit *Reform* das erste Boulevardblatt auf den Markt;
— zugleich wurden die staatlichen Subventionen an Printmedien drastisch gekürzt;
— in einer russischen Zeitschrift tauchte zum ersten Mal eine nackte Schönheit auf;
— im Februar 1989 kündigte der Aenne Burda Verlag den Bau einer Druckerei in Moskau an;
— gleichzeitig beschloß *Business Week*, mit einer Ausgabe in russischer Sprache vorzupreschen;
— im April fiel in Polen der Beschluß, daß die Opposition eine Tageszeitung herausgeben darf;
— im Frühjahr sahen sich ausländische Medieninvestoren, etwa die Springer-Leute, intensiv in Ungarn um;
— im Mai 1989 erschien die erste unabhängige, in Privatbesitz befindliche Zeitung des Landes, *Datum*, und
— im Herbst ging es dann, als die kommunistischen Bonzen weg vom Fenster waren, wie auf Kommando an mehreren Fronten gleichzeitig los.

Der politische Kurswechsel animierte zahllose westliche Verlage, in den Osten zu stürmen, sich förmlich mit aller Gewalt in den in einer recht prekären Lage befindlichen Markt zu drängen, um hastig die Plätze in der ersten Reihe zu okkupieren. Sie wurden dort prompt Zeugen eines medialen Trauerspiels: Die meisten, durchwegs ziemlich unattraktiv wirkenden Titel, die es aufgrund der unfähigen Vertriebsmonopolisten — sprich Post — bloß auf relativ bescheidene Auflagen gebracht hatten, waren finanziell total ausgelaugt und akut in ihrer Existenz gefährdet. Am schlimmsten war es zweifellos um die einstigen Marktleader bestellt, die ihre dominante Position schlagartig verloren haben: So verzeichneten die früheren Top-Blätter Ungarns, das Parteiblatt *Népszabadság* und die Gewerkschaftszeitung *Nepszava*, ebenso alarmierende Auflagenverluste wie das einstige SED-Zentralorgan *Neues Deutschland*, das innerhalb eines halben Jahres von einer Million auf 350.000 verkaufte Exemplare abgesackt war. Die Verkaufszahlen aller anderen überregionalen DDR-Tageszeitungen schrumpften bis Mai 1990 im Schnitt auf die Hälfte. Während die einst staatlich gestützten Blätter plötzlich mit enorm steigenden Papier- und Druckpreisen konfrontiert waren, fielen fast überall die gewohnten Subventionen aus: Ungarns Presse, die 1988 nahezu 600 Millionen Forint in Empfang hatte nehmen dürfen, bekam auf einmal nur noch 160 Millionen; in der DDR wiederum, wo 1989 allein die SED-Zeitungen 320 Millionen Ost-Mark kassiert hatten, wurden die Förderungen so wie in Polen überhaupt abgeschafft. Die kommerzielle Lage der meisten Blätter ist daher allseits dermaßen kritisch geworden, daß die Verkaufspreise drastisch angehoben werden mußten — in Ungarn beispielsweise um durchschnittlich 150 Prozent, in der damaligen DDR gleich um das Zwei- bis Vierfache.

Ausgerechnet in dieser Schwächephase mußte sich der gigantische Wettbewerbsdruck seitens der finanzstarken Ausländer auf die großen Ost-Verlage geradezu tödlich auswirken: Die westlichen Konkurrenten begannen nämlich, seit sie sich dank neuer Gesetze in östliche Betriebe einkaufen durften, zu pokern, zu bluffen und zu feilschen, als wäre Osteuropa ein orientalischer Medienbasar. Sie spielten dabei scheinbar mühelos einen Trumpf nach dem anderen aus, und Schlagworte wie Kapitalkraft, Know-how oder Kooperation öffneten ihnen zumeist automatisch Tür und Tor. Ihre nicht immer elegante Taktik, die letztlich zum totalen Anschluß der östlichen Zeitungsbranche an den Westen führen muß, ging um so leichter auf, als für die früheren KP-Titel teilweise gerade neue Eigentümer gesucht wurden und die einst mächtigen, aber technisch alles andere als zeitgemäßen und obendrein völlig unrentablen kommunistischen Printriesen vor Ort buchstäblich am Ende waren: Im März 1990 ist zum Beispiel dem früher der inzwischen aufgelösten Polnischen Vereinigten Arbeiterpartei gehörenden Pressekonzern RSW Prase-Ksiazka-Ruch, der seit 1947 fest alle Zügel in der Hand gehalten hatte, mit dem im Parlament verabschiedeten Gesetz zur Privatisierung des Pressewesens ein abruptes Ende bereitet worden. Eine staatliche Liquidierungskommission sollte über das weitere Schicksal der von ihm herausgegebenen Blätter, für die sich etwa zwanzig Ausländer interessierten, befinden, was — wie bei der angesehenen Warschauer Tageszeitung *Zycie Warszawy*, deren Mitarbeiter sich vehement um eine Übernahme bemühten — zu heftigen Turbulenzen führte. Die übrigen ehemaligen KP-Schaltstellen, die so wie der rumänische Scintea-Verlag mit Haut und Haaren der Partei ausgeliefert waren, verschwanden entweder im allgemeinen Chaos, so ähnlich wie etliche Objekte, ebenfalls von der Bildfläche oder gingen alsbald in der Masse der neuen Herausforderer unter: Waren in **UNGARN** vor der Wende nur sieben Pressehäuser, darunter der regierungsnahe Verlag Pallas, für sämtliche Printerzeugnisse des Landes zuständig, so ist heute eine beinahe mörderische Konkurrenz selbstverständlich. Der medialen Pleitewelle im Wilden Osten, die zahlreiche Objekte erfaßt und vom Markt gespült hat, steht somit ein veritabler Boom an neuen Produkten gegenüber: Seit geraumer Zeit werden etwa die Magyaren am laufenden Band mit Wochen-, Jugend-, Sport- oder Anzeigenblättern sowie mit Hobby- und Unterhaltungsmagazinen überhäuft, von denen manche indes alsbald wieder einen leisen Tod sterben dürften. Jene Blätter, die sich einen starken Geldgeber geangelt haben, wollen aber nicht nur überleben, sondern obendrein florieren — zum Beispiel die vom Bertelsmann-Konzern inhalierte ehemalige KP-Zeitung *Népszabadság* oder die ungarische Boulevard-Illustrierte *Reform*. Als Rupert Murdoch diese übernommen hatte, gab er ihrem Chefredakteur prompt den wohlgemeinten Ratschlag: „Wir sollten keine Fotos von nackten Frauen veröffentlichen — oben ohne genügt vollauf, aber schön müssen sie sein." Manche Investoren — neben Murdoch etwa Springer oder die schwedische Bonnier-Gruppe — trugen sich sogleich mit dem Gedanken, moderne Druckzentren aus dem Boden zu stampfen, andere wiederum — insbesonders der deutsche WAZ-Konzern — verwerteten prompt ihr vertriebliches Know-how.

Die Ausländer haben es naturgemäß auch auf die ČSFR abgesehen, tun sich dort allerdings erheblich schwerer: Robert Maxwell etwa holte sich bei der Redaktion einer Tageszeitung, die er übernehmen wollte, trotz großzügiger Versprechungen eine Abfuhr. Seit sich *Lidové noviny*, auf deutsch: Volkszeitung, als erstes unabhängiges Tagblatt etablieren konnte — Anfang Mai 1990 folgte mit *Obcánsky denik* das zweite — weht in der Pressebranche der **TSCHECHOSLOWAKEI** jedenfalls ein frischer Wind: Die kommunistischen Sprachrohre von früher, etwa *Rudé Právo*, mußten arge Auflagenverluste hinnehmen, jene Titel jedoch, die das einstige Regime abgelehnt hatten, verbuchten massive Leserzuwächse. Allein im westlichen Teil des Landes sind im ersten Halbjahr 1990 weit über 200 Zeitungen und Zeitschriften aus dem Boden geschossen. Die Verleger dieser Objekte, die beispielsweise mit der Tageszeitung *Národná Obroda* oder den kritischen Wochenzeitschriften *Zmena* und *Verejnost* angetreten sind, imitieren bisweilen die ausländischen Kollegen. Sie setzen etwa, um den matten Vertrieb anzukurbeln, rudelweise Kolporteure ein, haben aber weiterhin unter den gewohnten Troubles, wie der knappen Papierzuteilung, zu leiden. Der Alltag in der Zeitungsbranche ist auch deshalb recht schwierig, weil in manchen Redaktionen immer noch alte, verbissene Kommunisten sitzen, die sich nicht umstellen bzw. ihre liebgewordenen Unsitten nicht abstreifen können. Deshalb brachen in manchen Fällen — zum Beispiel beim politischen Magazin *Svet* — heftige Kämpfe unter den Mitarbeitern aus.

Ungleich besser als die meisten bodenständigen Objekte, etwa die Oppositionszeitungen *Demokrazija* und *Svoboden narod* in Bulgarien oder *Romania liberà* sowie *Aventarul* in Rumänien, kamen zweifellos die ausländischen Investoren mit den für eine Pionierphase typischen Anlaufschwierigkeiten zurecht. Für jene Goldgräber, die den Osten so rasch wie möglich in eine Medienkolonie des Westens zu verwandeln entschlossen waren, schien es im Hinblick auf die oft unklare Rechtslage ein leichtes Spiel zu sein, diverse, sozusagen im luftleeren Raum schwebende Gazetten zu günstigen Konditionen in irgendeiner Form an sich zu binden. Sie haben es dank ihrer finanziellen Potenz und ihrer fachlichen Kompetenz beinahe mühelos geschafft, vor allem in der einstigen DDR und in Ungarn auf spektakuläre Weise einzusteigen und im Handumdrehen zu den wichtigsten Faktoren auf diesen Zeitungsmärkten zu avancieren.

Der ostdeutsche Pressemarkt hat, obzwar vierzig Jahre marxistische Planwirtschaft in jeder Hinsicht tiefe Spuren hinterließen, naturgemäß die westdeutschen Verlage in Scharen angelockt: Mit 16,7 Millionen Einwohnern, einem relativ umfangreichen Medienangebot und recht eindrucksvollen Auflagenzahlen ist die frühere **DDR** für sie mit Gewißheit ein attraktives Absatzgebiet mit Zukunft. Auch wenn die Post, die als Betreiber der landesweit 16.000 Kioske exklusiv für den Vertrieb zuständig war, mit dieser Aufgabe nie wirklich zu Rande gekommen war, wurden am Ende der Ära Honecker täglich 9,7 Millionen Exemplare an den Mann gebracht — in Relation zur Zahl der Bürger ein internationaler Spitzenwert. Die bis vor kurzem auflagenstärksten Titel, das *Neue Deutschland*, die *Junge Welt* und die *Leipziger Volkszeitung*, haben allerdings aufgrund ihrer SED-Vergangenheit und des Wegfalls der früher üblichen Zwangs-Abonnements rapid Leser verloren und radikal abgewirtschaftet. Sie waren, so wie die vierzehn regional verbreite-

ten einstigen SED-Blätter und die meistverkauften, wenn auch recht antiquiert wirkenden Zeitschriften, beispielsweise *FF Dabei*, die *Wochenpost* oder die Frauenillustrierte *Für Dich*, allesamt schlagartig auf fremde Hilfe angewiesen. Der Hamburger Verleger Alexander Jahr vertrat öffentlich die Ansicht, daß nicht weniger als 95 Prozent der ostdeutschen Verlage vor dem Ruin stünden — also höchste Eile geboten war.
Der Run aus dem Westen folgte prompt: In Phase eins galt es, zunächst die gängigsten westdeutschen Zeitschriften, jene der Häuser Bauer, Burda und Springer, zwischen Rostock und Jena massiv zu verbreiten. Sie wurden von den betreffenden Verlagen fürs erste — so die *Wirtschaftswoche* — „auf eigene Faust, ohne gesetzliche Grundlage und vorbei am bestehenden Postzeitungsdienst" ins Land geschafft und gingen dort wie die warmen Semmeln weg. In weiterer Folge haben einige findige Strategen spezielle Ost-Ausgaben offeriert, um drüben rascher Fuß fassen zu können als die Konkurrenz — bestes Beispiel: die *Süddeutsche Zeitung* kreierte *Die Woche*. Auf den Geschmack gekommen sind aber nicht nur die bekannten Größen, sondern auch relativ unbekannte Miniverleger: So wie der Inhaber des *Westfalen-Blatts* in Bielefeld, der in Ostdeutschland schon im März 1990 mit der *Eisenacher Tagespost* präsent war, marschierten sie mit ihren Objekten hoffnungsvoll im Nachbarland ein.
Als die Ausländer schließlich auf gesetzlichem Weg grünes Licht bekamen, sich an Verlagen zu beteiligen, konnte die Eroberung des nach Informationen lechzenden Publikums in großem Stil beginnen. Jetzt legten die Jungs aus Hamburg, München, Frankfurt oder Köln erst so richtig los: Sie kauften sich, scheinbar um die Wette, primär bei den regionalen Tageszeitungen ein, die knapp zuvor von Partei- in Volkseigentum übergewechselt sind, steckten weidwunde Verlage ein — Gruner & Jahr beispielsweise hatte sich 49 Prozent an der Großdruckerei Völkerfreundschaft gesichert —, und gründeten laufend neue Objekte: Innerhalb weniger Wochen tauchten ungefähr fünfzig neue Publikationen auf, von *Wir in Leipzig* und der *Deutschen Wirtschaftszeitung* über das Monatsmagazin *Grenzenlos* und die Wochenzeitung *Die Wirtschaft* bis zum *Leipziger Stadtmagazin* sowie einigen Anzeigen- und Offertenblätter, allen voran das *Berliner Wochenblatt* oder der *Havelland Anzeiger*. Die bestehenden Objekte bekamen zwecks abrupter Änderung ihrer Identität großteils neue Titel sowie ein knalliges Äußeres verpaßt und warteten im Handumdrehen mit einem ungewohnt breiten, auf zeitgemäß-westlich getrimmten Themenspektrum auf: Aus dem einst biederen Jugendmagazin des Verlags Junge Welt, *neues leben*, wurde beispielsweise über Nacht die geradezu popig aufgemachte Monats-Postille *neu leben*, die sich plötzlich im Stile einer westdeutschen Illustrierten vor keinem Schickimicki-Thema scheute und sogar schon über die Geschäfte der Ost-Dirnen referiert hat. Die neue *Super Illu* wiederum, eine Koproduktion der Häuser Gong und Burda, klärte die ostdeutschen Bürger beispielsweise unter dem Titel „Die große Freiheit auch im Bett" über „neue Sex-Praktiken" auf und stellte Mädchen vor, „die sich für Geld ausziehen".
Das massive Engagement der Westler — allein im ersten halben Jahr nach dem Umsturz kam es immerhin zu ungefähr dreißig handfesten Kooperationen — führte in der früheren DDR zu einer immensen Ausweitung des publizistischen Sortiments: Im Juni 1990 wurden aus der damaligen Bundesrepublik bereits 23 Tageszeitungen in einer Gesamtauflage von zwei Millionen Stück angeliefert, weiters vierzig Wochenblätter und 240 Zeitschriften.

Den größten Erfolg hatte — wie zu erwarten war — die *Bild Zeitung* gelandet, die in Ost-Berlin, Erfurt und Rostock gedruckt wurde und alsbald auf Seite 1 stolz vermelden konnte: „*Bild* ist jetzt mit über einer Million verkauften Exemplaren auch in der bisherigen DDR die größte Tageszeitung." Die *Bild*-Strategen waren felsenfest davon überzeugt: „Die DDR-Leser haben auf uns gewartet wie auf Coca-Cola."
Ein ähnlich spektakulärer Schachzug wie dem Axel Springer Verlag gelang auch Gruner + Jahr: Die Bertelsmann-Tochter ging, gemeinsam mit Robert Maxwell, beim Wettlauf um den wohl prominentesten DDR-Verlag als Sieger hervor und beteiligte sich am früheren SED-Flaggschiff Berliner Verlag. Der zuletzt von der SED-Nachfolgerin PDS kontrollierte Konzern beschäftigt 1.200 Mitarbeiter und gibt unter anderem die *Berliner Zeitung*, die *BZ am Abend*, die *Wochenpost* sowie die Illustrierten *Für Dich* und *FF Dabei* heraus. Die bisherigen Akquisitionen einiger Mitbewerber können sich so wie deren künftige Projekte ebenso sehen lassen[24]): So ist das Haus Burda in Ost-Berlin dabei, zusammen mit Murdoch ein modernes Druckzentrum zu errichten.
Die Deutschen legten sich auch in anderen Ländern kräftig ins Zeug, vor allem in Ungarn[25]), bekamen dort aber mehr internationale Konkurrenz zu verspüren: Polen wurde insbesondere vom schwedischen *Dagens Nyheter*, vom britischen *Daily Telegraph* oder von der international tätigen Gruppe Euroexpansion ins Visier genommen, die sich die *Gazeta Bankowa* unter den Nagel riß. An der **UdSSR**, wo Glasnost einen medialen Boom ermöglicht hat, fanden neben anderen beispielsweise die US-Konzerne McGraw-Hill *(Business Week)* und Hearst, die schwedische Bonnier-Gruppe, die finnische Uusi Suomi, der holländische Printspezialist VNU und etliche westliche Kleinverlage Gefallen[26]). Sie alle versuchten die plötzliche Vorliebe der sowjetischen Leser für ungewöhnlich kritische Medien zu nutzen: Während aufgeschlossene Publikationen wie *Argumenty i Fakty*, *Komsomolskaya*, *Semya*, *Ogonyok* oder *Novy Mir* zuletzt beachtliche, teilweise sogar sensationelle Zuwächse feiern durften, ging es mit jenen, die nicht so rasch umdenken mochten, deutlich bergab — etwa mit der *Prawda*, der *Iswestija*, mit *Selskaya Zhizn* oder *Sovetskaya Rossiya*. Immerhin baut nach der *Iswestija*, die 1989 rund 250 Inserate veröffentlicht hat, auch die wesentlich langweiligere *Prawda*, auf deren Titelseite immer noch auf die alte Marx-Parole „Proletarier aller Länder, vereinigt Euch" prangt, auf Anzeigen. Als sie diesbezüglich Werbebriefe an hochrangige US-Manager verschickte, trauten diese ihren Augen nicht und hielten die Aktion prompt für einen schlechten Scherz: Eine Seite in der *Prawda* kostet sagenhafte 50.000 Dollar.

*

Vielleicht lassen Europas Mediengrößen gerade deshalb die politisch instabile Sowjetunion lieber links liegen. Statt sich mit den bisweilen recht unrealistischen Vorstellungen der russischen Zeitungsleute herumzuschlagen, konzentrieren sie sich anscheinend eher auf die erhoffte Aufwärtsentwicklung im osteuropäischen TV-Geschäft. Die ersten Anzeichen für einen Boom liegen bereits vor. Zum einen nimmt im Osten die Versorgung mit ausländischen Programmen — abgesehen vom Overspill — rasant zu: Das französische Kulturprogramm *La Sept* ist seit etlichen Monaten mit Untertiteln in Polen und der ČSFR zu empfangen; der Satelliten-Sender *Super Channel*

wiederum hofft, demnächst schon fünf Millionen sowjetische Haushalte betreuen zu können; in Ungarn sind bereits zwei Millionen Menschen in der Lage, *MTV*, *RTL plus*, *SAT 1*, *Super Channel* oder *TV 5* empfangen. Auch wenn Anfang 1990 in der ČSFR bloß 50.000 Antennenanlagen mit rund zwei Millionen angeschlossenen Haushalten und in Polen oder der früheren DDR gar nur ein paar tausend solcher Schüsseln existiert haben, steht eines fest: Satelliten-TV ist im einstigen Ostblock zweifellos im Kommen. Desgleichen das Kabelfernsehen: Obzwar in Ungarn derzeit lediglich jeder zehnte bzw. im Osten Deutschlands jeder sechzehnte Haushalt verkabelt ist und in der ČSFR bloß in Prag, Brünn, Bratislava und Banská Bystrica Kabel-Networks vorhanden sind, wird der Ausbau emsig vorangetrieben. In Ungarn werden die US-Firmen Time-Warner und United International ein Kabelsystem aufbauen und betreiben. In der ehemaligen DDR will man bis zum Jahr 1997 dank gewaltiger Investitionen 2,2 Millionen Kabelhaushalte vorweisen können. In **POLEN** wiederum startete Anfang 1990, so als gäbe es keine dringlicheren Vorhaben, ein 900-Millionen-Dollar-Projekt, hinter dem die US-Firma Chase Enterprises sowie Poltekab als einheimischer Partner stecken: In den kommenden zwanzig Jahren sollen 1,8 Millionen Haushalte an die TV-Kabelwelt angeschlossen werden. Schließlich tun die Polen als eifrigste TV-Freaks Osteuropas in der Freizeit laut Statistik nichts lieber, als vor der Mattscheibe zu sitzen — im Schnitt schauen sie täglich fast 200 Minuten zu, mehr noch als die Italiener.
Es war daher nicht sehr überraschend, daß sich mehrere Interessenten in diesem Land schon frühzeitig umgesehen haben. Der Schriftsteller Andrzej Drawicz, einst aktives Solidarność-Mitglied und nach dem Umsturz Chef des polnischen Fernsehens, schloß im Zuge einer umfangreichen Reform diverse Verträge mit Ausländern ab, darunter mit Silvio Berlusconi. Der zweite TV-Kanal Polens bietet nunmehr laufend westliche Programme an und strahlt ferner auch Werbespots aus. Drawicz, der mit der Überzeugung angetreten war, daß seine Anstalt apolitisch und keiner Partei verpflichtet sein solle, hatte vom Start weg nichts gegen die diskutierte Privatisierung des zweiten Programms einzuwenden.
Auch die Fernsehgesellschaft der ehemaligen **DDR** mußte im Hinblick auf die deutsch-deutsche Einigung grundlegend umdenken: Die früher von der direkt dem Ministerrat unterstellten Rundfunk- und Fernsehkommission kontrollierte und ideologisch permanent bevormundete Anstalt versteht sich zwar seit Mitte März 1990 als „öffentlich-rechtliches Fernsehen" nach westlichem Muster. Der aus Gebühren finanzierte, 7.500 Mitarbeiter zählende Deutsche Fernseh-Funk (DFF), der stets an den westdeutschen Programmen gemessen worden war und dabei ziemlich mies abgeschnitten hatte, befand sich jedoch in einer derart desolaten kommerziellen Lage, daß es alsbald zu Massenentlassungen kommen mußte. Obendrein war es höchste Zeit, die TV-Werbung einzuführen: Seit 17. April 1990 setzt der DFF auf dreißig Minuten Werbung täglich, was ihm gleich im ersten Jahr 180 Millionen Valuta-Mark bescheren sollte. Seine Werbezeiten werden aber nicht, wie eigentlich zu erwarten war, von einer westdeutschen Agentur, sondern exklusiv von der Pariser Havas-Tochter Information et Publicité (IP) bzw. deren Frankfurter Tochter IPA vermarktet. Damit ging die Ost-Anstalt aus gutem Grund auf Distanz zu den Westdeutschen: Während sie selbst ihre Selbständigkeit bewahren und sich im Vereinigten Deutschland neben ARD und ZDF als Dritter im Bunde etablieren wollte, hatten die nachbarlichen TV-Saurier von al-

lem Anfang an mit der Idee gespielt, sich den ausgebrannten Schwächling in irgendeiner Form einzuverleiben.
Die ostdeutsche Anstalt, die zwei Programme ausstrahlt, ist jedenfalls von einer höchst unappetitlichen Vergangenheit in eine zukunftslose Gegenwart gerutscht: Aufgrund ihrer finanziellen Schwäche schien es der einzige Ausweg zu sein, einfach von den vergleichsweise stinkreichen Westdeutschen inhaliert zu werden. Der DFF wird demnach längstens bis 31. Dezember 1991 bestehen und sich sodann in Luft auflösen: Der Kanal DFF 1 könnte das ZDF-Programm übernehmen, DFF 2 dürfte künftig stillgelegt oder aber von *RTL plus* betrieben werden, dafür könnte es zu einer neuen Frequenzkette kommen, die regional sendet. Während sich also die westdeutschen TV-Kraftprotze, deren Programme ohnedies selbst in den letzten Winkeln Ostdeutschlands zu empfangen sind, die Hände reiben dürfen, ist in den anderen Oststaaten ein gewaltiges Tauziehen um Lizenzen zu erwarten:
In der **ČSFR** will die italienische Fininvest-Gruppe beim Aufbau einer kommerziellen TV-Station behilflich sein, aber auch Rupert Murdoch wäre dazu liebend gerne bereit. Robert Maxwell wiederum, hieß es, wolle — ähnlich wie Berlusconi — unbedingt die Hälfte des zweiten bulgarischen Staatssenders erwerben. In **UNGARN** lagen ebenfalls mehrere Interessenten auf der Lauer: Es zeichnete sich ab, daß sich, sobald das neue Mediengesetz verabschiedet ist, etwa dreißig Bewerber um eine TV-Lizenz reißen würden, darunter Maxwell, die US-Networks ABC und NBC sowie Silvio Berlusconi. Der unersättliche Italiener hatte angeblich eine Milliarde Dollar für das dritte TV-Programm geboten. Schließlich war auch Murdoch angesichts eines nicht unbedeutenden Vorsprungs guter Hoffnung: Schließlich wird der erste ungarische Kommerzsender, *NAP-TV*, der seit August 1989 in den Morgenstunden auf der Frequenz des Staatskanals zu empfangen ist, vom Murdoch-Blatt *Mai Nap* kontrolliert. Der Kampf der Giganten dürfte in absehbarer Zeit auch auf die Sowjetunion übergreifen, wo es in ungefähr drei Jahren den ersten kommerziellen Fernsehsender geben soll. Berlusconi würde sich einen solchen Coup eine Menge kosten lassen und rechnet sich bereits erstklassige Chancen aus.
Mindestens genauso turbulent wie am TV-Markt wird es künftig am Sektor Hörfunk zugehen — schon jetzt gibt es im Osten viel Neues: **UNGARN** war das erste Ostblockland, wo ein kommerzieller Sender in Aktion treten konnte. Als deutschsprachiges Urlaubsprogramm durfte *Radio Danubius* — eine autarke Einheit des staatlichen Rundfunks — schon 1986 neben den drei landesweiten Kanälen *Kossuth*, *Petöfi* und *Bartók* sowie sechs regionalen auf Sendung gehen. In den Wintermonaten wird von der Station, die eine Zusammenarbeit mit dem österreichischen Grenzsender *Antenne Austria* einging, ein ungarisches Programm ausgestrahlt. Im Frühjahr 1989 konnten sich zwei weitere Kommerzstationen einschalten — *Radio Juventus* und *Radio Calypso*, die mit ihren jungen, aktuellen und unterhaltsamen Sendungen inzwischen eine Bereicherung der rasant wachsenden ungarischen Hörfunkszene geworden sind. Im Raum Budapest ist seit März das private, rein aus der Werbung finanzierte *Radio Bridge*, ein 24-Stunden-Programm in englischer Sprache, zu empfangen. Es konzentriert sich hauptsächlich auf Musik und Nachrichten, bringt Englischkurse, übernimmt das Mantelprogramm von Voice of America und gehört den Privatpersonen Gustav Hittig und György Bomeszanski.
In der **ČSFR** nahm die private Konkurrenz ebenfalls schon gegen das eine

nationale und mehrere regionale Programme den Kampf auf: Der französische Radiokommerzsender *Europe 1*, eine Hachette-Tochter, und die staatliche Rundfunkgesellschaft Československy Rozhlas haben vereinbart, gemeinsam einen kommerziellen Radiokanal, *Europa Plus*, zu betreiben. Dieses erste einschlägige Joint-venture ist am 20. März 1990 Realität geworden. Außerdem betreut das in österreichischem Besitz befindliche *Radio CD* von Bratislava aus den Großraum Wien. Schließlich hat sich ein Ableger des Pariser *Fun Radio* etabliert, nämlich *Radio Fun Bratislava*, das zwar vorerst in einem gesetzlichen Vakuum agierte, aber rasch eine breite Akzeptanz bei den Hörern fand. Im Herbst 1990 waren bei der zuständigen Regierungskommission rund fünfzig Bewerbungen von Interessenten eingelangt, die künftig ein privates Hörfunkprogramm gestalten wollen. Die prominentesten hießen BBC, RTL und Voice of America.

In der früheren **DDR**, wo fünf landesweite und etliche regionale Hörfunkprogramme ausgestrahlt werden, bahnte sich schon frühzeitig ein heftiger Ätherkrieg an: Obwohl die rechtlichen Rahmenbedingungen für das duale Rundfunksystem in den fünf neuen Bundesländern noch ausständig waren, machten sich mehrere Westfirmen sogleich an die Arbeit — die bayerische Gong-Kette beispielsweise vermarktete im Auftrag von Sendern in Thüringen eifrig deren Werbezeiten, die Hamburger Werbegesellschaft Radio Marketing Service (RMS) betreute das Jugendradio *DT 64* sowie das Sachsenradio, und die IPA in Frankfurt akquirierte für *Radio Aktuell* Aufträge. Außerdem wurde — vorerst noch ohne Aussicht auf Sendeerlaubnis — die erste private Hörfunkstation aus dem Boden gestampft: Eine deutsch-deutsche Anbietergemeinschaft, der Bertelsmanns Ufa und der Axel Springer Verlag, aber auch ostdeutsche Zeitungshäuser angehörten, bereitete das 24-Stunden-Vollprogramm *Ostsee Radio* vor, das sich zunächst um Mecklenburg-Vorpommern kümmern soll. Die staatlichen Regionalsender, etwa *Antenne Brandenburg* oder *Radio Sachsen-Anhalt*, werden es in absehbarer Zeit mit weiteren Kommerzsendern zu tun haben, und etliche internationale Investoren, etwa *Europe 1*, scharren bereits in den Startlöchern.

In **POLEN**, wo *Europe 1* in Bälde ebenfalls landen möchte, startete kürzlich die gemeinsame Radiofirma des französischen *Fun Radio*, das Robert Hersant gehört, und des der Solidarność nahestehenden ehemaligen Krakauer Untergrundsenders *Wolna Polska*: Das mit einem Startkapital von nur fünf Millionen Francs ausgestattete *Radio Molopolska Fun* durfte aber vorerst, im Hinblick auf das noch bestehende staatliche Rundfunkmonopol, nur das französische Originalprogramm ausstrahlen. Selbst in Rumänien ist privater Hörfunk kein absolutes Tabu mehr: Die erste Station hieß *Radio Uni-Fun* und war ebenfalls ein Ableger des französischen Namensvetters — leider wurde sie bald wieder zugesperrt.

T e i l 2

EINE BRANCHE IM UMBRUCH

Europa ohne Grenzen — diese große Vision hat viele Medienmacher in grenzenlosen Optimismus versetzt. Als einer der ersten ist der wohl wildeste Dealer der Branche vorgeprescht: Rupert K. Murdoch verfiel bereits 1983 der an sich faszinierenden Idee, den Kontinent mit einem englischsprachigen TV-Programm aufzurollen. Er ist zwar mit seinem *Sky Channel* zum Pionier geworden, aber das hat ihn ein enormes Lehrgeld gekostet.

Der gebürtige Australier ließ sich allerdings von diesem Flop keineswegs entmutigen: Er stieg, im Gegensatz zu anderen, aus dem abenteuerlichen Spiel nicht gleich wieder gänzlich aus, sondern zog sich bloß weitgehend vom Kontinent zurück, erhöhte den Einsatz und pokerte unerschrokken weiter. Murdoch, der sich nunmehr voll auf die britische Insel konzentriert, ist felsenfest davon überzeugt, daß die Karten neu gemischt werden. Er will künftig unbedingt zu den großen Siegern zählen in einer Branche, deren Konturen sich in den vergangenen Jahren grundlegend verändert haben.

Die Schlagworte, an denen die meisten Politiker plötzlich Gefallen fanden, lauten überall Liberalisierung und Deregulierung: Die einstigen Rahmenbedingungen für die elektronischen Medien wurden in nahezu allen Ländern Westeuropas völlig neu geregelt. Die staatlichen Monopolanstalten haben fast ausnahmslos viele ihrer Privilegien verloren und müssen gegen immer mehr ehrgeizige Herausforderer antreten.

Die größere Vielfalt, die den Konsumenten blüht, ist für die Anbieter mit einer weitaus stärkeren Kommerzialisierung verbunden: Während sich die Zuschauer auf noch mehr Kanäle, noch mehr Programme, noch mehr Sendezeiten und noch mehr Werbespots gefaßt machen können, haben die staatseigenen wie auch die privaten TV-Anstalten in Zukunft einen wesentlich härteren Wettbewerb, gewiß größere Chancen, aber auch höhere Risiken zu erwarten.

Diese rasante Entwicklung wird geradezu zwangsweise zu einer beträchtlichen Konzentration auf der Kapitalseite führen — einer Konzentration, die im Bereich Presse bereits seit langem im Gange ist. Die vorerst noch zahlreichen westeuropäischen Mini-Verleger können das Spiel der mächtigen Medienmacher nur noch verlegen verfolgen und geraten dabei immer stärker unter Druck: Die meisten Tageszeitungen beispielsweise, die auflagenmäßig recht kleinkariert wirken, agieren auf stagnierenden Märkten, verlieren vielfach an Auflage, büßen Leser ein und geraten auch beim Kampf um Werbeeinnahmen oft ins Hintertreffen.

Der große Schnitt bleibt in der Regel wenigen boulevardesken Massenblättern vorbehalten, die elegant die schmächtige Konkurrenz niederwalzen. Sie werfen durchwegs beachtliche Gewinne ab und bieten ihrem Eigentümer — wie im Fall Murdoch — den nötigen Rückhalt, um sich multimedial engagieren und neue Reviere erschließen zu können.

Printmedien:
DIE PRESSE UNTER DRUCK

Ein großer Unbekannter hat die Zeitungsbranche in **ÖSTERREICH** binnen kürzester Zeit vollkommen umgestaltet: Der deutsche WAZ-Konzern — das Kürzel steht für *Westdeutsche Allgemeine Zeitung* — konnte im Alpenland wie aus heiterem Himmel zwei Volltreffer landen:
Im November 1987 hatte er sich bei der *Krone*, dem auflagenstärksten Blatt der Republik, mit 45 Prozent eingekauft. Auf diese Weise wurde ein jahrelanger Konflikt zwischen Hans Dichand und Kurt Falk, bis dahin Fifty-fifty-Partner, bereinigt. Dichand, der seither die Mehrheit hält, kündigte damals geheimnisvoll an: „In der Zeitungsbranche wird kein Stein auf dem anderen bleiben."
Im März 1988 stieg die WAZ dann auch beim *Kurier* ein, der zweitgrößten Tageszeitung des Landes — unoriginellerweise ebenfalls mit 45 Prozent. Damit brach endgültig ein Sturm der Entrüstung los: Von „Elefantenhochzeit" war die Rede, von einem „gigantischen Meinungsmonopol", sogar von einem „stillen Anschluß".
Die überraschende Offensive des Medienriesen aus dem Ruhrgebiet hat in Österreich nicht nur nach Ansicht von Bundeskanzler Franz Vranitzky „eine merkliche Beunruhigung ausgelöst": Die forschen WAZ-Männer sorgten umgehend für eine enge Kooperation zwischen *Krone* und *Kurier* in den Bereichen Druck, Vertrieb, Marketing und Anzeigenakquisition und bestimmen nunmehr mit der Holding Mediaprint maßgeblich das Geschehen am österreichischen Medienmarkt. Seither können viele ihre Ängste wegen dieser Entwicklung nicht mehr unterdrücken: Die größte und die zweitgrößte Tageszeitung, weiters die führenden Magazine *profil, trend, Rennbahn-Express* oder *Basta* unter einem Dach — an diese in ganz Europa einzigartige Pressekonzentration müssen sich die Österreicher eben erst allmählich gewöhnen.
Die Frage, die seither alle brennend interessiert, lautet: Wer, zum Teufel, ist die WAZ?
Die WAZ ist ein von den Journalisten Erich Brost und Jakob Funke gegründeter Zeitungsverlag in Essen, der 1948 mit der überparteilichen *Westdeutschen Allgemeinen Zeitung* gestartet ist und den unaufhaltsamen Aufstieg zur Multimedia-Gruppe geschafft hat. Heute dominiert sie ganz klar ein Terrain, das vom nördlichen Rand des Ruhrgebiets bis nach Hessen und von Ostwestfalen bis zur holländischen Grenze reicht. Ihre vier Aushängeschilder — die *WAZ*, die *Neue Ruhr/Neue Rhein-Zeitung*, die *Westfälische Rundschau* und die *Westfalenpost* — erscheinen in insgesamt 150 Lokalausgaben und einer täglichen Gesamtauflage von 1,4 Millionen Exemplaren. Weiters wirft sie jede Woche bzw. monatlich achtzig Anzeigenblätter, diverse Frauenillustrierte und jede Menge Fachzeitschriften auf den Markt. Schließlich ist sie am Drucksektor, in der Filmproduktion und bei elektronischen Medien wie *RTL plus* engagiert. Eine Beteiligung am Otto-Versand, an einer Papierfabrik, einem Autozubehörbetrieb und einem Autoschloß-Hersteller runden das Bild ab.
Die beiden Gründer, die buchstäblich bei Null gestartet waren, haben im

Laufe der Jahre fleißig andere Blätter aufgekauft: 1953 etwa die *Essener Allgemeine Zeitung*, 1966 den *Duisburger General-Anzeiger*, 1974 die *Westfälische Rundschau* und 1975 die *Westfalenpost*. Die zahlreichen Übernahmen lösten immer wieder sensible Reaktionen und wütende Protestaktionen aus. Bisweilen befaßten sich Gerichte damit, häufig sogar das Bundeskartellamt. Dieses untersuchte jahrelang die Frage, ob die WAZ ihre Konkurrenten mit Dumpingmethoden in den Ruin treiben wolle bzw. ob sie bei der Gestaltung von Zeitungs- und Anzeigenpreisen ihre marktbeherrschende Position mißbrauche. Freilich: In keinem einzigen Fall waren dem Riesen aus dem Kohlenpott böse Absichten nachzuweisen. Selbst seine schärfsten Kritiker mußten einsehen, daß er durch den Einstieg bei defizitären Blättern zahlreiche Arbeitsplätze gerettet hat. Überdies konnten die WAZ-Chefs stets darauf verweisen, daß sie die redaktionelle Selbständigkeit einer Zeitung niemals in Frage gestellt hätten, sondern daß es ihnen ausschließlich um löbliche Ziele wie Sanierung, Rationalisierung und Konsolidierung gegangen wäre. Ein gemeinsames ökonomisches Dach, argumentierten sie unermüdlich, garantiere die publizistische Vielfalt geradezu.

Trotzdem hatte der Verlag stets eine schlechte Presse, wobei nicht unbedingt seine eigenen Zeitungen gemeint sind: Der *Stern* bezeichnete ihn einmal als „Wolf im Blätterblatt"; die *Frankfurter Rundschau* verpaßte ihm das Etikett „Zeitungskrake an der Ruhr"; und die *Frankfurter Allgemeine* schrieb: „Ein Presse-Polyp saugt sich fest". Eines stand dabei immer außer Zweifel: Daß die WAZ-Gruppe, die sich heute jeweils zur Hälfte im Besitz der Familien Brost und Funke befindet, ungemein geschickt und äußerst erfolgreich agiert hat.

Das Gründer-Duo hinterließ seinen Nachfolgern jedenfalls ein solides Fundament, so daß der weitere Aufbau zügig vorangehen konnte: Unter der Leitung der gelernten Juristen Günther Grotkamp und Erich Schumann — der eine ist seit 1986 mit einer Funke-Tochter verheiratet, der andere seit 1985 Brosts Adoptivsohn — ist im vergangenen Jahrzehnt eines der dynamischesten und profitabelsten Zeitungsunternehmen Deutschlands entstanden. Die beiden recht gegensätzlichen Macher, die in der Essener WAZ-Zentrale als angestellte Gehaltsempfänger begonnen und sich auf unterschiedliche, jedenfalls aber nicht ungeschickte Weise nach oben vorgekämpft haben, sind heute das leibhaftige Um und Auf des außerordentlich rentablen Familienbetriebes. Dieser wirft angeblich pro Jahr bis zu 350 Millionen Mark Gewinn ab, was nicht nur die zwei Bosse freut, sondern auch den greisen Seniorchef Erich Brost genauso entzückt wie die Funke-Töchter Ute, Gisela, Renate und Petra. Der einstige WAZ-Personalchef Grotkamp, der mit letzterer verheiratet ist, und der clevere SPD-Anwalt Schumann, der dem leiblichen Brost-Sohn Martin den Rang abgelaufen hat, gelten als versierte Kaufleute und knallharte Rechner mit einem beachtlichen juristischen und betriebswirtschaftlichen Know-how: Sie agieren vorsichtig, überlegen sich jede Aktion sorgfältig, um letztlich prompt zu entscheiden, ganz nach dem Motto: „Wenn sich etwas bietet, dann langen wir zu."

Nach etlichen Neugründungen bzw. Zukäufen[1]) hat der WAZ-Konzern indes eine Größe erreicht, angesichts deren die Kartellwächter in Berlin bei jeder Lappalie automatisch skeptisch werden: Und da nicht einmal mehr eine Übernahme wie jene der *Borbecker Nachrichten* reibungslos über die Bühne gehen kann, mußte er sich notgedrungen im Ausland nach Wachstums-

möglichkeiten umsehen — da bot sich zufälligerweise im benachbarten Österreich eine Riesenchance: Dort stand gerade die *Krone* zum Verkauf.
Das „freundliche Massenblatt mit Herz" (Chefredakteur Friedrich Dragon) ist ohne Zweifel ein österreichisches Wunder: Aufgrund einer täglichen Druckauflage von 1,1 Millionen Exemplaren und rund 2,6 Millionen Lesern darf sie für sich in Anspruch nehmen, in Relation zur Einwohnerzahl gesehen die größte Tageszeitung der Welt zu sein. Als mit Abstand einflußreichstes Medium der Donau-Republik zählt sie seit Jahren auch zu den gewinnträchtigsten Unternehmen.
Die glanzvolle Erfolgsstory dieser kleinformatigen Riesengazette, die 1959 mit Hilfe des damaligen Gewerkschaftsbonzen Franz Olah gegründet worden war — was zu einem handfesten Skandal und jahrelangen Prozessen geführt hatte —, ist der gemeinsame Triumph von zwei Männern, die letztlich aufgrund ihres unterschiedlichen Naturells nicht mehr miteinander konnten und nur noch schriftlich oder über Anwälte kommunizierten. Der aufregende Aufstieg des exzellenten Blattmachers Hans Dichand und des brillanten Marketingmanns Kurt Falk wäre ein idealer Stoff für einen schnulzigen Hollywood-Film: Es ist die Geschichte von zwei ehrgeizigen Glückspilzen, die praktisch aus dem Nichts kommen, überhaupt kein Geld, dafür aber eine Traumidee haben, die dann einen mächtigen Gönner finden und jahrelang wilde Dinge erleben, doch eiskalt alle Hürden nehmen, sämtliche Widersacher abschütteln, Millionen scheffeln, zu einflußreichen Männern werden und schließlich zu unversöhnlichen Rivalen.
Den ungleichen Zeitungszaren, die sich nie einigen konnten, wer von ihnen wirklich der Größte sei und deshalb schon seit 1974 getrennte Wege gegangen waren, blieb keine andere Wahl, als es nach etlichen gerichtlichen Auseinandersetzungen auf ein letztes Duell ankommen zu lassen: Dichand bekam 1987 die Möglichkeit, den ungeliebten Partner, der im Alleingang *Die ganze Woche* gegründet hatte, innerhalb eines halben Jahres auszuzahlen. Hätte er das nicht geschafft, so wäre Falk an der Reihe gewesen.
Dichand schaffte es: Er vermochte zwar nicht so viel Geld aufzutreiben, um Alleinbesitzer der Zeitung zu werden, wurde aber bei der Partnersuche im Ausland fündig. Nach intensiven Verhandlungen mit mehreren Interessenten, darunter Gruner + Jahr, Springer, Burda, der Heinrich Bauer Verlag und die Schweizer Ringier-Gruppe, gab es schließlich eine gewaltige Überraschung: Zwei Tage nachdem der Hamburger Heinz Bauer im *Spiegel* irrtümlicherweise bereits als Sieger gefeiert worden war, machten die WAZ-Chefs Grotkamp und Schumann das Rennen. Das clevere Duo, das mit Dichand im berühmten Hotel Sacher bei einem Glas Sekt auf die gemeinsame Zukunft anstieß, zahlte für die 45-Prozent-Beteiligung an der *Krone* 1,6 Milliarden Schilling.
Ein paar Monate später setzten sich die beiden beim Tauziehen um den *Kurier* erneut durch, diesmal hauptsächlich gegen den Axel Springer Verlag: Die WAZ stärkte das stagnierende Blatt, das zuvor zahlreichen Industriefirmen sowie der Raiffeisen-Gruppe gehört hatte, im Zuge einer Kapitalaufstockung mit etwa 800 Millionen Schilling und fand damit aus ihrer Sicht eine ungemein logische Lösung: Während die *Krone* zwar gewaltige Profite bringt, jedoch eine neue Druckerei um enorm viel Geld gebraucht hätte, sahen die Bilanzen beim *Kurier* alles andere als rosig aus, dafür verfügt er über ein modernes Printzentrum, das aber nicht optimal ausgelastet war.
Die Expansion der WAZ sorgte an mehreren Fronten für Aufregung: Zum ei-

nen wurden die Politiker aus einem jahrelangen Tiefschlaf geholt — so etwas wie Medienpolitik existiert in Österreich nur in spärlichen Ansätzen. In der ersten Hektik dachten sie daher an die Einführung kartellrechtlicher Bestimmungen, wie es sie anderswo zuhauf gibt. Aber wenn die rot-weiß-roten Politiker zu überlegen beginnen, dauert es normalerweise einige Zeit, bis dabei etwas herauskommt — und vielfach verlaufen sich ihre Ideen auch wieder unauffällig im Sande. Zum zweiten versetzte der neue Gigant, der den Spitznamen „Kro-Ku-WAZ" erhielt, sogleich die gesamte Konkurrenz in Angst und Schrecken: Die wirtschaftlich schwachbrüstigen Kontrahenten — und dazu gehört das Gros der ohnedies nur siebzehn Tageszeitungen — hoben im Chor ein eindrucksvolles Lamento an, um auf ihre bedrohte Existenz aufmerksam zu machen. Die rot-schwarze Regierung erhörte ihre Wehklagen und stockte die Mittel für direkte Presseförderung im Haushaltsplan 1989 auf 110 Millionen und ein Jahr später, knapp vor den Wahlen, sogar auf mehr als 200 Millionen Schilling auf.

Als seinerzeit ruchbar wurde, daß die beiden WAZ-Blätter künftig aus Kostengründen ein einheitliches TV-Supplement — die *Fernseh-Woche* — herausbringen würden, formierte sich die erste Widerstandslinie: Die lokalen und durchaus erfolgreichen Marktführer in den Bundesländern — also die *Kleine Zeitung* in Graz, die *Oberösterreichischen Nachrichten* in Linz, die *Tiroler Tageszeitung* in Innsbruck, die *Vorarlberger Nachrichten* in Bregenz, die *Salzburger Nachrichten* aus der Mozart-Stadt sowie die wöchentlich erscheinenden *Niederösterreichischen Nachrichten* in St. Pölten — kamen schleunigst überein, gemeinsam zurückzuschlagen: Seit 1. März 1989 liegt diesen Zeitungen jeden Donnerstag das Farbmagazin *Tele* bei, das ungefähr zwei Millionen Leser erreicht und den Erzfeinden in Wien so viele Inserate wie möglich abspenstig machen will. Diese Konterattacke wird vom Deutschen Supplement Verlag unterstützt, der daheim die Fernsehbeilage *rtv* herausgibt und niemand Geringerem als dem Bertelsmann-Konzern gehört.

Doch damit nicht genug: Seit 1988 mischt auch der Axel Springer Verlag, der beim *Kurier* abgeblitzt war, in der österreichischen Presseszene kräftig mit. Er verbündete sich zunächst einmal mit dem erfolgreichen Wiener Ex-Verleger Oscar Bronner, der sich nach einem jahrelangen Intermezzo als Maler mit Wohnsitz in New York immer noch eines ausgezeichneten Rufs erfreute. Bronner, Anfang der siebziger Jahre Gründer der Magazine *trend* und *profil*, die er an den *Kurier* verkauft hatte, hielt die Zeit reif für ein Comeback: Als Fan der *New York Times* setzte er — „weil ich glaube, daß das für das Land notwendig ist" — alles in Bewegung, um seinen Landsleuten eine anspruchsvolle Tageszeitung und sich selbst ein spannendes Abenteuer zu bescheren.

Da beim besten Willen kein österreichischer Kompagnon aufzutreiben war, entschied er sich für Springer. Der norddeutsche Großverlag, dessen *Bild Zeitung* nicht gerade reine Literatur ist, sprang mit dem nötigen Kapital ein, Bronner steuerte als Herausgeber und Chefredakteur im wesentlichen sein Know-how bei. Mitte November 1989 wurde *Der Standard* in Anwesenheit von Springer-Boss Peter von Tamm, natürlich mit viel Tamtam, präsentiert. Die 50-zu-50-Partner wenden sich seither mit dem — so wie die *Financial Times* — auf rosa Papier gedruckten liberalen Blatt insbesondere der intellektuellen Oberschicht zu, um sie speziell mit Wirtschaftsberichten der Sonderklasse zu verwöhnen. Auch wenn Bronner mit einem relativ unbekannten, bunt zusammengewürfelten Redaktionsteam beginnen mußte — die erhoffte Star-Truppe hatte abgesagt —, konnte sich die neue Zeitung besser behaupten als erwartet. Der redaktionelle Erfolg, der nach eineinhalb Jahren laut Media-Analyse von 242.000 Lesern untermauert wurde, gab ihm immensen Auftrieb: Bronner konnte die Mannschaft aufstocken, ein größeres Domizil beziehen, er weitete den redaktionellen Teil um niveauvolle Beilagen aus und wechselte schließlich von der im WAZ-Besitz befindlichen Druckerei Vorwärts zu einer preisgünstigeren. Der kommerzielle Erfolg des *Standard* steht indes, wenngleich das Anzeigengeschäft gar nicht so miserabel läuft, vorerst noch aus: Die schwarzen Zahlen werden wohl noch eine Weile auf sich warten lassen.

Das Bronner-Objekt — in Österreich übrigens die erste Zeitungsgründung seit sechzehn Jahren — ging an der Konkurrenz nicht spurlos vorüber: Die der Kammerorganisation gehörende *Presse*, die sich trotz ihres kommerziellen Dauertiefs stets als anspruchsvollstes Blatt am Platz erlebt hatte, reagierte prompt und rüstete gerade noch rechtzeitig auf. Das bürgerliche, ziemlich konservative Großformat verordnete sich ein grafisches Facelifting, was ihm in Verbindung mit einer Verjüngung der Redaktion, dem Ausbau der Wirtschaftsberichterstattung und dank eines neuen Supplements eine ruckartige Qualitätssteigerung beschert hat. Erfreulichere Verkaufszahlen und Anzeigenzuwächse führten alsbald zu einem beachtlichen Umsatzplus. Die *Salzburger Nachrichten* wiederum, lange genug als seriöse und solide, aber relativ fade Regionalzeitung unterschätzt, kämpfen seit März 1989 nicht nur im eigenen Bundesland, sondern in ganz Österreich um Anerkennung und zusätzliche Elite-Leser. Ihr Inhaber Maximilian Dasch, der allen Gerüchten zum Trotz ohne ausländisches Kapital das Auslangen finden möchte, hatte siebzig Millionen Schilling für die Großoffensive bereitgestellt, seine Crew kräftig verstärkt und das Layout des Blattes etwas modernisieren lassen. Dann konnte er nur noch beten, daß seine erstklassige Zeitung den Hauch der Provinz allmählich abstreifen und beispielsweise auch in Wien oder Graz Leser finden würde — aber so ein Vorhaben braucht eben seine Zeit.

Die allgemeine Aufbruchsstimmung, die mittlerweile die meisten österreichischen Verlage erfaßt hat, hängt häufig mit Impulsen aus dem Ausland zusammen: Das Haus Springer etwa schlug im November 1989 zum zweiten Mal zu und sicherte sich die in ihrem Bundesland klar dominierende *Tiroler Tageszeitung*, vorerst zu 45 Prozent. Die Tiroler Wochenzeitung *Blickpunkt* ging ein paar Wochen später zur Hälfte an den Münchner Ippen-Verlag. Das Wirtschaftsmagazin *Option* segelt — im Gegensatz zum Konkurrenten *Cash flow*, von dem sich Gruner + Jahr aufgrund etlicher Reibereien als Geldgeber zurückgezogen hat — nunmehr ebenfalls unter deutscher Flagge: Es wurde im April 1990 zur Gänze von der Düsseldorfer Handelsblatt-Gruppe übernommen, die sich alsbald auch für die zum *Kurier*-Konzern gehörende *Wochenpresse* erwärmen konnte. In fremden Händen landete ferner der Wiener Gratisanzeiger *Bazar*, der nunmehr dem Hamburger Heinrich Bauer Verlag gehört, und schließlich wurden ein paar Gazetten des winzigen Fachverlags Thiel vom kanadischen Riesen MacLean-Hunter geschluckt. Natürlich ließen die ausländischen Verlage auch enormes Interesse an einigen profitablen Bundesländer-Blättern erkennen, etwa an den *Salzburger Nachrichten* oder den *Oberösterreichischen Nachrichten*. Die *Vorarlberger Nachrichten* indes versuchten es als einzige mit einer Vorwärtsstrategie und kauften den in Schwierigkeiten befindlichen Konkurrenten, die *Neue Vorarlberger Tageszeitung*, einfach auf. Max Dasch von den *Salzburger Nachrichten* wiederum entschloß sich, eine Kooperation mit der Mediaprint einzugehen: In seinem derzeit in Bau befindlichen neuen Druckzentrum Salzburg werden künftig die westösterreichischen Ausgaben von *Krone* und *Kurier* hergestellt.

Der Ausverkauf in der österreichischen Printbranche, der wohl noch lange nicht beendet ist, hat viele in Panik versetzt. Die meisten Kommentatoren zeigten sich besorgt, daß Österreichs Meinungsindustrie künftig vollends von ausländischen Kapitalgebern und Renditejägern beherrscht werden könnte. Sie befürchteten, daß das Land, inzwischen ein „Schlachtfeld internationaler Verlagsgiganten" (Branchendienst *intern*), allmählich zu einer „medialen Bananenrepublik" oder zumindest zu einer „deutschen Medienkolonie" verkommen würde. Denn während die WAZ und Springer ordentlich Dampf machten — dem K(rone) & K(urier)-Imperium wurden etwa die Druckereien Tusch und Vorwärts sowie die Zeitschriften des Orac-Verlages eingegliedert —, schlug für etliche heimische Blätter das letzte Stündlein: In Kärnten mußte die der Österreichischen Volkspartei gehörende *Neue Volkszeitung* vorerst Konkurs anmelden und nach einer gescheiterten Rettungsaktion sodann aufgrund eines gewaltigen Schuldenbergs endgültig aufgeben. In Tirol sperrte die mit ihr in einem Zeitungsring verbundene *Neue Tiroler Zeitung* aus finanziellen Gründen zu, womit die Dritte im Bunde, die *Salzburger Volkszeitung*, praktisch ebenfalls todgeweiht war. Falls sie nicht bald einen neuen Eigentümer findet, dürfte auch sie in der Versenkung verschwinden. Der ÖVP stünde dann nur noch ein täglich erscheinendes Organ, das *Neue Volksblatt* in Linz, als Sprachrohr zur Verfügung. Der dramatische Niedergang der Parteizeitungen — das Grazer ÖVP-Blatt *Südost-Tagespost* hatte schon vor Jahren sein Erscheinen einstellen müssen, die rote *Neue Zeit* wiederum wurde von der steirischen SP notgedrungen an die Verlagsmitarbeiter abgeschoben — verschonte auch die Sozialisten nicht und schon gar nicht die Kommunisten, deren erfolglose *Volksstimme* ein wahres Vermögen kostete und notgedrungen auf wöchentliche Erscheinungsweise umgestellt werden mußte.

Die Haus-und-Hof-Postille der Roten, die *Neue AZ*, hatte sich — ausgerechnet im hundertsten Jahr ihrer Geschichte — um neue Besitzer umzusehen, weil ihre horrenden Defizite für die Partei nicht mehr finanzierbar waren. Das traditionsreiche Zentralorgan, das mit dem *Oberösterreichischen Tagblatt* und dem *Salzburger Tagblatt* eng kooperiert hatte, wurde im Herbst 1989, nach monatelangem Hin und Her, von einem ambitionierten Mann übernommen, von dem einiges zu erwarten war — und den einiges erwartete: Hans Schmid, Chef der Werbeagentur GGK, Verleger der Zeitschriften *Wiener* und *Wienerin* sowie ein guter Freund von Kanzler Vranitzky, ließ sich nämlich aus nicht ganz ersichtlichen Motiven auf diesen Trapezakt ohne Netz ein. Sein ursprünglicher Plan, den englischen Presse-König Robert Maxwell zur Sicherheit als Kompagnon in das kostspielige Experiment einzubinden, war nach mühsamen Verhandlungen gescheitert, und daher mußte Schmid das nach wie vor horrende Defizit der nunmehr linksliberalen *AZ* vorerst alleine verkraften. Er leistete sich den Spaß nicht einmal ein Jahr lang — dann ging ihm das Geld aus: Im August 1990 gab Schmid die Einstellung des Blattes bekannt, doch das Ende wurde dank geheimnisvoller Geldgeber und einer breitangelegten Sammelaktion unter den *AZ*-Lesern

monatelang hinausgeschoben. Auf der Strecke blieb zunächst jedenfalls eine der beiden Mutationsausgaben, das *Salzburger Tagblatt*, das im Oktober 1990 aufgeben mußte.
Das Jahr 1991 wird dem österreichischen Zeitungsmarkt wohl noch stärkere Turbulenzen bescheren, die den kleineren Mitbewerbern hart zusetzen dürften: In der Bundeshauptstadt laufen derzeit nämlich die Vorbereitungen für zwei neue Titel auf Hochtouren, die einander einen heftigen Kampf liefern werden. Kurt Falk, Ex-*Krone*-Mitbesitzer und nunmehr Inhaber des florierenden Massenblattes *Die ganze Woche*, wird dem Vernehmen nach im Herbst 1991 — früher darf er aufgrund vertraglicher Vereinbarungen mit Dichand nicht — mit einer knalligen, färbigen Billigboulevardzeitung starten. Der zweifellos kreative, aber etwas sprunghaft agierende und ziemlich unberechenbare Branchenschreck, der in Österreich trotz seines gesetzteren Alters als medialer Wunderknabe schlechthin gilt, baut bereits eine Druckerei und wirbt dort und da eifrig Journalisten ab, um diese gelegentlich bald wieder hinauszuwerfen. Falk wird auf gut und gern drei bis vier Milliarden Schilling geschätzt — eine Summe, die ihn in Verbindung mit seinem grenzenlosen Ehrgeiz so gefährlich macht wie Dynamit. Eigentlich deutet alles darauf hin, daß er insbesondere dem Erzfeind Dichand und der WAZ beweisen will, wer wirklich der Größte ist. Im Moment gibt es keinen Zweifel, daß ihm die Mediaprint mit einer ebenfalls reißerischen Billigzeitung zuvorkommen möchte, die noch vor dem Falk-Projekt auf dem Markt sein soll. Das scheint den Herausforderer wenig zu stören: „Ich denke nicht daran", meinte Falk kürzlich in einem Interview, „mich auf einen langatmigen Krieg mit der Konkurrenz einzulassen — ich forciere den Blitzkrieg."

*

Österreich ist beileibe kein Einzelfall: Der Konzentrationsprozeß in der europäischen Medienlandschaft, der an sich schon seit den fünfziger Jahren im Gange ist, nimmt beinahe überall ein bedrohliches Ausmaß an. In praktisch allen Staaten beherrschen wenige Riesen die Szene und lassen den vielen Zwergen wenig Chancen. Sie raffen pausenlos schwächere Konkurrenten an sich, verstehen es, sich laufend notleidende Objekte einzuverleiben und weiten überall geschickt ihre Macht aus. Je souveräner sie ihre Trümpfe ausspielen, desto rasanter wächst mancherorts die Angst, daß es bald vorbei sein könnte mit der vielgepriesenen Meinungsvielfalt.

KONZENTRATION, KONKURRENZ UND KRISEN

In **DEUTSCHLAND** sorgt fast jede Transaktion in der Zeitungsbranche für helle Aufregung. Sogar wenn sich beispielsweise die *Lübecker Nachrichten* am *Stormaner Tageblatt* beteiligen wollen, beginnt das Bundeskartellamt in Berlin sogleich zu rotieren.
Was wie die Fleißaufgabe kleinlicher Justament-Wichtigtuer anmuten mag — von weltbewegender Bedeutung dürfte das Blättchen im östlichen Teil von Schleswig-Holstein nun wirklich nicht sein —, geschieht indes nicht nur aus bürokratischem Prinzip: Denn praktisch hinter jedem Übernahmeversuch

am Printmarkt steckt — wenn auch bisweilen raffiniert verborgen — ein deutscher Großverlag, der sein Revier ein kleinwenig erweitern möchte. Im konkreten Fall kamen die Bundeskartellisten wieder einmal dem an der Lübecker Gazette beteiligten Axel-Springer-Konzern auf die Schliche. Er wollte halt — in der betreffenden Region ohnedies bereits mit mehreren Objekten bestens verankert — auch die Stormaner besser in den Griff bekommen. Ein anderes Beispiel: Die fünfzigprozentige Beteiligung des Hauses Springer an der A. Beig Druckerei und Verlag GmbH & Co KG, die das *Pinneberger Tageblatt* herausgibt, wurde im nachhinein mit der Begründung annulliert, daß Springer in der betreffenden Region ohnedies schon mit dem *Hamburger Abendblatt* vertreten sei.
Die Schnüffelaktionen der gestrengen Kartellwächter sind jedenfalls das einzig wirksame Mittel, um der ungestümen Entfaltung der Presseriesen Einhalt zu gebieten. Diese beherrschen heute, zum Teil auf äußerst dezente Weise, eine Branche, in der — oberflächlich betrachtet — alles optimal zu laufen scheint.
Auf den ersten Blick beeindruckt insbesondere die ungeheure Vielfalt an den Kiosken: Das Sortiment, das die 93.000 Verkaufsstellen für Zeitungen und Zeitschriften vertreiben — das Netz ist übrigens dichter als in England, Frankreich und Italien zusammen —, besteht aus gut 3.000 Produkten. Zum Vergleich: 1977 waren in der Bundesrepublik bloß 800 Objekte erhältlich. Die wahre Titelflut, die über die Deutschen hereingebrochen ist, war teilweise mit deutlichen Zuwächsen bei den Auflagen verbunden: Der Boom kam vor allem den Zeitschriften zugute, denen ein spektakulärer Aufschwung gelang; aber auch bei Sonntags- bzw. Wochenzeitungen schossen die Verkaufszahlen im Vergleich zum Jahr 1950 um tausend bzw. 300 Prozent in die Höhe; die Tagespresse konnte ihren Absatz in den vergangenen vier Jahrzehnten immerhin auf 20,3 Millionen fast verdoppeln — dieser stagnierte 1989 allerdings auf dem Niveau von 1979.
Die Realität sieht also nicht durchwegs rosarot aus: In Wahrheit hat die Branche einen in wirtschaftlicher und publizistischer Hinsicht geradezu gespenstischen Schrumpfungsprozeß hinter sich, der primär den medialen Giganten Vorteile brachte. Seit den fünfziger Jahren verloren Hunderte Kleinverlage, die dem scharfen Verdrängungswettbewerb nicht mehr gewachsen waren, ihre Selbständigkeit. Ihnen hatten durchwegs die nötigen Mittel gefehlt, um die Kostenentwicklung bei der Produktion und beim Vertrieb ihrer Gazetten durch Rationalisierungsmaßnahmen abzufangen. Sie mußten folglich jenen Großbetrieben weichen, die durch den Einsatz moderner Technologien beträchtliche Kostenvorteile herausholen, sukzessive ihre Marktanteile vergrößern und sich auch am Werbesektor besser durchsetzen konnten. Aufgrund zahlreicher Fusionen, Aufkäufe oder Einstellungen von defizitären Blättern sieht die Marktstruktur nunmehr total anders aus als etwa vor 35 Jahren: 1989 gaben 358 Verlage Tageszeitungen heraus — 1954 waren es noch 624; es wurden insgesamt 1.344 Ausgaben verbreitet — damals hatte es 1.500 gegeben; heute gibt es lediglich 119 zentrale Vollredaktionen, die sogenannte publizistische Einheiten gestalten — seinerzeit waren es immerhin 225.
Die Folgen dieses rigorosen Konzentrationsprozesses sind für die Großverlage sehr, für die Zeitungsleser vielleicht etwas weniger erfreulich: Während der Axel-Springer-Konzern dank *Bild* und etlicher anderer Blätter den Markt zu dreißig Prozent beherrscht, steht den Bürgern in etlichen deut-

schen Städten — etwa Kiel, Mainz oder Saarbrücken — nur eine einzige Lokalzeitung zur Verfügung. Mancherorts halten sich so wie in Bremen, Hannover oder Stuttgart noch zwei, doch die gehören in der Regel ein und demselben Inhaber. Lediglich in München, Düsseldorf, Hamburg oder Berlin können sich die Leser zwischen mehreren bodenständigen Zeitungen entscheiden.

Die Kräfteverhältnisse sind nicht nur landesweit, sondern auch auf regionaler Ebene längst fein säuberlich geordnet. Die jeweiligen Matadore betätigen sich dort in der angenehmen Funktion eines Platzhirsches — der Verlag DuMont etwa tobt sich im Raum Köln gleich mit drei Blättern nach Lust und Laune aus. Der Spielraum, der daneben für die lokalen Gazetten bleibt, reicht naturgemäß nicht für große Sprünge. Dabei tun sich Mini-Titel, denen, so wie der *Bergedorfer Zeitung*, eine Schulter zum Anlehnen zur Verfügung steht — im konkreten Fall Springer —, aus vielerlei Gründen leichter als jene, die sich, so wie der *Remscheider Generalanzeiger* oder das *Solinger Tageblatt*, im Alleingang behaupten wollen.

*

Die hartnäckige Krise der Tagespresse — nicht einmal der Marktleader *Bild* blieb von Auflagenverlusten verschont — stellt indes keinesfalls bloß ein deutsches Phänomen dar:

— In beinahe allen Staaten ist das Sortiment drastisch geschrumpft: In Schweden beispielsweise haben von den rund 200 Ausgaben, die es in den vierziger Jahren gegeben hatte, bloß 125 überlebt. Oder Österreich: Als im Jahr 1955 die Besatzungstruppen abzogen, waren im Alpenland 33 Blätter vorhanden — heute existieren nur noch siebzehn.

— Neue Qualitätsobjekte gelten überall als ausgesprochene Raritäten: Die interessantesten Neugründungen in Europa — *La Repubblica* in Italien oder *El Pais* in Spanien — fanden bereits in den siebziger Jahren statt; jünger sind zwar einige reißerische Massenblätter vom Typus des britischen *Today*, aber von den Klassezeitungen bloß *The Independent* in England oder *Der Standard* aus Wien.

— Die Auflagenzahlen bewegen sich einzig und allein auf den vergleichsweise unterentwickelten Zeitungsmärkten wie Italien nach oben, sonst stagnieren sie fast überall: In Belgien etwa kommt die Branche seit Jahren über 2,1 Millionen Exemplare nicht hinaus, in Norwegen muß sie sich fast schon aus Tradition mit 2,6 Millionen begnügen, und in Dänemark verzeichnet sie wie vor zehn Jahren 1,8 Millionen.

— Die sogenannte L e s e r d i c h t e — die auf tausend Einwohner entfallende Zahl an Zeitungsexemplaren — läßt ebenfalls weitgehend zu wünschen übrig. Dem japanischen Traumwert von 584 kommen am ehesten die nordischen Staaten nahe. England, Deutschland, die Schweiz und Österreich liegen schon deutlich zurück, und im Süden Europas sieht es diesbezüglich ganz traurig aus: In Frankreich beträgt diese Kennzahl 185, in Spanien 80 und in Portugal gar nur 48.

— Die Grenzen des Wachstums sind auch bei den Leserzahlen in Sicht: Zum einen ist in Ländern wie Finnland oder Norwegen, wo mehr als neunzig Prozent der Bürger täglich zu einer Zeitung greifen, die Sättigung bereits erreicht. Zum zweiten wirken auch Märkte wie Belgien oder Österreich, wo es nicht ganz so viele Leser gibt, schon so gut wie ausgereizt. Zum dritten kann es schließlich überall nur noch schlechter werden, weil die Einwohnerzahlen in den meisten Staaten bis zum Jahr 2000 markant abnehmen werden — in Westdeutschland zum Beispiel wird es dann vier Millionen Menschen weniger geben als heute.

— Die wenigen Massenblätter, wie *Bild*, *The Sun*, die *Kronen Zeitung* oder der *Blick* mit ihren Millionen Fans, lassen den kleinen Konkurrenten auf regionaler Ebene immer weniger Luft zum Atmen. Nicht nur die Auflagen der Zwerge, sondern auch deren Inseratenerlöse bleiben daher durchwegs bescheiden, so daß es in kommerzieller Hinsicht um viele gar nicht gut bestellt ist.

— Die Finanzprobleme setzen den klein- und mittelständischen Blättern dermaßen zu, daß sie bisweilen so wie nahezu alle Parteiorgane lediglich vor sich hin vegetieren oder mangels geeigneter Geldgeber gar pleite gehen müssen — wie zuletzt *Le Matin* in Frankreich, die *Abendpost/Nachtausgabe* in Deutschland und die *Neue Volkszeitung* in Österreich.

— Die direkten und indirekten staatlichen Subventionen, die im Interesse der Pressevielfalt verteilt werden, sind letztlich nirgends ein Ausweg aus der Krise. Sie erreichen zwar in einigen Fällen — z.B. in Schweden oder Norwegen — horrende Dimensionen, reichen aber in keinem Land für eine echte substantielle Verbesserung aus.

— Der Anteil der Tagespresse am Werbekuchen — in den Niederlanden liegt er derzeit bei einem Spitzenwert von rund fünfzig Prozent — nimmt nämlich tendenziell zugunsten der elektronischen Medien ab, und die Schere zwischen Erlösen und Kosten wird vielfach immer größer.

Fazit: Auch wenn die Umsätze in den allermeisten Fällen alljährlich ansteigen — was überwiegend auf Preiserhöhungen zurückzuführen ist —, werden sich die Tageszeitungen in den kommenden Jahren ziemlich anstrengen müssen, um ihre Position zu halten.

Im Detail bietet sich derzeit in der europäischen Zeitungslandschaft ein überaus buntes Bild. Im folgenden Überblick werden die Marktstruktur, die wichtigsten Verlage und die führenden Blätter[2]) in den einzelnen Ländern beschrieben:

In Westdeutschland werden derzeit täglich 20 Millionen Zeitungsexemplare verkauft. Die Verlage werfen 358 Hauptblätter mit zahllosen Anhängseln auf den Markt — alles in allem 1.344 Ausgaben[3]). Aber nur in 119 Fällen sind Vollredaktionen am Werk, die ihr Blatt — bei einem Zeitungsring ihre Blätter — von vorne bis hinten eigenständig gestalten. Die überwiegende Anzahl der Redaktionen beschränkt sich indes auf den regionalen Teil der stets auf ein bestimmtes Gebiet fixierten Mutationsausgaben. Sie sind auf Kooperationen verschiedenster Art mit einem stärkeren Partner angewiesen, übernehmen von diesem in der Regel den überregionalen Redaktionsteil (Mantel) und müssen sich dem jeweiligen Stammblatt unterordnen. Für den deutschen Markt sind regionale bzw. lokale Tageszeitungen, die vorwiegend im Abonnement abgesetzt werden, typisch. Das Gros dieser Blätter — nämlich 303 von 358 Hauptausgaben — liegt unterhalb der magischen Grenze von 100.000 Stück. Nur 39 erreichen so wie das *Handelsblatt* oder die *Berliner Morgenpost* zwischen 100.000 und 200.000 Exemplare, bloß 16 bringen es auf mehr. Das sind im wesentlichen die sogenannten Straßenverkaufszeitungen, also jene, die im freien Verkauf an den Mann gebracht werden und sich Tag für Tag am Point of Sale behaupten müssen — zum Beispiel *Bild*, die Berliner *BZ* oder der Kölner *Express*. Die *Abendpost/Nachtausgabe*, die ebenfalls in diese Kategorie gehört hatte, mußte 1988 eingestellt werden. Im gesamten Bundesgebiet finden sich neben dem in mehreren Regionalausgaben erscheinenden Marktleader *Bild* nur vier Gazetten an den Kiosken — die *Frankfurter Allgemeine*, die *Süddeutsche Zeitung*, die *Welt* und die *Frankfurter Rundschau*. Nicht überall, aber zumindest großflächig werden die *Stuttgarter Zeitung*, die *Hannoversche Allgemeine* und der *Kölner Stadt-Anzeiger* angeboten. Die nur sechs Sonntagsblätter — zuletzt kam die *FAZ-Sonntagszeitung* hinzu — verkaufen sich viermillionenmal, wovon *Bild am Sonntag* mehr als die Hälfte für sich reklamieren darf; die 42 wichtigsten deutschen Wochenzeitungen — von der liberalen *Zeit* über den christlich-sozialen *Bayernkurier* bis zum konservativen *Rheinischen Merkur* — versorgen ihre Abnehmer regelmäßig mit 1,8 Millionen Exemplaren. Die in quantitativer Hinsicht führenden Tageszeitungsverlage sind der Axel Springer Verlag und — mit einem Riesenabstand — die WAZ-Gruppe in Essen, qualitativ heben sich der Frankfurter FAZ-Konzern sowie der Süddeutsche Verlag in München von der Masse ab. Die Branche, die 1988 134.000 Fixangestellte und 22.000 freie Mitarbeiter, also insgesamt 156.000 Menschen beschäftigt und alles in allem 11,85 Milliarden DM umgesetzt hat, lebt zu zwei Drittel von Anzeigen- und zu einem Drittel von Vertriebserlösen. Die deutschen Tageszeitungen erreichen, auch wenn ihre Gesamtauflage nicht höher als im Jahr 1979 ist, täglich immerhin 82 Prozent der Bundesbürger über 14. Und obzwar sie seit 1984 kontinuierlich Marktanteile an die elektronischen Medien verlieren, sind sie nach wie vor der Werbeträger Nummer eins.

GROSSBRITANNIEN

Die Briten können unter elf landesweit erhältlichen Tageszeitungen wählen. Obzwar laut einer Gallup-Umfrage jeder zweite Leser bunte Boulevardblätter angeblich für unglaubwürdig hält, erfreuen sich diese größter Beliebtheit: Die sechs Massenorgane erzielen eine Gesamtauflage von fast dreizehn Millionen Exemplaren. *The Sun* führt vor dem *Daily Mirror*, dessen schottische Schwester *Daily Record* heißt. Auf den Plätzen folgen die *Daily Mail*, der *Daily Express*, der *Daily Star* und *Today*[4]). Das reißerische Sextett, das auf Shame and Scandal, Klatsch & Tratsch eingeschworen ist, erörtert zum Gaudium der Engländer laufend höchst interessante Probleme wie zum Beispiel die Frage, ob die linke Brust einer Frau stets kleiner ist als die rechte. Damit hängt es vier der fünf englischen Qualitätszeitungen deutlich ab, nicht aber den *Daily Telegraph*, der mehr als eine Million Auflage schafft. Für die auf seriös getrimmte *Times*, den *Guardian*, *The Independen*t und die *Financial Times* wären schon eine halbe Million verkaufter Exemplare ein — wenn auch im Augenblick unerreichbarer — Traum.

Die beiden Umsatz-Giganten News International (= Rupert Murdoch) und Mirror Group (= Robert Maxwell), die am ehesten von Reed International (120 Regionalblätter), United Newspapers (z.B. *Daily Express*, *Daily Star*) sowie dem Daily Mail & General Trust (*Daily Mail* und 62 Provinzzeitungen) bedrängt werden, leben vor allem aufgrund eines simplen Faktums blendend: Während die Intelligenzblätter tendenziell leicht zurückfallen, können die eher anspruchslosen Objekte noch stetig zulegen. Diese treffen eben mit dem nötigen Populismus und einem Schuß Demagogie, knalligen Headlines, seichten Sensationen sowie jeder Menge nackter Brüste den Geschmack der Engländer eindeutig besser. Journalistische Top-Leistungen, die etwa der sehr konservative *Daily Telegraph* liefert, oder kritische, profunde und seriöse Berichterstattung, die im *Independent* zu finden ist, sind hingegen weniger gefragt. Die *Times* streifte daher ganz bewußt ihre einstige Klasse ab und ringt sogar fallweise — that's shocking, really — mit Hilfe von Bingo-Spielen um mehr Leser. Als einzige Londoner Abendzeitung behauptet sich der *Evening Standard*, der jedoch zuletzt etwas abgebaut hat. Am meisten los ist zweifellos bei den Sonntagszeitungen, die noch vor kurzem weniger als im Jahr 1982 verkauft haben: Seit zwei ehrgeizige Herausforderer auf den Plan traten, sind wüste Gefechte an der Tagesordnung. Klarer Marktleader ist *The Sunday Times*, die so wie der *Observer*, der *Sunday Telegraph*, der *Sunday Correspondent* und der *Independent on Sunday*, die beiden Newcomer, anspruchsvoll sein will. Die übrigen Mitbewerber — *News of the World* (Auflage: fünf Millionen), *Sunday Mirror*, *Sunday People*, *Sunday Express*, *Sunday Sport* und *Mail on Sunday* — möchten ihre Leser hingegen bloß unterhalten. Weiters kämpfen in England zwei Sportblätter — *Sporting Life* und *Racing Post* — sowie 91 regional verbreitete Tageszeitungen um die Gunst des Publikums. Ihre Auflagen bewegen sich meist zwischen 20.000 und 120.000 Stück, nur zwanzig schaffen mehr. Im übrigen gibt es rund 750 Wochen- und ungefähr tausend Gratiszeitungen mit einer wöchentlichen Gesamtauflage von vierzig Millionen Exemplaren. Die *Daily News* in Birmingham ist die erste unentgeltliche Tageszeitung Europas.

Die französische Tagespresse besteht derzeit aus acht Pariser Blättern, die landesweit zu haben sind, und 79 regional verbreiteten Gazetten[5]). Ihre Gesamtauflage, mit 9,5 Millionen Exemplaren ohnedies recht dürftig, stagniert seit Jahren. So wie das einstige Millionenblatt *France-Soir* oder die Links-Postillen *L'Humanité* und *Libération* stehen etliche Zeitungen auf recht wackligen Beinen. Der linkslastige *Le Matin* mußte 1987, abgemagert bis auf 50.000 Exemplare, sogar eingestellt werden. Der Staat unterstützt die Presse zwar heftig — 1989 beliefen sich die direkten Subventionen auf 220 Millionen Francs, die indirekten liegen um ein Vielfaches darüber —, doch aufgrund des bedrohlichen Leserschwunds zeichnet sich für manche Verlage kein Ausweg aus dem Dilemma ab: Zum einen greifen nur 22 Millionen Franzosen täglich zu einer Tageszeitung; und zum andern setzte es nach dem prachtvollen Werbejahr 1988, das den Tageszeitungen ein kräftiges Plus gebracht hatte, gleich wieder eine herbe Enttäuschung: 1989 waren die Anzeigeneinnahmen allerorts stark rückläufig. Dem führenden Trio aus Paris — *Le Parisien*, *Le Figaro* und *Le Monde* — geht es dennoch ziemlich gut, auch wenn die drei Blätter dem erfolgreichsten Lokalmatador, *Ouest-France*, auflagenmäßig nicht das Wasser reichen können. Der Riese aus Rennes ist mit 745.000 Exemplaren für alle anderen praktisch uneinholbar. Die übrigen regionalen Zeitungen zählen großteils zu den acht großen lokalen Print-Gruppen: *Le Progrès* in Lyon, *Paris Normandie* in Rouen oder *Le Dauphiné Libéré* bei Grenoble gehören neben etlichen anderen dem Marktleader Robert Hersant. Achtzehn Blätter, darunter *Nice Matin* und *La Montagne*, werden mehr oder weniger von Havas beherrscht. Die Familie Lemoine in Bordeaux zählt mit *Sud-Ouest* ebenfalls zu den Kraftprotzen. Die kleineren Mitbewerber können da, so wie der im Besitz einer Bank befindliche, erstaunlich gut gemachte *L'Alsace* in Mühlhausen oder der Hachette-Stolz *Le Méridional* in Marseille, nicht mithalten. Sie sind mehr und mehr auf Kooperationen angewiesen und müssen sich, da sie meist an Unterkapitalisierung leiden, um finanzstarke Geldgeber umsehen. *La Voix du Nord* in Lille etwa, an der Hersant und Maxwell Interesse gezeigt hatten, bekam kürzlich neue Gesellschafter. Manchmal kann es vorkommen, daß ein Blatt etwas unfreiwillig an suspekte Aktien-Sammler gerät — wie dies *l'Est Républicain* in Metz passiert ist, bei der sich die den Supermarktbesitzern Philippe und Michel Bouriez nahestehende Firma Cora-Révillon eingekauft hat, der potenteste Anzeigenkunde dieser Region. Derartige Übernahmeschlachten sorgen in der Branche jedesmal für einige Dramatik. Desgleichen schaffen die rund 600 Gratiszeitungen unentwegt Unruhe, weil sie bereits ein Viertel der lokalen Printwerbeetats einheimsen. Etliche Regionalverlage sind daher selber in dieses Metier eingestiegen, um nicht ins Eck gedrängt zu werden — etwa *Ouest-France* mit der Tochterfirma Carillon, *Sud-Ouest* mit ihrem Ableger S 3 G oder *La Voix du Nord* mit Voix du Nord Loisirs.

ÖSTERREICH

Im Alpenland geht noch immer die Angst um vor drei Buchstaben: Die *WAZ* aus dem Ruhrgebiet sorgt seit Jahren unentwegt für Aufregung. Nicht nur ihr Einstieg bei der *Kronen Zeitung* und beim *Kurier*, sondern auch die weiteren Aktivitäten, etwa ihre Liaison mit der *Kärntner Tageszeitung*, haben die Konkurrenz in Panik versetzt. In keinem anderen Land Westeuropas ist die Pressekonzentration so massiv ausgeprägt wie in Österreich: Das führende Duo stellt 55 Prozent der gesamten Druckauflage von 2,8 Millionen Exemplaren. Daneben ist nur noch für fünfzehn Blätter Platz, womit die mediale Monotonie ungefähr so arg ist wie in Bangladesch. Die Mehrheit der Gazetten schneidet kommerziell ziemlich miserabel ab. Manche haben ihre Selbständigkeit bereits verloren, zwei — die *Neue Volkszeitung* und die *Neue Tiroler Zeitung* — mußten kürzlich ihr Erscheinen einstellen, und einige sind weiterhin akut gefährdet. Die WAZ-Hysterie wirkte sich aber auch durchaus positiv aus: Seit der unter Mithilfe des deutschen Axel Springer Verlags gegründete *Standard* sein Debüt feierte, hat sich die redaktionelle Güte bei einigen Blättern merklich verbessert; *Die Presse* oder die *Salzburger Nachrichten* erreichen nunmehr einen Standard, den intelligente Leser lange vermißt haben. Das erwachte Interesse ausländischer Verlage am österreichischen Markt, das beispielsweise auch zu einer Springer-Beteiligung an der *Tiroler Tageszeitung* geführt hat, verheißt jedenfalls eine spannende Zukunft — auch den etwa 130 rotweißroten Wochenzeitungen, die zum überwiegenden Teil in der Hand von nur drei Verlagen sind.

SCHWEIZ

Den 6,5 Millionen Eidgenossen stehen summa summarum 260 Zeitungen zur Verfügung — zwei Drittel davon in deutscher Sprache, der Rest in Französisch, Italienisch und Rätoromanisch[6]). 106 Blätter erscheinen täglich, 78 zwei- bis viermal pro Woche und 76 einmal wöchentlich (z.B. die *Weltwoche*, *Finanz & Wirtschaft* oder die *Schweizerische Handelszeitung*). Die Gesamtauflage der Tageszeitungen beträgt 4,4 Millionen Exemplare, wovon die drei größten rund ein Viertel stellen. Was Quantität anlangt, ist der *Blick* mit 370.000 Exemplaren die Nummer eins vor dem *Tages-Anzeiger*, der Anfang 1990 bei der *Berner Zeitung* einstieg, und der *Neuen Zürcher Zeitung*; was Qualität betrifft, ist letztere — auch wenn sie nur 150.000 Stück verkauft — eine Klasse für sich. Im übrigen wartet die Branche zwar mit einer riesigen Palette lokaler Journale auf — die herausragendsten heißen *Berner Zeitung*, *Basler Zeitung*, *24 heures*, *Tribune de Genève* und *Corriere del Ticino* —, die Auflagen sind allerdings durchwegs niedrig: 47 Blätter kommen jeweils auf höchstens 2.500 Exemplare, 66 schaffen maximal 5.000, und siebzig weitere liegen unter 10.000. Anderseits können nur sechzehn auf mehr als 50.000 Stück und lediglich sieben auf mehr als 100.000 stolz sein. Die meist recht kooperationsfreudigen Zeitungen befinden sich großteils im Besitz von Familien — etwa der Ringiers (*Blick*), der Coninx (*Tages-Anzeiger*), der Hagemanns (*Basler Zeitung*), der Nicoles (*La Suisse*) oder der Lamunières (*24 heures*). Schließlich flattern den Schweizern noch rund 350 Gratisanzeiger und öffiziöse Amtsblätter ins Haus.

BELGIEN

Die 34 belgischen Tageszeitungen erscheinen — achtzehn davon auf französisch — in einer Gesamtauflage von lediglich 2,1 Millionen Stück. Sie sind, nicht zuletzt aufgrund der zwei Sprachgebiete, unter verschiedenen Namen mit insgesamt 96 Ausgaben präsent, die von 5,3 Millionen Belgiern regelmäßig gelesen werden[7]). Mit drei Blättern — *De Standaard*, *Het Nieuwsblad* bzw. *De Gentenaar* — und einer Million Leser liegt die Standaard-Gruppe vor der Société J. Hoste N.V. klar in Front. Diese gehört der Familie Hoste und der Bank Van Thillo, gibt die *Het Laatse Nieuws* sowie *De Nieuwe Gazet* heraus und erwarb vor geraumer Zeit auch *De Morgen*. Die Groupe Rossel in Brüssel, an der neben der gleichnamigen Familie der Franzose Robert Hersant beteiligt ist, hält sich mit *Le Soir* in dritter Position. Das dominante Trio produziert außerdem eine ganze Menge, im Falle Hoste sehr reißerischer Wochen-, Sport- und Gratisblätter. Stark im Kommen ist die Wirtschaftspresse: Trotz relativ bescheidener Auflagen können sich insbesondere *De Financieel Ekonomische Tijd* und *L'Echo de la Bourse* sehen lassen. Die Belgier greifen auch ganz gerne zu Gazetten, die bloß regional verankert sind: Als erfolgreichste Provinzorgane gelten die *Gazet van Antwerpen*, die *Gazet van Mechelen* und *Het Belang van Limburg*. Die belgische Tagespresse wird indes sehr auf der Hut sein müssen, um nicht allzu viel Terrain an die elektronischen Medien zu verlieren — die ersten Alarmzeichen sind nicht mehr zu übersehen.

NIEDERLANDE

Das auflagenstärkste Blatt heißt *De Telegraaf*, schwört auf ein buntes Outfit und setzt täglich 780.000 Exemplare ab. Der Marktleader ist eine von sechs landesweit verbreiteten Tageszeitungen, die sich in zwei Lager spalten: Während das *Algemeen Dagblad* sowie die beiden Elite-Titel *De Volkskrant* und *NRC Handelsblad* als sehr erfolgreich gelten, tun sich *Trouw* und *Het Parool* äußerst schwer. Das ist erstaunlich, weil die holländische Tagespresse nicht nur eine respektable Gesamtauflage von 4,5 Millionen Exemplaren vorzuweisen hat, sondern auch rund die Hälfte der Werbeetats verbuchen kann. Die Holländer sind obendrein sehr fleißige Leser: Von den 8,1 Millionen Bürgern informieren sich neunzig Prozent täglich aus der Zeitung. Um die Gunst des Publikums kämpfen auch 48 regionale Blätter, etwa das *Nieuwsblad van het Noorden* (in Groningen), *De Stern* (in Breda) oder *Brabant Pers Dagbladen* (s'Hertogenbosch). Die lokalen Verlage, die teilweise mit eigenen Gratiszeitungen versuchen, etwaige Einbußen auf den regionalen Werbemärkten wettzumachen, laufen Gefahr, alsbald erdrückt zu werden. Die Riesen werden nämlich immer bedrohlicher: Der 3.000 Beschäftigte zählende De-Telegraaf-Konzern, die Elsevier-Tochter NDU (*NRC Handelsblad, Algemeen Dagblad*) und Perscombinatie (*Volkskrant*, *Trouw* und *Het Parool*) haben mit großem finanziellen Einsatz ihre Druckereien auf den neuesten Stand der Technik gebracht und in aufwendige Supplements investiert — erstens, um dem TV Paroli zu bieten, und zweitens, um teure Farbanzeigen zu ergattern.

SCHWEDEN

Die Vielfalt am Pressemarkt ist für ein Land mit 8,3 Millionen Einwohnern durchaus beachtlich: In Schweden erscheinen 94 Tageszeitungen in insgesamt 125 Ausgaben[8]). Elf davon sind fast überall erhältlich, so zum Beispiel die Stockholmer Abendzeitung *Expressen* und der frisch gestylte *Dagens Nyheter* — beide gehören wie die Wirtschaftszeitung *Dagens Industri* zur Bonnier-Gruppe, die fast 7.000 Mitarbeiter beschäftigt und zur Zeit im Norden von Stockholm für 2,5 Milliarden Kronen ein modernes Druckzentrum baut, das 1993 fertig sein wird. Auf großflächige Verbreitung legen auch das linksorientierte *Aftonbladet*, das konservative *Svenska Dagbladet* und *Göteborgs-Posten* wert. Nur regionale oder lokale Bedeutung kommt hingegen etwa dem *Sydsvenska Dagbladet*, *Arbetet* oder *Kvällsposten*, alle in Malmö, sowie etlichen winzigen Gazetten zu, die allesamt so um die 10.000 bis 20.000 Exemplare drucken. Die schwedischen Tageszeitungen, die großzügig bemessene staatliche Subventionen empfangen dürfen, profitieren derzeit vom Werbe-Boom und verzeichnen dank neuer Beilagen und besserer Druckqualität mehrheitlich steigende Auflagen. Trotzdem reicht manchen das Wasser schon bis zum Hals: Die den Sozialisten und der Gewerkschaft gehörende Verlagsgruppe A-Pressen etwa, die 18 kleinere Blätter am Leben hält, steckt in einem finanziellen Tief. Die profitlose *Goteborgs Tidningen* wiederum fusionierte Anfang 1990 mit der Malmöer *Kvällsposten*, um sich gegen die übrigen Abendzeitungen besser durchsetzen zu können.

NORWEGEN

Der norwegische Pressemarkt ist vielfältig, aber zugleich ein bißchen einfältig. Hans Magnus Enzensberger bezeichnete ihn einmal als „Naturschutzpark für Dilettanten". Kern seiner Kritik: Die Lokalberichte wären fast allen Blättern am wichtigsten und stünden zumeist ganz vorne; das Geschehen im Ausland fände dagegen nur an seltenen Glückstagen so nebenbei Erwähnung. Die Branche, die aus 161 Titeln besteht[9]), von denen 64 täglich und die übrigen zwei- bis fünfmal pro Woche erscheinen, steht wirtschaftlich nicht gerade blendend da und muß sich daher vom Staat großzügig subventionieren lassen. Manche Titel werden auch von den Sozialisten unermüdlich gesponsert. Nur wenige Zeitungen sind — wie *Verdens Gang*, das reißerische Kleinformat *Dagbladet* oder eben *Aftenposten* — in ganz Norwegen erhältlich. Der Rest — z.B. *Bergens Tidende*, das *Stavanger Aftenblad* oder *Adresseavisen* in Trondheim — ist hingegen ganz auf die Provinz fixiert. Nur neun Verlage bringen es auf mehr als 40.000 Exemplare, sechs waren zuletzt schwer defizitär. Die führenden Häuser heißen Schibsted, Eigentümer von *Verdens Gang* und *Aftenposten*, Orkla, Inhaber von sechs Blättern, und Dagbladet, seit kurzem auch Besitzer von *Bergens Tidende* und *Nordmörsposten* in Kristiansund. In den vergangenen Jahren gingen einige norwegische Blätter pleite, z.B. *Osloavisen*, *Vestkysten* oder *Nye Sörlandet*. Der Ausleseprozeß dürfte aber damit noch lange nicht vorbei sein. Einige Ausländer, etwa die schwedische Bonnier-Gruppe, wittern bereits ihre Chance ...

FINNLAND

Mit 59 Dailys haben die Finnen jenes prächtige Print-Sortiment, das sie verdienen[10]): Im Land der tausend Seen lesen nämlich 98 Prozent der Einwohner täglich eine Zeitung — wahrscheinlich eine weltweite Bestmarke. Als werbliches Eldorado ist Finnland im europäischen Vergleich erneut rekordverdächtig — was insbesondere der Tagespresse zugute kommt, die den Medienmarkt klar beherrscht. Die Morgenzeitung *Helsingin Sanomat*, auf deren Titelseite traditionsgemäß ein Schlachtfeld von Mini-Inseraten plaziert ist, gehört als Nummer eins demselben Stall an wie die zweitplazierte *Ilta Sanomat* — nämlich dem Hause Sanoma Oy, dem hundert Jahre alten Marktleader mit 3.000 Beschäftigten. Ein nicht ungefährlicher Verfolger könnte der Verlag Tampereen Kirjapanino Oy in Tampere werden: Er gibt die Morgenzeitung *Aamulehti* heraus und vergrößerte sich kürzlich um die Uusi Suomi Oy mit Blättern wie *Uusi Suomi*, *Iltalehti* und der dynamischen Wirtschaftszeitung *Kauppalehti*. Von den regionalen Gazetten, die in der Regel so wie etwa *Lalli* in Kokemäki nur von bescheidener Statur sind — das heißt: meist 10.000 bis 20.000 Stück — stechen *Turun Sanomat* in Turku, *Kaleva* in Oulu oder *Savon Sanomat* in Kuopio hervor. Alles in allem erscheinen Finnlands Tagesblätter, die sich meist in Familienbesitz befinden und teilweise den Parteien gehören, in einer Auflage von 2,7 Millionen Stück und stehen kommerziell auf soliden Beinen. Neben ihnen tummeln sich rund hundert großteils nur regional verbreitete Wochenzeitungen am Markt.

DÄNEMARK

Der Kampf der beiden Meister am Boulevard ist unerbittlich: Das dänische *Ekstra Bladet*, das seinen Lesern vorwiegend Sensationen jeglicher Art präsentiert, duelliert sich mit dem zweiten landesweit vertriebenen *Tabloid B.T.* endlos um die Pole-position. Die beiden Bingo-Spezialisten dominieren in einer Presseszene, die den Löwenanteil vom dänischen Werbekuchen für sich reklamieren darf, aber zusehends an das Fernsehen verliert: 1989 sind die Umsätze der Verlage merklich geschrumpft. Die insgesamt fünfzig Tageszeitungen[11]) sind aber, wenngleich sie bei einer Gesamtauflage von nur 1,8 Millionen stagnieren, dennoch kein schlechtes Geschäft. Auch die zehn Sonntagsblätter laufen dank der Kleinanzeigen recht gut; nur die Wirtschaftsgazetten, wie *Borsen* oder *Erhvervs-Bladet*, kommen über Schmalspur-Auflagen nicht hinaus. Die Leser finden, insgesamt gesehen, ein relativ breites Sortiment vor, das von der beschaulich-konservativen *Berlingske Tidende*, die den Spitznamen „Die Tante“ trägt, über den erzkonservativen *Jyllands-Posten* bis zum für ein Gewerkschaftsblatt ungewöhnlich flotten *Det Fri Aktuelt* reicht. Falls sie nichts davon zu goutieren vermögen, stehen immer noch die liberale Morgenzeitung *Politiken* und das intellektuelle Wochenblatt *Weekendavisen* bereit, das übrigens aus demselben Verlag kommt wie die wilde *B.T.* — der De Berlinske Dagblade A/S in Kopenhagen. Das Danish Audit Bureau erfaßt des weiteren neunzig wöchentlich erscheinende Lokalzeitungen.

ITALIEN

Ein frischer Wind hat endlich die Krise verweht: Die italienische Tagespresse, die noch vor drei, vier Jahren teils an horrenden Defiziten gelitten hat, konnte sich wieder erholen. 1989 stiegen ihre Werbeeinnahmen um zwölf Prozent. Obzwar die Gesamtauflage von etwas mehr als sieben Millionen Exemplaren für ein 58-Millionen-Volk einfach eine Schande ist, machte sich in der Branche wieder Optimismus breit: Die meisten der 55 Blätter verzeichnen steigende Verkaufszahlen und wachsende Anzeigenerlöse[12]). Selbst jene, die, so wie *Il Messaggero*, jahrelang in den roten Zahlen gesteckt waren, können nun wieder ihre Bilanzen vorzeigen. Nur der kommunistischen *L'Unità* und fünf weiteren Parteiorganen geht es immer noch mies. Die heftig um die Spitzenposition kämpfenden Zeitungen — der 1866 gegründete *Corriere della Sera* der Mailänder Rizzoli-Gruppe und die erst seit 1976 bestehende *La Repubblica* — können neben drei Sportblättern und der Business-Gazette *Il Sole-24 Ore* auf landesweite Verbreitung verweisen. Acht weitere sind jeweils in einer größeren Region erhältlich — z.B. *La Stampa* im Piemont und in Ligurien oder der römische *Il Messaggero* in Latium. Die übrigen sind reine Regionalzeitungen. Ein Star auf diesem Gebiet ist die Monti-Gruppe in Bologna, die sich allerdings im Vergleich zu Branchenleadern — dem Konzern Mondadori/*L'Espresso*/*La Repubblica* und der Rizzoli-Gruppe — ziemlich provinziell ausnimmt. Monti will jedoch mit dem reißerischen Boulevardblatt *Nuovo Extra* Furore machen.

SPANIEN

Mit mehr als 400.000 Exemplaren ist *El Pais* die größte, beste, einfluß- und erfolgreichste Tageszeitung auf der Iberischen Halbinsel. Hinter ihr kommt lange nichts: Denn trotz seiner rund 130 Blätter — elf davon sind in Madrid daheim, sieben in Barcelona — gilt Spanien, verlegerisch gesehen, als mediales Entwicklungsland: Es gibt derzeit zu viele Titel und zuwenig Leser. Alle setzen jedoch auf die Zukunft: Die Gesamtauflage, die bloß bei 3,5 Millionen Stück liegt, nimmt zwar nur langsam zu, dafür ist der Boom am Werbemarkt derart imposant, daß 1989 gleich zwölf neue Blätter auftauchten, so zum Beispiel *El Independiente*, *El Mundo* oder *El Sol*. Auch eine Reihe neuer Wirtschaftszeitungen, etwa die *Gaceta de los Negocios* und *La Economia 16*, hat den Markt stark in Bewegung versetzt. Das Tempo diktieren eindeutig die großen Verlage, wie die Grupo 16 oder die Grupo Zeta, die sich mit *Diario 16* oder *Diario de Barcelona* immer mehr in den Vordergrund drängen. Die rechtsliberale *La Vanguardia* in Barcelona, das konservativ-katholische, beinahe nostalgische Blatt *ABC* in Madrid oder *El Diario Vasco* in San Sebastian gelten als vernünftige Regionalzeitungen. Der Vollständigkeit halber sind auch das Boulevardblatt *El Periódico* in Barcelona und die bischofsnahe, aber nicht übermäßig mit Profiten gesegnete *Ya* in Madrid zu nennen. Die fünf Sportblätter, etwa *Marca* oder *As*, erfreuen sich großer Beliebtheit. Die spanischen Wochenzeitungen indes kann man eigentlich in jeder Hinsicht getrost vergessen.

PORTUGAL

Die alles in allem fast 300 Zeitungen dieses Landes leben eher schlecht als recht: In Portugal fällt für die Printmedien nicht einmal ein Viertel des Werbekuchens ab, und besonders viele Leser haben sie erst recht nicht. Die Zahl der Tagblätter, 1989 gab es 19, wächst zwar rasch — im März 1990 kam etwa *Publico* heraus —, doch die Gesamtauflage ist mit knapp über 500.000 Stück äußerst spärlich. Selbst die beiden Spitzenreiter, *Correio da Manha* in Lissabon und das im Mai 1990 privatisierte *Jornal de Noticias* in Porto, kommen nicht über 100.000 Exemplare hinaus. Mit deutlich weniger müssen die meist nur regional verbreiteten Gazetten wie *Diario de Coimbra* vorliebnehmen. Außerdem halten sich in Portugal acht Sport-, vier Wirtschafts- und vierzehn national verbreitete Wochenzeitungen gerade über Wasser — zum Beispiel *O Liberal*, *Tempo* oder *O Independente*. Dazu gesellen sich rund 250 regionale Blätter. In Porto wurden 1989 die ersten Gratisobjekte gestartet, in Lissabon erschien bald darauf die tägliche Gratiszeitung *O Seculo Illustrado*. Die gezwungenermaßen nicht besonders gewinnorientierten Verleger, die erst seit kurzem die früher meist staatlichen Tageszeitungen übernehmen konnten, lauern aber unverdrossen auf ihre Chance — denn irgendwann müßte ja eigentlich auch der portugiesische Pressemarkt, trotz dreißig Prozent Analphabeten, europareif werden. Der sozialistische Ex-Premierminister Pinto Balsemao beispielsweise, Aktionär bei den Magazinen *Expresso* und *Elle*, baut darauf: Er stieg vorsorglich beim Tagblatt *A Capital* in Lissabon ein.

GRIECHENLAND

Die griechische Presseszene ist zwar vielfältig, aber wenig transparent: Von den ungefähr 300 Blättern — verläßliche Statistiken, auch über Auflagen und Leserzahlen, liegen nicht vor — sind etwa zwanzig Dailys überregional und mehr als achtzig regional verbreitet. Die beliebtesten sind die rechtsgerichtete *Eleftheros Typos*, das recht skandalsüchtige *Tabloid Ethnos* und die der Lambrakis-Gruppe gehörende *Ta Nea*. Auch der Verlag der Brüder Kouris pflegt mit der linkslastigen Abendzeitung *Avriani*, dem Morgenblatt *Dimokratikos Logos* und mit dem Sportjournal *Filathlos* eifrig den Boulevardjournalismus. Die PASOK-freundliche *Epikairotita* hingegen, erst seit kurzem am Markt und wegen ihres Mottos „Schluß mit den Lügen" viel beachtet, und ein paar Provinzgazetten wie *Makedonia* oder *Thessaloniki* setzen nicht so sehr auf Sensationen. In einem Land, wo das Fernsehen eindeutig das bevorzugte Medium ist, bleibt ihre Wirkung aber relativ gering. Die einst rasch großgewordene, spektakuläre Grammi SA, die dem jungen Ex-Boss der Bank von Kreta gehörte, ist im Herbst 1988 von der Bildfläche verschwunden: Nachdem ihr Chef Georgios Koskotas, ursprünglich ein Vertrauter Papandreous, die Hauptrolle in einer riesigen Finanz-Staatsaffäre gespielt und sich über Nacht in die USA abgesetzt hatte, wo er alsbald im Gefängnis landete, wurde ihre Abendzeitung *24 Ores* eingestellt und die in qualitativer Hinsicht führende, aber auflagenschwache Morgenzeitung *Kathimerini* vom Reeder Alafouzos übernommen.

DER WANDEL IN DER PRESSELANDSCHAFT

Die 800 Meter lange Straße am Rande der Londoner City, die von Ludgate Circus bis zur Avenue Strand führt, war in **ENGLAND** zweihundert Jahre lang das Herz der Presseindustrie: 1788 wurde dort die *Times* gegründet, 1791 der *Observer*, 1855 der *Daily Telegraph*, 1886 die *Daily Mail* und 1921 der *Guardian*. In der besten Zeit haben 30.000 Zeitungsleute ihr typisches Flair geprägt. Heute wirkt sie trotz des starken Verkehrs und der zahlreichen Bankfilialen fast wie ausgestorben. Nur die Namen mancher Lokale verweisen stumm auf ihre glorreiche Vergangenheit: Das Restaurant „First Edition", das Pub „The Printers Pie" und der „Press Scala Club" sowie einige Aufschriften an den Häuserfassaden — das ist alles, was noch an die einstmals berühmteste Zeitungsstraße der Welt erinnert.
Die Fleet Street ist tot: Im Art-Deco-Building des *Daily Express* wurde Anfang April 1988 die letzte Ausgabe produziert; dann zog die Zeitung — so wie in den vergangenen drei Jahren alle anderen auch — in ihre neue Zentrale um, ein brandneues, zehnstöckiges Verlagsgebäude am südlichen Ufer der Themse. Ihr alter Firmensitz gehört nun einer Versicherung. Das typische Rattern der uralten Linotype-Druckmaschinen ist verstummt, die einstige Atmosphäre hat einer merkwürdigen Leere Platz gemacht. Das Nebenhaus, früher Domizil des *Daily Telegraph*, wird gerade abgerissen, die Kräne und Stahlgerüste auf den anderen Baustellen, die auch in den Seitengassen des ehemaligen Presseviertels für neuen Lärm sorgen, markieren das Ende einer jahrhundertealten Tradition.
Die Fleet Street hatte zahlreichen britischen Presselords als ideale Bühne gedient, die dort riesige Triumphe feierten oder spektakuläre Flops bauten. Für die meisten dieser legendären, oft aus dem Ausland stammenden und durchwegs bunten Typen galt der Besitz eines Mediums als das schönste, aufregendste und elitärste Statussymbol, das sie sich vorzustellen vermochten. Zeitungen waren das Hobby reicher Leute, denen Prestige mehr wert war als Profit — und bisweilen auch Mittel zum Zweck: Ihr höchstes Ziel schien in etlichen Fällen die Erhebung in den Adelsstand gewesen zu sein.
Der junge Journalist Alfred Harmsworth etwa, Sohn eines irischen Advokaten, hatte 1894 die *Evening News* erstanden, zwei Jahre später die *Daily Mail* und 1903 den *Daily Mirror* gegründet, wieder zwei Jahre danach den *Observer* und 1908 die *Times* gekauft, ehe er endlich zu Baron Northcliffe wurde. Als Erfinder der Boulevardpresse stieg er an der Spitze des mächtigsten Presseimperiums, das es in Großbritannien jemals gegeben hat, zum ungeheuer einflußreichen, teils bewunderten, bisweilen auch gefürchteten und gehaßten Meinungsmacher auf. Schließlich verfiel er der Paranoia und litt wie der US-Medienzar Hearst an einem Napoleon-Tick.
Harold Harmsworth, der die exzentrischen Manieren seines Bruders nicht ausgehalten und sich daher frühzeitig mit dem *Daily Mirror* von ihm abgespalten hatte, durfte sich ab 1919 Viscount Rothermere nennen. Er war ein ziemlich scheuer Mann und bei weitem nicht so verrückt wie Alfred, den er schließlich beerben konnte. Aber ein bißchen sonderbar gebärdete auch er sich: So zum Beispiel wollte er unbedingt bei der Auswahl der Kabinettsmitglieder mitreden. Nachdem das nicht möglich war, sagte er prinzipiell jeder Regierung — egal, ob es sich um eine linke oder um eine konservative handelte — den Kampf an. 1930 gründete er, obzwar politisch

vollkommen instinktlos, eine eigene Partei, die United Empire Party, und wollte unbedingt einen Verleger zum nächsten Premierminister machen.
Sein Kandidat hieß Max Aitken alias Lord Beaverbrook. Der kanadische Millionärssohn war 1910 eingewandert, hatte ursprünglich politische Ambitionen gezeigt und 1916 von Northcliffe den *Daily Express* gekauft. Beaverbrook übte später zwar ebenso wie Rothermere, der später zum glühenden Verehrer von Mussolini und Hitler werden sollte, permanent Druck auf die Regierung aus, bewies dabei aber etwas mehr Fingerspitzengefühl. Nachdem man ihm keinen tollen Job in der Politik angeboten hatte, verlegte er sich immer mehr auf das Schreiben und baute sein Unternehmen um den *Sunday Express* und den *Evening Standard* aus.
Die Blätter wechselten damals rasch ihre Besitzer: Der *Observer* war 1911, die *Times* 1922 an die amerikanische Familie Astor gegangen, der es ebenfalls nur auf Ansehen, Parlamentssitze und Titel ankam — John Jacob Astor brachte es auch wunschgemäß zum Lord Astor of Hever. Der *Daily Telegraph* ging 1928 an die Brüder William und Gomer Berry — aus dem einen wurde Lord (später Viscount) Camrose, der andere trat fortan als Viscount Kemsley auf —, die eine Reihe von Blättern aufkauften, aber seit 1937 getrennte Wege gingen: Camrose schnappte sich den *Daily Telegraph*, die *Financial Times* und etliche Magazine, Kemsley bekam die *Sunday Times*, den *Daily Sketch* und mehrere Provinzblätter. Beide waren erzkonservativ, relativ regierungstreu und prägten ihre Blätter als Chefredakteure eigenhändig. Sie zählten zur alten Garde der britischen Presselords, deren Nachfolger harte Zeiten bevorstanden.
Als Northcliffe-Erbe war beim *Daily Mirror* seit 1951 der etwas größenwahnsinnige, aber ungeheuer einflußreiche Neffe Cecil King im Amt, der allerdings die Firma 1970 an Reed International abtreten mußte. Nach Camrose, der 1954 gestorben war, kam dessen Sohn Michael Berry alias Lord Hartwell. Der alte Kemsley wiederum verkaufte die *Sunday Times* 1959, neun Jahre vor seinem Tod, an den steinreichen Kanadier Roy Thomson, der baß erstaunt war, daß jeder Direktor der Firma entweder einen Rolls Royce oder einen Bentley zur Verfügung hatte. Thomson-Sohn Kenneth — ebenfalls zum Lord geadelt — angelte sich 1967 die *Times* von den Astors. In der Folge tauchten etliche neue Firmen auf — etwa Trafalgar House oder Associated Newspapers —, und eine Reihe von Zeitungen wechselte wieder einmal den Besitzer. In den sechziger Jahren mußten somit mehrere ehrwürdige, aber kommerziell erfolglose Presse-Clans von der Bühne abtreten: Neben den Kemsleys, den Astors und Cecil King auch die weniger spektakulären Familien Cadbury und Carr. Sie alle hatten primär den politischen Einfluß gesucht und dabei offenbar auf das Geschäft vergessen.
Die machtbewußten Zeitungslords hatten insbesondere eines unterschätzt: Fleet Street war auch mehr und mehr zum Symbol für gewerkschaftliche Macht geworden. Die 1966 formierte, unbarmherzige SOGAT (Society of Graphical and Allied Trades) und die NGA (National Graphical Association) trieben es als Widerparts der Verleger immer bunter: Sie waren die Garanten, daß die technische Zeitungsherstellung in England lange Zeit geradezu archaisch blieb. Denn sie zwangen die Pressebesitzer, dem Bleisatz treu zu bleiben, viel zu viele Leute zu beschäftigen und so wenig wie möglich in moderne Technologien zu investieren. Außerdem setzten sie diese mit immer verwegeneren Forderungen unter Druck und widersetzten sich allen neuen Ideen — so zum Beispiel waren Bildschirme in den Redaktionen stets

verpönt. Und falls die Gewerkschaftsbonzen einmal den leisesten Widerstand spürten, kam es prompt zu Streiks und Produktionsausfällen. Die Defizite der Blätter wuchsen daher gespenstisch. Aber die Verleger waren zu schwach, um die fälligen Rationalisierungs- und Umstrukturierungsmaßnahmen durchzusetzen.

Erst als allmählich ein neuer Verlegertypus das Ruder übernahm — die noblen Lords wurden sukzessive von eiskalten Geschäftsleuten abgelöst —, kamen die Gewerkschaften, die 1979 die *Times* monatelang bestreikt und außer Gefecht gesetzt hatten, langsam ins Schwimmen. Der vermutlich wichtigste Impuls war einem Outsider zu verdanken, der 1985 die Szene betrat:

Der damals vierzigjährige Eddy Shah, Inhaber von vier winzigen Regionalblättern, etwa des *Stockport Messenger*, und ein verlegerischer Provinz-David, wollte es den Goliaths der Fleet Street einmal so richtig zeigen. Er entschloß sich, eine durchwegs bunte Tageszeitung namens *Today* auf den Markt zu werfen, die dem amerikanischen Vorbild *USA Today* ähneln sollte. Mit dieser Idee leitete Shah, der mit einiger Mühe Geldgeber wie Lord Forte von der Hotelkette Trusthouse Forte oder den Scottish Investment Trust auftreiben konnte, eine wahre Revolution in der britischen Zeitungsbranche ein. Das Boulevardblatt im Tabloid-Format, das erstmals am 3. März 1986 erschien, wurde in vier Druckzentren vollelektronisch — und im Vergleich zur herkömmlichen Methode um siebzig Prozent billiger — produziert. Während die Fleet-Street-Verlage damals wie die Express-Gruppe um die 6.000 Leute beschäftigten, wollte er in seiner im Londoner Stadtteil Pimlico gelegenen Zentrale zunächst mit einem Staff von 500 Mann das Auslangen finden. Damit versetzte er den Drucker-Gewerkschaften naturgemäß einen schweren Schlag. Und rächte sich an seinen Erzfeinden speziell für die harten Bandagen, die sie ihm früher in Manchester geliefert hatten, wo es gar zu blutigen Straßenschlachten gekommen war. Obwohl Eddy Shah, der Sohn eines Cousins von Aga Khan, letztlich nicht reüssierte — seine Prognosen erwiesen sich als viel zu unrealistisch, so daß die Zeitung verkauft werden mußte —, ist ihm ein fixer Platz in der englischen Zeitungsgeschichte sicher.

Today war das Signal zum Aufbruch. Die eigentliche „Revolution on Fleet Street" (*Time*-Covertitel) blieb aber einem größeren Kaliber vorbehalten: Rupert Murdoch, mittlerweile Eigentümer von *News of the World*, *The Sun*, *The Times* und der *Sunday Times*, hatte sich jahrelang mit den Gewerkschaften duellieren müssen — „die haben mir etliche Jahre meines Lebens versaut" —, ehe er sie endgültig austrickste. Auf einem gottverlassenen Gelände der alten Londoner Docks in Wapping, unweit der Tower Bridge, hatte er seit 1981 für 72 Millionen Pfund einen modernen Druckerei-Komplex errichten lassen — angeblich, um dort eine *London Post* herzustellen. Als dann Anfang 1986 die 5.500 Drucker und Setzer seiner nahe der Fleet Street gelegenen Produktionsstätte wieder einmal verrückt spielten und in den Ausstand traten, handelte er blitzartig: Er warf sie kurzerhand hinaus und verlegte den gesamten Betrieb praktisch über Nacht nach Wapping, wo bereits 700 Arbeiter auf das Startsignal warteten. Die neue Crew, die inzwischen klammheimlich eingeschult worden war, hörte auf das Kommando der weitaus zahmeren Gewerkschaft EETPU (Electrical, Electronic Telecommunications and Plumbing Union) und half ihm, drastisch Kosten einzusparen: Murdoch, der heute bloß 3.300 statt wie einst 8.000 Leute beschäftigt, stieg gleich im ersten Jahr um gut und gern hundert Millionen Pfund besser aus.

Der sechsstöckige Drucker-Silo, in dem den Kopfarbeitern bestenfalls ein Viertel des Platzes zur Verfügung steht, ist mit Ausnahme der feudalen Chef-Suite äußerst spartanisch ausgestattet und für sensible Gemüter nicht gerade ein idealer Arbeitsplatz. In den diversen Redaktionen, wo ein Schreiber auf dem anderen klebt, herrscht normalerweise eine Hektik, die am ehesten der gespannten Atmosphäre in einer Nervenklinik ähnelt. Das scheint die in düsteren Großraumbüros verstauten Journalisten jedoch wenig zu stören, denn sie funktionieren vor ihren Terminals wie routinierte Roboter. Außerdem können sie noch froh sein, daß sie nicht so wie die Leute von der *Sunday Times* in einem verkommenen, Lager-ähnlichen Nebentrakt werken müssen. Und überhaupt: Die Hauptsache ist, daß ihr Boss in der größten Zeitungsfabrik Europas mit den modernsten Maschinen kostengünstig eine Million Blätter pro Stunde produzieren kann.

Murdoch läßt derzeit für die Postille *Today*, die er im Juni 1987 von Eddy Shah erworben hat, einen zweiten Trakt errichten und wird für diese und weitere Investitionen innerhalb von drei Jahren rund 400 Millionen Pfund lockermachen. Seine von Stacheldrahtverhauen, Metallgittern und dicken Zäunen umgebene, schwerbewachte Medien-Burg, die von protestierenden, arbeitslosen Druckern seinerzeit monatelang belagert wurde, soll einmal die tollste der Welt sein. Sie markierte jedenfalls für die englische Printbranche eine totale Zäsur. Murdoch-Konkurrent Lord Rothermere beschrieb das so: „There was before Wapping, and there is after Wapping."

Der Rest war nur noch Formsache: Alle anderen Zeitungen haben so rasch wie möglich die Fleet Street verlassen und woanders ihr Quartier aufgeschlagen, um sich aus den Fängen der Drucker- und Setzer-Gewerkschaft zu befreien. Der *Daily Telegraph* übersiedelte in die Docklands, wo auch *The Guardian* oder die *Financial Times* gedruckt werden, die *Daily Mail* zog in den Londoner Stadtteil Kensington um, der *Observer* und der *Daily Express* ließen sich am Südufer der Themse nieder. Der große Exodus erforderte gigantische Investitionen. Die neuen Gebäude und Maschinen kosteten rund eine Milliarde Pfund. Doch sie haben sich rasch bezahlt gemacht:

Heute werden alle Zeitungen in Farbe, elektronisch und daher kostengünstig produziert. Die Druckqualität ist durchwegs besser geworden, und der Umfang der Blätter nahm durch die Bank zu. Die Leser dürfen sich über neue Supplements und damit über mehr Lesestoff freuen. Die Verleger wiederum konnten sich fast ausnahmslos wieder an Profite gewöhnen. Die einstmals defizitären oder zumindest wenig ertragreichen Betriebe haben sich in solide, interessante Unternehmen verwandelt. Ein Beispiel: Der *Daily Telegraph*, 1986 tief in den roten Zahlen, braucht heute statt 2.000 Drucker nur noch 500 und schloß 1988 mit einem ansehnlichen Gewinn ab.

Das Ende der Fleet Street ist für die englische Zeitungsindustrie zum glanzvollen Neubeginn geworden: Die Tagespresse setzte im Jahr 1989 fast zwei Milliarden Pfund um und holte dabei gut 300 Millionen an Profit heraus. Dank der neuen Technologie konnte die Produktivität auch in den Redaktionen immens gesteigert werden: 1980 hatte die *Sunday Times* 155 Journalisten für durchschnittlich 68 Seiten gebraucht — heute produziert der gleich große Staff 130 Seiten. Der radikale Umbruch, den diese Branche erlebt hat, geht aber weit über die technische Umwälzung und die kaufmännische Kehrtwendung hinaus. Die enormen Impulse, die der neuen Garnitur der Zeitungsinhaber zu verdanken sind, haben unter anderem zur Gründung mehrerer neuer Tageszeitungen geführt, die meist eine Bereicherung des

Marktes brachten. Projekte wie *The Independent* oder *The Sunday Correspondent* wären vor einigen Jahren mit Sicherheit undenkbar gewesen.

*

Der frische Wind hat überall neue Strukturen entstehen lassen. Sehr rasch konnten sich Produktkategorien durchsetzen, die bislang kaum aufgefallen waren. Nicht nur auf der britischen Insel, sondern auch in den meisten anderen Staaten, mit Ausnahme von Spanien und Griechenland, verzeichnen zum Beispiel die stark im Vormarsch befindlichen Gratiszeitungen beachtliche Erfolge.

In **ENGLAND** existieren nach einer 15jährigen Anlaufphase bereits tausend solcher Titel. Sie haben 1988 insgesamt 522 Millionen Pfund eingenommen und damit in Summe besser abgeschnitten als die 3.700 britischen Fachzeitschriften[13]) oder die bezahlten Wochenzeitungen[14]). Einstweilen sahnen sie zwar erst ein Drittel vom regional verteilten Werbekuchen ab, doch spätestens 1992 wollen sie die lokalen Tageszeitungen, die derzeit bei einem Marktanteil von 45 Prozent liegen, überholt haben. Laut neueren Studien wird die britische Gratispresse angeblich von 76 Prozent der Bevölkerung gelesen — nicht einmal die Londoner Morgenblätter erreichen so viele Briten. Die großen Gruppen, die an dieser Sparte Gefallen finden, etwa Reed, EMAP oder Thomson, stecken erfolgreiche Pioniere neuerdings reihenweise ein: Thomson beispielsweise erstand vor gar nicht so langer Zeit Keith Barwell's Herald Group, Tony Boullemier's Northants Post Group und Lionel Pickering's Trader Group — die Konzentration ist also auch hier voll im Gange. Wie zukunftsträchtig die einschlägigen Riesen ihr Marktsegment einschätzen, zeigt sich an den Kaufpreisen, die sie für Neuerwerbungen zu zahlen bereit sind: Die Trader Group mit ihren zehn Gratiszeitungen, die es bloß auf eine Gesamtauflage von 865.000 Exemplaren bringen, wechselte zum Beispiel für nicht weniger als 25 Millionen Pfund den Besitzer. Ian Fletcher, Chairman der Yellow Advertiser Newspaper Group, die von ihren rund sechzig Titeln wöchentlich drei Millionen Stück verteilt, schlug als einer der großen Gratis-Verleger auf seine Weise zurück: Er machte für die Kaufzeitung *Kentish Times* und einige mit ihr assoziierte Frei-Blätter 18,5 Millionen Pfund locker. Fletcher, der früher Marketingmanager bei Shell war, ist überzeugt, daß den Gratiszeitungen in Großbritannien eine wunderbare Zukunft bevorsteht und sie alle anderen Medien auf lokaler Ebene überrunden werden: „Die Aussichten könnten für uns gar nicht besser sein ..."

In **FRANKREICH** blüht diese Sparte ebenfalls auf: Die rund 600 statistisch erfaßten Gazetten landen Woche für Woche in einer Auflage von vierzig Millionen Stück in den Postkästen der Franzosen. Sie bringen ihren Inhabern rund vier Milliarden Francs im Jahr, womit sich die Einnahmen seit 1987 mehr als verdoppelt haben. In erster Linie verdanken sie ihren Aufschwung den Supermärkten, Autohändlern, Immobilienmaklern und kleinen Gewerbetreibenden, die an den neuartigen Werbekanälen großen Gefallen finden — Kleininserate machen dagegen nur ein Siebtel der Erlöse aus. Der Marktleader Comareg[15]), der 1968 von Paul Dini gegründet wurde und heute ein Drittel des Marktes kontrolliert, kann sich mit 140 Gratuits nach Lust und Laune austoben und kauft laufend kleinere Mitbewerber, etwa die Publival, auf. Mit wöchentlich dreizehn Millionen verteilten Exemplaren setzt die Firma, an der seit Jänner 1988 die Pariser Havas SA. mehrheitlich beteiligt ist, dank ihrer über 120.000 Anzeigenkunden beinahe zwei Milliarden Francs um. Ihre Gewinne stiegen in den letzten Jahren um das Fünffache, auf derzeit 110 Millionen, an. Anfang 1990 verhökerte sie ihre in Pittsburgh ansäßige US-Tochter Pennysaver an die britische Trinity-Gruppe, um sich fortan auf nähergelegene und vielversprechendere Märkte zu konzentrieren, etwa auf Italien und Spanien. Die Comareg-Verfolger Carillon und SPIR Communication, die sich ebenfalls schon im Ausland umsehen, bringen in Frankreich achtzig bzw. vierzig Gratisblätter in Umlauf, insgesamt 10,5 Millionen Exemplare pro Woche, und sind ähnlich profitabel wie die Nummer eins. Die Umsonst-Presse, die bereits vier von fünf Franzosen regelmäßig erreicht, wird den Kaufzeitungen mit Sicherheit weiterhin munter das Wasser abgraben.

Auch in **DEUTSCHLAND** können sich die Tages- und Wochenzeitungen auf einiges gefaßt machen: Unter ziemlich unverdächtig klingenden Decknamen — wie *Bramfelder Wochenblatt*, *Weser Report*, *Schaufenster Wolfenbüttel*, *Lokalanzeiger Langenfeld* oder *Schleißheimer Rundschau* — reiten clevere Kaufleute heftige Attacken gegen das Presseestablishment. Die Gefahr, die von ihnen ausgeht, lauert überall — von Buxtehude bis Schweinfurt, von Hückelhoven bis Meckenheim und selbst von Osterholz-Scharmbeck bis Wanne-Eickel.

Die Zeitungen zum Nulltarif konzentrieren sich stets auf ein eher kleines, überschaubares Verbreitungsgebiet, wo sie den Bürgern buchstäblich bis an die Haustür entgegenkommen. Sie werden in riesigen Stückzahlen in einer Region, einer Stadt oder einem Stadtteil verteilt, fallen damit automatisch allen Bevölkerungsschichten und sämtlichen Altersgruppen in die Hände und bringen es damit fast immer auf imposantere Reichweiten als die Kaufzeitungen. Ihre Inserenten, die für Einschaltungen zumeist vergleichsweise günstige Tarife berappen, dürfen zumindest theoretisch auf eine größere Kontaktchance bauen — vorausgesetzt, das Gratismedium stößt bei den Lesern auf Akzeptanz.

Am deutschen Markt findet diese Gattung immer mehr Anhänger. Hatte es 1975 erst 250 Gratisgazetten gegeben, so existieren derzeit bereits mehr als tausend derartige Objekte. Jedes zehnte schafft schon eine Auflage von über 100.000 Exemplaren, die Gesamtauflage liegt bei der eindrucksvollen Marke von 55 Millionen Stück. Während diese Blätter von der etablierten Konkurrenz zunächst mit scheelen Blicken als harmlose Zeiterscheinung abgetan wurden, konnten sie sich einstweilen als Faktor am Printmarkt verankern. Sie erzielen ungefähr zwei Milliarden Mark Umsatz, was fast einem Viertel des auf die Tageszeitungen entfallenden Anzeigenaufkommens entspricht, aber doppelt so viel ist, wie die Hörfunksender gemeinsam kassieren. Die größten der insgesamt 465 Anbieter, die es inzwischen allesamt zu zahllosen Gratisblättern gebracht haben, heißen

— Hamburger Wochenblatt Verlag,
— Bremer Anzeiger GmbH,
— Verlagsgesellschaft Madsack, Hannover,
— WVW-Westdeutsche Verlags- und Werbegesellschaft, Essen,
— Blitz-Tip, Frankfurt,
— Wochenblatt GmbH, Stuttgart, und
— Münchner Wochenblatt Verlags- und Werbegesellschaft.

Diese zumeist recht aggressiv agierenden Firmen stellen insbesondere für eingesessene Mini-Verlage eine eminente Gefahr dar. In vielen Fällen stecken nämlich schlagkräftige Zeitungshäuser hinter ihnen — etwa die WAZ-Gruppe, Madsack, DuMont Schauberg oder Ippen. Die Riesen sind damit problemlos in der Lage, jene Werbeerlöse, die ihren Kaufblättern durch die Lappen gehen könnten, auf diese Weise wieder einzusammeln. Für sie sind in der Regel kommerzielle Ziele wichtiger als journalistische Genialität. Es scheint ihnen daher bisweilen ziemlich egal zu sein, was in den Blättern drinnensteht — vielmehr zählt, was dabei geschäftlich rausschaut.

Im allgemeinen — Ausnahmen bestätigen die Regel — befassen sich die Gratispostillen nicht mit der hohen Politik im Bundestag, sondern jubeln lieber über die jüngsten Erfolge des lokalen Kegelklubs. Sie lassen das Weiße Haus ebenso wie den Kreml links liegen und berichten statt dessen über die Brautpaare der Woche, die Eröffnung des Friseursalons Müller oder den entlaufenen Kater der Frau Schmitz. Sie beschäftigen sich nie mit der Straße von Hormuz, dafür aber mit jener Nebengasse, die gerade durch Aufgrabungsarbeiten blockiert ist. Das bunte Informationsangebot über lokale Ereignisse garnieren die Gratisblätter recht geschickt — manchmal bis zur Unkenntlichkeit vermischt — mit einem runden Spektrum an bezahlten Anzeigen, das von privaten Kleininseraten bis zu ganzseitigen Botschaften großer Handelsketten reicht. Die angepeilte Zielgruppe scheint nicht bloß für jene Bürger ideal zu sein, die gerade eine gebrauchte Lederjacke abzugeben haben, ihre Wohnung verkaufen wollen oder einen fahrbaren Untersatz loswerden möchten, sondern durchaus auch für professionelle Werbungstreibende, die neue Kundschaft gewinnen wollen — etwa Drogeriemärkte, Kaufhäuser, Geldinstitute und Boutiquen, aber natürlich auch den Autohändler, den Tante-Emma-Laden oder den Metzger von nebenan.

Die Gratiszeitungen haben jedenfalls am Werbemarkt spürbare Umschichtungen erreicht — ein Ziel, das auch die sogenannten Gratisanzeiger mit beachtlichem Elan anpeilen. Diese vermehren sich in Deutschland seit dem Jahr 1983 rasch, tragen zum Teil recht originelle Titel — wie *Sperrmüll*, *Flohmarkt*, *Fundgrube* oder *Zweite Hand* — und versuchen es andersrum: Sie drucken jede Menge Kleinannoncen gratis ab und bitten dafür die Leser zur Kassa. Diese haben, auch wenn sie keinerlei redaktionelle Beiträge erwarten dürfen, einen Obolus zwischen einer und drei Mark zu leisten. Im Moment holen rund fünfzig derartige Objekte auf diese Tour einen Gesamtumsatz von schätzungsweise 150 Millionen Mark heraus — die Summe, die der Tagespresse durch den Ausfall der Annoncen entgeht, dürfte indes weitaus größer sein. Ein paar renommierte Verlage scheinen daher felsenfest daran zu glauben, daß solche Publikationen künftig gute Chancen haben werden — und sind auch auf diesen Zug längst aufgesprungen. So mischen beispielsweise der Heinrich Bauer Verlag mit *Avis* oder die Axel Springer AG mit dem *Anzeigentelegramm* in diesem Marktsegment mit.

*

Die beiden Großverlage sind vorwiegend in jenem Bereich engagiert, wo es am wildesten zugeht: In Deutschland ist das Wachstum bei Zeitschriften zwar besonders rasant, der Wettbewerb allerdings auch besonders hart. Die Palette wird ständig größer — im Jahr 1988 kamen nicht weniger als 119 Neulinge hinzu —, doch spektakuläre Erfolge gibt es immer seltener. „Das dichte Gedränge“, so Gerd Schulte-Hillen, Vorstandschef von Gruner + Jahr,

mache es „ungeheuer schwer, einen hochauflagigen Titel zu plazieren". Die vier dominanten Konzerne — Bauer, Springer, Gruner + Jahr und Burda — müssen sich, ähnlich wie die vielen kleinen Mitläufer, längst damit abfinden, daß der Markt hoffnungslos überbesetzt und das Gedränge gewaltig ist. Speziell die Auflagen- und Leserzahlen bei den thematisch allgemein ausgerichteten General-Interest-Magazinen oder den TV-Illustrierten sind tendenziell rückläufig. Die Special-Interest-Zeitschriften spüren hingegen Aufwind — jene Titel, die ganz exakt auf die Interessen einer bestimmten Zielgruppe abgestimmt sind.
Während sich also Massenblätter wie *Bunte* oder *Quick* relativ schwertun, ihre Position auch nur zu halten, profitieren Auto-, Wohn-, Hifi/Video- oder neuerdings Reisemagazine von einem kontinuierlichen Wachstum. In dieser Nische kommt es daher — auch wenn die Auflagen eher bescheiden bleiben — zu den meisten Neugründungen: Burda beispielsweise lancierte das monatliche Astrologiemagazin *Jupiter*, Gruner + Jahr kam mit *History* heraus — Untertitel: „Das Magazin, das Geschichte macht" —, und beide setzten in jüngster Zeit auch auf Reisezeitschriften. Burdas *Holiday* und Gruner + Jahrs *Saison* haben zum einen dem Ringier-Objekt *Globo*, der deutschen Lizenzausgabe von *National Geographic*, den Kampf angesagt und machen zum andern den schon vorhandenen Tourismus-Guides *Geo spezial*, *Merian*, *Traveller's World* oder *Abenteuer & Reisen* Leser abspenstig. Diese mit riesigem finanziellen Aufwand in den Markt geworfenen Elite-Hefte wollen ihr Publikum mit prachtvollem Bildmaterial, anspruchsvollen Texten, hübschen Layouts und nützlichen Serviceteilen in die weite Welt verführen. Sie suchen sich mit Vorliebe exotische Destinationen aus, reportern dagegen kaum über die beliebtesten Urlaubsziele der Deutschen — Lignano, Mallorca oder Korcula. Da sie großteils nicht Reisebegleiter, sondern wohl nur Reiseersatz sind, leben sie auch nicht primär von einschlägigen Inseraten, wie das die Auto- oder Videozeitschriften tun, sondern erhoffen sich alle möglichen Anzeigen für hochwertige Ge- und Verbrauchsgüter. Und stehen damit automatisch in direkter Konkurrenz zu völlig andersgearteten Special-Interest-Magazinen wie etwa dem *Feinschmecker* oder *Sports*, die ebenfalls versuchen, möglichst viele Spitzenverdiener als Leser zu gewinnen, um an der Werbefront erfolgreich zu sein.
Dem Trend zu eleganten, hochpreisigen und zielgruppenorientierten Prestigeobjekten steht am Zeitschriftenmarkt der Aufstieg der Billigexemplare gegenüber: Diese Entwicklung, die vor etwa zehn Jahren begann, sorgte vor allem am Markt der Frauen- und TV-Illustrierten jahrelang für Hochspannung. Der seinerzeit nicht besonders auffällige Sebaldus-Verlag in Nürnberg hatte 1979 *Die Aktuelle* und 1983 *Die 2* kreiert, zwei Diskontblätter, die schlagartig erfolgreich waren. Er drang damit in die angestammten Reviere der Großen ein, denen nichts anderes übrigblieb, als sofort zurückzuschlagen: Der Heinrich Bauer Verlag konterte mit der Fernsehpostille *auf einen blick*, Springer brachte die *Bildwoche* sowie *Bild der Frau* heraus, sogar Gruner + Jahr gab es bei *Prima* deutlich billiger als gewohnt, und in bester Wildwestmanier folgte eine Attacke auf die andere.
Die vier Riesen konnten mit ihren neuen Waffen, die um enorme Summen in den Markt gedrängt wurden, ihre Domäne zwar verteidigen — *Bild der Frau* etwa etablierte sich innerhalb kürzester Zeit als Nummer eins der unterhaltenden Frauenzeitschriften —, aber was sie dabei dazugewannen, das verloren sie meist bei den schon bestehenden Objekten. Die Einnahmen wurden

damit oft bloß von der einen Tasche in die andere geschaufelt. Aufgrund der zahlreichen neuen Produkte, die nur selten so erfolgreich waren wie *Auto Bild* oder *Sport Bild*, setzte es herbe Rückschläge. Die klassischen TV-Matadore zum Beispiel, wie Springers *Hör zu*, Burdas *Bild und Funk* oder Bauers *TV Hören und Sehen*, zählen zweifellos zu den Leidtragenden. Jene sechs Blätter, die vor fünfzehn Jahren noch auf einen Marktanteil von 86 Prozent stolz sein durften, halten derzeit ungefähr bei der Hälfte. Dafür befinden sich die preisgünstigeren Herausforderer *Bildwoche*, *Die 2* und *auf einen blick* im Vormarsch. Der Marktleader *Hör zu* wirft zwar wie gewohnt einen Haufen Gewinn ab, verkauft heute aber eine Million Exemplare weniger als 1980. Das Haus Springer, früher die Nummer eins, muß sich anteilsmäßig mit kaum vierzig Prozent begnügen und verlor seine Position an den Heinrich Bauer Verlag.
Die lange üblichen Preiskriege scheinen aber zumindest bei den Frauenzeitschriften nicht mehr aktuell zu sein: Das Sortiment, das sich seit 1975 mehr als verdoppelt hat, wurde vor geraumer Zeit um hochpreisige Renommierobjekte wie den Gruner + Jahr-Titel *Marie Claire* sowie die Hachette-Burda-Koproduktion *Elle* angereichert. Die französische Bibel für Mode, Schönheit und Lebensgefühl etwa begann mit einer Startauflage von 350.000 Heften und kostete sechs Mark. Als Gegenleistung will *Elle* der selbständigen, selbstbewußten, emanzipierten, kaufkräftigen und konsumfreudigen Lady neben schönen Fotos auch ein Gefühl für Luxus, Flexibilität, Extrovertiertheit, Avantgarde oder Phantasie vermitteln. Dieses Umfeld soll sie als idealen Werbeträger für Anzeigen hochpreisiger Markenartikler prädestinieren — ein Anspruch, den Billigprodukte wie *Maxi* oder *Prima* nicht so ohne weiteres erheben können. Fazit: Für noble Inserenten wie Cartier oder Dior, Daimler-Benz oder Yves Saint-Laurent wird es zweifellos immer komplizierter, ihre Etats optimal zu verteilen.
Der heftige Verdrängungswettbewerb macht es auch den meisten Novitäten — egal, ob sie billig oder teuer sind — enorm schwer: Etliche Zeitschriften-Babys erfordern daher so wie die Gruner + Jahr-Illustrierte *Sports* oder das Zeitgeist-Magazin *Tempo* aus dem Jahreszeiten-Verlag ungemein viel Geduld; und mit einigen Projekten — typische Beispiele: *Ja* bzw. *Winners* — sind manche Verlage sogar furchtbar auf die Schnauze gefallen. Die Sättigung am Markt, die auch in anderen Ländern deutlich spürbar geworden ist, der harte Wettbewerb sowie neue Lesegewohnheiten des Publikums machen der Branche jedenfalls ziemlich zu schaffen und dürften die künftige Entwicklung einigermaßen schwierig gestalten.

Wie die Zeitschriftenszene in Europa momentan aussieht, was für die einzelnen Märkte charakteristisch ist, wer die absoluten Verkaufsschlager sind und welche Verlage dominieren, wird im folgenden Überblick skizziert:

Die 1.550 deutschen Zeitschriftenverlage — das sind fünfzig Prozent mehr als vor zehn Jahren — beschäftigen 72.000 Menschen und setzen mehr als elf Milliarden Mark um, fast so viel wie die Tagespresse. Sie offerieren den Lesern zirka 7.700 Titel — 1989 kamen gleich 614 neue hinzu —, und an den Kiosken herrscht ein geradezu mörderisches Gedränge: Den rund 1.450 Publikumszeitschriften, die der Verband Deutscher Zeitschriftenverleger (VDZ) erfaßt hat, stehen 3.200 Fachzeitschriften und fast 3.000 „sonstige" gegenüber — politische Wochenblätter, konfessionelle Organe, zahllose Kundenzeitschriften, boomende Anzeigenblätter und vieles mehr. Rund ein Drittel davon kommt wöchentlich, ein gutes Drittel monatlich, der Rest vierzehntägig oder in längeren Intervallen auf den Markt. Die Auflagen — bei Publikumszeitschriften insgesamt etwa 120 Millionen Stück, bei Fachzeitschriften 57 Millionen Exemplare pro Erscheinungstag — überschreiten nur in rund hundert Fällen die imposante 500.000er-Marke. Die 4.500 Minis dagegen verkaufen maximal 10.000 Exemplare. Spitzenreiter sind nicht die Illustrierten wie *Stern* oder *Bunte,* sondern die Programmzeitschriften *Hör zu, TV Hören und Sehen, auf einen Blick, Fernsehwoche* und *Funk Uhr.* Die inklusive der TV-Supplemente à la *rtv* insgesamt vierzehn Konkurrenten beglücken die Bürger allwöchentlich mit 27 Millionen Exemplaren. Absolute Verkaufsschlager sind ferner — trotz leicht sinkender Tendenz — *Bild der Frau,* die *Neue Post, tina, Burda Moden* und *Das Haus.* Weiters können sich, als Gattung, speziell die 55 Frauenzeitschriften sehen lassen: Neben den etablierten Dauerbrennern *Brigitte, Petra* oder *Freundin* haben sich sowohl Billigprodukte wie *Maxi* oder *Prima* als auch Objekte mit Luxusambiente, wie *Harper's Bazaar, Vogue, Madame* und neuerdings die deutsche *Elle,* breitgemacht. Seit 1975 wurde das Sortiment zahlenmäßig verdoppelt. Die Deutschen haben zwar nur ein einziges Nachrichtenmagazin von Weltformat — *Der Spiegel* —, aber dafür gleich mehrere ordentliche Wirtschaftszeitschriften, zum Beispiel *Capital, DM, Impulse,* die *Wirtschaftswoche* oder seit kurzem auch *Forbes,* und noch ungleich mehr Herz-Schmerz-Postillen. Das ganz große Geschäft machen indes nur wenige: Während rund tausend Verlage mit Zeitschriften maximal zwei Millionen Mark erlösen, kassieren nur elf (meist weit) mehr als hundert Millionen. Vier Riesen haben ihre Claims abgesteckt: Gruner + Jahr ist auf hochpreisigen Lesestoff spezialisiert, der Heinrich Bauer Verlag auf billige Renner; Burda positionierte sich genau dazwischen, und der Axel Springer Verlag will mit *Hör zu, Auto-Bild* und *Sport-Bild* nichts lieber als die Masse umgarnen. Die Palette der Special-Interest-Magazine — also Auto-, Wohn-, Hifi & Video-, und Hobby- sowie seit geraumer Zeit auch mehrere Reisezeitschriften — bietet den Lesern ebenfalls immer mehr Abwechslung. Schließlich konnten sich etwa hundert locker aufgemachte Stadtillustrierte erfolgreich in den Markt drängen — Paradebeispiel: *Prinz* vom Jahreszeiten-Verlag —, deren kaufmännische Erwartungen sich rasch erfüllt haben. Die Neo-Verleger stimmen daher getrost in die allgemeinen Freudengesänge ein: Die deutsche Wiedervereinigung wird den Magazin-Machern schon keinen Nachteil bringen ...

GROSSBRITANNIEN

Die Briten können mit den Deutschen einfach nicht mithalten: Im klassischen Print-Land werden zwar regelmäßig rund 2.300 Consumer Magazines und 3.700 Fachzeitschriften hergestellt[16]), doch deren Auflagen sind niedriger als vor zwanzig Jahren und die Reichweiten nehmen sich alles andere als spektakulär aus. Abgesehen von den bislang den TV-Anstalten BBC und ITV vorbehaltenen Fernsehillustrierten *Radio Times* und *TV Times*, die pro Woche gemeinsam sechs Millionen Käufer finden, spielt sich enttäuschend wenig ab: Erstens fehlen die großen Allround-Illustrierten, die anderswo Furore machen — an ihre Stelle treten die Gratisbeilagen der elf Sonntagsblätter, etwa das *Sunday Times Magazine*. Zweitens gibt es nicht einmal ein einziges ordentliches Nachrichtenmagazin. Der grandiose *Economist*, der in der Hitparade der weltbesten Wirtschaftszeitschriften weit vorne rangiert, muß sich drittens mit einer relativ bescheidenen Auflage begnügen. Und somit erreichen eigentlich nur einige Frauenillustrierte eine respektable Größe. In diesem Marktsegment, wo ein Jahrzehnt lang Ebbe geherrscht hatte, geht es nunmehr ziemlich aufregend zu: Seitdem die deutschen Invasoren Bauer und Gruner + Jahr mit den Blitzstartern *Bella* bzw. *Prima* und *best* die allgemeine Flaute beenden konnten, ziehen die Auflagenzahlen wieder an, steigen auch die Werbeeinnahmen, aber der Wettbewerb wurde mörderisch. Während sich Bauer mit seinem neuesten Titel *Take a Break* als Diskonter erwies, mußte die eingesessene *Woman's World* dichtmachen. Der britische Frauenspezialist IPC, der die Ladys Woche für Woche mit *Woman*, *Woman's Own*, *Woman's Weekly* oder *Chat* zu erobern versucht, beweist plötzlich unerwarteten Punch: Obzwar ihm mit dem Neuling *Riva* ein Mißgeschick passiert ist — nach nur sieben Wochen kam das Aus —, warf er unter beträchtlichem finanziellen Einsatz ein neues Produkt nach dem anderen auf den Markt — etwa *Essentials*, die englische Ausgabe von *Marie Claire* und vor kurzem das Billigfabrikat *Me*. Die Tochterfirma von Reed International übernahm kürzlich auch von Independent Television Publishers die *TV Times*, womit ein Privileg der Fernsehanstalten gebrochen war: Jetzt dürfen auch andere Verleger Programm-Illus offerieren. Rupert Murdoch etwa zauberte sogleich den *TV Guide* aus dem Zylinder. Die übrigen Mitbewerber, wie Thomson, Argus, EMAP, Morgan-Grampian oder Haymarket, die US-Filialen Condé Nast und National Magazines sowie etliche andere Verlage, die sich vorwiegend auf Mode, Männer und sonstige Special-Interests konzentrieren, treten hingegen etwas leiser: Der harte Kampf um Leser und Werbeaufträge macht traumhafte Auflagen und allzu fette Gewinne nur schwer möglich. So fallen beispielsweise für die 3.700 englischen Fachzeitschriften nur matte zehn Prozent des britischen Werbekuchens ab. Die 86 Verlage, die bei der Periodical Publishers Association als Mitglieder registriert sind, haben alles fest unter Kontrolle: Sie holen sich ungefähr achtzig Prozent vom Gesamtumsatz.

Die französischen Zeitschriften erleben, in Summe gesehen, einen regelrechten Boom. Von den rund 3.000 Journalen genießen aber just jene den besten Ruf, deren Auflagen bestenfalls stagnieren und deren Bilanzen nur selten für Freudenfeste Anlaß sind — nämlich die formidablen News-Magazine *L' Express*, *Le Nouvel Observateur* sowie *Le Point*. Dieser geriet erst 1988 ziemlich ins Trudeln und benötigte neue Kapitalgeber. Ungefähr fünfmal mehr als die Prestigeobjekte, nämlich 35 Millionen Exemplare pro Monat, verkaufen die TV-Illustrierten, allen voran der Spitzenreiter *Télé 7 jours* mit drei Millionen und fast viermal so vielen Lesern. Neben den etwas älteren und etwas stärkeren Mitbewerbern — wie *Télé Poche*, *Télé Star* oder *Télérama* — und der erst in den achtziger Jahren gestarteten Konkurrenz — z.B. *Télé Loisirs*, *Télé Z*, *Télé K 7* und *TV Couleur* usw. — kümmern sich auch einschlägige Supplemente etlicher Tageszeitungen, etwa das Hersant-Objekt *TV Magazine* oder das Hachette-Produkt *TV Hebdo*, regelmäßig um siebzig Prozent der französischen Haushalte. Die zirka 25 Frauen- und Modezeitschriften Frankreichs sind ebenfalls nicht ohne, wobei vor allem die von deutscher Hand geprägten Journale *Prima*, *Maxi* und *Femme actuelle*, aber auch die bodenständigen Objekte *Modes et Travaux*, *Elle* und *Marie Claire* hervorstechen. So wie der Marktleader Hachette-Filipacchi außer *Télé 7 jours* und *Elle* mit einer Reihe anderer Produkte brilliert, wahrt auch die *Marie-Claire*-Herausgeberin Evelyn Prouvost, deren Partner die Kosmetikfirma L'Oréal ist, mit *Avantage*, *Cosmopolitan* oder *La Maison de Marie Claire* ihre Chance. Die Gruppe L'Expansion von Jean-Louis Servan-Schreiber, dessen Kompagnons neben anderen der US-Konzern Dow Jones sowie die Getränkefirma Moët-Hennessy sind, betätigt sich auf einem völlig anderen Feld: Sie zielt mit *L'Expansion* auf den Bereich Wirtschaft & Finanz ab, den gleich mehrere Zeitschriften, etwa *Le Nouvel Economiste*, abdecken. Die Reichweiten der Ökonomiegazetten werden freilich von den Sensationsblättern vom Typ *France Dimanche* oder *Point de Vue* spielend übertroffen. Bei den Special-Interest-Magazinen, übrigens eine Domäne der Editions Mondiales, dominieren auflagenmäßig die Autozeitschriften — rund zwanzig liefern einander ein spannendes Rennen. Die Wohn-, Sport- und Elektronikgazetten sind aber ebenso stoßweise an den Kiosken vertreten wie eine Unzahl an Foto-, Video- und Kinoblättern. In Summe werden von dieser Kategorie monatlich 7,5 Millionen Exemplare produziert, wobei insbesondere die Auto-, Reise- und Kunstzeitschriften zuletzt stark zulegen konnten. Das Gegenteil ist bei den typischen Männermagazinen wie *Playboy*, *Lui*, *Penthouse* oder *New Look* festzustellen, die ihre einst gewohnte Potenz eindeutig vermissen lassen. Der französische Magazinmarkt, auf dem auch Ausländer wie Prisma Presse (= Gruner + Jahr) oder Maison d'Edition H. Bauer kräftig umrühren, ist ziemlich stabil: So wie kaum Pleiten zu registrieren sind, gibt es auch nur ganz wenige Neugründungen — scheinbar gilt die Konsolidierung für alle Häuser als oberstes Ziel.

ÖSTERREICH

Die rot-weiß-rote Republik kann sich zwar am kompletten Zeitschriften-Menü aus deutscher Küche delektieren, aber zusehends finden die Leser an hausgemachten Kreationen Geschmack: In den vergangenen Jahren wurde das Sortiment etwa um den Riesenerfolg *Die ganze Woche*, um die Illustrierten *Basta Wiener* und *Wienerin*, Wirtschaftsmagazine wie *Gewinn* oder *Option* und Spezialgazetten wie *à la carte* oder *Ikarus* angereichert. In den meisten Fällen kam aber der Cash slow wie bei *Cash flow*, und daher waren erst recht wieder die Deutschen am Zug: Gruner + Jahr leistete eine Zeitlang bei der zuletzt genannten Wiener Schickimicki-Wirtschaftsrevue Entwicklungshilfe, die Holtzbrinck-Gruppe nahm *Option* zur Brust. Die WAZ angelte sich natürlich den riesigsten Fisch: Aufgrund ihrer Beteiligung am *Kurier* darf sie sich nunmehr über jene Gewinne freuen, die Österreichs größte Magazingruppe einspielt, die aus dem Wirtschaftsmagazin *trend*, dem Nachrichtenmagazin *profil*, der Illustrierten *Basta*, der Jugendzeitschrift *Rennbahn-Express* sowie aus der *auto revue* besteht. Die *Kurier*-Töchter, insbesondere der trend-Verlag, liegen in dem aus rund neunzig Objekten[17]) bestehenden Markt klar in Führung und holen in einem kleinen Land wie Österreich beachtliche Auflagen- und Leserzahlen heraus. Im übrigen verdienen die *Wochenpresse*, das Magazin *Diners Club* sowie die *ORF-Nachlese* Beachtung. Die rund 2.000 Fachblätter blühen dagegen — mit ganz wenigen Ausnahmen — im verborgenen.

SCHWEIZ

Neben der deutschen Regenbogenpresse, die wöchentlich 600.000 Exemplare los wird, können sich in der Schweiz rund sechzig bodenständige Zeitschriften[18]) behaupten. Sie tragen teils patriotische Titel wie *Der Schweizerische Beobachter* oder *Schweizer Familie*, *Schweizer Illustrierte* oder *Schweizer Woche*, sind auflagenmäßig trotz eines empfindlichen Rückschlags im Jahr 1989 relativ gut drauf und befassen sich mit allen möglichen Materien — am liebsten mit Wirtschaft. Die etablierten Magazine *Bilanz* und *Politik & Wirtschaft* haben daher in den vergangenen Monaten Zuwachs erhalten: Der mit etwa fünfzehn Objekten marktbeherrschende Ringier-Verlag kam mit dem Business-Weekly *Cash* heraus, erlebte allerdings mit dem international vertriebenen Titel *Billion* eine herbe Enttäuschung, die zum Verkauf der Ringier-Anteile führte; der Jean-Frey-Verlag wiederum schickte den Karriereratgeber *Katapult* ins Rennen und stellte obendrein gemeinsam mit der westschweizerischen Edipresse und der französischen Gruppe Expansion das französischsprachige Magazin *Bilan* auf die Beine. Für die wenigen Schweizer, die Wirtschaft wie die Pest hassen, bleiben immer noch Frauenzeitschriften wie *Meyers Modeblatt*, *Femina* oder *Orella*, TV-Ratgeber wie *Tele* bzw. *Télé Top Matin* oder am besten gleich *Das Beste* beziehungsweise die *Glückspost*. Die meisten Hefte stammen, wenn sie nicht aus Deutschland oder so wie *Elle*, *Jours de France* oder *Paris Match* aus Frankreich kommen, von wenigen Verlagen: Neben den bereits genannten schlagen sich Edipresse, die Tages Anzeiger AG und die Curti Medien AG am besten.

BELGIEN

Eine Flut ausländischer Zeitschriften überschwemmt das zweisprachige Land: Nicht nur die *Vogue* ist in Belgien en vogue, sondern auch *France Dimanche*, *Cosmopolitan*, *Elle*, *Marie Claire* oder *Paris Match* sind bestens etabliert. Die rund 130 Titel, die von etwa zwanzig Verlagen stammen und ein Drittel des gesamten Werbevolumens auf sich vereinen, haben allerdings geradezu dramatische Einnahmeneinbußen zu beklagen und sind auch von Traumauflagen weit entfernt: Mit Ausnahme der flämischen Familienillustrierten *De Bond* und *Humo*, der Frauenzeitschriften *Vrouw en Wereld* und *Flair* sowie der Programmblätter *TV Blad* und *Télémoustique* bleiben alle unter 200.000 Exemplaren[19]). Der Verlag Roularta vertreibt mit *Knack* und *Le Vif /L'Express* — in Kooperation mit dem französischen Top-Verlag — die wohl wichtigsten belgischen Magazine. Als direkte Konkurrenten sind 1990 *Parce que* und *l'Instant* angetreten. Roularta gibt auch das erfolgreiche Wirtschaftsmagazin *Trends/Tendances* heraus, das sowohl auf französisch als auch auf flämisch erscheint. Es duelliert sich primär mit *Belgian Business*. Die Groupe Standaard wiederum befaßt sich, abgesehen von der qualitativ hochwertigen Tageszeitung gleichen Namens, mit Frauen- und TV-Zeitschriften wie *Chez Nous* oder *TV Ekspress/Zie* und ist mit ihrer französischen Filiale Montsouris auch am dortigen Markt vertreten. Um den Rest vom Schützenfest bemühen sich schließlich 1.200 Fachzeitschriften, die teilweise ums Überleben kämpfen — auch auf sie wirkt sich das Fernsehen katastrophal aus.

NIEDERLANDE

Die 7.000 Kioske Hollands kümmern sich um den Absatz von rund hundert Publikumstitel — nicht ganz ohne Erfolg: Immerhin kauft ihre Kundschaft im Laufe eines Jahres 560 Millionen Exemplare. Mit rund 35 Titeln schafft die VNU, wie sich das für das größte Verlagshaus gehört, rund fünfzig Prozent Marktanteil. Sie bietet für alle Geschmacksrichtungen etwas: von den wöchentlichen Frauenzeitschriften *Libelle* oder *Margriet* über die Familienrevuen *Panorama* und *Nieuwe Revu*, die Teeny-Führer *Club* und *Muziek Express* sowie die Eß- und Wohnanleitungen *Tip* und *VT Wonen* bis zu den Lizenzausgaben von *Donald Duck*, *Cosmopolitan*, *Marie Claire* oder *Playboy*. Die Zeitschriftenumsätze von VNU gingen 1989 allerdings drastisch zurück, sodaß der Konzern ins TV-Business ausweichen mußte. Das Haus Elsevier wiederum hat im Hochglanzgenre beispielsweise *Elegance* oder *Man* anzubieten, bringt das *Elseviers Magazine* heraus und füttert die Fans von Fachzeitschriften mit mehr als sechzig ganz speziellen Publikationen, wovon eine sogar den Schweinen gewidmet ist[20]). Nicht zu unterschätzen sind die Firma De Vrijbuiter, die *Avantgarde*, *Newlook*, *Pure Style* und neuerdings das holländische *Esquire* bastelt, und der forsche Newcomer Maarten van den Biggelaar, der das Yuppie-Business-Magazin *Quote* kreiert und sich dann an die holländische *Elle* herangewagt hat. Schließlich gedeihen die vielen TV-Zeitschriften prächtig, die für die diversen Rundfunkgesellschaften ein hübsches Nebengeschäft darstellen.

SCHWEDEN

Die schwedischen Zeitschriftenverlage leben großteils von Damen — und da lebt sich's ausgezeichnet: Ihre rund 150 Objekte[21]) finden nämlich überwiegend beim weiblichen Publikum Anklang — die Männer hingegen lesen anscheinend nur so nebenbei. Die höchsten Auflagen, maximal 600.000 Exemplare, verzeichnen die wöchentlichen Familienpostillen *ICA Kuriren*, *Hemmets Journalen* und *Aret Runt*, gefolgt vom alteingesessenen Trio *Hemmets Veckotidning*, *Allas Veckotidning* und *Allers*. Diese drei gehen, so wie das sentimentale Bilderblatt *Hant i Veckan*, der monatliche Frauenratgeber *Femina* oder die führende Gesundheitszeitschrift *Ma Bra*, auf das Konto des Svenska Allers Förlag. Der Branchenleader tut sich noch mehr hervor als die Bonnier-Gruppe mit ihren neunzehn Kreationen — darunter die Lady-Revue *Damernas Värld*, die Mädchengazette *Vecko-Revyn*, die TV-Illustrierte *Röster i Radio TV* oder der schwedische Eigenbau von *Det Bästa*. Alle diese Produkte können weit mehr als 300.000 Leser und seit Jahren konstant wachsende Werbeumsätze vermelden — erst 1990 gab es einen kleinen Knick. Bonnier deckt mit *Veckans Affärer* und *Privata Affärer* gleich auch den Bereich Wirtschaft ab. Ansonst werden am bewegten schwedischen Markt ständig Premieren gefeiert: Jene Problemkinder, die so wie *Husmodern* nicht recht spuren, müssen nämlich in der Regel einfach verschwinden und einem Neuling Platz machen.

NORWEGEN

Die auflagenstärkste Zeitschrift heißt *Motor*, und im Spitzenfeld rangiert *Donald Duck* — das sagt eigentlich alles: So ähnlich wie die Tagespresse bleibt in Norwegen auch der Magazinmarkt einiges schuldig. Das Sortiment an Publikumstiteln besteht alles in allem aus rund dreißig Namen, wozu sich 300 Fachzeitschriften gesellen[22]). Die Leser müssen hauptsächlich mit diversen Familienillustrierten vorlieb nehmen, die so wie *Norsk Ukeblad*, *Hjemmet* oder *Allers* allwöchentlich der breiten Masse Zerstreuung allgemeinster Art bieten. Der Allers-Verlag, der die einzige Frauenzeitschrift *Kvinner og Klaer*, die reich bebilderte Programmpostille *Se og Hor* oder die Pop-Revue *Topp* produziert, zählt so wie die Firma A/S Hjemmet oder der Ernst G. Mortsensen Forlag, hinter dem der Orkla-Konzern steht, zu den Branchengrößen. Die kontrollierten Auflagen summieren sich auf rund vier Millionen Exemplare. Bei Männertiteln wie *Alle Menn* und *Vi Menn* oder General-Interest-Gazetten wie *A-magasinet* und *Familien* sind in den vergangenen Jahren Zuwächse zu verzeichnen gewesen, sonst aber war die Tendenz durchwegs sinkend. Nicht viel anders sah es bei den Werbeeinnahmen aus: Die Rückgänge machten zuletzt bis zu 35 Prozent aus. Die ersten Alarmzeichen: Im April 1989 schlitterte die defizitäre Wirtschaftszeitschrift *Farmand* in die Pleite, die wöchentliche Revue *Det Nye* wurde notgedrungen zum Monatsblatt — und verlor 1989 erneut zehn Prozent an Auflage.

FINNLAND

Das absolute Print-Wunder im hohen Norden heißt *Pirkka*. Die monatliche General-Interest-Illustrierte hängt mit einer Auflage von 1,6 Millionen und 2,9 Millionen Lesern sogar den deutschen *Stern* ab. Sie ist unter den etwa achtzig finnischen Zeitschriften, die sich an eine breite Zielgruppe wenden, der absolute Champion[23]). Dabei zählt die dahinterstehende Firma Kauppiaitten Kustannus, ähnlich wie Oy Valitut Palat mit dem erfolgreichen *Reader's Digest*, nicht einmal zu den sechs Verlagen, die gemeinsam drei Viertel des Sortiments stellen: Lehtimiehet Yhtymä gibt zwölf, Yhtyneet Kuvalehdet Oy elf, A-Lehdet Oy zehn, Sanomaprint Aikakauslehdet neun, Kustannus Oy acht und Erikoislehdet Oy sieben Titel heraus. *Seura* und *Apu* sind mit 1,4 Millionen Lesern die beliebtesten Wochenzeitschriften für die Familie, *Anna, Kotiliesi* und *Kodin Kuvalehti* gelten als die populärsten Frauenmagazine; *Tekniikan Maailma* ist die meistgelesene Autogazette, *Suomen Kuvalehti* das interessanteste News-Magazin, *Avotakka* mit 560.000 Anhängern die führende Heim- und Garten-Bibel und *Talouselema* mit 280.000 Fans die erste Adresse der Wirtschaftsmagazine. Eine geringe Rolle spielen hingegen die TV-Zeitschriften: *Katso* vermag lediglich 350.000 Leser anzusprechen. Die gesamte Branche profitiert vom prosperierenden finnischen Werbemarkt und hat wenig Angst, künftig vom Fernsehen überrollt zu werden — sie lebt nämlich im Schnitt zu 75 Prozent von den Vertriebserlösen.

DÄNEMARK

Mit 52 Magazinen, die großteils monatlich erscheinen, werden die dänischen Leser nicht gerade stürmisch verwöhnt[24]). Das eher dürftige Angebot, das ihnen die Verlage bieten, entspricht ganz dem üblichen Muster: Eine Wald- und Wiesen-Illustrierte, die *Familie Journalen* heißt und 340.000 Mal verkauft wird, sowie die beiden Programmzeitschriften *Se og Hor* und *Billed Bladet* mit 310.000 bzw. 230.000 Exemplaren sind die absoluten Kanonen. Sie betreuen so viele Leser wie sonst niemand — nämlich bis zu 1,3 Millionen. Ein paar Frauenjournale, wie *Hjemmet* oder *Femina*, Familienblätter wie *Ude og Hjemme* und wie überall sonst *Det Bedste* in der Landessprache folgen mit deutlichem Abstand. Der Rest ist Schweigen: Die Auflagen der Wirtschaftstitel beispielsweise oder die der Special-Interest-Magazine erreichen nur einen Bruchteil davon: *Golf* etwa 18.000 Stück, *Sejl og Motor* 13.000 und *Foto Film & Video* gar nur 7.000 Exemplare. Die führenden Anbieter — etwa Aller Press, Bladforlaget, Bonniers Specialmagasiner A/S oder Gutenberghus Bladene — sehen sich mit einem Trend konfrontiert, den sie kaum stoppen können: Die Verkaufszahlen waren in den vergangenen Jahren fast ausnahmslos rückläufig — nur die reinen Männermagazine spüren Aufwind. Obendrein laufen manche ihrer Werbekunden gerne zum Fernsehen über, so daß die Anzeigenerlöse der Consumer-Zeitschriften im Jahr 1989 fast um ein Viertel absackten.

ITALIEN

Kein Wunder, daß in einem TV-Land wie Italien eine TV-Illustrierte unangefochten an der Spitze liegt: Mit etwa 2,5 Millionen Heften rangiert Silvio Berlusconis *Sorrisi e Canzoni* vor *L'Automobile* und der *Famiglia Cristiana*, alle anderen Titel sind weit abgeschlagen. Insgesamt gibt es fünfzig wöchentliche und neunzig monatliche Publikumstitel[25]). Der italienische Zeitschriftenmarkt ist — abgesehen vom monatlichen Lesebuch *Selezione del Reader's Digest*, das auch in Italien ein Renner ist, und mit Ausnahme einiger Mini-Verleger, die sich in winzigen Nischen breitmachen — fest in der Hand von drei Verlagsimperien: Die R.C.S. Rizzoli Periodici (ca. 30 Titel), die Arnoldo Mondadori-Gruppe (ca. 30 Titel) und der Rusconi-Konzern (25 Titel) bekämpfen einander praktisch in jeder Sparte[26]). Die erfolgreichsten wöchentlichen News-Magazine sind *Panorama* vor *L'Espresso;* die größten Wirtschaftsmagazine *Capital* vor *Gente Money* und *Il Mondo*; die beliebtesten Frauengazetten *Gioia* vor *Grazia*; und bei den Allzweckillustrierten zum familiären Gebrauch sind *Gente* und *Oggi* nicht zu schlagen. Derzeit stehen etwa 250 allgemeine und 1.500 Fachzeitschriften zur Verfügung, doch so gut wie jede Woche kommen neue hinzu. Die Newcomer reizen vor allem die schönen Zuwächse beim Anzeigenaufkommen. Der werbliche Anteil der Magazine am Werbemarkt, der in den achtziger Jahren von 31 auf 19 Prozent sank, wird allerdings weiter schrumpfen.

SPANIEN

Sie wissen offenbar, was sie tun — oder eben nicht tun: Nur rund 200 der angeblich 2.000 Publikums- und Fachzeitschriften Spaniens lassen regelmäßig ihre Auflage kontrollieren. Dabei stellt sich folgendes heraus: Bloß 26 verkaufen mehr als 100.000 Stück, lediglich fünf mehr als 500.000 Exemplare. Die Bestmarke hält die wöchentlich erscheinende Illustrierte *Pronto* mit 950.000 Heften, gefolgt vom TV-Ratgeber *Teleprograma*, der Klatschpostille *Hola!* und zwei weiteren Programmgazetten, *Teleindiscreta* bzw. *Clan TV* [27]), beide von der Gruppe Heres. General-Interest-Titel wie *Interviu*, *Tiempo*, *Cambio 16* oder *Tribuna de Actualidad* schaffen Auflagen zwischen 100.000 und 250.000 Stück. Am unteren Ende der Tabelle sieht es hingegen tragisch aus: 83 der 200 kontrollierten Blätter drucken ähnlich wie die Fachorgane *Revista Quirurgica Española* oder *Industria Internacional* maximal 10.000 Exemplare. Der Markt scheint dennoch auf viele die Faszination einer Goldmine auszustrahlen: So gut wie alle prominenten europäischen Verlage sind in Spanien mit dabei — in der ersten Reihe Gruner + Jahr und Heinrich Bauer, die mit ihren starken Auftritten den Rummel erst ausgelöst haben, aber auch Springer oder Hachette. Von den einheimischen sind vor allem die Grupo Zeta und die Grupo 16 erwähnenswert: Die eine ist u.a. für die Massenillustrierte *Interviu*, die Meinungszeitschrift *Tiempo* oder das spanische *Penthouse* zuständig, die andere gibt etwa *Cambio 16*, eine Art *Time Magazine*, *Marie Claire 16* sowie diverse Special-Interest-Objekte heraus.

PORTUGAL

Am lange Jahre dahindösenden portugiesischen Zeitschriftenmarkt geht es plötzlich drunter und drüber: Unentwegt tauchen neue Objekte auf — beispielsweise *A Sabado* oder *Face* —, um sich der übermächtigen, weil kapitalkräftigeren Konkurrenz aus dem Ausland entgegenzustemmen. Die spanischen Exportartikel *Hola!* und *Cambio 16* sind ebenso vertreten wie *Elle* oder *L'Express* aus Frankreich, *Burda Moden* aus Deutschland oder *Grazia* aus Italien. Die ungemein dürftigen Auflagenzahlen lassen vielerorts die Hoffnungen sprießen, daß es in absehbarer Zeit zu einem Boom kommen werde: Zur Zeit heben sich nur die Frauenzeitschriften *Maria* und *Crónica Feminina*, der *TV Guia* und — wie gewohnt — die *Reader's-Digest*-Variante *Seleccoes do R. D.* mit 200.000 bis 400.000 Exemplaren von der Masse der Auflagen-Zwerge ab. Diese müssen sich gar nicht so selten mit einem Zehntel davon zufriedengeben. Trotzdem stehen die Auslandsverlage nach wie vor Schlange: Der schwedische *Veckans Affärer* etwa ging mit der Wirtschaftsgazette *Vida Economica* eine Kooperation ein, und die französische *Marie Claire* lachte sich die Correio da Manha-Gruppe an. Natürlich sind auch die einheimischen Verlage bereits auf Trab gekommen: Sie gründen laufend mit großer Hektik neue Zeitschriften, aber manche stellen sie wegen Erfolglosigkeit kurzfristig wieder ein. Das muß wohl so sein, wenn der erwartete Aufschwung endlos auf sich warten läßt ...

GRIECHENLAND

Seit der einst vielbeachteten Grammi SA der Boss abhanden kam — Georgios Koskotas war aufgrund eines Finanzskandals in die USA geflüchtet —, hat sich am griechischen Magazinmarkt eine Menge getan: Die einstigen Grammi-Objekte *KAI* und *Mia*, zwei Frauentitel, die Familienillustrierte *ENA*, das Kulturjournal *Tetarto* sowie der Fernsehleitfaden *TV 3* wurden entweder von Konkurrenten übernommen oder einfach eingestellt. Das griechische Sortiment umfaßt rund 600 Zeitschriften, wovon etwa vierzig Publikumstitel sind und teilweise hinlänglich bekannte Namen wie *Elle*, *Cosmopolitan*, *Marie Claire*, *Playboy* oder *Burda Moden* tragen. Der unumstrittene Marktleader indes heißt *Pantheon*. Hohe Auflagen erzielen auch die Programmführer *Tilerama* und *Radiotileorasi*; bloß eine der niedrigsten Verkaufszahlen hat indes das Wirtschaftsblatt *Economikos Tachydromos* vorzuweisen. Irgendwo dazwischen halten sich beispielsweise die Frauenzeitschriften *Romantso* und *Domino* sowie die im selben Genre angesiedelte *Gynaika* der Terzopoulos SA. über Wasser. Gemeinsam dürfen sich die bunten Printprodukte, die größtenteils den Verlagen Lambrakis, Limberis, Pournaras oder dem verlegerischen Wunderknaben Jean J. Lesueur (Athenian Publications) zuzuordnen sind, über höhere Werbeeinnahmen als beispielsweise die griechischen Tageszeitungen freuen: Sie erhalten ein Viertel des Kuchens. Es ärgert sie allerdings, daß das TV weit mehr absahnt — nämlich die Hälfte.

DIE WICHTIGSTEN PRINT-IMPERIEN

Das kann wohl kein Zufall sein: Jene europäischen Zeitungen und Zeitschriften, die den besten Ruf genießen, haben kurioserweise nur selten etwas mit monströsen Pressekonzernen zu tun. Das trifft etwa zu auf

— das spanische Intelligenzblatt *El Pais*,
— die *Süddeutsche Zeitung*,
— die *Frankfurter Allgemeine*,
— die *Neue Zürcher Zeitung*,
— *Le Monde* in Paris,
— *The Independent* in London,
— *The Guardian* in Manchester und London sowie — mit Vorbehalt, weil sie dem nicht gerade schmächtigenPearson-Konzern gehört —
— die *Financial Times* in London.

Das gilt aber auch für
— den französischen *L' Express*,
— *Die Zeit* in Hamburg oder — mit Einschränkung — für
— den Londoner *Economist*, an dem ebenfalls Pearson beteiligt ist sowie
— den *Spiegel*, der aber weitschichtig mit der Bertelsmann AG verwandt ist.

Während sich die Verlagsriesen primär mit dem Massengeschäft befassen und am liebsten auf auflagenstarke Boulevardhits setzen — Springer kann mit *Bild* brillieren, Murdoch strahlt über *The Sun*, Maxwell verdient sich am *Daily Mirror* krumm —, sehen es etliche kleinere, nicht besonders spektakulär agierende Verlage gottlob als ihre Aufgabe an, die journalistische Qualität nicht verkommen zu lassen. Sie geben sich zwangsweise mit einem Bruchteil jener Verkaufszahlen zufrieden, die man mit Massenblättern unschwer erreicht, aber dafür wiegen eben ihre publizistische Bedeutung und ihr Prestigewert unvergleichlich mehr. Die Inhaber dieser Zeitungen sind im Grunde genommen die wahren Könige in der Medienbranche:

■ *El Pais* wurde vom Agraringenieur José Ortega Spottorno, dem Sohn des spanischen Kulturphilosophen José Ortega y Gasset, erfunden. Die von ihm bereits 1972 gegründete <u>Promotora de Informaciones S.A.</u> konnte allerdings erst ein halbes Jahr nach Francos Tod aktiv werden. Mit dem kritisch-liberalen, mutigen Blatt, das am 4. Mai 1976 erstmals erschien und vom Start weg auf Qualität ebenso achtete wie auf Unabhängigkeit, etablierte sich am Übergang von der faschistoiden Diktatur zur parlamentarischen Demokratie eine publizistische Institution ersten Ranges. Ihr Erfolg ist primär mit den Namen **Jesús de Polanco** und Juan Luis Cebrián verbunden: Der eine, ein Buchverleger, gilt in der Rolle des größten von rund 500 Aktionären als Garant der unabhängigen Linie; der andere, ein brillanter Essayist, war bis Oktober 1988 Chefredakteur und einziger Star der Zeitung, um dann verlagsintern höhere Aufgaben zu übernehmen. *El Pais*, seit 1980 die größte Gazette Spaniens, versteht sich als eine Art außerparlamentarische Opposition: Ohne besondere Sympathien für die Rechte zu hegen, warnt das Blatt gerne vor den Machtallüren der sozialistischen Arbeiterpartei unter Felipe

Gonzáles, die selbstherrlich den Staatsapparat kontrolliere und sich von den Bürgern zusehends entfremde. Auch wenn in der Redaktion bisweilen echte Bomben zu explodieren pflegen, kann es dieser Aufgabe um so eher gerecht werden, als eine starke kommerzielle Basis vorhanden ist.

■ Die *Süddeutsche Zeitung*, das bayerische Paradeblatt mit internationalem Touch, versorgt als auflagenstärkster Qualitätstitel Deutschlands die Dorfbewohner im Münchner Umland ebenso wie Universitätsprofessoren in Hamburg oder grüne Bürgerschrecks in Hannover mit einem breiten Informationsangebot. Ihr hohes Ansehen verdankt die 1945 von Franz Joseph Schöningh, August Schwingenstein und Edmund Goldschagg gegründete und einst von den Chefredakteuren Werner Friedmann sowie Hermann Proebst geprägte Zeitung einem sehr eigenständigen Kurs: Sie wird zwar von den einen als rot und von den anderen als konservativ eingestuft, in Wirklichkeit ist sie aber beides nicht. Ihre Grundhaltung hatte Proebst einmal so umrissen: „Gegenüber der jeweiligen Regierung loyal, aber wach und kritisch, bewegt sie sich im allgemeinen etwas links von der Mitte, aufgeschlossen und tolerant, jedoch nie indifferent." Das Intelligenzblatt des deutschen Linksliberalismus, das nunmehr den Nachfahren der Gründer — insgesamt fünf Familien — gehört, hat stets auf die Pluralität der Meinungen größten Wert gelegt; erst in jüngster Zeit ist die *SZ* von ihrer einst gewohnten Linie etwas ins konservative Eck abgedriftet. Der Süddeutsche Verlag, der 1988 im Münchner Bezirk Steinhausen ein modernes Druckzentrum eröffnet hat, ist das Herz einer 3.400 Mitarbeiter starken Gruppe, die außerdem etliche regionale Tageszeitungen sowie Zeitschriften, Anzeigenblätter und Bücher herausgibt.

■ Die *Frankfurter Allgemeine* ist auflagenmäßig hinter dem bayerischen Konkurrenten die zweitgrößte, überregional verbreitete Tageszeitung Deutschlands. Aus internationaler Sicht gilt sie jedoch als bedeutsamstes Sprachrohr Deutschlands. Eine seriöse, kompetente, aber durchaus nicht langweilige Pflichtlektüre der Elite, die zweifellos zu den wenigen Blättern von Weltformat zählt. Ihre Stärken spielt die *FAZ* insbesondere in den Ressorts Wirtschaft und Außenpolitik aus, wo auch die grundlegende Haltung — liberal-konservativ, allen Ideen von links abgeneigt — am deutlichsten spürbar wird. Die klare, ruhige Sprache, die gründliche Recherche sowie fundierte Kommentare heben sie von anderen Zeitungen merklich ab. Die seit 1949 erscheinende Gazette, die auf billige Effekthascherei völlig verzichtet, ist in so mancher Hinsicht atypisch: Sie kommt zum Beispiel ohne einen Chefredakteur aus und erprobt statt dessen das kollegiale Führungsprinzip. Für den redaktionellen Kurs sind fünf Herausgeber — Fritz Ullrich Fack, Joachim Fest, Jürgen Jeske, Hugo Müller-Vogg und Johann Georg Reißmüller — zuständig, für die kaufmännischen Belange die Geschäftsführung. Das sehr solide Unternehmen ist in Form einer GmbH organisiert und zählt mit mehr als 500 Millionen Mark Umsatz zu den fünfzehn größten deutschen Pressehäusern. Es gehört mehrheitlich der Fazit-Stiftung, die aufgrund ihrer Satzungen verpflichtet ist, die anfallenden Gewinne für gemeinnützige Zwecke zu verwenden — eine hübsche Idee.

■ Die *Neue Zürcher Zeitung* ist trotz kleiner Auflage ein großes Blatt. Von ihren täglich rund 150.000 Exemplaren wird jedes siebte im Ausland verkauft. Intelligente Leser, die möglichst umfassend informiert werden und stets den Background aktueller Meldungen erfahren wollen, räumen der „Zürizytig“, wie sie daheim genannt wird, automatisch absolute Priorität ein: Dank ihres exzellenten Auslandsteils und vor allem ihrer profunden Wirtschaftsberichte konnte sie sich als europäisches Zentralorgan des Kapitalismus profilieren. Sie war stets engagierte Gralshüterin der freien Marktwirtschaft und des Liberalismus — etwas zurückhaltend stets, trocken vielleicht und bisweilen auch langatmig, aber niemals ohne klaren weltanschaulichen Standort. 1790 von der Firma Orell, Gessner, Füssli & Comp. gegründet — in der Nummer eins stand der Satz „Es wird uns nicht möglich sein, die Weltbegebenheiten früher anzuzeigen, als sie geschehen sind“ —, seit 1843 eine Tageszeitung, 1868 in eine AG umgemodelt, wurde sie immer mehr zum Sprachrohr, ja zum Kampfblatt der freisinnigen eidgenössischen Politik. Heute gehört sie mehr als tausend Aktionären ausschließlich schweizerischer Nationalität, die Mitglieder der Freisinnig Demokratischen Partei zu sein haben — aber sie will um Himmels willen keine Parteigazette sein. Das Blatt, das der tausend Mitarbeiter zählenden AG für die Neue Zürcher Zeitung gehört, läßt sich in jüngerer Zeit allerdings viel zuviel von den Freisinnigen beeinflussen und den Eigensinn etwas vermissen.

■ *The Independent*, die elftgrößte britische Tageszeitung, wurde als Medium von Unzufriedenen für Unzufriedene konzipiert. Sein Gründer, der ehemalige *Daily-Telegraph*-Journalist **Whittam Andreas Smith**, hatte die Absicht, die britische Presseszene um eine qualitativ herzeigbare, kritische, unabhängige Zeitung zu bereichern. Diese sollte sich insbesondere an eine junge Zielgruppe, nämlich die kaufkräftigen Yuppies, wenden. Smith trieb rund dreißig Geldgeber auf, darunter Investmentfirmen und Versicherungen, gründete die Newspaper Publishing Plc, die mit achtzehn Millionen Pfund ausgestattet war, und startete sein Projekt nach gründlichen Vorarbeiten im Oktober 1986. Das Blatt entpuppte sich in jeder Hinsicht als Großformat, fand eine beachtliche Resonanz, so daß die Durststrecke nicht allzu lange gedauert hat: Heute liegt seine Auflage bereits bei rund 400.000 Exemplaren, was mehr als eine Million Leser bedeutet. Die 480 Mitarbeiter, darunter 250 Journalisten, sind am Unternehmen großteils beteiligt und können sich schon über schwarze Zahlen freuen. Die Statuten sehen vor, daß niemand mehr als fünfzehn Prozent des Aktienkapitals besitzen dürfe — was beispielsweise Robert Maxwell bedauern wird, der auch beim *Independent* seine Finger im Spiel hat.

■ *The Guardian* zählt zu den drei Tageszeitungen, auf die ein Brite wirklich stolz sein darf. Das linksliberale Blatt existiert seit 1921 und wurde von C.P. Scott gegründet. Heute befindet es sich, so wie die *Manchester Evening News*, im Besitz des Scott Trust, dessen Mitglieder die Redaktionen zumeist in Ruhe werken lassen. Diese Konstellation garantiert jenes Maß an redaktioneller Unabhängigkeit, das beim *Guardian* — vielleicht mehr als anderswo — zur Trademark geworden ist. Die an ihrem in Blau gehaltenen Logo erkennbare Zeitung, die auflagenmäßig zwar weit hinter dem *Daily Telegraph* rangiert, aber dafür nicht so stockkonservativ ist wie dieser, wird nicht nur in Manchester und London, sondern auch in Frankfurt gedruckt. Die etwa 20.000 Stück der internationalen Ausgabe sind in nicht weniger als sechzehn Staaten Europas am Kiosk erhältlich. Das Blatt legt mehr Wert auf internationale Präsenz als andere: So kooperiert es zum Beispiel seit kurzem mit der spanischen Neuerscheinung *El Mundo Siglo XXI*, an der es auch einen kleinen Anteil hält. In England wird der *Guardian* täglich von 1,4 Millionen Menschen gelesen und spricht primär jüngere, gebildete Leser, also die gehobeneren Schichten an. Die Zeitung, die obendrein am *Sunday Correspondent* beteiligt ist, vereint inhaltliche Seriosität geschickt mit einem flotten Erscheinungsbild und besticht durch ihr modernes, übersichtliches Layout.

■ Die *Financial Times* und *The Economist* gelten nicht zu Unrecht als Fixsterne der internationalen Wirtschaftsberichterstattung. Als Bibel der Börsianer, ein Muß für Bosse und Statussymbol für Snobs kann die 1888 gegründete *FT* mit jenem kosmopolitischen Flair und jener stilistischen Brillanz aufwarten, die etwa dem amerikanischen *Wall Street Journal* fehlt. Der wöchentlich erscheinende *Economist* wiederum ist ganz der britischen Magazintradition verpflichtet — originell, aber nie oberflächlich, distanziert, aber nie langweilig, viele Fakten, aber auch viel Meinung, ein breites Themenspektrum, kurze Storys, klarer Stil, erstklassige Grafiken — was will man mehr ? Die rosarote „Efftee", die auch in Frankfurt, im nordfranzösischen Roubaix sowie in New Jersey gedruckt wird, verkauft weltweit knapp 300.000 Exemplare, wovon jedes dritte im Ausland abgesetzt wird. Der *Economist* bringt es sogar auf eine Auflage von 360.000 Stück. Beide Titel sind praktisch in allen Ländern der Welt zu haben, wenn auch die Nachfrage nicht überall üppig ist: In Togo finden sich nur zwei Leser, in Laos kursiert täglich gar nur eine *FT*. Die zwei Businessgazetten gehören zum selben Stall — nämlich zur Pearson Plc, die mit Sicherheit kein kleiner Verlag mehr ist: Die *Financial Times*, die seit kurzem ein neues Headquarter bezog und auf brandneuen Maschinen hergestellt wird, besitzt sie seit 1957 zur Gänze, am *Economist* hält sie exakt die Hälfte. Beide Objekte sind sehr profitabel — und zwar so sehr, daß sie sich endlich ein hübscheres Outfit zulegen könnten.

■ *Le Monde* stellt zweifelsfrei das Optimum dar, das die französische Tagespresse derzeit zu bieten hat. Das 1944 von Hubert Beuve-Méry gegründete Blatt mußte — obzwar immer einflußreich — kommerziell schon schwierige Zeiten durchstehen und bewegte sich bisweilen haarscharf am Abgrund zur Pleite. Ganz besonders schlecht ging es ihm im Jahr 1985. Die Le Monde S.A.R.L., an der neben dem Gründer und dem jetzigen Chef **André Fontaine** auch die Mitarbeiter sowie 12.500 Leser beteiligt sind, fand aber immer wieder einen Schleichweg aus der Krise. Seit einiger Zeit geht es deutlich aufwärts: Mit derzeit 380.000 verkauften Exemplaren zählt *Le Monde* — auch wenn die Rekordauflagen von 1973 in weiter Ferne sind — zu den fünf Top-Blättern Frankreichs. Die linksliberale Zeitung, stets mit dem *Figaro* im Clinch, verwöhnt allerdings eine Million Leser auf einem Level, das die Konkurrenten nicht einmal annähernd erreichen: Die journalistischen Qualitäten dieses totalen Blattes, präzise Recherchen etwa oder die gepflegte Sprache, schlagen in allen Ressorts gleichermaßen durch. Seine Stärken sind vor allem das riesige Reservoir an Korrespondenten und damit ein ausgezeichneter Auslandsteil, hervorragende Kommentare sowie das ungewöhnlich breite Themenspektrum — es berichtet etwa über Medien und Medizin genauso regelmäßig wie über Malerei und Musik. Das alles macht sich nun bezahlt: 1989 erzielte *Le Monde* bei einem Umsatz von 1,2 Milliarden Francs vierzig Millionen Gewinn.

■ *L'Express*, im Mai 1953 von Jean-Jacques Servan-Schreiber und Françoise Giroud gegründet, hat sich zu einem der besten europäischen Nachrichtenmagazine entwickelt. Der französische Prestigetitel, der 1977 an den englischen Finanzjongleur Jimmy Goldsmith verkauft wurde und nunmehr im Besitz der auch medial interessierten Einzelhandelsgruppe Générale Occidentale steht, hält seine Konkurrenten *Le Nouvel Observateur* und *Le Point*, die von ehemaligen *Express*-Mitarbeitern gestartet wurden, sicher auf Distanz. Das durchwegs vierfarbige, flott, bisweilen etwas knallig aufgemachte, aber sympathisch wirkende Blatt besticht durch Klarheit, Knappheit und Übersichtlichkeit. Seine Spezialitäten sind eine exzellente Themenmischung, leicht konsumierbare Texte, üppig präsentierte Fotos, informative Grafiken und ein hübsches, perfekt durchgestyltes Layout. Optisch hebt sich *L'Express* wohltuend von seinem amerikanischen Vorbild *Time* ab, auch die Professionalität der Redaktion kann sich sehen lassen. Ihre Berichte, Reports, Analysen und Kommentare, garniert mit jährlich 3.200 Seiten Werbung, ergeben insgesamt ein ansprechendes Produkt, in dem vor allem die Kultur nicht zu kurz kommt. Die *L'Express*-Auflage beträgt derzeit 555.000 Exemplare pro Woche, wovon 140.000 im Ausland landen, sogar in Haiti oder im Oman. Am Heimmarkt erreicht das Magazin regelmäßig 2,5 Millionen Leser.

■ *Der Spiegel* ist das einzige — damit automatisch beste — News-Magazin Deutschlands und mit einer Verkaufsauflage von einer Million Exemplaren europaweit einsame Spitze. Die zur Institution gewordene Zeitschrift, die in 160 Ländern der Welt präsent ist, wird seit 1947 von dem Mann an der Spitze — **Rudolf Augstein** — so stark geprägt wie kein zweites deutsches Blatt. Neben dem Herausgeber fungieren 682 Mitarbeiter (zu 50 Prozent) sowie Gruner + Jahr (zu 25 Prozent) als Gesellschafter der Spiegel-Verlag Rudolf Augstein GmbH & Co KG. Das Unternehmen beschäftigt insgesamt rund 800 Mitarbeiter, leistet sich eine opulente, 220 Mitarbeiter umfassende Redaktion und steht dermaßen konkurrenzlos da, daß es sogar über die aggressivste Kritik erhaben sein darf. Der selbsternannte Experte Kurt Ziesel[28]) etwa bezeichnete den *Spiegel* in einem 1988 erschienenen Buch als „Giftspritze der Nation". Das Magazin liefere statt Nachrichten „Häme, Gehässigkeiten, Halbwahrheiten und Erfindungen", „Hetzkampagnen" und „Schlammschlachten". Die „linksextremen" Redakteure seien „Schnüffelagenten", „verlogene Pharisäer" und „arrogante Sittenrichter". Augstein falle durch eine „geradezu schizophrene Moral" und eine „fast krankhafte Großmannssucht" auf. Das Ganze sei schlicht und einfach „ein Rufmordgeschäft" beziehungsweise „publizistische Pornographie". Das Pamphlet in Buchform disqualifiziert sich aber von selbst: *Der Spiegel* bringt nicht einmal in hundert Ausgaben derart viele Verbalinjurien unter wie Ziesel auf ein paar Seiten.

■ *Die Zeit* hat es sich selbst und anderen nie leichtgemacht: Das streitbare Blatt, 1946 von **Gerd Bucerius** gegründet, stand finanziell zeitweilig derart armselig und mit so vielen Schulden da, daß ihrem Besitzer nicht einmal der Stuhl gehörte, auf dem er saß. Heute kann der Doyen der westdeutschen Publizisten mit seiner Wochenzeitung indes viel Freude haben: Von 580.000 Exemplaren, die wöchentlich produziert werden, finden rund 490.000 einen Käufer — mehr als die Hälfte davon wird im Abonnement abgesetzt. *Die*

Zeit, die laut unserem Herrn Zwiesel — oder heißt er Ziesel? — „von Manipulationen und Desinformationen lebt", gehört der Hamburger Kommanditgesellschaft Zeitverlag Gerd Bucerius GmbH & Co. Ihre Führungscrew bilden neben dem greisen Bucerius Ex-Bundeskanzler Helmut Schmidt sowie Marion Gräfin Dönhoff als Herausgeber und Dr. Theo Sommer als Chefredakteur. Dieses Quartett muß mitsamt einer 100-Mann-Redaktion den hohen Ansprüchen der 1,6 Millionen Leser gerecht werden, die großteils in Nordrhein-Westfalen, Baden-Württemberg und Bayern daheim sind. *Die Zeit*, der ein farbiges Supplement mit Magazin-Storys beiliegt, bietet ihnen vor allem fundierte Analysen, Background-Material zum aktuellen Geschehen und eine beachtliche Pluralität an Meinungen, wobei sie stets „freiheitliche, demokratische und soziale Prinzipien" hochhält. Sie ist bekannt dafür, daß sie gerne kritisiert, die Mächtigen auch attackiert und bisweilen leidenschaftlich für diverse Anliegen eintritt.

*

Die mächtigen Print-Konzerne Europas haben hingegen nur wenige gepflegte Top-Titel anzubieten: In Italien befinden sich die angesehene Tageszeitung *La Repubblica* sowie die beiden beliebtesten Nachrichtenmagazine *Panorama* und *L'Espresso* im Einflußbereich des Industriellen Carlo De Benedetti, der von seinem Biographen Giuseppe Turani unter dem schlichten Buchtitel „Das italienische Wunder" verherrlicht wurde. In Frankreich hört *Le Figaro* auf das Kommando seines Inhabers Robert Hersant, der Medien sammelt wie andere Krawatten. In Deutschland darf *Die Welt* des Axel-Springer-Verlags einen Platz in der ersten Reihe rechts für sich reklamieren. Und von den englischen Blättern wäre vielleicht noch — mit Nachsicht aller Taxen — die *Times* von Rupert Murdoch in die Kategorie der untadeligen europäischen Tageszeitungen einzureihen.
Die Riesen schlagen dafür um so lieber mit Bestsellern in Millionenauflage zu, die großteils aus Lokalteil, Sport, knalligen Fotos, Horoskopen, Kreuzworträtseln und Bingo bestehen: In England trumpfen Murdoch und Maxwell auf, in Deutschland ist Springer voll im Bild, und in Österreich schlägt die *Kronen Zeitung* alle Rekorde. Auch in anderen Ländern schwören die dortigen Lokalmatadore zumeist auf das Konzept Masse statt Klasse. Die besten Beispiele finden sich in Skandinavien: Die schwedische Bonnier-Gruppe besitzt neben einem Stoß Zeitschriften den Marktleader *Expressen* und ist kapitalmäßig mit der Nummer zwei, *Dagens Nyheter*, verflochten; sie betreibt darüber hinaus die größte Kinokette des Landes sowie eine Filmproduktion und befaßt sich nebenbei mit Computersoftware, Zahntechnik und Inneneinrichtung. Die norwegische Firma Schibsted ist mit dem führenden Duo *Verdens Gang* und *Aftenposten* nicht zu schlagen, und die finnische Sanoma Oy vereint ebenfalls die beiden Spitzenreiter *Helsingin Sanomat* und *Ilta Sanomat* in einer Hand.
Der atemlose Hang zur Gigantomanie, die am europäischen Pressemarkt ein immer krasseres Ausmaß annimmt, kommt insbesondere jenen Hauptakteuren gelegen, auf die das Verlagsbusiness offenbar einen rouletteähnlichen Reiz ausübt: In jüngster Zeit sind etliche clevere Finanzjongleure in die Branche eingestiegen, für die Zeitungen zweifellos etwas anderes bedeuten als für traditionelle Verlegerfamilien. Die coolen Rechner, die es vordringlich auf Macht und Profit abgesehen haben, agieren auch völlig anders als

diese: Sie spurten, stets auf Hochtouren, von einem Triumph zum nächsten Flop; scheuen sich nicht, beim Investieren und Expandieren alles zu riskieren, zu spekulieren und zu hasardieren, was das Zeug hält; und sie achten sorgfältig darauf, daß die Scheinwerfer stets auf sie gerichtet sind und jede ihrer Aktionen die entsprechende Breitenwirkung erzielt.
Genau das unterscheidet sie von den gelernten Verlegern, die am liebsten im stillen werken und kaum jemals öffentlich auftreten mögen. Der deutschen Print-Branche etwa fehlen seit dem Tod von Axel Cäsar Springer die überragenden Persönlichkeiten, die das Metier einfach personifizieren wie der legendäre Hamburger. Er hatte als Setzer und Drucker im elterlichen Betrieb den Beruf von der Pike auf erlernt, war dann Volontär beim Wolffschen Telegraphen Bureau sowie Redakteur bei den *Altonaer Nachrichten.* 1945 nahm er sich fest vor, den größten Verlag Europas aufzubauen. Auf seinem Weg nach oben wurde er jedermann ein Begriff: Mit einer Königsidee namens *Bild-Zeitung* verschaffte er sich eine sagenhafte Popularität und wurde in den heißen sechziger Jahren zur Zielscheibe des linken Aufbruchs. Die 68er-Studenten schrien sich mit Parolen wie „Haut dem Springer auf die Finger" oder „Enteignet Springer!" den Zorn über den ihres Erachtens gefährlich werdenden Meinungsmonopolisten aus dem Hals.
Die Ängste sind aber — obzwar der alte Zeitungs-Cäsar immer mächtiger wurde — alsbald verschwunden, und heute eignen sich weder Springers Nachfolger noch Springers Kollegen für aggressive Slogans — denn wer kennt sie schon? Die neue Verlegergeneration, die etwa in den Häusern Bauer oder Burda das Kommando übernommen hat, legt allergrößten Wert darauf, nach außen hin nur ja nicht aufzufallen und sich dezent im Hintergrund zu halten: Ein Dieter von Holtzbrinck beispielsweise läßt ebensowenig von sich hören wie ein Dieter Schaub, ein Eberhard Ebner gefällt sich genauso wie ein Thomas Ganske in der Rolle des großen Unbekannten. Dabei gäbe es für die Herrschaften, die bescheidene Zurückhaltung demonstrieren, eine ganze Menge Themen, über die sie plaudern könnten:

- Die Georg von Holtzbrinck GmbH in Stuttgart hat beispielsweise 6.000 Beschäftigte und 1,5 Milliarden Mark Umsatz vorzuweisen. Die sechstgrößte deutsche Verlagsgruppe ist dennoch nur vier von hundert Deutschen ein Begriff. Sie wird seit 1980 von **Dieter von Holtzbrinck**, Jahrgang 1941 und studierter Wirtschaftswissenschaftler, gemanagt und sorgt für Publikationen wie das *Handelsblatt*, die *Wirtschaftswoche*, *DM*, *High Tech* oder *Spektrum der Wissenschaft.* Der Holtzbrinck-Konzern ist weiters Gesellschafter der Euroexpansion-Gruppe, am VDI-Verlag, an regionalen Tageszeitungen wie dem Konstanzer *Südkurier* sowie an mehreren Radiostationen beteiligt; er hat schließlich diverse, ziemlich renommierte Buchverlage unter seinen Fittichen, etwa S. Fischer, Droemer Knaur, Kindler, Rowohlt oder die US-Firmen Henry Holt, W. H. Freeman, Scientific American Inc. und seit kurzem die New Yorker Worth Publishers Inc. Seinen *Deutschen Bücherbund* trat er allerdings ebenso wie die AVE-Holding — und damit eine Beteiligung an *SAT 1* — an Leo Kirch ab. Das im Besitz der drei Geschwister Dieter, Monika und Stefan Holtzbrinck befindliche Unternehmen will sich aber weiterhin im TV betätigen und hat zu diesem Zweck die AVE Gesellschaft für Fernsehproduktionen gegründet.
- Die Rheinpfalz-Gruppe/Medien-Union GmbH, eine stolze Sammlung aus zahllosen, kompliziert verflochtenen Gesellschaften, die eine starke mediale

Achse Ludwigshafen—Stuttgart—Ulm bilden, ist etwa für die liberale und seriöse *Stuttgarter Zeitung*, das konservative Boulevardblatt *Stuttgarter Nachrichten*, die *Südwestpresse* und *Die Rheinpfalz* zuständig. Ihr sind auch jede Menge Lokal- und Wochenzeitungen, Zeitschriften sowie etliche Verlage zuzurechnen — neben anderen der Vogel Verlag, der Westermann Verlag und der Magazinpresse-Verlag. Die starken Männer dieses Firmenkonglomerats, das selbstverständlich auch im Radiogeschäft kräftig aufdreht, **Dieter Schaub** und **Eberhard Ebner**, sind mit Sicherheit lokale Gladiatoren — in der internationalen Medienszene ist ihr Bekanntheitsgrad aber gleich Null.

■ Der Jahreszeiten-Verlag in Hamburg schließlich, ein Mittelständler am Sektor Zeitschriften, steht seit 1979 unter der Leitung des gelernten Publizisten und Kunstgeschichtlers **Thomas Ganske**. Der damals Zweiunddreißigjährige hatte kein leichtes Erbe angetreten: Er mußte die etwas bürokratisch agierende Firma erst einmal konsolidieren und gründlich umorganisieren, wobei er sich das Image eines ziemlich autoritären Sparmeisters angeeignet hat. Das nicht gerade ungeheuer innovative Unternehmen, das großteils von *Petra*, *Für Sie*, *Feinschmecker*, *zuhause*, *Vital* und *Merian* lebt, ist in jüngster Zeit plötzlich aufgewacht: Ganske, der nicht nur den Hoffmann-und- Campe-Verlag, sondern auch Ferraris und Moto-Cross-Maschinen sein eigen nennt und gleichermaßen liebt, zwängte für fünfzehn Millionen Mark die Zeitgeist-Bildersammlung *Tempo* in den Markt. Nicht genug damit: Er versuchte es auch gleich mit der Stadtillustrierten *Prinz* und der Neuschöpfung *Country*, die das Thema Lifestyle am Lande von allen Seiten beleuchtet.

*

Die Latte liegt nicht nur für die deutschen, sondern für alle eingesessenen Verleger Europas enorm hoch: Auf Dauer gesehen könnten etliche von ihnen womöglich der aggressiven Dynamik jener abenteuerlustigen Draufgänger nicht mehr gewachsen sein, die seit kurzem im Medienzirkus unentwegt spektakuläre Solonummern hinlegen und allen anderen die Show stehlen.

In **ENGLAND** haben sich die eiskalten Medien-Dealer bereits durchgesetzt: Ein Rupert Murdoch oder ein Robert Maxwell, die mit ihren wüsten Tageszeitungen klar den Ton angeben, aber auch ein Tiny Rowland, Großaktionär von Lonrho und damit Eigentümer des *Observer*, konnten die traditionellen Presse-Clans beinahe mühelos an die Wand spielen. Am ehesten kann sich noch Lord Rothermere, der starke Mann bei Associated Newspapers, mit ihnen messen; zu seinem Imperium zählen unter anderem die *Daily Mail*, *The Mail on Sunday*, der *London Evening Standard* und ein Haufen Zeitschriften. Lord Stevens of Ludgate hingegen, der Boss von United Newspapers, wird gerade heftig von einem Newcomer umworben, der mit dem *Daily Express*, *Sunday Express* und dem *Daily Star* gerne mehr zu tun hätte. Lord Hartwell schließlich ist seinen Laden bereits los und damit out.

Conrad Black, ein gebürtiger Kanadier, hatte in Toronto eine unternehmerische Blitzkarriere hingelegt: Er besaß eine Supermarktkette, einen Landmaschinenkonzern, Eisenerzminen und einen Hörfunksender. Das faszinierte ihn jedoch beileibe nicht so sehr wie das Zeitungsgeschäft: Er verkaufte daher alles und übernahm 1986 in London die praktisch bankrotten Blätter *Daily Telegraph* und *Sunday Telegraph* von Lord Hartwell. Black investierte 220 Millionen Pfund in eine neue Druckerei, kehrte der Fleet Street den Rücken und baute 2.200 Beschäftigte ab. Heute steht Großbritanniens größtes „Quality paper" wieder prächtig da: 1988 stieg sein Umsatz um 17 Prozent auf 210 Millionen Pfund, und der Gewinn betrug fast dreißig Millionen. Black, der selten in London ist und sich so gut wie nie in redaktionelle Belange einmischt, steht auch in Kanada und den USA hochweiß da: In seiner Heimat gehören ihm mit der Unimedia-Gruppe der drittgrößte Verlag von Quebec sowie die Sterling Newspapers, die zehn Kleinstadtgazetten herstellt. In den Vereinigten Staaten ist er mit den etwa hundert Zeitungen der American Publishing Company in Illinois, New York State, Ohio, Indiana, Missouri und Pennsylvania vertreten. Die von ihm kontrollierte Hollinger Inc. legte Ende April 1989 in Israel siebzehn Millionen Dollar für 75 Prozent der *Jerusalem Post* hin. In London machte Black von sich reden, als er sich der United-Newspapers-Gruppe von Lord Stevens näherte — innerhalb eines Jahres hatte er bereits neun Prozent der Aktien in seinem Besitz. Seine nächsten Ziele sind Frankreich und Spanien, wo er allerdings bei Grupo 16 schon abgeblitzt ist.

In **ITALIEN**, einem Land, wo die Politik vom Big Business, aber auch die Wirtschaft von den Parteien weit abhängiger sind als anderswo, haben ein paar Industrielle das Pressewesen fest unter Kontrolle: Olivetti-Boss Carlo De Benedetti ist der mächtige Mann bei Mondadori, dem führenden Print-Konzern des Landes. Fiat-Chef Giovanni Agnelli spielt bei den Verlagen Rizzoli, Fabbri, Bompiani, Adelphi sowie bei *La Stampa* die graue Eminenz. Silvio Berlusconi, der aus der Baubranche kommt, regiert neben seinen TV-Sendern auch *Il Giornale* und einige Zeitschriften. Und der Vierte im Bunde, der am Zeitungsgeschäft lebhaftes Interesse zeigt, ist Generaldirektor des Agro-Industrie- und Chemiekonzerns Ferruzzi-Montedison und in Italien unter dem Spitznamen „Il Contadino" — auf deutsch: „der Bauer" — jedermann bekannt:

Raul Gardini, ein steinreicher, älterer Herr, der etwas nuschelt und privat in einem aus dem 16. Jahrhundert stammenden Palazzo in Ravenna residiert, eine standesgemäße Segeljacht und eine ausgedehnte Niederwildjagd besitzt sowie unter anderem kostbare Waffen sammelt, hat es auch bereits zu einer hübschen Medien-Kollektion gebracht: Er ist zu 21 Prozent am Mailänder Verlag Rizzoli beteiligt, hat beim römischen *Il Messaggero* das Sagen und erwarb schließlich die Wirtschaftszeitung *Italia Oggi*. Hinter ihrer Konkurrenz, *Il Sole 24 ore*, steht übrigens der Dachverband der italienischen Privatindustrie, Confindustria. Außerdem hält Gardini 20 Prozent an der Monti-Gruppe und 40 Prozent an der TV-Station *Telé Monte-Carlo*. Der Bonvivant hatte erst spät, mit 45 Jahren, richtig zu arbeiten begonnen, als er 1979 von seinem Schwiegervater die Führung des Ferruzzi-Konzerns übernahm. Er konnte diesen sehr geschickt um ein Netz von Tochterfirmen ausbauen: Heute gehören dem Familienbetrieb unter anderem zwei Millionen Hektar Acker- und Weideland, etliche Erdgasquellen und Pflanzenölraffinerien. Er produziert in den USA Weizen, in England Hafer und Kartoffeln, in Brasilien Kaffee und Zitrusfrüchte, verkauft Soja und ist mit 24 Fabriken Europas größter Zuckerlieferant. Gardini, der mit Michail Gorbatschow riesige Verträge abgeschlossen und den Wahlkampf von George Bush finanziell unterstützt hat, befaßt sich obendrein mit Düngemitteln, Zement, Pharmazeutika oder Polypropylen: Er erwarb 1987 42 Prozent des damals schwer verschuldeten Chemie-Giganten Montedison, putzte ihn schleunigst fein heraus und fusionierte ihn sodann mit der staatlichen Enichem-Gruppe zu einem der weltgrößten Chemie-Konglomerate, Enimont[29]).

In der **SCHWEIZ** haben sich unter die eingesessenen Verlegerfamilien — die Ringiers, die Coninx, Pierre Lamunière oder Jean-Claude Nicole — erst relativ wenige Geschäftsleute gemischt. Ein beachtliches Aufsehen konnte der gelernte Lebensmittelhändler und studierte Ökonom Dr. Beat Curti, Jahrgang 1937, erregen, der 1980 mit der Übernahme des vierzehntägig erscheinenden Abo-Blattes *Der Schweizerische Beobachter* eine Mediengruppe aufzubauen begann. 1984 beteiligte er sich am Gratisblatt *Züri Woche*, 1986 startete er das Magazin *Politik und Wirtschaft,* zwei Jahre später die Architekturzeitschrift *Hochparterre.* Außerdem ist er an der Frauenzeitschrift *Jardin des Modes* und an *Radio Z* beteiligt. Er beschäftigt im Verlag und in mehreren Druckereien 650 Mitarbeiter und setzte im Geschäftsjahr 1989/90 insgesamt 136 Millionen Franken um. Eine Schuhnummer größer ist ein anderer Neo-Verleger, der neuerdings mit Curti am Drucksektor eng kooperiert:

Werner K. Rey, ein Zürcher Finanzspezialist von wilder Frische, hat sich mit seiner Omni-Holding für 210 Millionen Franken in die einstmals in Familienbesitz befindliche Jean-Frey-Gruppe eingekauft und deren Besitzer rasch verabschiedet. Das Gerücht, daß er nur deshalb unter die Verleger ging, weil sich Rey so schön auf Frey reimt, dürfte nicht ganz der Wahrheit entsprechen. Der clevere Geld-Profi, der in Zeitschriften stets als „Finanzakrobat“, „Spekulant“ oder „gefährlicher Raider“ bezeichnet wird und laut *Wirtschaftswoche* „wie ein Markenzeichen längst zur internationalen Börsenszene“ zählt, schlägt nur dann zu, wenn ihn etwas wirklich interessiert. Der Jean-Frey-Verlag, mit *Bilanz*, *Weltwoche* oder *Sport* im feinen journalistischen Genre daheim, paßt zwar nicht ganz ideal zu seinen übrigen Firmen — darunter Maschinenbaubetriebe, Glasfabriken, Banken, Immobilienbüros, eine Airline und vieles mehr —, aber was soll’s: Geschäft ist Geschäft. Der clevere Selfmademan, Sohn eines Patentanwalts, gelernter Bankkaufmann, später einer der berühmt-berüchtigten IOS-Investment-Verkäufer, noch später im Ölgeschäft tätig, hatte 1977 als Nobody die Schuhfabrik Bally erstanden und gleich wieder mit hohem Gewinn weiterverscherbelt. Er zwängte sich in der Folge zwar ins Schweizer Industrie-Establishment, ist für die anderen Verleger aber völlig unberechenbar und daher suspekt. Rey wohnt — falls er dafür Zeit findet — abwechselnd in London bzw. am Genfer See und weiß über die Frey-Gruppe stets bestens Bescheid.

Fernsehen:
DIE TELE-VISIONEN

Im Jahr 1980 hat es im westlichen Europa 21 öffentlich-rechtliche sowie drei private TV-Anstalten mit insgesamt 37 Kanälen gegeben. Im Jahr 1990 strahlten ebenso viele staatliche und zusätzlich fast vierzig private Stationen schon mehr als hundert Programme aus — gut die Hälfte davon per Kabel und Satellit[30]). Im Jahr 1991 könnte die Zahl der Satellitensender laut Schätzungen von Experten bereits auf fast 140 emporschnellen und damit förmlich explodieren.
Fernsehen ist im westlichen Europa zur wichtigsten Freizeitbeschäftigung geworden: In praktisch jedem Haushalt steht eine Flimmerkiste, mindestens jeder zweite Bürger starrt sie allabendlich an; oft schauen noch mehr zu, viele betäuben sich auch tagsüber gerne mit der beliebten Droge. Der Bildschirm übt auf sie offenbar eine derart gigantische Faszination aus, daß sie ihm täglich mehr Zeit widmen, als sie etwa für die Nahrungsaufnahme, die Körperpflege oder für ihr Intimleben aufwenden. Die Westdeutschen beispielsweise verbringen laut Studie der GfK-Fernsehforschung im Schnitt rund 170 Minuten pro Tag vor dem Fernsehapparat. Wer Kabel-TV empfangen kann, der hält nicht nur länger — nämlich 183 Minuten — durch, sondern, so das Infas-Institut in Bad Godesberg, schläft auch weniger und ißt schneller. Die Briten wiederum, mit durchschnittlich 226 Minuten pro Tag hinter den Franzosen (239 Minuten) die eifrigsten Fernseher Europas, müssen seit kurzem zur Kenntnis nehmen, daß ihr Hobby ein wunderbares Verhütungsmittel ist: Bei einer Umfrage gaben 42 Prozent der englischen Ladys zu, daß sie einen Bildschirm im Schlafzimmer allen übrigen Vergnügungen vorziehen.
Die TV-Industrie, die unablässig für Entspannung und Unterhaltung der gestreßten Zeitgenossen sorgt, hat eine turbulente Vergangenheit hinter und eine noch turbulentere Zukunft vor sich: Die technische Revolution, für die das Kabel- und Satelliten-Fernsehen sorgten, führte seit 1980 zu einem grundlegenden Wandel und einer stürmischen Aufwärtsentwicklung der Branche. Das Programmangebot nahm drastisch zu, die Umsätze stiegen rasant an, und bei den Werbeerlösen kam es regelrecht zu einer Explosion. Die werblichen Einnahmen, für TV-Anstalten nach den Teilnehmergebühren die zweitwichtigste Finanzquelle, konnten innerhalb von zehn Jahren im europäischen Schnitt auf das Dreifache ausgeweitet werden — in England um das Vier-, in Italien um das Sechs- und in Spanien sogar um das Zehnfache.
Das Fernsehen, nach dem Krieg von den Regierungen aufgrund des begrenzten Ätherraums als nationales Instrument aufgebaut, nahm völlig neue Strukturen an: Kabelnetze quer durch Europa und der Einsatz von Satelliten haben etlichen privaten Anbietern die Bahn geebnet, um den etablierten Monopolanstalten forsch den Kampf ansagen zu können. Die einstigen Matadore sind bis auf wenige Ausnahmen ihrer Privilegien beraubt und teilweise ziemlich demontiert worden. Jetzt müssen sie den zahlenden Zuschauern beweisen, daß sie ihr Geld wert sind. Die Newcomer hingegen werden sich erst am Markt behaupten müssen. Das Ende des medialen Nationalismus ist in Sicht, der totale Wettbewerb um das Fernsehen ohne Grenzen voll im Gange — ein Kampf auf Leben und Tod.

DAS ENDE DER MONOPOLE

Sie sind weder Fleisch noch Fisch — zumeist keine ausgesprochenen Staatsunternehmen, aber genausowenig richtige Privatbetriebe —, sondern in einem riesigen öffentlich-rechtlichen Vakuum angesiedelt.
Sie gehören eigentlich niemandem — am ehesten noch sich selbst —, sind aber allen verantwortlich und werden dauernd von allen möglichen Seiten kontrolliert.
Sie haben sich speziellen Gesetzen und Statuten, noch spezielleren Auflagen und Verordnungen zu unterwerfen, ganz bestimmte Programmaufträge zu erfüllen und dürfen von den vorgegebenen Richtlinien keinen Millimeter abweichen.
Sie sind überall in ein starres Schema gepreßt, das im Nahbereich staatlicher Organe und der Parteipolitik angesiedelt ist und eher die Bürokratie als die Kreativität fördert.
Die öffentlich-rechtlichen Rundfunkanstalten haben heutzutage in allen Ländern einen schweren Stand, weil das übliche Muster, nach dem sie zu funktionieren haben, nur schwer funktionieren kann: Die zahllosen Gremien, Beiräte und Ausschüsse, die die Intendanten und Programm-Macher hartnäckig umschwirren, sowie die endlosen, geschickt getarnten Kämpfe der Politiker aller Farben um Einfluß und Mitsprache wirken in Verbindung mit den unvermeidlichen Intrigen um Posten und Positionen sowie der üblichen Cliquenwirtschaft auf Dauer ziemlich lähmend.
Den Verantwortlichen bleibt keine andere Wahl, als ihr Selbstverständnis völlig in der heilen Welt anzusiedeln und so zu tun, als ob alles bestens wäre. ZDF-Indendant Dieter Stolte etwa verrät bei jeder Gelegenheit: „Das ZDF ist und bleibt ein Medium für alle. Es dient der Erfüllung der Kommunikationsinteressen aller Bürger und bietet Programmvielfalt, Qualität und Professionalität.“ Hans Bausch, Ex-Boss der ARD und Chef des Süddeutschen Rundfunks (SDR), fühlt sich dem Auftrag verpflichtet, „eine publizistische und kulturell-künstlerische Aufgabe zu erfüllen“. Antonio Riva, Generaldirektor der Schweizerischen SRG, will gemäß dem Firmenleitbild „inhaltliche Ausgewogenheit, Sachlichkeit, Fairneß und gegenseitige Achtung gewährleisten“. Im Chor pochen alle TV-Chefs inständig auf ihre angebliche Unabhängigkeit — auch wenn es evident ist, daß der Staat so gut wie überall in Westeuropa am Rundfunksektor eine unumgehbare Doppelrolle spielt.
Zum einen diktiert er die rechtlichen Vorgaben, legt die organisatorischen Regeln fest, greift ungeniert in die Finanzen ein und gibt den Programmauftrag vor. Zum andern übt er die Aufsicht über das oder — falls es mehrere sind — die nationalen Instrumente aus, die er per Konzession mit dieser Aufgabe beauftragt hat. Die Anstalten haben folglich dem jeweiligen Land zu dienen — wobei das öffentliche Interesse oft automatisch mit dem Interesse der momentanen Regierung gleichgesetzt wird.
Die rundum verwalteten und umkämpften Rundfunkfirmen fungieren insbesonders in Ländern, die politisch instabile Zeiten hinter sich haben — etwa in Spanien oder in Griechenland —, stets als bloße Sprachrohre der jeweiligen Machthaber. Der langjährige Einsatz als Propagandainstrumente, die niemals mit manipulativen Informationen geizen dürfen, hat sie allmählich jeglicher Glaubwürdigkeit beraubt.

Eine gezielte Personalpolitik garantiert in diesen Staaten den zahmen, unkritischen, regierungstreuen Journalismus: Eine neue TV-Führung beispielsweise, die im Herbst 1985 in Athen eingesetzt wurde — ausnahmsweise war sie nicht der PASOK nahegestanden —, wurde bereits nach zwei Monaten wieder gefeuert, weil sie nach Meinung von Andreas Papandreou die Opposition zu sehr in den Vordergrund gerückt hatte. Übrigens: Der einstige Premier hatte seine spätere Freundin und jetzige Ehefrau im TV-Studio kennengelernt.
In Madrid wiederum mußte die aufmüpfige Fernsehintendantin Pilar Miro gehen, weil sie angeblich auf Firmenkosten teure Garderobe angeschafft hatte — prompt wurde mit ihrem Nachfolger Luis Solana wieder ein eingefleischter Sozialist eingesetzt, den man allerdings ebenfalls bald wieder in die Wüste geschickt hat. Auch bei der italienischen RAI, deren Generaldirektor Gianni Paquarelli dem rechten Lager zuzuordnen ist, kommen die Parteien natürlich nicht zu kurz: Das Programm *RAI Uno* wird von den Christdemokraten, *RAI Due* von den Sozialisten und *RAI Tre* weitgehend von den Kommunisten kontrolliert.
Selbst in Deutschland stehen die öffentlich-rechtlichen TV-Anstalten häufig im Zentrum parteipolitischer Auseinandersetzungen, die vor allem in Wahlzeiten mit beachtlicher Polemik abgewickelt werden: Ausgerechnet jene Polit-Bonzen, die dann gerne ihre heftigen — und bisweilen auch unsachlichen — Attacken reiten, können es sich in der Regel nicht verkneifen, bei der Besetzung wichtiger Posten kräftig mitzufeilschen.
In manchen Ländern hält sich das Fernsehen zwar so gut es geht aus dem Spiel der Mächtigen heraus — typisches Beispiel ist die BBC, die sich emsig um eine neutrale, unparteiische Position bemüht —, aber auch dort geht es nicht ohne Komplikationen ab: In England, wo es mehr als genug indirekte Einflußnahmen gibt, könnte der Innenminister theoretisch sogar einzelne Sendungen aus dem Programm streichen.
Dabei geht es der BBC, die der Hoheitsgewalt des Innenministers unterliegt, vergleichsweise noch relativ gut: Bei ihr übt der einigermaßen vernünftige Board of Governors — zwölf von der Queen für fünf Jahre nominierte, angeblich unabhängige Experten — die tatsächliche Weisungsmacht aus. Dieses Gremium, das von allen möglichen anderen Ausschüssen unterstützt wird, ernennt nicht nur den Generaldirektor, sondern steht ihm dann in der Regel selbst bei den heikelsten Verhandlungen mit der Regierung bei.
Doch nicht überall ziehen die jeweiligen Oberinstanzen so konstruktiv an einem Strang — oft entwickeln sie ein Eigenleben von schauriger Wichtigtuerei: In Dänemark etwa hatte der 26köpfige Rundfunkrat so lange wie ein Mini-Parlament agiert, bis er auf elf Mitglieder reduziert wurde. In Italien nimmt sich die aus vierzig Abgeordneten bestehende Commissione Parlamentare, die dem RAI-Verwaltungsrat übergeordnet ist, ebenfalls wichtiger als unbedingt nötig. In den Niederlanden darf das Commissariaat voor de Media, von drei per königlichem Erlaß ernannten Kommissaren angeführt, den Rundfunkorganisationen alljährlich die vom Kulturminister bereitgestellten Mitteln zuteilen und deren Verwendung überwachen; außerdem stehen noch ein 17 Mann starker Medienbeirat, der dem Parlament Empfehlungen gibt, sowie ein Programmrat parat, der als Unterstützung der Fernsehchefs gedacht ist und sehr gerne mitredet. In Norwegen mutierte die einst dem Ministerium für Kultur und Wissenschaft unterstehende Rundfunkanstalt im Mai 1988 zu einer Stiftung, deren Intendant vom siebenköpfigen

Styret bewacht und vom Rundfunkrat Kringkastingsradet beraten wird.
Die zahlreichen Aufpasser — Verwaltungs-, Programm-, Rundfunk- und sonstige Räte — thronen, hoch über jenen, die eigentlich arbeiten, an der Spitze von komplexen organisatorischen Strukturen, die weder übersichtlich noch flexibel sind: Die meisten staatsnahen TV-Anstalten Europas gelten daher zurecht als schwerfällige bürokratische Monstren, aufgebläht, kostspielig und häufig ineffizient. Ihr gesetzlich fixierter Auftrag, alle Bürger eines Landes mit allen erdenklichen Arten von Sendungen zu überschütten — die berühmte Grundversorgung „mit dem gesamten Spektrum der klassischen Programmfarben" (ZDF-Intendant Stolte), wozu nicht nur Fußballspiele, alte Filme oder „Wetten, daß ..." gehören, sondern zum Beispiel auch Kulturbeiträge und sonstige Leckerbissen für Minderheiten, also Sendungen, die viel mehr Geld kosten, als sie bei kommerzieller Kalkulation bringen könnten — macht automatisch eine Menge Personal erforderlich: Die BBC braucht — für TV und Radio — gleich 28.000 Mitarbeiter. Bei der deutschen ARD stehen fast 20.000 Angestellte auf den Gehaltslisten[31]). Die RAI setzt 15.000 und die spanische RTVE mehr als 10.000 Leute ein. Die kleineren Anstalten, etwa jene in Helsinki, Kopenhagen oder Wien, benötigen jeweils zwischen 3.000 und 5.000 Beschäftigte.
Logischerweise verschlingen solche üppig besetzten Institutionen eine schöne Stange Geld — und zwar von Jahr zu Jahr verläßlich mehr: Die BBC beispielsweise gibt für ihre Radio- und TV-Programme beinahe eine Milliarde Pfund aus. Die deutschen ARD-Anstalten machen insgesamt fast sechs Milliarden Mark locker, das ZDF benötigt 1,8 Milliarden Mark an Aufwendungen. Die Budgets der französischen TV-Sender *Antenne 2* und *FR 3* belaufen sich auf sieben Milliarden Francs. Die Schweizer SRG schließlich wendet per anno rund 800 Millionen Franken auf.
Die monopolistischen Mammuts leiden allerdings an der Tatsache, daß sie allesamt nicht mehr unumstritten und kampflos die Nummer eins sind: Zum einen können diverse Programme schon ewig im angrenzenden Nachbarland empfangen werden — die Fachleute nennen das Overspill. Zum zweiten funken ihnen jene Grenzstationen schamlos dazwischen, die wie *Télé Monte Carlo* oder *Tele Capodistria* quasi von ihrer Insel aus die Umgebung bestrahlen. Und zum dritten sind sie in den letzten Jahren durch Kabel- und Satelliten-TV stark unter Druck geraten. Seitdem ihnen junge, ambitionierte Herausforderer im Ring gegenüberstehen, müssen sie plötzlich um ihre Position zittern. Und erinnern dabei ein wenig an den einstigen Faustkämpfer Muhammad Ali: Das legendäre Großmaul hatte, lange Zeit Champion aller Klassen, konkurrenzlos, umjubelt, eine Augenweide, mit zunehmendem Alter Fett angesetzt, an Beweglichkeit eingebüßt, den Nimbus des Unbezwingbaren verloren. Als er sich zuletzt mit viel jüngeren und weitaus schwächeren Gegnern prügeln mußte, sah er äußerst schlecht aus — und bei seinem allerletzten Kampf gegen den völlig unbekannten Trevor Berbick ging er kläglich ein.
Die staatsnahen Rundfunkfirmen sind zwar noch alles andere als k.o., doch okay sind sie beileibe nicht mehr: Sie tun sich eindeutig schwerer als früher, locken weniger Publikum an und müssen ziemlich viele Schläge einstecken. Im Zuge der totalen Neuordnung der TV-Branche, die Politiker nervös rotieren läßt und unzählige neue Gesetze hervorbringt, haben sich neben den schwerfällig wirkenden TV-Goliaths junge, hungrige Gegner aufgemacht, die sich in den Kopf setzten, die Branche zu erobern. Ihnen geht es vorerst

genauso wie den meisten Revoluzzern: Sie strotzen zwar vor Elan und Idealismus, haben aber relativ wenig Geld und Routine, sodaß ihre tatsächlichen Talente bisweilen mit dem Ehrgeiz nicht Schritt halten. Bislang sind sie zweifellos den Beweis schuldig geblieben, daß sie tatsächlich besser als die Etablierten sind.
Die Zahl der öffentlich-rechtlichen TV-Macher, die noch ein Veranstaltungsmonopol besitzen, hat in den vergangenen fünf, sechs Jahren jedenfalls dramatisch abgenommen: Lange nach den Engländern, die diesbezüglich die Rolle des Vorreiters übernommen und schon in den fünfziger Jahren private Fernsehstationen zugelassen haben, gab es auch in den meisten anderen Staaten grünes Licht für die Kommerzanstalten.
Der derzeitige Stand der Dinge sieht in den einzelnen Ländern folgendermaßen aus:

GROSSBRITANNIEN

Das duale System made in England stammt aus dem Jahr 1955: Seit damals steht der öffentlich-rechtlichen BBC (British Broadcasting Corporation) mit zwei werbefreien Programmen ein privates Netz — Independent Television — gegenüber, das ausschließlich von Werbung lebt. Es besteht heute aus fünfzehn regionalen Gesellschaften[32]), die unter dem Dach der IBA (Independent Broadcasting Authority) die Insel völlig abdecken: Sie bestreiten gemeinsam ein landesweit empfangbares sowie, jede für sich, ein regionales Programm. Die Riesen unter ihnen — etwa *Thames*, *Central* oder *Granada* — stellen das Gros der wöchentlich etwa 140 im ganzen Land verbreiteten Programmstunden bereit — fast ebensoviel wird nur regional ausgestrahlt — und schneiden kommerziell selbstverständlich am besten ab. Alles in allem nehmen die ITV-Gesellschaften 1,9 Milliarden Pfund ein — die BBC über eine Milliarde. Die Privaten sind inklusive des ihnen seit 1982 angeschlossenen *Channel Four* sowie des Frühstückskanals *TV-am* aufgrund ihres exzellenten Programms für die Staatsfirma eine harte Nuß geworden. Das zweipolige System, das in anderen Ländern immer als Musterbeispiel für Deregulierung gegolten hat, war aber letztlich nicht so ideal, wie es immer den Anschein hatte. Denn es wird auf Wunsch von Lady Thatcher gerade kräftig umgemodelt — doch darüber später.

NIEDERLANDE

Die holländische TV-Szene basiert auf einem historisch gewachsenen, ganz speziellen Säulensystem, das in Europa einzigartig ist. Dabei spielt die 1969 geschaffene NOS (Nederlandse Omroep Stichting) die zentrale Rolle: Sie koordiniert die von den insgesamt 23 privat-rechtlichen Rundfunkorganisationen stammenden Programme. Die acht wichtigsten, jeweils einem bestimmten Lager zuordenbaren Institutionen werden von der privatwirtschaftlich organisierten NOB (Nederlands Omroepproduktie Bedrijf) mit der nötigen Infrastruktur ausgestattet — Studios, Kameras, Mikrophone oder Requisiten — und bekommen in den Kanälen *Nederland 1*, *2* oder *3*, entsprechend ihrer Mitgliederstärke, Sendezeiten zugeteilt, insgesamt 150 Stunden pro Woche. Die Aufteilung sieht so aus:

— Die in den zwanziger Jahren geschaffenen kirchen- oder parteinahen Non-Profit-Organisationen — das sind die katholische KRO, die protestantische NCRV und die sozialistische VARA — senden so wie auch die erst in den sechziger Jahren gegründete orthodox-protestantische EO auf *Nederland 1* ;

— die kommerzieller orientierten Vereinigungen jüngeren Datums — dabei handelt es sich um die konservativ-nationale AVRO, die linke TROS und VOO Veronica, früher ein Piratensender, sowie die progressiv-sozialkritische VPRO — sind für *Nederland 2* zuständig;

— *Nederland 3*, seit April 1988 in Betrieb, ist der NOS und den mitgliederlosen Rundfunkorganisationen, etwa jenen der Bildungseinrichtungen, vorbehalten.

Die Programme werden großteils durch die Teilnehmergebühren und zum kleineren Teil aus der Werbung finanziert, was der Job der Monopolfirma STER ist. Der Wettbewerb unter den Programm-Machern, die ihre Fans auch exklusiv mit TV-Zeitschriften beliefern, ist ziemlich heftig. Es geht dabei sowohl um populäre Programme als auch um die Anwerbung neuer Mitglieder. Die drei jüngeren Gesellschaften — AVRO, TROS und Veronica — versuchen schon lange, das System zu sprengen. Sie haben sich zur ATV formiert und forderten unermüdlich die Zulassung eines privaten TV-Kanals. Denselben Wunsch äußerten auch vier große Verlagshäuser, nämlich Elsevier, Perscombinatie, De Telegraaf und VNU. Die Kooperation der Zeitungen mit den TV-Organisationen in einem Konsortium namens ATV-EPTV scheiterte jedoch am holländischen Mediengesetz sowie am Widerstand der christlich-demokratischen Partei. Seit der zu 35 Prozent im Besitz der Luxemburger CLT befindliche Satellitensender *RTL 4 Véronique* im Oktober 1989 den Betrieb aufnahm — an ihm sind auch die Verlage VNU und Elsevier zu je 19 Prozent beteiligt —, rissen die Aufregungen nicht mehr ab: So zum Beispiel wurde der Plan des populären holländischen Programm-Machers Joop van den Ende, mit *TV 10* eine weitere TV-Alternative zu kreieren, auf gesetzlichem Weg vereitelt — van den Ende hatte es nicht geschafft, die erforderlichen ausländischen Partner aufzutreiben, baute einen gewaltigen Verlust und wechselte daraufhin zum glücklicheren Rivalen. Daß dieser — *RTL 4* hatte nach dem ersten Jahr ein Viertel der Seher auf seiner Seite — der einzige private Satellitenkanal bleiben wird, ist unwahrscheinlich. Einige Bewerber um den nächsten, etwa *TF 1* aus Frankreich und *NBC* aus Amerika, aber auch die CLT, scharren bereits in den Startlöchern. Die endgültige Entscheidung, wie es in der holländischen Fernsehbranche weitergeht, steht unmittelbar bevor.

FINNLAND

Die staatsnahe Anstalt YLE (Oy Yleisradio AB) betreibt die zwei nationalen Kanäle *YLT 1* und *YLT 2*. Sie teilt diese schon seit 1957 mit dem privaten Konkurrenten Oy MTV AB, der sich im Besitz von Banken, Versicherungen, Agenturen und Handelsverbänden befindet. *Mainos TV (MTV)* zahlt für die Sendezeiten und finanziert sich fast ausschließlich aus der Werbung. Seit

Herbst 1987 sind die beiden Firmen Gesellschafter der 40-Mann-Firma Oy Kolmostelevisio AB, die *Kolmos Kanava (Channel 3)* betreibt. Diese Station, die bereits jeden zweiten Finnen erreicht, strahlte 1988 pro Woche 37 Stunden Programm aus und sicherte sich fünfzehn Prozent der TV-Werbeeinnahmen. In Zukunft, ab 1993, wird sie auf kommerzieller Basis von MTV betrieben werden, während die beiden YLE-Kanäle werbefrei bleiben und nur von Gebühren leben sollen. Schließlich wurde im Dezember 1988 von der einigen Kabelfirmen sowie Zeitungshäusern gehörenden Gesellschaft PTV auch das vierte Network, *TV 4*, in Angriff genommen, das die schwedischen Kanäle verbreitet und derzeit schon jeden vierten finnischen Haushalt erreicht.

ITALIEN

Die RAI (Radiotelevisione Italiana), die drei Programme offeriert, ist schon längst kein Monopolist mehr: Nach einigen eher harmlosen Testversuchen — bereits 1956 hatte sich etwa die römische Tageszeitung *Il Tempo* kurzzeitig ans Privatfernsehen herangemacht — sind in der zweiten Hälfte der siebziger Jahre scharenweise kommerzielle Lokalsender aufgetaucht. Der Verfassungsgerichtshof in Rom hatte am 28. Juli 1976 in seinem berühmt-berüchtigten Urteil Nr. 202 das bis dahin geltende RAI-Monopol im lokalen Bereich für verfassungswidrig erklärt. Ein Jahr danach waren bereits 250, drei Jahre später schon 540 und 1981 nicht weniger als 1.200 lokale TV-Stationen in Aktion, die sich alsbald zu Networks aufbliesen. Prompt fanden auch einige Verlagshäuser an dem neuen Metier Gefallen: Rizzoli gründete das erste Netzwerk *Prima Rete Indipendente*, Rusconi folgte mit *Italia Uno*, und Mondadori zog mit *Rete Quattro* nach. Alle drei waren aber vorerst veritable Flops: Rizzoli sperrte ihres zu, die zwei anderen gingen an den Baulöwen **Silvio Berlusconi**. Dieser hatte inzwischen in Eigenregie verschiedene kleine Stationen im Norden, die alle dasselbe Programm ausstrahlten, unter dem Titel *Canale 5* verschmolzen — was gesetzlich eigentlich gar nicht gedeckt war. Plötzlich konnten ihn die Italiener als neuen TV-König feiern. Alle, die nach ihm ihr Glück versuchten — etwa Parmalat-Chef Calisto Tanzi mit *Odeon TV* oder der Verleger Peruzo mit *Rete A* —, mußten sich genauso mit Statistenrollen abfinden wie die im Ausland stationierten Konkurrenten *Télé Monte Carlo*, *Tele Capodistria* oder *Svizzera*.
Heute ist Italien am Sektor TV „die einzige funktionierende Anarchie der Welt" (*RTL plus*-Chef Helmut Thoma). In den vergangenen vierzehn Jahren entwickelten sämtliche Regierungen der Halbinsel in Sachen Medienpolitik eine beachtliche Lethargie. Mangels gesetzlicher Auflagen konnten die TV-Stationen daher einen regelrechten Werbeterror veranstalten: 1989 etwa mußten die Zuseher in den nationalen Programmen genau 958.467 Werbespots verkraften — dreißig Prozent mehr als im Jahr zuvor. Allein die Berlusconi-Networks brachten es auf 536.938 werbliche Botschaften — das macht 1.472 pro Tag. Die logische Konsequenz: Der 90-Minuten-Film „Rambo" beispielsweise dauert im italienischen Fernsehen doppelt so lange wie nötig. Die wütenden Proteste und Gesetzesanträge, die vor allem der Kommunistischen Partei Italiens zu danken waren, konnten Berlusconi aber jahrelang kaum etwas anhaben. Er durfte sich auf den Ober-Sozialisten Bet-

tino Craxi, einen seiner besten Freunde, mindestens ebenso sehr verlassen wie auf Arnaldo Forlani von den Christ-Demokraten und kam auch mit Regierungschef Giulio Andreotti ganz gut zurande. Erst als der Fernseh-Rambo Ende 1989 auch das Verlagshaus Mondadori in seine Gewalt brachte, mußten die Politiker notgedrungen handeln: Das vom römischen Senat verabschiedete neue Mediengesetz verbietet ihm, neben den drei TV-Stationen auch noch Printmedien zu besitzen. Und wird ihm mit restriktiven Werberegeln — so etwa dürfen nur 18 Prozent pro Sendestunde der Reklame gehören — massive Umsatzeinbußen bescheren. Eines ist aber sicher: Auch das wird Berlusconi locker wegstecken ...

DEUTSCHLAND

Die einstigen Platzhirsche ARD (Arbeitsgemeinschaft der öffentlich-rechtlichen Rundfunkanstalten Deutschlands) und ZDF (Zweites Deutsches Fernsehen) haben ab 1984 Zuwachs erhalten: Damals sind die privaten Herausforderer *RTL plus* und *SAT 1* angetreten, die sich mit Gewalt und allen Troubles zum Trotz als Alternative profilieren wollten. Während bei ihnen potente Geldgeber im Hintergrund für die nötige Kondition sorgen — bei *RTL plus* die CLT (Compagnie Luxembourgeoise de Télédiffusion) bzw. Bertelsmann, bei *SAT 1* der Springer Verlag und der Münchner Medien-Kaufmann Leo Kirch —, sind in der Folge zwei andere Anbieter ohne Rückendeckung in die Schlacht gezogen: Der Videoclip-Kanal *Musicbox*, der sich schon bald dem Italiener Silvio Berlusconi an den Hals werfen mußte, seither *Tele 5* heißt und in der Folge erneut eine von der CLT durchgeführte Bluttransfusion benötigt hat; und die Mini-Station *Eureka TV*, die in *Pro 7* umbenannt wurde und mit dem Sohn von Leo Kirch einen neuen Regisseur gefunden hat. Die vier Neulinge sind sich — so verschieden ihre Programme sein mögen — in einer Beziehung sehr ähnlich: Sie schrieben alle jahrelang rote Zahlen. Und können zugleich — indirekt — ihren ersten Teilerfolg verbuchen: Die ARD sowie das ZDF sind drauf und dran, ebenfalls defizitär zu werden.

FRANKREICH

Die goldenen Jahre für den Staatsfunk sind längst vorbei: Die einstige Monopolanstalt ORTF (Office de Radiodiffusion Télévision Francaise), als träger Moloch mit 15.000 Mitarbeitern laut Georges Pompidou „la voix de la France" — die Stimme Frankreichs — , wurde 1974 total demontiert. Sie mußte sieben Gesellschaften weichen, darunter drei Fernsehanstalten und eine Radiofirma. Doch schon acht Jahre später begann eine neue Ära: Ein Gesetz vom 29. Juli 1982, das für das TV-Programm-Monopol theoretisch das Aus bedeutete, stellte die Weichen in die Zukunft. Damals waren neben der administrativ und finanziell autonomen Sendebetriebsanstalt TDF (Télédiffusion de France), die weiterhin das Sendemonopol behielt, die beiden Gesellschaften *TF 1* und *Antenne 2* für die nationalen TV-Programme zuständig, während sich *FR 3 (France Régions 3)* als Koordinator von zwölf vorgesehenen Regionalstationen betätigen sollte.

Der Weg für private Anbieter war allerdings geebnet: Ende 1983 fiel für das über die terrestrischen Netze ausgestrahlte Abonnement-TV-Programm Canal plus der Startschuß; dieser vierte Kanal, der im November 1984 einsatzbereit war, stand zwar durch seine Aktionäre — die damals noch mehrheitlich staatliche Agence Havas und diverse Staatsbanken — zunächst der Regierung nahe. Das sollte sich allerdings später ändern: Der Anteil der nunmehr schon privaten Firma Havas wurde auf 25 Prozent reduziert, dafür hatten die private Wasserwerksgesellschaft Compagnie Générale des Eaux, der Kosmetikkonzern L'Oréal, die Société Générale und die Mineralwasserfirma Perrier mehr mitzuplaudern.

Das Experiment mit *Canal plus* sollte indes bloß Auftakt einer hektischen Entwicklung sein. Im November 1985 explodierte die erste Bombe: Staatspräsident François Mitterrand wartete damals mit der Sensation auf, daß der Italiener Berlusconi sowie die beiden französischen Industriellen Jérôme Seydoux und Christophe Riboud eine neue private TV-Kette namens La Cinq betreiben würden. Diese freihändige Entscheidung des Sozialisten löste zunächst bei der rechten Reichshälfte allgemeine Entrüstung aus und wurde von der konservativen Regierung, die am 16. März 1986 die Wahlen gewonnen hatte, schließlich wieder aufgehoben: Diese vergab die Konzession nach eigenem Gutdünken — indem sie ihren Sympathisanten, den Verleger **Robert Hersant**, an die Seite von Berlusconi und Seydoux, die im Rennen geblieben waren, setzte.

Im Januar 1986 war der Musikkanal TV 6 ins Leben gerufen worden — und das Theater ging erneut los: Zunächst waren die Werbeagentur Publicis, die Filmfirma Gaumont, die Radiostation NRJ, die Werbegesellschaft von Gilbert Gross und einige französische Schallplattenfirmen zum Zug gekommen. Nach dem Machtwechsel erhielt aber das Konsortium Métropole TV den Zuschlag, das sich aus der CLT, dem Kanalisations- und Wasserversorgungsunternehmen Lyonnaise des Eaux und einer Reihe von Kleinaktionären zusammensetzte.

Im August 1986 machte sich die Regierung Chirac an den größten Brocken heran — die Privatisierung des Fernsehkanals *TF 1*. Die Entscheidung, wer den neuen Kommerzsender betreiben dürfe, mußte die inzwischen anstelle der früheren Medienbehörde Haute Autorité de L'Audiovisuel etablierte CNCL (Commission Nationale de la Communication et des Libertés) treffen — und sie sorgte für eine gewaltige Überraschung: Denn ihre Wahl fiel nicht, wie allgemein angenommen, auf Hachette-Boss Jean-Luc Lagardère und auch nicht auf Hersant oder die CLT, sondern auf den Beton-Experten **Francis Bouygues**. Der Baulöwe, der 25 Prozent der Aktien übernehmen durfte, bekam den Briten Robert Maxwell und zahllose Miniaktionäre an die Seite gestellt.

Die TV-Landschaft der Grande Nation — auf französisch „le paysage audiovisuel français" , als „le PAF" zum geflügelten Wort geworden — hat sich damit grundlegend verändert: Die beiden verbliebenen Staatssender *Antenne 2* und *FR 3* müssen sich seither, bedrängt vom erfolgreichen *Canal plus* und den kommerziellen Mitläufern *La Cinq* bzw. *M 6*, gegen den privaten Publikumsmagneten *TF 1* behaupten. Obzwar Bouygues und Maxwell, deren gläsernes Verwaltungszentrum in der Nähe des Montparnasse steht, mit Sicherheit nie ein Herz und eine Seele waren, halten sie die Konkurrenz problemlos in Schach: Ihr Einser-Kanal wirft aufgrund der größeren Reichweite und der fetten Werbeeinnahmen bereits respektable Gewinne ab — 1989 waren es 220 Millionen Francs — und zwingt die weitaus weniger kapitalkräftigen Mitbewerber, mit allen Mitteln Zuschauer zu ködern. Das fördert die Programmqualität kaum: Softpornos am Nachmittag, billige ausländische Spielfilme am Abend, der langsam unerträgliche Starkult in den Unterhaltungsshows und ein geradezu dramatischer Abbau der vergleichsweise kostspieligen Informationssendungen sind die logische Folge. Der gnadenlose Alltag, der den ausschließlich auf Werbeeinnahmen angewiesenen Mitstreitern *La Cinq* und *M 6* horrende Verluste beschert, wird in absehbarer Zeit seinen Tribut fordern: Die beiden Mini-Stationen — *La Cinq* trauerte zuletzt 450 Millionen Francs nach, *M 6* war mit 320 Millionen im Minus — könnten in absehbarer Zeit zu einer verschmelzen. Die weitgehend von Gebühren erhaltenen staatlichen Anstalten hingegen, die 1989 rund 500 Millionen Francs verloren haben, sind bereits näher zusammengerückt: Der Anfang wurde mit dem für beide Sender zuständigen Präsidenten Philippe Guilhaume gemacht.

BELGIEN

Die öffentlich-rechtlichen Rundfunkfirmen RTB-F (Radio-Télévision Belge de la Communauté Francaise) und VRT (Vlaamse Radio en Televisie) haben es beileibe nicht leicht. Ihre insgesamt vier Kanäle — *RTB-F* und *Tele 21* im wallonischen bzw. *BRT 1* und *BRT 2* im flämischen Landesteil — müssen sich längst einer Vielzahl von Konkurrenten stellen: In neun von zehn belgischen Haushalten sind via Kabel nicht weniger als 20 bis 25 ausländische Programme zu empfangen, darunter französische, holländische, britische, deutsche und ein italienisches. Außerdem setzen ihnen neuerdings zwei private inländische Rivalen heftig zu: 1987 ist in Südbelgien TVi (Télévision indépendante) angetreten, Anfang 1989 kam in Flandern VTM (Vlaamse Televisie Maatschappij) hinzu. Hinter der einen Station stecken die luxemburgische CLT/RTL sowie unter dem Sammelbegriff Audiopresse diverse Verlage, die andere gehört mehrheitlich neun flämischen Pressehäusern — etwa Perexma, Roularta oder Hoste —, die bereits seit zwei Jahren auf diese Chance gelauert haben. Die beiden Kommerzsender haben das Monopol der Staatsanstalten, die sich bislang überwiegend aus Gebühren finanzieren mußten, endgültig gebrochen und waren ihrerseits als Werbemonopolisten gedacht. Doch *RTB-F* und *TVi* trafen ein Gentleman's Agreement, um gemeinsam den französischen Sendern Paroli zu bieten, die immer mehr belgische Werbegelder absaugen: Die staatliche Station, der bisher lediglich Werbung nicht-kommerzieller Natur gestattet war, strahlt ab September 1989 ebenfalls Werbespots aus. Sie mußte sich aber im ersten Jahr vereinbarungsgemäß mit 715 Millionen belgische Francs zufriedengeben, während *TVi* 2,7 Milliarden zustanden. In den kommenden Jahren darf dann jeder Partner vereinbarungsgemäß stets hundert Millionen zulegen. Ob damit der Finanzbedarf von *RTB-F* ausreichend gedeckt werden kann, wird sich weisen: Die Anstalt betätigt sich nämlich auch im Lokalfernsehen und kooperiert mit zwölf kleineren Sendern — z.B. *Télé Bruxelles*, *Canal C* in Namur oder *Télé Sambre* in Charleroi. Im nördlichen Landesteil war *VTM* im ersten Jahr jedenfalls gleich ein voller Erfolg beschieden: Der Sender sicherte sich nicht wie erwartet 20, sondern 37 Prozent der flämischen Zuseher sowie vier Milliarden belgische Francs — doppelt soviel wie erhofft. Er konnte daher seine Werbetarife empfindlich anheben.

DÄNEMARK

Der Monopolist DR (Danmarks Radio) lernte den Ernst des Lebens 1983 erstmals kennen: Damals hatte ein großangelegtes Experiment mit regionalem TV begonnen, an dem 42 gesellschaftliche Gruppierungen — Organisationen, Vereinigungen oder Dachgesellschaften — Interesse gezeigt hatten. 34 beteiligten sich dann tatsächlich daran, wobei *Weekend Television* am professionellsten agiert hatte. Die Alleinherrschaft war damit für DR zu Ende. 1987 durfte *TV Syd* in Südjütland offiziell loslegen. So wie der erste von acht geplanten Regionalsendern müssen sich auch *TV Fyn* und *TV Nord*, die später zugelassen wurden, hauptsächlich aus Werbeerlösen finanzieren. Die acht Kanäle sollen künftig das zwar öffentlich-rechtliche, aber dennoch unabhängige Programm *TV 2* beliefern, das im Oktober 1988 an den Start ging. Es war ebenfalls angehalten, einen großen Brocken seines Jahresbudgets — damals 550 Millionen Dänen-Kronen — selber zu verdienen. Die Anfangsphase war recht mühsam, sodaß sogleich eisern gespart und das Budget nur moderat erhöht wurde. Was die Zuschauerzahlen anlangt, so wurde *TV 2* aber rasch zum Renner: Es hatte nach wenigen Monaten schon genauso viele Zuseher wie das staatliche Programm. Im übrigen sind in Dänemark noch der Satellitenkanal *ScanSat TV 3* aus Schweden — in dänischer Sprache — und fast dreißig lokale Programme mit von der Partie, etwa der erfolgreiche Kopenhagener *Kanal 2*, deren Reichweite allerdings sehr bescheiden ist. Sie werden von diversen Vereinigungen oder gesellschaftlichen Gruppierungen betrieben, beispielsweise der dänischen Arbeiterbewegung, und sind für Zeitungsverlage oder kommerzielle Unternehmungen grundsätzlich tabu.

SPANIEN

Auf die RTVE (Ente Publico Radiotelevision Espanola), die von den Zuschauern keine Gebühren verlangt, kommen schwere Zeiten zu: Am 3. Mai 1988 wurde nämlich im spanischen Parlament nach fast zehnjährigem Tauziehen die Errichtung von drei landesweiten Privatsendern beschlossen. Für die beiden staatlichen Kanäle *TVE 1* und *TVE 2*, die seit mehr als drei Jahrzehnten für politische Propaganda herhalten müssen, wird daher der Kampf um Zuseher sicher noch um einiges härter werden: Aufgrund des gesetzlichen Grünlichts aus dem Jahre 1983 haben sie sich ohnedies schon mit regionalen Stationen — Ende 1989 waren es bereits acht — zu duellieren, die von den jeweiligen Landesregierungen betrieben werden[33]).

Um die Konzession für die drei Privatsender haben sich dann sechs Gruppen beworben, die das Monopol endgültig brechen wollten:

Die Univision Canal 1, hinter der Rupert Murdoch, die Verlagsgruppe Zeta sowie die Banken Banesto und Central steckten — der französische Sender *TF 1* war hingegen im letzten Moment noch abgesprungen.

Ferner die Sociedad Española de Television, zu der sich der französische *Canal Plus* mit der Tageszeitung *El Pais* und diversen spanischen Geldinstituten zusammengetan hatten.

Drittens die bereits seit 1982 tätige Radiogesellschaft Antena 3, bestehend aus mehreren spanischen Tageszeitungen wie *La Vanguardia* oder *ABC* sowie einigen ausländischen Investoren.

Außerdem das Konsortium Gestevision Telecinco, dem der Italiener Silvio Berlusconi, der spanische Verlag Anaya, der Multimillionär Javier de la Rosa und paradoxerweise die Once, die Organisation der Blinden, angehörten.
Weiters die Projektgruppe Tele 16, die aus der Grupo 16 und ihrem argentinischen Partner Alejandro Romay gebildet wurde.
Und schließlich, als Außenseiter, das Team Canal C, das aus 25 katalonischen Unternehmern und Journalisten bestand.
Maxwell, Bertelsmann oder der Axel Springer Verlag hingegen, die am Einstieg ins spanische Fernsehgeschäft Interesse gezeigt hatten, nahmen letztlich von einer Bewerbung Abstand.
Mitte August 1989 fällte Regierungschef Felipe Gonzales die mit Spannung erwartete Entscheidung: Er gab *Antena 3 TV*, *Telecinco* sowie dem Duo *Canal plus España* und *El Pais* den Vorzug, und ab Anfang 1990 spielt es auf den iberischen Bildschirmen Granada. Die spanische Fernsehzukunft wird neuerdings nicht bloß von den großen Zeitungsverlagen geprägt, sondern weitgehend auch von Silvio Berlusconi und *Canal-plus*-Chef André Rousselet, den erfolgreichsten neuen TV-Machern Europas.
Die privaten Herausforderer, die ihre Konzepte im Mai vorgelegt hatten, mußten strenge behördliche Auflagen in Kauf nehmen, so etwa ein Mindestkapital von einer Milliarde Peseten nachweisen; jeder Gesellschafter darf maximal 25 Prozent der Firmenanteile halten, was insbesondere auf Berlusconi und *Canal plus* gemünzt war. Die drei Kanäle, die den Zuschlag und damit eine Lizenz für zehn Jahre erhielten, mußten eine weitere Milliarde Peseten hinblättern und hatten theoretisch maximal sechs Monate Zeit, um den Betrieb aufzunehmen; die Programme sollten täglich mindestens vier Stunden dauern, wovon nur zehn Prozent auf Werbung entfallen dürfen.
Die neuen Stationen, die vorerst nur ein Drittel der Haushalte erreichen, müssen das staatliche Sendenetz benützen, wofür erneut horrende Entgelte fällig werden. Als Grundgebühr wurden für 1990 660 Millionen und für 1991 1,5 Milliarden Peseten festgelegt, wozu noch Stundentarife kommen. Die Reichweite wird allerdings erst 1995 bei etwa achtzig Prozent liegen. Und damit ist der finanzielle Einsatz für jene, die bei der TV-Explosion dabei sind, jedenfalls enorm: Experten schätzen, daß jedes der drei Programme um die 25 Milliarden Peseten an Anlaufkosten verschlingen dürfte. Womöglich werden im Hinblick auf das gewaltige kommerzielle Risiko nur zwei der drei Kanäle überleben, vielleicht hat gar nur einer eine reelle Chance.
Auch dem staatlichen Fernsehen, das sich in jüngster Zeit unter neuer Führung besonders anstrengt und auf mehr Spielfilme, mehr Shows und mehr Sport setzt, stehen harte Zeiten ins Haus: Der erste Rivale, *Antena 3*, war bereits im Jänner 1990 imstande, sein primär von Informations- und Sportsendungen geprägtes Programm zu starten. Bei den beiden anderen tauchten indes sogleich unterschiedliche Troubles auf: Der auf populäres Entertainment fixierte Sender *Telecinco*, der seit März 1990 on air ist, mußte zunächst einen Machtkampf zwischen Berlusconi und dem Verlag Anaya überstehen, der die Zeitungsleute zum Verkauf ihrer Anteile bewog. Diese gingen an die Promociones Calle Mayor und an Jose Maria Blanc's Fauna Films, womit sich Berlusconi nunmehr ungehindert entfalten kann. Das Pay-TV-Programm *Canal plus España* wiederum, dessen Gesellschafter sich ebenfalls frühzeitig in die Haare gerieten — die *El-Pais*-Leute opponierten heftig gegen die geplanten Pornofilme und Boxkämpfe —, mußte um einen sechsmonatigen Aufschub ansuchen, um das Abenteuer halbwegs in Ruhe

vorbereiten zu können. Es startete, nach einem mehrmonatigen Testlauf, erst am 13. September 1990 und ist nicht nur terrestrisch, sondern auch via Satellit zu empfangen.

SCHWEDEN

Sveriges Television AB, eine von vier Einheiten der Sveriges Radio AB, kann sich noch ihres Monopols erfreuen. Das Unternehmen, an dem schwedische Verlage sowie Industrie- und Handelsinstitutionen jeweils zu einem Fünftel beteiligt sind, darf in seinen zwei TV-Programmen *SVT 1* und *SVT 2* immer noch keine Werbung ausstrahlen und wird zur Gänze durch Gebühren finanziert. Der private Satellitenkanal *ScanSat TV 3*, der vom schwedischen Milliardär Jan Stenbeck (Kinnevik-Gruppe) im Januar 1988 von London aus gestartet wurde und sich als exzellente Mischung aus unterhaltsamen, frechen und dennoch informativen Sendungen entpuppte, ist aber ebenso eine interessante Alternative geworden wie der *Nordic Channel* der Karissma-Gruppe. Die beiden sind dank des raschen Ausbaus des schwedischen Kabelnetzes bereits in rund 900.000 Haushalten zu empfangen. In Bälde könnten sie schon jede zweite TV-Familie erreichen. Am Programm stehen ferner zwei Pay-TV-Programme, nämlich das zur Bonnier-Gruppe zählende *SF Succé*, das im Dezember 1989 seine Premiere feierte, sowie *TV Plus* von Esselte TV. Die Debatte um einen schwedischen Kommerzsender, die schon endlos läuft, neigte sich kürzlich dem Ende zu: Die Sozialisten, die sich bislang strikt gegen jegliche TV-Werbung ausgesprochen haben, gaben zu erkennen, daß sie bereit wären einzulenken. Die Regierung ließ prüfen, unter welchen Bedingungen ein solches Programm errichtet werden könnte. Kulturminister Bengt Göransson: „Wir überlegen lieber länger und können daher aus den Fehlern lernen, die man in anderen Ländern gemacht hat.“ Fazit: Ein privater Kommerzsender, *TV 4*, hinter dem die Wallenberg-Gruppe und das Verlagshaus Bonnier stehen, darf ab 17. September 1990 den schwedischen TV-Alltag verschönern. Sveriges Television wird ab Weihnachten mit Europas erstem Satelliten-Pay-TV glänzen, das auf dem Prinzip Pay per view beruht; der Preis pro Film soll fünfzig Kronen betragen.

NORWEGEN

Für die 1933 gegründete Monopolfirma NRK (Norsk Rikskringkasting), die seit 1960 auch Fernsehen macht, ist es Anfang der achtziger Jahre so richtig spannend geworden: Seit 1981 können die Bürger neben dem Staatssender auch etliche ausländische Satellitenprogramme empfangen. Ein Jahr später erhielten rund 120 Bewerber die Erlaubnis, in vierzig Senderregionen probeweise lokales Fernsehen zu üben, was nicht alle, aber etliche ab September 1984 taten. Seit Dezember 1988 kommen den Norwegern via Kabel auch private Kommerzprogramme, etwa *TV 3* oder *TV Norge*, ins Haus, die allerdings nur limitierte Sendezeiten zur Verfügung haben und vorerst finanziell noch ziemlich schwach dastehen. Ein weiterer Neuling, *Norsk TV 1*, mußte im August 1989 sogar zusperren. Schließlich ist eine heftige Diskussion über die Einführung eines zweiten nationalen TV-Programms, das sich aus der Werbung finanzieren sollte, entschieden worden: Die Regierung konnte sich dafür nicht begeistern und zog diesem Projekt vorerst einen Pay-TV-Kanal vor. Dennoch dürfte sich die viele Geduld, die man allseits zeigte, demnächst lohnen: Einem terrestrischen Kommerzkanal mit privaten Eigentümern — das könnte beispielsweise *TV Norge* sein — steht in Norwegen nur noch wenig im Wege. Vielleicht wird auch die Staatsfirma NRK mit einem zweiten Programm vorpreschen, das sich teilweise in privatem Besitz befinden könnte.

GRIECHENLAND

Die griechische ERT (Elliniki Radiophonia Tileorassis) strahlt drei Programme aus, *ET 1*, *ET 2* und seit kurzem *ET 3*. Der staatliche Apparat wird von Pflichtgebühren sowie Werbeeinnahmen schlecht und recht über Wasser gehalten und von den Politikern ordentlich gegängelt. In seinem Schatten haben etwa die Bürgermeister von Saloniki und Piräus ab 1987 „illegale“ Regionalsender eingerichtet, die ein paar Stunden pro Tag auf Sendung sind. Seit Herbst 1989 sind auch „echte“ Privatsender offiziell zugelassen, deren Inhaber primär Medienunternehmen und lokale Institutionen sind: Der in den Regionen Athen und Piräus von jedem zweiten Haushalt empfangbare Kommerzkanal *Mega Channel*, der fünf griechischen Verlagen gehört, etwa der Lambrakis-Gruppe, sagte der Staatsfirma ebenso den Kampf an wie *Antenna TV*, bei dem der Reeder Minos Kyriakou wichtigster Shareholder ist. Der *Mega Channel* konnte die ERT-Kanäle innerhalb kürzester Zeit überflügeln, wurde zum beliebtesten Programm des Landes und machte dem staatlichen Fernsehen gemeinsam mit *Antenna TV* fast die Hälfte der Werbeerlöse abspenstig. Die übrigen Newcomer, etwa *Seven X*, *Neo Teleorasi* oder der Kabel-Kanal *TV Plus*, taten sich anfangs zwar erheblich schwerer — trotzdem geriet ERT-Chef Dimitri Korsos alsbald in Panik: Er schlug der Regierung einen drastischen Personalabbau sowie den Verkauf eines Staatssenders vor.

PORTUGAL

Die seit 1975 zur Gänze verstaatlichte RTP (Radiotelevisão Portuguesa) — zuvor hatten private Gesellschafter, etwa Großbanken, ein Fünftel der Anteile gehalten — darf bereits emsig zittern: Die sozialdemokratische Regierung hat sich trotz Veto der christdemokratischen Partei im Sommer 1990 entschlossen, das Monopol zu zerschlagen. Die beiden Kanäle *RTP 1* und *RTP 2*, die sich bislang gegen rund dreißig private — und im Prinzip illegale — Lokal-TV-Sender behaupten mußten, werden demnächst noch weitaus mehr Konkurrenzdruck verspüren. Die in der Verfassung des Landes verankerte Bestimmung, wonach Fernsehen nicht Gegenstand privaten Eigentums sein dürfe, wurde aufgehoben. Nach heißen Debatten ist also der Startschuß für das kommerzielle Privatfernsehen in Portugal bereits gefallen, und die Lobbyisten stehen im Dauereinsatz: Als Betreiber kommen das von der katholischen Kirche kontrollierte *Radio Renascenca* und mehrere portugiesische

Verlage in Frage, etwa das SIC-Konsortium rund um Ex-Premier Pinto Balsamao. Auch internationale Medienkaiser wie CLT, Hachette, *El Pais* oder *Globo* aus Brasilien zeigen lebhaftes Interesse, obzwar ihre Anteile auf fünfzehn Prozent begrenzt sein werden. Das weitere Procedere: Die Bewerber, die sich mit etlichen Auflagen anfreunden müssen, haben einer von der Regierung eingesetzten Kommission ihre Projekte vorzulegen. Diese vergibt dann zwei Lizenzen für Privatkanäle, die Ende 1991 den Betrieb aufnehmen sollen.

SCHWEIZ

Die SRG (Schweizerische Radio- und Fernsehgesellschaft) besitzt seit 1952 die einzige Konzession für den TV-Bereich und produziert derzeit drei Programme — das deutschsprachige *DRS*, das französische *TSR* sowie das italienische *TSI*. Trotzdem handelt es sich bei ihr bloß um ein Quasi-Monopol: In der Schweiz wurden schon 1977 Versuche mit lokalem TV zugelassen, die zunächst die Verbreitung in Kabelnetzen abtesten sollten. 1983 erhielt dann der Pay-TV-Kanal *Teleclub* eine Konzession. Später kam es zu mehreren TV-Experimenten auf regionaler Ebene, wobei das interessanteste — die Zürivision — von den Verlagen Ringier und Coninx sowie vom Radio-Mann Roger Schawinski getragen wurde. Eine Unzahl anderer Interessenten, die hinter dem Schweizer Fernsehen International, SRGplus oder Tele 4 stehen, scharrt seit Jahren ähnlich ungeduldig in den Startlöchern wie der Zürcher Bauunternehmer Felix Matthys mit dem Projekt Tele 2 — Motto: „Fernsehen fürs Volk“: Er träumt unter rasch wechselnden Codenamen schon eine Ewigkeit davon, einen privatwirtschaftlich geführten Gegenpol zur seiner Meinung nach linkslastigen SRG zu schaffen — ein nationales Vollprogramm in drei Sprachen auf der vierten Senderkette. Andere wiederum — beispielsweise die aus den Verlagen Jean Frey oder Curti bestehende Arbeitsgemeinschaft Zürcher Regionalfernsehen (ZRF) oder der Arbeitskreis Regionalfernsehen Ostschweiz — bezogen die SRG sogar in ihre Überlegungen ein und würden mit ihr, wenn’s anders nicht geht, durchaus gemeinsame Sache machen. Alle diese Vorhaben sind aber zunächst ins Stocken geraten, weil die Angst groß war, daß die Schweiz, wirtschaftlich gesehen, für einen Privatsender nicht ergiebig genug ist — umso mehr, als die Verkabelung bereits sehr weit gediehen und das TV-Angebot bereits ungemein vielfältig ist. Einstweilen liegt — obzwar vorerst nur klar ist, daß alles ziemlich unklar ist — die Annahme nahe, daß die Schweizer künftig doch ein privates TV-Programm bekommen werden — die Frage ist bloß: wann? Im Jahr 1991 wird jedenfalls das Bundesgesetz für Radio und Fernsehen novelliert — und 1992 könnte es daher eigentlich losgehen ...

ÖSTERREICH

Der ORF (Österreichischer Rundfunk) ist ein Solist par excellence: Er kann sich, obzwar seit Jahren im Kreuzfeuer der Kritik, einer unangefochtenen Position erfreuen. Wenngleich in Österreich, direkt oder via Kabel, alle möglichen Auslandssender empfangen werden, sind die ORF-Programme

FS 1 und *FS 2* praktisch konkurrenzlos: Ihr Marktanteil liegt laut Infratest-Studien stets bei 95 Prozent — was nicht unbedingt heißt, daß sie dermaßen sensationell wären. Aber selbst wenn 59 Prozent der Österreicher dem Linzer Meinungsforschungsinstitut IMAS im Frühjahr 1989 anvertraut haben, daß sie sich mehr TV-Programme wünschen, wird es in den nächsten Jahren bei der elektronischen Monokultur bleiben. Und falls es einmal einen weiteren Sender geben sollte, dann dürfte dieser erneut vom ORF betrieben werden: Der Staatsbetrieb darf sich nämlich auf einen Pakt mit den Zeitungsverlegern verlassen, dem zufolge diese bis 1995 nicht auf die Idee kommen werden, eine private TV-Station zu kreieren. Er selbst wäre aber durchaus geneigt, in Eigenregie einen dritten Kanal zu starten. Das Monopol wird zwar auf politischer Ebene von Zeit zu Zeit heftig attackiert, erstaunlicherweise fordern just jene Politiker am lautstärksten die Abschaffung, die früher in leitender Funktion beim ORF tätig waren, nämlich der rote Wiener Bürgermeister Helmut Zilk und der schwarze Abgeordnete Kurt Bergmann —, aber die Sozialistische Partei und die Gewerkschaften machen der Staatsanstalt eisern die Mauer. Die Österreicher dürfen daher bestenfalls auf ein Wunder hoffen. Aber schon in einem alten Wienerlied heißt es: Wenn der Herrgott net will, nutzt das gar nix ...

DIE NEUEN TV-MATADORE

Der eine ist ein adretter Typ so um die Fünfzig, stets elegant gekleidet, ausgesprochen charmant, sehr selbstbewußt und ganz schön eitel. Wenn er sein strahlendstes Lächeln aufsetzt, dann sieht er ein wenig wie Adriano Celentano in zehn Jahren aus.

Der andere, bald siebzig, etwas zu bullig vielleicht und eine Spur zu hektisch, wirkt an sich wie ein gemütlicher Onkel, aber — Vorsicht — das täuscht: Wo immer er auftaucht, wird es gefährlich, denn er ist landesweit als unberechenbarer Choleriker bekannt.

Das ungleiche Duo — ein studierter Jurist aus Italien und ein gelernter Bauingenieur aus Frankreich — konnte sich europaweit als personifizierter Horror der TV-Monopolisten etablieren: Silvio Berlusconi und Francis Bouygues gelten als Top-Stars des privaten Kommerz-Fernsehens. Die beiden sind, obzwar das auf den ersten Blick gar nicht besonders auffällt, auch sonst unschwer auf einen gemeinsamen Nenner zu bringen: Sie haben als klassische Selfmademen bei Null angefangen, rasch in der Baubranche Millionen gescheffelt, gigantische Konzerne errichtet und stets neue Abenteuer gesucht. Sie waren immer ungemein risikofreudig, beinhart im Verhandeln und bei der Wahl ihrer Mittel niemals zimperlich. Heute zählen beide zu den reichsten Bürgern ihres jeweiligen Heimatlandes und ebenso zu den erfolgreichsten Finanzkünstlern von internationalem Format. Schließlich treten sie neuerdings nicht mehr solo, sondern lieber gemeinsam auf, denn seit Mai 1988 bilden die TV- und Baulöwen eine Achse aus Beton:

Francis Bouygues, der bis vor kurzem den derzeit mit rund fünfzig Milliarden Francs umsatzstärksten Baukonzern der Welt kommandiert und kontrolliert hat und sich 1989 altersbedingt von der Front zurückzog, nahm Berlusconi nämlich in seiner Firma als Partner auf.[34]) Die Bouygues S.A. in Nanterre beschäftigt mit ihren zahllosen Auslandsfilialen rund 70.000 Leute und erledigt praktisch weltweit riesige Aufträge. Der 25prozentige Bouygues-Anteil bei *TF 1* fällt im Vergleich dazu kaum ins Gewicht: Die führende Fernsehanstalt Frankreichs, die im Frühjahr 1990 bereits 46 Prozent Seheranteil erreicht hat, stellt für den medialen Laien nicht viel mehr dar als ein nettes Hobby. Sie setzte 1989 — nachdem Bouygues und die übrigen Gesellschafter zwei Jahre vorher für drei Milliarden Francs den Zuschlag erhalten hatten — netto lediglich die Kleinigkeit von 4,6 Milliarden Francs um, aber immerhin blieb unter dem Strich bereits ein kleiner Gewinn übrig, nämlich 220 Millionen. Bouygues, der selbstbewußt genug war, den Sender ein paar Monate lang eigenhändig zu leiten, kann damit zwar nicht einmal annähernd einen Erfolg à la Berlusconi vorweisen, der übrigens bei *TF 1* schon Kleinaktionär ist — aber Profit bleibt Profit. Übrigens: Die Verluste der Konkurrenzsender hatten sich 1989 auf insgesamt 1,4 Milliarden Francs angehäuft. *M 6* etwa, mit einem Marktanteil zwischen sieben und acht Prozent noch ein Zwerg, mußte sein Kapital blitzartig um 200 Millionen Francs aufstocken, um überleben zu können. Opa Bouygues hingegen, der nunmehr seinen Sohn Martin beim Bau-Konzern schalten und walten läßt, kümmerte sich um die mediale Expansion: Er gründete beispielsweise die Filmfirma Arche Cinéma Production, die sündteure Kinoware produzieren und dabei „neue französische Maßstäbe" setzen soll. Außerdem tat er sich mit der nordischen Kinnevik-Gruppe, Inhaber von *TV 3* und *TV 1000*, zusammen, um die Medienaktivitäten der schwedischen Esselte zu übernehmen. So wie die Mitbieter *Canal plus*, Springer oder der Bonnier-Verlag hatte es auch Bouygues vor allem auf den Pay-TV-Kanal *FilmNet* abgesehen, der es immerhin auf mehr als 400.000 Abonnenten gebracht hat und als einziges Programm in Skandinavien Werbung ausstrahlen darf.

*

Die übrigen TV-Newcomer Europas sind jedenfalls, bis auf einen, allesamt noch nicht so weit: Die rühmliche Ausnahme ist so wie Bouygues Franzose, heißt **André Rousselet** und hat *Canal plus* zu einem veritablen Knüller gemacht. Das Experiment mit dem 1984 gestarteten Pay-TV-Programm, das sich anfangs wie ein typischer Flop angelassen hatte, kann, so viel läßt sich prophezeien, gar nicht mehr schiefgehen: Rousselet, einst Kabinettschef von François Mitterrand, heute Golfpartner und Freund des französischen Präsidenten, hat mit *Canal plus* in jeder Beziehung einen Hit gelandet. Der für monatlich 160 Francs im Abonnement empfangbare Sender versorgt derzeit rund drei Millionen Haushalte und hält bei rund sechs Milliarden Francs Umsatz. Während die Konkurrenten *La Cinq* und *M 6*, wie schon erwähnt, an horrenden Defiziten leiden und hektisch ihr Kapital aufstocken mußten, macht er seinem Namen alle Ehre: 1989 war er mit 761 Millionen im Plus.
Die Aktionäre — der 7.000 Mann starke Medien-Konzern Havas[35]), die Compagnie Générale des Eaux[36]) und etliche kleinere Teilhaber[37]) — haben ebenfalls ihre Einlagen erhöht, aber aus einem anderen Grund: Sie schauen mit großer Freude zu, wie Rousselet und seine 600 Mitarbeiter in Paris flott in alle Richtungen expandieren. *Canal plus* ergatterte zum Beispiel am französischen Satelliten TDF 1 gleich drei Kanäle; zog als Partner von RTBF in Belgien ein, wo es seit September 1989 das Kabel-Programm *Canal + Belgique* gibt; tat sich in Deutschland mit dem Bertelsmann-Konzern und Leo Kirch zusammen, um mit *Premiere* ein ähnliches Projekt zu realisieren;

gründete in Spanien *Canal SA*, ein Joint-venture mit der Prisa-Gruppe, der Grupo March und der Banco Bilbao Vizcaya, das seit Mitte 1990 sein Programm offeriert; beteiligte sich an den TV-Sportkanälen in Frankreich, Deutschland und Holland; stieg mit 25 Prozent beim schwedischen Pay-TV-Sender *SF Succé* ein und kümmert sich schließlich auch um den afrikanischen Markt, insbesondere um Tunesien, Gabun und Senegal. Die gemeinsam mit der Sofirad-Holding gegründete Tochterfirma *Canal Horizon* wird die genannten Länder ab Dezember 1990 täglich mit einem 15-Stunden-Programm via Satellit versorgen und versuchen, im Laufe von fünf Jahren etwa 140.000 Abonnenten an sich zu binden. Rousselet — „Es geht uns sehr gut, fast zu gut" — wälzt obendrein etliche andere Zukunftspläne, die ihn häufig nach Brasilien, Italien, Israel, in die USA oder nach Island führen. Auch in der Sowjetunion ist er ein gern gesehener Gast: Die staatliche 80.000-Mann-Firma Gostelradio will mit ihm nämlich unbedingt zusammenarbeiten und bis spätestens 1992 einen Pay-TV-Kanal ins Leben rufen.

*

Der deutsch-schweizerische Pay-TV-Kanal *Teleclub*, der sich seit 1986 — ursprünglich im Besitz des kraftvollen Triumvirats Bertelsmann-Springer-Kirch — ohne nennenswerten Erfolg um die Gunst des Publikums bemüht hat, konnte Rousselet jahrelang einfach nur beneiden: Es kam dem Franzosen nämlich sehr zugute, daß er nicht auf das Kabel angewiesen war, sondern terrestrisch senden konnte. Daher erzielte er Reichweiten, von denen **Leo Kirch** als nunmehr alleiniger *Teleclub*-Eigentümer nicht einmal träumen durfte: In der Startphase, die am 1. November 1986 in Hannover ausgerechnet mit dem Streifen „A Star is born" begonnen hatte, bestand „sein" Publikum aus nur 1.100 Familien. Zu Weihnachten 1989 war das Programm, das nach dem Ausscheiden der Gesellschafter Bertelsmann und Springer einen zweiten Anlauf versuchte, zwar schon in den verkabelten Haushalten von 55 Städten zu sehen. Allerdings waren nicht einmal 50.000 Abonnenten bereit, die monatliche Gebühr von 34 DM zu berappen — mindestens 200.000 wären indes für den Durchbruch in die schwarzen Zahlen erforderlich gewesen. Besser als in Deutschland lief es in der Schweiz, wo sich der *Teleclub* inzwischen ebenfalls um neue Gesellschafter umsehen hatte müssen. Kirch, der noch im Oktober 1989 im Zuge einer flotten Werbekampagne große Töne gespuckt hatte, sah aber bald nur einen einzigen Ausweg, um das Dilemma abzustreifen: Er tat sich mit dem Vorbild *Canal plus* und der Bertelsmann-Tochter Ufa zusammen und blendete sich mit 25 Prozent beim Pay-TV-Kanal *Premiere* ein. Der *Teleclub* muß daher nur noch bis 28. Februar 1991 ausharren — an diesem Tag feiert *Premiere* seine Premiere —, um dann in der neuen Formation aufzugehen. Kirch wird den künftig einzigen deutschen Filmkanal, der in den ersten Jahren plangemäß 250 Millionen Mark an Verlusten bringen dürfte, naturgemäß aus seinem Fundus mit Programmen speisen.

*

Die ziemlich geringen Reichweiten bei Kabel- und Satelliten-Programmen und die minimalen Werbeeinnahmen haben einigen Optimisten zunächst einmal einen Strich durch die Rechnung gemacht, manche sogar zum Rückzug bewogen. In den meisten Fällen mußten die Protagonisten unheimlich starke Nerven unter Beweis stellen. Dazu drei Beispiele:

- Die bereits im Oktober 1981 gegründete Satellite Television Plc, ab 1983 im Besitz von **Rupert Murdoch**, hatte mit dem englischsprachigen *Sky Channel* jahrelang hartnäckig ihr Glück versucht. Als sich die Verluste rasch auf mehr als hundert Millionen Pfund summierten, die Zuschauerzahlen quer durch Europa aber nur langsam auf dreizehn Millionen Haushalte anstiegen, zog sich der Sender zuerst aus der früheren BRD, Österreich und Frankreich und etwas später überhaupt vom Kontinent zurück, um sich fortan auf den Satelliten Astra und damit auf die britischen Inseln zu konzentrieren. Dort hat das in *Sky Television* umbenannte Satelliten-Network dann eineinhalb Jahre benötigt, um wenigstens 1,6 Millionen TV-Haushalte bedienen zu können;
- Der im Januar 1987 von der britischen Premierministerin Margaret Thatcher eigenhändig aus der Taufe gehobene *Super Channel*, der von den vielen Vorschußlorbeeren beinahe erdrückt worden wäre, ließ sich dann überhaupt nicht super an und konnte auch keine echten Lorbeeren einheimsen. Das Ziel, den Kontinent mit einem wilden Rund-um-die-Uhr-Rummel auf englisch zu verwöhnen, wurde eindeutig verfehlt, weil die Zielgruppe nicht groß genug war. Je höher das Defizit emporschnellte, desto rascher sprangen die Gesellschafter ab, darunter der berühmte Robert Maxwell. Den letzten bissen natürlich die Hunde: Richard Branson, Chef der britischen Virgin Group, mußte sich einen idealistischen Kompagnon suchen. Er fand in Denver/Colorado die US-Kabelfirma United Cable, die ihm beinahe 75 Prozent der Firma abgenommen hätte, wenn, ja wenn der flotte Branson nicht einer rassigen Italienerin den Vorzug gegeben hätte. Sie trägt den hübschen Namen **Marialina Marcucci**, besitzt einen reichen Vater und daneben noch den nötigen Mut, sich auf das Abenteuer einzulassen: Im November 1988 übernahm sie den pleitereifen Betrieb zu 53 Prozent, fertigte elegant die Gläubiger ab und entwarf blitzartig ein neues Programmschema. Mit der Parole „Clever, jung, multinational" wollte die resolute Signorina den Karren innerhalb eines Jahres wieder flottbekommen — was ihr übrigens teilweise gelungen ist: *Super Channel* hat sich immerhin als populärstes internationales Entertainment-Programm Westeuropas etablieren können und war Mitte 1990 von 23 Millionen Haushalten in 20 Ländern zu empfangen. Die finanzielle Lage indes blieb trist: Nachdem sich die Verluste auf 90 Millionen Pfund summiert hatten, blieb Marcucci & Branson nichts anderes übrig, als ihre Firma zu 51 Prozent an den amerikanischen Kabelkonzern United Artists Entertainment (UA) abzutreten;
- Der englischen Handelskette **W. H. Smith & Son Ltd.**, die sich total dem „schöpferischen Umgang mit der Freizeit" verschrieben hat, waren ihre 500 Läden eines Tages nicht mehr genug: Sie engagierte sich daher 1983 gemeinsam mit dem US-Kanal *ESPN* beim Sportkanal *Screensport*, der zunächst in Großbritannien und Schweden, später auch in Norwegen, Holland, Dänemark und in der Schweiz neun Stunden einschlägige Berieselung offerierte. Und stieg weiters, so wie einige englische Privat-TV-Anstalten, beim Frauensender *Lifestyle* ein, der seit Oktober 1985 auf den britischen Inseln, in Schweden, Finnland, Holland und der Schweiz hauptsächlich unausgelastete Hausfrauen mit sechs Stunden Kochtips, Reisereporten, Talk Shows oder Mach-mit-Turnstunden verwöhnt hat. Motto: „Lifestyle for leisure, for pleasure, for fun." Die Briten, die damit nur spärlich Furore ma-

chen konnten, mußten letztlich ebenfalls zur Kenntnis nehmen, daß Sprachgrenzen etwas sehr Bremsendes sein können.
Denn — und damit sind wir beim Kernproblem — warum sollten ein deutscher Klempner oder ein holländischer Bauarbeiter auf irgendeinem Satelliten-Kanal mit dem Langenscheidt in der Hand unbedingt „Dallas" oder eine andere TV-Delikatesse verfolgen, wenn sie dieses Vergnügen auch in ihrer Muttersprache haben können?
Die W. H. Smith-Gruppe gelangte also zur Erkenntnis, daß das paneuropäische Fernsehen kaum Zukunft haben werde, und mietete, so wie Murdoch, einen Platz auf dem Astra-Satelliten. Sie hat es dort großteils mit englischsprechenden Kunden zu tun, was die Sache ungemein erleichtert. Zugleich brachte sie *Screensport* in das multilinguale European Sports Network ein, das die sportliche Dauerberichterstattung vorerst etwa auch in Frankreich *(TV Sport)* und Deutschland *(Sportkanal)* fortsetzt — aber mit lokalen Partnern und in der Landessprache. 1990 kaufte sich die W. H. Smith-Gruppe in Holland mit 43 Prozent bei der Media Holdings Benelux ein, übernahm das TV-Programm *Kindernet* und sicherte sich schließlich vierzig Prozent am niederländischen Sportkanal *Sportnet*.

*

Die gewaltige Programmflut der vergangenen Jahre — die öffentlich-rechtlichen Anbieter haben mit etwas Verspätung ebenfalls Satelliten-Programme wie das französische *TV 5* oder *Eins Plus* und *3SAT* kreiert, die aber im Prinzip reine Wiederholungsmaschinen sind — bereitete natürlich auch den deutschen TV-Privatiers jede Menge Kummer: Die vier Sender, die unter ganz verschiedenen Voraussetzungen eingestiegen sind, haben bislang harte Zeiten durchgemacht und lange keine müde Mark verdient. Ihre jeweiligen Eigentümer mußten sich daher entweder in Geduld üben — oder einfach passen: Die Hintermänner von *RTL plus* und *SAT 1* verfügten über den nötigen finanziellen Rückhalt und ausreichend Nervenstärke, um die Wartezeit auf schwarze Zahlen zu überwinden. Die früheren Inhaber von *Tele 5* und *Eureka TV* hingegen haben nicht so viel Ausdauer gezeigt und ganz oder zumindest teilweise aufgegeben.

*

Der Münchner **Wolfgang Fischer** ist mit der Firma Kabel Media Programmgesellschaft (KMP) im Dezember 1983 angetreten: Er wollte die einstige Bundesrepublik damals mit einem Musiksender erobern, der sich hauptsächlich mit Videoclips an 15- bis 25jährige Kabel-Fernseher wenden sollte. Fischer fand in dem gebürtigen Österreicher, einstigen Karajan-Sekretär und Kirch-Mitarbeiter **Dr. Herbert Kloiber** einen geeigneten Partner, und die *Musikbox* konnte im November 1985 eingeschaltet werden. Ihr Finanzbedarf war allerdings dermaßen üppig, daß der Italiener Silvio Berlusconi als vermeintlicher Retter alsbald 45 Prozent übernehmen konnte. Dieser erfand nicht nur einen neuen Namen — *Tele 5* —, sondern auch gleich ein neues Konzept: Aus dem Pop-Sender wurde ein sogenanntes Vollprogramm für die eher jüngere Zielgruppe mit Nachrichten, Magazinen, Live-Informationen und dem übrigen Klimbim rund um die Uhr. Fischer: „Wir sind kein Comic- und Schlumpfsender mehr."

Das Budget wurde 1988 forsch auf fünfzig Millionen Mark — mehr als dreimal so viel wie 1987 — und 1990 dann auf 110 Millionen erhöht, die Werbeeinnahmen ließen freilich zu wünschen übrig. Der nur noch zehnprozentige Inhaber Fischer — „Wir sind angetreten, um eines Tages Geld zu verdienen“ — konnte live miterleben, wie Kloiber und Berlusconi gleichermaßen die Lust an der Sache verloren[38]): Die Firma suchte daraufhin dringend einen weiteren Gesellschafter. Und erkor aus etlichen Interessenten — im Gespräch waren u.a. Springer und Madsack — den *RTL-plus*-Gesellschafter CLT, der für vierzig Millionen Mark 24 Prozent der Anteile übernahm. Im Sommer 1990 stieg schlußendlich auch der Axel Springer Verlag bei *Tele 5* ein: Er übernahm die Anteile von Fischer und Kloiber und brachte auf diese Weise 29 Prozent zusammen. Jetzt lautet das Motto des Senders offenbar so ähnlich wie der Titel einer jener Gameshows, mit denen er künftig Furore machen möchte: „Hopp oder Top“.

*

Ziemlich ähnlich lief die Geschichte bei *Eureka TV*: Das von den Herren Gerhard Ackermans und Heiner Wehking erfundene Programm, das ab 1. Mai 1987 in die deutschen Kabelnetze eingespeist wurde, mußte zunächst einmal den totalen Krach zwischen den beiden Gründern überstehen, der mit dem Abgang Wehkings endete. Ackermans, ehemaliger Mitinhaber des Warenhauskonzerns Allkauf, wollte allerdings nicht allein auf den gut dreißig Millionen Mark sitzen bleiben, die sich im ersten und zweiten Betriebsjahr an Verlust angesammelt hatten. Und daher war es für ihn schlicht ein Glücksfall, als er **Thomas Kirch**, den Filius des *SAT 1*- Mitbesitzers, kennenlernte. Der Junior, der in Boston Betriebswirtschaft studiert hatte und ihm 49 Prozent der Sorgen abnahm, mußte in neuer Rolle seine Feuertaufe bestehen: Er ließ zunächst am früheren Management kein gutes Haar, weil es hartnäckig auf Nachrichten und aktuelle Informationssendungen gesetzt hatte. Dann änderte er der Namen der Anstalt in *Pro 7* und schneiderte ihr ein neues Konzept zurecht, in dem — was für eine Überraschung — just jene Ware eine Hauptrolle spielt, die sein Herr Papa zuhauf auf Lager liegen hat. Er will mit diesem „unterhaltungsorientierten Vollprogramm“, das rund hundert Millionen Mark Budget verschlingt, ab Herbst 1990 24 Stunden auf Sendung, also das ideale Programm für Nachtwandler ist, im Jahr 1991 in der Gewinnzone sein. *Tele 5*-Mann Fischer reagierte auf den Vorstoß der Familie Kirch völlig entrüstet: „Hier bildet sich ein unglaubliches Monopol.“
Im September 1990 wartete Dr. Georg Kofler, der von Kirch eingesetzte Geschäftsführer von *Pro 7*, mit einer handfesten Sensation auf: Er hatte von der Schweizer MH Medien Handels AG für exakt 854 Millionen Mark die deutschen Fernsehrechte für 1.700 Spielfilme erworben. Das „größte Filmpaket der Fernsehgeschichte“ (Kofler), das von Vater Kirch knapp zuvor verkauft worden war, umfaßt etliche Kino-Knüller — etwa „Tootsie“, „Kramer gegen Kramer“, „Wall Street“, „Gandhi“, „Indiana Jones“, „Eine verhängnisvolle Affaire“ und 150 weitere „Oscar“-prämierte Streifen — und soll *Pro 7* im Spielfilmbereich irgendwann zur Nummer eins unter den deutschen Sendern machen.

*

In Deutschlands TV-Szene ist damit folgende — eigentlich groteske — Situation eingetreten: Der *RTL plus*-Mitinhaber CLT und *SAT 1*-Co-Eigentümer Springer wollen *Tele 5* retten, und der *SAT 1*- Gesellschafter Kirch hat — wenn auch auf familiären Umwegen — sein Herz für *Pro 7* entdeckt. Beide Minianstalten, die tief in den roten Zahlen stecken, machen naturgemäß den größeren Privatsendern Konkurrenz, die selbst noch keineswegs Oberwasser haben: Bei *RTL plus* gingen bislang insgesamt 260 Millionen Mark an kumulierten Anlaufverlusten ab, wobei das Defizit '89 45 Millionen betrug; die *SAT 1*-Mannen, die ihre negativen Bilanzergebnisse lieber geheimhalten, müssen wohl um einen weitaus höheren Betrag trauern. In beiden Fällen wurde aber eisern das Ziel angepeilt, im Jahr 1990 über die ersten Profite jubeln zu können.
Der Optimismus breitete sich sowohl bei der RTL plus Deutschland GmbH & Co KG, die in Köln ihr Hauptquartier hat, als auch bei der SAT 1 Satelliten Fernsehen GmbH, die in Mainz residiert, aus: Nach dem hektischen Zweikampf der vergangenen Jahre, etlichen Rochaden im Management, zahllosen Krisensitzungen und bitteren Bilanzverlusten haben beide nunmehr das Licht am Ende des Tunnels erspäht. Nur ein feiner Unterschied trennt sie noch: Während *RTL plus*-Programmdirektor **Dr. Helmut Thoma**, ein Original made in Vienna, für 1990 tatsächlich schwarze Zahlen vorlegte — der Jahresgewinn betrug rund 25 Millionen Mark —, verfehlte der eher trockene *SAT 1*-General **Werner E. Klatten** dieses Ziel doch recht deutlich. Er hofft daher inständig, wenigstens 1991 erstmals ein positives Jahresergebnis präsentieren zu können. Hier wie dort wird es aber noch ein Weilchen — sprich fünf, sechs Jahre — dauern, um die investierten Mittel durch Gewinne einzuspielen.
Die beiden Bosse haben es jedenfalls nicht zuletzt dank horrender Erhöhungen der Werbetarife verstanden, der Einnahmenseite mehr Gewicht als bislang üblich zu verleihen: Die Kölner Anstalt verzeichnete 1990 brutto etwa 750 Millionen DM an Werbeerlösen, über etwas weniger konnte man sich am Mainzer Lerchenberg freuen. Damit sah es aber beileibe nicht mehr so hoffnungslos aus wie in früheren Phasen: Der urige Thoma, der beinahe in jedem seiner Sätze geschickt einen kleinen Gag einzubauen pflegt, hatte zwar anfangs nicht so unbekümmert mit dem Geld um sich werfen können wie die Konkurrenz, doch mit dem Budget 1990 lag er erstmals voran. Der ruhige Klatten, in jungen Jahren Chefredakteur der Hamburger Schülerzeitung „Die Pauke", durfte trotzdem kräftig auf ebendiese hauen: Er weitete sein Budget innerhalb eines Jahres immerhin von 300 auf 500 Millionen Mark aus.
Die Gesellschafter der beiden Kommerzstationen ließen ihre Topleute im Hinblick auf die günstigen Zukunftsaussichten jahrelang gewähren[39]): Sie haben eben in der Vergangenheit schon gelernt, daß Privat-TV ein recht teurer, aber letztlich lohnender Spaß ist. Die wilden Anfangsjahre waren indes nicht geeignet, besonders harmonische Partnerschaften entstehen zu lassen: Die *RTL plus*-Besitzer hatten früher auf die Spaltung in zwei Lager allergrößten Wert gelegt. Die eine Seite — das ist Bertelsmann in Gestalt des zuständigen Vorstandsdirektors Manfred Lahnstein, der 1982 fünf Monate lang deutscher Finanzminister gewesen war — mißtraute fast jeder Aktion der anderen Seite — das sind die CLT und in ihrem Windschatten die WAZ-Gruppe —, und umgekehrt funktionierte es gar nicht so anders. Erst mit der Zeit ist so etwas ähnliches wie Frieden ausgebrochen. Lahnstein: „Diese Ehe

ist auf Dauer ausgelegt — und da spielen eben einige Krachs keine Rolle."
Die *SAT 1*-Gesellschafter Springer und Kirch, die wie Hund und Katz miteinander umzugehen pflegen, sind dagegen noch meilenweit von der Versöhnung entfernt: Seit die einstige Pattstellung passé ist — Kirch übernahm nicht nur die Anteile der ihm treu ergebenen DG-Bank, sondern erwarb im Mai 1990 überraschenderweise auch 76 Prozent der AV Euromedia und kann seither den starken Mann spielen —, ist der offene Schlagabtausch zur täglichen Selbstverständlichkeit geworden. Die langjährige Fehde eskalierte letztlich, weil sich die Springer-Leute beim Zukauf von 1.300 Spielfilmen mit dem Argument querlegten, dieser sei ein abgekartetes Spiel zwischen der Schweizer MH Medien Handels AG des Metro-Mitinhabers Otto Beisheim und Leo Kirch gewesen. Dieser habe dem Eidgenossen erst kurz zuvor jene Filme abgetreten, die nunmehr zum sprunghaft gestiegenen Preis von 750 Millionen Mark an den Sender verkauft werden sollten. Dabei hätten die *SAT 1*-Chefs „ihre Pflichten in beispielloser Weise zum Schaden der Gesellschaft verletzt", da sie nicht die Zustimmung des Aufsichtsrats eingeholt hatten und somit zum Abschluß des Vertrags gar nicht befugt waren. Per einstweiliger Verfügung des Landgerichts Mainz wurde der Film-Deal vorerst blockiert und auf Eis gelegt. Daraufhin kam es zu etlichen spektakulären Eklats: Eine Gesellschafterversammlung platzte gleich nach Sitzungsbeginn, Springer-Chef Peter von Tamm wurde als Chef des *SAT 1*-Aufsichtsrats ausgebootet, und schließlich wandten sich die Kontrahenten an die Gerichte: Jede der beiden Parteien wollte die jeweils andere aus der Gesellschaft ausschließen lassen. Schließlich verbot das LG Mainz den Zukauf des Filmpakets, womit *SAT 1* Mitte 1990 nicht zuletzt aus programmlichen Gründen in einer tiefen Krise steckte — was dem Image des Senders bei Banken und Werbekunden nicht unbedingt zuträglich war. Chef Klatten konnte nur hoffen, daß sich die Wogen demnächst wieder glätten: Denn seine Station wird im Duell mit dem momentan weitaus erfolgreicheren Rivalen *RTL plus* nur dann bestehen können, wenn möglichst bald der Friede einkehrt ...

DIE TAKTIK DER PRIVATSENDER

Die CLT (Compagnie Luxembourgeoise de Télédiffusion) ist der Pionier im privaten TV-Business: 1931 als Société Luxembourgeoise d'Etudes Radiophoniques gegründet, tritt sie seit 1954 unter ihrem heutigen Namen auf. Sie gehört zwar großteils französischen und belgischen Eigentümern, unterhält ihre Zentrale aber in Luxemburg und hat das winzige Großherzogtum sukzessive zu einer medialen Großmacht gemacht. Der dortige Kreuzberg, auf dem seit kurzem ein neues, hypermodernes CLT-Headquarter steht, sollte auch künftig eine echte Medienmetropole bleiben: Als Drehscheibe paneuropäischen Hörfunks und Fernsehens und eines der mächtigsten audiovisuellen Unternehmen am Kontinent offeriert die CLT täglich vierzig Millionen Menschen ihre 14 TV- und Radioprogramme in sechs Sprachen.
Unter dem Signet *Radio Télé Luxemburg (RTL)* strahlt Europas größte private Rundfunkgesellschaft ihre Sendungen auf deutsch, französisch, englisch, italienisch, niederländisch und luxemburgisch aus. Die „fröhliche Welle" hatte bereits in den sechziger Jahren punkto Kreativität und Lockerheit die

Maßstäbe für Hörfunkmacher gesetzt und galt schon damals als eines der populärsten Programme. Heute sind die Luxemburger internationale Radiolöwen — besonders stark in Frankreich, wo ihnen seit kurzem das Netz *Aventure FM* untersteht, neuerdings in Irland aktiv und in Deutschland zusehends in der Rolle der Softwarelieferanten tätig: Die Wellenreiter, die in jüngster Zeit dank eines neuen Programmkonzepts wieder frischen Schwung zeigen, wollen sich nicht mehr direkt an deutschen Privatsendern beteiligen, sondern versorgen diese, etwa am nordrheinisch-westfälischen Radiomarkt, lieber mit Mantelprogrammen.
Der nach luxemburgischem Recht konstituierte Monopolist CLT — eine AG in Privatbesitz[40]), bei der der Mini-Staat jedoch per Regierungskommissar einiges mitzureden und zu kontrollieren hat — streut auch sein TV-Angebot sehr breit: Er deckt mit *RTL Télévision* nicht nur Luxemburg ab, sondern strahlt in Belgien das bereits gewinnbringende Programm *RTL TVi* aus, ist als größter Aktionär von *RTL plus* und Gesellschafter bei *Tele 5* im deutschen Sprachraum und als 25-Prozent-Gesellschafter der noch defizitären M 6 Métropole Télévision SA in Frankreich präsent, wo seine Mutter Havas obendrein beim erfolgreichen *Canal plus* mitmischt. Mit holländischen Partnern wurde 1988 der TV-Kanal *Radio Télé Véronique* gegründet, der schon 1991 die Gewinnzone erreichen soll. Schließlich gingen die CLT-Mannen kürzlich eine 28-Prozent-Beteiligung an der britischen Thames Television ein.
CLT-Boss **Gaston Thorn**, früher Luxemburgs Ministerpräsident, Chef der UN-Vollversammlung und Vorsitzender der EG-Kommission, will als vehementer Verfechter eines einheitlichen Europa mit seiner Anstalt in jeder Hinsicht ganz vorne mit dabeisein: Die Firma marschiert mit ihren diversen Töchtern — etwa Télé Union Paris, Hamster Production, Vidès International, IFP oder RTL Productions — stark in den Produktionsbereich und ist überdies brennend am Musik- und Videogeschäft, am Verlagswesen sowie am Werbezeitenverkauf interessiert. Sie hat bereits — obzwar ihre Umsätze und Gewinne in den letzten zwei, drei Jahren rückläufig waren — eine Größenordnung erreicht, die es ihr ermöglichen sollte, im europäischen TV-Konzert weiterhin eine führende Rolle zu spielen.
Das erste positive Jahresergebnis von *RTL plus* dürfte den Luxemburgern jedenfalls enormen Auftrieb geben: Die Tochterfirma, die am 2. Jänner 1984 den Betrieb aufgenommen und zunächst einmal bloß das Saarland betreut hatte, konnte sich in relativ knapper Zeit vom TV-Gnom mit einer winzigen Crew und einem dürftigen 25-Millionen-Mark-Budget zu einem ansehnlichen Unternehmen mit mehr als 500 Angestellten und 150 freien Mitarbeitern mausern, das 1991 satte 1,2 Milliarden Mark einzunehmen beabsichtigt. Der vorerst in Luxemburg ansässige Sender, der dem Publikum in der Startphase ziemlich viel Schund zugemutet hat, verdankt den Durchbruch hauptsächlich zwei Faktoren: Er übersiedelte Anfang 1988 in den Kölner Vorort Junkersdorf, galt in deutschen Landen folglich nicht mehr unbedingt als Fremdling und bekam daher in einigen Ländern terrestrische Frequenzen zugesprochen. *RTL-plus*-Chef Thoma, zunächst ein wilder Verfechter des puren Unterhaltungs-TV — „Fernsehen muß ein Riesenzirkus sein“ —, mußte sich damals nachsagen lassen, daß er zwar das Sendegebiet recht geschickt vergrößere, aber sonst wenig Ahnung von diesem Metier habe: „Viele hielten mich für einen Programmdeppen.“ Der gebürtige Wiener und einstige ORF-Mann erwies sich indes als überaus lernfähig und ging von der schlichten Vorführung von Spielfilmen mehr und mehr ab: Er startete statt dessen einige, wenn auch

nicht allzu intelligente TV-Spielchen für die Masse, setzte auf die Exklusivberichterstattung über das jährliche Tennis-Fest in Wimbledon und die wöchentlichen Bundesligaspiele und versuchte mit dem Thema Sex & Erotik einen weiteren Schwerpunkt im *RTL plus*-Angebot zu kreieren. Es störte ihn kaum, daß seine Anstalt alsbald als „Fußball- und Tittensender" abgestempelt war — denn damit unterschied sie sich wenigstens einigermaßen von den anderen. Der Kritik, ein Programm ohne jedes Niveau zu verbreiten, setzte er beispielsweise die Magazine *Spiegel TV* und *Stern TV* entgegen. Um die Unverwechselbarkeit seines Konzepts noch mehr zu unterstreichen, forcierte Thoma dann speziell seit 1989 die hausgemachte TV-Kost: „Man kann sich nur durch Eigenproduktionen profilieren." Schließlich warb er der öffentlich-rechtlichen Konkurrenz Stars wie Thomas Gottschalk, Hans-Joachim Kulenkampff und Hans Jürgen Bäumler ab und lockte dabei mit tollen Gagen: Gottschalk etwa, der für ihn eine Personality-Show bestreitet, bekommt jährlich zwei Millionen Mark. Aber wetten, daß er sein Geld wert ist ...

*

Es dauerte in der Regel etwas länger als erwartet, bis die Privaten wirklich etabliert waren. Sie mußten bislang auch eine ganze Menge Hürden gleichzeitig nehmen:

■ Erstens war das Ringen um terrestrische Frequenzen mit vielen politischen Schwierigkeiten verbunden. Nachdem die einstigen Hoffnungen Kabel und Satellit nur relativ bescheidene Reichweiten brachten, mußten sich etwa die deutschen Sender bemühen, ihre Programme so wie die öffentlich-rechtlichen Anstalten auf konventionelle Weise ausstrahlen zu dürfen. Und dabei waren die Politiker das Zünglein an der Waage. Ihre Entscheidungen beeinflußten die Kräfteverhältnisse am TV-Markt ganz wesentlich: Es hatte zum Beispiel lange so ausgesehen, als könne *SAT 1* aufgrund des Rückhalts im konservativen Lager dem Rivalen *RTL plus* auf und davon ziehen. Doch dann sorgte plötzlich die rote Landesregierung von Nordrhein-Westfalen, dem bevölkerungsstärksten Bundesland, mit der Vergabe der terrestrischen Frequenz an die Kölner für den Einstand.

■ Zweitens waren bzw. sind unzählige bürokratische Schwierigkeiten zu bewältigen: Rund um die Kommerzsender wurde überall eine monströse Bürokratie errichtet, die sie mit einem dichten Paragraphengeflecht von beachtlichem Detailreichtum zu fesseln droht. Das beste Beispiel: In Deutschland wacht in jedem Bundesland eine sogenannte Landesmedienanstalt lustvoll darüber, ob alle Vorschriften oder Auflagen peinlich genau eingehalten werden[41]). Logischerweise steht diesen Institutionen, die bereits mit ihren Namen die umständliche Vorgangsweise signalisieren — Kostprobe: „Unabhängige Landesanstalt für das Rundfunkwesen Schleswig-Holstein" —, eine Ober-Organisation vor: Diese Direktorenkonferenz der Landesmedienanstalten (DLM) braucht wiederum etliche Unterabteilungen, damit grundsätzliche Fragen ja nicht zu kurz kommen. Keine Frage, daß sich die Landesmedienanstalten auch ihre eigenen Grundsatz-, Fernseh-, Hörfunk-, Programm-, Satzungs-, Haushalts-, Rechts-, Jugendschutz- oder Beschwerdeausschüsse halten, daß sie jede Menge Präsidenten, Direktoren, Geschäftsführer und Vorstände ernähren, und daß sie ohne ein Heer von Bei-, Medien-, Verwaltungs-, Kabel- und sonstigen Räten aufgeschmissen wären. Sie beschäftigen in den Gremien, Kommissionen, Ausschüssen usw. alles in allem bereits 450 Personen und verbrauchen zwei Prozent der deutschen Rundfunkgebühren, rund hundert Millionen Mark. Als Planungs-, Gestaltungs- und Kontrollzentralen üben sie eine dermaßen komplexe Aufgabe aus, daß Fernsehleute mit geringem Selbstbewußtsein leicht Komplexe bekommen könnten: Sie stellen erstens bestimmte Anforderungen an die Programme, achten zweitens auf Meinungsvielfalt und Ausgewogenheit, halten drittens alle möglichen Grundsätze, etwa die Achtung vor der Menschenwürde, hoch, überwachen viertens die Einhaltung sämtlicher gesetzlicher Vorschriften, ahnden fünftens jedwede Verstöße dagegen, schützen sechstens speziell die jugendlichen Fernseher vor televisionären Ausrutschern, reglementieren siebtens die TV-Werbung — und so ginge das noch eine Weile weiter. Da sie ziemlich überlastet sind, verzichten sie indes vierunddreißigstens auf die permanente Kontrolle der Programme und begnügen sich fünfunddreißigstens mit stichprobenartigen Prüfungen. Vielleicht wäre noch anzumerken, daß sie zweiundvierzigstens auch den einen oder anderen Blödsinn drehen: Bei der Vergabe von Lizenzen wählen sie bisweilen aus einem Rudel an Antragstellern just jene aus, deren Überlebenschance am geringsten ist. Es kann an schlechten Tagen natürlich auch vorkommen, daß der Streifen „Der Meineidbauer" bei ihnen derart moralisch-gravierende Bedenken auslöst, daß sie seine Ausstrahlung untersagen.

■ Schließlich waren bzw. sind die TV-Pioniere mit allen jenen unangenehmen Dingen konfrontiert, die viele andere Unternehmen auch kennen. Zum Beispiel mit Personalproblemen: Die Fluktuation in den obersten Etagen ist extrem hoch, manche Manager wurden gegangen, neue sind gekommen. Keiner hielt es so lange aus wie *RTL-plus*- Chef Thoma: Auf seine Person haben sich zwar 1988 auch alle möglichen Ablösegerüchte bezogen, aber das „Wiener Schlitzohr" *(medien)* bewältigte die Krise mit der ihm eigenen Lässigkeit. Die permanente Unruhe rund um die Führungscrews hängt naturgemäß, so wie auch das permanente Hickhack der Anstalten um die Resultate der Medienanalysen, direkt mit der kaufmännischen Unbill zusammen: Jeder will unbedingt mehr Zuseher als der andere haben, weil er dann mehr Werbeeinnahmen verzeichnen, schönere Bilanzen vorlegen und vielleicht auch ein besseres Programm machen kann, das wiederum mehr Publikum anlockt — ein wahrer Teufelskreis.

Apropos mehr Publikum: Trotz der vielen Widerwärtigkeiten haben die privaten Programm-Macher die europaweite TV-Szene kräftig durcheinandergewirbelt und für frischen Wind gesorgt. Die italienische RAI, die im Jahr 60.000 Stunden Radio und TV-Programme ausstrahlt, steht wegen Silvio Berlusconi Kopf, die französischen Staatsprogramme *Antenne 2* und *FR 3* liegen bei den Einschaltzahlen mit einem Anteil von rund dreißig Prozent weit hinter dem Marktleader *TF 1* zurück, und in Deutschland werden die ARD und das ZDF ebenfalls an mehreren Fronten heftig bedrängt. Thoma: „Die Pionierjahre sind zu Ende. Wir sind ein Faktor in der deutschen Kommunikationslandschaft geworden."

Die Kommerzsender sichern sich überall ein zunehmend größeres Stück vom Werbekuchen: Berlusconi hat schon längst die RAI klar abgehängt, Bouygues' *TF 1* verzeichnet im Alleingang weitaus höhere Einnahmen als die beiden staatlichen Programme zusammen, und die deutschen Privatanbieter werden den Riesen in ihrem Lande ebenfalls immer gefährlicher. 1989 nahmen sie laut Nielsen-Statistik brutto schon eine Milliarde Mark ein und er-

höhten ihren Marktanteil von 15,7 auf 33,4 Prozent. Während die ARD praktisch stagnierte (bei 1,18 Milliarden DM) und das ZDF sieben Prozent (auf 857 Millionen DM) zulegte, betrugen die Zuwachsraten bei *RTL plus* 150 Prozent und bei *SAT 1* gar 163 Prozent. In absoluten Zahlen — 406 bzw. 465 Millionen — wird ihr Erfolg als Werbeträger ebenso deutlich: *RTL plus* konnte mit seinen Werbeeinnahmen bereits *Bild* oder den *Spiegel* deutlich überflügeln, und *SAT 1* kassiert beinahe so viel wie etwa die bestens etablierte Burda-Gruppe. Im Jahr 1990 schraubten die vier Privatsender ihren Anteil an den Bruttowerbeeinnahmen der deutschen TV-Branche auf fast fünfzig Prozent hinauf.
Die etwas behäbig wirkenden Marktführer ARD und ZDF zittern daher im Duett: *SAT-1*-Chef Klatten beispielsweise fordert nämlich vehement „eine saubere Trennung in den Finanzierungsformen von öffentlich-rechtlichem Fernsehen einerseits und privatem Fernsehen andererseits", was nichts anderes heißt, als daß die einen ausschließlich von den Gebühren und die anderen exklusiv von der Werbung leben sollten. Ein Modell, das in Großbritannien längst existiert und den ehemaligen BBC-Generaldirektor Alasdair Milne zu folgendem Bonmot über die beiden Lager animiert hat: „We need money to make programmes, they need programmes to make money."
Während die deutschen TV-Matadore, denen die Vereinigung mit der DDR ohnedies zusätzliche Einnahmen beschert, vehement um mehr Werbezeit kämpfen, sehen sich ihre französischen Kollegen mit einer nicht ungefährlichen Gesetzesvorlage konfrontiert: Sozialistische Abgeordnete wollen nämlich den öffentlich-rechtlichen Anstalten Frankreichs eine totale Werbeabstinenz verordnen. Konkret sieht ihr Plan so aus: Ab 1991 soll auf sämtliche Werbeinvestitionen eine Steuer eingehoben werden — bei TV-Spots etwa vierzehn Prozent; die Sender *Antenne 2* und *FR 3*, die ihr bisheriges Werbevolumen an die privaten Anstalten abträten, würden dafür aus den neuen Werbe-Steuermitteln entschädigt werden —, was die meisten Insider als weitere Schwächung ihrer Position interpretieren. Ein solches Modell wäre allerdings auch für sämtliche anderen staatlichen Riesen ein schwerer Schlag: Zum einen sind sie zu einem beträchtlichen Teil von den Werbeerlösen abhängig, und zum andern haben sie mit den lebenswichtigen Gebühreneinnahmen ihre liebe Not. Denn nur in wenigen Ländern werden die TV-Tarife noch so reibungslos angehoben wie in der Schweiz, wo die SRG per Anfang 1991 eine dreißigprozentige Steigerung durchboxen konnte. Zumeist spießt es sich indes bei derartigen Wünschen: Die beiden deutschen Anstalten etwa hatten 1988 eine Erhöhung der seit 1983 unveränderten Gebühren beantragt, von den Politikern aber einen Korb bekommen. Die monatliche TV-Zwangsabgabe wurde erst mit 1. Januar 1990 um 1,56 DM auf dreizehn Mark angehoben, was den staatlichen Anstalten einen Ausfall von 550 Millionen Mark brachte[42]). Da es sich um einen politischen Tarif handelt, dürften die nächsten Erhöhungen erneut lange — wahrscheinlich bis 1993 — auf sich warten lassen und wieder nicht besonders opulent ausfallen. Womit ARD und ZDF, so wie alle großteils gebührenabhängigen Anstalten, immer tiefer in die Bredouille schlittern werden: Sie haben schon jetzt das Pech, daß zum einen die Kosten rascher steigen als die Erträge; zum zweiten die diversen Restriktionen am Werbesektor — z.B. die Beschränkung der Werbezeiten — sehr bremsend wirken[43]); und zum dritten die schwindenden Zuschauerzahlen sich tendenziell negativ auf die werblichen Einnahmen auswirken.

*

Die öffentlich-rechtlichen Rundfunk-Kolosse, bekannt für ihre exorbitanten Personal- und astronomischen Produktionskosten, stecken teilweise bereits in hartnäckigen Finanzkrisen. Die RAI zum Beispiel schließt jedes Geschäftsjahr verläßlich mit einem Verlust ab. Auch Danmarks Radio oder die SRG befinden sich hartnäckig im Minus. Dem französischen Staatssender *Antenne 2* geht es gleichfalls miserabel: 1990 beträgt sein Defizit eine Milliarde Francs. Die deutschen Anstalten stehen um nichts besser da: Von den neun ARD-Landesfunkern schnitten1989 nur zwei — nämlich der Bayerische Rundfunk und der Südwestfunk in Baden-Baden — positiv ab, die übrigen verzeichneten ebenso wie das ZDF einen Abgang[44]).
Die defizitären Mainzelmännchen, die 1988 erstmals in ihrer Geschichte in den roten Zahlen landeten, werden künftig wohl etwas sparsamer wirtschaften müssen: Die traditionellerweise sündteuren Einkaufsprogramme und die auch nicht gerade preiswerten Eigenproduktionen haben ihnen den zweifelhaften Ruf eingetragen, das kostspieligste Programm Europas auszustrahlen: Eine einzige Stunde ZDF-Programm kostete summa summarum stolze 155.000 Mark.
Aber auch für jene, die nicht so stark auf die Tube drücken wie die ZDF-Mannen, sind die fetten Jahre endgültig vorbei — in Zukunft werden es wohl alle billiger geben:
Die glamouröse Branche, die sich an Rekordzahlen gewöhnt hat — eine „Tatort"-Folge der ARD verschlingt bis zu 1,5 Millionen Mark —, wird sich künftig zweifellos mit bitteren Sparkonzepten anfreunden müssen. Da sich die Politiker immer häufiger taub stellen, wenn die relativ sorglos mit dem Geld um sich werfenden öffentlich-rechtlichen Anstalten um Gebührenerhöhungen vorstellig werden, müssen die meisten schon jetzt zum Beispiel bei den Personaletats ebenso streichen wie bei Investitionsplänen. Sie sind zusehends gezwungen, ihre Budgets, so wie in Dänemark geschehen, einfach massiv zu stutzen oder zumindest, was in Finnland möglich war, mehr Sendezeiten bei gleichbleibendem Personalstand zu produzieren.
Kurz gesagt: Sie müssen einfach besser wirtschaften, kaufmännischer denken, sich effizienter organisieren, präziser die Kosten kontrollieren. Sie brauchen daher dringendst ein modernes Management, mehr Marketing und eine neue Motivation, um sich besser vermarkten und endlich ihr blindes Vertrauen auf automatisch fließende Geldströme ablegen zu können. Vor allem in Deutschland sollten sie sich schließlich überlegen, wie sinnvoll es ist, für die abendliche Unterhaltung der Massen Unsummen auszugeben, wo doch den Einschaltquoten bestenfalls statistische Bedeutung zukommt — nach zwanzig Uhr dürfen sie ohnedies keine Werbung ausstrahlen.
Die Werbekundschaft steht bei den einstigen Monopolisten aber immer noch Schlange, muß oft Monate vorher um Termine betteln und jede brutale Tariferhöhung wortlos hinnehmen. Ein Umstand, der sich allerdings laut ZDF-Professor Stolte („Die Grenzen des Wachstums bei den Werbeeinnahmen sind spätestens 1992 erreicht") in absehbarer Zeit grundlegend ändern könnte. Denn die Privaten, die rundum ungleich bescheidenere Voraussetzungen mitbringen, dafür aber nicht so viele hemmende Auflagen zu beherzigen haben, nehmen den Öffentlich-Rechtlichen nicht nur laufend mehr Werbegelder, sondern zugleich immer mehr Zuschauer ab.

*

Im westlichen Teil Deutschlands sind *SAT 1* und *RTL plus* derzeit, technisch gesehen, in zwei von drei Haushalten zu empfangen. Sie verstehen es, konsequent ihre Reichweiten zu steigern, und erzielen allmählich erfreuliche Einschaltquoten: Während ARD und ZDF einander das gewohnte Kopf-an-Kopf-Rennen liefern — ihr Marktanteil beträgt bei sinkender Tendenz jeweils ein schwaches Drittel —, holen die privaten Rivalen kräftig auf: *RTL plus*, bislang stets im Windschatten der Mainzer gelegen, erkämpfte sich 1990 rund zwölf Prozent Marktanteil und hängte damit *SAT 1* (ca. neun Prozent) erstmals deutlich ab; in den Kabelhaushalten betreuten die beiden Anstalten zusammen Mitte '90 sogar rund ein Drittel der Seher.
Die visuelle Kost, die sie von morgens um sechs bis weit nach Mitternacht anzubieten haben, ist — von allzeit fröhlichen Moderatoren locker vom Hocker präsentiert — weitgehend auf nicht allzu anspruchsvolle Geschmäcker abgestimmt: Solange etwa barbusige Damen üppige Einschaltquoten garantieren, wird im Tutti-frutti-Stil munter drauf los gestrippt.
RTL plus, anfangs ein Spezialist für billige Ramsch-Filme, will nunmehr mit höherem Finanzeinsatz „ein erfrischend anderes Programm" (*RTL*-Motto) servieren, bei dem sich so gut wie alles um Spiel, Sport und Sex dreht. In dem zur Hauptabendzeit von Kriminal-, Action-, Agenten-, Abenteuer-, Science-fiction- und Wildwestfilmen dominierten Menü finden sich, garniert von der Nachrichtensendung „RTL aktuell", auch selbstgemachte Delikatessen wie das Frühmagazin „Hallo Europa", die Talkshow „Dall-As", die Spielshow „Der Preis ist heiß", die Sexberatung „Eine Chance für die Liebe", die Fußballsendung „Anpfiff", das Männer-Vergnügen „M", das Nachrichtenmagazin „Explosiv", die Wirtschaftssendung „netto" oder die Nackedei-Parade „Tutti frutti". Ein buntes Buffet also, bei dem am laufenden Band getalkt und getanzt, geraten und gewonnen, geschunkelt und geblödelt wird, daß die Wände wackeln. Dabei ist kein Gag tabu — nicht einmal fliegende Torten —, und auch kein Problem darf tabu sein: Männliche Zuseher können beispielsweise lernen, wie man erkennt, ob ihre Frauen einen Orgasmus kriegen oder nicht.
Auch *SAT 1* läßt, beginnend mit „Guten Morgen mit SAT 1", rund zwanzig Stunden pro Tag „seinen armseligen Serien- und Spielfilm-Frohsinn" *(Der Spiegel)* auf die Deutschen los: Neben einer wahren Orgie an fröhlichen Uralt-Komödien und Gauner-, Grusel-, Kriegs-, Liebes- sowie Heimatfilmen und anderen Schnulzen stehen, abgesehen von der Informationssendung „SAT 1 Blick", etliche Eigenproduktionen wie die Quizshow „Glücksrad", die unterhaltsame Serie „Justitias kleine Fische", diverse „Teletips" für Gesundheits-, Auto-, Natur-, Kultur- oder Kochfreaks, das Videomagazin „Auf Videosehen", die Reisesendung „Auf und davon" oder das Finanzspektakel „Tele-Börse" zur Wahl. Insgesamt ein schmuckes Angebot, bei dem bis zum Überdruß gespielt und gekillt, geküßt und gequizt, gekocht und gelacht wird, daß die Fetzen fliegen. Dabei ist kein Film zu abgegriffen — selbst die mittelalterlichsten John-Wayne-Schinken werden regelmäßig reanimiert —, und keine Serie zu ausgelaugt — sogar Oldies wie Lassie, Bonanza oder die Familie Feuerstein dürfen ein Comeback feiern.
Da die *SAT 1*-Macher primär von ihrem mächtigsten Gesellschafter, dem Münchner Filmhändler Leo Kirch, bedient werden, gelten sie bei *RTL plus* als „Kirchsche Konservenverwerter". Was sie unermeßlich kränkt: In Wahrheit würden sie, so ihr Boss Klatten, „auf exklusiven Touch größten Wert legen" und lieber erstklassige als drittklassige Ware ausstrahlen. Folglich wäre

der Eindruck vollkommen unrichtig, daß die „Hafenkneipe von Tahiti", „Das Mädchen vom Pfarrhof", „Die total verrückte Oberschwester" oder „Geier kennen kein Erbarmen" für sie das Höchste der Gefühle wären. Die Kölner RTL-Leute jedenfalls, die neben absoluten Kunstwerken wie Franz Antels „Frau Wirtin hat auch einen Grafen" oder „Außer Rand und Band am Wolfgangsee" schon auch mal schärfere Sachen wie die italienische Sexkomödie „Schüler lieben hübsche Hasen" oder den US-Erotikfilm „Karriere durch alle Betten" zeigen, möchten auf gar keinen Fall „Herrn Kirchs Resteverwerter vom Dienst sein" (Thoma). Sie besorgen sich daher ihre vermeintlichen Schätze — etwa Heinz Rühmanns „Quax in Afrika" oder das Schlagerlustspiel „Blau blüht der Enzian" — notgedrungen lieber woanders.

Der Eindruck, daß sich die beiden kleinen Anfänger hauptsächlich mit jenen abgetakelten Evergreens über die Runden retten, die bei den öffentlich-rechtlichen Routiniers bereits lange Vergangenheit sind, der täuscht fürwahr: Die großen Jungs auf der elektronischen Spielwiese, deren monströse Programm-Schwemme von „Derrick" bis „Dallas", von „Heute" bis zur „Tagesschau", und von „Wetten, daß ..." bis „Tatort" reicht, warten nämlich ebenfalls mit einer Menge Ausschußware aus der Steinzeit des Fernsehens auf. Sie sind vielleicht bei den Informationssendungen um eine Spur besser, aber damit hat sich's eigentlich bereits. Im wesentlichen schaffen es die Neuen relativ leicht, ihnen einen Denkzettel zu verpassen. Denn *RTL plus* und Konsorten verstehen es, mit beträchtlich weniger Geld bzw. Personal ein durchaus vergleichbares Programm auf die Beine zu stellen — aber leider kein wirklich anderes: In einer TV-Welt, in der das Publikum in 95 Ländern auf „Dallas" schwört und sechzig Staaten von „Yes Minister" begeistert sind, ist es eben wesentlich einfacher, irgendwo mehrfach ausgelutschte Durchschnittsware einzukaufen und dem Publikum zum fünften Mal vorzuführen, als sich selbst etwas einfallen zu lassen.

Mehr Angebot muß — die deutschen TV-Macher haben es bewiesen — noch nicht unbedingt mehr Vielfalt bringen. Die Privatsender haben dort denselben Kurs eingeschlagen wie der große Unterhaltungsdampfer ZDF — für Lahnstein eine völlig normale Sache: „Es war ja nicht unsere Aufgabenstellung, das Fernsehen neu zu erfinden ..."

Radio:
DIE FUNK-REVOLUTION

Die Amerikaner sind für Europas Radiomacher seit jeher das große Vorbild: In den USA existieren derzeit rund 9.000 kommerzielle und 1.300 werbefreie Hörfunkstationen in trauter Eintracht nebeneinander. Im Schnitt widmet jedes der erstgenannten Programme zehn Minuten pro Stunde der Werbung, womit sich eine Menge Geld machen läßt: 1989 flossen auf diese Weise 8,4 Milliarden Dollar herein. Abgesehen von rund 2.000 Mittelwellenradios, deren finanzieller Zustand etwas kritisch ist — als sogenannte Day Timer müssen sie den Betrieb bei Eintritt der Dunkelheit einstellen — geht es

den übrigen, die häufig auf Country & Western Music, das gängige Pop-Allerlei oder religiöse Programme spezialisiert sind, blendend.
Auch die Europäer sind mittlerweile voll in das Business mit den vermeintlichen Goldminen eingestiegen: Im vergangenen Jahrzehnt stampften die Privatfunker, besonders in Frankreich, Italien und Belgien, aber auch in Norwegen, Spanien und der Bundesrepublik, eine Unzahl lokaler Radiostationen aus dem Boden. Mit jener endlosen Begeisterung, die für alle Gründerzeiten typisch ist, stellten sie den etwas träge gewordenen staatlichen Anstalten tausende neue Programme gegenüber. Ihr Ziel ist, dem Bürger zu einem neuen Radiogefühl und sich selbst zu kräftigen Einnahmen zu verhelfen. Das Medium Hörfunk, das heutzutage hinter dem Fernsehen und den Printmedien nur noch die dritte Geige zu spielen hat, sollte damit seine letzte Chance erhalten: Obzwar die Märkte gesättigt sind und die Radiogeräte etwa in den westdeutschen Haushalten laut Studie des Münchner Infratest-Instituts im Schnitt täglich zweieinhalb Stunden „genutzt" werden, sind sie vielfach zu musikalischen Berieselungsautomaten degeneriert — am ehesten für Hausfrauen, Pensionisten, Schüler und Arbeitslose unentbehrlich geworden.
Ob mehr Programme dem Hörfunk in Zukunft auch einen höheren Stellenwert bescheren und ob die Morgen-, Wenig- und Gelegenheitshörer bei Laune gehalten werden, ist vorerst aber zumindest fraglich. Die neuen Anbieter, die derart wilde Konkurrenzkämpfe auszufechten haben, daß manchen bereits das Geld ausging, konnten inzwischen eine entscheidende Erfahrung machen: Nach der Flut der anfänglichen Euphorie, die allmählich einer Konfusion Platz machte, ist nunmehr in etlichen Fällen schon die Ebbe angesagt.

DER BOOM IM ÄTHER

Der Hörfunk war in Europa wie das Fernsehen lange eine Domäne der Staatsmonopolisten — mit Ausnahme der tiefsten Vergangenheit und der nahen Zukunft: Als es richtig losging, in den zwanziger Jahren, hatten sich Private fast überall, etwa in Frankreich, Griechenland, Finnland oder Spanien, als Pioniere betätigt. Die Vorläuferin der englischen BBC war gleichfalls eine private Hörfunkgesellschaft, die 1922 von sechs Herstellern von Radioempfängern formiert worden war. Ein Jahr später sind in Deutschland, ebenso unter Beteiligung privater Kapitalgeber, die ersten regionalen Rundfunkgesellschaften entstanden. Sie schlossen sich dann zur Reichs-Rundfunkgesellschaft zusammen, auf die die Reichspost den maßgeblichen Einfluß ausübte. 1932 kam es zu ihrer vollständigen Verstaatlichung, sodaß es für Josef Goebbels nach der nationalsozialistischen Machtübernahme keinerlei Probleme gab, den Rundfunk sogleich als Propagandainstrument des totalitären Systems einzusetzen.
Auch in den anderen Ländern wurden mit der Zeit staatliche oder wenigstens staatsnahe Radioanstalten gegründet: 1924 die österreichische RAVAG, 1926 die dänische Statsradiofonien, dann die BBC, 1933 die norwegische NRK und ein Jahr darauf die finnische YLE. Sie alle hatten das heikle Metier alsbald fest im Griff und ließen es jahrzehntelang nicht mehr los. Die staatlichen Kontrollore und die damit verbundene politische Einflußnahme auf diese wichtige Informationsquelle prägten maßgeblich die weitere Entwicklung des Mediums — und hemmten sie zugleich. Die meisten Sender

erstarrten, als der erste Schwung vorbei war, mangels Konkurrenz allmählich in einer selbstgefälligen Monotonie, die allerdings erst gefährlich zu werden drohte, als mit dem Fernsehen ein scheinbar übermächtiger Rivale auftauchte. Das Radio gelangte prompt ins Hintertreffen und hat ziemlich viel Zeit benötigt, um seine Position neu zu definieren. Dabei kamen die entscheidenden Impulse wohl von außen — von jenen Anstalten, die, so wie das nichtstaatliche *Radio Luxemburg*, ausreichend Ideen, Initiative und Idealismus mitbrachten, um eine Renaissance des Hörfunks herbeizuführen.
Eine neue Ära war fällig: Seit Mitte der siebziger Jahre treten, nach und nach und inzwischen so gut wie überall, private Wellenreiter gegen die öffentlich-rechtlichen Giganten an. Anders als bei neuen TV-Sendern erfordern kommerziell ausgerichtete Radiostationen keine besonders riskanten Investitionen und verheißen obendrein weitaus rascher Profite: In der Schweiz etwa ging das Baseler *Radio Basilisk* am 1. November 1983 mit nur 900.000 Franken Startkapital und zwölf Mann hoch auf Sendung — fünf Jahre später lukrierte das auf vierzig Mann verstärkte Team gut acht Millionen Franken aus der Werbung und war längst in der Gewinnzone.
Das duale System könnte, obzwar es auch eine Reihe von Problemen aufwirft, dem Hörfunk wieder zu einem gelungenen Comeback verhelfen: Obwohl die privaten Anbieter vor einem scharfen Ausleseprozeß stehen, droht den einstigen Monopolisten eine weitaus gefährlichere Konkurrenz als am Sektor Fernsehen.
Die markantesten Ereignisse in dieser rasanten Entwicklung waren folgende [45]):

■ Im Herbst 1973 hat sich in **ENGLAND** das erste legale Privatradio, *London Broadcasting (LBC)*, etabliert. So wie die populären Piratensender in den sechziger Jahren, etwa das auf einem Schiff stationierte *Radio Caroline*, brachte es dem ziemlich erstarrten Medium neuen Schwung. Heute stehen der BBC mit ihren inzwischen fünf werbefreien, landesweit empfangbaren Programmen *Radio 1* bis *5* sowie mehr als dreißig Lokalstationen neben *RTL* rund fünfzig kommerzielle Hörfunksender gegenüber, die etwa 85 Prozent der Bevölkerung betreuen. Im Frühjahr 1989 haben die zuständigen Behörden beschlossen, zwanzig weitere Lizenzen zu vergeben, und im Lauf der neunziger Jahre sollen gleich bis maximal 500 winzige Lokalstationen dazukommen. Die Independent Local Radios (ILR) sind, nachdem jedes zweite vor wenigen Jahren noch defizitär war, teilweise zu renommierten, erfolgreichen Stationen geworden — etwa *Capital Radio* in London, *Radio City* in Liverpool, *Picadilly* in Manchester oder *Radio Clyde* in Schottland -- und beileibe nicht mehr die armen Brüder der privaten TV-Anstalten. Die Radiowerbung wächst nämlich so gewaltig, daß die übrigen Medien bloß vor Neid erblassen können. In ein paar Jahren sollen drei nationale Kommerznetze in Betrieb gehen.

■ In **ITALIEN**, wo die ersten freien Radios unerlaubterweise schon Mitte der fünfziger Jahre aufgetaucht sind, traten 1976, sobald das staatliche Rundfunkmonopol für den regionalen Bereich als verfassungswidrig erklärt war, über Nacht 1.750 lokale Privatsender an. Sie schlossen sich in der Folge zu überregionalen bzw. nationalen Networks und Ringen zusammen, womit es zu einer massiven Oligopolisierung kam. Die wichtigsten Hörfunkgruppen sind heute beispielsweise die dem Magazin *L'Espresso* nahestehende *SPER*, der rund 300 Outlets zugerechnet werden, und die *Divisione Radio*

Italiana, ein reines Verleger-Radio; weiters setzen *Rete 105*, *Radio Monte Carlo* oder *Radio 84* den vier nationalen RAI-Programmen heftig zu. Recht gut liegen auch *Radio Dee Jay*, *Radio Kiss Kiss*, *Radio Dimensione Suono* oder *Italia Network* im Rennen. Den 26 Millionen Italienern, die täglich ihr Gerät einschalten, stehen obendrein unzählige Lokalstationen, wie etwa *Radio Flash* in Livorno, *Radio Bruno* in Modena oder *Radio Adige* in Verona zur Verfügung. Im Raum Mailand existieren nicht weniger als 150 Stationen, in der Region Rom etwa 120, ebensoviele in Bari, in Venedig dagegen nur 33. Das südländische Radio-Chaos, das kaum mehr zu überblicken ist, läßt die Bäume allerdings nicht in den Himmel wachsen: Die privaten Musik-Automaten berieseln zwar schon mehr Hörer als die RAI-Programme, die von rund fünfzehn Millionen Italienern wahrgenommen werden, aber kommerziell leiden sie großteils an Atemnot. Beim Marathon um lokale Werbeeinnahmen — 1989 flossen den Kommerzsendern schon fast 150 Milliarden Lire zu — wird mit allen Tricks gearbeitet.

■ In **PORTUGAL** ist *Radio Renascenca*, 1937 gegründet und im Besitz der Kirche befindlich, der populärste Privatsender. Mit seinen zwei Programmen erreicht er mehr Hörer als die öffentlich-rechtliche RDP-EP (Radiodifusao Portuguesa-Empresa Publica). Diese sorgt für drei nationale — *Antena 1*, *Programa Dois* und *Radio Comercial* — und neun regionale Programme, zum Beispiel *Radio Comercial Centro*, *Radio Comercial Sul* oder *Radio Porto*. Neben dem der Diözese Lissabon gehörenden Kommerzfunk sind auch wieder jene regionalen Privatstationen auf Draht, die im Zuge des Militärputsches vom April 1974 unter die Kontrolle der Streitkräfte gelangt waren — neben anderen *Radio Altitude*, *Radio Clubo do Centro* oder *Radio Alto Douro*. Im übrigen haben mehr als 300 der rund 700 Piratensender, die lange stillschweigend geduldet und auch steuerpflichtig waren, aber im Dezember 1988 von der Regierung für unbestimmte Zeit stillgelegt wurden, wieder eine Lizenz bekommen, so zum Beispiel *Radio Nova* in Porto oder *Radio Cidade* in Lissabon. Der Ansturm auf die zu vergebenden Frequenzen war enorm: Um die sechs Konzessionen in Lissabon etwa bewarben sich 26 Gruppen. Weil es aber offenbar gar nicht so lustig ist, auf lokaler Ebene um die Gunst des Publikums und der Werbetreibenden zu kämpfen, schlossen sich die Neulinge zuhauf den landesweit tätigen Networks an, etwa der unabhängigen *TSF*, die der Regierung ein besonderer Dorn im Auge ist.

■ Seit 1979 behauptet sich in **SCHWEDEN** das etwas amateurhafte *Nah-Radio* mit landesweit mehr als 200 Lokalsendern, die als Sprachrohre diverser Organisationen und Vereinigungen fungieren. Die Kirchen etwa gestalten vierzig Prozent der Programme, die oft durch ihren idealistischen Charakter auffallen. Die drei Alternativen von Sveriges Riksradio — *P 1*, *P 2* und *P 3* — sind landesweit zu hören und werbefrei. Schließlich offeriert Sveriges Lokalradio noch 25 lokale Radiostationen von offiziösem Charakter. Diesen soll das derzeit ausgebaute vierte UKW-Sendernetz ebenso zugute kommen wie etlichen lokalen Wellenreitern.

■ In **SPANIEN** sind private Radiomacher seit 1981 zugelassen: Das Freizeichen galt zunächst für 300 UKW-Stationen, die sich alsbald zu größeren Ketten zusammenschlossen und zum Kontrastprogramm der staatlichen Anstalt RNE (Radio Nacional de Espana) und der von den Regionalregierungen

Katalonien, Galizien und Baskenland betriebenen Sendern wurden — also von *Catalunya Radio*, *Radiodifusion Gallega* und *Euskadi Irratia*. Heute sind Cadena SER und die 1982 gegründete Antena 3 mit beinahe hundert Außenstellen die bedeutendsten Networks. Sie befinden sich großteils im Besitz von Zeitungen — hier *La Vanguardia* in Barcelona, dort *El Pais* in Madrid. Die *SER (Sociedad Espanola de Radiodifusion)* erreicht mit 170 Stationen schon rund sieben Millionen Hörer. Mit Respektabstand folgen der landesweite Kirchensender Cadena COPE sowie auf regionaler Ebene Cadena 13, Ondas Galicia, Radio Noroeste und rund 300 weitere kleine Anstalten, die teilweise den Status von Piratensendern noch nicht abstreifen konnten. Die Auswahl wird den Spaniern jedenfalls nicht leicht gemacht: In Madrid beispielsweise sind derzeit siebzehn Programme zu empfangen.

■ Seit 1982 müssen sich in **NORWEGEN** die zwei staatlichen, werbefreien Programme *P 1* und *P 2* von NRK (Norsk Rikskringkasting) mit einem Rudel lokaler Konkurrenten herumschlagen: Damals hatten zwei Dutzend Bewerber — politische, kirchliche und sonstige Organisationen sowie Verlage — eine Lizenz auf Probe erhalten. 1984 bekamen dann gleich 318 Lokalsender die Betriebserlaubnis für eine inzwischen mehrmals verlängerte Versuchsphase, wovon aber etliche von selbst wieder aufgaben — etwa *Radioavis* der Schibsted-Gruppe. Manche Konzessionen wurden rückgängig gemacht, andere Kandidaten hingegen kamen neu dazu — die Szene ist permanent in Bewegung. Seit Juni 1988 dürfen die rund 400 Sender — im Großraum Oslo sind es gleich 25 — zehn Prozent ihres Programms mit Werbespots füllen. Diese Geldquelle wird jedoch, langfristig gesehen, die trostlosen Bilanzen kaum verschönern. Mit wenigen Ausnahmen — etwa Radio 1 in Oslo, Radio Vest, Radio P 3 oder Radio Konrad — ist es um die meisten Stationen miserabel bestellt. Ein starker Ausleseprozeß dürfte unvermeidlich sein.

■ Im Frühjahr 1983 bekamen in **DÄNEMARK** neunzig Radiomacher ihre Chance: Sie beteiligten sich an einem zwei Jahre zuvor beschlossenen Testlauf, der 1985 in ein Gesetz für Lokalradios mündete, das dem öffentlich-rechtlichen Danmarks Radio schlaflose Nächte beschert hat. Erstaunlich rasch konnten die Neulinge, hinter denen religiöse Gruppen, Parteien, Gewerkschaften, lokale Verwaltungen oder sonstige Verbände standen, Fuß fassen: Sie gewannen auf Kosten der drei nationalen und neun regionalen Staatssender immer mehr Zuhörer. Die Dänen fanden am ausgeweiteten Programmangebot, das rund 350 Gemeinde-Radios bereitstellen, anscheinend großen Gefallen: Sie sind nach den Finnen die eifrigsten Hörfunkkonsumenten Europas. Im Schnitt läuft der Apparat in jedem Haushalt 1200 Minuten pro Woche — 1980 lief er erst 915 Minuten.

■ Mitte 1983 startete in der **SCHWEIZ** das große Experiment: Damals hatten von 197 Bewerbern 36 eine provisorische Radiokonzession erhalten. Die privaten Betreiber überstanden die vom Bundesrat genehmigte Versuchsphase mit wenigen Ausnahmen besser, als zu erwarten war. Während etwa *Radio Sarine* das Jahr 1986 nicht überlebte, entwickelten sich beispielsweise Radio 24, Radio Basilisk, Radio Pilatus oder Radio Matterhorn zu respektablen Goldgruben. Auch Sender wie Sunshine, Munot oder Fréquence Jura, die sich in eher kleinen, ländlichen Gebieten angesiedelt haben, finden regen Zuspruch. Die Privatfunker im deutschsprachigen Landesteil sind zwar im Vergleich zum ersten SRG-Programm, *DRS 1*, noch im Hintertreffen, haben aber immerhin *DRS 2* und *DRS 3* bereits überflügelt. Die drei französischen und die zwei italienischen Hörfunkprogramme müssen sich ebenfalls unheimlich anstrengen, um nicht abgehängt zu werden. Die damals 37 eidgenössischen Radio-Kommerzialisten nahmen 1988 mehr als vierzig Millionen Franken aus der Werbung ein. 1990 wurden weitere neun Sender, darunter *Radio Aargovia* und *Radio Alpin*, zugelassen. Es scheint — auch wenn privates Radio in der Schweiz mit ganz wenigen Ausnahmen wohl nie ein Bombengeschäft werden dürfte —, als wären die meisten Stationen aus dem Ärgsten heraus und auf dem Weg zu Profiten.

■ Im Sommer 1984 ging's — nach einigen nicht sehr bedeutsamen Vorspielen von Piraten — in **FRANKREICH** richtig los: Ein neues Gesetz ermöglichte seinerzeit die Lizenzvergabe für 1.208 Sendefrequenzen. Damit war der Lenz für den öffentlichen Hörfunk endgültig vorbei: Die nationale Programmgesellschaft Radio France mit ihren zielgruppenorientierten Programmen *France-Info*, *France-Musique*, *France-Culture* und *France-Inter* sowie 43 lokalen bzw. regionalen Angeboten wird seither mehrfach bedrängt. Einerseits von vier privaten, umsatzstarken Radios Périphériques, nämlich *RTL*, *Radio Monte Carlo*, *Europe 1* sowie *Sud Radio*; zum andern von mehr als 1.700 privaten FM-Lokalsendern, wovon 600 einem der landesweiten Radionetze angehören, die da heißen: *NRJ*, mit derzeit 135 angeschlossenen Stationen die Nummer eins, *Chéri FM*, das ebenfalls ihr gehört, *Europe 2*, *Skyrock*, *Kiss FM* oder *Radio Nostalgie*. In Paris sind im Augenblick mit einem gewöhnlichen UKW-Empfänger mehr als fünfzig Stationen zu empfangen — ein gutes Beispiel für eine fast schon übertriebene Vielfalt des Angebots. Dieses kann offenbar nur dank der rasanten Konzentrationswelle in der Hörfunkbranche aufrecht erhalten werden.

■ Im August 1984 fiel auf gesetzlicher Ebene auch in der **BUNDESREPUBLIK DEUTSCHLAND** der Startschuß für den privaten Hörfunk. Im Mai des folgenden Jahres nahmen die ersten Alternativradios, etwa *Radio Gong 2000* in München, den Betrieb auf. Im Boomjahr 1987 schalteten sich gleich um die fünfzig ein. Mittlerweile sind die Privaten zahlenmäßig schon in der Übermacht: Die öffentlich-rechtlichen Programme — so wie in den USA ist auch in Deutschland kein landesweites Network vorhanden — müssen sich gegen etwa 150 Herausforderer behaupten, hinter denen zum Teil prominente Verlage wie Springer, Burda oder Holtzbrinck stehen.

■ Im Mai 1985 wurde in **FINNLAND** die faktische Monopolstellung von YLE (Yleisradio) beendet. Achtzehn Bewerber erhielten damals die Erlaubnis für eine zweijährige Experimentierphase. 1987 konnten weitere 21 Private eine Lizenz ergattern, und im April 1989 kamen noch einmal 24 zum Zug. Heute stehen etwa sechzig kommerziell ausgerichtete Lokalsender, darunter *Radio City*, *Radio Kolme*, *Radio Ykkönen*, *Radio 957*, *Lähiradio*, *Radio Syke* oder *Etelän ÄÄni*, den drei staatlichen Networks und dreizehn regionalen Programmen gegenüber. Vier private Stationen, darunter der Pionier *Radio Lakeus*, schlitterten bereits in den Bankrott. Von den verbliebenen geht es den wenigen großen gut und den vielen kleinen mittelprächtig bis schlecht.

■ Seit 1986 sind in **BELGIEN**, das bereits seit Mitte der siebziger Jahre ein Experimentierfeld für freie Radios war, rund 1.300 lokale Stationen offiziell anerkannt. Sie haben allerdings aufgrund geringer Werbeerlöse gegen die drei französischen und drei flämischen Hörfunksender öffentlich-rechtlicher Provenienz wenig Chancen und werden obendrein vom Publikum im Stich gelassen. Aufgrund der geringen Werbeeinnahmen — 1989 konnten sie sich lediglich über 260 Millionen belgische Francs freuen — geht es ihnen zumeist miserabel: Als rare Ausnahmen gelten das aus 25 Stationen bestehende Network *Contact* und sein französischer Konkurrent *NRJ*.

■ In **GRIECHENLAND** kam es in der Radiobranche von 1987 auf 1988 zu einem Urknall: Die ERT (Elliniki Radiophonia Tileorassis) mit *ET 1* und *ET 2* bzw. vier Networks und achtzehn regionalen Kanälen mußte den frisch zugelassenen Mitbewerbern sofort Tribut zollen. Während die staatseigenen Programme fünfzig Prozent weniger Werbeeinnahmen verzeichneten, konnten sich die rund hundert Municipial- und Kommerzsender über einen riesigen Boom freuen. Die Konkurrenz, zum Teil aus dem einstigen, im Underground angesiedelten Piratenfunk entstanden, strahlte vier Fünftel aller Hörfunkspots aus und verbuchte schlagartig zwei Drittel der auf die Radiobranche entfallenden werblichen Erlöse. Diese waren noch dazu innerhalb eines Jahres um hübsche achtzig Prozent angestiegen. Die großen Gewinner unter den etwa fünfzig Neulingen, die allein im Großraum Athen präsent sind, heißen beispielsweise *Antenna*, *Athens 984*, *Pireas Kanali 1*, *Top FM* oder *Sky 100,4* und gehören teilweise wie die im Dezember 1988 eröffnete Station *Athina* Verlagshäusern — letztere der Kouris-Gruppe. Wirklich erfolgreich sind aber nur wenige, weil das Gedränge mehr als arg ist. Manche der mittlerweile schon über 300 Konkurrenten formieren sich daher zu Networks, andere, die wie *Kanali 15* zu heftig investiert haben, stehen am Rande der Pleite. Der Radio-Boom dürfte daher, da in Griechenland mittlerweile das private TV gestartet ist, im Nu wieder vorbei sein. Wahrscheinlich werden sich nur jene behaupten können, deren Inhaber erfolgreiche Verleger sind.

■ In den **NIEDERLANDEN**, einem Land, wo stets Piratensender am Werk waren, hat sich mit Anfang 1988 einiges verändert. Jetzt stehen dort nicht nur fünf überregional tätige Stationen bereit — *Hilversum 1* bis *5* — , sondern auch etliche Provinzsender. Die nationalen widmen sich jeweils einem ganz speziellen Schwerpunkt: Der Einser sendet primär Information, der Zweier Unterhaltung für die ganze Familie, der Dreier Pop, der Vierer klassische Musik, und der Fünfer setzt auf Service, Bildung und Minoritätenprogramme. Dieses Angebot wird — analog zum holländischen Fernsehen — von der NOS (Nederlandse Omroep Stichting) und acht unterschiedlichen gesellschaftlichen Gruppierungen zurechenbaren Rundfunkorganisationen bereitgestellt, für die Werbeeinschaltungen ist die Firma STER zentral zuständig. Neben den nationalen Sendern gibt es seit kurzem auch fünfzehn regionale, die zwar nur ein paar Stunden pro Tag Lokal-News ausstrahlen, aber damit das Land lückenlos abdecken: Sie agieren unter einem gemeinsamen Schutzschild, sind von NOS — auch wenn sie mit ihr kooperieren — unabhängig, aber den jeweiligen Provinzregierungen unterstellt. Diese werbefreien Programme heißen beispielsweise *Radio Rijnmond*, *Radio Fryslan*, *Radio Oost*, *Radio West*, *Radio Brabant* oder *Omroep Gelderland* und werden aus Teilnehmergebühren — maximal zehn Gulden pro Hörer und Jahr — finanziert. Im übrigen lassen rund 150 weitere Anbieter, einerseits Kommerzler wie Sky Radio oder Radio 10, anderseits die meist nicht sehr professionellen Schmalspursender, von sich hören. Die Kapazität für den regionalen Rundfunk reicht in Holland theoretisch für 25 regionale und etwa 350 lokale Sender.

■ In **ÖSTERREICH** hat sich am Sektor Privatfunk bis vor kurzem überhaupt nichts abgespielt: Das Monopol des ORF (Österreichischer Rundfunk) ist die längste Zeit über unangetastet geblieben wie eine spröde Jungfrau. Nach endlosen, recht akademisch geführten Diskussionen zum Thema Vielfalt oder Einfalt aus dem Äther tauchte dann aber eine Idee auf, die die Gemüter erregte: Nach zweijährigen Verhandlungen schienen die Verleger interessiert zu sein, unter dem Codewort *Radio Print* mit der Staatsanstalt gemeinsame Sache zu machen — sie haben sich mit ihr im August 1989 auf einen Entwurf zur Änderung des Rundfunkgesetzes geeinigt. Das ventilierte Projekt sah die Schaffung einer zusätzlichen Hörfunkstation pro Bundesland vor: Die insgesamt also neun privaten Kanäle sollten unter der Oberhoheit des ORF von den jeweiligen regionalen Blättern betrieben werden — Liberalisierung auf österreichisch. Das kühne Vorhaben konnte aber aus mehreren Gründen nicht, wie ursprünglich geplant, schon 1990 starten: a) haben sich die Zeitungsmacher nicht auf eine gemeinsame Marschrichtung einigen können, b) lag die Finanzierung bis zuletzt völlig im Dunkeln und c) traten etliche Politiker vehement gegen den eigenartigen Plan auf, mit dem alle übrigen Interessenten ausgeschaltet werden sollten. Sie fürchteten, daß dem Monopolisten auf diese Weise bloß ein Quasimonopolist, nämlich die von der WAZ-Gruppe beherrschten Printmedien, an die Seite gestellt worden wäre. Die Österreicher mußten sich daher im Jahre 1990 immer noch mit den drei Programmen *Ö 1*, *Ö 2* und *Ö 3* begnügen, die im Grunde genommen gar nicht so übel sind. Mit den Schwerpunkten Information und ernste Musik, Lokalberichterstattung bzw. Volksmusik sowie Pop und Features erfüllen sie wohl die Ansprüche der meisten Hörer, die ohnedies nur selten genau hinhören.
Der Monopolist darf sich dennoch auf einiges gefaßt machen: Zum einen wird ihm die private Konkurrenz — wenn auch in politisch modifizierter, daher für ihn unangenehmerer Form — so ab Herbst 1991/Frühjahr 1992 nicht erspart bleiben, und zum anderen haben ihm einige Widersacher aus dem Ausland längst den Kampf angesagt. In den vergangenen Jahren wurden, großteils von österreichischen Eigentümern, etliche Grenzsender eingerichtet, die ihre Programme vorwiegend nach Kärnten, Steiermark und Tirol abstrahlen, aber immer stärker auch den Osten der Republik mitbetreuen. Sie umzingelten das Land zweifellos mit der Absicht, dort irgendwann einmal offiziell anerkannt zu werden: In der Nähe des Brenners hat sich beispielsweise *Radio Tirol* häuslich eingerichtet, das dem Eigentümer der *Tiroler Tageszeitung*, Joseph Moser, gehört. Während es sich in erster Linie auf Südtirol konzentriert, funken andere, auf italienischem Hoheitsgebiet stationierte Sender, etwa *Radio Uno*, *Radio Trans-Alpin*, *Radio Zirog* oder *Radio Innsbruck* ihre deutschsprachigen Programme gezielt ins ORF-Reich hinüber, teilweise auch bis nach München. Mit Schlager- und Volksmusik aus der Konserve, Hits und News am laufenden Band, flotten Magazinen, witzigen Moderatoren und vielen Werbeblöcken ködern sie im Alpenland derzeit ma-

ximal zehn bis fünfzehn Prozent aller Hörer. Anders als die munteren Feriensender *Radio Lignano International* oder *Radio Adria*, die sich nur für deutschsprachige Meeresratten zwischen Rimini und Pula zuständig fühlen, wollen das ungarische *Radio Danubius* oder die Marburger Station *MM 2* ebenfalls die Reichweiten des ORF anknabbern — aber sie beißen vorerst noch nicht wirklich. Schließlich nimmt auch die Wiener Medien Aktien Gesellschaft den Staatsfunk mit *Antenne Austria* gleichzeitig aus Ungarn und Italien in die Zange, und *Radio CD International* versucht seit März 1990 von Bratislava aus, die Hörer auf den kommenden Radiofrühling einzustimmen.

DIE OUTSIDER SIND IN

Das eilige Experiment fasziniert nicht nur die einschlägigen Profis, sondern auch viele Medien-Laien: Die katholische Kirche, ebenso die evangelische, verschiedene Naturschutz- und Umweltorganisationen, diverse Wohlfahrts- oder Wirtschaftsverbände, etliche Sport- oder Jugendvereine, aber selbst Werbefirmen und Buchdrucker, Bierbrauer, Bauunternehmer, Grundstücksverwerter, Cafetiers und Privatiers, seit kurzem sogar der TV-Star Thomas Gottschalk, der sich am Münchner *Radio Xanadu* beteiligt hat — sie alle befinden sich im Äther-Rausch.

So wie in anderen Ländern, speziell in Skandinavien, haben sich in Deutschland zahllose Gruppierungen aus den unterschiedlichsten gesellschaftlichen Lagern im Radio-Geschäft engagiert. Sie sind Miteigentümer von Firmen geworden, die, so wie *Radio Residenz* in Karlsruhe, oft nicht mehr als sechs Mitarbeiter, ein winziges Studio sowie einen Stoß Schallplatten benötigen und sich dennoch ernsthaft Chancen ausrechnen, gegen die großen, etablierten Sender bestehen zu können. Im Gegensatz zu diesen sparen sie, wo immer es geht, beschäftigen nicht gleich Hunderte Mitarbeiter, sondern im Extremfall, so wie *Radio ffn*, bloß neunzig, wovon die meisten allerdings freiberuflich tätig sind.

Die neuen Radio-Freaks tragen bisweilen bunte Namen — da gibt es etwa den Verein Radioaktiv, die Programmgesellschaft Sonnenschein und die Fun Boy Rundfunkprogramm GmbH —, sie haben insgesamt eine erkleckliche Summe Geld in ihre Firmen gepumpt und peilen allesamt ein kühnes Ziel an — dem privaten Hörfunk zum Durchbruch zu verhelfen. Sie werden vermutlich aber, so wie die Mediengesellschaft für kirchliche Kabelkommunikation in Bamberg, die Gesellschafter bei *Radio Regnitzwelle* ist, oder die Dinkelacker Brauerei, die ins Stuttgarter *RTL Radio Baden-Württemberg* investiert hat, nicht unbedingt in die deutsche Mediengeschichte eingehen. Und selbst die extremen Idealisten unter ihnen, wie Hans Ruland, der mit seiner Barbara die *Jazzwelle Plus* in München schaukelt, oder Werner Pfefferlein, der in Ammerndorf *Radio Aladin* hervorzaubert, dürften kaum ein zweiter Rupert Murdoch werden.

Die meisten privaten Sender — insbesonders jene mit Zukunft — sind nämlich in festen Händen der deutschen Verleger: Wer von den lokalen Meinungsmachern und Print-Profis etwas auf sich hält, der hat sich längst an irgendeine Radiostation herangemacht; das *Regensburger Wochenblatt*, das *Oberbayerische Volksblatt*, der *Schwarzwälder Bote* oder die *Harburger An-*

zeigen und Nachrichten gehören diesem erlauchten Kreis ebenso an wie etwa die Schwetzinger Verlagsdruckerei, die Westholsteinische Verlagsanstalt Boysens & Co oder der Nürnberger Olympia-Verlag. Steinreich dürfte damit aber wohl keiner werden, denn dafür sind die Anteile, die Sender und erst recht die lokalen Werbemärkte viel zu klein: Bei *Radio FFH* in Frankfurt etwa mischen 37 Verlage mit, bei *Radio ffn* in Isernhagen stehen gleich 57 auf der Gesellschafterliste.
Die besten Plätze konnten sich freilich wieder einmal die medialen Allesfresser — der Axel Springer Verlag, Burda oder der Heinrich Bauer Verlag — sichern: Sie sind beispielsweise an zukunftsträchtigen Sendern wie *Radio Schleswig-Holstein, Radio Hamburg* oder *Antenne Bayern* dran. Die Holtzbrinck-Gruppe wiederum macht, via ihre Tochter AV Euromedia, bei *Radio Ladies First*, gemeinsam mit Springer bei *Radio Regenbogen*, gemeinsam mit Burda beim *Schwarzwald Radio* sowie bei *Radio Ostalb*, und gemeinsam mit der *Süddeutschen Zeitung* bei *Radio Gong 2000* mit, wo natürlich auch der *Gong* -Verlag mit von der Partie ist.
Der Boss dieses Münchner Minikonzerns, Helmut Markwort, hat sich mit gewaltiger Begeisterung in das Metier gestürzt: Der einstige Volontär beim *Darmstädter Tagblatt* muß sich nun, am Höhepunkt seiner Karriere, von Branchenkennern nachsagen lassen, daß er sich unausgelastet fühlt, wenn er nicht pro Monat wenigstens eine Zeitschrift oder ein Privatradio gründet. Markwort fungiert beim *Gong*-Verlag als Geschäftsführer, dreifacher Chefredakteur und Herausgeber von *Ein Herz für Tiere*, nebenbei ist er eloquenter Talkmaster beim Fernsehen und allzeit bissiger Gastkommentator bei mehreren Tageszeitungen; am liebsten allerdings läßt er sich als Wundermann der bayerischen Radio-Welt feiern: Er schnürte den süddeutschen Raum geschickt mit einem weitläufigen und zugleich engmaschigen Wellennetz ein, zu dem neben *Radio Gong 2000* und vier weiteren Stationen in Nürnberg, Würzburg, Regenburg und Augsburg auch *Radio AWN* in Landshut und *Antenne Bayern* gehören. Markwort, der so wie Ulrich Schamoni, Chef bei *Hundert, 6* in Berlin und „Medien-Quirl" (*Der Spiegel*), zu den absoluten Stars unter den Radio-Outsidern zählt, tat dies — ähnlich wie die übrigen Verleger — nicht ohne clevere Hintergedanken: Falls der Hörfunk den Printmedien künftig Werbeaufträge wegschnappen sollte, dann wäre er bei etwaigen Umschichtungen erst recht wieder Nutznießer.
Diese Gefahr ist derzeit nicht sehr groß, denn die junge Branche hat bislang noch nicht besonders viel Geld verdient. Für die breite Masse der inzwischen rund 150 deutschen Kommerzradios sieht es vorerst alles andere als rosig aus: Die oft sehr uneinheitlichen Eigentümerstrukturen, daraus resultierende Rivalitäten und Streitereien sowie unklare Konzepte, Führungsprobleme und eine zu geringe Kapitalausstattung haben bei manchen zu schweren Krisen, bei einigen schon zum Konkurs geführt. Der Nürnberger Sender *CMS* ging ebenso pleite wie die Hamburger Rivalen *Radio Korah* und *Radio 107, Radio Hall* in Schwäbisch Hall und etliche andere. Das Berliner Stadtprogramm *Hit 103* stellte den Sendebetrieb freiwillig ein und bescherte damit seinen Inhabern, dem Axel Springer Verlag, der Holtzbrinck-Gruppe und der Bertelsmann-Tochter Ufa, eine herbe Enttäuschung. *Radio RPR* (*Rheinland-Pfalz-Radio*) wiederum verbrauchte neben vielen Millionen Mark innerhalb kürzester Zeit sechs Geschäftsführer — einer von ihnen landete sogar im Knast.
Die neue deutsche Radioszene, in der sich bisweilen die Gesetze des Roulet-

tespiels durchzusetzen scheinen, ist — insbesondere für kapitalschwache Mitläufer — allzeit für Ernüchterungen gut. Besonders gefährlich geht es in Bayern und Baden-Württemberg zu, wo jahrelang praktisch am Fließband Lizenzen verteilt wurden: In diesen beiden Bundesländern, die auf den ersten Blick das Paradies für Newcomer zu sein scheinen, tritt ein Privatfunker dem anderen auf die Zehen. Allein in München erproben sich neben den drei Programmen des Bayerischen Rundfunks nicht weniger als neun private Glücksritter, in Nürnberg ebensoviele und in Augsburg immerhin fünf. In anderen deutschen Landen spielt sich indes deutlich weniger ab: In Hamburg, wo zwei Pioniere bereits SOS funken mußten, halten sich, seit *Klassik Radio* in Aktion trat, lediglich fünf Privatsender; in Berlin blieben nach dem Aus für *Hit 103* gar nur zwei übrig[46]). In Schleswig-Holstein und Niedersachsen war mit *RSH* (Slogan: „Der Norden dreht auf") bzw. *Radio ffn* jahrelang bloß eine einzige Station zugelassen, die erst relativ spät Konkurrenz erhielten.

Die flächendeckenden Landessender haben sich in der bunten Hörfunk-Landschaft von der Isar bis zur Alster naturgemäß am raschesten durchsetzen können: *Radio ffn* zum Beispiel sendet seit Anfang 1987, zunächst als privater Monopolist, ein 24stündiges Allround-Programm für 14- bis 45jährige — zwei Drittel Musik, ein Drittel Sonstiges. Die Station, die „ein junges, dynamisches, sympathisches und unterhaltsam-informatives Medium" sein will, neunzig Mitarbeiter in acht Regionalstudios beschäftigt und eine technische — also theoretische — Reichweite von fast elf Millionen Hörern vorweisen kann, erzielt bei einem Jahresetat um zwanzig Millionen Mark längst Gewinne.

Die sogenannten Ballungsraumsender, die für eine bestimmte Region zuständig sind, tun sich schon um einiges schwerer: Die *Welle Fidelitas* als typisches Beispiel verzeichnet im Großraum Karlsruhe/Mannheim eine technische Reichweite von 1,8 Millionen Hörern. Sie benötigte für ihr 20-Stunden-Programm 1989 35 feste und sechzehn freie Mitarbeiter sowie ein Budget von rund sechs Millionen DM. Kommerziell geht es der GmbH & Co KG, die 25 Gesellschaftern gehört — Kirchen aller Richtungen, Druckereien, Verlage, Werbeagenturen, Anwälte, Journalisten etc. —, bei weitem nicht so gut wie den Kollegen in Niedersachsen: Sie muß schließlich gegen zwei Riesen, den Süddeutschen Rundfunk und den Südwestfunk, mit vier Programmen ankämpfen — weshalb Profite noch Wunschtraum sind.

Für die zahllosen, rein lokalen Programme schließlich ist es verdammt hart — wenn nicht überhaupt unmöglich — , in die schwarzen Zahlen zu kommen. *Radio Gong Mainland* etwa, einer von vier *Gong*-Sendern, ist in Würzburg stationiert, wo es drei Privatfunker gibt, laut Programmchef Jürgen Höfle „mindestens um einen zuviel". Nach dem Motto „total lokal" betreut die 30-Mann-Station, die vor *Radio Charivari* und *Radio W 1* die Nummer eins ist, nicht nur die Universitäts- und Bischofsstadt, sondern auch die umliegenden Landkreise, etwa Kitzingen, Main-Spessart und Schweinfurt. Mit einer technischen Reichweite von 500.000 Hörern fällt es ihr genauso schwer wie den beiden Konkurrenten, aus der Verlustzone zu rutschen.

Fazit: Der Erfolg stellt sich — das mußte eigentlich allen von Anfang an klar sein — umso rascher ein, je größer das Sendegebiet und je spärlicher die Konkurrenz ist. Die Landessender sind dank größerer Reichweiten und

höherer Einnahmen gegenüber den regionalen Stationen logischerweise klar im Vorteil. Diese wiederum haben am Werbemarkt prinzipiell bessere Chancen als die lokalen Programme, die nur dann überleben werden, wenn sie sich in ihrem Terrain nicht allzu vielen Widersachern stellen müssen.
Diese Binsenweisheiten haben allerdings die deutschen Politiker mancherorts nicht davon abgehalten, liebevoll für einen geradezu mörderischen Wettbewerb zu sorgen: In Bayern, wo Mitte 1990 insgesamt 54 private UKW-Lokalfrequenzen in Betrieb waren, hatten sie ursprünglich allen Ernstes 93 Frequenzen reserviert — um dann entgeistert zur Kenntnis nehmen zu müssen, daß der Werbemarkt im Freistaat nicht einmal für die bereits bestehenden genügend hergibt: Schon 1988 hatten sie mindestens dreißig Millionen Mark Abgang betrauern müssen. Um das totale Chaos abzuwenden, tüfteln die zuständigen Zulassungsbehörden seither notgedrungen pragmatische Lösungen aus — etwa das Frequenzsplitting, also die Vergabe eines Kanals an mehrere Anbieter. Die Privat-Funker können zwar laufend hübsche Untersuchungen bejubeln, die ihnen stets ansteigende Hörerzahlen bescheinigen, müssen aber dennoch weiterhin um ihre Existenz bangen. Mit wenigen Ausnahmen, die Gewinne erzielen — wie *Antenne Bayern*, *Radio Gong 2000* oder *Radio Charivari* —, geht es ihnen schlecht bis miserabel. Das bayerische Radiokonzept — möglichst viele Minisender quer durchs Land — ist laut Helmut G. Bauer, Chef der NRW GesmbH, gescheitert, weil „die Verbreitungsgebiete für die Lokalradios in der Regel zu groß zugeschnitten sind, um als lokal akzeptiert zu werden, anderseits sind sie zu klein, um ein wirtschaftlich erfolgreiches Radio veranstalten zu können". Die defizitären Zwerge, die seit dem Start des landesweiten Anbieters *Antenne Bayern* umso mehr in der Ertragsklemme stecken, sind daher dabei, sich entweder zusammenzutun — so etwa kooperieren *Radio Charivari* und *Radio Arabella* — oder gleich auf die Mantelprogramme überregionaler Anbieter zurückzugreifen, womit die ursprünglich erwünschte Vielfalt naturgemäß wieder passé ist. Wer jetzt noch in Bayerns Hörfunk-Szene antritt — so wie kürzlich *Radio Fürstenfeldbruck* — muß jedenfalls mindestens ein mediales Genie oder aber ein armer Irrer sein[47]).
In Baden-Württemberg, wo die Politiker einst siebzig regionale und lokale Sender ankündigten, hat man mit einer Klein-Klein-Strategie ebenfalls Schiffbruch erlitten: Während die öffentlich-rechtlichen Platzhirsche SDR und SWF 1989 knapp 188 Millionen Werbe-Mark kassierten, tröpfelten in die Kassen von 23 lokalen und 26 regionalen Stationen lediglich 35 Millionen. Da sich obendrein nicht einmal jeder fünfte Bürger im Ländle für den privaten Hörfunk begeistern kann, steht neun von zehn Sendern das Wasser bis zum Hals: Ihre Verluste dürften sich laut Schätzungen von Insidern jährlich auf achtzig Millionen Mark summieren. Eine der rühmlichen Ausnahmen ist *Radio Regenbogen* in Mannheim, das 1989 bei sechs Millionen Mark Umsatz mit 400.000 DM Gewinn abschloß. Das duale Nebeneinander ist für die meisten Privaten im Südwesten, primär wegen des Auslassens des ursprünglich maßlos überschätzten lokalen Werbemarkts, allerdings lebensgefährlich geworden. Der vorschnelle „Goldgräber-Rausch", konstatierte *werben & verkaufen* schon frühzeitig, sei von einer „Katerstimmung" abgelöst worden, denn die „naive Euphorie" von Ministerpräsident Lothar Späth habe zu „einem medienpolitischen Scherbenhaufen" geführt: Manche Radiogesellschafter stiegen aus, Programmdirektoren wurden gefeuert, die Jahresetats brutal gekürzt, und einige Sender machten Pleite.

Das Stuttgarter Staatsministerium mußte daher radikal umdenken, hurtig das Landesmediengesetz novellieren und einen Plan aushecken, mit dem das Dilemma doch noch in den Griff zu kriegen wäre: Die regionalen Stationen sollten erstens zahlenmäßig dezimiert und zweitens an einer landesweiten Hörfunkkette beteiligt werden, deren wirtschaftliche Basis von Mannheim bis zum Bodensee reichen würde. Die Erträge dieses Networks könnten groß genug sein, um die lokale Radiokultur am Leben zu halten.

Im Norden des Landes hat man einen völlig anderen — zweifellos vernünftigeren — Weg in die Radioliberalisierung eingeschlagen: Dort wird der private Rundfunk grundsätzlich nur landesweit ausgestrahlt und die Konkurrenz in Grenzen gehalten. *Radio ffn*, zunächst die einzige Sendekette in Niedersachsen, muß sich erst seit Mai 1990 mit *Antenne Niedersachsen* duellieren; und der Platzhirsch von Schleswig-Holstein, *Radio RSH*, durfte sich sogar noch ein paar Monate länger als Solist austoben. Die erfolgreiche Anstalt, die auch den öffentlich-rechtlichen NDR bestens in den Griff bekam, kann der geplanten zweiten Kommerzkette relativ gelassen entgegensehen. Die Entscheidung zwischen den beiden Bewerbern — der Radio Eins Nordfunk GesmbH und der Radio Gala Anbietergemeinschaft — ist nach einigen Querelen zugunsten von *Radio Eins* gefallen, das von Ulrich Schamoni gemanagt wird. Der siegreiche Neuling, an dem u.a. Schamonis Medien GmbH, der Bauer Verlag und der Morgenpost Verlag beteiligt sind, wird 1991 den Betrieb aufnehmen. In Rheinland-Pfalz stehen einander ebenfalls zwei feindliche Lager gegenüber, die einen heftigen Rechtskrieg führten: *Radio RPR*, das die Lizenz für die alleinige Nutzung der UKW-Hörfunkkette auf zehn Jahre erhalten hatte, lag monatelang mit dem damals ausgebooteten Mitbewerber *Pro Radio 4* im Clinch. Dieser war zu Gericht gelaufen und durfte daraufhin auf derselben Frequenz täglich drei Stunden Programm ausstrahlen, was die zuständige Landeszentrale für private Rundfunkveranstalter jedoch im April 1990 unterband. Ende Juni entschied sodann das Oberverwaltungsgericht Koblenz per einstweiliger Anordnung, daß von Lizenzentzug keine Rede sei und der Privatsender in Ludwigshafen den Sendebetrieb sehr wohl fortsetzen dürfe.

Schließlich ist der Run auf die heißbegehrten Lizenzen auch in jenen Bundesländern entschieden worden, die lange Nachzügler waren — Saarland, Hessen sowie Nordrhein-Westfalen. In Saarbrücken fiel — ein Jahr nach Ende der Ausschreibungsfrist — die Entscheidung zugunsten der Euro Radio Saar GmbH. Bei ihrem *Radio Salü*, das seit Anfang 1990 auf Sendung ist, geben der französische Sender *Europe 1* und der Saarländische Rundfunk als wichtigste Gesellschaft den Ton an. In Hessen erhielt, nachdem die übrigen Bewerber klein beigegeben hatten, *Radio FFH* (Slogan: „Wir kommen rüber") den Zuschlag. Die rund fünfzig Gesellschaftern gehörende Station feierte im November 1989 Premiere und legte gleich einen Blitzstart hin, der sie für den öffentlich-rechtlichen Hessischen Rundfunk in jeder Hinsicht zum harten Knochen machte. Schon 1992 sollen schwarze Zahlen in der Bilanz stehen.

Die wohl komplizierteste Radio-Ordnung aller deutschen Länder ist am 1. April 1990 in Nordrhein-Westfalen in Kraft getreten: Das auf zwei Säulen ruhende Modell besteht einerseits aus den Veranstaltergemeinschaften — Kirchen, Vereine, Gewerkschaften, Einzelhändler oder Verleger —, die das Programm der 46 landesweiten Lokalsender zu verantworten haben; und anderseits aus den Betriebsgesellschaften — bestehend aus regionalen Verlagen sowie den Kommunen —, die den Spaß finanzieren dürfen. Als zentrale Schaltstelle fungiert die Radio NRW GmbH in Oberhausen, ein Gemeinschaftsunternehmen der Bertelsmann AG, des WDR und der nordrhein-westfälischen Verleger, die alle zwischen Rhein und Weser geplanten Lokalsender, die in mehreren Wellen aktiv werden, mit einem werbefinanzierten Mantelprogramm versorgt — dabei handelt es sich etwa um *Antenne Düsseldorf*, *Radio Sauerland*, *Ruhrwelle Bochum* oder *Radio 90,1 Mönchengladbach*. Ihre Gewinne landen zum überwiegenden Teil bei den lokalen Betriebsgesellschaften und damit schlußendlich — bei der WAZ-Gruppe. Der Konzern aus Essen konnte sich dank seiner Machtposition im Lande auch bei den Hörfunksendern den größten Einfluß sichern.

DIE KOMMERZIELLE WELLE

Die Strategie ist eigentlich europaweit dieselbe: Ob sie nun unter phantasielosen Namen wie *Radio Z* oder *Radio 24* (beide Schweiz) bzw. *Radio 8* oder *Radio 100* (beide Deutschland) auftreten oder mit eher ausgefallenen aufwarten wie *Cherie FM* und *Kiss FM* (beide Frankreich), *Radio Kiss Kiss* und *Radio Dee Jay* (beide Italien) — alle würden gerne anders, und zwar dynamischer, witziger, lockerer, fröhlicher, wenn's leicht geht auch ein wenig besser sein als herkömmliche Radiosender.
Am deutschen Beispiel zeigt sich indes, wie konzeptlos Konzepte gelegentlich sein können: Sie wollen „frisch, frei und freundlich" sein (*Radio Euroherz*, Hof) bzw. „aktuell und flexibel" (*Radio NWO*, Kaufbeuren), „jung, attraktiv, sportlich, aufgeschlossen" (*Radio Gong Mainland*) oder einfach „informativ und unterhaltend" (*Radio RT 4*, Reutlingen). Sie senden mehrheitlich entweder „ein progressives, junges Musikprogramm" (*Radio Fantasy*, Augsburg) oder „ein buntes und aktuelles regionales Unterhaltungs- und Informationsprogramm" (*Radio RPR*, Bonn), aber auch „Aktuelles, Politisches, Menschliches aus der Region" (*Radio ARA*, Aschaffenburg), „tagsüber Tips, Grüße und aktuelle Berichte" *(Radio Mainwelle*, Bayreuth), gerne ein „ausgewogenes und harmonisch abgestimmtes Zielgruppenprogramm" *(Radio Lindau)* bzw. „hintergründige politische Berichterstattung" — z.B. mit dem „Magazin Stoffwechsel" (*Radio Z*, Nürnberg), wenn's erforderlich ist sogar „Stellungnahmen zu Lebensfragen aus biblischer Sicht" (*Meilensteine*, Nürnberg) oder schlichtweg „Beiträge aus allen Bereichen" (*Star Sat*, München) — das ganze bisweilen „mit tageszeitspezifischer Zielgruppenansprache" (*Radio AWN*, Landshut). Sie verstehen sich dabei entweder als „Familiensender mit intensiver und seriöser Lokalinformation" (*Radio Charivari*, München) oder als „Boulevard-Welle mit regionalen und lokalen Informationen" (*Radio Kö/O.K.*, Augsburg), als „Hit-Radio mit Lokal-Informationen" (*Radio Telstar*, Offenburg) oder „Boulevard-Magazin mit Schwerpunkt Landeshauptstadt" (*Radio 4 Rosa Welle*, Mainz). Und sie möchten wahlweise „alle Menschen mit Ohren, Hörer mit Geist, Geld und Geschmack" (*Jazzwelle Plus*, München) oder „junge, aktive Großstadtmenschen zwischen 14 und 35 Jahren" (*Radio Xanadu*, München) sowie „Junge und Junggebliebene" (*Radio Telstar*, Offenburg) ansprechen bzw. schon auch mal das „liberale, weltoffene Milieu und kreative Konsumtypen" (*Radio 100*, Berlin), mit Vorliebe jedoch die „etwas gehobene Bildungsschicht"

(*Radio Down-Town*, Erlangen) sowie „Hausfrauen und Berufstätige" (*Pro Radio Pfalz*, Ludwigshafen), bisweilen der Einfachheit halber gleich „die ganze Bevölkerung" (*Radio Allgäu*, Kempten) oder „alle sozialen Schichten" (*Radio Kö/o.K.*, Königsbrunn).

Da ein Michael-Jackson-Hit bei der Privatstation *Antenne Bayern* aber dummerweise haargenau so klingt wie bei der öffentlich-rechtlichen Welle *Bayern 3*, der Wetterbericht und der Verkehrsfunk sehr ähnlich und sogar die Weltnachrichten ziemlich identisch sind, liegen die Unterschiede bestenfalls in winzigen Details. Es fällt auf, daß sich nur wenige Sender gezielt von der Masse abheben möchten, indem sie mit einer rigorosen Spezialisierung das eigenständige Profil suchen — *Radio Tropic* in Paris etwa verbreitet ausschließlich Südseeklänge, *Radio Ladies First* in Baden-Baden will nur für weibliche Hörer da sein, und das bundesweit tätige *Klassik Radio* schwört voll auf ernste Musik.

Die meisten Neuen hingegen setzen voll auf den gewohnten modernen Musikeintopf — Hits von gestern und heute, von Elvis Presley bis Madonna, garniert mit vielen Blödeleien, koketten Telefon-Spielchen und ein bißchen Nachrichten — genau das kennt man beispielsweise von *Ö 3* und anderen poppigen Staatsprogrammen seit Jahrzehnten. Sie bringen weiters, wie gesagt, lokale News und Reportagen — was auch die regionalen Staatssender tun. Manche vertrauen obendrein gerne auf die etwas schlüpfrige Tour: Der Pariser Sender *Futur Generation* erlebt sich als „Sexy-Radio an der Seine", bei *Radio Hundert, 6* findet regelmäßig das „Bettgeflüster" mit dem Moderator Frank Schmeichel statt — aber selbst das ist für die staatlichen Funker nicht unbedingt neu.

Moderatoren spielen dort wie da die wichtigste Rolle: Sie wecken ihre Hörer daheim — „Hallo, Ihr Lieben" — morgens auf, begleiten sie ins Badezimmer, quasseln auf sie ein, um sie munterzukriegen, sitzen mit ihnen beim Frühstück, leisten im Auto Gesellschaft, vertreiben im Büro die Zeit und fahren wieder mit nach Hause, wo sie auf Bedarf auch die Gestaltung des Abend- und Nachtprogramms übernehmen. Sie veranstalten so zwischendurch mit Vorliebe kleine Quizspiele, lassen die Hörer dabei um läppische Preise zappeln und sind weitgehend von den exhibitionistischen Neigungen der Anrufer abhängig, die gerne zum allgemeinen Gaudium etwas Banales zum besten geben.

Die privaten Funker, die nur selten — so wie die Pariser Station *R.S.R.M.* — anspruchsvolle Informationsmagazine zuwege bringen, haben also bis dato nicht das Radio neu erfunden, sondern bestenfalls das, was Professor Walter Hömberg „Jockeyjournalismus" nennt. Trivialität steht den meisten weitaus näher als Qualität, Improvisation ist ihnen eindeutig wichtiger als Innovation. Der private Hörfunk braucht lediglich einen Plattenspieler, um zur unermüdlichen Berieselungsmaschine zu werden.

In der Regel versuchen mehr oder minder professionelle Platten-Jockeys, oft gänzlich unbelastet von journalistischen Grundprinzipien, ein Medium zu reiten, das nicht der politischen Meinungsbildung dient, sondern seine Aufgabe großteils darin sieht, unablässig Disco-Sound zu verbreiten. Ein Medium, das stets so oberflächlich und vordergründig wie möglich bleibt und seine Anhänger mit starren programmlichen Grundmustern süchtig zu machen versucht; das mit geringstem intellektuellen Aufwand vor allem leicht zugängliche Themen abhandelt und sich dabei eisern an den keineswegs hochgestochenen Präferenzen der Kunden orientiert; das möglichst weder mit

Zeitungen noch mit dem Fernsehen in Konkurrenz tritt und die Vielfalt des publizistischen Angebots kaum bereichert; das gänzlich ohne ideologisch-politische Konzeption funktioniert und sich dafür auf allen möglichen opportunistischen Schleichwegen an die Hörer heranmacht; das diese kaum noch zum Denken zu animieren vermag, doch umso mehr zum Konsumieren in jeglicher Form; ein an sich faszinierendes Medium, das letztlich der Freizeitgesellschaft als jederzeit verfügbares Begleitinstrument dient und sich von den Wissenschaftern andauernd programmliche Defizite nachweisen lassen muß:
Das deutsche Hans Bredow-Institut beispielsweise kam bei einer Studie über die Hamburger Radios zu einem sehr ähnlichen Resultat wie der Zürcher Publizistik-Professor Ulrich Saxer bei einer Untersuchung der Schweizer Hörfunkszene: Die neuen Programme wären leicht austauschbar, kaum wirklich innovativ und schon gar nicht anspruchsvoll. Trotzdem ist ihnen der Erfolg nicht abzusprechen. Die Einschaltzahlen steigen fast überall so rasch an wie in der deutschsprachigen Schweiz, wo schon zwei Fünftel der Bevölkerung regelmäßige Hörer sind. Die Kunden sind dank des blitzartig gewachsenen Angebots Könige geworden. Sie lassen sich von den Privatfunkern willig aus der täglichen Monotonie reißen — und dazu brauchen diese eben nicht allzuviel Niveau.

*

Die Kommerzsender finden also mit dem, was sie machen, weitgehend Akzeptanz beim Publikum und sind sogar drauf und dran, mit dem, wie sie es machen, europaweit eine neue Radiokultur zu begründen — einfach weil sie Kommerzsender sind: Da sie die Werbewirtschaft enorm unter Druck setzt, bleibt ihnen kein anderer Ausweg, als sich von den relativ strengen Sitten der öffentlich-rechtlichen Anstalten total abzuheben und zu jeder Schandtat bereit zu sein. Sie müssen den Agenturen und Kunden nicht nur möglichst große Zielgruppen, sondern auch die vielfältigsten werblichen Alternativen offerieren — etwa Patronatssendungen, Sponsorship, PR-Aktionen und schlichte Schleichwerbung. Alles Dinge, bei denen die Werbung zum integrierten Bestandteil des Programms wird und folglich in den Augen der Profis eine bessere Wirkung erzielt. Selbst wenn es den Radiopionieren bisweilen schwerfallen sollte, haben sie häufig den ehernen Grundsatz, wonach Informationen niemals von geschäftlichen Interessen beeinflußt werden dürfen, mehr oder weniger elegant zu umgehen. In gar nicht so seltenen Fällen betreiben sie schließlich notgedrungen eine Art Gefälligkeitsjournalismus, der zur lukrativen Geschäftsgrundlage wird. Da ihnen das im Vergleich zu den Öffentlich-Rechtlichen meist wesentlich günstigere Preis-Leistungs-Verhältnis nicht zum Erfolg genügt, müssen laufend originelle Ideen her, wie sie was beinhart vermarkten könnten.
Viele Werber nützen diese Möglichkeiten so schamlos-intensiv, wie dies bislang in den elektronischen Medien kaum möglich war. Ein prächtiges Beispiel ist eine französische Automarke, die gemeinsam mit den Privatfunkern regelmäßig nicht ganz astreine Aktionen startet: *Radio Gong 2000* zum Beispiel hat einmal in einer Woche in Kooperation mit einem Renault-Händler gleich fünfzig R 5 verkauft; die Radio 7 Programm- und Werbegesellschaft in Ulm wiederum ließ sich ihre Werbekampagne „Uii, mehr los mit Radio 7" eine Million Mark kosten, um wochenlang einen in den Far-

ben des Senders gehaltenen R 5 verlosen zu können; die Karlsruher *Welle Fidelitas* schließlich forderte die Hörerinnen unter dem Motto „Ich glaub', mich knutscht der Frühling" auf, ihre roten Kußmündchen auf einer Postkarte zu verewigen — die Siegerin erhielt selbstverständlich einen R 5. Derartige Spielchen mögen den Radiomachern Sympathien einbringen, kosten allerdings auch eine ganze Menge — nicht zuletzt die redaktionelle Glaubwürdigkeit.
Trotzdem wollen diverse — nicht alle — Sender keinesfalls die Finger von diesem Graubereich lassen und ihre treuen Stammhörer mit allen kommerziellen Mitteln an sich binden: Die einen veranstalten für ihre Fans einen Gemeinschaftsurlaub in einem griechischen Club-Med-Dorf, und andere würden am liebsten alle ihre Anhänger in einheitliche Uniformen stecken. *Radio ffn* kreierte zum Beispiel eine neue Kollektion Freizeitmode Marke ffn, verkauft die Jogginganzüge, T-Shirts und Socken in Kooperation mit den Karstadt-Kaufhäusern und rührt hiefür eifrig die Werbetrommel. Geld spielt auch bei den sonstigen Aktivitäten, die das Verhältnis der Hörer zum Sender intensivieren sollen, meist die Hauptrolle: So wie in Nürnberg, wo *Radio Gong* per Aufruf edlen Spendern 38.000 Mark abgeknöpft hat, damit am Stadtrand 76.000 Bäume gepflanzt werden konnten. Hauptsache, der Rubel rollt ...

*

Er rollt aber, wie gesagt, noch nicht bei allen: Die Werbeeinnahmen sichern vorerst auch in anderen Ländern nur relativ wenigen Kommerzstationen ein sorgenfreies Auskommen; für das Gros der Anbieter ist das Klima — wie sich das für Pionierzeiten gehört — verdammt rauh:

In **GROSSBRITANNIEN** brachten es die Privaten im Jahr 1988 auf immerhin 130 Millionen Pfund an werblichen Erlösen; sie mußten sich aber trotz der 25prozentigen Zuwachsrate mit einem Anteil von zwei Prozent am Werbekuchen begnügen. Daher stehen nur die großen Sender, etwa *Capital Radio*, wirklich prächtig da. Trotzdem sprühen fast alle Hörfunkchefs vor Optimismus: „Commercial radio", sagt Brian West, Direktor der Independent Radio Contractors Association, „is doing very well."

In **FRANKREICH** bietet sich ein ähnliches Bild: Während sich die wenigen privaten Radioriesen laut Sedocip-Statistik von Jahr zu Jahr über werbliche Rekordeinnahmen freuen dürfen und so wie *RTL* und *Europe 1* in Geld schwimmen, muß die Masse der kleinen UKW-Sender noch darben. Die Mini-Stationen werden aufgrund ihrer geringen Reichweite von den Agenturen offenbar ignoriert.

In **DEUTSCHLAND** entfiel 1989 laut Nielsen Werbeforschung S + P mit weit mehr als zweihundert Millionen Mark doppelt so viel als 1986 auf die privaten Landessender — ein Fünftel der gesamten Hörfunkwerbung. Aber wirklich erfolgreich ist bestenfalls nur jeder fünfte Kommerzsender: So stehen etwa die drei erfolgreichsten Stationen, die sich in der Funk-Kombi Nord als Paket andienen, nämlich *Radio ffn*, *Radio Schleswig-Holstein* und *Radio Hamburg*[48]), bestens da — sie kassierten 58, 57 bzw. 29 Millionen Mark. Das norddeutsche Trio stieß bei der Wirtschaft auf eine große Nach-

frage, weil der öffentlich-rechtliche NDR (Norddeutscher Rundfunk) die Werber nur unzureichend bedienen hatte können. Er darf laut Rundfunkgesetz nur auf einer seiner drei Wellen Werbung betreiben, und das nur 32 Minuten pro Tag. Die drei Neuen, die auf Anhieb respektable Einschaltquoten geschafft haben, unterboten obendrein seine Tarife beträchtlich.
Das Gros der Privatfunker kommt dagegen noch keineswegs auf seine Rechnung: Fast vier von fünf Anbietern — zumeist Low-power-Sender, wie etwa *Radio Wachenburg* in Weinheim an der Bergstraße, die lediglich eine Kleinstadt oder einen Landkreis versorgen — schreiben nach wie vor rote Zahlen. Sie sehen sich einem doppelten Dilemma gegenüber. Einerseits drohen ihnen die Kosten davonzulaufen — die bayerischen Lokalsender etwa verbrauchen pro Jahr gut hundert Millionen Mark. Anderseits sind die regionalen Werbeetats etwas zu dürftig und die überregionalen für sie unerreichbar. Die logische Konsequenz: Um ihre Chancen mit einem halbwegs akzeptablen Programm wahren zu können, greifen die Zwerge verstärkt auf die Zulieferanten von sogenannten Mantelprogrammen zurück.
Dieses unter dem Schlagwort S y n d i c a t i o n bekannte System wird von Firmen wie Info Bonn, Radio Media, der Bertelsmann-Tochter Rufa, dem Audio-Dienst der Deutschen Presseagentur oder der IPA Produktions- und Werbegesellschaft für Funk und Fernsehen getragen. Sie stellen, meist gegen Entgelt, im zuletztgenannten Fall auch gratis, den Minis entweder nur Nachrichten oder bestimmte Sendungen, aber auch das gesamte Programm zur Verfügung. Damit ermöglichen sie es ihnen, die Personalkosten zu senken und den Hörern trotzdem ein attraktives Angebot, womöglich noch mit internationalem Touch, zu offerieren.
Info Bonn, eine Tochter des *General-Anzeigers*, gestaltet 500 bis 600 Beiträge pro Monat, die zum Beispiel in *Radio Charivari* zu hören sind. Die Holtzbrinck-Tochter Radio Media stellt in Stuttgart ein Basisprogramm zusammen, aus dem etwa *Radio Regenbogen* ganz nach Geschmack ordern kann. Die IPA offeriert das komplette *RTL*-Programm — von Innenpolitik bis Sport, von Außenpolitik bis aktuelle Katastrophen — zum Nulltarif, wobei sich die Abnehmer, beispielsweise *Radio Merkur*, lediglich verpflichten müssen, die von ihr bereitgestellten Spots auszustrahlen und selbst keine überregionale Werbung zu akquirieren — das besorgt schon die IPA für den Sender *RTL*, der dergestalt mit einer höheren Reichweite protzen darf.

*

Nachdem die einstige Euphorie allmählich einer pragmatischen Ernüchterung gewichen ist, sind nunmehr — aus ökonomischem Kalkül — Rationalisierung, Kooperation und Konzentration angesagt.
Die Weichen für die neunziger Jahre sind bereits gestellt: Jene Idealisten, die vor ein paar Jahren mit viel Ambition, aber wenig Geld ins Äther-Geschäft eingestiegen sind, werden sukzessive den Weg freimachen müssen für die Muskelprotze, die womöglich weniger Idealismus, aber dafür mehr Geld mitbringen. In anderen Ländern läuft der Hase in eine ähnliche Richtung:

In **GROSSBRITANNIEN**, wo demnächst drei landesweite, kommerzielle Radionetze installiert werden sollen, wachsen die regionalen Privat-Stationen trotz einer gesetzlichen Regelung, derzufolge die Reichweite mit fünfzehn Prozent limitiert ist, immer rascher zu wenigen Blöcken zusammen. In jüngster Zeit verschmolzen zum Beispiel *Radio Trent* in Nottingham und die Radio Holdings, der die Stationen *Mercia Sound* in Coventry sowie *BRMB* in Birmingham gehören. *GWR Radio* in Bristol fusionierte mit Consolidated Radio Holdings, die ebenfalls zwei Sender besitzt, nämlich *2CR* in Bournemouth und *Radio 210* in Reading. Der ehrgeizige Mister Owen Oysten aus Lancashire, der schon *Red Rose Radio 301*, *Radio Aire* und *Red Dragon* besitzt, erkämpfte sich mit seiner Miss World Group auch *Radio Picadilly* in Manchester. Die Crown Communications schließlich, Inhaber von Londons brillantem Newskanal *LBC* und *Independent Radio News* sowie Gesellschafter bei rund fünfzehn weiteren Sendern, wagte gleich im Ausland einen Vorstoß: Das teilweise in australischen Händen befindliche Unternehmen hat sich im März 1989 zu 35 Prozent in das noch defizitäre französische Network *Radio FM* eingekauft, das aus ungefähr fünfzig Lokalstationen besteht, und will weiters nicht nur im TV-Geschäft Fuß fassen, sondern am Sektor Hörfunk auch in den Niederlanden, Spanien, Finnland und womöglich in Deutschland.

In **FRANKREICH** geht es bei den Radiomachern seit einiger Zeit ebenfalls drunter und drüber.
Sie führen permanent einen hektischen Kleinkrieg um Reichweiten, wobei die monatlichen Médiamétrie-Resultate stets mit einer Spannung erwartet werden, die an Hitchcock grenzt. Tendenziell werden dabei für die Generalisten wie *RTL* oder *Europe 1*, die sich an alle Altersgruppen wenden, stagnierende bis sinkende Einschaltquoten ausgewiesen. Mit den typischen Musiksendern für die 15- bis 25jährigen hingegen — etwa *NRJ*, *Fun*, *Kiss* oder *Skyrock* — geht es aufwärts. Weiters kämpfen die Radios Locales Privées (RLP) unaufhörlich gegen die unter der Bezeichnung Radios Périphériques bekannten Sender *RTL*, *Europe 1* oder *Radio Monte Carlo* um — wie könnte es anders sein — Hörer und Millionen. Gemäß dem eisernen Marktgesetz — die mit den meisten Hörern sichern sich auch die höchsten Einnahmen — liegen dabei die Altmeister des privaten Funks voran.
Sie haben die Zeichen der Zeit am schnellsten erkannt und diversifizieren um die Wette: Die Nummer eins, *RTL*, nahm den Pariser UKW-Sender *Aventure FM* unter die Fittiche, der als Basis für ein nationales Netz dienen soll. Die Nummer zwei, *Europe 1*, schickte das neue UKW-Musikprogramm *Europe 2* ins Rennen, das sich in kürzester Zeit zum echten Publikumsrenner mauserte, und legte sich weiters das Programm *Skyrock* zu. Die Nummer drei, *Radio Monte Carlo*, tat sich mit dem 35 Stationen zählenden Network *Nostalgie* zusammen, das gleich hinter den Pop-Profis von *NRJ* rangiert.
Diese Konzentrationstendenzen, bereits jetzt ziemlich ausgeprägt, werden in Zukunft unweigerlich zunehmen: Im Augenblick setzen nur drei von hundert Sendern mehr als zehn Millionen Francs um — aber insgesamt saugen die Großen etwa die Hälfte aller Werbeetats auf. Damit wird die Luft zum Überleben für viele gefährlich dünn. Die Kleinen, die sich ihre Identität bewahren wollen, müssen sich zumindest zu Kooperationen bequemen. Eine solche sind kürzlich etwa dreißig Mitglieder in Form der UNRIP (Union nationale des radios indépendantes) eingegangen. Trotzdem ändert das wenig an der Tatsache, daß sich von den derzeit ungefähr 1.700 Stationen etliche in akuter Lebensgefahr befinden.
Die gesunden hingegen zeigen an einer Expansion in die Fremde allergrößtes Interesse: *Europe 1* hat bereits das Saarland mit einer Dependance be-

stückt; *NRJ* möchte sich in Großbritannien niederlassen; *Kiss FM* flirtet mit potentiellen sowjetischen Partnern; und *Sud Radio* brach nach Spanien auf, um dort mit *Cadena 13* eine gleiche Wellenlänge zu suchen.

Neue Medien:
DIE ZUKUNFT AM HIMMEL

Es ist genau so wie bei allen Revolutionen: Manche sind vollauf begeistert, manche fürchten sich davor, aber die meisten durchschauen gar nicht, was wirklich passiert. Schließlich weiß niemand auch nur annähernd, was die nächsten Jahre bringen werden — einen riesigen Sprung nach vorne oder ein totales Desaster?

Nur eines steht fest: Die Neuen Medien — wir wollen uns hier ausschließlich mit Kabel- und Satellitenfernsehen befassen — sind drauf und dran, die europäischen TV-Genießer vom bislang gewohnten Programmeintopf zu erlösen. Sie zaubern ihnen ein zusehends bunteres Menü auf den Bildschirm, das für jeden Geschmack etwas vorsieht. Seit Jahren werden hiefür die entsprechenden Vorbereitungen getroffen: Zahlreiche Kabelnetzbetreiber haben, Straßenzug für Straßenzug, halb Europa aufgegraben, damit die neue Kost möglichst vielen zugänglich ist; die Postverwaltungen, neuerdings auch private Investoren, kümmern sich um jene Satelliten, die die außerirdische TV-Alternative ermöglichen; die einschlägige Industrie läßt die nötige technische Ausstattung immer kleiner und billiger werden, sorgt zwar für eine heillose Verwirrung der Konsumenten, hofft aber inständig auf ein flottes Geschäft; schließlich streuen nationale bzw. internationale Programmacher Nachrichten, Spielfilme, Serien und andere Unterhaltungssendungen mit Hilfe der neuen Technologien über alle Landesgrenzen hinweg auf ein wachsendes Seherpublikum. Die Kämpfer an der Front sind natürlich mit erfreulich anmutenden Theorien und noch rosigeren Prognosen bewaffnet — aber wie das Wettrennen wirklich ausgehen wird, das steht in den Sternen:

Das Kabelfernsehen, ursprünglich kreiert, um einen besseren Empfang der herkömmlichen Programme zu erreichen, ist — obzwar schon vielfach wieder totgesagt — in Ballungszentren noch klar im Vorteil. Der direkte Empfang aus dem All hingegen gilt in dünnbesiedelten Gebieten, außerhalb der Städte, als die kostengünstigere Variante. Beide zusammen sollen einmal, hoffen die Protagonisten, der konventionellen Television mit ihren erdgebundenen Sendeanlagen den Rang ablaufen. Eine nette Zielsetzung, die allerdings viel Geduld erfordern wird. Denn je mehr Satelliten am Himmel kreisen, desto größer werden die Widersprüche, mit denen diese Branche leben muß: Auf der einen Seite gigantische Investitionen, wachsende Erfolge und viel Optimismus — auf der anderen Seite horrende Defizite, brutale Kämpfe und immer mehr Depressionen.

DER KABEL-SALAT IN EUROPA

Die Sache klingt zunächst recht paradox: Obwohl die Amerikaner immer mehr fernsehen — im Schnitt sitzen sie 1.500 Stunden pro Jahr, also volle zwei Monate, vor der Flimmerkiste —, sind die drei TV-Networks wegen der sinkenden Zuschauerzahlen schon ganz verzweifelt.
Die Big Brothers, nämlich
— die ABC (American Broadcasting Corporation),
— die CBS (Columbia Broadcasting System) und
— die NBC (National Broadcasting Company),
konnten ihrer Kundschaft jahrzehntelang exakt das bieten, was diese zu erwarten schien — eine Art Opium für das Volk —, und teilten sich den Markt brüderlich auf. Doch allmählich kam es zur großen Ernüchterung: Die addierten Einschaltquoten zur besten Sendezeit, die vor zehn Jahren noch stolze 91 Prozent betragen hatten, sackten in der Saison 1988/89 im Schnitt auf 67,2 Prozent ab. Experten sagen für die nächsten zehn Jahren einen weiteren Abfall auf 55 Prozent voraus. Die sogenannten „Couch potatoes", jene Bürger also, die nichts lieber tun, als vor der Flimmerkiste zu lümmeln, Erdnüsse zu knabbern, von einem Programm aufs nächste umzusteigen und so zwischendurch die Werbespots zu verfolgen, schränken ihren TV-Konsum offenbar drastisch ein.
Das Trio NBC-CBS-ABC sitzt also ganz schön in der Klemme: Weniger Zuseher bedeuten weniger Werbeeinnahmen und damit weniger Profit — also genau das, was die gewinnsüchtigen Eigentümer besonders hassen. Bei *CBS* wird deshalb der als medialer Laie geltende Hauptaktionär Laurence Tisch, zugleich Boss des Mischkonzerns Loews, von Tag zu Tag ungehaltener. Auch bei *ABC*, die im März 1985 vom vergleichsweise kleinen Multi-Media-Konzern Capital Cities Communications geschluckt worden war, zog die Hektik ein. Und beim Rüstungs- und Elektronikgiganten General Electric, der im selben Jahr die *NBC* samt ihrer einstigen Mutterfirma RCA (Radio Corporation of America) übernommen hatte, verordnete man sogleich drastische Sparpläne, obgleich sich *NBC* längst als Nummer eins etabliert hat und weltweit eine geschickte Expansionsstrategie verfolgt.
Die drei Networks sind, wie die Zuschauer auch, von einem geheimnisvollen und immer gefährlicher werdenden Virus befallen: Das Faktum, daß die US-Bürger jährlich insgesamt 200 Milliarden Stunden lang nur ihre TV-Apparate im Sinne haben[49]), hängt nämlich zusehends mit einem Phänomen zusammen, das nahe daran ist, die amerikanische Fernsehwelt total auf den Kopf zu stellen:
Das in den vierziger Jahren von einem Elektrohändler namens Tarlton in Lansford/Pennsylvania entdeckte Kabelfernsehen — die Signale eines Senders werden nicht drahtlos, sondern über Kabel weitergeleitet — gehört bereits in jedem zweiten der neunzig Millionen Haushalte zur Tagesordnung. Es erreicht zwar noch nicht so viele Kunden wie die Netzwerke, die über ihre eigenen Stationen[50]) und die sogenannten Affiliates — das sind selbständige Stationen in Privatbesitz[51]) — eine landesweite Abdeckung schaffen. Dafür kann es aber eher auf die individuellen Wünsche des Publikums eingehen, das sich mit dem gewohnten Angebot der Giganten nicht mehr so leicht abspeisen läßt wie früher und aus deren starren Programmschemata immer lieber ausbrechen möchte. Die Kabelanbieter sind insbesondere für

jene Seher ein Glücksfall, die prinzipiell mehr Auswahl wollen oder solche, die gelegentlich spontane Extrawünsche haben, beispielsweise der NBC-News-Show einen brutalen Boxkampf vorziehen. Ideal aber auch für Familien, die sich niemals auf ein Programm einigen können und daher zwei oder gar drei TV-Apparate daheim in Griffnähe haben.

Die Kabelprogramme offerieren, 24 Stunden täglich, für jeden praktisch alles: Wer sich etwa besonders für das Wetter interessiert, der schaltet einfach den *Weather Channel* ein; wer gerade Rockmusik hören möchte, der entscheidet sich für *MTV*; wer stundenlang Nachrichten verträgt, der braucht nur *Cable News Network (CNN)* abzurufen; wem plötzlich nach einer Kindersendung verlangt, der ist bei *Nickelodeon* richtig; wer die neuesten Finanzmeldungen inhalieren will, der ist bei *Financial News Network (FNN)* gut aufgehoben; wer unbedingt stricken oder kochen lernen muß, der wählt den Frauenkanal *Lifetime* an; wer zum siebzehnten Mal seinen Lieblingsfilm sehen möchte, der kommt an *Home Box Office (HBO)*, dem Kinoersatz von Time Inc., nicht vorbei; und wer von American Football nicht genug bekommen kann, der wird von *ESPN (Entertainment & Sports Programming Network)* bestens bedient.

Der Kabeltrubel aus halblustigen Shows, Gruselserien, Klatschprogrammen, Alptraumfilmchen, alten Schnulzen oder Sport bis zum Umfallen — und das alles noch nonstop — orientiert sich am Geschmack der Massen und hat Evergreens wie „Dallas“ oder „Dynasty“ völlig in die Defensive gedrängt. Jetzt ist nichts so sehr gefragt wie das totale Boulevardfernsehen, eine optische Orgie aus Sensationen & Skandalen, Crime & Sex, Unsinn & Wahnsinn — so brutal und banal, tabu- und geschmacklos wie nur möglich.

Die Spielregeln, die nun auch schon für die Networks gelten, sind simpel: Wenn Hausfrauen in aller Breite über ihre sexuellen Phantasien referieren, Kinderschänder Exklusivinterviews geben oder Polizisten schildern, warum sie Autofahrerinnen vergewaltigen, dann steigen die Einschaltquoten. Talkshows finden nur noch dann ein Echo, wenn sie mindestens in wüste Schreiduelle ausarten — eindeutig beliebter sind allerdings wilde Schlägereien. Garantiert erfolgreich sind indes jene Sendungen, die sich mit knalligen Wissensgebieten wie Teufelsverehrung, Drogenhandel oder ausgefallenen Gewaltakten befassen. Der ständige TV-Horror geht zwar nicht den Zuschauern, aber manchen Werbekunden schon arg auf die Nerven: Firmen wie Exxon oder Mars haben ihren Agenturen Listen jener Programme zukommen lassen, die künftig boykottiert werden, weil sie „moralisch inakzeptabel und anstößig“ seien.

Trotz allem: Die amerikanische Kabelindustrie hat ein phänomenales Wachstum hinter und ein ebenso eindrucksvolles vor sich. 1960 begann sie mit zwei Millionen Kunden, 1980 betreute sie sechzehn Millionen Haushalte, derzeit kümmert sie sich um mehr als fünfzig Millionen. Im Mai 1990 erreichte sie 57 Prozent aller Familien, 1992 wird die Anschlußdichte schon bei siebzig Prozent liegen. Sie lebt großteils von den Abonnementgebühren, die in jüngster Zeit dank eines Gesetzes aus dem Jahre 1987, das die Preisregulierung aufgehoben hat, stark angestiegen sind: Die Subscriber berappen durchschnittlich 25 Dollar pro Monat, ungefähr ein Drittel mehr als vor drei Jahren, und spielen der Branche auf diese Weise rund vierzehn Milliarden Dollar ein. 1989 gab die US-Werbewirtschaft überdies 1,9 Milliarden Dollar für Kabelspots aus — dreißig Prozent mehr als im Jahr davor —, und 1995 sollen bereits fünf Milliarden anfallen. Für manche ist die TV-

Alternative längst zum Superbusiness geworden: Ted Turner, mit mehreren Stationen und einem Gesamtumsatz von einer Milliarde Dollar einer der absoluten Kabel-Kaiser, holte zuletzt allein mit seiner 1980 gegründeten Nachrichtenwelle *CNN*, die sechzig Millionen Menschen in neunzig Staaten rund um die Uhr mit Nachrichten versorgt, achtzig Millionen Dollar Gewinn heraus — die große *CBS* dagegen, die er schon einmal aufkaufen wollte, hatte sich mit wesentlich weniger Profit zu begnügen. Turner stört es überhaupt nicht, daß ein paar seiner Firmen noch Defizite bringen — er schwört, daß auch diese bald glänzend dastehen werden.

Die führenden Anbieter — zum Beispiel Turners Station *WTBS* in Atlanta, der Sportkanal *ESPN*, *Home Box Office*, *USA Network* oder *Showtime/The Movie Channel (ST/TMC)* — müssen aber in Hinblick auf die stark gestiegenen Gebühren alles tun, um ihre Kunden, die im Schnitt dreißig, manchmal bis zu siebzig Kanäle empfangen und daher leicht fremdgehen können, bei Laune zu halten: Sie investieren also kräftig in Eigenprogramme und streiten um Exklusivübertragungen, um sich von der Konkurrenz abheben zu können. Dabei sind häufig sagenhafte Beträge im Spiel: *ESPN* etwa hat sich unlängst um 400 Millionen Dollar die Rechte für wichtige Baseballgames gesichert; *CBS* legte für die Übertragung der Winterolympiade 1994 in Norwegen 300 Millionen aus und der Gigant *NBC*, der kürzlich das monströse Projekt *Sky Cable* angekündigt hat, bei dem Rupert Murdoch, Cablevision und der Satellitenantennen-Produzent Hughes mitmachen, will für die Olympischen Sommerspiele 1992 rund 500 Millionen Dollar ausgeben, um auf drei Kabelkanälen 600 Stunden Sport, live aus Barcelona, senden zu können.

Riesige Summen waren in jüngster Zeit auch bei wuchtigen Mergers unter den sogenannten MSO (Multiple Systems Operators) im Spiel: Die Elefantenhochzeit zwischen United Artists Communications Inc. und United Cable Television Corp. ließ unter der Bezeichnung United Artists Entertainment Company den drittgrößten amerikanischen Kabel-Operator entstehen. An ihm ist übrigens der Marktleader TCI (Tele-Communications Inc.) von Bob Magness und John Malone mehrheitlich beteiligt, der als Draufgabe auch Storer Communications für 2,8 Milliarden Dollar aufgekauft hatte. Selbst verhältnismäßig kleine Firmen erzielen in der Regel stolze Preise: Im April 1989 zahlte der kalifornische Telefonkonzern Pacific Telesis für die Nummer 75 der amerikanischen Kabel-TV-Gesellschaften, die weniger als 100.000 Abonnenten hat, rund 200 Millionen Dollar.

*

Die Europäer steuern schön langsam auf die amerikanische TV-Realität zu: In Zukunft wird die Devise für passionierte Fernseher Multiple Choice lauten — oder Television à la carte.

Die Zeiten, in denen das Abendprogramm von zwei, bestenfalls drei Knöpfen am TV-Apparat abhing, sind endgültig vorbei: Wer unbedingt will — und die nötige Ausrüstung beschafft —, der kann schon jetzt dank Kabel und Satellit aus einem reichhaltigen Angebot wählen. In den Niederlanden und Belgien sind derzeit mit dem erforderlichen Equipment jeweils rund dreißig Programme zu empfangen, in Deutschland, Großbritannien und Frankreich mehr als zwanzig, und selbst in kleineren Staaten wie Österreich, Finnland oder Portugal immerhin zwischen zehn und zwanzig.

Die Verkabelung des alten Kontinents war und ist nicht so sehr — wie man vermuten könnte — ein technisches Problem, sondern in erster Linie eine politische und finanzielle Frage: In der Bundesrepublik beispielsweise konnte damit erst nach dem Aus für die sozialdemokratisch dominierte Bundesregierung, die sich für dieses Abenteuer nicht erwärmen hatte können, angefangen werden. Das schwarz-blaue Kabinett um Helmut Kohl indes steht dem Kabel durchaus positiv gegenüber, so daß sich die Bundespost als zentrale Schaltstelle den Spaß bislang mehr als acht Milliarden Mark kosten lassen durfte.

In manchen Staaten — etwa in den Benelux-Ländern, in der Schweiz, in Norwegen und Irland — haben sich die Postverwaltungen und andere Netzbetreiber, etwa die zuständige Industrie, mächtig ins Zeug gelegt und horrende Beträge investiert. Anders in Südeuropa, wo praktisch gar nichts lief: In Italien, Griechenland, Portugal und Spanien spielt Kabel-TV daher einstweilen so gut wie keine Rolle. Die spanische Regierung beispielsweise will aber Investoren ermuntern, innerhalb der nächsten drei Jahre mit einer Summe von rund hundert Millionen Peseten ein Marktpotential von 500.000 bis 600.000 Haushalte zu erschließen.

Da die Anschluß- und Abonnementgebühren für die Interessenten in den diversen Staaten recht unterschiedlich festgesetzt wurden — in Belgien oder Schweden sind sie sehr niedrig, in Frankreich oder Norwegen hingegen relativ hoch — fiel auch die Reaktion des Publikums grundverschieden aus. Alles in allem hingen Anfang 1990 europaweit rund 22 Millionen Haushalte am Kabel, 1995 werden es 43 Millionen und im Jahr 2000 schon 55 Millionen sein. Die Reichweite wird also im genannten Zeitraum von fast siebzehn auf über 42 Prozent steigen.

Der Stand der Dinge im Jahr 1990 ist, inklusive einer Vorschau bis zur Jahrtausendwende, in der von Saatchi & Saatchi herausgegebenen Studie „Television in Europe to the Year 2000" recht übersichtlich und vollständig beschrieben worden. Hier die wichtigsten Details:

■ In **BELGIEN** wurde bereits 1960 gezielt mit der Verkabelung begonnen. Heute sind schon mehr als neunzig Prozent aller Haushalte — nämlich 3,3 Millionen — verkabelt. Sie können — terrestrisch oder eben per Kabel — auch französische, englische, italienische oder deutsche TV-Programme empfangen, beispielsweise *TF 1*, *Super Channel*, *RAI Uno* oder *RTL plus*. Seit September 1989 bietet auch *Canal Plus Belgique*, zu je einem Drittel im Besitz von *Canal plus* und RTBF, den Belgiern Zerstreuung, neben *FilmNet* und dem französischen Kinderprogramm *Canal J* der dritte Pay-TV-Kanal im Lande. Die älteren Kabel-Networks der insgesamt 43 Operators schaffen zwar nur eine Kapazität von sechzehn bis zwanzig Kanälen, das Angebot der jüngeren umfaßt indes schon bis zu vierzig Programme. Die Satellitensender, die derzeit in jeder Hinsicht eindeutig im Schatten der terrestrischen stehen, werden allerdings auch im Jahr 2000 erst bloß ein Drittel der Zuschauer und maximal zwölf Prozent der TV-Werbeeinnahmen für sich reklamieren können.

■ In den **NIEDERLANDEN**, wo die einschlägige Industrie stets aufs Tempo gedrückt hat, sind schon fast achtzig Prozent aller Haushalte an ein Kabelnetz angeschlossen — im Jahr 2000 sollen es 88 Prozent sein. Die Holländer haben allabendlich die Qual der Wahl: *Eurosport*, *RTL 4 Veronique*, *Super Channel* und *TV 5* erfreuen sich größter Beliebtheit, aber auch die Pay-Programme *FilmNet* und *Kindernet* werden zusehends populärer. Die Satellitenprogramme, die es vorerst auf nicht einmal zehn Prozent Seher-Anteil bringen, könnten im Jahr 2000 für jeden dritten Zuschauer interessant sein und damit etwa knapp ein Fünftel der holländischen TV-Werbegelder einheimsen.

■ In **LUXEMBURG** sind neunzig von hundert Familien in der Lage, als Alternative zu *RTL* bisweilen Kabelprogramme zu konsumieren — diese Rekordmarke ist für so ein kleines Land allerdings kein besonders großes Kunststück.

■ Die **SCHWEIZ** ist derzeit zu siebzig Prozent verkabelt, der Großraum Zürich sogar schon zu achtzig Prozent. Im Jahr 2000 werden nicht weniger als 1,9 der insgesamt 2,3 Millionen Haushalte, also 85 Prozent, entweder auf das Kabel- oder per eigener Antenne auf das Satelliten-Vergnügen setzen. Das Gros der Bevölkerung hat jetzt bereits sechs bis neun fremdländische Programme zur Wahl — die beliebtesten sind *Eurosport*, *RAI Uno*, *Super Channel* und *SAT 1*. Manche Schweizer TV-Freaks können sich auf Knopfdruck sogar schon dreizehn und mehr ins Haus holen, etlichen hat es der eidgenössische Pay-TV-Kanal *Teleclub* angetan. Die meisten Kabel-Operators, etwa die Zürcher Rediffusion oder die Telekabel in Luzern, weiten ihre Kapazitäten zügig auf 26 Kanäle aus, weshalb der Programm-Boom nicht mehr zu stoppen ist. Die Satellitenkanäle werden ihren Marktanteil im kommenden Jahrzehnt auf 39 Prozent verdoppeln, was ihnen ein Drittel der TV-Werbegelder einbringen könnte.

Nicht ganz so rasch konnte sich die neue Technologie in einigen anderen Staaten durchsetzen, die dem Trend etwas nachhinken:

■ In **DÄNEMARK** beispielsweise hat es länger als erwartet gedauert, bis sich vierzig Prozent der Bevölkerung mit der neuen Technologie angefreundet haben. Viele Interessenten ließen sich offenbar von den hohen Anschlußgebühren abschrecken — dafür kommen nun allmonatlich 20.000 Kabel-Haushalte dazu. Wer bislang die Kosten nicht scheute und ja zum Kabel sagte, der kann sich heute von 24 TV- und dreißig Radioprogrammen berieseln lassen. Am beliebtesten sind das schwedische *Scansat TV 3*, das in dänischer Sprache zu empfangen ist, *Eurosport*, *MTV* und *Super Channel*. Die Dänen widmen diesen Sendern laut Statistik jedoch nur 44 Minuten pro Woche — mehr als zwölf Stunden lang entspannen sie sich indes mit den herkömmlichen Programmen. Trotzdem verlieren die rund 560 Operators ebensowenig die Nerven wie die Programmanbieter: Das Kabel- und Satellitenfernsehen wird seinen Seheranteil von derzeit neunzehn auf dreißig Prozent im Jahr 2000 steigern und die Werbeeinnahmen innerhalb von zehn Jahren sogar versechsfachen.

■ In **NORWEGEN** bedienen 120 Kabelgesellschaften, an denen etliche Verlage beteiligt sind, fast jeden dritten Haushalt. Rund 500.000 Familien können sich zur Zeit als Dauer-Seher betätigen und dank einiger internationaler sowie der nordischen Satellitensender *TV 3*, *TV Norge* und *TV 1000* ein bißchen Abwechslung genießen. Diese Programme werden in zehn Jahren vermutlich für jeden zweiten Konsumenten unverzichtbar sein, was ihnen insgesamt rund 35 Prozent der TV-Werbeeinnahmen garantieren sollte. Die norwegische Verkabelungsdichte, die bis zum Jahr 2000 auf 55 Prozent anwachsen wird, ist übrigens mit jener in **IRLAND** vergleichbar.

■ In **FINNLAND** stehen 75 Kabelanbieter, etwa die schon 1973 gegründete Helsinki Televisio Oy, derzeit fast 650.000 Haushalten zu Diensten. Ihr breites Angebot, großteils ausländische Programme wie *Sky Channel*, *Super Channel*, *TV 5* oder *MTV*, wird aber mit nicht einmal fünfzehn Prozent Marktanteil von den normal empfangbaren Kanälen klar abgehängt. Die Kabeldichte beträgt ungefähr 33 Prozent — im Jahr 2000 werden Satellitenprogramme schon in 72 Prozent der Haushalte an der Tagesordnung stehen. Die Zuseherzahlen dürften bis dahin anteilsmäßig beinahe um das Drei-, die Werbeeinnahmen sogar auf das Zehnfache zunehmen. Der rasante Aufschwung kommt zum Beispiel etlichen Zeitungsverlegern zugute, etwa den Besitzern von *Helsingin Sanomat*, *Aamulehti* oder *Turun Sanomat*, die an der TV-Alternative größtes Interesse bekunden. Sanoma Oy kaufte sich 1986 sogar beim norwegischen Network Janco Kabel-TV ein, das mit 145.000 Abonnenten zu einem der größten Nordeuropas zählt.

■ In **DEUTSCHLAND**, wo es 1984 mit einem Pilotprojekt in Ludwigshafen so richtig losging, war Ende März 1990 beinahe jede vierte der 26,3 Millionen Wohnungen an das Kabelnetz der Bundespost angeschlossen — theoretisch war sogar jede zweite anschließbar. Das bedeutet: Fast acht Millionen Haushalte, die technisch erreichbar wären, verzichten noch auf den totalen TV-Rummel. Die Deutsche Bundespost wird aber weiterhin Dampf machen: 1994 soll schon jede zweite Familie definitiv mit der großen, weiten TV-Welt verbunden sein; im Jahr 2000 werden dann etwa achtzehn Millionen Haushalte — 77 Prozent — entweder per Kabel oder per Antenne das TV-Angebot vom Himmel empfangen können.

■ In **ÖSTERREICH** sind rund 260 Kabel-TV-Firmen am Werk, von denen indes nur 31 mehr als 500 Teilnehmer vorweisen konnten. Ende 1990 waren rund 580.000 Teilnehmer — etwa 270.000 davon in Wien — auf Draht, was einer Kabeldichte von etwa zwanzig Prozent entspricht. Im Jahr 2000 sollen vierzig Prozent der Haushalte kabelmäßig erfaßt sein.

■ In **SCHWEDEN**, wo sowohl die Anschluß- als auch die Teilnehmergebühren sehr niedrig sind, wollen dennoch nur rund 900.000 Familien nicht auf den totalen TV-Genuß verzichten. Ihnen stehen etliche skandinavische Kanäle, zum Beispiel *TV 3*, *TV 1000* oder die Pay-TV-Sender *FilmNet*, *SF Succé* und *TV Plus* sowie eine ganze Reihe ausländischer Programme zur Auswahl, darunter *MTV*, *Super Channel* oder *Eurosport*. Das Fernmeldeamt PTT-Televerket, das das Gros der Anschlüsse auf sich vereint, investiert wie verrückt, so daß die Kabeldichte rasch ansteigen wird — auf 58 Prozent (1,8 Millionen) im Jahr 2000; außerdem wird dann jeder siebente Haushalt eine Satellitenantenne vorweisen können.

In zwei Ländern sind mit dem Kabel herbe Enttäuschungen verbunden — anstelle des erhofften Blitzstarts kam es dort letztlich zu einem schrecklichen Fehlstart:

■ In **FRANKREICH** wurde später als anderswo, nämlich erst per Gesetz vom 29. Juli 1982, der Startschuß gegeben. Das groß angelegte Manöver kostete bislang 25 Milliarden Francs und mündete aus mehreren Gründen in ein riesiges Fiasko.

Katastrophe Nummer eins: In dem damals von der Regierung Pierre Mauroy vorgelegten Konzept, das bis Ende 1988 in 52 Regionen der Grande Nation die Verkabelung von 2,4 Millionen Haushalten vorgesehen hatte, verließ man sich nicht auf die anderswo gängige Technologie, das Koaxialkabel, sondern gab dem Druck der einschlägigen Lobby nach und entschied zugunsten des wesentlich teureren Glasfaserkabels.

Katastrophe Nummer zwei: Die Hauptakteure, die staatliche France Télécom und drei private Operateure, nämlich die Compagnie Générale des Eaux, die Lyonnaise des Eaux und La Caisse des Dépôts, scheiterten sodann nicht nur an technischen, sondern auch an finanziellen, administrativen und politischen Problemen. Alle Bürgermeister, die in ihrer Stadt flugs ein paar Straßenzüge verkabeln hatten lassen, um zu beweisen, wie aufgeschlossen sie seien, mußten horrende Kosten übernehmen und schlitterten alsbald in ein furchtbares finanzielles Debakel, weil fast niemand einen Kabelanschluß wollte.

Katastrophe Nummer drei: Die staatliche Télécom überwarf sich mit den Operators, weil die einstigen Prognosen sich allesamt als unrealistisch erwiesen, die Zeitpläne nicht eingehalten wurden und die technischen Erwartungen keineswegs eingetroffen sind. Das riskante Experiment mit dem Glasfaserkabel hat dreimal mehr gekostet als ursprünglich angenommen, so daß man auf eine billigere Variante umschwenken mußte. Ab 1986 wurden obendrein auch private Operateure zugelassen, die noch retten sollten, was zu retten war.

Katastrophe Nummer vier: Das Programmangebot war den Franzosen im Hinblick auf die fetten Tarife zu mager. So stieß etwa der im Jänner 1986 für Kinder geschaffene *Canal J* bei ihnen anfangs ebenso wenig auf Begeisterung wie andere französische Programme, etwa *TV Sport*, *Ciné-Cinéma* oder *Planète*. Die fremdsprachigen waren ohnehin zu vergessen, weil die wenigsten Franzosen Englisch verstehen. Als größtes Handicap erwies sich, daß der erfolgreiche *Canal plus* terrestrisch zu empfangen ist und daher ohne Kabel auskommt.

Trotz aller Rettungsaktionen ist die Ernüchterung über diese technisch-kommerzielle Groteske allseits und landesweit groß: Anfang 1989 zahlten nicht einmal 50.000 Franzosen die stolzen Abonnementgebühren. In Paris leisteten sich damals nur 10.000 von 325.000 in Frage kommenden, weil theoretisch anschließbaren Familien den Spaß, für monatlich 148 Francs siebzehn Kanäle abrufen zu können. Aufgrund massiv gesenkter Tarife sowie emsiger Bemühungen, die großteils auf das Konto neuer Operateure gehen, konnte zwar die Zahl der Kabelnetze rasch verdoppelt werden, und auch die Zahl der Abonnenten wurde beträchtlich erhöht: Ende 1989 waren in den rund neunzig Kabelregionen laut Agence Câble exakt 243.899 Haushalte der neuen Technologie im wahrsten Sinne des Wortes verbunden, was einer landesweiten Reichweite von lediglich 1,2 Prozent entspricht. Auch wenn das Publikumsinteresse momentan ebenso rasant zunimmt wie das programmliche Angebot, steht eines fest: Kabelfernsehen hat sich in Frankreich zweifellos zu einem gewaltigen Flop ausgewachsen. Im Jahr 2000 wird es bestenfalls in jedem dritten französischen Haushalt — insgesamt also von 6,6 Millionen Familien — zu empfangen sein.

■ In **GROSSBRITANNIEN** sieht es nicht wesentlich besser aus: Mit elf Pilotprojekten sollte im November 1983 die Tür ins neue TV-Zeitalter aufgestoßen werden. Doch die Euphorie wich im Nu der Frustration: Zwei Gesellschaften haben sich gar nicht erst an die Arbeit gemacht und die anderen teilweise alle ihre Sünden abgebüßt. Das Unterfangen, auf der Insel kreuz und quer Kabel zu verlegen, hat sich als enorm kostspielig erwiesen. In der Zwischenzeit konnte zwar eine Reihe anderer Operators die nötigen Finanzmittel und die Erlaubnis auftreiben, weitere Kabelnetze zu errichten, aber die Anlaufphase erforderte enorm viel Geduld: Im März 1989 lagen erst 1,7 der 21,4 Millionen Haushalte in verkabelten Gebieten und bloß 65.000 konnten tatsächlich via Breitbandkabel die Programme empfangen. Für Jon Davey, den Generaldirektor der Cable Authority, indes kein Grund zur Resignation: „Es gab bisher zwar etliche Troubles, aber seit kurzem erleben wir einen Boom." In der Tat brachten die Jahre 1989/90 ein Rekordergebnis: Die Zahl der Anschlüsse schnellte in diesem Zeitraum auf 300.000 empor. Die Prognose, die Davey für die Zukunft erstellt, kann sich wahrlich sehen lassen: 1996 sollten schon 7,5 Millionen Wohnungen Zugang zum Kabel haben. Obendrein könnten zu diesem Zeitpunkt 5,5 Millionen Antennen in Verwendung stehen, womit die Penetration insgesamt bei über sechzig Prozent läge. Der im Königreich immer stärker spürbare Optimismus basiert auf zwei Prämissen: Erstens würde das wachsende Programmsortiment immer mehr Briten neugierig und damit automatisch zu Abonnenten machen; und zweitens sind in den vergangenen drei, vier Jahren reihenweise amerikanische und kanadische Investoren ins englische Kabelgeschäft eingestiegen, die als Garanten des Erfolgs gelten.
So zum Beispiel können sich die Londoner Kabelgesellschaften City Centre Cable, East London Telecommunications und Cable Corp. ebenso auf ausländisches Kapital verlassen wie Southampton Cable, Cable North oder East Lancashire Cablevision. Hinter den einen stecken die US-Firmen Pacific Telesis, Jones Intercable, US West und Comcast, hinter den anderen die kanadischen Geldgeber Videotron, Cablecasting und Maclean Hunter Cable TV. Die Amerikaner haben nicht nur das nötige Know-how, sondern auch den erforderlichen Punch mitgebracht. Wenn die Stars der US-Kabelindustrie, die 1989 immerhin 500mal größer als die britische war, im Königreich — und nicht nur dort, sondern auch in Schweden, Norwegen, Dänemark oder Frankreich — ihre Dollars anlegen, so bedeutet das zweifellos mehr als reine Entwicklungshilfe: Sie schwören einfach aufgrund eigener Erfahrungen auf diese langfristigen Investments, weil sie überzeugt sind, daß sie am Ende der Wüste Gras finden werden. Und amerikanische Kapitalisten können eben — zum Unterschied etwa von britischen — sehr langfristig denken.

DER KRIEG DER SATELLITEN

Satelliten-TV ist so wie Aids: In Europa haben es noch nicht sehr viele, aber irgendwann kann daraus eine Seuche werden.
Die einschlägigen Pioniere benötigen aber eine blühende Phantasie sowie eine äußerst stabile Psyche, um die Zukunft halbwegs optimistisch oder gar euphorisch einschätzen zu können. Im Augenblick treten sie nämlich in ei-

ner pompösen Arena vor nahezu menschenleeren Rängen auf und müssen hoffen, daß sich ihr sündteures Spektakel irgendwann einmal bezahlt macht. Auf eine Sternstunde warten neben den Programm-Artisten jene Regisseure im Hintergrund, die mit den Flugkörpern im All die technischen Voraussetzungen für das neue Fernsehen schaffen:

■ Die internationale Organisation der europäischen Postverwaltungen, Eutelsat[52]), ist mit ihren Fernmeldesatelliten, die auch für Telefonverbindungen und die übliche Geschäftskommunikation zuständig sind, lange konkurrenzlos geblieben und daher ein wenig behäbig geworden. Ihre Himmelskörper verbreiteten in ihrer besten Zeit 21 TV- und elf Radioprogramme und waren insbesondere für die Deutschen von Bedeutung, weil sie *SAT 1*, *RTL plus*, *3SAT* und den *Teleclub* abstrahlten. Die allmählich altersschwache Generation der elektronischen Eutelsat-Sterne wird aber sukzessive von der nächsten abgelöst, die mit jeweils sechzehn Transpondern eine größere Kapazität und eine höhere Sendeleistung aufweist — F 1 und F 2 sind bereits in Aktion, F 3 bis F 6 sollen in Abständen von jeweils sechs bis acht Monaten folgen. Die Non-Profit-Organisation, die 1988 erstmals keine roten Zahlen schrieb, will Ende 1993 fast hundert Transponder offerieren, wovon Mitte 1989 bereits 49 vermietet waren.[53]) Sie wird die Konkurrenz obendrein mit einer Tarifsenkung schockieren und damit für Unruhe am Markt sorgen.
■ Die 1964 gegründete weltweite Vereinigung Intelsat[54]) wiederum betreibt im Orbit ein weltweites Netz an kommerziell genutzten Satelliten. Diese waren bislang beispielsweise für die deutschen Programme *Tele 5*, *Pro 7*, *Eins Plus* und *3SAT* sowie für die skandinavischen und etliche englische unentbehrlich. Was künftig nicht mehr der Fall ist: Ihre einst dominante Position verlor sie nämlich — auch wenn zwischen 1992 und 1994 drei weitere Intelsat-Satelliten in die Luft gehen sollen — beinahe ruckartig an die direktstrahlenden Rundfunksatelliten[55]) vom Typus Kopernikus, die die genannten Programme übernommen haben. Der augenfälligste Unterschied: Während die Bild- und Tonsignale bei den Eutel- und Intelsat-Satelliten erst in terrestrische Richtfunk- oder Kabelnetze eingespeist werden müssen, sind die Programme der neuen Flugkörper per Parabolantenne direkt zu empfangen.
Die Direktsatelliten kosten etwa 370 Millionen Mark, werden z.B. von der Münchner Eurosatellite GesmbH gebaut und haben es so an sich, daß sie bisweilen jämmerlich versagen[56]): Der am 21. November 1987 von der Trägerrakete Ariane ins All beförderte deutsche TV-Sat 1 konnte, nachdem sich dummerweise ein Sonnenkollektor eingeklemmt hatte, nicht in Betrieb genommen werden und landete „auf der Müllhalde der Mediengeschichte" (*Der Spiegel*). Während der Edelschrott — ursprünglich dazu auserkoren, die Sender *ARD 1*, *RTL plus*, *SAT 1* und *3SAT* zu betreuen — seither nutzlos im Weltraum herumhängt, stellte sich sein französischer Bruder von Anfang an eindeutig geschickter an: Er war im Auftrag der staatlichen Télédiffusion de France (TDF) am 28. Oktober 1988 von Kourou in Französisch-Guayana aus ohne Schwierigkeiten gestartet, plazierte sich am 8. November an seinem endgültigen Standort (19 Grad West) und darf theoretisch für sich in Anspruch nehmen, der erste funktionierende Direktsatellit zu sein. Der kleine Wermutstropfen: In der Praxis konnte der TDF 1 in der Sendenorm D2-MAC monatelang nur Testbilder und kurze Promotionsfilme auf die Erde schicken, weil es dort erstens noch keine Decoder zu kaufen gab und zwei-

tens die Entscheidung auf sich warten ließ, wer die fünf Kanäle mit Programmen bestücken werde.
Die Franzosen durften sich jedenfalls freuen, mit ihrem zwei Milliarden Francs teuren Projekt die Nase vorn zu haben — aber nicht lange: Am 8. Dezember 1988 machte sich nämlich die Rakete Ariane 4 mit dem 1.756 Kilo schweren Medium-Power-Satelliten Astra vom Weltraumbahnhof Kourou aus auf die Reise. Diesen elektronischen Flugkörper, dessen Start ursprünglich für Mai 1987 vorgesehen war, hatte kaum jemand ernst genommen, geschweige denn als Konkurrenz zur französisch-deutschen Allianz betrachtet. Dennoch schaffte gerade er das Kunststück, zum Markstein der modernen Television zu werden: Als „wirklich gesamteuropäischer Satellit", so das Branchenblatt *Infosat*, entzückt er seit 5. Februar 1989 mit den ersten von insgesamt sechzehn Programmen all jene Westeuropäer, die entweder über einen Kabelanschluß oder eine 60-Zentimeter-Parabolantenne verfügen.
Die staatlichen Postverwaltungen mußten sich damit einem privaten, kommerziell orientierten Unternehmen geschlagen geben: Die Société Européenn des Satellites (SES) befindet sich im Besitz von französischen, britischen, deutschen, belgischen, schwedischen und luxemburgischen Aktionären[57]), die in den Coup vorerst rund 450 Millionen Mark investiert hatten. Das Herz dieses Unternehmens schlägt im Großherzogtum Luxemburg, wo sich die futuristisch anmutende Firmenzentrale, ein Spiegelglasblock mitten im Betzdorfer Wald unweit des halbverfallenen großherzoglichen Schlosses, befindet und wo in Rekordzeit auch eine Bodenstation errichtet wurde. SES-Generaldirektor Dr. Pierre Meyrat, ein trockener Schweizer, der früher den Pay-TV-Kanal *Teleclub* aufgebaut hatte, mußte zwar einige Monate lang zittern, weil langwierige Verhandlungen, etwa mit Robert Maxwell, Ted Turner und einigen Deutschen, ergebnislos blieben und niemand von ihnen einen Astra-Kanal anmieten wollte. Schließlich konnte Meyrat aber mit Rupert Murdoch handelseins werden, der in der ersten Begeisterung gleich mehrere Programme zu starten entschlossen war. Das gab den Astra-Leuten einen derartigen Auftrieb, daß sie — obwohl damals fünf Kanäle des Erdtrabanten noch gar nicht belegt waren — spontan einen zweiten, und in der Folge sogar einen dritten Satelliten ankündigten. Die Luxemburger stellten weitere 300 Millionen Mark bereit, um 1991 Astra 1 B auf der gleichen Orbitalposition wie Astra 1 A — 19,2 Grad Ost — zu parken. Nachdem Meyrat eine Reihe prominenter Kunden für seinen Erstling gewinnen konnte — etwa die deutschsprachigen Sender *RTL plus*, *SAT 1*, *Pro 7*, *Teleclub* und *3SAT*, die englischen Programme *MTV Europe*, *Childrens Channel*, *Lifestyle* oder *Channel e*, weiters die schwedischen Kanäle *TV 3* und *TV 1000*, das holländische *RTL 4* sowie das britisch-niederländische *FilmNet* — kann er ruhigen Gewissens im siebenten Satellitenhimmel schweben. Denn abgesehen davon, daß seine Company schon jetzt schwarze Zahlen schreibt, gibt es auch für den Astra 1 B bereits genügend Interessenten — so etwa den *Discovery Channel*, den *Disney Channel* und den *Super Channel*, aber auch die ARD, das ZDF, das deutsche *Tele 5* sowie englische, skandinavische und türkische TV-Macher. Und damit ist dem einstigen Outsider aus Luxemburg das Kunststück geglückt, sich als Marktleader europaweit zu profilieren — eine Position, die ihm wohl jahrelang nicht mehr streitig zu machen ist.
Die Franzosen wollten anfangs nicht tatenlos zusehen, sondern lieber blitzartig mitziehen und mit TDF 2 ab 1990 das immer größer werdende Gedränge am Himmel verstärken. Aber es setzte zunächst einen unerwarteten Rück-

schlag: Die Ariane-Rakete stürzte am 23. Februar 1990 auf ihrem Flug Nr. 36 mitsamt einem japanischen Direktsatelliten ab. Aufgrund dieses Malheurs mußte der Launch des zum Abflug bereitstehenden TDF 2 auf den Sommer verschoben werden. Zwei Monate nach dem Start des Zweiers kam es allerdings zu einer Reihe von Pannen — so etwa funktionieren zwei der sechs Transponder nicht —, womit das gesamte Milliardenprojekt der Franzosen in Frage gestellt war, ehe der kommerzielle Sendebetrieb begonnen hat.
Ein paar andere Senkrechtstarter, die nicht unterschätzt werden sollten, tummeln sich mittlerweile ebenfalls im Orbit und wollen in diesem Hasardspiel am Himmel eifrig mitmischen:

- Die Swedish Space Corporation hat sich am 2. April 1989 mit dem Tele X eingeschaltet. Dieser war urprünglich als skandinavische Kooperation geplant, aber die schwedische Regierung fand an ihm wenig Gefallen, und dann stieg im letzten Moment auch Norwegen aus. Die Nachbarn begnügten sich mit einem Transponder, der das Programm *NRK* abstrahlt. Um die beiden anderen Kanäle, die ab September 1989 betriebsbereit waren, hatten sich vorerst das Verlagshaus Bonnier, Sveriges Radio sowie die Kinnevik-Gruppe, Inhaber von *Scansat TV 3*, gestritten. Da jedoch die Entscheidung endlos auf sich warten ließ, blieb der Tele X monatelang eine lahme Ente. Schließlich wurde ihm das private Vollprogramm *TV 4* zum Direktempfang in Schweden anvertraut.
- Am 5. Juni 1989 wurde, wie in allen anderen Fällen mit einiger Verspätung, im Auftrag der Deutschen Bundespost der Low-Power-Satellit DFS 1 Kopernikus ins All geschossen — womit laut Postminister Dr. Christian Schwarz-Schilling „ein neues Kapitel in der deutschen Kommunikationsgeschichte aufgeschlagen ist". Er hat zwölf TV-Kanäle, die zunächst einmal mit den auf dem Intelsat VA-F 12 stationierten Programmen *Tele 5*, *Pro 7*, *Eins Plus*, *Bayern 3* und *West 3* bestückt wurden. Die anfängliche Euphorie bei der Bundespost — schließlich sollten acht deutsche Programme, die zuvor auf drei Satelliten verteilt waren, auf einer einzigen Orbitposition versammelt werden — wich jedoch alsbald einer beachtlichen Konfusion: Der DFS 1 hatte nämlich für merkwürdige Kapriolen gesorgt, so daß zahllose deutsche Bildschirme stundenlang ohne Bild waren. Der DFS 2, am 25. Juli 1990 von der Ariane-Rakete ins All transportiert, mußte ihm daher schleunigst beistehen und sämtliche Fernmeldedienste abnehmen.
- Seit Juli 1989 hängt der Experimentier-Satellit Olympus in der Luft, der im Dienste der European Space Agency (ESA) steht und primär wissenschaftlichen Zwecken dient. An seinen beiden Transpondern fanden die RAI sowie die BBC Gefallen. Die Italiener entschieden sich für ein tägliches Lehrprogramm; die Briten schlossen einen Fünfjahresvertrag ab, um ab Sommer 1990 das Programm *BBC Olympia* in die europäischen Kabelnetze einzuspeisen.
- Der deutsche TV-Sat 2 hob schließlich im August 1989 ab und übernahm alsbald die Programme *3SAT*, *RTL plus*, *SAT 1* und *Eins plus*. Der in 36.000 Kilometer Höhe über dem Äquator stationierte TV-Stern wurde indes im Handumdrehen Gegenstand „einer elektronischen Posse ohnegleichen" (*Der Spiegel*): Die Bundesbürger wollten bzw. konnten seine Signale nämlich monatelang nicht empfangen, da hiefür erstens keine geeigneten Fernsehgeräte vorhanden waren und die genannten Programme zweitens ohnedies auf andere Weise ins Haus geliefert wurden. Da es dem 625 Millionen Mark teuren

TV-Sat 2 nach dem kostenlosen Probebetrieb auch vorerst nicht vergönnt war, wenigstens bei den öffentlich-rechtlichen Anstalten ARD und ZDF abzukassieren, schien sein Schicksal als himmlische Fehlinvestition rasch besiegelt. Deutsche Magazine verhöhnten ihn daraufhin genüßlich als „Blindenanstalt im Weltraum". Die Regierung bemühte sich jedoch in Gestalt von Postminister Christian Schwarz-Schilling auf Teufel komm raus, die Programmanbieter, speziell ARD und ZDF, die Industrie sowie die DBP Telekom auf den ungeliebten D2-MAC-Standard dieses Satelliten einzuschwören.

■ Schließlich machte sich der Satellit Marco Polo 1 Ende August 1989 an Bord einer Delta-Rakete von Cape Canaveral aus auf die Reise, womit die britische BSB (British Satellite Broadcasting) erstmals aktiv ins Geschehen eingriff. Das Londoner Konsortium, das für Astra und die Murdoch-Programme eine unmittelbare Konkurrenz darstellt, hatte zwar mit einer Terminverschiebung gerechnet, letztlich aber das geplante Startdatum penibel eingehalten.

Das europaweite TV-Feuerwerk versetzte die auf Unterhaltungselektronik spezialisierte Industrie sogleich in eine fröhliche Hektik: Sie durfte sich plötzlich Hoffnungen machen, in Großbritannien, Frankreich und Deutschland groß ins Geschäft zu kommen, wenn — und das war die Gretchenfrage — genügend Kunden mitspielen würden. Diese hätten doch — lautete das einhellige Kalkül — überall ein rasant wachsendes Angebot zu erwarten: Neben diversen Eutel- bzw. Intelsats und dem Astra 1 B werden in absehbarer Zukunft weitere Satelliten den Kampf ums Publikum aufnehmen, etwa der italienische Italsat, der französische Telecom II oder die spanischen Flugkörper Hispasat F 1 und F 2. In Wahrheit nahm aber — und das ahnten damals offenbar die wenigsten — die Verwirrung der TV-Teilnehmer ebenso beachtlich zu wie die finanziellen Ausgaben für die notwendig gewordenen Apparate:

Da die TV-Satelliten in unterschiedlichen Frequenzbereichen ausstrahlen und sich komischerweise auf verschiedene Fernsehnormen kaprizieren — u.a. auf PAL[58]), D-MAC und D2-MAC[59]) —, müßte etwa ein deutscher Konsument, der alles sehen möchte, gleich mehrere Antennen, Konverter und Decoder anschaffen. Das wiederum mußte sich automatisch als Schönheitsfehler entpuppen, der dem Satelliten-TV wohl einiges von seinem vermeintlichen Glanz rauben dürfte. Schließlich ginge die bessere Bild- und Tonqualität, die D2-MAC verspricht, ganz schön ins Geld: Wer nicht Kabel-Kunde, sondern sozusagen Selbstversorger ist, der hätte sich neben einer Satelliten-„Schüssel" entweder gleich ein neues TV-Gerät kaufen müssen, bei dem Tuner und D2-MAC-Decoder integriert sind; oder er hätte lediglich das entsprechende Zubehör erwerben können — falls er bereits einen Farbapparat mit Scart-Buchse besitzt.

Das tragische Dilemma, das dem auf die glücklose „Europa-Norm" D2-MAC dressierten deutschen TV-Sat 2 drohte, brachte schließlich auch jenes Mammutprojekt arg ins Wanken, das unter dem Schlagwort HDTV (Hochzeilenfernsehen) per Breitwandbild im Wohnzimmer eine schönere TV-Welt ermöglichen sollte. Nachdem die Japaner drauf und dran waren, mit ihrem System Hi-Vision beim größten Konsum-Business des Jahrhunderts im Alleingang kräftig abzukassieren — immerhin wird das Superfernsehen der Zukunft etwa 600 Milliarden Mark Umsatz abwerfen —, hatten die europäi-

schen Unterhaltungselektroniker, also Konzerne wie Philips, Thomson und Bosch, notgedrungen eine andere Strategie propagiert: Anders als die fernöstlichen Rivalen, die ihrer Kundschaft den Kauf eines sündteuren Hi-Vision-TV-Geräts zumuteten, entschieden sich die HDTV-Verfechter in Europa für einen stufenweisen Übergang von PAL via D2-MAC auf HD-MAC. Dieses scheinbar konsumentenfreundliche, weil angeblich billigere Konzept — das neue Fernsehen sollte nämlich zum alten System kompatibel sein — erwies sich allerdings, so *Der Spiegel*, als „raffinierte Mogelpackung“: Die Europäer sollten gezwungen werden, „in kurzem Abstand zwei neue TV-Geräte zu kaufen — jetzt eines für D2-MAC und nachher eins für HD-MAC“. Das Chaos um D2-MAC habe indes letztlich alles zunichte gemacht.
Ein Normen-Wirrwarr wie in Deutschland und Frankreich zeichnet sich übrigens auch in Großbritannien ab: Dort hat sich Astra für PAL entschieden, während BSB als einzige Fernsehgesellschaft der Welt auf D-MAC schwört. Die Ungewißheit, wie es — technisch gesehen — weitergeht, dürfte für das Satelliten-TV auch auf der Insel zu einer gewaltigen Hürde werden.
Fazit: Die europäischen Satellitenbetreiber lassen sich lieber auf mörderische Duelle ein, als vernünftige Kooperationen einzugehen. Die Industriefirmen wissen schon gar nicht mehr, was sie wirklich produzieren sollen. Und die Konsumenten werden vorerst einmal tief in die Tasche greifen müssen, ehe sie sich dem totalen TV-Genuß hingeben können.
Die Programme, die Europas TV-Freaks in reichem Maße zur Verfügung stünden, lassen sich zum einen bequem nach der Sprache einteilen: Da gibt es jene, die sich primär in deutschsprachigen Ländern um Zuseher bemühen — *3SAT*, *Eins plus*, *SAT 1*, *RTL plus*, *Tele 5* oder *Pro 7*; ferner solche, deren wichtigster Markt Frankreich ist — *TV 5*, *TF 1*, *La Cinq und M 6*; oder schließlich die englischsprachigen — beispielsweise Murdochs *Sky*-Kanäle, *Super Channel*, *Screensport* oder *Lifestyle*.
Auch nach der Programmart läßt sich unschwer differenzieren:
Die einen sind sogenannte Mischprogramme — *Sat 1*, *RTL plus*, *Tele 5*, *M 6*, *La Cinq*, *Sky Channel* oder *Super Channel* — und bieten neben Unterhaltung auch Information und Kultur. Insgesamt ein nicht ganz so rundes Angebot wie es die Vollprogramme der öffentlich-rechtlichen Anstalten offerieren, aber immerhin.
Die anderen beschränken sich indes auf Spartenprogramme, die sich gezielt an eine bestimmte Sehergruppe wenden — *Lifestyle* betreut Hausfrauen, denen langweilig ist; *Screensport* kümmert sich um Sportfans, die sich endlos an Rugby, Football oder Golf berauschen können; der *Children's Channel* betäubt die lieben Kleinen, auf daß ihre Mütter Ruhe haben; für unermüdliche Filmfreaks wurden schließlich etwa *Canal plus*, *Premiere* oder *FilmNet* erfunden.
Alle zusammen realisieren das, was vor ein paar Jahren noch reine Utopie war: Wer stolzer Besitzer einer Satellitenempfangsanlage ist, die nicht gerade billig, aber für die meisten doch erschwinglich ist, der kann sich — auch wenn er in der tiefsten Provinz wohnt — auf Knopfdruck problemlos die weite Welt ins Wohnzimmer holen. Womit Fernsehabende für den Durchschnittsbürger zum spannenden Erlebnis werden: Er kann beispielsweise mit *Eurosport* beginnen, wo sich zwei britische Rugby-Spieler soeben die Schädel einhauen; dann auf den amerikanischen News-Sender *CNN* umschalten, wo gerade ein Werbespot von Bell Telephone läuft — Slogan: „Reach Out and Touch Someone“; nahtlos auf *3SAT* überwechseln, um zu verfolgen, wie

Rhett Butler seine geliebte Scarlett aus dem brennenden Atlanta rettet; anschließend kommen Nachrichten in italienischer Sprache auf *Rai Uno* an die Reihe; und zum krönenden Abschluß läßt er sich auf *MTV* vom Gezappel eines Pop-Königs namens Prince verwöhnen.
Die Zahl der Programme nahm in den vergangenen Jahren sprunghaft zu: Laut einer Studie von Pan European Television Audience Research gab es 1988 fast dreimal mehr als drei Jahre zuvor. Diese sind aber via Kabel lediglich ein paar Millionen Europäern zugänglich gewesen. Überdies standen im westlichen Europa erst etwas mehr als 100.000 Haushalten eigene Antennen zur Verfügung. Auch wenn es Ende 1990 schon zehnmal so viele sind, läßt sich eines kaum leugnen: Satelliten-TV spielt sich immer noch beinahe unter Ausschluß der Öffentlichkeit ab.

DIE TROUBLES DER PIONIERE

Was aus dem Satellitenfernsehen einmal wird, steht zwar in den Sternen — trotzdem haben viele hochfliegende Pläne. Der Run auf weitere Kanäle ist, wie sich in **FRANKREICH** zeigte, beinahe mörderisch. Dort haben sich etwa zwanzig Projektgruppen um einen Platz am TDF 1 beworben.
Am 20. April 1989 traf der CSA (Conseil supérieur de l'audiovisuel), der in der Verfassung verankerte oberste Medienrat, diese diffizile Entscheidung[60]). Er flocht aus den zahlreichen Möglichkeiten ein hübsches „Bouquet an neuen Programmen" (CSA-Chef Jacques Boutet), das so ganz nach dem Geschmack der französischen Film- und Musikfreaks, Sporttiger, Kinder sowie der an Kultur interessierten Bürger sein sollte. Es bestand aus vier Pay-TV-Kanälen, zwei Gratis- und drei Radioprogrammen:
▪ *Canal plus* darf zwecks Verbesserung des Reichweitenpotentials sein Programm auch per Satellit verbreiten — allerdings waren die erforderlichen Decoder erst ab Mitte 1990 erhältlich;
▪ *Canal Enfants*, ein Abonnementprogramm für Kinder[61]), sollte sich einen Transponder mit dem Popvideoclipsender *Euromusique* teilen, der sich ursprünglich als „französischer Botschafter für die europäische Jugend sowie als Umschlagplatz der französischen Plattenindustrie" verstand — das Projekt ist allerdings kläglich gescheitert[62]);
▪ *La Sept* strahlt ab 1. Juni 1989 ein qualitativ hochwertiges Gratis-Kulturprogramm für anspruchsvolle Franzosen aus[63]);
▪ ein von *Canal plus* gemeinsam mit Bertelsmann konzipierter deutsch-sprachiger Pay-TV-Kanal namens *Premiere* sollte ab 1991 auf Sendung sein[64]) — inzwischen hat sich der Abo-Sender allerdings für den deutschen Kopernikus-Satelliten sowie Astra 1B entschieden;
▪ *Sport 2/3*, ein Ganztagesprogramm von *FR 3* und *Antenne 2*, darf schließlich erst 1993 auf Sendung gehen[65]);
Am Sektor Hörfunk fiel die Wahl auf
▪ *Radio France*, das zwei Stereo-Kanäle (für ein Musik- und ein Kulturprogramm) zugesprochen bekam, und
▪ *Radio France International*, das einen Mono-Kanal erhielt.
Während sich Mitterrand-Freund André Rousselet, der Chef von *Canal plus*, als eindeutiger Sieger feiern lassen konnte — er bekam, was er wollte —, gab es gleich mehrere prominente Verlierer: Nicht zum Zug kam beispiels-

weise der deutsche Bewerber Leo Kirch, der den Pay-TV-Kanal *Teleclub* und ein Familienprogramm namens *Téléfan* offeriert hatte — dafür hängte er sich in der Folge an die Kooperation von *Canal plus* und Bertelsmann an. Ohne Chancen blieben auch der Italiener Silvio Berlusconi, die luxemburgische CLT sowie die Deutsche Bundespost, die digitalen Hörfunk machen wollte. Ebenfalls kein Gehör fanden die beiden Staatssender *Antenne 2* und *FR 3* mit dem Wunsch, ihre Programme zusätzlich via Satellit ausstrahlen zu dürfen. Abgeblitzt ist schließlich der private Sender *TF 1*, dessen Boss Patrick Le Lay sich „alle fünf Kanäle oder gar nichts" gewünscht hatte — allerdings wirkte er im nachhinein beinahe erleichtert, daß er leer ausging. Denn seinen Schätzungen zufolge werden selbst in acht Jahren nicht mehr als 5,5 Millionen Antennen die Signale des Satelliten einfangen. Und heute sagt er, nicht ohne Genugtuung: „Das alles ist ein totaler Flop."

Jenen, auf die die „delikate Wahl" *(Le Monde)* gefallen ist, stand ein nicht gerade preiswertes Abenteuer bevor: Zunächst einmal waren von jedem TV-Kanal jährlich 75 Millionen Francs zu entrichten, jeder Radiosender mußte acht Millionen Francs zahlen. Dazu kommen die jährlichen Programmkosten: Der Kultursender *La Sept* zum Beispiel, der 1990 mit einem Budget von 450 Millionen Francs das Auslangen fand, hat sich bislang um 1,2 Milliarden Francs einen Programmvorrat von 1.700 Stunden zugelegt. *Canal Enfants* konnte im Startjahr rund 120 Millionen Francs aufwenden. Die genannten Ausgaben sollen sich im zweiten Sendejahr — etwa bei *La Sept* — gleich verdoppeln.

Dem standen zunächst angesichts der geringen potentiellen Zuseherzahlen — 300.000 schienen anfangs ein Traumziel zu sein — äußerst bescheidene Einnahmen gegenüber: Ob die neuen Kanäle genügend Franzosen derart ans Herz wachsen werden, daß die Einschaltziffern respektable Werbeerlöse nach sich ziehen, läßt sich noch schwer abschätzen. Die „normal" ausgestrahlten Programme wie *Canal plus*, der sich clevererweise sogleich mit der Industriefirma Sagem zusammengetan hat, um möglichst rasch Hunderttausende Antennen und Decoder auf den Markt zu werfen, sind sicherlich im Vorteil. Da das Satellitenangebot von *Canal plus* fast keine zusätzlichen Kosten erfordert, dürfte sich dieser Sender künftig — auch was Werbung anlangt — merklich leichter tun als die Konkurrenz.

Die übrigen Anbieter indes können sich diesbezüglich keine übertriebenen Hoffnungen machen; vor allem deshalb nicht, weil der Kontrollrat CSA das Land mit einem weiteren — dem siebenten — terrestrischen Programm, *Canal Enfants*, bereichert hat: Bei *La Sept*, wo man sich zwecks Steigerung der höchst bescheidenen Reichweite um eine terrestrische Ausstrahlung bemühte — allerdings vergeblich —, besteht kein Zweifel, daß der heimische Markt allein zu klein wäre: Der von Anfang an als französisch-deutsche Kooperation konzipierte Sender sollte daher mit seinem alternativen Programm im gehobenen Genre beide Länder — und auch noch andere — abdecken und dem Publikum beweisen, daß Fernsehen sehr wohl etwas mit Kultur zu tun haben kann. Die Bundesrepublik, die jährlich 120 Millionen Mark in dieses Projekt zu pumpen beabsichtigte, versah den Weg zur geplanten Kulturfusion allerdings mit jeder Menge bürokratischer Stolpersteine, so daß die für 1. Jänner 1990 vorgesehene Premiere immer wieder verschoben wurde.

Die TV-Fans beider Länder mußten sich daher endlos gedulden, denn das transnationale Programm, nach dem erklärten Willen der Herren Kohl und Mitterrand „Grundstein für ein vertieftes Verständnis der beiden Völker", ist zum Mittelpunkt einer medienpolitischen Groteske ersten Ranges geworden — und rückte folglich in weite Ferne. Dafür ist *La Sept* etwa in Belgien, in der Schweiz sowie in Polen und der Tschechoslowakei bereits eine echte Bereicherung des TV-Angebots geworden.

*

In **GROSSBRITANNIEN** wurde die TV-Zukunft auf typisch britische Weise eingeleitet — mit einer Kommission und einem White Paper.
Doch schön der Reihe nach: Was für andere Länder immer noch als vorbildhaft gilt — das Nebeneinander von offiziösem und privatem Fernsehen —, ist in England schon seit Jahren Thema einer breiten öffentlichen Diskussion. Das komfortable Duopol erlaubt es einerseits der 1926 per königlicher Charta geschaffenen BBC, die aus Gebühren finanziert wird, und anderseits den privaten ITV-Gesellschaften, die ausschließlich von Werbeeinnahmen leben, nach Belieben zu schalten und zu walten. Der TV-Industrie mit ihren 35.000 Beschäftigten stehen zwar gigantische Geldsummen zur Verfügung, den zwangsbeglückten Briten jedoch wenig programmliche Alternativen.
Im März 1985 wurde daher Professor Alan Peacock samt einem nach ihm benannten Committee beauftragt, sich den Kopf der Regierung zu zerbrechen, wie es mit der Fernsehbranche weitergehen könne. Der Weisenrat untersuchte damals nicht nur ökonomische Fragen, sondern griff auch gleich brisante politische auf und empfahl schließlich eine radikale Abkehr von der alten Ordnung. Er vertrat etwa die Auffassung, daß ein stärkerer Wettbewerb einerseits dem Publikum ein größeres Angebot böte, und anderseits bei den Anstalten zu mehr Produktivität und sinkenden Kosten führen müsse.
Diese Überlegungen sickerten sodann in jenes Regierungskonzept ein, das Innenminister Douglas Hurd am 7. November 1988 im Unterhaus vorgestellt hat.[66]) Dieses Weißbuch, laut *Spiegel* Maggy Thatchers „umfassender Kriegsplan zur Niederringung des Fernsehens", sah unter dem Schlagwort Deregulierung eine umfassende Neuordnung des britischen Rundfunk- und TV-Systems vor. Die sendungsbewußte Premierministerin, die in BBC- und ITV-Beiträgen häufiger kritisiert worden war, als es ihr lieb sein konnte, konterte nun auf herbe Weise: Nach ihren Vorstellungen sollen auch in der elektronischen Medienlandschaft künftig die Gesetze der freien Marktwirtschaft gelten — das heißt: mehr Konkurrenz, mehr Auswahl, aber auch weniger Vorschriften und weniger Staatseinfluß.
Konkret soll es in den neunziger Jahren — so der Vorschlag — ein weiteres TV-Programm, *Channel 5*, drei neue kommerzielle Radiostationen und Hunderte lokale Hörfunksender sowie zwei Satellitenanbieter geben. Natürlich gibt es auch eine neue Oberinstanz — anstelle der Independent Broadcasting Authority (IBA) ab 1. Januar 1991 die Independent Television Commission (ITC), die für alle Belange des Kommerzfernsehens zuständig ist[67]) — und selbstverständlich neue Spielregeln: So zum Beispiel wird die Zahl der ITV-Firmen verringert werden; bei der Lizenzvergabe Ende 1991 soll primär die finanzielle Potenz der Bewerber berücksichtigt werden. Das könnte unter Umständen bedeuten, daß die jetzigen Betreiber mangels Kapitalkraft abblitzen und britischen Medienriesen oder irgendeinem Ausländer weichen müßten. Die BBC wiederum muß sich auf eine schrittweise Abschaffung der TV-Gebühren einstellen; die Zuseher werden künftig nur für jene Programme zahlen, die sie tatsächlich konsumieren.

Die zahlreichen Novitäten im White Paper lösten allseits nervöse Reaktionen aus. Kurioserweise zitterte aber jeder der Betroffenen in öffentlichen Statements um das Überleben der Mitbewerber, nicht um sein eigenes: BBC-Generaldirektor Michael Checkland, fest überzeugt, daß seine Anstalt „a cornerstone of British Broadcasting" bleiben werde, sah beispielsweise für den anspruchsvollen *Channel 4* schwarz. Michael Grade wiederum, der Boss von *Channel 4*, brachte seine Ängste um jene ITV-Gesellschaften zum Ausdruck, die als nicht besonders finanzstark gelten. Und ITV-Chairman Richard Dunn kondolierte nicht seinen Parteigängern, für die er sogleich mit Hilfe einer 15-Millionen-Pfund-Werbekampagne Stimmung zu machen trachtete, sondern bedauerte eher die BBC, die demnächst erfahren werde, was Konkurrenz wirklich bedeutet.

Die allgemeine, mit vielen Ungewißheiten verbrämte Hektik wuchs sich dann schlagartig zu einer Hysterie aus — denn noch ehe das Parlament im November 1989 die Broadcasting Bill verabschiedet hat, wurde es ernst: Am 5. Februar 1989 begann nämlich das Duell zwischen dem betriebsbereiten Satelliten Astra und dem britischen Konsortium BSB (British Satellite Broadcasting), das erst im darauffolgenden August nachzog.

Rupert Murdoch, der in sechs Monaten im Westen von London, in Isleworth, einen Studiokomplex hatte aufstellen lassen, wo 400 Mann das dramatische Ereignis vorbereiteten, konnte sich erstmals an den Bildern seiner vier Satellitensender ergötzen. Als Zugpferd von Astra beglückte er die Briten mit *Sky Channel*, *Sky News*, *Sky Movies* und *Eurosport*[68]). In seinem Schlepptau hatten sich auch andere Mitstreiter für den Trabanten aus Luxemburg entschieden — etwa die schwedische Firma Esselte mit ihrem Spielfilmkanal *FilmNet* oder die W. H. Smith-Gruppe mit den Programmen *Lifestyle* und *Screensport*.

Die pompöse Premiere, die allerdings in höchstens 60.000 britischen Kabel-Haushalten verfolgt werden konnte, war der erste Höhepunkt in einem brutalen Wettlauf, bei dem es nicht zuletzt um die Software gegangen war: Murdoch, der auf die üppigen Vorräte seiner Filmfirma Twentieth Century Fox zugreifen kann, hatte zum einen mit der Firma Warner einen Fünfjahresvertrag abgeschlossen, der ihm den Zugriff auf zahllose Programme sichert, und obendrein von Orion Pictures die TV-Rechte für 150 Filme erworben. Alles in allem kaufte er in Hollywood für ein Vermögen ein; die BSB-Leute indes hatten inzwischen wie wild bei den führenden US-Filmgiganten, wie Columbia, Paramount, MGM und Universal, geordert und dabei für 2.000 Streifen ebenfalls ein hübsches Sümmchen ausgegeben.[69]) Freilich: Die Murdoch-Crew konnte den Triumph genießen, als erster in den Krieg gezogen zu sein: „Wir haben", posaunte der damalige Sky-Boss Andrew Neil fröhlich aus, „in sechs Monaten etwas geschafft, wozu die etablierten Anstalten fünfzig Jahre brauchten."

Die Sky-Truppe, die im Teamwork mit der Elektronikfirma Amstrad sogleich den Fachhandel mit den nötigen Antennen überschüttete, hatte noch mehrere flotte Sprüche auf Lager: So zum Beispiel kündigte sie — peinlicherweise auch der Werbebranche — an, daß ihre Programme Ende 1989 schon in 1,15 Millionen englischen Haushalten zu empfangen wären; ein Jahr später sollten es 2,5 Millionen sein und 1993 gar fünf bis sechs. Diese Prognose, laut *Channel 4*-Chef Michael Grade „a complete Megalomania", erwiesen sich umgehend als grotesker Wunschtraum: Ende Mai 1989 waren nämlich erst 93.000 britische Familien in der Lage, die Programme zu empfangen. Die restlichen zeigten indes wenig Lust, mit den regenschirmgroßen Parabolantennen die Hausfassaden zu verunzieren. *Sky Television* konnte daher die erwarteten Werbeeinnahmen — fünfzehn Millionen Pfund im Jahr eins — getrost vergessen.

Aber auch das BSB-Konsortium hat hektische Monate erlebt: Sein Vorhaben, im August 1989 den ersten von zwei Satelliten in den Himmel zu jagen, schien zunächst aus technischen und finanziellen Gründen unrealistisch zu sein — aber überraschenderweise hat es dann doch geklappt. Der Marco Polo 1 zog allerdings im All aufgrund diverser Probleme monatelang untätig seine Kreise. BSB-Chef Anthony Simonds-Gooding spielte dennoch den zeitlichen Vorsprung Murdochs geschickt herunter: „Es ist wichtiger, das Richtige zu tun, als schnell zu sein."

Die BSB-Gruppe, hinter der zehn Investoren stehen, mußte noch eine ganze Menge richtig machen[70]): zum Beispiel ihr Startkapital massiv aufstocken; oder die Probleme bereinigen, die es um ihren in Schwierigkeiten geratenen Gesellschafter Alan Bond gab; oder die optimalen Antennenproduzenten auswählen — die Entscheidung fiel übrigens zugunsten der Firmen Ferguson, Salora, Tatung und Philips. Erst als das alles erledigt war, konnte sie im Frühjahr 1990 endgültig zu senden beginnen: Neben den drei ursprünglich geplanten — einem Film-, einem Sport- und einem Unterhaltungsprogramm — darf BSB auch jene beiden Kanäle betreiben, die von der Independent Broadcasting Authority öffentlich vergeben worden sind[71]), nämlich den Nachrichtensender *Now* und das Musikprogramm *The Power Station*. Das — reichlich optimistische — Ziel der BSB-Bosse lautete: 1,5 Millionen Haushalte nach einem Jahr, drei Millionen dann Anfang 1993. Im Juli 1990 jedenfalls hielten sie erst bei 500.000, wobei nur 30.000 mit den nötigen Antennen ausgestattet waren. Ob sich das mutige Investment — immerhin geht es um 2,2 Milliarden Pfund — jemals rechnen werde, war allerdings ähnlich ungewiß wie bei Murdoch.

Die einschlägigen Experten zweifelten jedenfalls stark daran. Sie sagten dem Satellitenfernsehen in Großbritannien eine eher düstere Zukunft voraus: Die Firma Logica Plc etwa prophezeite in ihrer Studie „Satellite Television Receivers — The European Market", daß Ende 1991 maximal zwei Millionen Haushalte Signale aus dem Orbit empfangen können. Der Londoner Marktforscher John Clemens glaubte, daß das zukünftige Potential in England bestenfalls bei zwanzig Prozent liegt — das wären demnach 4,2 Millionen Haushalte. Aufgrund dürftiger Reichweiten entfiele auf die neuen Kanäle nur ein relativ bescheidener Anteil vom TV-Werbekuchen — 1993 etwa zwölf Prozent oder 260 Millionen Pfund. Das wiederum hieße, daß sie sich primär aus Gebühren finanzieren müßten — und da wären zu diesem Zeitpunkt ungefähr 500 Millionen Pfund realistisch. Magere Aussichten für die Satelliten- Freaks malte auch Werbe-Lady Judy Thomas an die Wand: Sie ging davon aus, daß im Jahr 1996 zwar jeder zweite Haushalt dabei sein wird, aber die tatsächlichen Einschaltquoten bei bloß zwölf Prozent liegen dürften: „Die meisten Seher werden die gewohnten terrestrischen Programme bevorzugen." Ihre gruselige Conclusio: Womöglich wird kein einziger der derzeit bekannten Satellitensender überleben.

Insgesamt also ernüchternde Prognosen für die Newcomer, die sich auf eine teure Schlacht um ein relativ kleines Stück vom Kuchen gefaßt machen mußten. Die Pioniere kämpften aber beherzt weiter — großteils in nicht immer fairer Weise — gegeneinander[72]) und zeigten sich vorerst von solchen

Tönen keineswegs beeindruckt: Murdoch wollte jedenfalls ebensowenig wie das BSB-Konsortium auf der Gegenseite einsehen, daß die vorhandene Bühne für zwei Hauptdarsteller zu klein sein dürfte. Obzwar die Sky-Verluste im ersten Jahr an die 150 Millionen Pfund betrugen, dachte er offenbar keine Sekunde daran aufzugeben. Der Tycoon wollte den Erfolg vielmehr mit aller Gewalt herbeizwingen: Mit einem Aufwand von 200 Millionen Pfund für Promotion und dem totalen Einsatz seiner Print-Ressourcen — *Today* verschenkte beispielsweise einmal 10.000 Antennen — sollte das Steuer innerhalb kürzester Zeit herumgerissen werden.
Anfang November 1990 platzte jedoch nach wochenlangen Geheimverhandlungen die Bombe: Murdoch und BSB kamen letztlich überein, ihren brutalen Multi-Milliarden-Krieg einzustellen und künftig doch lieber gemeinsam zu marschieren. Die beiden Lager sind nunmehr, jeweils zur Hälfte, an der neuformierten Firma British Sky Broadcasting beteiligt, die anstelle der bisher neun Programme nur noch fünf ausstrahlt und gute Chancen hat, in absehbarer Zeit in den schwarzen Zahlen zu sein. So wie es derzeit aussieht, könnten sich die werblichen Einnahmen der britischen Satellitenkanäle bis zum Jahr 2000 genau verzehnfachen — auf 1,7 Milliarden Pfund. Das wäre gewiß eine Summe, um die es sich zu kämpfen lohnt ...

TEIL 3

DIE MEDIEN-MULTIS

J. Richard Munro, der frühere Chairman von Time Inc., galt schon immer als ein Mann mit Weitblick. Von seinem eleganten Büro im 34. Stock des New Yorker Time-Life-Headquarters in der Avenue of the Americas konnte er gleich mehrere Medienfirmen beobachten: Das RCA-Building, ein ansehnlicher Wolkenkratzer im berühmten Rockefeller Center, steht unmittelbar nebenan. Ein wenig weiter ostwärts, in der Fifth Avenue, ist der renommierte Buchverlag Harper & Row daheim. In der Madison Avenue ragt der Büroturm von CBS Records in den Himmel. Nicht weit davon entfernt, in der Third Avenue, ist die Zentrale des Macmillan-Verlags zu finden.

Diese vier Companys, die ihn täglich umzingelt haben, gaben dem patriotisch gesinnten Amerikaner aus einem bestimmten Grund seit geraumer Zeit zu denken: Sie befinden sich nämlich allesamt nicht mehr in amerikanischen, sondern längst in fremden Händen. Die RCA Music Group gehört dem deutschen Bertelsmann-Konzern, Harper & Row dem gebürtigen Australier Rupert Murdoch, CBS Records ging mitsamt seinen Stars Michael Jackson und Bruce Springsteen im japanischen Sony-Konzern auf, und Macmillan ist an den Engländer Robert Maxwell verkauft worden.

Munro dachte intensiv darüber nach, wie diese stürmische Invasion der Europäer, Australier und Japaner und damit der Ausverkauf der amerikanischen Medienindustrie zu stoppen sei. Anfang März 1989 konnte er, knapp vor seiner Pensionierung, die vermeintliche Patentlösung präsentieren: Der Boss des führenden US-Verlagshauses kündigte damals die Vermählung seines Unternehmens mit dem größten Fernseh- und Unterhaltungsproduzenten der Staaten an. Die Antitrust-Behörde in Washington schien dazu ihren Segen zu geben. Alles deutete darauf hin, daß Time und Warner Communications schon bald unter einem gemeinsamen Firmennamen auftreten würden.

Die beiden Elefanten, die als eine Art Superelefant alle anderen Widersacher in Panik hätten versetzen wollen, wurden aber plötzlich selbst von einem verwegenen Großwildjäger gejagt. Anstatt schlagartig zur absoluten Nummer eins der internationalen Medienszene zu avancieren, war Time Inc. mit einem waghalsigen Plan konfrontiert: Seit 6. Juni versuchte Martin Davis, Chef von Paramount Communications, die Firma, zunächst für 10,7, dann sogar für 12,2 Milliarden Dollar gegen den Willen ihres Managements in seinen Besitz zu bringen. Munro ließ den ungebetenen Freier jedoch — sehr zum Ärger zahlreicher Time-Aktionäre, denen er damit vermutlich das Geschäft ihres Lebens vermasselte — abblitzen: „Time war niemals und ist auch nicht zu verkaufen."

Die Time-Warner-Fusion in der ursprünglich geplanten Form eines Aktientausches war damit hinfällig geworden: Das „neue Medien-Monster" *(The Economist)*, das die idealen Voraussetzungen mitgebracht hätte, um in Zukunft der weltweit dominante Leader in einem weltweit dynamisch wachsenden Markt zu bleiben, schien am brutalen Paramount-Boss und seiner

verrückt klingenden Offerte zu scheitern, noch ehe es formiert war. Munro verklagte daraufhin Paramount, und Davis konterte mit einer Gegenklage: Die Time-Bosse würden auf unerlaubte Weise versuchen, sein Angebot zu stoppen, und damit ihre Aktionäre schädigen. Das Gefecht wurde nach einigen spannenden Wochen am Obersten Gerichtshof des US-Bundesstaates Delaware entschieden: Die Richter lehnten den Einspruch von seiten Paramounts ab. Time blieb damit keine andere Wahl, als Warner für einen horrenden Betrag aufzukaufen, um damit für Paramount unerreichbar zu bleiben. Am 24. Juli, 17.01 Uhr New Yorker Ortszeit, wechselten 58 Prozent der Warner-Aktien für vierzehn Milliarden Dollar den Besitzer. Damit entstand schließlich mit Verzögerung doch jenes monströse Gebilde, das in den Bereichen Film, TV-Shows, Schallplatten, Magazine, Bücher und Kabelfernsehen bis auf weiteres unschlagbar ist. Mit dem angepeilten Umsatzziel von zehn Milliarden Dollar legt Time-Warner sowohl dem entthronten Weltmarktführer Bertelsmann als auch den übrigen Branchenriesen eine Traummarke vor, von der etwa der allseits gefürchtete Rupert Murdoch oder der ehrgeizige Brite Robert Maxwell noch meilenwert entfernt sind.
Der Mega-Deal hat zwei Giganten zusammengeführt, die einander gut ergänzen: Das 1922 vom legendären Henry Luce gegründete Verlagsimperium ist mit 24 Titeln am Magazinsektor so gut wie konkurrenzlos; Warner mischt im Milliarden-Geschäft mit Spielfilmen, Fernsehprogrammen, Plattenhits und Videokassetten eifrig an der Spitze mit. Jetzt sind *Time*, *Life*, *People*, *Fortune* oder *Sports Illustrated*, die *Time-Life*-Books, der Pay-TV-Kanal *Home Box Office* und die Kabelfirma American Television & Communications eben unter einem gemeinsamen Dach mit den legendären Filmstudios von Warner Bros. in Hollywood, Warner Books, Warner Cable Communications, Warner bzw. Atlantic Records und dem „Dallas"-Produzenten Lorimar Telepictures versammelt — in einem gigantischen Informations-Entertainment-Konglomerat, das 35.000 Leute beschäftigt und Weltstars wie Barbra Streisand, Steven Spielberg, Larry Hagman, Aretha Franklin, Ray Charles oder Madonna unter Vertrag hat.
Das Führungsteam kann sich nun aber nicht, wie noch vor kurzem geplant, in aller Ruhe einer offensiven Strategie widmen. Denn von dem einst konzipierten hochweißen Riesen — gleich fürs erste Jahr waren 1,6 Milliarden Dollar Profit vorgesehen — blieb aufgrund der kostspieligen Übernahme ein finanziell geschwächter Koloß. Gewinne werden für Time-Warner aufgrund der fast elf Milliarden Dollar Schulden eine Zeitlang ein Fremdwort bleiben: Gleich im ersten Geschäftsjahr setzte es einen Verlust in der Höhe von 256 Millionen Dollar. Warner-Boss Steven J. Ross und Nick J. Nicholas jr., der Nachfolger Munros, stehen zwar vor den nächstgrößten US-Konkurrenten allein auf weiter Flur: Capital Cities/ABC, Inhaber eines der drei amerikanischen TV-Networks, ist derzeit umsatzmäßig nicht einmal halb so stark; RCA/NBC, Betreiber eines anderen Fernsehnetzes, die CBS Inc. als Dritter im Bunde sowie die führenden Verlage der Nation weisen noch weitaus größere Rückstände auf; das gilt für die Gannett Company aus Arlington/Virginia, die Times Mirror Company in Los Angeles und Knight-Ridder Newspapers in Miami/Florida ebenso wie für die Hearst Corporation, McGraw-Hill und die New York Times Company, alle aus Manhattan. Aber den beiden Time-Warner-Managern steht künftig nicht jene enorme Kapitalkraft zur Verfügung, die es ihnen in Szenario eins erlaubt hätte, insbesondere in Europa und dem Fernen Osten seelenruhig zu expandieren und

dabei alles an sich zu reißen, was gerade zu erwerben ist. Daher blieben sie etwa beim Verkauf von Metro Goldwyn Mayer/United Artists ohne Chance und mußten sich ansonst mit ein paar Winzigkeiten begnügen, etwa der Akquisition des Lifestyle-Magazins *Sunset* oder einer bescheidenen Beteiligung an der Six Flags Corporation, die sieben Freizeitparks betreibt.
Die turbulenten Ereignisse in New York haben weltweit riesige Wellen geschlagen und viele Medienmacher in nackte Angst versetzt. Der nächste Schock wurde aus Toronto gemeldet, wo Lord Kenneth Roy Thomson of Fleet, einer der zehn reichsten Männer der Welt, die Fusion der beiden von ihm kontrollierten Großunternehmen ankündigte: Er verschmolz die International Thomson Holding Plc., zu der neben diversen Warenhausketten, Immobilienfirmen, Reisebüros und Fluglinien jede Menge Buchverlage sowie Printmedien in Nordamerika und Großbritannien gehören, mit der hauptsächlich in den Staaten tätigen Thomson Newspapers Ltd. zur Thomson Corporation, die sich in Zukunft primär auf das Informationsgeschäft konzentrieren wird. Das monströse Konglomerat gehört zu 68 Prozent der blaublütigen Familie, beschäftigt 45.000 Menschen und setzt mehr als fünf Milliarden Dollar um, wovon zuletzt fast ein Fünftel an Gewinn übrigblieb. Sogleich war der erste Coup des neuen Giganten unter Dach und Fach: Er kaufte für 810 Millionen Dollar die amerikanische The Lawyers Cooperative Publishing Company auf.
Lord Thomson, ein gebürtiger Engländer, der sich einst als Discjockey bzw. kleiner Reporter verdingt hatte und 1963 in den Adelsstand erhoben worden war, gebietet nunmehr über rund 300 Zeitungen in Kanada, USA und Großbritannien. Allein in den Staaten, wo seine Firma besonders rasch wächst, zählen mehr als hundert, großteils regional verbreitete Tages- und Gratisblätter sowie vier Wochenmagazine zu seinem Einflußbereich. In Kanada hören 41 Gazetten, darunter die prominente *Globe & Mail* und der *Toronto Star*, sowie zwölf wöchentlich erscheinende Blätter auf sein Kommando. Im britischen Königreich ist er — obwohl er seinerzeit die altehrwürdige *Times* verkauft hatte — auch nicht gerade eine mediale Null: Daran ändert selbst die Tatsache nichts, daß er unlängst einige Objekte aufgrund von herben Verlusten einstellen mußte. Als einer der zehn wichtigsten Verleger der Welt konnte es sich Thomson sogar leisten, aus dem lukrativen Ölgeschäft auszusteigen. Seit einem schrecklichen Unglück auf einer seiner Bohrinseln in der Nordsee, das im Juli 1988 160 Tote gefordert hatte, will er von diesem Metier nichts mehr wissen ...

Die Stars:
EUROPAS ERSTE GARDE

In den Zentralen der führenden Verlage und TV-Anstalten in London, Rom, Hamburg oder Paris geht es derzeit so aufregend zu wie nie zuvor: Die beiden Transaktionen in Nordamerika haben in der europäischen Medienindustrie allgemeine Panik ausgelöst. Allerorts sind die großen Strategen am

Werk, um eifrig geniale bis brutale, mitunter auch banale Schachzüge auszuhecken und zu exekutieren. Allmählich formieren sich im zunehmend dramatischer werdenden Kampf um die idealen Positionen die Fronten. Verlage beteiligen sich an Fernsehstationen, Filmfirmen fusionieren mit Schallplattenkonzernen, Buchproduzenten gründen Hörfunksender — das weltweite Medien-Monopoly ist voll im Gange: Wie im Rausch steigern sich etliche Konzernbosse in eine beispiellose Kaufwut hinein, raffen zusammen, was ihnen gerade in die Hände fällt, und genießen es, in der globalen Informations- und Unterhaltungsindustrie laufend für Schlagzeilen zu sorgen.
Für alle Beteiligten steht mit Sicherheit fest: Jetzt werden auf diesem gigantischen Markt die Weichen in die Zukunft gestellt. Allen ist klar, daß ein paar Mega-Konzerne in den neunziger Jahren noch stärker als bisher den Ton angeben werden in einem stark vernetzten Print-Televisions-Video-Funk-Film-Business. Die meisten Mini-Verleger werden dann, sofern sie nicht ihre winzigen Marktlücken mit aller Kraft verteidigen können, ziemlich chancenlos und bloß Statisten in einem gewaltigen Spektakel sein. Und auch etliche mittelgroße Mitläufer, die sich heute im Print- und Funk-Gewerbe noch gewaltige Illusionen machen, sollten den Riesen weichen müssen oder aber lautlos zugrunde gehen. „Es wird", prophezeit Gaston Thorn, Generaldirektor der luxemburgischen CLT, „viele Tote geben."
Wer in drei, vier Jahren im internationalen Kommunikationssystem ein gefürchteter Kraftprotz sein und die schwächlichen Konkurrenten reihenweise an die Wand spielen wird, läßt sich vorerst nur vage abschätzen: In erster Linie könnten jene Akteure reüssieren, die dann sozusagen eine perfekte Multi-Medien-Show anzubieten imstande sind, die vor Landes- oder sprachlichen Grenzen nicht haltmacht; die — abgesehen von guten Kontakten zu den politisch Mächtigen — auch die nötige Kapitalkraft bzw. die freigiebigsten Hausbanken und den erforderlichen Mut zu milliardenschweren Investitionen mitbringen, um sich multinational auszudehnen wie Coca-Cola, IBM, Mercedes oder Chiquita. Und zweifellos werden nur jene den unendlichen Wettlauf um Marktanteile, Einschaltziffern, Auflagenzahlen, Werbeeinnahmen und Profite in den kommenden Jahren erfolgreich überstehen, die das ewige Wachstum als oberste Maxime akzeptieren.
So wie es derzeit aussieht, haben nur relativ wenige europäische Medienriesen die Chance, sich künftig mit den allmächtigen Konzernen aus den Vereinigten Staaten zu messen. In erster Linie wohl jene, die längst kräftig aufrüsten und in alle Himmelsrichtungen expandieren: So zum Beispiel die deutsche Bertelsmann AG, die französische Hachette-Gruppe, der italienische TV-König Silvio Berlusconi und schließlich zwei Männer, die sich fest vorgenommen haben, die ganze Welt zu erobern — der Brite Robert Maxwell und sein Gegenspieler Rupert K. Murdoch. Obzwar gerade die beiden ziemlich ambivalent beurteilt werden — manche halten sie einfach für Genies, andere dagegen für die höchstverschuldeten Unternehmer der Branche —, sind ihre Ambitionen durchaus ernst zu nehmen: Sie werden auch weiterhin, ob als Meister aller Klassen oder als begnadete Hochstapler, für Schlagzeilen gut sein.
Im Schatten dieses Quintetts könnten in Zukunft wohl auch einige international orientierte Großverlage für Überraschungen sorgen, die vorerst lediglich als Geheimtips gelten: Das Zeug, um einmal in die Clique der Giganten vorzustoßen, hätten beispielsweise die englischen Konzerne Reed und Pearson sowie Elsevier in den Niederlanden oder die Schweizer Ringier-

Gruppe; weiters ist von den italienischen Verlagen Mondadori und Rizzoli beziehungsweise von den westdeutschen Häusern Springer, Heinrich Bauer und Burda einiges zu erwarten. Schließlich könnte auch dem Münchner Filmhändler Leo Kirch im künftigen Medienpoker eine nicht gerade untergeordnete Rolle zufallen — vielleicht als Jolly Joker.

DER GIGANT AUS GÜTERSLOH

Er sieht haargenau so aus, wie man sich Europas mächtigsten Medienmogul *nicht* vorstellt: ein unscheinbarer, introvertierter, beinahe scheuer Mann, klein von Statur und bald siebzig Jahre alt. **Reinhard Mohn**, Aufsichtsratspräsident der Bertelsmann AG[1]), hat überhaupt kein Talent für spektakuläre Auftritte und zeigt sich nur selten in der Öffentlichkeit. Er versteckt sich geradezu in einem ostwestfälischen Kreisstädtchen, wo es nicht nur eine Kaiserstraße, eine Königstraße und eine Prinzenstraße, sondern auch die Bertelsmann-Straße gibt. Ihr entlang erstreckt sich sein großzügig angelegtes, aus mehreren Gebäudekomplexen von amerikanischen Dimensionen bestehendes und unaufhörlich wachsendes Reich.
Die unter der hübschen Telefonnummer 80 erreichbare Firma avancierte längst zum eigentlichen Wahrzeichen von Gütersloh. Als größter Arbeitgeber und Steuerzahler ist sie wirtschaftlicher Mittelpunkt dieser höchst geruhsamen Gegend am Rande des Teutoburger Waldes, wo die Eingeborenen von den guten protestantischen Tugenden geprägt sind — Verläßlichkeit, Korrektheit, Bescheidenheit und Pünktlichkeit. Sie sind recht zufrieden mit ihrer Welt, weil ihnen offenbar alles zur Verfügung steht, was das Leben so richtig zum Erlebnis macht — darunter eine Kamintürenfabrik, eine Musikschule, eine Frottierweberei, mehrere Schlankheitsstudios, ein Zeltverleih, ein paar Heilpraktiker, eine psychiatrische Klinik und zahlreiche Bestattungsunternehmen. Auch wenn in dieser stark provinziell gefärbten Idylle schon ein geschlossenes Kaffeehaus, eine leere Hotelbar oder ein lautes Autoradio den Stellenwert von absoluten Attraktionen genießen, darf sich Gütersloh dank Reinhard Mohn als mediale Weltstadt verstehen.
Genau das ist der Grund, weshalb der etwas knorrige und ziemlich unnahbare Paradekapitalist, der früher in Begleitung seines Schäferhundes fast täglich kilometerweit zu Fuß ins Büro spaziert ist, von den 84.000 Gütersloher geradezu ehrfürchtig verehrt wird — intensiver noch als der ebenfalls sehr populäre Rudi Miele von der gleichnamigen Waschmaschinenfabrik. Der bescheidene Westfale, der am liebsten karierte Sakkos von der Stange trägt, jegliche Statussymbole ablehnt und nichts im Leben so wenig goutiert wie Unpünktlichkeit, bleibt für seine Landsleute allerdings meist unsichtbar: Er tritt lediglich, stets als Matrose verkleidet, beim alljährlichen Karnevalsfest der Belegschaft auf und läßt sich alle zwei Jahre in der Gütersloher Stadthalle anläßlich eines Wohltätigkeitsballs blicken, den seine deutlich jüngere Frau Liz organisiert. Sonst können ihn die Mitarbeiter bisweilen in der Werkskantine antreffen, wo er sich bei der Essensausgabe selbstverständlich und ausnahmslos hinten anstellt.
Der Alte sitzt zwar noch immer, wie seit 43 Jahren, fast täglich an seinem Schreibtisch. Er befaßt sich allerdings nur mehr mit übergeordneten, eher wirtschaftsphilosophischen Fragen und nicht mehr mit dem hektischen

Tagesgeschäft. Sehr gerne zieht er sich auf seinen Bauernhof am Rande von Gütersloh zurück, um dort pünktlich sein Mittagsschläfchen zu halten. Im übrigen liest er mit großer Begeisterung Fachbücher, entspannt sich bei ausgedehnten Spaziergängen und imitiert bisweilen — natürlich nicht ausschließlich — Vogelstimmen. Wenn er einmal extrem gut gelaunt ist, dann läßt er sich von einem Fotografen sogar beim Holzhacken ablichten — derartige Aufnahmen gelten jedoch als kostbare Raritäten. Zur Abwechslung verfaßt Mohn ab und zu mal ein Buch oder eine kleine Broschüre, um Themen abzuhandeln wie „Die Eitelkeit im Leben des Managers“ oder „Erfolg durch Partnerschaft“. Im übrigen philosophiert und plaudert er am liebsten über die gesellschaftliche Verantwortung der heutigen Unternehmer.
So wie ein Grundig, ein Neckermann oder ein Nixdorf zählt auch Reinhard Mohn zweifellos zu den großen deutschen Firmenpatriarchen der Nachkriegszeit. Doch während die einst glanzvollen Imperien anderer Pioniere letztlich schmählich zusammenbrachen, sind ihm der Erfolg und das Glück bislang treu geblieben. Der Bertelsmann-Boss ist heute laut seinem Vorstandsdirektor Manfred Lahnstein „der reichste Mann von Deutschland“ und gemäß amerikanischem *Fortune* immerhin noch der zehntreichste — aber im Grunde genommen nach wie vor ein völlig unbeschriebenes Blatt:
Mohn, Jahrgang 1921, hatte den 1835 vom Buchbinder Carl Bertelsmann gegründeten und im Zweiten Weltkrieg total ausgebombten Familienbetrieb im Jahre 1947, nach seiner Rückkehr aus der amerikanischen Gefangenschaft, übernommen. Er baute den kleinen, damals gerade 200 Mitarbeiter zählenden Provinzverlag — wiewohl er eigentlich viel lieber Bauingenieur geworden wäre und kaum wesentlich mehr mitgebracht hat als einen Management-Grundkurs im US-Gefangenenlager — von Null an zügig zu einem kolossalen Kommunikationsimperium aus. Obzwar verlegerischer Autodidakt, entwickelte der Ururenkel des Firmengründers alsbald weitblickende Expansionsgelüste, die ihn beträchtlich über seine Heimatstadt oder das benachbarte Rheda-Wiedenbrück hinaustrieben — bis New York, Buenos Aires oder Sydney. Die kosmopolitischen Neigungen des biederen Selfmademan, der bei seinem Höhenflug des öfteren schwere finanzielle Engpässe zu überwinden hatte, paarten sich in geradezu idealer Weise mit anderen, besonders ausgeprägten Eigenschaften wie Kaltschnäuzigkeit, Risikofreude, Durchhaltevermögen und seinem Hang zur Perfektion — alles Merkmale, die einen wahren Entrepreneur auszeichnen. Mohn konnte das Unternehmen, das lange so unauffällig aufgetreten war wie er selbst, mit beachtlicher Zähigkeit etappenweise an die absolute Spitze der Branche führen. Er hatte dabei erst 1970 breite Beachtung gefunden, als seine geplante Beteiligung am Hause Springer durch eine Indiskretion bekannt wurde — und schließlich platzte.
Heute ähnelt der monströse Konzern, den die *Financial Times* „the secret giant of Gütersloh“ genannt hat, einem riesigen Puzzle aus rund 350 Firmen. Er beschäftigt in Deutschland und dreißig anderen Staaten fast 44.000 Mitarbeiter und setzt mit Bestsellern, Schallplatten, Buchklubs, Massenillustrierten, Lexika, Werbemitteln, elektronischen Informationsträgern, einer Papierfabrik, mehreren Druckereien sowie im Film-, TV- und Radiogeschäft mehr als dreizehn Milliarden Mark um[2]) — die deutschen Verlage Springer, Bauer und Burda schaffen das nicht einmal gemeinsam. Ohne daß es den medialen Gourmets und Gourmands so richtig bewußt wird, hat das Haus Bertelsmann mit all seinen Verästelungen in der angestammten Branche eine geradezu omnipotente Präsenz vorzuweisen: Die

Memoiren von Franz-Josef Strauß, die neueste LP von Whitney Houston, die „Tutti frutti"- Gaudi in *RTL plus* sowie tausend andere mediale Delikatessen haben mit ihm — direkt oder indirekt — ebenso zu tun wie die allwöchentlichen Pseudo-Sensationen im *Stern*, Rudolf Augsteins Kommentare im *Spiegel*, die beliebte TV-Beilage *rtv* oder der geheimnisvolle Wiener Verlag, der erstens nicht in Wien, sondern in Himberg beheimatet und zweitens gar kein Verlag, sondern eine — wenn auch ziemlich erfolgreiche — Buchdruckerei ist.

Die anfangs recht provinzielle und nicht besonders spektakuläre Firma Bertelsmann, deren sagenhafter Aufstieg 1950 mit der Gründung des Leserings begann, jener Buchgemeinschaft, die Millionen Klubmitglieder bis heute primär mit ihrem Namen assoziieren, konnte sich 1986 sogar an die Spitze der Mediengiganten vorkämpfen: Mit dem sensationellen Erwerb des New Yorker Verlags Doubleday und von RCA Records wurde sie zur absoluten Nummer eins der Branche und war selbst in den USA in aller Munde. Das Wirtschaftsmagazin *Forbes* vermerkte damals leicht pikiert: „The latest US media giant isn't even American."

Die Bertelsmänner, die nach dem Time-Warner-Deal in der Medien-Weltrangliste allerdings wieder auf Rang zwei zurückgerutscht sind, sichern sich mit einer geradezu unheimlich breiten Produktpalette zwei Drittel ihrer Umsätze im Ausland.

Ihre Buch- und Schallplattenklubs beispielsweise, die lange das Fundament des Unternehmens bildeten und noch immer jede vierte Mark, in Summe drei Milliarden, einspielen, konzentrieren sich längst nicht mehr bloß auf den deutschen Sprachraum. Sie betreuen „die mit Abstand größte Lesefamilie der Welt" — nämlich 25 Millionen Mitglieder in Mittel- und Westeuropa, in den USA, Kanada, Kolumbien, Australien und Neuseeland. Das lückenlose Sortiment — von Friedrich Schiller bis Patricia Highsmith, von Tom Wolfe bis zum Universallexikon, von chinesischer Astrologie bis zur Gartenpflege, von „Spiele der Liebe" bis „Sieben wilde Schweine" — spielt nicht gerade spärliche Gewinne ein.

Die auf die Produktion von Zeitschriften, Büchern und Werbematerial spezialisierten Bertelsmann-Druckereien, die Papierfabrik Cartiere del Garda sowie diverse andere Industrie- und Dienstleistungsbetriebe, die insgesamt 10.000 Mitarbeiter ernähren und zuletzt rund 2,6 Milliarden DM umsetzten, sind in acht Ländern verteilt. Das Netz reicht von Gütersloh und Nürnberg über Wien, Bergamo und Barcelona bis in die USA, Kolumbien und Brasilien.

Die Bertelsmann-Abteilung Musik + Video, mit mehr als drei Milliarden DM bereits die stärkste Einnahmequelle, ist mitsamt ihren zahllosen Tochterfirmen in insgesamt 30 Staaten präsent — zum Beispiel auch in Australien, Singapur, Thailand oder Neuseeland — und dank ihrer wichtigsten Labels RCA, Arista und Ariola hinter Warner und CBS bereits die Nummer drei der Branche.

Die Interessen und Aktivitäten des Konzerns am Film-, Hörfunk- und TV-Sektor, die von der Hamburger Ufa Film- und Fernseh GmbH wahrgenommen werden, sind ebenfalls international breit gestreut. Sie reichen von Produktionsgesellschaften wie der Berliner Universum-Gruppe über das erst jüngst gestartete *Klassik Radio* und etliche andere Hörfunksender bis zu der auf televisionäre Hausmannskost eingeschworenen Privatstation *RTL plus* und zum geplanten Pay-TV-Kanal *Premiere*, der eine Art Feinkostladen werden soll. Jene Abteilung, die sich unter der Leitung des deutschen Ex-Finanzministers Lahnstein, über alle Tücken und internen Querelen hinweg, um die Expansion bei elektronischen Medien kümmert und obendrein im Geschäft mit Sportrechten tätig ist, fällt zwar vorerst eher durch bemerkenswerte Verluste als durch ebensolche Umsatzzahlen auf — aber irgendwann könnte sich auch das grundsätzlich ändern.

Die Buch-Division für den deutschsprachigen Raum sowie die Verlagsgruppe Bertelsmann International — beide werfen Sachbücher, Belletristik, Ratgeber, wissenschaftliche Literatur, Paperbacks, Lexika sowie Kinder- und Jugendbücher auf den Markt — setzen zusammen 2,7 Milliarden Mark um und bestehen aus dreißig großteils renommierten Verlagen, darunter Knaus, Siedler, Goldmann oder Blanvalet bzw. im Ausland die Bantam Doubleday Dell Publishing Group in New York oder Plaza y Janès in Barcelona.

Der Bereich Zeitschriften wird bei Bertelsmann von der Tochter Gruner + Jahr abgedeckt, die seit 1969 zu Mohns Imperium gehört und heute mit über drei Milliarden Mark Umsatz laut Vorstandschef Dr. Mark Wössner „die Perle im europäischen Zeitschriftenmarkt" ist: Ihre 1.300 Journalisten sorgen für eine lange Liste erfolgreicher Zeitschriften und Magazine im gehobeneren Genre, darunter *Stern*, *Brigitte*, *Capital*, *Impulse*, *Geo*, *art* und neuerdings auch *Marie Claire*. Die Hamburger Textfabrik, die unter anderem am Nachrichtenmagazin *Der Spiegel* und — mit weit geringerer Begeisterung — an der *Hamburger Morgenpost* beteiligt ist, trumpft seit einigen Jahren auch auf ausländischen Märkten kräftig auf[3]).

Obwohl sich Ende der Siebziger noch kein Mensch vorzustellen vermochte, daß ein deutscher Verlag etwa in den USA jemals reüssieren könnte, versuchte G + J dort mit *Geo* Fuß zu fassen — und fiel prompt auf die Nase: Das gescheiterte Experiment hatte zwar Unsummen gekostet, doch mit der erstandenen Tief- und Offsetdruckerei Brown Printing Company war wenigstens ein Stützpunkt für ein Comeback vorhanden. Und mit Axel Ganz, einem gestandenen Journalisten aus dem Hause Bauer, alsbald auch der geeignete Feldherr:

Seine erste Mission führte ins westliche Nachbarland, wo die französische Ausgabe von *Geo* innerhalb von zwei Jahren im Plus war. Mit den Frauenzeitschriften *Prima*, *Femme actuelle* und *Voici* sowie mit *Ça m'intéresse* und *Télé Loisirs* folgten weitere Titel. Auch die Eroberung Spaniens, wo mit dem Verlag Cosmos Distribuidora S.A. die beiden Objekte *Dunia* und *Ser Padres* übernommen bzw. später das spanische *Geo*, *Muy interesante* und *Mia* eingeführt wurden, gelang. 1985 marschierte Ganz ganz frech in Großbritannien ein, wo die englische *Prima* sowie *Best* und seit kurzem auch *Geo special* wie Bomben einschlugen. Das Kürzel G + J, auf englisch: dschi end dschei, ist heute bei der britischen Konkurrenz allemal für Gänsehaut gut. Schließlich haben sich die Norddeutschen auch wieder in die Staaten gewagt, wo *Parents* und *Young Miss* vom Publikum ebenfalls angenommen wurden. Die beiden inzwischen schon profitablen Titel tragen nicht unwesentlich dazu bei, daß die mittlerweile zwanzig Auslandsobjekte den Hamburgern bereits vierzig Prozent ihrer Einnahmen bescheren.

Der amerikanische Markt war jedenfalls nicht nur für Gruner + Jahr, sondern auch für Bertelsmann stets tückisch wie eine Bananenschale gewesen: Mohn, der 1977 mit Bantam Books den größten Taschenbuchverlag der Welt erworben hatte, mußte zwei Jahre später viele Probleme rund um die frisch

akquirierte New Yorker Schallplattenfirma Arista lösen und schließlich einsehen, daß der 1980 gestartete Buchklub im Mittleren Westen nicht viel mehr als ein sündteurer Flop war. Als seine Top-Verhandler 1984 beim Versuch, das Magazin *US News and World Report* zu ködern, abgeblitzt waren, gab man in Gütersloh noch immer nicht die Hoffnung auf. Und die Geduld wurde letztlich belohnt: Seit dem zweifachen Coup mit Doubleday und RCA Records — Kostenpunkt: 800 Millionen Dollar — darf sich Mohn freuen, daß er am US-Markt schon beinahe ein Drittel seines Umsatzes erzielt. Der einzige Wermutstropfen: Die Neuerwerbungen, speziell Doubleday, laufen beileibe noch nicht auf Hochtouren, werfen ähnlich häßliche Verluste ab wie die amerikanischen Bertelsmann-Buchklubs und stellen an das zuständige Management allerhöchste Anforderungen. „Schmerzlich müssen die Gütersloher erkennen", befand die *Wirtschaftswoche* kürzlich, „daß das US-Verlagsbusiness, aber auch die Glamourwelt des internationalen Film- und Fernsehgeschäfts mit der Tradition ihres Buch- und Verlagshauses nur schwer in Übereinstimmung zu bringen sind."
Der Fast-Pensionist Mohn, der sich 1981, pünktlich zum sechzigsten Geburtstag, aus der Vorstandsetage entfernt hatte und seither im Aufsichtsrat den obersten Aufpasser spielt, vertraut aber seinem zehnköpfigen Vorstandsteam eisern. Während Dr. Mark Wössner und G + J-Chef Gerd Schulte-Hillen die erste bzw. zweite Geige spielen und die weltweiten Strategien aushecken, konzentriert sich der älteste Mohn-Sohn Johannes als begeisterter Techniker voll auf die Gütersloher Schallplattenfabrik Sonopress. Die Weichen für die Zukunft sind damit bereits gestellt: Die beiden Top-Manager, die so ganz nach Mohns Geschmack und daher vertraglich auf ewig an das Haus gebunden sind, werden, wenn sich Mohn, pünktlich zu seinem siebzigsten Geburtstag, ganz zurückzieht, das Unternehmen weiterführen. Sie dürfen schon jetzt in aller Ruhe nach Belieben schalten und walten, weil sie sich nicht — wie anderswo üblich — permanent am Druck von seiten hungriger Aktionäre zu orientieren haben, die in der Regel möglichst hohe Dividenden sehen möchten. Mohn schwört seit jeher auf eine perfekte Konzernorganisation, die laut *Wirtschaftswoche* „eine ausgefeilte Mischung aus Laisser-faire und Planwirtschaft" ist, und einen dezentralen Führungsstil. Er läßt seine fürstlich honorierten Manager in zahllosen Profitcenters möglichst selbständig und eigenverantwortlich werken: Jeder soll so agieren bzw. entscheiden, als würde es um eigenes Geld gehen. Die Buchhalter haben allerdings ein gewichtiges Wort mitzureden: Eine mächtige Controllingabteilung wacht allzeit mit großer Strenge über die Einhaltung von Umsatz- und Gewinnvorgaben. In der Praxis kann es dann freilich schon vorkommen, daß die promovierten Zahlenmenschen mit den kreativen Seiten des Mediengeschäfts nicht allzuviel anzufangen wissen — was beispielsweise dazu führen mag, daß beim Buchprogramm die seichte Massenware auf Kosten der anspruchsvollen Literatur Vorrang hat.
Die Ziele Wössners, dem bei der Beschreibung des Konzerns leicht die Begriffe „gewaltig" oder „grandios" über die Lippen kommen, hören sich jedenfalls sehr ehrgeizig an: Der laut *Bild Zeitung* „schönste Manager Deutschlands" plant für das Geschäftsjahr 1990/91 13,5 Milliarden Mark Umsatz und einen ansehnlichen Profit. Zugleich ist auch die notwendige Konsolidierungsphase infolge der US-Zukäufe vorbei und auf internationaler Ebene ein neuerlicher Expansionsschub fällig. Das recht profitable Unternehmen trat dort zuletzt etwas leiser, so daß mit Ausnahme des

Zukaufs der Musikfirma Pacific in Hongkong und der Österreich-Filiale des Deutschen Bücherbundes sowie einem Joint-venture mit dem US-Kabelunternehmen Viacom wenig neue Projekte am Programm standen.
Die künftigen Ambitionen der medialen Gemischtwarenhandlung sind jedoch recht vielschichtig: Bertelsmann offeriert den Deutschen, in Kooperation mit dem französischen Partner *Canal plus* und dem Münchner Filmhändler Leo Kirch, ab 1991 zum Beispiel das Pay-TV-Programm *Premiere*, das mit Hilfe eines neuen TV-Decoders und gegen eine monatliche Gebühr von rund 40 Mark zu empfangen ist. Der neue Abo-Kanal, der Kirchs *Teleclub* überflüssig machen wird, dürfte in den ersten vier Geschäftsjahren mindestens 600 Millionen Mark verschlingen, soll dann aber bereits 1,2 Millionen Kunden betreuen, die ohne seine exklusiven Spielfilme, garniert mit hochwertigen Dokumentationen, glanzvollen Kultur- und Showereignissen sowie sportlichen Live-Übertragungen, nicht mehr sein wollen. Das Risiko dabei ist nicht unerheblich: Denn die werbefreie „Gebührenglotze“ *(Wirtschaftswoche)* wird vorerst nur für Kabel- und Satelliten-Fans interessant sein und zugleich in direkter Konkurrenz zum deutschen Video-Boom stehen.
Neben dem elektronischen Großprojekt ist die frühere DDR für die Gütersloher zu einem strategischen Hauptziel geworden: Die derzeit sieben Bereiche der Bertelsmann AG nahmen das östliche Bruderland gleich nach dem Sturz von Erich Honecker gleichzeitig ins Visier und wollten es anscheinend ebenso ruckzuck inhalieren, wie das Kanzler Helmut Kohl vorhatte: Der Buchklub sicherte sich innerhalb weniger Wochen zigtausend neue Kunden; die konzerneigenen Verlage rechneten sich so wie Mohns Schallplattenfirmen ausgezeichnete Chancen aus; die Bertelsmann-Filiale Gruner + Jahr wiederum streute ihre Produkte emsig auf den ausgehungerten Medienmarkt und kaufte sich auch bei ersten ostdeutschen Firmen, der *Sächsischen Zeitung* und dem Graphischen Großbetrieb Völkerfreundschaft in Dresden, ein; im Herbst 1990 legte sich G + J gemeinsam mit dem Briten Robert Maxwell den von vielen Konkurrenten begehrten Berliner Verlag zu; und knapp vorher hatte man sich in Ungarn die ehemalige KP-Zeitung *Népszabadság* gesichert. Das unerwartete Geschäft im Osten, das ihr auf die Schnelle goldene Nasen bescheren könnte, vermag die Bertelsmann-Gruppe indes nicht von anderen Wachstumsmärkten abzulenken: Sie konzentriert sich etwa auf Spanien, wo G + J neben einer wöchentlichen Frauenzeitschrift namens *Estar Viva* seit kurzem auch die Hearst-Erfindung *Cosmopolitan* am Markt hat; oder auf Italien, wo neuerdings die Firma Gruner + Jahr Italia registriert ist, die ebenfalls mit einer Frauenzeitschrift loslegte: *Vera* — Startauflage: 600.000 Exemplare — ist ein Joint-venture mit dem Mailänder Verlagshaus Mondadori. Zusammen mit dessen Rivalen Rizzoli wollen die Deutschen ihren Euroklub am italienischen Buchklub-Markt, der einstweilen noch klar von Mondadoris Club degli Editori beherrscht wird, wesentlich stärker machen. Weiters ist der kontinuierliche Ausbau des US-Geschäfts ebenso vorgesehen wie diverse Aktionen in Südamerika und die Errichtung weiterer Brückenköpfe im Fernen Osten, wo kürzlich beispielsweise die Beteiligung an der japanischen Musikfirma Victor kräftig aufgestockt wurde. Sogar an der Sowjetunion, der Bertelsmann einen Buchklub und eventuell eine Druckerei schmackhaft machen möchte, wird „vorsichtiges Interesse“ (Wössner) bekundet.
Auch in Deutschland selbst, wo Gruner + Jahr zuletzt mit *Sports, Saison*,

Sandra 100 Frisuren und *Decoration* die spärlich vorhandenen Marktlücken zu besetzen versuchte, könnte es demnächst die eine oder andere Überraschung aus Gütersloh geben — vielleicht sogar im Bereich Tagespresse. Denn eigentlich ist es eine Schande, daß der zweitgrößte Medienkonzern der Welt jährlich zwar Tausende neue Buchtitel zustande bringt, aber bislang nur an einer einzigen Tageszeitung, der *Hamburger Morgenpost*, beteiligt war. Das ist mittlerweile anders: G + J trat im östlichen Teil Deutschlands mit einigen Gazetten an, und es ist daher gar nicht so unwahrscheinlich, daß etwa die *Berliner Zeitung* demnächst landesweit erscheinen könnte. Die Bertelsmann-Konzerntochter Ufa wiederum, die unter anderem große Sportveranstaltungen vermarktet, will sich in Zukunft auch als Verleger bewähren: Sie spielt mit dem Gedanken, zu bestimmten Sport-Events Programmhefte für die Zuschauer anzubieten, so wie das die britische BBC längst tut, und in weiterer Folge für interessierte Sportverbände, etwa den Deutschen Fußballbund, Mitgliederzeitschriften zu produzieren. Sie könnte damit allerdings den Hamburger Print-Profis von G + J ins Gehege kommen, die seit kurzem mittels einer eigenen Tochterfirma durchaus ähnliche Pläne verfolgen: Die 1989 gegründete Norddeutsche Verlagsgesellschaft (NVG) hat sich nämlich auf die Herausgabe von Kundenzeitschriften spezialisiert und wirft solche im Auftrag der Deutschen Bundesbahn *(Intercity)* oder der ARD *(Das Erste)* bereits auf den Markt.
Wössner wird sich mit derartigem Kleinzeug gewiß nicht ewig begnügen, sondern am Weltmarkt — „sobald sich die derzeit üblichen Kaufpreise normalisiert haben" — wieder kräftig zuschlagen. Die Wunschliste ist schon recht lang: Vielleicht kommt als nächstes ein amerikanischer Filmkonzern an die Reihe, womöglich eine prominente Fernsehgesellschaft; „ein ganz großes Ding, für das wir mehr Kapital brauchen, als unsere Portokasse hergibt" (Wössner), dürfte es allemal werden.
Der Big Boss, der am internationalen Terrain mit CLT oder Havas bereits zwei starke Partner fand, will künftig, so wie bisher, „grundsätzlich zu Kooperationen bereit sein — dort, wo es Sinn macht". Für mehr wird der deutsche Gigant indes nicht zur Verfügung stehen, weil er auf seine Eigenständigkeit größten Wert legt. Wössner: „Eine Fusion zwischen Bertelsmann und Murdoch beispielsweise liegt außerhalb meiner Vorstellungskraft."

DIE FRANZÖSISCHE GEHEIMWAFFE

Die Hachette S.A. in Paris ist im vergangenen Jahrzehnt auf ziemlich unauffällige Weise zu Frankreichs riesigstem Medien-Multi geworden. Sie konnte — nachdem sie einst größer als der deutsche Erzrivale war — ihr hartnäckiges Tief der siebziger Jahre überwinden und liegt wieder bestens im Rennen: In der Heimat praktisch konkurrenzlos, rangiert sie europaweit nunmehr als zweitgrößter Printkonzern hinter der Bertelsmann AG, die den Umsatz in den siebziger Jahren versechsfacht und in den achtziger Jahren immerhin verdreifacht hat.
In jüngster Zeit gelangen den Franzosen am internationalen Parkett, ähnlich wie den Deutschen, einige spektakuläre Auftritte. Die 28.500 Mitarbeiter der Gruppe, die sich speziell in den USA beträchtlich verstärkt hat, sind auf

vierzig Staaten der Welt verteilt und versorgen alles in allem eine Milliarde Menschen mit Lesestoff aller Art. Hachette verkauft jährlich 150 Millionen Bücher sowie 650 Millionen Zeitschriften und hat damit einen Platz unter den fünf weltgrößten Top-Verlagen sicher.

Der Mann, dem das Wunder gelang, das einst defizitäre und verschlafen wirkende Unternehmen in einen profitablen, dynamischen Konzern zu verwandeln, heißt **Jean-Luc Lagardère.** Er gilt als unternehmerischer Tausendsassa und wird in seiner Heimat als absoluter Supermanager gefeiert. Der 1928 im südfranzösischen Aubiet geborene Sohn eines Zollbeamten kann in der Tat auf eine traumhafte Karriere stolz sein: Als gelernter Flugzeugingenieur startete er 1951 bei den Dassault-Werken; er stieg dort zum Abteilungsleiter auf und konnte allmählich sein Image als flotter Playboy ablegen — früher hatte er sich am Strand von Saint-Tropez und auf den Skipisten von Mégève offenbar wohler gefühlt als im Konferenzsaal. Lagardère wechselte sodann zu Matra, erklomm erneut eine führende Position und wurde 1973 vom Magazin *Le Nouvel Economiste* zum „Manager des Jahres" gekürt. 1981 wandte er sich auch dem Verlagsgewerbe zu und betätigt sich seither als zweifacher Generaldirektor: Er hält den 1981 verstaatlichten und 1988 wieder privatisierten Elektronik-, Automobil- und Rüstungskonzern Matra in Schuß[4]) und steuert zugleich den Höhenflug von Hachette[5]).

Der erfolgsgewohnte Top-Manager ist an beiden Unternehmen auch beteiligt: Seine Familienholding Multi-Média-Beaujon besitzt ein gewichtiges Aktienpaket an der Matra-Gruppe und hält rund 42 Prozent an der Marlis-Holding, der wiederum die Mehrheit des Verlagsimperiums gehört. Unter dem Kommando von Lagardère sind so gegensätzliche Sparten wie die Waffenschmiede Matra, die dem Rüstungs- und Raumfahrtgeschäft rund ein Drittel ihres Umsatzes verdankt, und die Literatur- und Medienfabrik Hachette zu einem kraftvollen und ziemlich homogenen Konglomerat verschmolzen.

Im Medienbereich steht dem obersten Boss in Gestalt seines Partners Daniel Filipacchi, der zwei Tage jünger ist als Lagardère, ein kongenialer Vize zur Seite: Der gelernte Buchdrucker, der sich bereits als Fotograf, Redakteur, Maler, Schriftsteller, Radiomoderator und Jazzmusiker bewährt sowie eigene Verlage und etliche Publikationen aufgebaut hat, darunter *Lui* und *Paris Match,* ist als 35-Prozent-Aktionär der Marlis-Holding am erstaunlichen Aufschwung bei Hachette maßgeblich beteiligt gewesen.

Die damals in einer hartnäckigen Krise steckende Verlagsgruppe — sie war Ende der sechziger Jahre noch doppelt so groß wie Bertelsmann gewesen, Ende der siebziger Jahre aber nur mehr halb so groß — wurde 1981 vom Duo Lagardère/Filipacchi übernommen. Seither beschert sie den neuen Besitzern regelmäßig ordentliche Gewinne und macht durch eine frische Dynamik sowie eine mutige Wachstumspolitik auf sich aufmerksam. Die bereits 160 Jahre alte einstige Buchfirma, die seinerzeit etwa die Werke von Victor Hugo verlegt hatte, baute nicht bloß ihre Marktleader-Position in der ureigensten Domäne aus, sondern verstand es, auch in anderen Gebieten zur Nummer eins zu werden. Indem sie lustvoll neue Zeitschriften kreierte, sich durch Zukäufe französischer Firmen kontinuierlich aufblähte und zugleich im Ausland gezielt auf ihre Chancen lauerte:

1984 inhalierte sie zum Beispiel die Firma Edusa, um in Spanien einen wichtigen Stützpunkt zu errichten. 1987 verbündete sie sich mit Rupert

Murdoch, um in den USA durchzustarten. Im selben Jahr schloß sie mit dem italienischen Rizzoli-Verlag einen Pakt, um auf der Halbinsel Fuß zu fassen. 1988 griff sie in den Vereinigten Staaten in großem Stil zweimal zu, was in der Branche wie eine Bombe einschlug: Hachette erstand damals den Lexikonverlag Grolier (Kaufpreis: 470 Millionen Dollar) sowie die Zeitschriftengruppe Diamandis (Kaufpreis: 712 Millionen Dollar) und machte sich damit zum weltweit größten Produzenten von Enzyklopädien und Frauenmagazinen.

Mit insgesamt achtzig Titel — rund dreißig davon gibt es in 36 Ländern der Welt zu kaufen — bietet die Gruppe eine bunte Palette qualitativ anspruchsvoller Zeitschriften an. Die klingendsten Namen sind *Elle*, mit bislang 15 Ausgaben ein spektakulärer Welterfolg und dank eines massiven Inseratenaufkommens auch eine wahre Goldgrube[6]), *Paris Match*, *France Dimanche*, *Parents* und *Télé 7 Jours*. Die mehrfach erprobte Strategie, bewährte Konzepte ihrer französischen Objekte insbesondere in englisch-, aber auch spanischsprachige Länder zu exportieren und dort mit Hilfe eines potenten Partners zu adaptieren, wollen die Hachette-Manager künftig weiterverfolgen — auch wenn sie nicht immer aufgeht: Die Achse mit Murdoch etwa, die für die amerikanische *Elle* und die Filmzeitschrift *Premiere* geschaffen worden war, hielt nicht einmal zwei Jahre — dann kam es zum Bruch, weil aus den Kompagnons Konkurrenten geworden waren. Mehr Glück sollte die im Februar 1988 besiegelte Partnerschaft mit Time Inc. bringen, auf der die französische Ausgabe des Wirtschaftsmagazins *Fortune* beruhte — diese wurde allerdings nach eineinhalb Jahren wieder eingestellt. In Spanien, wo eine Tochterfirma mit sieben Zeitschriften längst etabliert ist, breitet sich Hachette mit besonderer Vorliebe und großem Erfolg aus: Nach dem Erwerb des fünftgrößten Buchverlags des Landes, Juan Salvat in Barcelona, schlugen die Franzosen im Frühjahr 1988 bei der Firma Communicación y Publicaciones S.A. zu, die etwa eine monatliche Kino- und Videozeitschrift herausgibt. 1989 erwarben sie dann die Majorität am Madrider Verlag Editorial Gráficas Espejo, der hauptsächlich von den Zeitschriften *Diez Minutos* und *El Europeo* sowie einer Großdruckerei lebt. Große Hoffnungen setzen sie auch — obzwar sie am amerikanischen Markt wieder etwas leiser treten — auf die neue US-Filiale Diamandis, die mit zehn florierenden Hobby-Magazinen für rund ein Zehntel des Hachette-Umsatzes verantwortlich ist — den Massentitel *Woman's Day* mußten sie allerdings unlängst veräußern. Sie hätten sich in den Staaten außerdem gerne das wöchentlich erscheinende Klatsch- und Skandalblatt *National Enquirer* und die dazugehörige GP Group gesichert, dabei kamen sie aber ebensowenig wie andere Bewerber, nämlich Robert Maxwell und der deutsche Heinrich Bauer Verlag, zum Zug — das Rennen machte schließlich eine US-Gruppe. Dafür verschafften sich die Hachette-Strategen auf anderen Märkten hübsche Erfolgserlebnisse: In Griechenland gingen sie, assistiert vom lokalen Partner Athenian Publications, mit einer Autozeitschrift ins Rennen; mit *Car & Driver* und *Road & Track*, die in Hongkong produziert werden, wollen sie das Asien-Geschäft auf Touren bringen; und in Kanada versuchen sie neuerdings mit dem *Paris-Match*-Ableger *Quebec Match* ihr Glück.

Die stürmische Expansion im Ausland, die neun Milliarden Francs verschlang und den Schuldenstand des Konzerns vorerst auf fast zehn Milliarden Francs erhöht hat, wurde durch gezielte Aktivitäten und Akquisitionen

am Heimmarkt abgerundet: Lagardère inhalierte neben anderen die Editions Rombaldi, die Schallplattenfirma Adès S.A. sowie die drittgrößte französische Druckerei Ferry Peter, beteiligte sich mit dreißig Prozent an der Excelsior Finance, die *Option Finance* herausgibt, und mit fünfzehn Prozent am Fachverlag Stratégies. Obendrein stieg er 1990 beim französischen Verlag Bip 41 ein, der zehn Gratiszeitungen herstellt.
Im Printbereich, der von der Holding F.E.P. (France Editions et Publications) gesteuert wird und acht Einheiten umfaßt[7]), setzen die Hachette-Leute nach wie vor auf die gewohnten Zugpferde wie *Télé 7 Jours* oder *Elle*. Da der Wettbewerb bei Frauen- und TV-Zeitschriften aber immer unbarmherziger wird, wollen sie sich künftig gezielt auf Wirtschaftstitel konzentrieren, etwa auf *Le Nouvel Economiste* oder *Option Finance*. Bei Tageszeitungen hat Hachette dagegen noch einen Nachholbedarf zu verzeichnen: Die Gruppe ist zwar an *Le Parisien Libéré* und an einigen Regionalverlagen beteiligt[8]) — *Le Provençal* etwa schnappte sie dem Briten Maxwell vor der Nase weg —, muß sich jedoch bei der lokalen Presse mit einem Marktanteil von zehn Prozent und einem Sechstel der dort anfallenden Werbegelder begnügen — damit rangiert sie weit abgeschlagen hinter dem Pressezaren Robert Hersant.
Sonst sind von Frankreichs größter Medienorgel kaum Mißtöne zu vernehmen: Dank ihrer führenden Stellung im internationalen Vertriebsgeschäft, der starken Präsenz in der französischen Druckbranche, einer erstklassigen Position am Werbesektor und durchaus erfreulicher Engagements in der Video- und Filmproduktion bleibt sie von echten Problemen verschont. Die Buch-Division, die jährlich mehr als 4.000 Neuerscheinungen veröffentlicht und rund ein Viertel zum Gesamtumsatz beisteuert, läuft ebenfalls recht gut, obwohl der Druck seitens der neuformierten Groupe de la Cité deutlich stärker geworden ist: Dieses Konsortium aus diversen Verlagshäusern setzt auf ein ähnliches Sortiment und bedrängt Hachette obendrein mit dem zur Hälfte der Bertelsmann AG gehörenden Buchklub France Loisirs, der jährlich 26 Millionen Exemplare absetzt.
Der einzige wunde Punkt — das Faktum, daß Hachette trotz intensiver Bemühungen im TV-Geschäft lange nicht Fuß fassen konnte, weil die erhoffte Lizenz für den Privatsender *TF 1* seinerzeit an Bouygues und Maxwell gegangen war — ist nunmehr auch beseitigt: Im Mai 1990 kaufte sich der Konzern um 430 Millionen Francs beim französischen Privatsender *La Cinq* ein. Mit seinem 22-Prozent-Anteil, der alsbald auf 25 Prozent aufgestockt wurde, darf er künftig an der Seite von Berlusconi und Hersant hoffen, daß der schwer defizitäre Kanal bald auf bessere Zeiten zusteuert. Das Engagement ist jedenfalls als längst fällige Abrundung von Hachettes TV-Produktionen zu sehen, die über die Tochterfirmen Hachette Première, Télé Hachette und Productions Philippe Dussart abgewickelt werden. Pikanterweise belieferten diese primär *TF 1*, der jetzt Hachettes größter Fernseh-Rivale ist. Am Sektor Hörfunk steht die Gruppe dank ihrer Sender *Europe 1* und *Europe 2* dagegen weitaus besser da, nicht zuletzt, weil ihre europaweiten Vorstöße, etwa nach Polen, in die einstige DDR und die ČSFR, als durchaus erfolgversprechend eingestuft werden.
Lagardère ist nun mehr denn je überzeugt, daß sein Konzern auch dann noch weltweit zu den Branchengrößen zählt, wenn er selbst längst in Pension sein wird. Er setzt große Stücke auf seinen Sohn Arnaud, den er als Thronfolger designiert hat: Der studierte Betriebswirt soll einmal das zügig ausbauen, was der Senior aufgebaut hat.

DAS SPIEL OHNE GRENZEN

Dieser Mann", war schon vor einigen Jahren im Londoner *Observer* zu lesen, „verkörpert die größte Zeitungsmacht, die es je gab."
Das Schweizer Wirtschaftsmagazin *Bilanz* stufte ihn neulich als den „wohl tollkühnsten Medientycoon unserer Zeit" ein.
Die englische *Daily Mail* verglich ihn gar mit „einem verrückten Känguruh, das von Kontinent zu Kontinent hüpft".
Der deutsche *Spiegel* beschrieb ihn einmal als konkurrenzlosen Weltmeister „für drallen Sex und tumben Tratsch".
Die schillernde Persönlichkeit jenes Mannes, den Branchenkollegen ungefähr so schätzen wie Darmkrebs, ist jedoch in Worten kaum zu fassen, schon gar nicht mit simplen Klischees. Ein seriös angelegtes Psychogramm dieses geheimnisumwitterten Zeitungs-, Film- und TV-Magnaten muß sich vielmehr über die volle Bandbreite subjektiver Einschätzungen erstrecken und von einem Extrem bis zum anderen reichen:
Er wird von seinen vielen Bewunderern als genialer Profi heftig verehrt und zugleich von den noch zahlreicheren Kritikern als unersättlicher Machtmensch innigst gehaßt.
Er gilt einerseits als einer der einflußreichsten Meinungsmacher der Welt und anderseits, so der australische Ex-Finanzminister Peter Walsh, als „ein gefährlicher Größenwahnsinniger".
Er ist für manche Experten der „Stuntman des internationalen Medien-Geschäfts" *(Neue Medien)* und wird von manchen Lesern als „dirty digger" abgelehnt — frei übersetzt: Dreckschleuder.
Die einen sehen in ihm den absoluten Superstar des Informationszeitalters, auf die anderen wirkt er so abscheulich wie die wahnwitzige Filmlegende Charles Foster Kane.
Zumindest in einem Punkt sind Fans und Feinde völlig einig: **Rupert K. Murdoch** ist als verwegenster Artist im internationalen Medienzirkus einsame Klasse, eine Rarität à la King Kong. Er führt dem staunenden Publikum unentwegt spektakuläre Kunststücke vor, ganz im Stile eines tollkühnen Seiltänzers — immer oben, immer kühn, immer souverän, aber trotzdem stets in Lebensgefahr. Obwohl ausgerechnet Kraftakte ohne Netz als seine Spezialdisziplin gelten, ist er bislang noch nie so richtig abgestürzt — im Gegenteil: Der auf vier Kontinenten tätige Medien-Zampano läßt sich bei seinem geradezu hemmungslosen Höhenflug durch nichts und niemanden bremsen.
Als Big Boss der in Sydney registrierten und zu 47 Prozent seiner Cruden Investments gehörenden News Corporation Ltd. hat es der gebürtige Australier unschwer geschafft, ein lebendiger Mythos zu werden: „Das einzig Berechenbare an diesem Mann", urteilte unlängst die *New York Times,* „ist seine Unberechenbarkeit." Kein anderer Konkurrent kauft und verkauft derart viele Medien aller Art so rastlos wie er. Kein anderer vermag auf seine Art ganze Märkte im Alleingang auf den Kopf zu stellen. Kein anderer läßt sich so wie Murdoch auf ein dermaßen riskantes Vabanquespiel um die Macht ein.
Doch dank seiner typischen Merkmale — er gilt als schlau, ehrgeizig, unberechenbar, machtlüstern und durchaus skrupellos — und dank nervenstarker Geldgeber, die ihn unermüdlich mit Krediten versorgen, war dem Egotrip bislang Erfolg beschieden:

Heute dirigiert er von seinen Büros in New York, London, Sydney, Melbourne und Hongkong aus im Stile eines absoluten Herrschers ein mediales Weltreich, das sich von Australien bis Zambia, von Schweden bis Puerto Rico und von den Cayman Inseln bis Budapest erstreckt. Seine weltweit 32.000 Mitarbeiter stehen auf den Lohnlisten von nahezu 450 Gesellschaften. Allein die Twentieth Century Fox, die laufend Publikumshits wie „Crocodile Dundee", „Wall Street" oder „Working Girls" zuwegebringt, kann mit 56 Tochterfirmen aufwarten. Der imposante Medien-Pool besteht alles in allem aus mehr als 200 Zeitungen und Zeitschriften, mehreren TV-Stationen, etlichen Buchverlagen, zahllosen Druckereien, renommierten Filmstudios und einigem Drumherum, wie einer Fluglinie, einem Transportunternehmen und weiß Gott noch was alles.
Murdoch, seit 1967 in zweiter Ehe mit der blonden Ex-Journalistin Anna Torv verheiratet, die den Bestseller „Der Medien-Clan" schrieb, sieht seine Frau ähnlich selten wie seine Luxusvilla in Aspen, Colorado: Der vierfache Vater flitzt gut die Hälfte des Jahres, am liebsten im Privatjet, durch die Welt; eine Woche pro Monat verbringt er in London, in Australien schaut er alle sechs Wochen vorbei, um auch gleich seine alte Mutter zu besuchen, die übrige Zeit ist für die USA und den Rest des Globus reserviert. Als Chief Executive der News Corporation ist er überall von einigen, zum Teil langjährigen Ratgebern im Range von Direktoren umgeben, die sich jedoch bei Bedarf als stumme Jasager bewähren. Murdoch, laut seiner Londoner Pressedame Jane Reed „a One-Man-Band", trifft für sein Leben gerne Soloentscheidungen. Er schafft allerdings auch das Wunder, den totalen Überblick zu behalten: Wo immer er gerade unterwegs ist — jeden Donnerstag erhält er von allen Konzernbereichen regelmäßig die neuesten Zahlen. Am Freitag pflegt er sich dann ausreichend Zeit zu nehmen, um zum Telefon zu greifen und sich hintereinander jene Manager vorzunehmen, bei denen es gerade nicht so läuft, wie er sich das vorstellt.
Mit einem Gesamtumsatz von 6,7 Milliarden US-Dollar im Geschäftsjahr 1989/90 und einem Nettogewinn von 263 Millionen ist Murdoch einer der glanzvollsten Fixsterne der Branche — doch das genügt ihm offensichtlich bei weitem nicht: Er läßt sich vom ungeheuren Ehrgeiz treiben, der Allergrößte zu werden. Sein Weg an die Spitze ist mit Sicherheit eines der faszinierendsten Kapitel der internationalen Mediengeschichte:
Rupert Keith Murdoch, Jahrgang 1931, stammt aus Melbourne. Er wurde als Sohn eines angesehenen Redakteurs geboren, der es bis zum Managing Director einer führenden Zeitungsgruppe gebracht und sich schließlich selbständig gemacht hatte. Damit wuchs der Filius automatisch in den Journalismus hinein: Er startete mit sechzehn als Chefredakteur einer Schülerzeitung, heuerte dann als Polizeireporter bei der *Herald and Weekly Times* an und studierte ab Oktober 1950 am Worcester College der Universität Oxford.
Als der Vater im Oktober 1952 einem langwierigen Leiden erlag, war Ruperts Zukunft im Testament klar vorgezeichnet: Er erbte die News Ltd. samt der kleinen Provinzzeitung *The Adelaide News;* außerdem bekam er ein Aktienpaket an der Firma Queensland Newspapers in Brisbane, die mit *The Courier Mail* und der *Sunday Mail* zwei profitable Blätter herausbrachte. Der damals 21jährige blieb aber vorerst in London, wo er sich als Volontär beim *Daily Express* als durchaus brauchbarer Schreiber erwies, und kehrte erst zwei Jahre später nach Australien zurück, um sein Erbe schwungvoll

auszuweiten: Er erstand 1956 das Wochenmagazin *New Idea* und die *Sunday Times* in Perth, erwarb ein Jahr später ein Aktienpaket an einer Radiostation in Adelaide, sicherte sich ebendort die Lizenz für einen Kommerz-TV-Sender, übernahm sodann in Sydney per Strohmann den *Daily Mirror* und andere Titel der Mirror-Newspapers-Gruppe und kaufte so nebenbei auch die Cumberland Newspapers Ltd. auf. Ein höllischer Start also für ein Greenhorn: Die rastlose Sucht, ganz hinauf zu wollen, habe ihn, so ein Murdoch-Kenner, seit damals nicht mehr losgelassen. Sie entspräche voll seinem Naturell: Wenn ihm sein Vater beispielsweise eine Nudelfabrik hinterlassen hätte, wäre daraus wohl auch die größte der Welt geworden.

Der junge Murdoch entdeckte seinerzeit rasch ein scheinbar ideales Erfolgskonzept. Er setzte, um die Konkurrenz fortan ausstechen zu können, kompromißlos auf konsequenten Boulevardjournalismus: wilde Titel, große Bilder, kurze Texte, viel Sex, Skandale und Klatsch sollten seine Leser optimal befriedigen. Damit machte er in der Folge genug Geld, um erstens 1964 in Neuseeland Fuß zu fassen und sich zweitens in Canberra — quasi als Kontrastprogramm — das seriöse Tagblatt *The Australian* leisten zu können. Seine Position am australischen Markt war aufgrund weiterer Transaktionen allmählich so gut abgesichert, daß er sich in der zweiten Hälfte der sechziger Jahre um den Rest der Welt kümmern konnte.

Murdoch übersiedelte damals samt Frau und Kindern auf eine weitaus größere Bühne — London —, wo er rasch das delikate Rollenspiel zwischen Politikern und Medien begriff und bald zu einem — wenn auch ziemlich umstrittenen — Hauptdarsteller wurde. Von diesem Moment an geht es Schlag auf Schlag:

■ Anfang 1969 legt er sich mit *News of the World* die größte Sonntagszeitung Englands zu; zum Einstand liefert er deren Lesern die mit einem Riesenscheck abgegoltenen Memoiren der einstigen Nobelnutte Christine Keeler;

■ 1970 schnappt er einem gewissen Robert Maxwell die an Leserschwund leidende, defizitäre *Sun* vor der Nase weg; er schwört sie umgehend auf das mittlerweile erprobte Sex & Crime-Konzept ein und verlangt von der Redaktion „Titten, mehr Titten". In vier Jahren klettert die Auflage um 300 Prozent.

Die beiden britischen Titel tragen dem Australier nicht besonders schmeichelhafte Spitznamen ein, etwa „Pornohändler" oder „König der Brustwarzen". Doch das scheint Murdoch, der bereits die nächsten Ziele anvisiert, keineswegs sonderlich zu stören — er expandiert weiter:

■ 1971 macht er sich bei der Londoner Weekend Television Ltd. zum Hauptaktionär[3]);

■ 1972 gliedert er seinem inzwischen beachtlich gewachsenen Konzern in Sydney den *Daily Telegraph* und den *Sunday Telegraph* ein;

■ 1973 gelingt ihm in den Vereinigten Staaten der erste Streich: Er wird Eigentümer der Express Publishing Company in San Antonio, Texas, und dringt mit dem *Express* und der Abendzeitung *San Antonio News* ins Medien-Mekka USA vor;

■ 1974 präsentiert er sich in New York strahlend als neuer Inhaber des auf Skandale spezialisierten Wochenmagazins *National Star*;

■ 1976 nimmt er der greisen Verlegerwitwe Dorothy Schiff, die immerhin vier Ehemänner und fünf mediale Rivalen überleben konnte, mit der verlustreichen *New York Post* ihre größte Sorge ab. Er ernennt sich zum Chefredakteur und macht eine wahre Mordspostille daraus: Als New York im darauffolgenden Sommer im Banne eines Massenmörders steht, steigert er die Auflage mit sensationslüsternen Titeln und knalliger Aufmachung von 600.000 auf eine Million Exemplare — aber die blutroten Zahlen bleiben[10]);

■ 1977 befassen sich erstmals kritische Coverstorys in *Time* und *Newsweek* mit dem Phänomen Murdoch, doch von der Titelseite des Stadtmagazins *New York* verschwindet er im letzten Moment: Er kauft es nämlich mitsamt *The Village Voice* rechtzeitig auf[11]);

■ 1979 fallen ihm in Houston sieben Regionalzeitungen der Firma Houston Community Newspapers und in Sydney die TV-Station *Channel 10* in den Schoß[12]). Obendrein steigt er mit fünfzig Prozent bei der australischen Ansett Transport Industries ein, die eine Fluglinie und mehrere Transportfirmen betreibt;

■ 1980 ordnet er der aus allen Nähten platzenden News Corporation die drei Ableger News International (für Großbritannien), News America Publishing (für USA) und News Limited (für Australien) unter, um seine zahllosen Töchter besser in den Griff zu bekommen;

■ 1981 zieht er für zwölf Millionen Pfund mit den englischen Medienmonumenten *The Times* und *The Sunday Times* zwei prestigeträchtige Fische an Land. Dabei kommt wieder einmal seine vielfach erprobte Taktik zur Anwendung: Murdoch angelt sich aus steuerlichen Gründen — Verluste sind eben überall auf der Welt abschreibbar — mit Vorliebe dahinsiechende, daher also fast geschenkte Blätter, denen er rasch zu neuer Blüte verhilft. Das Niveau der *Times* sackt schlagartig ab, die *Sunday Times* wird auch nicht gerade besser, aber die Leserzahlen steigen, und die Jahresbilanzen sehen allmählich erfreulicher aus;

■ 1982 ersteht er von der Hearst-Gruppe für nur acht Millionen Dollar den angeschlagenen *Boston Herald* sowie *The Sunday Boston Herald*;

■ 1983 übernimmt er bei Field Enterprises in Chicago und damit bei der *Sun Times*, der zweitgrößten Zeitung der Stadt, das Kommando[13]); fast gleichzeitig läßt er in Brisbane die *Daily Sun* vom Stapel, und ab

■ 1984 zählen auch die amerikanische Zeitschrift *New Woman* sowie zwölf Consumer Magazines der New Yorker Ziff-Davis-Gruppe (Kaufpreis: 350 Millionen Dollar) zu seinem Inventar.

Rupert Murdoch, gerade dreißig Jahre in der Branche, druckt zu diesem Zeitpunkt drei Milliarden Zeitungen im Jahr — hundertmal mehr als beim Start — und erzielt bei 1,5 Milliarden Dollar Umsatz einen gar nicht so üblen Profit von 111 Millionen Dollar — um 2.000 Prozent mehr als 1954. Seine wuchtige Expansion beruht allerdings kaum auf einer besonders großartigen Strategie, sondern mehr oder weniger auf Zufällen. Murdoch: „Wir sind pragmatisch und kaufen, was uns gerade wünschenswert erscheint."

■ Das Jahr 1985 bringt dann eine markante Zäsur: Der erzkonservative Medien-Baron, der zum glühenden Verehrer von Margaret Thatcher und Ronald Reagan geworden ist, mietet ein Apartment in der New Yorker Fifth Avenue mit Blick auf den Central Park und wird amerikanischer Staatsbürger. Er braucht den neuen Paß, weil er als Ausländer im Film- und TV-Geschäft nicht Fuß fassen könnte. Aber genau das will er: Nachdem er zwei Jahre zuvor die Satelliten-TV-Firma Skyband Inc. erworben und sich an Warner Communications Inc. beteiligt hat, greift er nun für 575 Millionen Dollar bei der Hollywood-Institution Twentieth Century Fox zu;

■ 1986 nimmt er dann der Fernsehgesellschaft Metromedia um 1,55 Milliarden Dollar fünf TV-Stationen ab — sein bislang spektakulärster Coup.
Seit diesem Zeitpunkt verfolgt ihn ein Traum, der ihn im Lauf der Zeit ein Vermögen kosten sollte: Er will zum einen mit direktübertragenden Satellitenprogrammen Furore machen — da aber die hiefür nötigen Parabolantennen nicht verfügbar sind, scheitert er vorerst kläglich. Und zum zweiten möchte er mit der Fox Broadcasting Co., derentwegen er Amerikaner geworden ist, ein viertes nationales TV-Network aufziehen — ein Ziel, von dem er vorerst meilenweit entfernt ist. Die Fox mit ihren mittlerweile sieben Stationen in New York, Boston, Washington, Dallas, Houston, Chicago und Los Angeles beschert ihm zunächst rote Zahlen — 1988 etwa ein Defizit von hundert Millionen Dollar —, verwandelt sich aber vom relativ chancenlosen Nachzügler allmählich zu einem durchaus ernstzunehmenden Rivalen für ABC, CBS und NBC: Sie ist bereits in 91 Prozent aller amerikanischen TV-Haushalte präsent, hat ein paar gewaltige Serien-Hits wie „The Simpsons" oder „In Living Color" im Programm, verzeichnet rasant steigende Werbeeinnahmen, und Mitte 1990 konnte Fox-Chairman Barry Diller erstmals Gewinne feiern. Auch wenn die neuen Medien Rupert Murdoch einige herbe Enttäuschungen beschert haben, wuchs dessen Begeisterung für dieses Metier stets an: „Kein Verleger kann es sich leisten, diese Entwicklung zu ignorieren. Fernsehen ist einfach das wichtigste und mächtigste Medium."
■ Im März 1987 macht Murdoch mit dem Erwerb des New Yorker Buchverlags Harper & Row von sich reden. In London übernimmt er von Eddy Shah die hoffnungslos überschuldete Boulevard-Gazette *Today*;
■ Im August 1988 kauft er schließlich dem achtzigjährigen Walter Annenberg für 3,2 Milliarden Dollar die florierende Triangle Publications Inc. ab.
Mit dieser zweitgrößten Medientransaktion aller Zeiten erweitert er sein etwa aus *New Woman*, *Premiere*, *In Fashion*, *New York* und *Automobile* bestehendes Magazin-Sortiment um dreizehn Titel, darunter der weltweit unerreichte Auflagenrenner *TV Guide*, die Teeny-Postille *Seventeen* und die Gourmet-Zeitschrift *Good Food*. Seit dem Start von *Mirabella*, einer US-Illustrierten für Ladies ab dreißig, die frontal die beiden Elite-Objekte *Elle* und *Vogue* angreift, und dem *Soap Opera Guide* ist Murdoch endgültig in einem Atemzug mit den Branchenleadern Condé Nast oder Hearst zu nennen.
Aber nicht nur in den Staaten, die beinahe die Hälfte seines Gesamtumsatzes bringen, auch in seinem Heimatland trumpft er auf: Im Januar 1987 läßt er 1,5 Milliarden australische Dollar springen, um in Melbourne bei The Herald Weekly Times und deren Anhängsel Queensland Press, der größten Verlagsgruppe Australiens, zum Zug zu kommen. Er reiht damit seiner Kollektion, die bis dahin aus fünfzehn Tages- und fünf Sonntagszeitungen sowie zwei TV-Kanälen und einigen Buchverlagen bestand, zusätzlich 120 Zeitungen, zwanzig Zeitschriften, eine Buchgemeinschaft, eine Vertriebsfirma sowie Anteile an einer Papierfabrik ein. Murdoch, der auch in Hongkong die *South China Morning Post* und weitere Printmedien in Papua-Neuguina, Vanuatu und auf den Fidschi-Inseln besitzt, kontrolliert den australischen Zeitungsmarkt schon zu siebzig Prozent[14]).
In Großbritannien beherrscht er fast ein Drittel des Marktes. Er rangiert mit den knallig aufgemachten, meist atemlosen, bisweilen auch taktlosen

Sensations-Gazetten *The Sun*, *News of the World* und *Today* sowie mit der etwas ruhigeren *Times* und der *Sunday Times* deutlich vor seinem Widersacher Robert Maxwell. Die Murdoch-Blätter haben eindeutig mehr Fans — sprich Leser — als Margaret Thatcher, die zuletzt nur von etwa vierzehn Millionen Briten gewählt wurde. Deshalb mehren sich gerade in jüngster Zeit die Stimmen, die eine Begrenzung seiner Macht fordern. Insbesondere die profitable *Sun* ist auf der britischen Insel in wirklich jeder Beziehung die Nummer eins. Zu dieser Erkenntnis gelangte übrigens auch eine Studiengruppe an der Universität Glasgow, die kürzlich untersuchte, welche englischen Tageszeitungen die meisten irreführenden oder erfundenen Meldungen bringen und ihre Leser damit am konsequentesten zum Narren halten — der Sieg war der *Sun* nicht zu nehmen.
Murdoch, der die Londoner Zeitungsindustrie vollkommen auf den Kopf gestellt und das Ende der renommierten Fleet Street besiegelt hat, verdient aber nicht bloß an seiner Sex & Crime-Philosophie: Er kann sich etwa auch auf die *Sunday Times* blindlings verlassen, die pro Woche für 1,5 Millionen Pfund Profit sorgt. Und dank seiner Beteiligungen an den Verlagshäusern Pearson und Reed sowie an der Nachrichtenagentur Reuters ist er auch ein bißchen im seriösen Genre verankert[15]). Im übrigen wertete er sein Image mit der im Frühjahr 1988 erfolgten gänzlichen Übernahme des schottischen Buchverlags Collins auf. Zum Entsetzen der Vertragsautoren hatte er für das Unternehmen cool 293 Millionen Pfund hingeblättert und dann sogleich das gesamte Management in die Wüste geschickt. Die Zukunft unter dem neuen Boss schien für die Schreiberlinge höchst ungewiß zu sein — was gleichermaßen für Murdoch gilt:
Der große Abenteurer muß nämlich die gigantischen Investitionen der letzten Jahre — seit 1986 legte er für Akquisitionen fast zehn Milliarden Dollar aus — erst einmal verkraften. Denn gar so stinkreich, wie ihn *Fortune* in seiner jährlich erscheinenden Parade der wohlhabendsten Zeitgenossen einschätzt, dürfte er in Wahrheit gar nicht sein. Als wildester Pokerspieler der Medienbranche hatte er nämlich im Frühjahr 1989 einen Mount Everest an Schulden angehäuft — Höhe: gut sieben Milliarden Dollar. Er mußte daher zum einen schweren Herzens so manches versilbern: zum Beispiel seine Travel Information Group, die er für 825 Millionen Dollar an Reed International abtrat, oder, etwas später, die wöchentliche US-Supermarkt-Zeitschrift *The Star*, die um 400 Millionen an den Konkurrenten Macfadden ging; schließlich tauchten auch um seinen amerikanischen *TV Guide* Verkaufsgerüchte auf, die Murdoch allerdings energisch dementierte. Zum andern kreierte er die Media Partnership International, um der News Corporation aus der Klemme zu helfen. Diese von ihm persönlich gemanagte Investmentgesellschaft, die etwas mühsam schwergewichtige Geldgeber aufgetrieben hatte, nahm dem Murdoch-Konzern für 580 Millionen Pfund sämtliche Buchverlage ab — also etwa Times Books, Harper & Row, William Collins, Angus & Robertson etc. Damit verschaffte sie ihm eine dringend nötige Atempause. Für einen Mann mit derart guten Verbindungen zur Hochfinanz und einem dermaßen verzweigten Firmennetz gibt es eben immer einen Ausweg — und steuerliche Umwege ohnehin.
Rupert Murdoch, der höchstwahrscheinlich sämtliche Bilanztricks der Welt auswendig kennt und in der Praxis erprobt, kann jedenfalls wieder etwas ruhiger schlafen: Seine Bankiers lieben ihn, weil er wie ein Irrer Zinsen zahlt, und würden es wohl niemals wagen, ein Kaliber wie ihn fallenzulassen —

auch wenn sich Mitte 1990 allein die kurzfristigen Verbindlichkeiten auf drei Milliarden Dollar beliefen. Sein Expansionsdrang war daher eine Zeitlang, wie sich das für eine solche Phase gehört, eher unterentwickelt: Murdoch hatte etwa bei der spannenden Übernahmeschlacht um den Filmkonzern Metro-Goldwyn-Mayer/United Artists (MGM/UA) nicht die geringste Chance gehabt — und stieg statt dessen bloß bei der spanischen Grupo Zeta mit 25 Prozent ein; bald darauf nähte er sich für bescheidene fünf Millionen Dollar gleich zwei ungarische Titel — *Reform* und *Mai Nap* — zur Hälfte ein, alles jedenfalls kleine Fische im Vergleich zu seinen früheren Coups. Auf der Suche nach weiteren Okkasionen unternahm er in der ersten Jahreshälfte 1990 zahllose Reisen durch die Oststaaten, wobei sich eine Kooperation mit dem deutschen Verleger Hubert Burda herauskristallisierte: Die beiden Häuser werden künftig eng zusammenarbeiten, gemeinsam zwei Druckereien bauen und es womöglich mit einer deutschen Massenzeitung versuchen.
In den USA indes will sich Murdoch mit mehreren großen Kalibern verbünden, um wieder einmal ein richtiges Mammutprojekt angehen zu können: Seine News Corp. kündigte gemeinsam mit dem größten amerikanischen TV-Network NBC, der Kabelgesellschaft Cablevision Systems und dem Satellitenproduzenten Hughes Communications unter dem Stichwort *Sky Cable* ein monströses High-Tech-Abenteuer an, das die amerikanische Fernsehwelt gründlich revolutionieren könnte. Das ehrgeizige Quartett will vorerst eine Milliarde Dollar lockermachen und die US-Haushalte ab 1993 via Direktsatellit mit nicht weniger als 108 Programmen beglücken. „Mit diesem System", jubilieren bereits manche unverbesserliche Optimisten, „werden die Kabelfirmen so viel Unterhaltung liefern, wie vom amerikanischen Publikum gerade noch verdaut werden kann." Und weiter: „Die Zeiten des mangelhaften Angebots an Kanälen sind vorbei, jetzt treten wir in die Ära des Überflusses ein." Murdoch ist überzeugt, daß gleich zu Beginn drei Millionen Kunden mitmachen und die exorbitanten Investitionen sich relativ zügig amortisieren würden.
Ein anderer dicker Happen bereitete dem wie ein mittelmäßiger Wirtschaftsanwalt — also harmlos — aussehenden Medien-Sammler, dessen Gesicht bisweilen von tiefen Furchen geprägt ist, monatelang unheimlich viel Zores: Der Start von *Sky Television* mit fünf Kanälen für Großbritannien entpuppte sich, nobel ausgedrückt, als Flop. Die Freudenfeste, die noch am 5. Februar 1989 in London gefeiert wurden, sind blitzartig von einer Ernüchterung abgelöst worden: Das britische Publikum konnte sich anfangs für die beinahe unter Ausschluß der Öffentlichkeit verbreiteten Sky-Programme nur wenig begeistern und war daher kaum bereit, die nötigen Antennen anzuschaffen. Murdochs optimistische Prognosen — bis Ende 1989 wollte er 1,15 Millionen Haushalte erreichen — erwiesen sich schon nach drei Monaten als geradezu kindlich naiv.
Die massiven Verluste, die Murdochs Steckenpferd in der Anlaufphase brachte — im ersten Jahr 250 Millionen Pfund —, wären wahrscheinlich für viele nervenschwache Unternehmer ein Grund für einen eleganten Selbstmord gewesen. Er jedoch ließ sich davon vorerst nicht besonders beeindrucken, sondern warf vielmehr schnell den *TV Guide* in die Schlacht, der den Briten mehr Appetit auf das Satellitenfernsehen machen sollte. Außerdem müssen auch seine Tageszeitungen, selbst die *Times*, unermüdlich für die Sky-Programme trommeln. Schließlich fand sich ein eleganter

Ausweg, um sich vom Himmel nicht wieder zurückziehen zu müssen: Der Mann, der zugleich „auf dem Gipfel und am Abgrund seiner Macht steht“ (*Capital*), tat sich im November 1990 einfach mit dem Rivalen BSB zusammen und übernahm die Hälfte an der neugegründeten Firma British Sky Broadcasting. Damit konnte er nicht nur das Gesicht wahren, sondern endlich hoffen, sein Satelliten-Schlamassel demnächst zu beenden ...

DIE ROBERT-MAXWELL-STORY

Der elfstöckige Bürobunker am Londoner Holborn Circus hat mit den simpelsten Gesetzen der Ästhetik so gut wie nichts zu tun. Wer die gläserne Verlagszentrale länger als etwa zehn Sekunden betrachtet, der läuft Gefahr, entweder den Glauben an die Architektur oder den Respekt vor dem Hausbesitzer zu verlieren.

Der massige Multimillionär, dem diese architektonische Schande zu verdanken ist, thront dort fallweise — wenn er nicht gerade per Jet unterwegs ist — im obersten Stockwerk, stets umschwirrt von einem Butler und zwei hektischen Sekretärinnen. Er müßte sich fürwahr nicht mit diesem bescheidenen, ja grauenvollen Ambiente begnügen: Im Grunde genommen würde ein viel nobleres Domizil mit etwas Luxus durchaus besser seinem Status entsprechen. Aber trotz Rolls Royce, Yacht und Privatflugzeug tendiert er bisweilen zu typisch britischem Understatement.

Daher riecht mit Ausnahme des pflichtbewußten Sicherheitsdienstes in der Empfangshalle nichts, aber schon gar nichts an diesem mißratenen Glasturm am Rande der City nach Macht oder Money: Selbst die zwölf interessant klingenden Firmennamen, die unten, links neben dem Haupteingang, auf einer dezenten Tafel aufgelistet sind, verniedlichen auf raffinierte Weise die wahren Dimensionen, um die es hier geht. Sie sind der Zahl nach nur ein winziger Bruchteil dessen, was alles unter dem Stichwort **Robert Maxwell** aufzuzählen wäre.

Alles in allem kommandiert der berühmt-berüchtigte Medien- und Finanzjongleur, der am liebsten gleich die ganze Welt beherrschen möchte, ein veritables Heer an Firmen, Tochtergesellschaften und Beteiligungen[16]). „Captain Bob“, wie er sich selbst zu nennen pflegt, kämpft im Stile eines rauhbeinigen Generals an mehreren Fronten gleichzeitig: Er hat sich, unterstützt von ungefähr 30.000 Mitarbeitern, bereits in 26 Ländern und in mindestens fünfzehn bis zwanzig Geschäftszweigen einen Namen machen können. An der Spitze der Maxwell Communication Corporation (MCC) und ihrer assoziierten Truppen, die großteils in den Sparten Zeitungen, Zeitschriften, Bücher, Kabel-TV und Druck kämpfen, genießt er einen ähnlichen Ruf wie Napoleon in seiner Glanzzeit. Er wälzt unermüdlich neue Angriffspläne, springt pausenlos vom Helikopter in den Rolls oder vom Büro in seine Yacht „Lady Ghislaine“ und hetzt von der jüngsten Transaktion sofort zum nächsten Coup — die unendliche Jagd um den Erfolg ist für ihn ganz gewöhnlicher Alltag.

Er schlägt dabei zu, so oft es geht: Ob eine Zeitung in Israel, einen Verlag in Berlin, ein Massenblatt in den USA oder einen TV-Sender in Bulgarien — Maxwell möchte alles aufkaufen, was sich gerade bietet. Er besucht in Deutschland das Kartellamt, in Frankreich den Präsidenten, schaut in der

Sowjetunion bei einem Kunden oder in Japan bei einem möglichen Partner vorbei — Maxwell ist einfach überall, und oft, scheint's, an mehreren Orten gleichzeitig.
Er hat sich laut Joe Haines, der ihm zum 65. Geburtstag ein wohlgesinntes Buch mit dem Titel „Maxwell. Macht und Medien" widmete, längst als „ein Geschäftsmann von Weltruf" etabliert, sei „ein außergewöhnlicher Mensch" und „einer der Großen dieser Welt". Die schönen Lobesworte mögen leicht erklärbar sein: Der Biograph steht nämlich im Solde Maxwells. Aber Haines bemühte sich zweifellos, den 1,80 Meter großen, an die 120 Kilogramm schweren Boss, der „mit der Wucht eines Tornados auftritt" *(Süddeutsche Zeitung)* und nicht nur von der Statur her eher in eine wilde Hafenkneipe paßt als in eine vornehme Klosterschule, etwas differenzierter zu charakterisieren: Maxwell, gibt Haines zu, werde zwar zumeist als brutal, provokant, intolerant, cholerisch, rüde, widersprüchlich sowie unerträglich eingestuft — und er verfüge „in der Tat (...) über einen Teil der Charaktereigenschaften, die man an ihm rügt" (Haines) — doch ebenso könne er ruhig, großzügig, amüsant, fleißig, charmant und sympathisch sein.
Er sei also ein Mann voller Widersprüche: im Prinzip ein überzeugter Demokrat, aber selber ein Diktator; eine Stütze der Gesellschaft und dennoch ein Gegner des Establishments; ein glühender Anhänger der Labour Party, aber zugleich ein schwerreicher Kapitalist. „Ich bin im Geschäft, um Geld zu machen", verriet er einmal der deutschen *Wirtschaftswoche*, „und nicht Soldat der Heilsarmee." Der neureiche Wahlbrite, der einst als tschechischer Emigrant absolut bei Nuil begann, ist in der High Society und im Londoner Geldadel längst bestens verankert. Nicht einmal die seinem schärfsten Widersacher Rupert Murdoch gehörende *Sunday Times* kam unlängst umhin, ihn in ihrer Rangliste der wohlhabendsten Engländer auf Platz zehn zu reihen. Das US-Magazin *Fortune* wiederum zählte Maxwell Anfang 1989, nachdem dieser im Jahr davor rund dreißig Akquisitionen geschafft hatte, zu den 25 faszinierendsten Geschäftsleuten der Welt.
Sein global ausgerichteter Unternehmensverband wird von der im Steuerparadies Liechtenstein beheimateten Maxwell Foundation kontrolliert, deren Aufgabe es ist, die alljährlich fälligen Gewinne zu verwalten: Die Gelder kommen teilweise der Krebsforschung, dem Kampf gegen Aids, diversen Akademien der Wissenschaften oder gemeinnützigen Organisationen zugute. Die Maxwell-Stiftung in Vaduz ist nicht nur an der MCC[17]), sondern auch mehrheitlich an
— Pergamon Holdings Ltd.,
— der Pergamon Group,
— Pergamon Media Trust Plc. und der
— Mirror Group Newspapers Ltd.

beteiligt. Letztere fungiert, quantitativ gesehen, als Fundament seines verlegerischen Ruhms: Sie gibt die zweitgrößte Tageszeitung Englands, den *Daily Mirror,* drei Sonntagszeitungen, nämlich den *Sunday Mirror*, *Sunday People* und *Sunday Mail,* sowie den *Scottish Daily Record* und *Sporting Life*, das meistgelesene Sportjournal auf der Insel, heraus und sichert Maxwell aufgrund eines Marktanteils von etwa zwanzig Prozent Rang zwei hinter Murdoch. Mit der auf wissenschaftliche Publikationen, Lehrbücher und Nachschlagewerke spezialisierten Firma Pergamon, der Keimzelle seines Konzerns, pflegt er höchst erfolgreich das seriöse Verlags-Metier. Im übrigen kann „Maxwell Maximus" *(Die Zeit)* dank der MCC, die Filialen in

Frankfurt, Paris, New York, Tokio, Peking und Sydney unterhält, und seines Bishopsgate Trust ein buntes Repertoire an Unternehmen und Beteiligungen vorweisen.
Es reicht von einer Druckerei in Kenia über Englands größte Marktforschungsfirma AGB Research bis zur kanadischen Papierfabrik Donohue; eine TV-Station in Macao zählt ebenso dazu wie eine Hubschrauberflotte oder die französische Fotoagentur Sygma. Der Zeitungsmacher hat beim Bau des Kanaltunnels seine Finger im Spiel, betreibt wissenschaftliche Datenbanken, läßt seine Tochterfirma Nimbus Compact Discs produzieren und stieg vorerst mit ein paar Prozent beim französischen Baukonzern Bouygues ein. Er ist an Kreditinstituten (z.B. an der Merchant-Bank Robert Fraser Group) ebenso beteiligt wie an Engineeringfirmen (z.B. Central & Sheerwood), und bis vor kurzem investierte er sogar in Fußballvereine (Oxford United und Derby County) mit Vergnügen. Ferner kaufte er sich in jüngerer Vergangenheit bei einer Reihe von Firmen ein: in Israel etwa beim High-Tech-Betrieb Scitex, bei Teva Pharmaceutical Industries und beim Verlagshaus Modi'in; in Belgien bei der Druckerei Jean Dupuis in Charleroi; in Italien bei den Verlagen Ipsoa und Panini; in Frankreich bei der Druckerei Del Duca in Blois; in den USA beim viertgrößten Reiseagenten, Thomas Cook Travel, und in London wurde er mit dem Einstieg bei der Really Useful Group Partner des Star-Komponisten Andrew Lloyd Webber.
Der mit Abstand größte Fisch indes landete in New York in seinem Netz: Nachdem er in den Staaten bei versuchten Firmenübernahmen mehrmals gescheitert war — so zum Beispiel bei Doubleday oder Bell & Howell —, tauchte plötzlich der renommierte Macmillan-Verlag in seinem Visier auf. Maxwells Kriegskasse war nach dem blendend überstandenen Börsenkrach 1987 — vierzehn Tage vor dem schwarzen Montag hatte er Aktien verkaufen lassen und britische Regierungsanleihen erstanden — so gut gefüllt, daß er für Macmillan zunächst 2,2 Milliarden Dollar bot. Er blitzte zunächst aber ab und mußte sich daraufhin auf ein spannendes Duell gegen das berühmte Investmenthaus Kohlberg Kravis Roberts & Co einlassen. Im November 1988 entschied er den Zweikampf für sich. Der Übernahmepreis war mittlerweile auf 2,6 Milliarden Dollar geklettert. Fast gleichzeitig holte er sich von Dun & Bradstreet um 750 Millionen Dollar den Official Airlines Guide — elektronische Informationen über Flugpläne und -preise sowie ein Reservierungssystem. Die beiden Aktionen wertete Murdochs *Sunday Times* als „personal triumph for Maxwell" — um sogleich zu ätzen, daß es „a high-risk win" gewesen sein könnte. Auf deutsch, ganz frei übersetzt: Er könnte sich mit dieser Angelegenheit übernommen haben und irgendwann auf die Schnauze fallen.
Der persönliche Triumph hatte gewiß seinen Tribut gefordert: Im Hinblick auf einen beträchtlich angewachsenen Schuldenstand mußte sich Maxwell entschließen, durch diverse Verkäufe irgendwie wieder mehr als drei Milliarden Dollar einzuspielen: „Ich mag keine hohen Schulden", gestand er damals der *Financial Times*, „und fühle mich wohler, wenn ich einen riesigen Berg Geld hinter mir habe." Es kam daher in seinem Reich zu einer massiven Umstrukturierung: Er übergab beispielsweise seinen Druckkonzern British Printing and Communication Corp. schweren Herzens an ein Konsortium aus leitenden Mitarbeitern; trat die British Newspaper Printing Corporation für 270 Millionen Pfund an die Mirror-Gruppe ab; reichte seine schwedische Dependance Bertmark Publishing an den sozialistischen

A-Pressen-Verlag weiter und verhökerte in den USA vier Einheiten seines neuesten Stolzes Macmillan, was ihm 626 Millionen Dollar einspielte[18]). Weiters überließ er die in der Firma Maxwell Graphics zusammengefaßten US-Druckereien um 500 Millionen Dollar weitgehend der kanadischen Quebecor-Gruppe, stieß 45 Prozent an Berlitz International ab und kündigte zu guter Letzt an, daß er auch seine beiden Fußballklubs loswerden möchte — „wenn der Preis stimmt". Mit all diesen Aktionen brachte er die Liquidität der Gruppe wieder einigermaßen in Ordnung, konnte etliche Darlehen frühzeitig zurückzahlen und hielt damit seine Banken halbwegs bei Laune.
Die Folgen dieser gewaltigen Rochaden — demnächst sollen auch die Aktien der Mirror-Gruppe an der Londoner Börse gehandelt werden — sind in zweifacher Hinsicht bemerkenswert. Zum einen gab Maxwell, bislang als Drucker in Großbritannien die Nummer eins und in den USA die Nummer zwei, diesen Bereich weitgehend auf, um sich voll auf den verlegerischen Bereich zu konzentrieren: „Uns ist innerhalb von fünfzehn Monaten die Umwandlung von einem achtzigprozentigen Druckunternehmen in ein hundertprozentiges Verlagsunternehmen gelungen." Und zum anderen führte er damit seine berühmt gewordene Prophezeiung ad absurdum, daß er demnächst drei bis fünf Milliarden Pfund umsetzen und damit zu den absoluten Topstars der Branche zählen werde — 1989 schaffte er nämlich bloß 1,25 Milliarden Pfund[19]).
Die Bremsspuren waren zunächst nicht zu übersehen: Maxwell zog sich beispielsweise mangels Erfolg von der ihm gehörenden Agence Centrale de Presse, der zweitgrößten französischen Presseagentur, zurück, die bald darauf pleite war. Er kam beim Tauziehen um die US-Illustrierte *National Enquirer* ebenso zu kurz wie bei der *Jerusalem Post*, die er gerne gemeinsam mit dem amerikanischen Whisky-Boss Charles Bronfman übernommen hätte. Und rührte im Grunde genommen nur in Randbereichen um — so etwa bereicherte er Londons Kioske um *The Moscow News*, erfand in Glasgow das kostenlose Wochenblatt *The Glaswegian* und investierte eine hübsche Summe in eine Pariser Druckerei. Sein großspurig angekündigter Plan, anstelle des krisengeschüttelten Australiers Alan Bond beim englischen Satelliten-Konsortium British Satellite Broadcasting (BSB) als Gesellschafter einzutreten, erwies sich indes als riesige Seifenblase — es wurde nur eine knappe Beteiligung an der Bond-Firma Bell Group daraus. Fast schien es, als würde auch aus seiner absoluten Lieblingsidee nichts werden: Nachdem der für Mai 1989 geplante Start der paneuropäischen Tageszeitung *The European* — eine gewaltige Pioniertat, für die in Phase eins mindestens 30 Millionen Pfund veranschlagt waren — mehrmals verschoben wurde, hielten Branchenkenner das Objekt bereits für tot. Doch im Mai 1990 machte Maxwell Ernst: Er startete *The European* — Untertitel: *Europe's First National Newspaper* —, aus kommerziellen Erwägungen zunächst als Wochenzeitung für intelligente, kaufkräftige Aufsteiger bzw. Meinungsmacher zwischen dem Atlantik und dem Ural. Das 64seitige, vierfärbige Blatt, das freitags in einer Auflage von einer Million Exemplaren in ganz Europa erscheint, berichtet, als direkter Konkurrent der *International Herald Tribune*, des *Wall Street Journals*, von *Time* und *Newsweek*, hauptsächlich über Politik, Wirtschaft und Sport. Es erinnert in seiner optischen Aufmachung am ehesten an *USA Today* und erreicht ein erstaunlich hohes journalistisches Niveau. Maxwell, der den Werbeagenturen beim Start

eine Mindestverbreitung von 225.000 Exemplaren garantiert hatte, setzte im Handumdrehen 350.000 Stück ab und möchte schon bald in den schwarzen Zahlen sein. Womit er etliche Skeptiker — *Business Week* etwa hatte die Frage „Does the Continent need a weekly Newspaper — in English?“ aufgeworfen — eines Besseren belehren würde.

Maxwell, der neun Sprachen beherrscht, will auf diese Weise publizistisch für ein geschlossenes Europa kämpfen und bringt dafür geradezu ideale Voraussetzungen mit: Als „unerhört patriotischer Brite“ (Selbstcharakteristik) ist er zugleich dank seiner französischen Frau ziemlich frankophil und aufgrund seiner Herkunft ein Freund des Ostblocks. Er mag die Deutschen, bekundet „Liebe und Respekt“ für die Holländer und verehrt natürlich auch die Italiener. So wie es bei ordentlichen Kosmopoliten üblich ist, hat er bereits etliche Würden einsammeln können — etwa den Dr. h. c. der Universität Moskau, den Verdienstorden der Nobel-Stiftung oder den bulgarischen Stara-Planina-Orden erster Klasse.

Und wie es sich für einen typischen Selfmademan gehört, kann er auf eine ungemein farbige Lebensgeschichte voller Höhen und Tiefen zurückblicken: Als Ludvik Hoch wurde er im Juni 1923 in Solotvino, das in der damals tschechoslowakischen Karpato-Ukraine lag, geboren. Er wuchs in ärmlichen Verhältnissen auf — sein Vater war jüdischer Landarbeiter —, ging als Sechzehnjähriger nach Budapest und schloß sich dort einer Widerstandsgruppe an. Alsbald wurde er verhaftet und zum Tode verurteilt, entkam jedoch und flüchtete via Belgrad, Saloniki und Beirut nach Marseille, wo er der Fremdenlegion beitrat. Dann ging es ab an die Front, wo er zunächst verwundet wurde und in deutsche Gefangenschaft geriet. Er konnte aber erneut flüchten, diesmal an Bord eines ägyptischen Schiffes nach England, und zog ein wenig später in britischer Uniform abermals in den Krieg. Da die deutsche Wehrmacht Tschechen, die für die Alliierten kämpften, standrechtlich zu erschießen pflegte, wechselte Hoch, dessen Familie großteils in Auschwitz umkam, mehrmals seine Identität: Er trat beispielsweise als Leslie du Maurier oder Leslie Jones auf und nahm 1945 seinen jetzigen Namen und die britische Staatsbürgerschaft an.

In diesem Jahr heiratete er die gebürtige Französin Elisabeth Meynard, deren Vater ein reicher Seidenfabrikant gewesen war und sich für den völlig unbemittelten Soldaten nicht besonders begeistern konnte. Der junge Maxwell hatte seiner Frau indes folgendes versprochen: „Ich werde Premierminister von England sein, ich werde ein Vermögen verdienen, und ich werde dich bis an das Ende meiner Tage glücklich machen.“

Die politischen Ambitionen sind nicht ganz aufgegangen. Maxwell, zunächst britischer Presseoffizier in Berlin, dann Vertreter eines deutschen Buchverlags und seit 1951 Chef von Pergamon Press, zog aber immerhin in den sechziger Jahren als Labour-Abgeordneter ins Unterhaus ein. Das Vermögen hat er zweifellos geschafft: Sein auf wissenschaftliche Literatur spezialisierter Verlag stieg — auch wenn Maxwell 1970 von einem in gutem Glauben hereingenommenen Partner ausgebootet wurde und für vier Jahre den Vorstandsvorsitz abtreten hatte müssen — zu einem Konzern von internationaler Bedeutung auf.

Der ganz große Durchbruch gelang ihm jedoch erst in den achtziger Jahren. 1980/81 kaufte er die knapp vor dem Bankrott stehende Druckerfirma British Printing Corporation für eine Bagatelle auf, und im Juli 1984 erwarb er um 113 Millionen Pfund von Reed International die enorm defizitäre

Daily-Mirror-Gruppe. Beide Unternehmen wurden mit aufsehenerregender Härte rasch saniert und per Roßkur in gewinnbringende Betriebe verwandelt. Seither sorgt der unberechenbare Einzelgänger mit blitzartigen Coups in der Branche regelmäßig für Hochspannung. Mit einer für sein Alter erstaunlichen Agilität rafft der siebenfache Vater unentwegt Firmen an sich, um seinen ältesten Söhnen Ian und Kevin irgendwann einen der größten multimedialen Informationskonzerne der Welt übergeben zu können. Schon jetzt befindet sich der Großteil des bilanzierten Vermögens im Ausland — Maxwell: „Wir sind eine global orientierte Kommunikationsorganisation mit dem Geschäftsschwerpunkt in Nordamerika und Sitz in London." Sein Augenmerk gilt vor allem den Printmedien, denen er eine erfreuliche Zukunft prophezeit: „Man kann Zeitungen leichter auf die Toilette mitnehmen als einen Bildschirm."
Die elektronischen Medien spielen in seinen Überlegungen zwar ebenfalls eine Rolle — allerdings eine immer geringere: Maxwell hatte von allem Anfang an auf einen Hechtsprung ins eiskalte Wasser à la Rupert Murdoch verzichtet und schwamm auf der neuen Welle lange in ziemlich aussichtsloser Position mit — unter anderem mit *Maxwell Cable TV*, dem Musik-Clip-Kanal *MTV*, Beteiligungen an *Central TV* und *Border TV* oder seinem Aktienpaket am französischen Programm *TF 1*. Der Kabelsender *Premiere*, an dem er so wie British Telecom und die Time-Tochter *Home Box Office* beteiligt war, mußte infolge notorischer Verluste im August 1989 zusperren. Im Herbst 1990 faßte Maxwell dann überraschenderweise den Entschluß, sich von seinen TV-Beteiligungen, also auch von *TF 1*, zu trennen und sich künftig voll auf den Printmarkt zu konzentrieren.
Die zahlreichen Rückschläge in jüngster Zeit haben sein Prestige aber kaum geschmälert. Maxwell, der in London schon zweimal in den Adelsstand erhoben werden sollte, doch stets bescheiden ablehnte, läßt auch keinen Zweifel aufkommen, daß mit ihm weiterhin zu rechnen ist. Er hat es, wie er der *Zeit* verriet, speziell auf Deutschland und Kanada abgesehen, wo sein Konzern noch ziemlich schwach vertreten ist; obendrein auf die USA, wo er mit dem Kauf der Boulevardblätter *Globe*, *National Examiner* sowie *Sun* Mitte 1990 erstmals am Printmarkt Fuß gefaßt hat und sogleich Interesse an einem Massenblatt bekundete — im Gespräch waren etwa die *Chicago Sun-Times*, die *Daily News* in New York und sogar *USA Today*. Immerhin bringen ihm seine amerikanischen Töchter bereits achtzig Prozent des Profits. Wenn er anderswo eine Chance wittert, schaltet er sich natürlich ebenfalls prompt ein: Als sich der türkische Verleger Erol Simavi um einen Partner für die Tageszeitung *Hurriyet* umsah, galt Maxwell sogleich als aussichtsreichster Kandidat — schließlich läßt er sich eine solche Chance nur ungern entgehen. Und als in Österreich die sozialistische *Neue AZ* zum Verkauf ausgeschrieben war, wurde sein Name monatelang als heißer Tip gehandelt — bekanntlich ist Maxwell eingefleischter Sozialist. Er konnte sich für das Blatt schließlich doch nicht erwärmen und engagierte sich lieber in Osteuropa, etwa bei *Magyar Hirlap* oder *Esti Hirlap* in Ungarn, in der früheren DDR, wo er gemeinsam mit Gruner + Jahr für fast 600 Millionen Mark den Berliner Verlag aufkaufte, oder in Bulgarien, wo er die erste ausländische Bank gründete und sich an einem Kongreßzentrum beteiligte. Es zeichnet sich ab, daß er über kurz oder lang auch in Moskau oder Prag aktiv wird. In Großbritannien hingegen scheinen ihm die nicht allzu liberalen Wettbewerbsgesetze mindestens ebenso arg zuzusetzen wie die Tatsache,

daß ein Hund der Queen seinen Namen trägt. Die britischen Kartellbehörden werden ihm vermutlich kaum gestatten, seinen Aktionsradius auszuweiten — ein Faktum, das er in offiziellen Statements gerne etwas verniedlicht: „England ist nur eine kleine Insel."

DER TV-KÖNIG AUS ITALIEN

Sein Name ist das Synonym für eine mediale Revolution: Der Mailänder **Silvio Berlusconi** hat das italienische Fernsehen praktisch im Alleingang völlig umgestaltet. Er gilt seither in der Sparte Privat-TV unangefochten als Europas Champion.

Mit seinen drei Networks *Italia Uno*, *Rete Quattro* und *Canale Cinque*, die jährlich 20.000 Stunden Programm ausstrahlen, dem Pay-TV-Sender *Tele più* und der Hörfunkkette *Radio Five* ist er innerhalb weniger Jahre zu einem fast übermächtigen Gegenspieler der staatlichen TV-Anstalt RAI geworden. Er warb ihr nicht nur beliebte Stars wie Raffaella Carrà ab, die er mit astronomischen Gagen ködern konnte, sondern machte ihr mit melodramatischen Serien und schnulzigen Liebesfilmen auch sukzessive das Publikum abspenstig. Die drei Berlusconi-Sender, die gerne etwas respektlos als „Spaghetti-Fernsehen" abgetan werden, liegen in der Gunst der Seher fast schon gleichauf mit den drei RAI-Kanälen, sie verzeichnen aber mehr als doppelt so hohe werbliche Einnahmen als diese[20]). Berlusconi sichert sich sogar mit einem Anteil von etwa dreißig Prozent das schönste Stück vom gesamten italienischen Werbekuchen — 1989 immerhin 2.100 Milliarden Lire.

Der smarte Newcomer, der erst 1978 an diesem Metier Gefallen gefunden hatte und ziemlich rasch zur tiefen Überzeugung gelangt ist, das Fernsehen neu erfunden zu haben — was nicht hundertprozentig der Wahrheit entspricht —, vertraut im Grunde genommen auf ein äußerst simples Erfolgskonzept: Er glaubt, daß Bildschirme in erster Linie zum Vergnügen da sind und Programme ein einziges Ablenkungsmanöver sein müssen, ein bunter Gegenpol zum grauen Alltag. Berlusconi orientiert sich folglich primär am Geschmack jener Millionen Mitbürger, denen abends im Kreise ihrer Familie nichts anderes erstrebenswerter erscheint, als die Zeit totzuschlagen. Ihnen serviert er keine anspruchsvollen, schwer konsumierbaren und noch dazu intellektuell strapaziösen Informationsmenüs, sondern er versorgt sie wunschgemäß mit gängiger, leicht verdaulicher Unterhaltungskost — mit Quizspielen, Shows, alten Hollywood-Schinken und all den anderen hinlänglich bekannten Ingredienzen, denen die Mattscheibe anscheinend ihren Namen verdankt.

Die verläßlich steigenden Einschaltquoten, die sich allmählich der 50-Prozent-Marke nähern, liefern den Beweis, daß seine Strategie goldrichtig sein muß: Der neue, ein wenig scheue TV-König Italiens — er sieht aus wie ein erfolgreicher Showmaster, ist mit einer ehemaligen Filmschauspielerin namens Carla verheiratet und zeigt sich gerne in Gesellschaft prominenter TV-Stars — hat es als erster endgültig geschafft, einem einstmals allmächtigen Monopolisten das Leben schwerzumachen. Sein rasanter Aufstieg vom Nobody zu einer ganz großen Nummer im Unterhaltungsgeschäft fand daher weit über die Grenzen Italiens hinaus Beachtung und war zugleich der eigentliche Auftakt für das europäische Kommerzfernsehen. In Italien kursiert folgender Witz: Berlusconi stirbt und kommt in die Hölle. Dort überzeugt er den Teufel, daß sogleich einige Reformen durchzuführen wären — und prompt ist dem Chaos in der Hölle ein Ende gesetzt. Der Teufel schickt ihn daraufhin als Belohnung ins Fegefeuer. Auch dort schafft Berlusconi im Handumdrehen Ordnung. Er kommt daher in den Himmel und vollbringt erneut mehrere Wunder. Da sagt der liebe Gott eines Tages zu ihm: „Du hast gute Arbeit geleistet, Berlusconi, aber ich verstehe eines nicht: Warum bin ich hier nur noch der Vizepräsident?"

Die Triumphe dieses Mannes, der stets die Souveränität eines Siegers ausstrahlt, kommen aber nicht von ungefähr: Als cleverer Selfmademan konstruierte er mit geradezu unheimlicher Präzision eine spektakuläre Karriere, deren vorläufiger Höhepunkt erreicht ist. Silvio Berlusconi, 1936 als Sohn eines Bankangestellten in Mailand geboren, hatte zunächst Jus studiert, als Animateur und Sänger auf Kreuzfahrtschiffen gejobbt und für eine Baufirma gearbeitet, ehe er sich mit 25 Jahren selbständig machte. Sein eigenes Unternehmen bekam den Namen Cantieri Riuniti Milanesi S.p.A. Als junger, ehrgeiziger Baulöwe wußte er das damalige Hoch der Branche geschickt zu nutzen: Er wagte sich an großzügig dimensionierte Projekte heran, entwarf und realisierte beispielsweise die für 10.000 Bewohner gedachte Satellitenstadt „Milano due", baute in der Folge diverse avantgardistische Kongreß-, Handels- bzw. Hotelzentren und machte sich 1976 an die Errichtung der für 15.000 Menschen angelegten Trabantensiedlung „Milano tre". Zwei Jahre später eröffnete er eine regionale Fernsehstation, die bestimmte Wohngebiete via Kabel mit dem Programm *Telemilano* versorgte.

Damals begann er von einem privaten Fernsehnetz zu träumen, kaufte daher nach und nach einige kleinere TV-Gesellschaften auf, aus denen das landesweite Network *Canale Cinque* wurde, und beteiligte sich — als flankierende Maßnahme — sowohl an einigen Programmzeitschriften als auch bei der Mailänder Tageszeitung *Il Giornale*. Schließlich gelangen ihm zwei wichtige Coups: 1983 nahm er dem Verlagshaus Rusconi den pleitereifen Sender *Italia Uno* ab, und kaum ein Jahr später sicherte er sich *Rete Quattro*, das für den Mailänder Mondadori-Konzern eine Schuhnummer zu groß gewesen war.

Silvio Berlusconi hat sich vom tüchtigen Sonnyboy, der er in den sechziger Jahren war, in einen souveränen Konzernchef verwandelt: Heute dirigiert er an der Spitze der Holding Fininvest S.p.A. ein vielschichtiges, fast unüberschaubar gewordenes Orchester aus mehr als 150 Firmen, das insgesamt 25.000 Leute beschäftigt und alles in allem so um die 16.000 Milliarden Lire Umsatz einspielt[21]). Die wichtigsten Säulen des Konzerns, der zu mehr als der Hälfte vom Fernseh- und Werbegeschäft lebt, sind

— die TV-Gesellschaft R.T.I. S.p.A.,
— die Werbeunternehmen Publitalia und Publieurope,
— die Produktionsfirma Silvio Berlusconi Communications,
— die Silvio Berlusconi Holding Editori sowie
— die Baufirma Cantieri Riuniti Milanesi.

Im Dezember 1989 gelang ihm ein sensationeller Deal, bei dem es angeblich um 900 Milliarden Lire ging: Berlusconi bootete damals gemeinsam mit der Gesellschaftergruppe Formenton, die sich über Nacht auf seine Seite geschlagen hatte, in einer Blitzaktion Carlo De Benedetti aus, den starken Mann des Verlagshauses Arnoldo Mondadori. Er setzte dessen Vertraute reihenweise vor die Tür und ließ sich zum Präsidenten des Verwaltungsrats krönen — „Dallas" auf italienisch. Der überrumpelte De Benedetti warf ihm daraufhin „nacktes Machtstreben" vor und kündigte an, den „mit illegalen Mitteln zustande gekommenen Handstreich" von den zuständigen Gerichten annullieren zu lassen. Seit der Mailänder TV-Matador die Kontrolle über den umsatzstärksten, profitabelsten und dynamischesten Presse- und Buchkonzern des Landes erlangte — in den vergangenen fünf Jahren hatte sich der Mondadori-Umsatz immerhin mehr als verdreifacht —, hängt allerdings ein Damoklesschwert über ihm: Die Redaktionen von *La Repubblica* und *L'Espresso* begrüßten ihren neuen Padrone, der schlagartig mehr Einfluß auf die Medien seines Landes erringen konnte als jeder andere Europäer, mit einem Streik, weil dessen „verlegerisches Konzept nichts mit unabhängigem Journalismus" zu tun hätte; die übrigen Journalisten legten aus Protest ebenfalls die Arbeit nieder; die italienische Medienlandschaft drohte auf einmal gänzlich aus den Fugen zu geraten. Ein derartig mächtiger Mammutkonzern unter einem Inhaber, der laut *L'Espresso* „der Feind Nummer eins des unabhängigen Journalismus" sei, könnte — so wurde vielerorts befürchtet — nur allzu gerne mediale Verhältnisse wie in Brasilien anstreben, wo der Chef der TV-Anstalt sogar den Staatspräsidenten nominiere. Und wieder einmal formierte sich die Phalanx der Berlusconi-Gegner, allen voran der republikanische Postminister Oscar Mammi samt seiner Partei, der linke Flügel der Christdemokraten, die Kommunisten sowie Italiens Journalistenverband, um Berlusconis Gefährlichkeit mit großer Eloquenz deutlich zu machen und auf diese Weise den Gesetzgeber vehement unter Druck zu setzen.

Im März 1990 lag — angesichts der Tatsache, daß der Medientycoon plötzlich mehr als 50 Prozent des Fernsehangebots, fast 65 Prozent der TV-Werbeeinnahmen, rund ein Viertel der Buchproduktion, mehr als 35 Prozent des Zeitschriftenmarktes und ein Fünftel der Tagespresse auf sich vereinte — ein bereits vierzehn Jahre lang diskutiertes Medien-Antitrustgesetz vor, das endlich Berlusconis Expansionslust stoppen sollte. Diese letztlich von Mammi konzipierte „Lex Berlusconi", die im August 1990 von der Abgeordnetenkammer des Parlaments abgesegnet wurde, sieht u.a. vor, daß jemand, der drei TV-Stationen besitzt, nicht auch noch an einer Tageszeitung beteiligt sein darf. Für Berlusconi bedeutet das, daß er nach einer Galgenfrist von zwei Jahren — also spätestens am 1.1.1993 — *Il Giornale* los sein muß. Abgesehen davon dürften ihm neue, ziemlich restriktive Regelungen betreffend TV-Werbung einen jährlichen Umsatzausfall von mindestens 100 Milliarden Lire bescheren.

Er sah sich daher frühzeitig zum Einlenken gezwungen und unterbreitete De Benedetti das Offert, ihm die *L'Espresso*-Gruppe inklusive *La Repubblica* abzutreten. Dieser lehnte allerdings ab. Dank der Vermittlung der Mediobanca handelten die feindlichen Lager dann doch einen Kompromiß aus, und De Benedetti, dessen gerichtlichen Interventionen Erfolg beschieden war, gewann bei Mondadori schließlich wieder die Oberhand: Nach nur 156 Tagen mußte der TV-Zampano als Verlagspräsident abtreten.

Für Berlusconi ist die Welt damit keineswegs zusammengebrochen: Er ist ja abseits vom Medienbusiness noch ziemlich heftig im Finanz- und Immobilienbereich verankert und kann auf zahlreiche Beteiligungen an Versicherungs-, Broker- und Factoringgesellschaften verweisen. Im Jahr 1988 erwarb er obendrein von der italienischen Ferruzzi-Gruppe für umgerechnet 740 Millionen Dollar siebzig Prozent der Anteile von Standa, dem

mit 250 Filialen und 17.000 Mitarbeitern größten Warenhauskonzern des Landes. Mit dieser überraschenden Transaktion, die er als logische Abrundung zum Kommerzfernsehen sah — in seinen Warenhäusern werden jede Menge im TV beworbener Dienstleistungen, und zwar von Reisen über Kredite bis zu Versicherungspolizzen, offeriert —, wollte sich der Medienmogul ebenfalls gegen allfällige Rückschläge in seinen ureigensten Domänen absichern.
Aus gutem Grund: Die Medienbranche ist zwar nicht ganz so konjunkturabhängig wie das Baugeschäft, aber selbst Superstars wie er sind vor Enttäuschungen nie gefeit. Insbesondere auf den Auslandsmärkten läuft es für ihn offensichtlich nicht mehr so ganz nach Wunsch:
Der sehr selbstbewußte Italiener, dem das US-Magazin *Business Week* das Zitat „I am a missionary for commercial television in Europe" verdankt, hatte stets auf Expansion in großem Stil gesetzt. Er besitzt etwa die größten Filmstudios Spaniens, ist an einer TV-Station in Kanada beteiligt, hat einen Exklusivvertrag mit dem sowjetischen Staatsfernsehen in der Tasche und will — so wie es sich für den Präsidenten des noblen Fußballklubs AC Milan gehört — auch sonst überall am Ball sein, wo sich etwas abspielen könnte. Er ist in Portugal ebenso präsent wie in Polen, verhandelt in Belgien ebenso regelmäßig wie in Bulgarien und wittert neuerdings in Griechenland ähnliche Chancen wie in Ungarn, wo er kommerzielles Fernsehen aufziehen möchte. In Frankreich hat er bekanntlich bereits ebenso Fuß gefaßt wie in Deutschland: Die 25prozentige Beteiligung am französischen Kommerzsender *La Cinq* bereitet ihm allerdings aufgrund der beträchtlichen Defizite ähnlich wenig Freude wie sein deutsches Engagement bei *Tele 5*, wo die Anlaufverluste respektabel und die kommerziellen Aussichten nicht allzu rosig sind. Berlusconi, der im September 1987 in München von seinen Münchner Partnern Herbert Kloiber und Wolfgang Fischer noch als Messias gefeiert worden war, reduzierte mittlerweile seinen 45prozentigen Anteil und die damit verbundenen Sorgen nicht ungern zugunsten des neuen *Tele 5*-Teilhabers CLT.
Die roten Zahlen im Ausland sind für ihn freilich nur ein Klacks. Trotzdem muß er allmählich einsehen, daß sich sein italienischer Erfolg nicht wahllos auf andere Länder übertragen läßt. Die bislang wohl schmerzlichste Schlappe wurde ihm im April 1988 in Paris beschert, wo er als Bewerber um einen Platz am TDF 1-Satelliten gemeinsam mit dem deutschen Filmhändler Leo Kirch und dem französischen Sender *TF 1* von der Medienbehörde CSA sang- und klanglos ausgebootet wurde. Aber solche kleinen Pannen können Berlusconi nicht erschüttern: Er tröstete sich mit dem Einstieg bei der erfolgreichsten Privatstation, *TF 1*, darüber hinweg, wurde damit zunächst 4-Prozent-Kompagnon des französischen Baugiganten Francis Bouygues und beteiligte sich als Draufgabe gleich an dessen Firmenreich — vorerst nur mit zwei Prozent, aber die haben ihn immerhin 160 Millionen Francs gekostet. Weiters übernahm er ein Viertel der Gesellschaftsanteile am spanischen Privatsender *Telecinco*, der seit März 1990 auf Sendung ist. So wie in Frankreich, wo er seinem Partner Robert Hersant ein brutales Duell um die Macht bei *La Cinq* geliefert hatte — dieser behielt damals allerdings das Amt des Präsidenten —, war der Konflikt mit einem Kompagnon auch in Madrid geradezu vorprogrammiert: German Sanchez Ruiperez, Chef der Grupo Anaya, konnte Berlusconis raffinierte Schachzüge und Einzelaktionen nicht lange ertragen und warf daher das Handtuch.

Der Italiener legte sein Augenmerk schließlich auf den osteuropäischen Medienmarkt, den seine neue Werbetochter Publieurope International von London aus beackert. Diese will sich mit inzwischen fünf Stützpunkten in den Oststaaten als dominante Werbeschaltstelle etablieren; ferner ist die Fininvest-Gruppe schon als Programmlieferant tätig, was ihr die erhoffte Übernahme von TV-Sendern erleichtern sollte.
Berlusconi, der am liebsten alles selbst entscheidet, aber seinen engsten Mitarbeitern auch blind vertraut, ist als Stratege ehrgeizig, zielstrebig und hartnäckig genug — was bei einem Mann seines Kalibers einigermaßen banal klingt —, um die angepeilten Ziele zu erreichen. Und er bringt auch den nötigen finanziellen Background mit, um in Zukunft am europäischen Medienmarkt in führender Position mitzumischen: Sein Konzern wird — obzwar die Geschäftsberichte diesbezüglich sehr einsilbig formuliert sind — als derart liquid eingeschätzt, daß er beispielsweise den Erwerb der Standa-Kette scheinbar mühelos verkraften konnte, obwohl sie ihm gleich im ersten Jahr einen gewaltigen Verlust beschert hatte.
„Sua Emittenza", wie der Italiener gerne von der Presse betitelt wird, gilt außerdem nach dem Deutschen Leo Kirch als Westeuropas zweitgrößter TV-Film-Händler: Er läßt bei den großen Produzenten — zum Beispiel bei Paramount TV, Warner oder Worldvision — alljährlich für rund 200 Millionen Dollar paketweise Fernsehsoftware beschaffen und hat derzeit Programme für mehr als 10.000 Stunden auf Lager. Zum Teil sind die Vorräte zugekauft, zum Teil selbst produziert. Um den Anteil der Eigenproduktionen zu erhöhen, gründete Berlusconi Anfang 1990 gemeinsam mit Kirch und dem französischen Sender *TF 1* in Paris die Tricom S.A., die — als Antwort auf die wachsende Nachfrage der europäischen TV-Anstalten nach attraktiven und aufwendigen Programmen — ab sofort 100 Millionen Dollar pro Jahr für Fernsehfilme und -serien auszugeben beabsichtigt.
Diese erfreuliche Tatsache rückt ihn automatisch ins Blickfeld der amerikanischen Branchenriesen, die den europäischen Markt permanent mit Interesse beobachten: Das US-Network *NBC* beispielsweise würde sich herzlich gerne an seinem Reich beteiligen — was für Berlusconi jedoch nicht in Frage kommt. Er möchte anscheinend beweisen, daß er von der Republik völlig zu Recht zum „Ritter der Arbeit" ernannt wurde.
Als unermüdliches Arbeitstier bekannt und als ungeheurer Pedant gefürchtet, der bisweilen sogar bei winzigen Details selbst anpackt, bürdet er sich gerne einen randvollen Terminkalender auf, um — allzeit von Leibwächtern umgeben — sein gewohntes Tagespensum abzuspulen. Daher kommen seine ungleichen Hobbys — Fußball und die Kunst — häufig zu kurz: Der begeisterte Sammler, der in der Nähe von Mailand einen hinreißend renovierten, mit schweren Eisengittern umzingelten Palazzo aus dem 18. Jahrhundert bewohnt, der innen wie ein Museum aussieht, kann seine Schätze — darunter etliche Dürers, Tintorettos, Breughels und Rembrandts — nur spätnachts, wenn er müde heimkommt, bewundern. Und falls er dann in seinem Luxusrefugium ein wenig Ablenkung braucht von seinem Job, dann drückt er einfach auf den Knopf und sieht sich eines seiner Programme an. Berlusconi: „Ich bin mir dafür nicht zu schade ..."

Die Geheimtips:
DIE ZWEITE GARNITUR

Die großen Stars von heute werden — altersbedingt — kaum das Geschehen von morgen bestimmen. Sie haben zwar erstklassige Startpositionen geschaffen, aber wie das Rennen letztlich ausgeht, wird großteils von den programmierten Nachfolgern abhängen. In ein paar Jahren ist jedenfalls ein Generationswechsel fällig, wobei es in den meisten Fällen noch unklar ist, wer der Boss der Zukunft sein wird:
Wenn Reinhard Mohn 1991, zu seinem siebzigsten Geburtstag, bei Bertelsmann endgültig ausscheidet, dann bleibt in Gütersloh das jetzige Top-Management am Ruder, denn für den Juniorchef Johannes Mohn, einen hervorragenden Techniker, wäre die Aufgabe vielleicht eine Spur zu groß. Bei Hachette hingegen muß der junge Arnaud Lagardère in absehbarer Zeit beweisen, ob er wirklich so großartig ist, wie sein Senior annimmt. In London dürften Ian und Kevin Maxwell irgendwann ihren Vater beerben, der auf den Siebziger zugeht. Die beiden Söhne von Rupert Murdoch sind indes noch etwas zu jung, um aus dem Schatten des Seniors hervortreten zu können. Silvio Berlusconi schließlich, der erst knapp über fünfzig ist, muß sich als einziger um die Nachfolgefrage noch keine Gedanken machen.
Ein paar andere Medienmanager, deren Namen teilweise auch schon in aller Munde sind, kämpfen derzeit beherzt um einen Platz in der Clique der künftigen Meinungsmonopolisten: Zum Beispiel die beiden Engländer Lord Blakenham und Peter Davis, die Bosse von Pearson und Reed International, zweier vielbeachteter Publikumsgesellschaften, der Holländer Pierre Vinken, Chef von Elsevier, die italienischen Großindustriellen Giovanni Agnelli und Carlo De Benedetti, die hinter den Verlagen Rizzoli und Arnoldo Mondadori stehen, ferner das Schweizer Brüderpaar Michael und Christoph Ringier, die den gleichnamigen Verlag managen, sowie das deutsche Quartett Friede Springer, die einzige Dame im Männerbund, Heinz Bauer, Dr. Hubert Burda und Leo Kirch. Sie alle bringen durchaus recht gute Voraussetzungen mit, etwa die erforderliche Kapitalkraft, eine beachtliche Dynamik und die nötige Kreativität, um die Branche künftig entscheidend mitgestalten zu können — falls sie Glück haben. Wenn sie oder ihre Erben indes Pech haben, kann es genausogut passieren, daß sie eines Tages als selbständiger Faktor am Medienmarkt verschwinden und in einem größeren Verband aufgehen werden.

DIE STARS IM HINTERGRUND

Peter J. Davis, Chairman von Reed International Plc., hat aus dem einstmals etwas verwirrenden Londoner Industriekonglomerat im Blitztempo einen reinen Medienkonzern geformt. Er trennte sich etwa von einigen Papier- und Verpackungsfabriken in den Staaten und in Holland, womit der Personalstand von 1980 auf ein Drittel schrumpfte. Das Unternehmen, das noch immer 22.000 Mitarbeiter beschäftigt, sammelte auf diese Weise einen

dicken Finanzpolster an, und Davis konnte sich in einen wahren Kaufrausch stürzen:
Er schlug bislang ungefähr vierzigmal zu, zog in Großbritannien, Holland, Australien, Singapur oder in der Schweiz zunächst kleinere bis mittlere Fische an Land und widmete sich ab 1989 den wirklich großen Brocken. Der einstige Supermarkt-Chef, der nunmehr die umsatzmäßig größte britische Publishing-Company anführt, nahm beispielsweise Rupert Murdoch für 480 Millionen Pfund dessen Travel Information Group ab, die ihn zum weltweit bedeutendsten Verleger der Reisebranche machte. Kurz danach setzte er 113 Millionen Pfund ein und blieb im Tauziehen um die zum Verkauf ausgeschriebene Firma Independent Television Publishers Sieger, die den Auflagenhit *TV Times* herausgibt. Schließlich angelte er sich für etwa dreißig Millionen Pfund auch die französische Midem, die in Cannes diverse Branchenmeetings organisiert.
Nach all diesen Akquisitionen, die fast eine Milliarde Pfund verschlangen, ist Reed International praktisch in allen einschlägigen Bereichen engagiert:
Die Tochterfirma I.P.C. Magazines Ltd., aufgrund ihrer bürokratischen Neigungen gerne als „The Ministry of Magazines" verspottet, gibt gemeinsam mit Carlton Magazines rund 45 konsumentenorientierte Zeitschriften aller Art heraus — etwa *Woman, Woman's Own, Woman's Journal, Essentials, Family Circle, Ideal Home, Homes & Gardens* und seit kurzem das aus Frankreich importierte Frauenblatt *Marie Claire.* Ferner beschnuppert sie auch ausländische Märkte, nämlich Frankreich, Spanien und Italien, mit heftigem Interesse.
Eine zweite Filiale, Reed Business Publishing Ltd., die dem US-Konzern McGraw-Hill Anfang 1989 die Gazette *International Management* abgenommen hat, ist für zirka 120 Fachzeitschriften zuständig, die von Computing bis Catering und von Transport bis Bauwesen praktisch alle Branchen abdecken.
Eine dritte Division, Reed Regional Newspapers, gibt rund 120 Regional- bzw. Gratiszeitungen heraus, darunter die *Birmingham Daily News,* Europas erste Umsonst-Tageszeitung; unter ihrer Obhut schaffen zum Beispiel die Reed Southern Newspapers, denen kürzlich die für dreißig Millionen Pfund erworbene Argus Press Group einverleibt wurde, mit fünfzig Objekten sowie die Reed Midland Newspapers Ltd. mit fünfzehn lokalen Titeln alljährlich verläßlich ein angenehmes Umsatzplus.
Auch im Buchgeschäft, das bislang mit der Tochter Butterworths abgedeckt war, expandiert der Konzern zügig: Er legte sich 1987 für 535 Millionen Pfund die Firma Octopus Publishing zu, die wiederum beim australischen Kinderbuchspezialisten Budget Books einstieg. Reed ist weiters in Singapur, Neuseeland, Hongkong oder Kanada zum Begriff geworden.
Alles in allem steuert die auch in den USA mit ihrer Tochter Cahners Magazines nicht mehr übersehbare Print-Gruppe, die nicht zuletzt beim britischen BSB-Satelliten-TV mitmischt, gegenwärtig auf einen Umsatz von zwei Milliarden Pfund zu. Im Geschäftsjahr 1989 hat sie rund 520 Millionen Pfund Gewinn erwirtschaftet. Reed International steigert die Profite nun schon seit mehreren Jahren um durchschnittlich dreißig Prozent per anno und ist für die Experten der Londoner Stockbroker-Firma Barclays de Zoete Wedd „fundamentally an excellent business". Die großteils institutionellen Investoren, also Pensionsfonds, Banken und Versicherungen, gehörende Gruppe, an der auch Rupert Murdoch ein kleines Aktienpaket

hält, wird finanziell für derart potent eingeschätzt, daß niemand vor ihr sicher sein kann.

*

Der britische Mischkonzern Pearson, Mitte des 19. Jahrhunderts von der gleichnamigen Familie gegründet und bis 1969 in deren Besitz, wäre vor geraumer Zeit beinahe von Reed aufgekauft worden — der sensationelle Deal scheiterte aber im letzten Moment.
Seitdem die Pearson-Aktien an der Börse gehandelt werden, steht die Firma laufend im Mittelpunkt von Spekulationen: Eine Reihe prominenter Namen ist/war an diesem Unternehmen, das zu zwanzig Prozent seinem Chairman **Lord Michael Blakenham** gehört, beteiligt — etwa Rupert Murdoch, Robert Maxwell oder Carlo De Benedetti[22]) —, und alle hätten sich liebend gerne in größerem Stil engagiert, weshalb die Gerüchte um diese Goldgrube nie verstummt sind.
Pearson ist in vier Geschäftssparten tätig — im Bankwesen (Lazard Brothers), im Ölbusiness (Camco, Whitehall Petroleum), in der Porzellanbranche (Royal Doulton) sowie im Mediengeschäft —, nahm 1989 rund 1,4 Milliarden Pfund ein und brachte den Eigentümern einen Gewinn von 250 Millionen Pfund. Der Medienbereich stellte davon zwei Drittel und war innerhalb eines Jahres um 45 Prozent gewachsen. Pearson ist unter anderem bei der einflußreichen Tageszeitung *The Financial Times* und dem Wirtschaftsmagazin *The Economist* verankert, besitzt die Buchverlage Longman, Penguin oder Langenscheidt, hält Anteile am BSB-Projekt sowie an *Yorkshire TV* und erobert im Ausland eine Festung nach der anderen. Der Gruppe, die sich just for fun Madame Tussaud's Wachsfigurenkabinett leistet, das renommierte französische Weingut Château Latour allerdings verkauft hat, gelangen im Laufe der vergangenen zwei Jahre etliche interessante Akquisitionen:
— In Frankreich erwarb sie die Wirtschaftszeitung *Les Echos,* deren Eigentümerin Jacqueline Beytout im Gegenzug vier Prozent der Pearson-Aktien erhielt;
— in den USA kaufte sie sich bei einem Bostoner Magazinverlag sowie für 283 Millionen Dollar beim Lehrbuchverlag Addison-Wesley ein;
— in Kanada übernahm sie ein Viertel der täglich erscheinenden *Financial Post*;
— in Spanien beteiligte sie sich zu einem Drittel an *Expansion,* und
— in den Niederlanden fand sie am Elsevier-Konzern so sehr Gefallen, daß daraus zunächst einmal eine wechselseitige Beteiligung wurde — eine Fusion in der Folge ist sicher nicht auszuschließen.

*

Elsevier ist zwar hinter der Zeitungs- und Zeitschriftengruppe VNU und dem Buchspezialisten Wolters Kluwer nur der drittgrößte Verlagskonzern der Niederlande, dafür aber der interessanteste: Die vom gelernten Mediziner **Pierre Vinken** geleitete Firma, die ein Drittel an der Nummer zwei, Wolters Kluwer, hält — für Vinken übrigens „ein herrliches Investment an einem schlafenden und unterbewerteten Riesen" —, gilt als der dynamischeste und profitabelste Medienkonzern des Landes. Vinkens

wichtigster Leitsatz: „Wir kalkulieren nie mit der Größe Umsatz, sondern reden nur vom Gewinn.“
Mit einem 1989 sogar um 35 Prozent wachsenden Profit drängte sich Elsevier den coolen Rechnern in London geradezu als idealer Partner auf: Pearson ist inzwischen mit 22,5 Prozent an den Holländern, diese wiederum sind mit 9,3 Prozent am Kapital der Briten beteiligt. Die Liaison macht beiden viel Spaß, so daß daraus bald mehr werden könnte. Vinken, der unentwegt die internationale Expansion predigt, hätte aber auch nichts dagegen, würden sich die drei Großen in seiner Heimat vor dem Jahr 1993 zusammenschließen, um auf dem Weltmarkt mehr Gewicht zu erlangen. Die Kollegen bei VNU und Wolters Kluwer wollen davon allerdings nichts wissen.
Die 6.500 Mitarbeiter zählende Firma, die sich zu sechzig Prozent im Besitz von amerikanischen und britischen Aktionärsgruppen befindet, dominiert in den Niederlanden nicht bloß auf dem Sektor Tagespresse: Sie bringt neben dem *NRC Handelsblad* und dem *Algemeen Dagblad* auch Wirtschafts- und Nachrichtenmagazine (*Elsevier*) sowie Männermagazine (*Man*) und Frauenzeitschriften (*Elegance*) heraus, nimmt mit dem Fachverlag Misset und dessen siebzig Objekten eine führende Position im Bereich Fachpublikationen ein und ist schließlich noch vor Maxwells Pergamon Press weltweiter Marktleader für wissenschaftliche Texte.
Der Konzern besteht insgesamt aus fünfzig Gesellschaften und legt, ganz im Stile holländischer Multis wie Philips oder Unilever, größten Wert auf internationale Präsenz: Die ausländischen Elsevier-Filialen, die für die Hälfte des Geschäftsvolumens sorgen, haben bereits in Australien, Kanada, Lateinamerika, im Nahen Osten und natürlich in den USA Fuß gefaßt. Zur Zeit bereitet Vinken die nächsten Offensiven nach Großbritannien, Spanien und Deutschland vor.

*

Die größte Schweizer Druck- und Verlagsgruppe hat sich schon längst in der ehemaligen BRD häuslich eingerichtet: Die Ringier AG produziert in München Zeitschriften wie *Natur*, *Alpin* oder *foto* und lancierte kürzlich das Reisemagazin *Globo*. Der fast 160 Jahre alte Familienbetrieb wirkt erstaunlich frisch und ist gerade dabei, ein globales Medienunternehmen zu werden. Den Brüdern **Christoph** und **Michael Ringier** — die beiden stehen dem Verwaltungsrat vor — sind in jüngster Zeit im Verein mit ihrem Direktionspräsidenten Oscar Frei einige spektakuläre Kunststücke gelungen: Anfang 1989 stiegen sie mit zwanzig Prozent beim französischen Wochenmagazin *Le Point* ein. Kurz darauf beteiligten sie sich in gleicher Höhe am Schweizer Pay-TV-Kanal *Teleclub*. Im März 1989 eröffneten sie in Tai Po bei Hongkong die im Joint-venture mit der Times Publishing Group of Singapore betriebene Times-Ringier-Großdruckerei, die sich rasch einige Großaufträge sichern konnte. Zugleich übernahmen die Eidgenossen für rund eine halbe Milliarde Dollar auch die fünftgrößte amerikanische Offsetdruckerei, W. A. Krueger Co. in Scottsdale/Arizona, die schon bisher ihr US-Partner war. Mit diesem riesigen Brocken — acht Druckzentren, 6.000 Beschäftigte, 650 Millionen Dollar Umsatz — erreichten die Schweizer eine international gesehen sehr beachtliche Statur: Das dem Senior Hans Ringier gehörende Unternehmen, das 1989 1,6 Mrd. Franken umgesetzt hat, wurde damit schlagartig mehr als doppelt so groß.

Die beiden Brüder richten ihre Auslandsstrategie weiterhin primär auf den enorm wachsenden asiatisch-pazifischen Raum und die Vereinigten Staaten aus. Sie haben — trotz eines gescheiterten Experiments mit dem von ihnen mitbegründeten internationalen Wirtschaftsmagazin *Billion* — die Absicht, sich in Fernost verlegerisch zu betätigen, obzwar das „mit einem großen Risiko verbunden ist" (Michael Ringier). Sie lauern in den USA auf einen geeigneten Verlag, um mit Special-Interest-Magazinen in Marktlücken einzudringen. Gleichzeitig wollen sie jedoch die Märkte Frankreich und Deutschland, wo sie sich gute Zukunftschancen ausrechnen, nicht vernachlässigen. In Deutschland haben sie dem Bauer-Verlag das Umweltmagazin *Chancen* abgenommen, um es mit *Natur* zu fusionieren. Im westlichen Nachbarland dürfte es trotz der unvermeidlichen Pleite ihres französischen Kulturmagazins *Emois* bald neue Objekte geben. Michael Ringier: „Die internationalen Erfahrungen machen uns auch zu Hause besser."
Die Ringier-Gruppe, die sich laut Unternehmensphilosophie „zur demokratischen, freiheitlichen Ordnung, zur Glaubens-, Gewissens- und Meinungsfreiheit und zu einer freiheitlich orientierten Marktwirtschaft mit sozialer Verantwortung" bekennt, hat den Schweizer Markt, wo „ein reiner Verdrängungswettbewerb herrscht" (Ringier), bereits fest im Griff: Sie beglückt die Leser täglich mit dem Boulevardblatt *Blick* und den *Luzerner Neuesten Nachrichten*; sonntags ist ihr *Sonntags-Blick* nicht zu schlagen; Woche für Woche offeriert sie die Wirtschaftszeitung *Cash* und einige Zeitschriften — nämlich die *Schweizer Illustrierte*, die TV-Illustrierte *Tele*, die Tratschpostille *Glückspost*, die westschweizerische *Illustré*, das Nachrichtenmagazin *L'Hebdo* und das Familienmagazin *Schweizer Woche*. Schließlich verlegt sie Monatsschriften wie *Globo* oder *Natur* und wirft in Deutschland sechs Fachgazetten, beispielsweise das *Fliegermagazin* oder den *Drachenflieger*, auf den Markt.
Das Printgeschäft sorgt inklusive der Werbeerlöse für zwei Drittel der Ringier-Einnahmen. Es wächst aber, weil „Neueinführungen immer härter werden" (Ringier), nur sehr zäh — 1989 setzte es sogar ein schmerzhaftes Anzeigenminus von 13 Prozent.
Die zukunftsorientierte Sparte des Konzerns hingegen — etwa der Filmverleih Monopole Pathé, die Videovertriebsgesellschaft VCL in München, die jüngst erworbene Videoproduktionsfirma Rainbow in Basel, die TV-Produktionsfima Rincovision sowie die Konzertagentur Good News — stellt zwar anteilsmäßig nur ein gutes Zehntel, schafft dafür aber riesige Zuwächse, 1988 gleich vierzig Prozent. Dennoch sind Überlegungen im Gange, ob die Größenordnung dieses Bereichs künftig ausreichen wird, ob nicht Zukäufe ratsam wären bzw. welche — im Gespräch war die Londoner Virgin Group — oder ob gar ein Rückzug aus diesem Sektor die optimale Lösung sei. Am TV-Sektor ist die Gruppe nämlich — mit Ausnahme des *Teleclub* — ein absoluter Nobody: Auch wenn sie als Gesellschafter der Zürivision am lokalen Fernsehen heftig Interesse zeigte und enge Kontakte zu *SAT 1* unterhält, rechnet sie sich in der Schweiz wenig Chancen aus. Auch das Radio ist gegenwärtig, so Ringier, „für uns kein Thema".
Die Ringier-Druckereien in Zofingen oder Adligenswil, wo unter anderem die Europa-Ausgaben von *USA Today*, *The Wall Street Journal* und *Fortune* entstehen, laufen hingegen bestens: Sie verbrauchen pro Jahr 85.000 Tonnen Papier, ködern immer mehr ausländische Kundschaft und widerlegen die ewigen Gerüchte von der hartnäckigen Branchenkrise. Während sich bei-

spielsweise der holländische Elsevier-Konzern von seinen technischen Betrieben leichten Herzens getrennt hat, machen die Schweizer mit den ihren ordentliche Gewinne.
Diese solide Basis sichert vorerst die Eigenständigkeit des Unternehmens prima ab: Die Ringiers, die in der Zürcher Dufourstraße einen zweiten Bürokomplex gebaut haben, zeigen gar keine Lust, sich von irgendeinem anderen Konzern aufkaufen zu lassen. Der baumlange Firmenchef Michael hat auch nicht vor, die Firma an der Börse in eine Publikums-AG umzuwandeln: „Wir sind derzeit ein internationaler Nischenspieler mit einem starken Rückhalt — vielleicht können wir einmal zu den ganz Großen vorstoßen." Nachsatz: „Aber Größe allein macht nicht glücklich ..."

DIE INDUSTRIE-CAPOS

Die einflußreichsten Printmedien Italiens lassen sich im Prinzip auf zwei Namen reduzieren: Die Fäden laufen — obzwar sich unlängst auch TV-Kaiser Silvio Berlusconi prächtig in Szene setzen konnte — bei den mächtigsten Wirtschaftsbossen des Landes, **Giovanni Agnelli** und **Carlo De Benedetti,** zusammen.
Der eine, ein betagter, graumelierter Sir der alten Schule, ist als oberster Chef des Fiat-Konzerns so etwas wie eine nationale Vaterfigur geworden[23]). Seine kommerziellen Interessen reichen im Grunde genommen von A bis Z — von Autos, Banken, Bier und Chemie über Mineralwasser, Munition, Shopping-Centers und Textilien bis zu Versicherungen und Zeitungen. Agnelli-Biograph Alan Friedman schrieb über den „Avvocato", wie ihn alle nennen, folgendes: „He has been the most charismatic and captivating figure in Italian public life for most of the post-war era."
Der andere, ein weitaus jüngerer Draufgänger der neuen Art, hat sich als Nummer eins der Olivetti-Gruppe das hübsche Ehrenprädikat „König Carlos" verdient und ist ebenfalls jedem Italiener ein Begriff[24]). Er stellte in nicht einmal einem Jahrzehnt einen der ganz großen europäischen Mischkonzerne auf die Beine, der 1989 alles in allem 16.770 Milliarden Lire umgesetzt hat, und befaßt sich — abgesehen vom Verlagsgeschäft — mit Bürotechnik, Elektronik und Finanztransaktionen ebenso wie mit Haute Couture, Nahrungsmitteln und Werkzeugmaschinen. Der „Ingegnere" habe laut *Time Magazine* „die glänzendste Demonstration von Managerfähigkeiten geliefert, die die italienische Geschäftswelt je gesehen hat".
Der charmante Bonvivant Gianni Agnelli, Jahrgang 1921, der von seinen Landsleuten ungemein geachtet und wie ein ungekrönter König verehrt wird, und der moderne Tycoon De Benedetti, Jahrgang 1934, der als unermüdlicher Newsmaker fast wöchentlich für Schlagzeilen sorgt, sind am medialen Parkett unerbittliche Kontrahenten:
Mister Fiat steht für *La Stampa* bzw. den *Corriere della Sera* und die *Gazzetta dello Sport* aus dem Hause RCS Rizzoli Corriere della Sera, bei dem er über die Gemina-Holding mitmischt — somit hat er zwei der drei wichtigsten Tageszeitungen sowie das größte Sportblatt der Republik an der Hand. Weiters kann er bei der RCS Rizzoli Periodici SpA ein gewichtiges Wort mitreden, deren Sortiment etwa dreißig Zeitschriften umfaßt[25]). Er ist

überdies an den Buchverlagen Fabbri, Bompiani, Etas und Adelphi, an der Werbeagentur Publikompass sowie indirekt mit jeweils ein paar Prozent an Hachette und der Schweizer Firma Edipresse beteiligt. Agnelli kontrolliert auflagenmäßig fast ein Viertel der italienischen Tagespresse, obzwar das Limit laut Gesetz Nummer 416 vom August 1981 mit zwanzig Prozent fixiert wurde.

Mister Olivetti wiederum, der in den Agnelli-Blättern eine Zeitlang mit beinahe gespenstischer Regelmäßigkeit hart kritisiert und attackiert wurde, hatte sich im Mai 1988 zum starken Mann der Arnoldo Mondadori Editore SpA emporgeschwungen. Diese rangierte damals mit einem Umsatz von 1.500 Milliarden Lire in der Statistik der größten Italo-Firmen auf Platz dreizehn — knapp vor Rizzoli. Die führende Verlagsgruppe, deren Zentrale im Mailänder Vorort Segrate von einem künstlich angelegten See umgeben ist und aussieht wie ein von einem total verspielten Architekten entworfener futuristischer Kongreßpalast, ist nicht bloß der größte Buchhersteller der Halbinsel; sie produzierte 1988 auch rund dreißig höchst unterschiedliche Zeitschriften[26]) und war überdies zur Hälfte Inhaber von *La Repubblica*, Italiens bemerkenswertester Tageszeitung.

Seit April 1989 gehört ihr diese zur Gänze: De Benedetti steckte damals den Eigentümer der zweiten Hälfte, die Editoriale L'Espresso SpA, an der er achtzehn Prozent gehalten hatte, zu hundert Prozent ein. Er hatte deren Mehrheitsgesellschaftern Eugenio Scalfari und Carlo Caracciolo di Castagneto, dem blaublütigen Agnelli-Schwager, ein Angebot unterbreitet, das diese nicht ablehnen konnten. Kommentar von *Business Week*: „Carlo De Benedetti is shopping again.“ Der clevere Finanzakrobat, der sich mit dieser „Fusione calda“ *(L'Espresso)* nicht nur das angesehene Nachrichtenmagazin gesichert hat, sondern auch *La Repubblica* in ihrer vollen Pracht sowie vierzehn lokale Tageszeitungen[27]), war im Begriff, mit einem angepeilten Gesamtumsatz von 2.400 Milliarden Lire klar die Numero Uno zu werden.

Das Haus Mondadori lag zwar mit seinen Tageszeitungen noch immer hinter Rizzoli, hat den Konkurrenten aber punkto Gesamtauflage, Marktanteile und Werbeeinnahmen weit hinter sich gelassen: Von seinen Zeitschriften werden jährlich vierzig Millionen Stück verkauft, von den Rizzoli-Titeln indes nicht einmal zehn Millionen. Alles in allem stellen die Mondadori-Objekte rund zwanzig Prozent der italienischen Print-Auflage und nehmen etwa vierzehn Prozent vom Werbekuchen ein.

Als De Benedetti gerade emsig ehrgeizige Zukunftspläne schmiedete — so etwa wollte er an der Seite des erfolgreichen Franzosen-Senders *Canal plus* in das elektronische Medienbusiness eindringen —, mußte er einen herben Tiefschlag einstecken: Silvio Berlusconi hatte ihm dank eines Bündnisses mit den Formentons vorübergehend die Macht entrissen. De Benedetti mußte sich den Vorwurf gefallen lassen, für die sinkenden Gewinne der Mondadori-Gruppe verantwortlich zu sein, und schien in der medialen Versenkung zu verschwinden. Letztendlich entschied aber ein Mailänder Gericht, daß *er* — und nicht Berlusconi — die Formenton-Anteile vereinbarungsgemäß übernehmen dürfe, so daß seine Mehrheit gesichert war und einer gütlichen Lösung nichts mehr im Wege stand. Jetzt hat wieder De Benedetti das Szepter in der Hand ...

*

Die Karriere dieses Mannes, der insbesondere zu Aktienkursen, Helikoptern und Johann Sebastian Bach eine spezielle Zuneigung verspürt, unterscheidet sich ganz wesentlich von der Story seines berühmten Widersachers:
Agnelli konnte nach dem Jus-Studium an der Turiner Universität und einem Einsatz an der russischen Front ausgiebig sein luxuriöses Jet-set-Leben zwischen Monte Carlo und Sankt Moritz in vollen Zügen genießen, stets umgeben von prominenten Freunden wie Ali Khan und schönen Frauen wie Anita Ekberg, Rita Hayworth oder Danielle Darrieux. Er übernahm erst 1966 bei Fiat das Steuer.
De Benedetti, Sohn eines Turiner Röhrenfabrikanten, mußte hingegen die steilste Route zum Gipfel wählen: „Agnelli kam schon als Fürst auf die Welt — ich bin ein Aufsteiger." Er begann ziemlich weit unten: Als die Deutschen Turin einnehmen und die Repressionen gegen die jüdischen Familien unerträglich werden, müssen die De Benedettis 1943 vor den Nazis in die Schweiz flüchten. Dort lernt der neunjährige Carlo im Flüchtlingslager die Armut kennen — was ihn entscheidend prägen sollte. Er büffelt zunächst in Luzern auf der Kantonsschule Deutsch, absolviert die Lehre in einer Bank, studiert, wieder zurück in seiner Heimat, Elektrotechnik und schließt als Ingenieur ab. Dann will er möglichst schnell möglichst viel zuwege bringen: Aus der winzigen Metallfabrik des Vaters, die nach dem Krieg wieder langsam aufgebaut wird, macht er ein ansehnliches Unternehmen mit 1.500 Leuten, an dem schließlich Fiat Gefallen findet. 1976 bekommt er von Agnelli für den Betrieb sechs Prozent der Fiat-Aktien und einen Job als Manager. De Benedetti rührt in der Turiner Zentrale kräftig um und läßt derart viele Köpfe rollen, daß er den Spitznamen „Idi Amin" erhält — und nach drei Monaten selbst gehen muß.
Er kauft sich zunächst in die Compagnie Industriali Riuniti, eine Gerberei, ein, baut diese zügig aus und verdient damit jene Milliarden, die er 1978 braucht, um bei der abgewirtschafteten Schreibmaschinenfirma Olivetti mit 25 Prozent einzusteigen. Das Unternehmen ist unterkapitalisiert, schwer verschuldet und klinisch praktisch tot — und damit für den neuen Boss, der sein gesamtes Kapital riskiert, die ideale Spielwiese. Er will es all jenen zeigen, die ihn als durchschnittlichen Emporkömmling verachten und geht mit einem atemberaubenden Tempo ans Werk: Das gesamte Top-Management wird ebenso wie 20.000 Beschäftigte gefeuert, der Schuldenberg hurtig abgetragen und die Produktpalette umstrukturiert — prompt mutiert der einstige Pflegefall zum kraftstrotzenden Industrieriesen, bei dem der amerikanische Telekommunikationsgigant AT & T 1983 gerne Partner De Benedettis wird. Bald zählt der Computer- und Elektronikkonzern zu den expansivsten, modernsten und erfolgreichsten Unternehmen Italiens — aber das genügt De Benedetti, der größter Olivetti-Aktionär ist, beileibe nicht:
Er baut nebenbei mit Hilfe seiner Holdings Cofide, Cir und Cerus, die von hungrigen Top-Managern in den Dreißigern, etwa von seinem Sohn Rodolfo, geführt werden, ein gewaltiges Firmenlabyrinth auf und legt sich in ganz Europa unentwegt neue Unternehmen zu — Geldinstitute wie die Banca Agricola, Investmentgesellschaften wie Sprind, Versicherungen wie Latina, Leasingfirmen wie Isefi, Modemacher wie Yves St. Laurent, Autozubehör-Lieferanten wie Valeo oder Sogefi, Reifenhersteller wie Pirelli oder mediale Beteiligungen wie an Presses de la Cité in Frankreich. Diese meist recht spektakulären Übernahmen sichern dem rastlosen Capo endgültig den Respekt der Finanzwelt — und natürlich auch Feinde: Als er beispielsweise

per Sturmangriff die größte belgische Industriegruppe, die Société Générale de Belgique, mehrheitlich unter seine Kontrolle zu bekommen trachtet, reizt er die dortige Presse mit seiner ungestümen Art bis zur Weißglut und wird von ihr als „Finanzpirat", „italienischer Kolonialist" oder „diebischer Fuchs" verachtet.
Das mag vielleicht ein wenig übertrieben klingen — aber zimperlich ist De Benedetti tatsächlich noch nie gewesen. Das hatte er auch seinerzeit, bei seinem Einstieg bei Mondadori, bewiesen: Er war, als der Großverlag aufgrund eines TV-Engagements in ein schreckliches Desaster zu schlittern drohte, 1984, so wie auch Silvio Berlusconi, zunächst als Retter aufgetreten, hatte fünfzehn Prozent an der neugegründeten Holding AMEF übernommen und die Sanierung möglich gemacht. In der Folge beschaffte er sich an der Börse nach und nach weitere Aktien, vermehrte etappenweise seinen Einfluß, um schließlich aus dem Streit zwischen den Familien Mondadori und Formenton, den Hauptaktionären des Unternehmens, als lachender Dritter hervorzugehen: De Benedetti hatte sich auf die Seite der Formentons geschlagen und konnte mit deren Unterstützung Leonardo Mondadori, den Enkel des Firmengründers, aus dem Verwaltungsrat drängen. Der ehrgeizige Industriekapitän, der laut dem jungen Mondadori „das Erbe meines Vaters ruiniert", brachte in Wahrheit frischen Elan ein und entwarf zunächst einmal die künftige multinationale Ausrichtung. Seine Strategie zielte in erster Linie auf den französischen bzw. spanischen und langfristig auf den südamerikanischen Markt ab: Der Mondadori-Verlag, der neuerdings zum Beispiel gemeinsam mit dem Axel Springer Verlag *Auto oggi*, das Pendant zum deutschen *Auto-Bild*, zusammen mit Time die italienische Ausgabe von *Fortune* und im Teamwork mit Gruner + Jahr die Frauenzeitschrift *Vera* auf den Markt gebracht hat, kaufte sich Anfang 1989 bei der auf Wirtschafts- und Finanzpublikationen spezialisierten französischen Gruppe Expansion ein, legte sich die spanische Firma Grijalbo zu und engagierte sich, so wie Robert Maxwell, auch beim Londoner Druckhaus für Banknoten, Thomas De La Rue.
De Benedetti, der insbesondere den ältesten seiner drei Söhne, Rodolfo, als Nachfolger aufbaut, schien zunächst dank der ausländischen Stützpunkte nicht nur dem 1984 von Agnelli aus der Lethargie geholten Hauptgegner Rizzoli ziemlich gefährlich zu werden. Es hatte den Anschein, als könne er auch international auf dem glatten Parkett der Medienbranche reüssieren. Seit der vorübergehenden Entmachtung durch Berlusconi ist es allerdings nicht mehr so sicher, ob er zu den großen internationalen Verlags-Multis aufschließen kann. Ebenso ungewiß ist, ob sich Agnelli in Zukunft auf breiter Front durchsetzen kann. Die beiden Firmen könnten nämlich eines Tages ein gefundenes Fressen für manche Ausländer sein: Mondadori würde beispielsweise hervorragend zu Bertelsmann oder Maxwell passen; und Rizzoli wäre etwa durchaus ein hübscher Mosaikstein im französischen Hachette-Imperium.

DER DEUTSCHE CLAN

Es war beinahe eine märchenhafte Konstellation: Eine blonde Witwe mit vielen, vielen Millionen, ein gelernter Betriebswirt mit großartigen Visionen

und zwei clevere Brüder mit wilden Ambitionen. Dieses etwas merkwürdige Quartett hatte theoretisch die einmalige Chance, in der europäischen Medienwelt unsterblich zu werden.
In der Praxis wollten die vier unter einem Dach allerdings ihre jeweiligen Stärken einfach nicht addieren, um auf diese Weise einen totalen Medienverbund zu kreieren, sondern lieber disputieren und unentwegt intrigieren. Sie paßten vermutlich irgendwie nicht ganz zusammen, gingen daher bald wieder auseinander und mußten ihre ehrgeizigen Pläne rasch vergessen. Seit das vom legendären Axel Cäsar Springer eigenhändig konzipierte und durchaus gescheite Konzept gescheitert ist, versuchen es das einstige Kindermädchen aus Friesland, der gute Onkel aus München und die beiden gefinkelten Geschäftemacher aus Baden-Baden eben wieder auf eigene Faust — und damit fiel ein toller Traum der rauhen Realität zum Opfer.
Die Hauptakteure des spannenden Dreikampfs müssen seit dem großen Krach mit ihren spezifischen Problemen klarkommen:
Friede Springer, die dem Brüderpaar Franz und Frieder Burda für eine nicht unerhebliche Summe deren Firmenanteile abgekauft hatte, konnte zwar eine Zeitlang als Grande Dame im Axel Springer Verlag thronen, aber im Hinblick auf den riesigen Schuldenberg war das wohl halb so lustig. Die Familie reichte daher zehn Prozent der Aktien gleich wieder an den Italiener Monti weiter.
Die Burda-Brothers wiederum durften zwar über den tollen Deal jubeln, haben allerdings in der deutschen Medienbranche — abgesehen von einer Beteiligung an den *Harburger Anzeigen und Nachrichten* sowie an den *Kieler Nachrichten* — praktisch nichts mehr zu melden.
Der Filmhändler Leo Kirch schließlich, der so gerne mit Hilfe der beiden die Macht im Hause Springer an sich gerissen hätte, ist zwar immer noch ein nicht unbedeutender Springer-Aktionär, mußte aber seine schönsten Hoffnungen fallenlassen und sich nach einer anderen Braut umsehen.

*

Der von den wankelmütigen Burda-Brüdern im Stich gelassene Film-Grossist hatte im Springer-Konzern die ideale Ergänzung zu seiner eigenen, ziemlich verwirrenden Firmenkonstruktion gesehen: Seines Erachtens wäre die Springer AG das ideale Instrument gewesen, um — wie es der Quasi-Monopolist einmal in einem Interview formuliert hat — „die logische Zusammenarbeit zwischen der Monokultur Presse und der Monokultur Fernsehen“ zu erzwingen. Der treue Geldgeber, die Deutsche Genossenschaftsbank, hatte daher, angesichts der etwas angespannten Finanzlage ihres Kunden nervös geworden, alles versucht, um ihm den Weg an die Springer-Spitze zu ebnen. Aber **Dr. Leo Kirch**, der gerne ein zweiter Axel Springer geworden wäre — wenngleich er den ersten gar nicht richtig gekannt hatte —, konnte den Sprung dorthin trotz unermüdlicher Bemühungen letztlich nicht schaffen. Sowohl die Springer-Witwe als auch die Burda-Brüder, mit denen er kurzfristig in einem Poolvertrag verbunden war, hatten seine Ambitionen mit endlosem Mißtrauen verfolgt und ihn schließlich ausgebremst. Seit die Familie Springer wieder Oberhand gewonnen hat, hält der bayerische Filmkrösus zwar, wie gehabt, zehn Prozent der Springer-Aktien und kontrolliert nach eigenen Angaben über Treuhänder weitere 16 Prozent; das genügt, um auf der Springer-Hauptversammlung kritische Fragen stellen zu können — 1989 waren es mehr als hundert —, aber das Sagen haben schließlich die anderen. Und damit wurde „Kirchs Traum von der gegenseitigen Befruchtung von Print und Elektronik", so Uwe Müller und Hans-Jürgen Jakobs in ihrem Buch „Augstein, Springer & Co", „zum Alptraum. Die Macht von *Bild*, die Leo einst (...) nutzte, spürt er nun mit voller Härte gegen sich. Das finanzielle Fundament beginnt zu wanken."

Sozusagen als Ersatz für Springer legte sich der Münchner zunächst einmal den Deutschen Bücherbund zu, den er für einen Freundschaftspreis von der Holtzbrinck-Gruppe erwarb. Kirch kam mit diesem Klub, der 1,4 Millionen Mitglieder betreut, seinem Ziel vom Medienverbund wieder einen Schritt näher. Das Unternehmen, das nunmehr den Vertrieb seiner Ton- und Filmträger forcieren muß, paßt durchaus in seine sonstigen Aktivitäten. Bald darauf übernahm er von Diether Stolze 76 Prozent der früher ebenfalls im Besitze des Hauses Holtzbrinck befindlichen AV-Euromedia und erstand von seiner Hausbank 49 Prozent an der PKS (Programmgesellschaft für Kabel- und Satellitenrundfunk) — beides mit dem Ziel, bei *SAT 1* Gesellschafter Nummer eins zu werden. Dank dieser Transaktionen weitete er seinen Anteil auf 55 Prozent aus, ist damit also stärker als Springer und die übrigen 139 Verlage geworden, die beim Privatsender Mini-Aktionäre sind. *SAT 1* bedeutet für Kirch schon deshalb immens viel, weil er dort selbst seinen größten, anderswo schon mehrfach abgenudelten Schund problemlos anbringt. Schließlich tat sich der etwas ratlos gewordene Zelluloid-Löwe mit Bertelsmann und *Canal plus* zusammen, um am Pay-TV-Programm *Premiere* teilzuhaben, das die Flaute mit seinem *Teleclub* beendet hat und sein Firmenreich ein wenig veredeln soll.

Kirch, 1926 als Sohn eines Winzers in Würzburg geboren, in bescheidener Umgebung aufgewachsen und als promovierter Betriebswirt seit Mitte der fünfziger Jahre in einer goldenen Branche tätig, besitzt, ganz offiziell, gut zwei Dutzend Gesellschaften — darunter die Beta-Film und die Taurus-Film. Daneben werden ihm gerüchteweise Verbindungen zu etlichen anderen Firmen nachgesagt, die — angeblich von Strohmännern geführt — seine ziemlich undurchsichtigen und vielschichtigen Geschäfte forcieren. Er kauft zum einen weltweit massenhaft Spielfilme und Fernsehprogramme ein, um damit insbesondere deutschsprachige, aber auch andere Sendeanstalten eifrig zu beliefern. Diese bestens eingespielte, relativ problemlose und äußerst lukrative Prozedur — für eine Stunde „Noble House" beispielsweise schaut heutzutage gleich eine Million Mark raus, die Ausstrahlung eines Spielfilms schlägt mit etwa 250.000 bis 400.000 Mark zu Buche — machte den cleveren Lizenzen-Jongleur alsbald zu einem unersetzlichen — und gefürchteten — Fixstern am europäischen Fernsehhimmel. In nahezu allen Kirch-Porträts, die in deutschen Zeitungen erscheinen, ist mit einiger Regelmäßigkeit von „Verschlagenheit", „viel Vitamin B", „raffinierten Winkelzügen", „Bluffs" oder „Rachefeldzügen" die Rede. Auch die Buchautoren Gerhard Naeher („Der Medien-Händler") und Henno Lohmeyer („Die Macher und die Mächtigen") haben kürzlich seine Aktivitäten auf wenig schmeichelhafte Weise beschrieben.

Der Selfmademan, laut *Spiegel* „eine Art lebender Medienverschnitt aus Howard Hughes und J. R. Ewing", gab sich allerdings nicht damit zufrieden, lediglich alte Hollywood-Schinken, Zelluloidrollen neueren Datums, zahllose TV-Shows oder -Serien sowie Dokumentationen zu saftigen Preisen zu vermarkten. Er schaltete sich daher frühzeitig als Produzent von allen möglichen Film- und Fernsehprogrammen ein: Seine Firma Unitel beispielsweise produziert(e) klassische Musik — Opern, Operetten, Ballette oder Konzerte im Gesamtausmaß von bislang 600 Stunden —, die Iduna-Film wiederum Spielfilme für den nationalen und internationalen Markt, darunter etwa „Der Name der Rose“, „Momo“ oder „Good Morning Babylon“. Für Kirch arbeiten die bekanntesten Dirigenten, beispielsweise der kürzlich verstorbene Leonard Bernstein, aber auch Carlos Kleiber, James Levine oder Georg Solti ebenso wie die beliebtesten Solisten, etwa Luciano Pavarotti, Placido Domingo oder Edita Gruberova, und natürlich auch die renommiertesten Regisseure, beispielsweise Franco Zeffirelli, Jean-Pierre Ponnelle oder Ingmar Bergman. Er versteht sich auf Opernspektakel genauso wie auf große Literaturverfilmungen — Beispiele: „Buddenbrooks“, „Das weite Land“ bzw. „Wallenstein“ — und Kinderprogramme — „Biene Maja“, „Pippi Langstrumpf“ oder „Frau Holle“. All diese unterschiedlichen Œuvres werden mit Hilfe der Kirch-Ableger Taurus-Film Video, Merchandising München, Obelisk oder Filmkunst Musikverlag multimedial vermarktet, also in Kinos, per Videokassetten oder via Pay-TV an den Mann gebracht.

In den vollklimatisierten Lagerräumen der Kirchschen Firmenzentrale in Unterföhring bei München warten derzeit ungefähr 13.000 Spielfilme sowie jede Art von TV-Programmen für insgesamt 50.000 Stunden auf Abruf. Das schier grenzenlose Repertoire reicht vom „Förster im Silberwald“ bis „Doktor Schiwago“, von „Bonanza“ bis „Casablanca“, von „Ben Hur“ bis „Lassie“. Kirch, der sein erstes großes Paket 1959 in den USA erstand, unterhält zu den wichtigsten amerikanischen Filmfirmen — Twentieth Century Fox, Warner, Paramount und Columbia — beste Beziehungen. Seinen großteils erstklassigen Managern, allen voran Jan Mojto, werden exzellente internationale Kontakte und ein brillanter geschäftlicher Instinkt nachgesagt. So etwa haben sie kürzlich mit dem amerikanischen Kabelkanal Movietime einen Vertrag über die Produktion und Lieferung von TV-Programmen abgeschlossen, der primär dem Kirchschen *Teleclub* zugute kommen sollte. Das Material kann aber auch anderen Abnehmern angeboten werden.

Auch wenn die von Kirch in Rechnung gestellten Preise bisweilen als „geschmalzen“ gelten, kann die Kundschaft seine Schätze schwer links liegen lassen. Speziell das *ZDF*, der *ORF*, *SAT 1* und neuerdings *Pro 7* sind ihm treu ergeben und lassen ihm alljährlich zahllose Millionen zukommen. Die *ARD*-Anstalten hingegen versuchen seit Jahren, sich mit ihrer Einkaufsgesellschaft Degeto direkt bei den amerikanischen und sonstigen Filmproduzenten einzudecken. Kirch sieht das naturgemäß gar nicht gern: Seine Vorräte sind dermaßen reichlich, daß er durchaus noch mehr Abnehmer verkraften würde. Er ging daher beizeiten selbst unter die TV-Macher: Seine Hoffnungen basierten zunächst auf *SAT 1*, wo sein Schatten Joachim Theye, ein Anwalt aus Bremen, als Chef des Aufsichtsrats amtierte. Obzwar Kirch mit Springer-Boss Peter Tamm seit Jahren im Clinch liegt — die *FAZ* sprach von „einer unsäglichen Schlammschlacht“ —, konnte er sukzessive seine Vorstellungen und seine Wunschmanager durchbringen, den Kompagnon allmählich geschickt austricksen und sich im Frühjahr 1990 zu guter Letzt zum Kapo krönen.

Nach der Schlappe im Kampf um den Springer-Verlag mußten freilich schleunigst andere Weichen gestellt werden: Die 600 Mitarbeiter umfassende Beta-Taurus-Gruppe, deren Umsatz auf 800 Millionen bis eine Milliarde Mark geschätzt wird, erstand zunächst einmal die Münchner Teleclub GmbH zur Gänze. Anschließend zog Kirch-Sohn Thomas, Jahrgang 1957, bei der halbtoten Privatstation Eureka, die sogleich in *Pro 7* umgetauft wurde, als neuer Gesellschafter ein — damit die Kartellrichter auf keine dummen Gedanken kommen, blieb der Vater inkognito. Und in der Folge warf der Münchner seine erstklassigen Beziehungen zu Silvio Berlusconi und dem französischen Sender *TF 1* in die Waagschale: Er bewarb sich gemeinsam mit ihnen um zwei Kanäle am Direktsatelliten TDF 1, die einerseits das deutschsprachige Pay-TV *Teleclub* und anderseits ein Familien- und Jugendprogramm namens *Téléfan* ausstrahlen hätten sollen — doch zu seinem Entsetzen ging er leer aus.

Auch sonst lief es in jüngster Zeit für den Münchner nicht gerade ideal: Kirch zog sich etwa als Gesellschafter der Kabel-Marketinggesellschaft (KMG) zurück; er mußte sich auf neue Konkurrenz gefaßt machen, denn sein Ex-Geschäftsführer Bodo Scriba hatte zusammen mit Springer die Firma Capitol TV gegründet; schließlich verdichteten sich die Gerüchte, daß seine finanzielle Lage zusehends bedrohlicher werde. Ein Indiz hiefür schien der überraschende Verkauf eines größeren Filmpakets an den Gründer und Mitinhaber der Schweizer Handelsgruppe Metro, Otto Beisheim, zu sein, der Kirch damit vorübergehend aus der Klemme geholfen haben dürfte.

Ob der aufgrund einer schweren Zuckerkrankheit stark sehbehinderte Kino-Kaiser, der sich 1997, mit 70 Jahren, ins Privatleben zurückziehen möchte, genügend Weitblick beweisen kann, wird sich alsbald zeigen. Seine im Moment etwas unklaren Zukunftspläne dürften jedenfalls in engem Zusammenhang mit den Strategien von Silvio Berlusconi und *TF 1*-Großaktionär Francis Bouygues zu sehen sein. Diese für das europäische TV-Geschäft ungemein wichtige Achse, die bereits auf ein paar gemeinsame Firmen vertraut, wird künftig wohl nicht so leicht zu brechen sein.

*

Wie es bei der Axel Springer AG nach dem Machtkampf ihrer Aktionärsgruppen weitergehen soll, ist ebenfalls noch nicht vollständig geklärt. Die blonde Witwe **Friede Springer**, die sich nicht allzusehr in die große Firmenpolitik einmischt, aber in Notfällen stets an einem ihrer sechs Wohnsitze auffindbar ist, überläßt diese Frage weitgehend ihrem treuen Diener Peter von Tamm: Der als autoritär bekannte Vorstandsvorsitzende, den privatim nichts so sehr interessiert wie Modellschiffe, maritime Gemälde und Marinegeschichte, steuert den Verlag nach Meinung von Branchenkennern indes „ohne rechten Kurs auf unruhiger See“ *(Manager Magazin).*

Es steht zweifellos fest, daß die jahrelangen Zwistigkeiten und Animositäten unter den Eigentümern das dadurch verunsicherte Management nicht gerade beflügelt haben. Tamm wirkt nach gut vierzig Jahren Springer schon ein kleinwenig konzept- und visionslos. Er bewährt sich aber an der Spitze eines etwas überalterten Achter-Vorstands, der insgesamt fast 500 Jahre alt und dem Hause schon 240 Jahre verbunden ist, zumindest als berühmter Mahner: Seine regelmäßig vernehmbaren Lieblingssätze lauten: „Wir befinden uns heute in einem heftigen Verdrängungswettbewerb“ oder „Das Geschäft ist schwieriger geworden, der notwendige Einsatz noch größer.“

Der Kapitän jammert gewiß nicht umsonst: In einem stagnierenden Markt muß sich die Nummer zwei hinter Bertelsmann seit geraumer Zeit an

Auflageneinbußen und Ertragsrückgänge gewöhnen. Nun wirft so etwas einen solchen Verlags-Mammut noch lange nicht um — er kann sich nämlich auf derart viel Substanz stützen, daß er im Grunde genommen nicht einmal vor dem Teufel Angst haben müßte: mehr als drei Milliarden Mark Umsatz, recht passable Profite und ein enorm rentables Flaggschiff namens *Bild*, dessen 24 regionale Ausgaben in neun Druckereien hergestellt werden, dienen als beruhigender Rückhalt[28]).

Dennoch machen sich immer deutlicher gewisse Strukturprobleme bemerkbar: Die recht einseitige Produktpalette — es gibt kaum etwas im sogenannten seriösen Genre —, der mangelnde Drive an der Spitze — es fehlt einfach die Galionsfigur — und die langjährige Scheu vor Auslandsauftritten — man verpaßte schlichtweg den Anschluß — haben dazu geführt, daß der Konzern laut *Manager Magazin* „immer eine eher biedere Veranstaltung deutscher Nation geblieben ist". Springer liegt zwar mit seinen Tageszeitungen, die es täglich auf eine Gesamtauflage von fast sechs Millionen Exemplaren bringen, wie gewohnt unangefochten in Führung, aber die Marktanteile — derzeit rund dreißig Prozent — schrumpfen von Jahr zu Jahr. Der Verlag gilt zwar nach wie vor als Weltmeister am Boulevard und konnte in den vergangenen sechs Jahren mit *Bild der Frau*, *Auto Bild* und *Sport Bild* immerhin drei Volltreffer landen, doch die Konkurrenz schläft nicht: Im Bereich der TV-Illustrierten etwa wurde er bereits vom Heinrich Bauer Verlag überholt.

Die Springer-Crew kultiviert zwar unermüdlich ihre bekannten Stärken, aber ihre Produktpolitik dürfte in Zukunft kaum ausreichen, um die Stagnation im Vertriebs- und Anzeigengeschäft zu überwinden. Sie wartet zwar von Zeit zu Zeit mit neuen Objekten auf, die sich jedoch so wie die teuren Experimente *Ja* und *Winners* in der Regel als blamable Flops entpuppen. Im wesentlichen zeichnen sich kaum neue, vielversprechende Renner ab, die einmal in die Fußstapfen der arrivierten, nach wie vor erfolgreichen Massenblätter wie *Hör zu* treten könnten, deren beste Zeit indes wohl schon vorbei ist. Statt dessen weicht man notgedrungen in verlegerische Randbereiche aus, wo es nicht mehr auf die Quantitäten ankommt, und versucht es mit hochpreisigen Special-Interest- und Fachzeitschriften für eine relativ kleine Zielgruppe: *Golf* oder *Boot & Charter* beispielsweise, die gemeinsam mit dem Top-Special-Verlag erworben wurden, könnten elegante publizistische Schmuckstücke werden.

Springer weicht aber auch zusehends in den Non-Print-Sektor aus: Zur Beteiligung an *SAT 1* gesellten sich diverse Testversuche in der Sparte Privatradio, etwa mit *Radio Hamburg* oder *Antenne Bayern,* sowie die gemeinsam mit dem einstigen Kirch-Mann Bodo Scriba gegründete Capitol Film und TV GmbH, die in München stationiert ist und sich im selben Gewässer tummelt wie der in Hamburg ungeliebte Film-Hai.

Im Ausland zeigt sich der Springer-Verlag, der dort bislang nur marginal vertreten war, neuerdings ungewohnt agil — wenngleich die Fülle an Einzelaktivitäten noch keine einheitliche Taktik verrät: Die 1987 etablierte hausinterne Stabsabteilung für Mergers & Acquisitions räumte jedenfalls radikal mit dem eisernen Gesetz des Firmengründers auf, daß Sprachbarrieren im Verlagsgeschäft unmöglich zu überspringen seien. Seither wird einerseits versucht, das vorhandene Know-how in fremden Ländern mit Hilfe lokaler Partner auszuwerten und dergestalt erfolgreiche Konzepte zu exportieren — etwa die Idee hinter *Auto Bild*: Inzwischen gibt es in England seit 1988 den

Auto Express, ein Fifty-fifty-Joint-venture mit United Newspapers; in Frankreich startete im gleichen Jahr die 50prozentige Springer-Tochter Editions Mondiales *Auto Plus*; in Italien fertigt Mondadori schon seit einigen Jahren *Auto Oggi* in Lizenz; in Norwegen versucht der Springer-Partner Allers, mit *Auto Nytt* auf Touren zu kommen; in den Niederlanden bremst die seit dem Frühjahr 1990 gemeinsam mit VNU betriebene *Auto Week* schon lässig die Konkurrenz aus; und in Ungarn ist die Firma Axel Springer Budapest seit kurzem mit *Auto Extra* am Markt. Da Springer mit diesem Konzept nicht schlecht fährt, sollen weitere Ableger — etwa in Schweden oder in den USA — folgen.

Außerdem haben die Hamburger Strategen in anderen Staaten mit bewundernswerter Emsigkeit völlig unterschiedliche Projekte in Angriff genommen: In Österreich leisteten sie — nachdem geplante Engagements bei *Krone* und *Kurier* nicht zustande gekommen sind — bei der Gründung der Tageszeitung *Der Standard* Geburtshilfe und kauften sich in der Folge bei der *Tiroler Tageszeitung* ein. In Spanien setzten sie auf eine 50:50-Kooperation mit dem Verlagshaus Prensa Española, die zu einer *Bild*-ähnlichen Tageszeitung führte, sowie auf einen weiteren Ableger, das 1989 erworbene Madrider Druckhaus Altamira Rotapress. In Frankreich bestiegen sie mit dem Verlag Edimer, der Segel- und Yachtzeitschriften vertreibt, ein gemeinsames Boot. In Italien lachten sie sich die Verlagsgruppe Monti an, mit der eine wechselseitige Beteiligung realisiert wurde. In den USA übernahmen sie die New Yorker Medical-Tribune-Gruppe mitsamt ihren zahllosen medizinisch-pharmazeutischen Fachzeitschriften, um wenig später mit Hearst wegen eines US-Ablegers von *Auto Bild* ins Gespräch zu kommen. Im übrigen stellen die einstigen Kontakte zum amerikanischen Time-Konzern — es ging um eine deutsche Ausgabe des Wirtschaftsmagazins *Fortune* — unter Beweis, daß Springer, wenn auch ein wenig unkoordiniert, am liebsten die ganze Welt erobern möchte.

Natürlich auch den neuen Osten: In Ungarn tauchten die Norddeutschen nach dem Fall des Eisernen Vorhangs sogleich auf, um eine Programmzeitschrift namens *Tvr het* und *Auto Extra* einzuführen sowie mehrere regionale Tageszeitungen aufzukaufen[29]); vielleicht steigen sie auch bei einer kommerziellen Radiostation und mit vierzig Prozent bei einem geplanten TV-Privatsender ein.

Auch in der einstigen DDR nahm das Haus Springer, sobald die politische Wende vollzogen war, am hektischen Wettlauf der deutschen Verlage selbstverständlich teil — und zwar in vorderster Front: Der Berliner Verlag, der in Hamburg eine Dependance unterhält, warf im Osten seine gesamte Produktpalette auf den Markt und riß sich anfangs gleich einmal ein paar DDR-Zeitungen unter den Nagel — das *Sächsische Tageblatt* (Leipzig), die *Liberal-Demokratische Zeitung* (Halle) und die *Norddeutsche Zeitung* (Schwerin). Springers *Berliner Morgenpost* wiederum entschied sich für den *Morgen* als neuen Partner. Die *Bild Zeitung* war schließlich schon nach einigen Monaten Marktleader in jenem Land, das sie stets unter Anführungszeichen zu setzen pflegte. Axel Cäsar Springer, der im September 1985 verstorbene Medien-Magnat, hatte also zeitlebens doch nicht umsonst von der deutschen Wiedervereinigung geträumt ...

Die Springer-Erben[30]) indes können nur hoffen, daß die eiligen Experimente gut ausgehen: Der Kampf um das 26prozentige Aktienpaket der Burdas hat sie nämlich etliche Nerven sowie eine Stange Geld, rund 550 Millionen

Mark, gekostet und den Konzern gewiß auch einiges an finanzieller Schlagkraft. Jetzt geht es für die Familie, die nach einer wechselseitigen zehnprozentigen Beteiligung gemeinsam mit Signore Attilio Monti die Majorität hält, darum, zu den großen europäischen Medienriesen aufzuschließen. Der einst auch im Ölgeschäft tätige Boss des gleichnamigen Italo-Konzerns versorgt die deutschen Adria-Urlauber bereits mit der gewohnten *Bild Zeitung*.
Restlos ist der Friede im Hause allerdings noch nicht gesichert: Hubert Burda, alleiniger Chef der Burda GmbH in Offenburg und München, hatte nämlich nach dem Hamburger Coup seiner Brüder auf sein mit diesen vereinbartes Vorkaufsrecht gepocht. Er ließ die Angelegenheit — obwohl er die erforderliche halbe Milliarde Mark wahrscheinlich gar nicht so leicht aus dem Ärmel hätte schütteln können — bei Gericht klären, weil er, wie Branchenkenner vermuten, den beiden ungeliebten Verwandten eins auswischen wollte. In erster Instanz bekam er recht. In zweiter Instanz ließ ihn das Oberlandesgericht Karlsruhe jedoch abblitzen. Jetzt ist der Bundesgerichtshof am Zug: Falls Hubert Burda tatsächlich unbedingt einmal Springer-Aktionär werden möchte und es zu keiner außergerichtlichen Einigung kommt, muß er sich noch etwas gedulden — die heikle Causa dürfte nämlich erst in ein paar Jahren entschieden werden ...

*

Der Bruderzwist im Hause Burda — die beiden Lager kommunizieren prinzipiell via Anwalt — schien Deutschlands viertgrößten Zeitschriftenverlag bis vor kurzem einigermaßen zu lähmen. Er markierte jedenfalls einen deutlichen Knick in der flotten Aufwärtsentwicklung, die der 1927 gegründete Dreimannbetrieb vor allem unter der Leitung des Seniors, Senator Franz Burda, genommen hatte.
Die drei Brüder sind vom Typ her fürwahr zu verschieden, um erfolgreich kooperieren zu können. Während das robuste Duo Franz und Frieder, das sich 1986, nach dem Tode des Vaters, vom Nesthäkchen Hubert getrennt hatte, inzwischen rund um die ihm aus dem Erbe verbliebenen US-Druckereien Meredith-Burda, die MD Papierfabrik Nicolaus und den Pressegroßvertrieb Salzburg etliche Firmen aus dem Leasing- und Speditionsbereich ansammeln konnte, ließ **Dr. Hubert Burda**, ein gelernter Kunsthistoriker und Archäologe, als alleiniger Verlagschef zunächst relativ wenig von sich hören. So etwa brachte er eine Zeitlang keine nennenswerten neuen Titel auf den Markt.
Das ist seit 1988 anders. Der sensible Intellektuelle, der einst in den USA Erfahrungen gesammelt und dann bis 1985 die *Bunte* als Chefredakteur geführt hat, sprüht neuerdings geradezu vor Ideen und gab, unterstützt vom einstigen Springer-Profi Günter Prinz, gleich für mehrere, gar nicht uninteressante Projekte das Freizeichen: Im September 1988 erschien die deutsche *Elle* zum ersten Mal, im Dezember wurden das Reisemagazin *Holiday* und die Astrologie-Zeitschrift *Jupiter* am Markt plaziert. Für Frankreich, wo er als Drucker keine schlechte Figur macht, kreierte der Burda-Verlag *Vivre au jardin*, einen Aufguß von *Mein schöner Garten*, sowie die Kreuzworträtsel-Gazette *Le Roi des Jeux*. In Großbritannien versuchte er es zunächst mit der *Puzzle Parade*, um sodann im Schlepptau von Bauer bzw. Gruner + Jahr mit den neuen Objekten *Burda* sowie *Anna* einzumarschieren. Weiters konnte

sich Hubert Burda dermaßen für das in Europa kaum bekannte US-Wirtschaftsmagazin *Forbes* begeistern, daß er es seit März 1990 auf deutsch herausgibt. Obendrein will er dank der Unterstützung der Hearst Company mit *Jupiter* am amerikanischen Markt Fuß fassen.
Die Burda GesmbH. hat schließlich mit Hachette und Rupert Murdoch zwei weitere starke Partner an der Hand, was sich insbesondere im technischen Bereich vorteilhaft auswirken dürfte: In Ostdeutschland soll — in Kooperation mit Murdoch — ein Druckzentrum entstehen, ein weiteres — mit deutschen und russischen Kompagnons — wird in Moskau demnächst fertig sein. Außerdem pfeifen es bereits die Spatzen von den Dächern, daß das Gespann Burda/Murdoch der *Bild*-Zeitung demnächst mit einer wilden Boulevardzeitung Konkurrenz machen möchte.
Der neue Schwung kam gerade zur rechten Zeit. Denn selbst mit seinem Verkaufsschlager *Bunte*, die einst als „Symbol des bürgerlichen Lagers" (Hubert B.) Deutschlands größte Illustrierte war und noch immer 5,7 Millionen Leser in den deutschsprachigen Ländern fesselt, ist der Verlag etwas ins Stocken geraten. Das bunte Blatt, das inzwischen etwas brav, relativ abgestanden, einigermaßen phantasielos und durchaus bieder wirkt, liegt bereits weit hinter dem pfiffigeren *Stern* zurück, der zu seinem Glück nur höchst selten über Hitlers Tagebücher berichtet. Aber auch die Verkaufs- und Leserzahlen der anderen Burda-Titel, die zwar immer noch Millionen Bundesbürger faszinieren, befinden sich fast ausnahmslos in einer leichten Baisse[31]). Mit seinen großteils traditionsreichen Printobjekten scheint Burda also irgendwie anzustehen. Was die neuen Medien anlangt, so begnügt er sich bislang mit einem zweiprozentigen Anteil an *RTL plus*, der Videofirma Pan TV, die für *RTL plus* etwa das Männermagazin „M" produziert, sowie einigen Radio-Beteiligungen[32]). Das heißt also: Der frische Wind war dringend fällig.
Jetzt scheint Hubert Burda seiner greisen Mutter nacheifern zu wollen, die mit ihrem eigenen Verlag immer ein bißchen mehr Kämpfergeist bewiesen hatte als er: Aenne Burda läßt das Frauenblatt *Burda Moden* mittlerweile schon in siebzehn Sprachen erscheinen und macht damit beispielsweise in der Sowjetunion, wo bereits zwei Millionen Exemplare weggehen wie die warmen Semmeln, richtiggehend Furore. Ob der Sohn, der als Exklusivpartner der *Iswestija* westliche Inserate für die Russen akquirieren läßt, im Ausland eine ähnlich geschickte Hand hat, muß sich freilich erst weisen.
Die Burda-Gruppe setzt derzeit mit 4.500 Beschäftigten mehr als eine Milliarde Mark um und hat in jeder Verlags-Hitparade einen vorderen Platz sicher — womit die Welt in Offenburg genauso heil sein kann wie in der *Bunten*. Ob sie sich künftig europaweit als mediale Großmacht behaupten wird können, ist indes fraglich. Die Sterne scheinen jedenfalls für den bescheidenen Hubert, dessen Vermögen von *Forbes* auf „mindestens 850 Millionen Mark" geschätzt wird, nicht ganz so günstig zu stehen wie für seinen direkten Gegenspieler in Hamburg, Heinz Bauer. Was nicht bloß mit der Tatsache zu tun haben dürfte, daß diesem von Burdas *Forbes* „mindestens 2,3 Milliarden Mark" zugetraut werden.

*

Der pressescheue Boss einer sonst gar nicht scheuen Medien-Großhandlung verschafft sich europaweit zusehends Respekt: **Heinz Bauer** hat 1984 nicht nur den mehr als hundert Jahre alten Heinrich Bauer Verlag, einen typischen Familienbetrieb, übernommen, sondern zugleich das nicht gerade beste Image. Die Firma, ursprünglich eine reine Druckerei, die 1903 erstmals die *Rothenburgsorter Zeitung* publiziert hatte, war zunächst auf Visitkarten bzw. Lohnsteuertabellen spezialisiert und später auf Nackedei-Postillen. Ein Umstand, an dem sie noch immer zu leiden hat. Für zynische Menschen war sie stets das „Porno-Imperium", *Gong*-Chef Helmut Markwort titulierte sie einmal schlicht als „Heinrich-Klauer-Verlag" — weil ihr fremde Ideen angeblich oft zu gut gefallen haben —, und *Forbes* ätzte unlängst: „Nirgendwo in Deutschland wurde mehr Haut enthüllt als in den Blättern dieses Verlags." Das Unternehmen war vom Senior Alfred Bauer, einem Patriarchen der alten Schule, insbesondere in den sechziger Jahren ausgebaut worden, indem sein damaliger Generalbevollmächtigter Siegfried Moening wahllos und reihenweise kleinere Mitbewerber aufgekauft hatte — vom Drei-Federn-Verlag bis zum Arnold-Schnittmuster-Verlag. Und so sammelte sich allmählich eine wundersame Sammlung an Titeln an. Diese wurden entweder umbenannt, fusioniert, weiterverkauft oder wieder eingestellt, so daß sich die Kreation eigener Objekte weitgehend erübrigte. Die Bauer-Leute warteten nur in ganz seltenen Ausnahmefällen mit eigenen Produktideen auf — und hatten dann bisweilen ihre liebe Not damit: Sie ließen sich etwa die *Praline* einfallen, die ihnen schwere Verluste brachte und mehrmals reformiert werden mußte. *Der Spiegel* kürte den Heinrich Bauer Verlag aufgrund seines bunten Sortiments, bei dem es auf gewiß mehr auf Quantität denn auf Qualität ankommt, zum „deutschen Meister der seichten Muse".

Immerhin: Heute werden von den rund vierzig deutschen Bauer-Zeitschriften monatlich achtzig Millionen Exemplare abgesetzt — mehr können die Deutschen für ihre Gehirnwäsche nicht tun. Dieses Kunststück macht den Hamburgern, die — zugegeben — nicht gerade redaktionelle Meisterleistungen erbringen, die für den Pulitzer-Preis in Frage kämen, kein zweiter Verlag in Europa nach. Ihre Palette reicht von *Mini* bis *Maxi*, von schönen, flotten Titeln wie *bella* oder *tina* bis zu durchaus bedeutsamen wie *Kreative Frau* oder *Wohn-Idee*, ferner von vorwiegend unterhaltsamen Blättern wie *Quick* oder *Das Neue Blatt* bis zu sehr genießerischen wie *kochen & genießen* oder *Playboy*, von leichter Kost wie *Neue Post* oder *Neue Revue* bis zu ziemlich trockenen Angelegenheiten wie *Denk mit* oder *neue mode* und schließlich von heißen Nummern wie *Sexy* oder *Schlüsselloch* bis zu eher sachlichen Ratgebern wie *TV Hören und Sehen* oder *Selbst ist der Mann* — ein Titel, der bei diesem Umfeld womöglich zu falschen Assoziationen verleitet, aber in Wahrheit eine Bastler-Bibel ist. Im übrigen ist auch für alle anderen Geschmäcker etwas dabei: Für notorische Fernseher die *Fernsehwoche* oder *auf einen blick*, für informationshungrige Hausfrauen *das neue*, für Teenager *Bravo* und *Bravo Girl*, für lesekundige Kinder *Bussi Bär* oder *Fix und Foxi*, für Motorfreaks die *Auto Zeitung* oder *motorrad* und für eingefleischte Voyeure schließlich *Wochenend* und/oder *Praline*.

Fazit: Dieses oft kritisierte und noch öfter belächelte Konzept kann nicht besonders dämlich gewesen sein — denn im Augenblick stellt der Verlag nämlich fünf der sieben meistverkauften deutschen Zeitschriften. Trotzdem wurde das einstige Motto — Masse statt Klasse — vom prestigebewußten Juniorchef, der mit 45 Jahren begonnen hatte, als Student die Geheimnisse der Betriebswirtschaftslehre zu erforschen, sukzessive modifiziert: Er rückte

von den Regenbogen-Titeln langsam ab und setzte auf den Slogan Masse plus Klasse. Das Haus Bauer bietet daher neben dem gewohnten Fließband-Journalismus seit geraumer Zeit ein paar hochwertige Farbtupfer an, wie zum Beispiel das deutsche *Esquire* oder das Zeitgeistblatt *Wiener*, und kämpft damit um etwas anspruchsvollere Publikumsschichten. Das Umweltmagazin *Chancen* hingegen mußte an den Schweizer Ringier-Verlag abgegeben und mit *Natur* fusioniert werden, weil es über 80.000 Exemplare nicht hinausgekommen war.
Nachdem die goldenen Jahre für reißerische Massentitel wohl endgültig vorbei sind, versucht sich Bauer verstärkt und ganz und gar nicht erfolglos in anderen Disziplinen: Er machte sich etwa im privaten Radio-Markt breit[33]), erwärmte sich für Gratispostillen wie das in Hamburg, Düsseldorf und München erscheinende *Avis* und stellte nicht zuletzt im Ausland klar, daß Bauer einiges mit Power zu tun hat. Sein Verlag in Gestalt von Auslandschef Konrad Wiederholz nahm das Risiko auf sich, mit Billigobjekten in Märkte einzudringen, die entweder als unterentwickelt oder überbesetzt gegolten haben. Er konnte sich daher früher als andere beispielsweise mit *TV Plus* in Spanien verankern, um sodann in Großbritannien mit *Bella* einen echten Volltreffer zu landen. Im Frühjahr 1990 wurde in London ein weiteres Bauer-Baby, *Take a Break*, aus der Taufe gehoben. In Frankreich bescherte die Bauer-Crew der Konkurrenz mit den Frauentiteln *Marie France* und *Maxi* schlaflose Nächte, und selbst in den USA behauptete sie sich mit *Woman's World* und *First for Women* überraschend rasch.
Bei der rasanten Expansion in die Ferne kam den Hamburgern eine simple Tatsache zugute, die so etwas wie ihr Erfolgsgeheimnis sein dürfte. Der Heinrich Bauer Verlag funktioniert nämlich ganz anders als die übrigen Konzerne seiner Größenordnung — er kommt ohne honorige Präsidenten, ohne aufsässige Aufsichtsräte, ohne eine überbesetzte Vorstandsriege, ohne allmächtige Stabsabteilungen und ohne unausgelastete Wichtigtuer aus. Er ist vielmehr auf eine einzige Person zugeschnitten und wird weitgehend von dieser geprägt: Heinz Heinrich Bauer verleiht dem Laden eine brancheninntern gefürchtete Flexibilität, weil er rasch zu denken und noch rascher zu entscheiden vermag. Er zaudert selbst bei einer Investition von hundert Millionen Mark, die für die Einführung von *First for Women* am amerikanischen Markt fällig waren, keine Ewigkeit. Er dreht den Hahn, wenn es sein muß, aber auch in Sekundenschnelle zu, was sich etwa im März 1989 beim französischen Titel *Aujourd'hui Madame* nach neun defizitreichen Monaten als notwendig erwies.
Und sollte der Junior, der nun auch schon ein halbes Jahrhundert alt ist, einmal gerade nicht da sein und keine seiner berühmten Blitzentscheidungen treffen können, weil er ein wenig auf seiner Yacht ausspannt oder sich intensiv der Wissenschaft widmet, dann steht der Betrieb dennoch nicht still. In solchen, angeblich gar nicht so seltenen Fällen treten zwar nicht die Bauer-Schwestern Marlis und Heike in Aktion, denen ja nur ein winziges Scheibchen an der Gruppe gehört, dafür aber automatisch seine engsten Vertrauten, Gerd Bolls und Dr. Peter Heidenreich. Dieses Manager-Duett reicht für den Konzern, dessen mediale Aktivitäten im Jahr 1989 6.100 Leute ernährten und einen Umsatz von 2,2 Milliarden Mark einspielten, vollends. Die beiden deutschen Stützpunkte Hamburg (Verlag) und Köln (Druckerei) stellen zwar den Löwenanteil, schaffen aber nur relativ bescheidene Zuwachsraten, 1989 waren es 2,8 Prozent. Hingegen nährt das zuletzt

28prozentige Plus beim Auslandsgeschäft, das anteilsmäßig vorerst nur ein Fünftel einnimmt, die Hoffnung, daß in zehn Jahren die Hälfte des Umsatzes in der Fremde anfallen wird.
Im übrigen darf Heinz Bauer auch auf nicht-mediale Geschäftszweige bauen: In seinem Besitz befinden sich beispielsweise auch die amerikanische Warenhauskette Winn's Stores Inc. in Texas, die Firma Optyl Brillenmode und ein Baumaschinenunternehmen namens Elba. Die Bauer-Gruppe setzte zuletzt alles in allem drei Milliarden Mark um und gilt — obzwar der Boss noch nie einen Satz über die Ertragslage publik gemacht hat — als finanziell sehr solide. Trotz kleinerer Rückschläge — so etwa mußte die in acht Ländern erschienene Strickzeitschrift *Mikado* eingestellt werden — und einer einzigen größeren Schwäche — Bauer ist im TV-Bereich, seit er sich bei *SAT 1* zurückzog, ein Niemand — wird der etwas bläßliche Konzernherr allseits als brandgefährlich eingestuft. Ein Konkurrent erlebt ihn als Löwen, der ständig auf der Lauer liege und im Ernstfall unbarmherzig zupacke. Gelegentlich sind freilich auch mediale Raubkatzen zu langsam: Die gewünschte Beteiligung Bauers an der Wiener *Kronen Zeitung* etwa, die ihm das weite Feld Tagespresse erschlossen hätte, schien 1987 bereits fixiert zu sein — da schnappte ihm die WAZ-Gruppe buchstäblich in letzter Minute den riesigen Happen weg. Die Hamburger konterten mit einem lässigen Statement: „Wir pokern nicht um jeden Preis mit."

TEIL 4

EIN SZENARIO 2000

Die Stützen des Systems sind die großen Geldgeber im Hintergrund. Einen Silvio Berlusconi beispielsweise gäbe es nicht ohne Banca Popolare di Novarra, Centrobanco oder Banco Nazionale del Lavoro. Leo Kirch wäre vermutlich ohne die Deutsche Genossenschaftsbank ein ziemlich unbekannter Mann. Robert Hersant hätte ohne Beistand des Crédit Lyonnais wohl schon längst aufgeben müssen. Ein Maxwell oder ein Murdoch würde ohne allzeit hilfsbereite Bankiers erst recht einpacken können. Diese stellen immer wieder das nötige Spielkapital für spektakuläre Transaktionen zur Verfügung, fungieren im Schatten der mächtigen Medienkaiser als eigentliche Drahtzieher und bestimmen auf ihre Weise nicht unmaßgeblich die Kräfteverhältnisse in der Branche mit.

In letzter Zeit scheinen sich aber manche internationale Kreditinstitute mit ihrer traditionellen Rolle immer weniger zufriedenzugeben: Sie sind bestrebt, einen noch aktiveren Part zu übernehmen und selbst im Informationsgeschäft Fuß zu fassen. Ihr Interesse gilt nicht so sehr der Presse, dafür um so mehr den elektronischen Medien: Vor allem belgische und französische Großbanken, wie die Groupe Bruxelles Lambert oder die Compagnie Financière de Suez, sind mittlerweile allesamt bei privaten TV-Gesellschaften eingestiegen und/oder treiben die Verkabelung ihres Landes in führender Position voran[1]).

Das zukunftsträchtige Metier lockt sie ebenso an wie etliche europäische Industriekonzerne: Die Bosse von Fiat oder Olivetti, Giovanni Agnelli und Carlo De Benedetti, der französische Bauunternehmer Francis Bouygues, die monströse Wasserfirma Compagnie Générale des Eaux und die Générale Occidentale, weiters die schwedische Eisen- und Stahlgruppe Kinnevik und viele andere sind stark im Medienbereich engagiert[2]).

Die neuen Investoren, für die Profit das Wichtigste im Leben ist, werden zwar nicht unbedingt geschlossen an die Stelle der heutigen Titanen treten und diese unbarmherzig verdrängen; aber sicherlich zusehends die gestrengen Spielregeln einer Milliardenbranche vorgeben, deren künftige Konturen sich bereits deutlich abzeichnen:

■ Im Jahr 2000 dürfte die weltweite Kommunikationsindustrie von zehn bis fünfzehn monströsen, unersättlichen Medienmischkonzernen kontrolliert werden. Diese werden sich großteils in amerikanischen, aber auch in japanischen und europäischen Händen befinden, wobei alle möglichen Verflechtungen denkbar sind. Das heißt nicht unbedingt, daß alle übrigen Konkurrenten keinerlei Überlebenschance haben — doch sie werden recht kleinkariert wirken neben den Tycoons, die die Szene absoluter beherrschen werden, als das heutzutage IBM, General Motors oder die Ölmultis in ihrer jeweiligen Branche schaffen. Die Riesen, die für alle anderen eine permanente Bedrohung darstellen dürften, werden sämtliche Vorteile lukrieren, die ein sogenannter M e d i e n v e r b u n d bietet: Ein Thema kann bei ihnen gleichzeitig als Buch, Magazinstory, Radiosendung, Fernsehserie und womöglich auch als Schallplatte oder Compact Disc vermarktet werden. Ihr Hang zur Gigantomanie wird deshalb fast zwangsweise in Rekordumsätzen, fulminanten Gewinnen oder weiteren Mega-Deals seinen Niederschlag finden. Die klassischen Verleger hingegen werden, sofern sie sich nicht geschickt in ergiebigen Marktlücken verschanzen können, aufgrund ihrer vergleichsweise geringen Kapitalkraft nach und nach in hartnäckige Krisen schlittern und allmählich aussterben.

■ Die Konzentration muß daher in allen Bereichen automatisch zunehmen: Die machtbewußten Medienmultis werden immer mehr Printobjekte, Hörfunkstationen, TV-Sender oder Filmfirmen an sich reißen und die Meinungsvielfalt auf diese Weise akut gefährden. Die Leser und Fernseher müssen sich in Zukunft mit wenigen Informationskanälen begnügen, denen logischerweise eine enorme Machtfülle zukommen wird. Besonders gefährlich daran ist, daß sie vielfach gar nicht wahrnehmen werden, was die zu erwartende journalistische Einheitsdroge bei ihnen unter Umständen bewirken soll. Die Politiker wiederum könnten — sofern sie es überhaupt wagen, sich mit der vierten Gewalt anzulegen — in eine geradezu bedrohliche Abhängigkeit geraten. Falls sie sich dann aus opportunistischen Motiven mit den Medienkaisern in noch größerem Ausmaß arrangieren als bisher, wäre dies für jeden demokratischen Staat eine Katastrophe ersten Ranges. Es ist nicht anzunehmen, daß die kleinen, ungleich kapitalschwächeren Rivalen der Zampanos die Vielfalt des publizistischen Angebots langfristig gesehen garantieren, weil sie dem eisigen Wind einfach nicht trotzen können. Daher muß wohl insbesondere die Zahl der Tageszeitungen in praktisch allen westlichen Staaten weiterhin abnehmen, und bei den elektronischen Medien sollte es ebenfalls zu einer massiven Strukturbereinigung kommen: Etliche der eben erst gegründeten TV-Kanäle dürften bald wieder von der Bildfläche verschwinden. Auch das breite Spektrum an europäischen Hörfunkprogrammen wird wegen kommerzieller Probleme demnächst Vergangenheit sein.

■ Die medialen Konglomerate werden sich, um die lästigen Kartell-Fesseln in ihrem Heimatland abzustreifen und eine etwaige Marktsättigung zu umgehen, zugleich auf allen Kontinenten engagieren. Sie dürften naturgemäß nichts unversucht lassen, um auch die chancenreichen Wachstumsmärkte der Zukunft aufzurollen, etwa die Länder des pazifischen Beckens, Lateinamerika oder Osteuropa. Kein Politiker und kein Gesetz der Welt kann dann ihre globale Expansion erschweren oder gar stoppen. In manchen Fällen wird es zur totalen Internationalisierung der Top-Objekte kommen, die zu weltberühmten Markennamen werden könnten wie Mercedes, Sony oder Benetton. Solche Printprodukte beispielsweise haben künftig alle Chancen, etwa für international tätige Konsumgüterfirmen zu optimalen Werbeträgern zu werden. Eine Strategie, an der da und dort schon hart gearbeitet wird: Die Londoner *Financial Times* zum Beispiel, die derzeit in vier Druckereien hergestellt wird, aber außerhalb Großbritanniens vorerst bloß 80.000 Exemplare absetzt, plant die Zukunft bereits ganz exakt — in zehn Jahren soll das Blatt auch in Tokio, Singapur, Hongkong, Sydney, Chicago und Genf produziert und auf den dortigen Märkten schwungvoll verkauft werden. *Business Week*, bereits seit Jahren in der Volksrepublik China präsent, versucht sich seit kurzem am sowjetischen und am ungarischen Markt auszubreiten. *Time* oder *Newsweek* wären ebenfalls prädestiniert, demnächst in japanischer, deutscher, spanischer oder französischer Sprache zu erscheinen. Vielleicht könnte es sogar in weiterer Folge irgendwann eine englische Ausgabe des *Spiegel* geben. Das Tempo dieser Entwicklung ist enorm: Was vorerst wie Zukunftsmusik klingt, dürfte noch vor der Jahrtausendwende Realität sein. Jene Blätter jedenfalls, deren Absatzmarkt mehr oder minder die ganze Welt ist, werden den lokalen Matadoren einiges aufzulösen geben.

■ Die Zukunft der Medienbranche wird ganz massiv von einer starken Kommerzialisierung bestimmt: Als vorrangige Ziele müssen Rentabilität, Produktivität und kaufmännische Professionalität folglich weit vor dem Anspruch auf journalistische Qualität rangieren. Die Kosten dürften mit allen Mitteln drastisch gesenkt, die Gewinne ebenso zielstrebig erhöht werden. Für verlegerische Idealisten, die ihren Job verantwortungsbewußt als öffentlichen Auftrag, als Dienst an der Gesellschaft verstehen und andere Prinzipien hochhalten als etwa die Verkäufer von Toilettenpapier, wird künftig wenig Freiraum bleiben. Der Erfolg sollte jenen sicher sein, die mit den größten Reichweiten aufwarten können, deren Objekte am meisten gelesen, gesehen oder gehört werden: Die medialen Geschäftemacher, für die Medien eine Ware wie jede andere sind, dürften daher alles daransetzen, um mit eher anspruchslosen Produkten für die Masse möglichst hohe Vertriebs- und damit Anzeigenerlöse zu erzielen. Sie werden ferner, unter Umständen ohne Skrupel, den Agenturen alle erforderlichen — wenngleich noch so zweifelhaften — Konzessionen zu machen bereit sein, um mit möglichst fetten Werbeeinnahmen ihre Gewinne zu maximieren — und wenn dabei die Sitten gänzlich draufgehen.

Kurzum: Der billige Boulevardjournalismus, der laut Robert Jungk „ein verkürztes Bild der Welt zeichnet“, weil er seine Klientel mit irrelevanten, bruchstückhaften und oberflächlichen „News“ betäubt, darf mit erstklassigen Zukunftschancen rechnen; die großen Meister der Nebensächlichkeiten, etwa *Bild* oder *The Sun*, die primär von vermeintlichen Sensationen, gängigen Perversionen oder gruseligen Indiskretionen leben, brauchen sich keine Sorgen zu machen: Sie finden wohl immer ihre Fans, die hauptsächlich unterhalten werden wollen. Weitaus schlechter hingegen ist es um die Aussichten für jene bestellt, die sich nicht als unermüdliche Sex & Crime-Produzenten verstehen, sondern aktuelle, kritische und fundierte Informationen anbieten wollen; die sogenannten Qualitätsobjekte mit elitärem Kundenstock könnten sich künftig teilweise ziemlich schwertun, um wirtschaftlich ein ihrem sonstigen Status angemessenes Auslangen zu finden — und zwar aus einem einfachen Grund:

■ Sie werden zusehends die Tatsache zu spüren bekommen, daß immer mehr Medienkonsumenten von der gigantischen Informationslawine, die täglich auf sie einstürzt, förmlich überrollt werden. Folglich wollen diese Normalverbraucher im Grunde genommen — eine Art Selbstschutz — so wenig handfeste Informationen aufnehmen wie nur möglich. Ihnen geht es im wesentlichen darum, sich mühelos Gesprächsstoff anzulesen bzw. anzusehen. Sie sind also, um das auf gut ausländisch zu formulieren, overnewsed but underinformed. Die hochgepriesene Informationsgesellschaft scheint völlig überfordert zu sein. Die Krise der Leser, Hörer und Zuseher, die synchron mit einer Krise der Medienmacher stattfindet, läßt makaber deutlich werden, daß die sogenannte Informationsexplosion der vergangenen Jahre nicht viel mehr war als ein simpler Trugschluß: Für viele Zeitgenossen sind zwar die tägliche Überdosis Fernsehen und die gewohnte Tageszeitung so selbstverständlich geworden wie das Automobil, das

Telefon oder der Personalcomputer. Aber in Wahrheit erfahren sie von den Massenmedien immer mehr über immer weniger. Das gewohnte Einheitsmenü, das diese „in Millionen Gehirne hämmern“ (Alvin Toffler) — Kriege, Morde, Katastrophen, Unfälle, Korruption, Skandale, Pleiten etc. —, verursacht bei vielen bereits permanent geistiges Sodbrennen. Mit Ausnahme der Wettervorhersage, des Horoskops, des Kinoprogramms und der Börsenberichte wird nämlich herzlich wenig geboten, mit dem die Durchschnittsbürger etwas anfangen könnten, da es ihnen unmittelbaren Nutzen bringt. Trotz professioneller Nachrichtenshows im Fernsehen oder perfekter Backgroundstorys in Elite-Magazinen nimmt die gezielte Desinformation erschreckende Ausmaße an: Irgendwann ist der Zeitpunkt fällig, zu dem alle alles über nichts wissen werden. Falls Wissen wirklich Macht sein sollte, dann wimmelt es heutzutage geradezu vor Ohnmächtigen. Das hängt primär mit jener tragischen Entwicklung zusammen, die Jacques Ellul als „Erniedrigung des Wortes“ bezeichnet hat: Während die Sprache in der modernen Streß-Gesellschaft kontinuierlich an Bedeutung verliert, sind die visuellen Kommunikationsformen so allgegenwärtig wie niemals zuvor. Die meisten Menschen erwarten folglich von den Medien — was sie freilich niemals eingestehen würden, weil es ihnen meist gar nicht bewußt ist — nicht so sehr die komplizierten, oft schwer verstehbaren, letztlich ermüdenden und womöglich sogar nutzlosen Detailinformationen darüber, was sich in dieser Welt so alles tut, sondern in erster Linie imposante Bilder, neue Eindrücke, optische Reize, emotionelle Impulse. Am ehesten befriedigt die Television diese Sehnsüchte, weil sie Abwechslung bietet, Emotionen weckt und minimale Anforderungen an die Auffassungsgabe der Zuschauer stellt — jeder gräßliche Mord wird am Bildschirm automatisch zur Unterhaltung für Voyeure. Die totale Fernsehgesellschaft, vor der nicht nur Neil Postman oder Joshua Meyrowitz[3]) ungeheure Ängste verspüren, will sich nicht mehr fadisieren, sondern unablässig amüsieren. Deshalb müssen kommerziell orientierte Medien geradezu zwangsweise voll ins Entertainment einsteigen und damit zum gigantischen Animierbetrieb verkommen.

■ Den medialen Bildfabriken der Zukunft werden zwar die geheimsten Wünsche der Konsumenten heilig sein, letztere aber nur noch Mittel zum Zweck. Die geschäftlichen Interessen der Medien-Gladiatoren dürften — nachdem weder die Presse wesentlich mehr Leser noch das Fernsehen entscheidend mehr Zuschauer rekrutieren wird können — im wesentlichen auf jenem Schlachtfeld aufeinanderprallen, das als einziges ewiges Wachstum verspricht: Während die Zeitungsauflagen in den westlichen Industriestaaten scheinbar um die Wette stagnieren, also bestenfalls mäßig ansteigen dürften, und die Zahl der TV-Haushalte nur noch geringfügig zunehmen kann, ist am Werbemarkt nichts von Sättigung zu spüren. Daher werden künftig bei der Presse nicht die Vertriebserlöse und bei TV und Radio schon gar nicht die Teilnehmergebühren die ergiebigsten Geldquellen sein, sondern es wird sich alles um die werblichen Etats der Wirtschaft drehen.

DIE SCHLACHT AM WERBEMARKT

Ausgerechnet jenes westeuropäische Land, in dem die Werbegelder am spärlichsten fließen, kann mit den stolzesten Zuwachsraten protzen: In Portugal betrug das Plus in jedem der vergangenen fünf Jahre zwischen vierzig und knapp über sechzig Prozent — 1989 waren es 54. Auch Griechenland und insbesondere Spanien wollen das Arme-Leute-Image möglichst rasch ablegen: Die dortigen Medien dürfen sich alljährlich über sagenhafte Zuwächse freuen. In den meisten anderen Staaten, etwa in Österreich, England, Frankreich, Finnland oder Italien, konnten sich die Reklamemacher zuletzt nominell immerhin um zehn bis achtzehn Prozent steigern — womit real, also nach Abzug der Tarifsteigerungen, ein Plus von etwa acht bis zehn Prozent übrigblieb. Etwas weniger Grund zum Jubeln hatten die Deutschen und die Schweizer, wo die Agenturen anscheinend auf der Bremse standen. In Norwegen und Holland kam es in jüngerer Vergangenheit sogar zu einem empfindlichen Rückschlag[4]).

An dieser Stelle ist ein zarter Hinweis angebracht, die landesweisen Statistiken nicht allzu tierisch ernst zu nehmen, sondern als grobe Orientierungshilfe zu begreifen. Das teilweise nach völlig unterschiedlichen Kriterien erstellte Zahlenmaterial ist nämlich kaum miteinander vergleichbar: Manchmal handelt sich bloß um die Einschalt-, sprich Streukosten, in anderen Fällen sind auch die Werbematerialkosten, etwa für Druck oder Produktion, inkludiert, fallweise sogar die werblichen Verwaltungskosten, also Entgelte für Agenturen oder Werbeberater sowie der Eigenaufwand. Vielfach werden die Prinzipien, auf denen die Übersichten beruhen, erst gar nicht eigens angegeben, was die Sache nicht nur komplizierter, sondern auch kurioser werden läßt.

Die Aussichten, daß es mit den Werbeausgaben europaweit auf die flotte Tour weitergehen wird, sind jedoch trotz statistischem Chaos durchaus hervorragend: Speziell die Nachzügler — jene Länder, wo die werblichen Aufwendungen so wie in Portugal oder Griechenland noch erschreckend niedrig sind — sollten bald massiv an Terrain gewinnen. Spanien, laut Saatchi & Saatchi der am schnellsten wachsende Werbemarkt Europas, gilt als Geheimtip schlechthin und hat Italien, wo für die kommenden Jahre ein Anstieg von zwölf, dreizehn Prozent per anno angesagt ist, bereits überholt. Die Werbung gewinnt natürlich auch in den werblich hochentwickelten Staaten ständig an Bedeutung, was sich unter anderem an folgendem Beispiel zeigt: In England, wo sie 1987 erst 1,1 Prozent zum Bruttonationalprodukt beigetragen hatte, schaffte sie 1988 schon 1,6 Prozent. Ihr Anteil an der wirtschaftlichen Gesamtleistung stieg auch in beinahe allen anderen Ländern merklich an, desgleichen die Pro-Kopf-Werbeausgaben.

Die Medien dürfen sich also auf fette Zeiten freuen: Im westlichen Europa ging es für sie 1988 insgesamt um einen Pott von 38 Milliarden Dollar, 1992 werden ihnen, seriösen Prognosen gemäß, bereits mindestens sechzig Milliarden Dollar zur Verfügung stehen. Print- und Funkmedien, die als Dinosaurier die Werbeträger Plakat und Kino beinahe erdrücken, können sich allerdings gleichermaßen auf einen aufreibenden Kampf um die Vorherrschaft gefaßt machen:

■ Die Fernsehanstalten liegen derzeit in den werblich unterentwickelten Staaten, aber auch in Italien klar in Front[5]). In Frankreich, den Niederlanden oder Belgien hingegen stecken sie anteilsmäßig weniger als ein Viertel und in der Schweiz nur 6,7 Prozent des gesamten Werbekuchens ein[6]).
■ Die Printmedien wiederum, insbesondere die Tageszeitungen, räumen traditionellerweise auf allen blühenden Werbemärkten mehr ab, etwa in England, Deutschland und in der Schweiz. Logischerweise halten sie auch in jenen Ländern traumhafte Marktanteile, wo TV-Werbung bislang nicht gestattet war/ist, so in Norwegen, Schweden, Dänemark und Finnland. Sie sichern sich dort bis zu 96 Prozent aller auf die Medien entfallenden Werbegelder (Beispiel: Schweden), zumindest aber rund die Hälfte (Beispiele: Österreich und Spanien).
■ Der Hörfunk ist nahezu überall das Stiefkind der Agenturen und deshalb in jeder Statistik weit abgeschlagen: Für ihn fallen — mit Ausnahme von Österreich, Portugal und Spanien, wo es mehr als zehn sind — überall lediglich ein paar Prozent Marktanteil ab. Die Summen, die in Plakat- bzw. Kinowerbung investiert werden, sind in der Regel eine vernachlässigbare Größe.

Der Status quo bei den Kräfteverhältnissen dürfte sich aber in absehbarer Zeit nicht unwesentlich verändern: Auch wenn die Radiobranche von 1987 auf 1988 in einigen Ländern sagenhafte Zuwächse verzeichnet hat — in Finnland 81, in Griechenland 79 Prozent —, scheint der Hase, generell gesehen, zugunsten des Fernsehens zu laufen. 1988 wuchs die TV-Werbung beispielsweise in Frankreich, Italien, in der früheren Bundesrepublik und der Schweiz ungleich eindrucksvoller als die übrigen Werbeträger. Merkwürdigerweise setzte sie, abgesehen von Österreich, prozentuell gerade dort etwas weniger als alle anderen Werbeträger zu, wo sie unangefochten in Führung liegt — in Portugal und Griechenland[7]). Die neu auftauchenden Kommerzsender, die meist mit aggressiven Methoden um Kunden kämpfen, beschleunigen jedenfalls überall die deutliche Umschichtung der Werbegelder zu Lasten der Printmedien.

Vieles deutet darauf hin, daß es beim TV im gewohnten, atemberaubenden Tempo weitergehen wird: Seit 1978 sind seine Werbeeinnahmen alles in allem beinahe um das Fünffache, auf 15,5 Milliarden Dollar, emporgeschnellt, 1991 könnten es bereits achtzehn sein. In Westdeutschland haben sie sich im vergangenen Jahrzehnt zwar bloß verdoppelt, dafür stiegen sie in Italien, wo die Zuseher den penetranten Werbeterror am Bildschirm bereits satt haben, ebenso wie in Spanien gleich um das Zehnfache. Eine ähnliche Dynamik ist ab sofort dort fällig, wo TV-Spots bislang tabu waren: In Dänemark etwa werden die werblichen Erlöse des Fernsehens bis 1991 von null auf 600 Millionen Kronen explodieren.

Während die TV-Anstalten eindeutig Rückenwind spüren, müssen die Verleger, die zuletzt recht unterschiedliche Erfahrungen gemacht haben, um ihre Position eifrig zittern: Einerseits nahmen die Werbeerlöse der Tageszeitungen in den vergangenen Jahren in Italien, Holland oder Finnland und jene der Publikumszeitschriften in Österreich und Griechenland zwar beträchtlich zu. Anderseits brachte aber etwa die deutsche Presse insgesamt nur wenig weiter, in Holland und Norwegen mußten die Magazine bzw. Illustrierten sogar herbe Rückschläge hinnehmen.

Insgesamt sacken die Printmedien in Ländern, wo sie traditionellerweise stark sind, anteilsmäßig tendenziell ab — Beispiele: BRD, Finnland oder

Norwegen. Dort, wo sie relativ schwach sind, konnten sie allerdings zu Lasten des Fernsehens deutlich vorpreschen — gemeint sind Portugal und Griechenland. Für das Fernsehen lief es kurioserweise genau umgekehrt. Zum Leidwesen der Werbepropheten zeichnet sich somit europaweit kein einheitlicher Trend ab.

In der **BUNDESREPUBLIK**, wo 1989 von insgesamt 36,9 Milliarden Mark netto 22,6 auf Werbung in den Medien entfielen, ist laut Vorschau des Prognos-Instituts bis zur Jahrtausendwende folgende Tendenz zu erwarten[8]): Die Printbranche, die 1985 noch stolze 64 Prozent der Nettowerbeumsätze auf sich vereint hatte, könnte im Jahr 2000 bloß 59 Prozent halten. Die elektronische Konkurrenz wird sich bis dahin vermutlich von elf auf zwanzig Prozent verbessern. In den Kassen der TV-Werber dürften sich dann etwas mehr als sieben Milliarden Mark ansammeln, wovon fünf den öffentlich-rechtlichen und die restlichen zwei den privaten Anstalten zugute kämen. Die deutschen Kommerzsender würden demnach ihren Anteil in den kommenden zehn Jahren von fünfzehn auf dreißig Prozent ausbauen.

In **FRANKREICH** sollten die TV-Werbeerlöse laut Prognose der zuständigen Auguren bis 1992 von 12,1 (1989) auf achtzehn Milliarden Francs ansteigen, was anteilsmäßig eine Ausweitung von 26 auf mehr als 30 Prozent bedeuten würde. Nur: Selbst das wird für die zwei staatlichen und drei privaten Anstalten kaum reichen. Insbesondere *La Cinq* und *M 6* dürften daher finanziell einigermaßen in Turbulenzen geraten.

In **ENGLAND** schließlich ist gemäß Saatchi & Saatchi mit einer weiteren Erhöhung des Werbeaufwands zu rechnen — 1991 um rund acht Prozent —, aber ob die Presse und die neuen TV-Kanäle damit das Auslangen finden werden, ist noch offen.

Wie der intermediale Wettstreit zwischen Print und Funk in Europa enden wird, hängt von zahllosen Imponderabilien ab — dazu gehören die konjunkturelle Großwetterlage ebenso wie jene gesetzlichen Rahmenbedingungen für das grenzüberschreitende Fernsehen, die von der EG und vom Europarat erlassen werden. Obendrein ist es derzeit etwa völlig ungewiß, wie sich die privaten Kommerzsender schlagen und ob die staatlichen Anstalten bei ihrem Kampf um mehr TV-Werbezeiten erfolgreich sein werden. Die Frage, wer künftig zu den Siegern und wer zu den Verlierern zählt, wird primär von jenen zu beantworten sein, die an den einschlägigen Schaltstellen sitzen und Milliarden an Werbegeldern verteilen.

Weltweit entscheiden großteils 25.000 Agenturen[9]) darüber, wo die annähernd 200 Milliarden Dollar landen, die derzeit pro Jahr für klassische Medienwerbung ausgegeben werden — eine Summe übrigens, die etwa den addierten Umsätzen der Ölmultis Exxon, Mobil, Shell und Amoco oder dem Bruttonationalprodukt der Schweiz entspricht. Ein Viertel davon wird von lediglich fünf monströsen Agenturketten aufgeteilt — eine derart gewaltige Konzentration ist nicht einmal in der Medienbranche zu finden. Die Top Five, bis vor kurzem angeführt von der Londoner Mega-Gruppe Saatchi & Saatchi, sind die absoluten Helden einer als etwas verrückt geltenden, auf alle Fälle aber rekordsüchtigen Schickimicki-Branche, die sich total dem kreativen Kommerz verschrieben hat: Die von New York aus gesteuerte American Interpublic Group beispielsweise, eine Holdinggesellschaft, der die Agenturen McCann-Erickson oder Lintas Worldwide untergeordnet sind, ragt auf diesem globalen Markt der professionellen Imagemacher ebenso heraus wie die Omnicon Group, die 1986 aus der Fusion von drei Werbekonzernen hervorgegangen ist[10]). Obzwar die englische WPP Group kürzlich für aufregende Schlagzeilen sorgte und überfallsartig an die Spitze vorstieß, und wenngleich die weltgrößte Einzelagentur in Tokio daheim ist — der fernöstliche Mammut Dentsu betreut ein Etatvolumen von zehn Milliarden Dollar —, so beherrschen traditionellerweise die genialen Werbe-Gurus amerikanischer Provenienz weltweit die Szene. In Europa spielen sie mit ihren engmaschigen Filialnetzen bis auf wenige Ausnahmen alle nationalen Konkurrenten elegant an die Wand:

— Young & Rubicam etwa, rund um den Globus mit 4.000 Angestellten in 160 Büros vertreten, zählt in der BRD, Italien, Norwegen, Schweden und den Niederlanden zu den führenden Slogan-Erfindern;
— McCann-Erickson ist in Portugal, Finnland und Belgien die Nummer eins, aber auch in Deutschland, Italien, Spanien, Schweden und der Schweiz im Spitzenfeld zu finden;
— Lintas, der Marktleader in Deutschland und Spanien, erzielt rund vierzig Prozent von vier Milliarden Dollar Weltumsatz in Europa, wo sich die Firma in Österreich, Griechenland, Portugal und Holland besonders hervortun kann;
— BBDO liegt in Holland voran und in Deutschland, Spanien sowie in Dänemark bestens im Rennen;
— J. Walter Thompson dominiert in Griechenland eindeutig und schlägt sich auch in England, Italien, Spanien bzw. Portugal ausgezeichnet;
— Ogilvy & Mather schließlich rangiert in den Beneluxstaaten, in Großbritannien und in Norwegen unter den Besten.

Die beiden zuletzt genannten Agenturen gehören zwar zweifellos zu den werblichen Denkmälern der New Yorker Madison Avenue, dem Mekka der Werber schlechthin, aber seit geraumer Zeit müssen sie nach der Pfeife eines ausländischen Finanzgenies tanzen: Der Brite Martin Sorrell, Chairman der Londoner WPP Group, hatte sich im Juli 1987 für 566 Millionen Dollar die leicht angeschlagene, aber traditionsreiche Agentur J. Walter Thompson gesichert und schlug im Mai 1989 bei Ogilvy & Mather ein zweites Mal zu. Diesmal kostete die Neuerwerbung 864 Millionen Dollar. Der frühere Finanzdirektor von Saatchi & Saatchi, der erst seit knapp fünf Jahren sein eigener Chef ist, konnte sich damit in einem atemberaubenden Tempo zum mächtigsten Werbe-Cäsar der Welt krönen — ein unscheinbarer, 45jähriger Familienvater als Goliath in einem Gewerbe, in dem laut *Times* „extravagante und überschwengliche Personen dominieren“. Sorrell wurde schlagartig zum Herrn über 22.000 Mitarbeiter, 645 Büros rund um die Welt sowie 16 Milliarden Werbe-Dollar. Der Sohn eines jüdischen Londoner Elektrohändlers übertrifft damit seine ehemaligen Arbeitgeber glatt.

Das Londoner Brüderpaar Charles und Maurice Saatchi ist seit 1970 in der Werbung tätig, achtzehn Jahre lang unheimlich erfolgreich gewesen und scheinbar mühelos an die Spitze der Branche vorgestoßen. Dann waren die beiden plötzlich mit gewaltigen Problemen konfrontiert, die letztlich zu ihrem Ausstieg aus dem Management führten: Der Konzern, der derzeit 17.000 Angestellte in 58 Ländern beschäftigt und einen illustren Kundenkreis von British Airways bis Maggy Thatcher betreut, mußte dringend einige zweifelhafte Deals der Vergangenheit verdauen. Die Saatchis hatten nach Dorland, Compton oder Backer Spielvogel 1986 auch die Firma Ted Bates erstanden — und zwar für einen Irrsinnspreis — und obendrein voll auf

Diversifikation gesetzt: Innerhalb von vier Jahren vergrößerten sie sich um nicht weniger als 24 Consultingfirmen. Diese Strategie scheint nicht gerade genial gewesen zu sein: Die Umsätze stiegen zwar ebenso wie die Kosten, doch die Gewinne sowie die Aktienkurse sackten 1989 dramatisch ab — eine harte Sache für jemand, der den Profit um durchschnittlich hundert Prozent per anno zu pushen gewohnt war. Die Brüder mußten sich daher prompt entschließen, den Bereich Consulting wieder zu veräußern, sich künftig voll aufs Stammgeschäft zu konzentrieren und letztlich ihren Abgang zu vollziehen.

Die ehrgeizigsten Verfolger der englischen Top-Agenturen setzen alles daran, um die Abstände zu verringern: So wie in der Medienbranche kam es besonders in den vergangenen zwei, drei Jahren auch unter den Werbern zu etlichen spektakulären Mergers und Joint-ventures, die mehrere Superketten entstehen ließen. Zwei Beispiele: In Italien etwa formierten sich die Firmen Publicis, FCB und MAC zur Publicis-FCB-MAC, die über Nacht zur größten Italo-Agentur aufstieg; in Frankreich wiederum fand Havas/Eurocom zunächst in Young & Rubicam sowie Dentsu kongeniale Partner zwecks Gründung von HDM International, um in weiterer Folge gemeinsam mit der britischen WCRS Group das weltweite EWDB-Network aus dem Boden zu stampfen.

Die internationalen Werbe-Riesen verstehen sich zusehends als Gegengewichte zu den internationalen Medien-Riesen: Eine Weltagentur redet sich eben leichter mit einem Murdoch, der in England 34 Prozent der Tagespresse kontrolliert, und wird es auch als Partner von Hachette, Rizzoli oder Bonnier einfacher haben. Die werblichen Muskelpakete finden aber zugleich bei ihrer Kundschaft mehr Akzeptanz als etwa ein Drei-Mann-Büro. Schließlich sind die potentesten Auftraggeber ebenfalls durchwegs überdimensionale Großkonzerne: In den USA brillieren alljährlich die Wasch-mittelfirma Procter & Gamble, der Zigarettenproduzent Philip Morris, die Unilever-Gruppe, die Automobilhersteller General Motors und Ford, ferner Pepsi-Cola, Coca-Cola, Nestlé sowie McDonald's oder Mars mit den glanzvollsten Werbeetats — P & G etwa ist die Präsenz in der Öffentlichkeit mehr als zwei Milliarden Dollar wert. 1989 ließen die acht amerikanischen Superwerber den Medien rund zehn Milliarden Dollar zufließen — fast ein Zehntel des US-Werbekuchens. Von den japanischen Konzernen verteilen Matsushita Electric, Nissan, Toyota, Honda, Mitsubishi, Hitachi und NEC die üppigsten Etats.

In Europa schließlich erweisen sich die Multis Procter & Gamble und Unilever als unschlagbar. Die Autoproduzenten Fiat, Renault, VW, Opel oder Ford sowie andere bekannte Wirtschaftsgrößen, wie Henkel, Nestlé, Philips, L'Oréal oder Masterfoods, folgen auf den Plätzen. Im jeweiligen Stammland drehen Firmen wie der französische Nahrungsmittelkonzern B.S.N., die deutsche C&A-Brenninkmeyer-Gruppe, die holländische Bierfirma Heineken, die österreichische Supermarktkette Billa oder die Fluglinie British Airways kräftig auf. Auch öffentliche Auftraggeber pumpen bisweilen enorme Beträge in die Werbung, etwa die Deutsche Bundespost, British Telecom, die belgische Regierung oder das portugiesische Finanzministerium.

Die werbungtreibenden Großkonzerne verbindet zwar sowohl mit den Ideenfabrikanten als auch mit den werblichen Transporteuren ein gemeinsames Ziel — Werbung zu kreieren und zu verbreiten —, doch in der Praxis haben alle aus der Natur der Sache heraus völlig unterschiedliche Interessen. Natürlich geht es dabei prinzipiell ums Geld:

— Die Agenturen, die allzeit um die Gunst der besten Kunden kämpfen, wollen für ihre Kreativität nicht nur hohe Honorare sehen, sondern ihre Mittlerrolle auch durch die üblichen — also fetten — Provisionen abgegolten wissen.
— Die Medien, die unentwegt um die Gunst der besten Agenturen kämpfen, möchten in erster Linie möglichst viele Aufträge zu möglichst hohen Tarifen einheimsen, aber in der Regel kaum die diversen, als ein bißchen obszön geltenden Sonderwünsche der Gegenseite erfüllen — etwa modische Werbeformen wie Sponsorship, PR-Artikel, Product Placement und sonstige Schleichwerbung.
— Die werbungtreibenden Auftraggeber, die pausenlos um mehr Kundschaft kämpfen, sind hingegen bestrebt, möglichst umfassende Leistungen zu möglichst geringen Kosten zu bekommen und noch dazu auf die eine oder andere Weise ihren Einfluß auf die Medien geltend zu machen.

Die Folgen in diesem delikaten Spiel, bei dem keiner ausscheren kann, weil jeder jeden braucht, sind ein ewiges Feilschen um Sonderkonditionen und Agenturprovisionen, wobei alle Seiten ihre Trümpfe auszuspielen verstehen und ihre Position zu stärken versuchen. Diese wüsten Methoden sollten künftig grauenhafte Ausmaße annehmen und allen Beteiligten noch einiges Kopfzerbrechen bescheren. Sie könnten sogar einen massiven Umbruch am Werbemarkt einleiten.

Die cleversten Agenturen haben bereits gemeinsame Einkaufsorganisationen gegründet, um sich für die Zukunft besser zu wappnen. Diese nehmen die Anzeigenschaltung und Buchung von Werbespots in TV und Radio, welt- oder europaweit, gleich für mehrere Ketten vor und bringen es damit auf eine ungeheure Einkaufspower. Sie bündeln also ihre Orders und können, statt wie bisher bloß kundenbezogene Nachlässe zu verlangen, was zum Beispiel in Deutschland üblich ist, gleich ordentliche Kombirabatte herausschinden, was etwa in Frankreich, Italien und Großbritannien bereits selbstverständlich ist. Diese Einkaufslokomotiven, die sich auf Media Buying spezialisiert haben, heißen beispielsweise Carat Espace[11]) oder Zenith[12]), The Media Partnership (TMP) oder Publi Media International (PMI) und könnten in absehbarer Zeit eine Kettenreaktion auslösen:

Wenn sich immer mehr Agenturen zusammenschließen, dank ihrer besseren Verhandlungsposition die Verlage zusehends zum Schleudern bringen und die Preise allmählich komplett ruinieren, um sich finanzielle Vorteile zu erkämpfen, dann ist dies in mehrfacher Hinsicht ein erschreckender Trend: für die Medien ohnehin, aber auch für die Kunden, denen wohl nicht jeder Bonus automatisch zugute kommen wird. Die Lust, die Preise zu drücken, könnte daher seuchenartig auf die mißtrauisch gewordenen Auftraggeber übergreifen und zu guter Letzt für die Agenturen fatale Folgen zeitigen.

Insbesondere den Kleineren würden die rauhen Sitten in dieser geldbesessenen Branche arg zu schaffen machen. Sie dürften mehr und mehr auf lokale Miniatur-Etats reduziert werden und es weder finanziell noch nervlich verkraften, laufend Präsentationen gegen kapitalstärkere Mitbewerber zu verlieren. Die Großagenturen wiederum müssen sich auf kurzlebigere Geschäftsbeziehungen einstellen, denn das Etat-Karussell könnte schneller als gewohnt rotieren: So mancher Kunde wird, sobald er bessere Konditionen wittert, einfach zum nächsten Werbeberater wechseln. Wenn Geld, wie es den Anschein hat, die ausschlaggebende Rolle spielt, dann dürfte allmählich die Ära der Kreativen zu Ende gehen und das allgemeine Niveau der Werbung letztlich drastisch sinken.

Am magischen Dreieck — Werbetreibende, Werbeagenturen, Werbeträger — wird sich aber in Hinkunft mit einiger Sicherheit noch mehr verändern. Zum Beispiel sollten die Eckpunkte einander immer näherkommen:

- Die mächtigen Agenturen, die künftig weder die internationalen noch die überregionalen Werbe-Happen freiwillig den Mini-Konkurrenten überlassen werden — diesen bleiben lediglich die Abfälle —, dürften unweigerlich mehr Einfluß auf die von ihrem Goodwill angewiesenen Medien gewinnen. Sie werden sich letztlich mehr als bislang üblich bei diesen einkaufen und etwa selber als Verleger von Publikumszeitschriften in Aktion treten.
- Die Medienzaren dagegen werden sich entweder an interessanten Agenturen beteiligen, was zum Beispiel das einstmals heftige Interesse von Robert Maxwell oder Silvio Berlusconi an Saatchi & Saatchi-Aktien belegt; oder so wie der italienische TV-König eigene Werbetöchter gründen, um ihre Sender bei der Vergabe der Millionen bevorzugen zu können; oder aber, wie der Printkonzern Hachette das mit der Werbegesellschaft Interdéco vorführt, international verwurzelte Anzeigenorganisationen etablieren, die für alle ihre Objekte auf Teufel komm raus Inserate akquirieren[13]).
- Die größten Auftraggeber könnten allmählich, dem Beispiel von Pionieren wie Fiat oder L'Oréal folgend, ebenfalls auf den Geschmack kommen und sich sowohl bei Agenturen als auch bei Medien kapitalmäßig engagieren. Es müßten ja beispielsweise nicht gleich, wie beim italienischen Autokonzern, eine gewaltige Werbefirma und eine führende Tageszeitung sein — das wäre manchen unter Umständen aus politischen Gründen zu riskant. Aber bisweilen werden es auch unverfängliche Objekte wie beispielsweise Frauenzeitschriften tun, die für Schmuckhersteller, Parfumfirmen oder Modemacher als Werbeträger nicht unbedeutend und obendrein keine schlechte Geldanlage wären.

Resümee: Die diversen Medien werden sich um die Etats der Werberiesen sehr bemühen müssen und dabei um so erfolgreicher sein, je mehr sie die Vermittlung von Slogans und bunten Bildern zu ihrer Hauptaufgabe machen. Wenn dann eines Tages die Texte in Zeitschriften nur noch die notwendige Garnierung der auffälligen Inserate sein werden und im spannendsten Moment eines TV-Krimis der Milka-Slogan „Die schönsten Pausen sind lila" eingeblendet werden wird, dann bleiben mit Sicherheit jene auf der Strecke, für die der mediale Zirkus inszeniert wird — die Konsumenten.

DAS FAZIT DER ZUKUNFT

Wir sind nunmehr an der Stelle angelangt, an der sich eine präzise, aber kurze Vorschau auf das Jahr 2000 abgeben läßt. Allgemein läßt sich ziemlich risikolos prophezeien — ohne auf die fälligen technischen Umwälzungen näher einzugehen, die ein eigenes Buch füllen würden —, daß sich sowohl die Medien als auch die Medienlandschaft im kommenden Jahrzehnt ungleich stärker verändern werden, als dies in den vergangenen dreißig Jahren der Fall war. Im Detail muß jede derartige Prognose naturgemäß sehr subjektiv und in gleichem Maße bruchstückhaft ausfallen, weil es gilt, in wenigen Sätzen eine ungemein komplexe Entwicklung voller geheimnisvoller Unbekannter zu beschreiben — noch dazu im voraus. Wir wollen dennoch das Kunststück versuchen, in zehn überschaubaren Punkten möglichst exakt zu skizzieren, was der Medienbranche bis zum Jahr 2000 alles bevorsteht.

■ Die Tageszeitungen werden sich ausgezeichnet schlagen — jenen zum Trotz, die genüßlich den Niedergang aller Printmedien anzukündigen pflegen. Die erfolgreichen Blätter sind künftig an vielen Farbfotos, hübschen Layouts, ansprechenden Illustrationen und etlichen Supplements zu erkennen. Sie werden allesamt in für heutige Begriffe erstaunlich vielen regionalen Ausgaben erscheinen, um auch dem lokalen Informationsbedarf der Leser abzuhelfen. Manche könnten sogar — im Vergleich zu jetzt — aktueller, stilistisch besser, origineller und bissiger sein. Erfolglose Titel indes sind hier kein Thema, weil es sie künftig nicht geben wird: Die derzeit defizitären Gazetten dürften nämlich geschlossen dem kommenden Strukturwandel zum Opfer fallen. Am besten werden in Hinkunft mit Sicherheit die landesweiten Auflagenrenner verdienen — der Boulevard ist groß im Kommen —, aber neben ihnen bleibt Platz für qualitativ hochstehende, seriöse Blätter. Diese werden, eher überregional als regional verbreitet, primär für tagesaktuelle Informationen aus Politik, Wirtschaft und Kultur zuständig sein und diesbezüglich das Fernsehen weitgehend überflüssig machen. Obzwar der Tagespresse die Kompetenz nicht streitig zu machen ist, das Newsmedium zu sein, wird sie sich aber durchwegs stärker als bisher auch um unterhaltende Elemente bemühen müssen. Das kleiner werdende Sortiment an Titeln dürfte vielfach größere Reichweiten bedingen, so daß die Werbewirtschaft weiterhin um Tageszeitungen nicht herumkommen wird — im Gegenteil: Diese können dank ihrer hohen Druckqualität künftig auch mit bislang den Zeitschriften vorbehaltenen Farbanzeigen rechnen. Der übliche Konkurrenzkampf in der Branche sollte schließlich relativ überschaubar bleiben und von ehrgeizigen Neulingen kaum angeheizt werden: Die Gründung weiterer Gazetten ist nämlich in nahezu allen Ländern eher unwahrscheinlich, weil die Markteintrittsgebühren unheimlich hoch und gleichzeitig die Überlebenschancen fast überall gespenstisch klein sind.

■ Die Wochenzeitungen dürften sich einigermaßen schwertun, weil sie nunmehr von drei Seiten in die Zange genommen werden: einerseits von der Tagespresse, die aktueller sein kann als sie; anderseits von den Gratisblättern, die — wenn schon ohne andere Vorzüge — zumindest kostenlos sind; schließlich von den Zeitschriften, die hübscher anzusehen und noch dazu vielseitiger ausgerichtet sind. Die Chancen von herkömmlichen Wochenzeitungen auf regionaler/lokaler Ebene sind daher — wiewohl diese Art der Information zweifellos gefragt sein wird — künftig sehr begrenzt. Wenn sie sich indes landesweit durchsetzen wollen, dann müssen sie entweder besonders wenig oder besonders viel Niveau bieten. Am unteren Ende werden revueähnliche Allround-Gazetten mit Massenauflagen stehen, am oberen meinungsbildende Intelligenzblätter, deren Stärke fundierte Backgroundstorys, Analysen bzw. Kommentare und weniger die Reichweiten sind. Aber nur in seltenen Fällen werden sich Wochenzeitungen derartiger

Beliebtheit bei den Lesern erfreuen, daß sie auch bei den Werbeagenturen auf besondere Gegenliebe stoßen.

■ Die Zeitschriften sind zweifellos jenes Segment am Printmarkt, wo sich am meisten ereignen sollte — im Positiven wie im Negativen. Es wird in diesem Bereich, dem die Aufmerksamkeit der Werbeagenturen sicherer als bislang sein dürfte, ein ständiges Kommen und Gehen zu verzeichnen sein. Trotz der spärlich vorhandenen Marktlücken — eine der letzten wurde mit mehreren Reisemagazinen geschlossen —, und trotz der beachtlichen Sättigung in den meisten Bereichen — die Palette an Computerheften beispielsweise ist praktisch unüberblickbar geworden —, dürften sich noch zahllose Newcomer in die Branche drängen. Manche werden wie Kometen aufsteigen und rasch reich werden, andere wieder sogleich abstürzen und blitzartig verarmen. Von den derzeit etablierten Objekten könnte das eine oder andere ebenfalls bald auf der Abschußliste stehen. Die Aussichten sind recht unterschiedlich: Im allgemeinen kann etwa bei arrivierten, gut gemachten Nachrichten- und Wirtschaftsmagazinen nicht viel schiefgehen; weniger gut gemachte müssen allerdings sehr wohl zittern. TV-Illus, Frauen-, Auto- oder Modezeitschriften werden, sowohl in der Hochpreis- als in der Billigkategorie, immer ihre Leser finden. Aber auch sie sind vor Auflageneinbrüchen und sonstigen Enttäuschungen nicht gefeit. Mit Zielgruppen- oder Special-Interest-Zeitschriften wäre in Zukunft noch der eine oder andere Volltreffer möglich. Weniger gut sieht es derzeit für die klassischen Wald- und Wiesen-Illustrierten sowie für Sport-, Film- oder Popmagazine aus, weil diese Bereiche vom Fernsehen bestens abgedeckt sind. Völlig chancenlos dürften vermutlich Kunst-, Kultur-, Theater- oder Ökologiezeitschriften sein. Dieses Genre kann erfahrungsgemäß weder genügend Leser noch die Werbeleute begeistern.

■ Die Gratiszeitungen haben zweifellos Zukunft: Sie werden attraktiver, bunter, voluminöser, aber journalistisch leider nicht wesentlich besser sein. Trotzdem ist ihr Höhenflug wahrscheinlich nicht zu stoppen. Dank größerer Auflagen und kürzerer Erscheinungsintervalle — manche werden zwei-, dreimal pro Woche, ganz wenige sogar täglich am Markt sein — dürften sie speziell den lokalen/regionalen Wochenblättern eine Menge Inserate abspenstig und folglich respektable Profite machen. Sie werden heftig, auch auf internationaler Basis, kooperieren, um zum einen Know-how zu sammeln und sich besser vermarkten zu können. Zum zweiten könnten sie sich zu Spezialisten am Boulevard entwickeln. Ihre Leser werden im redaktionellen Teil neben dem erforderlichen Lokalkolorit auch jene — von eigens gegründeten Schreibagenturen im Fließbandverfahren hergestellten — knalligen Herz-Schmerz-Storys finden bzw. mit wachsender Begeisterung willig konsumieren, für die sie einstweilen noch zahlen müssen.

■ Die Fachzeitschriften, jene kuriose Titelsammlung, die in allen Ländern von den Fleischer-News bis zum Bestattungs-Express reicht, sind in hohem Maße chancenlos. Journalistisch in der Regel viel zu schwach, um als branchenorientierte Informationsorgane ernst genommen zu werden, fehlt es ihnen an Reichweite, um als Werbemedium reüssieren zu können. Zahllose Pleiten werden unabwendbar sein, und nur die Tüchtigsten sollten überleben. Den einschlägigen Verlegern ist anzuraten, dieses Metier getrost, aber vor allem rechtzeitig zu vergessen — es gibt gottlob noch etliche andere Branchen, wo viel Geld zu machen ist. Wer von ihnen bis zum Jahre 2000 noch immer nichts Zukunftsträchtiges gefunden hat, der wird sehr gefällig sein müssen, um dann von Gefälligkeitsinseraten halbwegs passabel leben zu können. Jene Informationen, die man über die eigene Branche unbedingt benötigt, wird man in absehbarer Zeit vermutlich am Computer abrufen.

■ Der Hörfunk kann sich auf schwere Zeiten gefaßt machen: In einigen Ländern muß es zunächst einmal unter den privaten Sendern zwangsweise zu einem Massensterben kommen, weil lokale Stationen bei massiver Konkurrenz kaum wirtschaftlich geführt werden können. Trotzdem wird die Vielfalt an Radioprogrammen in Zukunft beachtlich sein. Aber genau das könnte zum Problem werden: Selbst die treuesten Hörer werden den identischen Musikeintopf mit der Zeit satt bekommen und aussteigen. Wer ein bißchen Information sucht, der dürfte dann zur Tageszeitung greifen; wer sich unterhalten will, der kann vom Bildschirm ungleich mehr erwarten. Die Radiowerbung wird demnach stets in bescheidenen Dimensionen bleiben, weil die Reichweiten sukzessive sinken werden. Mit wenigen Ausnahmen — ein paar landesweit empfangbare Sender pro Land wären denkbar — werden jene Programme langfristig Sieger bleiben, die nicht unbedingt dem eiskalten Wettbewerb standhalten müssen. Nämlich die öffentlich-rechtlichen, die sich zur Zeit ziemlich in der Defensive befinden.

■ Das Kabel und der Satellit werden sich, wenn auch nicht so rasch wie ursprünglich geplant, durchsetzen. Der ganz große Durchbruch läßt allerdings auf sich warten: Er ist erst im kommenden Jahrtausend fällig. Trotzdem sollten fünfzehn bis zwanzig Kanäle in jedem Land schon bald eine Selbstverständlichkeit sein — wenngleich manche davon in einer Sprache ausgestrahlt werden, die vielen Zusehern unverständlich ist. Thematische Schwerpunkte beim Satelliten-TV werden sein: Jugend/Musik, Sport, Filme, generelle Unterhaltung für die Familie und unter Umständen News/Informationen. Die kommerzielle Situation dieser zielgruppenorientierten Spartenprogramme wird weitgehend von jenen europäischen TV-Grundsatzordnungen abhängen, die seit langem von der EG-Kommission und vom Europarat ausgetüftelt werden[14]). Falls diese Vorgaben allzu streng ausfallen und die Werbung rigoros einengen sollten, dann würde das laut einer Studie von Booz Allen & Hamilton eine jährliche Einbuße von 800 Millionen Ecu und den Verlust von bis zu 10.000 Arbeitsplätzen bedeuten.

■ Das Fernsehen wird für die Freizeitgesellschaft des 21. Jahrhunderts das beliebteste Medium sein, in erster Linie zuständig für die Unterhaltung des Publikums rund um die Uhr, aber nur in geringem Maß für Information. Die große Auswahl an Programmen und die längeren Sendezeiten — laut einer Studie der Prognos AG in Basel wird sich das europaweite TV-Angebot an Unterhaltung bis zum Jahr 2000 auf 60.000 Stunden per anno verdoppeln — müssen indes zwangsweise zu einer gefährlichen Nivellierung führen: So etwa kann die Qualität des Angebots eigentlich nur sinken, und keine Anstalt wird sich besondere Verdienste um die Hebung der landesweiten Intelligenzquotienten erwerben können. Der kräftige Nachfrageschub bei Film-, Fernseh- und Videoprogrammen aller Art schafft zwar im Prinzip eine völlig neue Wettbewerbssituation und obendrein gewaltige Chancen für Autoren, Produzenten, Veranstalter und Endauswerter. In der Praxis allerdings nähert sich die allgemeine Verunsicherung unter den Hauptakteuren der TV-Industrie ihrem Höhepunkt. Der Stoff, aus dem das Fernsehen ist, wird nämlich ein äußerst knappes Gut sein. Und es scheint, als wären die europäischen Produzenten künftig trotz vieler Wunschträume nicht in der Lage, ausreichend Eigenproduktionen bereitzustellen. „Europa läuft Gefahr“, hat Gerd Bacher schon vor Jahren geahnt, „sein Fühlen, Denken,

Erinnern anderswo produzieren zu lassen." Die Europäer, die sich in der Rolle des Großimporteurs amerikanischer Audiovisionswaren beileibe nicht wohl fühlen, werden im transatlantischen Kulturkampf gegen die USA zunehmend auf verlorenem Posten stehen. In Zukunft wird aus den Staaten noch mehr Fließband-Entertainment kommen als bislang üblich, wobei die Preise dermaßen in die Höhe schnellen dürften, daß sich die TV-Finanzdirektoren vor Schmerzen krümmen werden. Filmagenten wie Leo Kirch brauchen sich also wenig Sorgen um die Zukunft zu machen — solange die Hollywood-Heroen nicht auf die beinahe naheliegende Idee kommen, ihre Schätze in Europa direkt zu vermarkten.

■ Die privaten TV-Anstalten werden teilweise Triumphe feiern, aber bisweilen auch im Nichts verschwinden. In Deutschland könnte es in einigen Jahren, womöglich infolge von Fusionen, statt vier nur noch zwei geben. In den anderen Ländern werden ebenfalls nur jene überleben, die erstens einen kapitalkräftigen Rückhalt in Form von geduldigen Gesellschaftern und zweitens das Talent haben, die Zuseher mit attraktiven Massenprogrammen — also leicht konsumierbarer Unterhaltungskost wie Spielfilmen, beliebten TV-Serien, Quizsendungen und dazu viel Sport und wenig Information — so oft wie möglich vor der Mattscheibe zu fesseln. Die gefällige und in etlicher Hinsicht billige Konfektionsware wird ihnen respektable Reichweiten und damit zunehmend kommerzielle Erfolge bescheren. Für alles andere, etwa Theaterübertragungen, Kulturbeiträge oder klassische Musik, ist daher kein Platz. Anspruchsvolle Sendungen locken zu wenig Zuseher an und stellen für Werbespots kein attraktives Umfeld dar. Die Werbung, die in all ihren — teilweise abartigen — Erscheinungsformen so oft wie möglich im Mittelpunkt des Programms stehen wird, dürfte gelegentlich ein penetrantes Ausmaß erreichen: Die meisten Sendungen könnten etwa gesponsert, etliche andauernd unterbrochen und manche von einem Werbekunden gleich mitgestaltet werden. Die Privatsender dürften, was Einschaltquoten anlangt, die staatlichen Konkurrenten in etlichen Fällen schon bald überrunden. Wenn sich ihre seit kurzem bestehende Kooperation als ausbaufähig erweist, dann könnten sie noch um einiges stärker werden[15]). Im übrigen wäre es keine allzu große Überraschung, wenn es in diesem Bereich demnächst zur einen oder anderen Fusion käme: Die CLT und Silvio Berlusconi beispielsweise wären ein hübsches Paar, das alle übrigen Rivalen mühelos ausstechen würde.

■ Die öffentlich-rechtlichen TV-Anstalten, die ebenfalls auf enge Zusammenarbeit setzen, steuern dennoch im Gleichschritt auf eine gewaltige Krise zu[16]). Ihre Zuschauerzahlen werden unweigerlich sinken, die Werbeeinnahmen massiv zurückgehen, und für Gebührenerhöhungen dürften sie immer schwerer die nötige politische Unterstützung finden. Das finanzielle Dilemma, das letztlich den jeweiligen Regierungen zu schaffen machen wird, ist praktisch unlösbar: Die Staatsanstalten müssen nämlich weiterhin ein breites, rundes Programmangebot liefern, weil sie dazu gesetzlich verpflichtet sind. Anderseits werden sie gezwungen sein, dem Druck der Privaten nachzugeben und ebenfalls jede Menge seichter Boulevardsendungen anzubieten, um auf respektable Einschaltquoten zu kommen. Wie sie allerdings mit ihren immer knapperen Budgets die rasant steigenden Einkaufspreise verkraften wollen, bleibt vorerst ein Geheimnis. Der logische Ausweg wäre, Personal abzubauen, auf teure Eigenproduktionen zu verzichten oder gar den einen oder anderen Kanal, der nicht mehr finanzierbar ist, aufzulassen. Diese Misere bleibt zunächst zwar jenen bis auf weiteres erspart, die, so wie der ORF oder die SRG, noch konkurrenzlos sind oder die es, so wie die BBC, verstehen, ihre gigantischen Ressourcen in attraktive Programme umzusetzen. Sie trifft aber insbesondere jene Anstalten mit voller Wucht, die, so wie die deutschen und französischen Staatssender, die italienische RAI und die spanische RTVE, einem beinharten Wettbewerb ausgesetzt sind. Mit der Zeit muß den einst machtvollen Apparaten notgedrungen der Atem ausgehen — und vielleicht wird der erste von ihnen im Jahr 2000 bereits pleite sein.

ANMERKUNGEN

TEIL 1

[1]) In Indien — nach den USA auf Platz zwei — gibt es laut Statistical Yearbook 1988 der Unesco 1.334 Tageszeitungen, die allerdings bloß eine Gesamtauflage von 14,8 Millionen Exemplaren erreichen. In der Sowjetunion, die Rang drei hält, sind fast 800 Titel vorhanden.

[2]) Die Auflage der Regierungszeitung *Iswestija* beträgt 9,4 Millionen Exemplare, die der Parteizeitung *Prawda* 6,4 Millionen.

[3]) Diese Zahlen basieren auf Eigenrecherchen.

[4]) siehe dazu: Robert G. Picard u.a., Press Concentration and Monopoly, Norwood/New Jersey 1988.

[5]) Die Reichweiten der drei Networks sind innerhalb von zehn Jahren sukzessive, wenngleich vorerst nicht dramatisch, jedoch im Zeitraum 1987 bis 1990 ruckartig gesunken. Derzeit betreuen sie allabendlich nicht mehr wie einst 91 Prozent, sondern nur noch rund 65 Prozent des amerikanischen TV-Publikums. Die Kabelsender erfreuen sich dagegen steigender Beliebtheit.

[6]) siehe dazu: Nihon Shinbun Kyokai (Hrsg.), The Japanese Press 1990, Tokyo 1990.

[7]) Die Bandbreite der werblichen Ausgaben ist gewaltig: Sie betrugen 1989 in Großbritannien 7,6 Milliarden Pfund (=12,9 Milliarden $), in der Bundesrepublik etwa 20 Milliarden Mark (= 10,2 Milliarden $), in Frankreich 50,8 Milliarden Francs (= 8 Milliarden $) und in Italien 7261 Milliarden Lire (= 5,8 Milliarden $). In Österreich beliefen sie sich aber bloß auf 11,4 Milliarden Schilling (=0,8 Milliarden $) und in Griechenland gar nur auf magere 57 Milliarden Drachmen (=0,4 Milliarden $).

[8]) Die werbliche Pro Kopf-Quote machte 1988 in Finnland 357 Dollar aus, in der Schweiz 301, in Großbritannien 212, in der Bundesrepublik 192, in Norwegen 181, in Schweden 179, in den Niederlanden 174, in Dänemark 154, in Spanien 151 und in Frankreich 124 Dollar; sie sackte in Belgien auf 119, in Österreich auf 101, in Italien auf 88, in Griechenland auf 30 und in Portugal sogar auf 24 Dollar ab. Quelle: World Advertising Expenditures 1988, Hrsg: Starch Inra Hooper. Siehe dazu die Statistik im Anhang.

[9]) Quelle: World Advertising Expenditures 1988, Hrsg: Starch Inra Hooper. Siehe dazu die Statistik im Anhang.

[10]) Quelle: *werben & verkaufen* Nr. 5 vom Februar 1989.

[11]) Zu Hersants Kollektion zählen rund 20 Provinzblätter, z.B.: *Nord-Eclair* (Roubaix), *Le Dauphiné libéré* (Grenoble), *Lyon-Matin*, *Le Havre libre*, *Nord-Matin*, *Le Havre Presse*, *Paris Normandie*, *L'Eclair* (Nantes), *Presse Océan* (Nantes), *L'Union* (Reims) sowie die Tochterfirma Centre Presse mit einigen Titeln. Der Gesamtumsatz der Gruppe wird auf acht Milliarden Francs geschätzt — Hersant selbst veröffentlicht solche Zahlen nicht.

[12]) Im Detail kam es u.a. zu folgenden Transaktionen:

— Robert Hersant gründete Mitte 1988 gemeinsam mit der Gruppe EDA, die 19 Tageszeitungen herausgibt, die Tochterfirma CEPRESA SA (Compania europea de prensa), um die Gazette *Alerta* zu übernehmen. Im April 1989 stieg er dann auf spektakuläre Weise, nämlich gegen den Willen der Eigentümer, als 31-Prozent-Aktionär bei der IMPULSA-Holding ein — er hat diesen Anteil allerdings auf 15 Prozent verringern müssen und bekam dafür als Trostpflaster 35 Prozent an der Impulsa-Tochter IMPRESA, die sich um die Herausgabe von *Diario 16* kümmert.

— Der französische Hachette-Konzern, in Madrid längst mit der Tochterfirma Hachette Publicaciones vertreten, lachte sich den fünftgrößten spanischen Verlag, JUAN SALVAT, an und beteiligte sich obendrein an der Firma COMMUNICACIONES Y PUBLICACIONES, die unter anderem eine Fachzeitschrift namens *Fotogramas* produziert. Ein paar Monate später sicherte er sich bei EDITORIAL GRAFICAS ESPEJO die Mehrheit, womit die Wochenzeitung *Diez Minutos* und die Monatszeitschrift *El Europeo* zu seinem Einflußbereich zählen. 1990 brachte Hachette zum Beispiel *Elle Decoración* und *Ragazza* auf den Markt.

— Der italienische Verlag Rizzoli wiederum übernahm von Hachette die EDICIONES FUTURO SA, die für das auflagenstarke Monatsmagazin *Futuro Empreserial* zuständig ist und weitere Zeitschriften plant.

— Der Mailänder Verlag Mondadori kaufte sich Ende 1988 bei der spanischen Firma GRIJALBO ein, die künftig sein Stützpunkt für etwaige Engagements in Südamerika sein soll. Außerdem bringen die Italiener gemeinsam mit dem Buchverlag ANAYA seit kurzem die Tageszeitung *El Sol* heraus, deren Vorbild *La Repubblica* ist.

— Der deutsche Bertelsmann-Konzern, selbst mit zwei Druckereien und einem Buchklub vor Ort tätig, vermählte seinen Ableger Gruner + Jahr, dem auf der Iberischen Halbinsel bislang sechs Zeitschriften gehört hatten, mit der Madrider PROGRESA (Promotora General de Revistas), deren erstes Kind die Frauenillustrierte *Estar Viva* war.

— Der Axel Springer Verlag erstand Mitte 1988 für 50 Millionen Mark den drittgrößten Zeitschriftenverlag Spaniens, SARPE (Sociedad Anónima de Revistas, Periódicos y Ediciones), der mit 16 Titeln auf die schönen Bereiche des Lebens spezialisiert ist. Anfang 1989 beteiligten sich die Deutschen sodann am Druckhaus ALTAMIRA ROTAPRESS, mit dem etliche gemeinsame Projekte gewälzt werden. Die Sarpe-Anteile wurden 1990 wieder verkauft, weil sich Springer von einer Kooperation mit PRENSA mehr versprach — der erste Streich war die Investition von rund hundert Millionen Dollar in eine von *Bild* inspirierte Boulevardzeitung.

— Der Schweizer Verleger Jürg Marquard startete Anfang 1989 mit der Jung-Frauenzeitschrift *Chica Hoy* sein zweites spanisches Produkt; die Marquard-Filiale CIBRA hat bereits vor einiger Zeit die Jugend-Illustrierte *Popcorn* am Markt eingeführt.

— Der holländische Konzern Wolters-Kluwer legte sich sodann mit dem Fachzeitschriftenverlag PUNTEX seine bislang dritte Spanien-Tochter zu.

— Der italienische Rusconi-Konzern erwarb im Herbst 1989 einen 10 Prozent-Anteil an der GRUPO 16, mit deren Tochter Infiesta er bereits kooperiert hatte.

— Rupert Murdoch engagierte sich etwa zur selben Zeit bei der GRUPO ZETA mit 25 Prozent, was ihm 55 Millionen Dollar wert war.

— Der britische *Guardian* war als Know how-Geber und kleiner Gesellschafter bei der Einführung der neuen Tageszeitung *El Mundo* dabei, die im Oktober 1989 erstmals erschien.

— Die CEP Communication aus Frankreich übernahm Ende 1989 49 Prozent des spanischen Zeitschriftenverlags BOIXAREU EDITORES.

— Die französische *Sud-Ouest*-Gruppe schlug bei der Firma BILBAO INTERNATIONAL zu, die sechs regionale Tageszeitungen besitzt.
— Die Schweizer Edipresse schließlich blieb im Kampf um den Zeitschriftenverlag HYMSA siegreich, der ihr seither zu 75 Prozent gehört.

[13]) Prisa = Promotora de Informaciones SA.

[14]) Aktionäre der Estructura sind neben anderen der Pariser Verlag L`Expansion, diverse französische Banken und die amerikanische Dow Jones & Co; die Prisa hält nunmehr ein Drittel der Anteile.

[15]) *Marie Claire*, als französischer Exportartikel fast ebenso berühmt wie *Elle*, erscheint in Großbritannien, Italien, Griechenland, Türkei, Portugal, Spanien, Japan, im Mittleren Osten, in den Niederlanden und in der Bundesrepublik jeweils in der Landessprache. In absehbarer Zeit wird die Zeitschrift auch in Südamerika, in Skandinavien und — 1991 — in den USA auftauchen, in weiterer Folge sogar in China und Korea.

[16]) Die Gruppe Bayard-Presse beschäftigt 1.700 Mitarbeiter und gibt zum Beispiel *La Croix*, *Le Pélerin* oder *Pomme d`Api* und 36 weitere Titel heraus. Ein Viertel ihres Umsatzes schafft sie mit elf Objekten im Ausland.

[17]) Die Groupe L`Expansion SA in Paris, die u.a. das Wirtschaftsmagazin *L`Expansion*, die Tageszeitungen *La Tribune de L`Expansion*, *L`Agefi* und *L`Echo de la Bourse* (in Belgien) sowie die Wochenzeitung *La vie française* herausgibt, befindet sich mehrheitlich im Besitz der Ponex-Holding und deren Tochter Agefi Developpement. Die wichtigsten Ponex-Gesellschafter sind Jean-Louis Servan-Schreiber (50,2 %), der US-Konzern Dow Jones (16,3 %), Inhaber des *Wall Street Journal,* das *Handelsblatt* der deutschen Holtzbrinck-Gruppe (13 %) und die spanische Prisa (5 %), Herausgeberin von *El Pais.* Weitere Aktionäre von L`Expansion sind die Cerus-Holding des italienischen Industriellen Carlo De Benedetti und die Banque E. de Rothschild

[18]) Euroexpansion wird zu 57 Prozent von der Groupe L`Expansion, zu 20 Prozent von der *Handelsblatt*-Gruppe und zu 15 Prozent vom US-Riesen Dow Jones kontrolliert.

[19]) United Newspapers gibt u.a. *The Daily Express* heraus; United Publications beschäftigt insgesamt 2.400 Mitarbeiter und besteht aus fünf Tochterfirmen, nämlich Morgan Grampian, Benn Brothers, Link House Magazines sowie Gralla Publications (New York) und Miller Freeman Publications (San Francisco).

[20]) Unter dem Titel „European Business Appointments“ arbeiten folgende Tageszeitungen werblich zusammen: *Le Monde*, *Süddeutsche Zeitung*, *Corriere della Sera*, *El Pais*, *The Independent*, *De Standaard*, *Le Soir* und das *NRC Handelsblad.*

[21]) Zum einen arbeiten *The Independent*, *El Pais*, die *Süddeutsche Zeitung* und *La Repubblica* zusammen. Zum andern stehen *Le Figaro*, das *Handelsblatt* und *Il Sole 24 Ore* in ständigem redaktionellen Kontakt. Sie tauschen Informationen aus und wollen auch gemeinsame Veranstaltungen zum Thema Europa organisieren.

[22]) Das publizistische Angebot im Osten sah früher — also vor dem Umsturz — so aus:
In der DDR hatte es am Ende der Ära Honecker 37 Tageszeitungen mit einer Gesamtauflage von 9,9 Millionen Exemplaren gegeben, ferner 30 Wochen- und Monatszeitungen (Auflage: 9,4 Millionen Stück), alles in allem rund 550 Zeitschriften (Auflage: 22 Millionen Exemplare), worin auch sämt-

liche Fachblätter, wie die *Technische Gemeinschaft* oder die *Deutsche Geflügelzeitung*, enthalten sind, sowie mehr als 600 Betriebszeitungen (Auflage: zwei Millionen). Bei den Zeitschriften liegen aber lediglich über 160 Titel Mediadaten vor, wovon zuletzt nur 16 Publikumszeitschriften (z.B. *FF Dabei*, *Für Dich*, *Pramo*, *Neue Berliner Illustrierte* etc.) verfügbar waren.
In UNGARN sind bislang laut offiziellen Statistiken, die nicht immer besonders verläßlich waren, rund 30 Tageszeitungen (z.B. *Népszabadság*, *Népszava*, *Magyar Nemzet*, *Magyar Hirlap*, *Mai Nap* etc) in einer Gesamtauflage von ca. drei Millionen Stück erschienen, weiters 34 Publikumszeitschriften (5,7 Mio. Auflage) und ungefähr 125 Fachzeitschriften (etwa das wöchentliche Wirtschaftsmagazin *Heti Világgazdaság*).
In POLEN wurden ca. 40 Tageszeitungen, davon sieben überregionale (u.a. *Express Wieczorny*, *Rzeczpospolita* oder *Sztandar Mlodych*), in einer Gesamtauflage von 7,6 Millionen Exemplaren, 30 Wochenzeitungen, 37 Publikumszeitschriften (Auflage: 8,5 Millionen) und mehr als 200 Fachzeitschriften (Gesamtauflage: 7 Millionen) dem Volk vorgesetzt.
In der heutigen ČSFR waren 25 Tageszeitungen (die größten: *Pravda Bratislava*, *Práce*, *Rudé Právo*, früher das Organ der KPČ, sowie *Mladá Fronta*) und zirka hundert Zeitschriften am Markt, wobei es die Automobil-Gazette *Svet Moturu* mit 365.000 Exemplaren auf die höchste Auflage brachte.
In RUMÄNIEN schließlich mußten fünf nationale und vierzig regionale Tageszeitungen dem Diktator Ceausescu allzeit hörig und zu Diensten sein.

[23]) Die staatlichen TV-Anstalten des Ostens sind: Telerimpex (Bulgarien), DFF (DDR), Magyar Televisio (MTV — Ungarn), Poltel (Polen), Radio Televizinnea Romania (Rumänien), Jugoslav Radiotelevizija (Jugoslawien) und Gostelradio (UdSSR). Neben den meist zwei Kanälen, die jahrzehntelang strikt der Zensur unterstanden, sind in den meisten Staaten auch TV-Sendungen aus östlichen Nachbarländern zu empfangen; in der CSFR, der früheren DDR und Ungarn können manche Seher auch westliche Programme verfolgen. Einige Daten:
UdSSR: 285 Millionen Einwohner — 93,5 Millionen TV-Haushalte, davon 37 % mit Farbgerät (es gibt insgesamt 14 Kanäle);
POLEN: 37,8 Millionen Einwohner — 8,5 Millionen TV-Haushalte, davon 23 % mit Farbgerät (zwei nationale TV-Programme sind von 90 % der Bevölkerung zu empfangen);
DDR: 16,7 Millionen Einwohner — ca 6 Millionen TV-Haushalte, davon 53 % mit Farbgerät (es werden zwei Vollprogramme, *DFF 1* und *DFF 2*, ausgestrahlt);
ČSFR: 15,9 Millionen Einwohner — 4,5 Millionen TV-Haushalte, davon 57 % mit Farbgerät (die staatlichen Programme *CST 1* und *CST 2* können von 96 bzw. 80 % der Bevölkerung empfangen werden);
UNGARN: 10,6 Millionen Einwohner — 2,8 Millionen TV-Haushalte, davon 87 % mit Farbgerät (es gibt die Programme *RTV 1* und *RTV 2* sowie zwei regionale Sender);
BULGARIEN: 9,1 Millionen Einwohner — 2,24 Millionen TV-Haushalte, davon nur 12 % mit Farbgerät (es gibt zwei Programme);
ALBANIEN: 3 Millionen Einwohner — 52.000 TV-Haushalte, fast kein Color-Fernsehen (ein Programm steht zur Verfügung).

[24]) Die DDR-Großoffensive der bundesdeutschen Zeitungsmacher brachte u.a. folgende Resultate:

— Die Verlage Burda und Gong warfen, nachdem sie sich zu 49 Prozent am Erfurter Verlags- und Druckhaus Thüringen beteiligt hatten, blitzartig die Illustrierte *Super TV* in einer Startauflage von 600.000 Stück auf den Markt.
— Der Heinrich Bauer Verlag verbündete sich mit dem Ostberliner Verlag Technik (Zeitschrift *Kraftfahrzeugtechnik*), gründete mit dem Verlag Junge Welt, der Bücher, Kinder- sowie Jugendzeitschriften herausgibt, eine gemeinsame Firma und kümmerte sich sodann um Tageszeitungen, womit er erstmals Neuland betrat. Ein Joint Venture mit dem Verlag Brandenburgische Neueste Nachrichten in Potsdam bescherte ihm sechs Blätter mit einer Gesamtauflage von 1,1 Millionen Exemplaren — neben den *Brandenburgischen Neuesten Nachrichten* den *Nordkurier*, die *Magdeburger Volksstimme*, die *Schweriner Volkszeitung*, die *Norddeutschen Neuesten Nachrichten* sowie die *Märkische Oderzeitung*. Die Käufer dieser ehemaligen SED-Bezirkszeitungen erhalten als Belohnung das TV-Supplement *Telestar*.
— Der Axel Springer Verlag, der *Bild* im Blitztempo zur größten DDR-Zeitung pushte, hat sich mit dem der Liberal-demokratischen Partei (LDPD) gehörenden Verlag VOB Aufwärts zusammengetan, der z.B. das *Sächsische Tageblatt* (Leipzig), die *Liberal-Demokratische Zeitung* (Halle) und die *Norddeutsche Zeitung* (Schwerin) herausgibt. Springers *Berliner Morgenpost* erkor den *Morgen* als Partner. Außerdem wurde eine Zusammenarbeit mit dem Ost-Berliner Sportverlag besiegelt, dessen täglich erscheinendes *Deutsches Sportecho* alsbald ebenso in neuer Aufmachung erschien wie die Fachzeitung *FuWo*.
— Der Verlag Gruner + Jahr, dessen Zeitschriften für die DDR-Bürger fast unerschwinglich waren und sich daher eher schlecht verkauft haben, ist auf andere Gebiete ausgewichen: Er startete schon im Jänner 1990 in Rostock eine Mecklenburg-Ausgabe der *Hamburger Morgenpost*, beteiligte sich dann mit 49 Prozent an der Dresdner Großdruckerei Völkerfreundschaft und damit an der *Sächsischen Zeitung* , warf die *Dresdner Morgenpost* auf den Markt und landete schließlich mit dem Einstieg beim Berliner Verlag den größten Coup. Seither kann er bei der *Berliner Zeitung* sowie bei den Wochenblättern *FF Dabei, Freie Welt, Für Dich, Horizont* und *Wochenpost* mitmischen. G + J will in den nächsten drei Jahren 300 Millionen Mark für weitere Akquisitionen flüssig machen.
— Der WAZ-Konzern aus Essen blieb — etwa gegen die FAZ — im Kampf um die Erfurter *Thüringische Allgemeine* Sieger und warb auch um die *Leipziger Volksstimme* mit Erfolg. Die geplante Beteiligung an den *Ostthüringischen Nachrichten* wurde allerdings vom Berliner Bundeskartellamt vereitelt.
— Die FAZ ging eine Kooperation mit der Verlagsgesellschaft VOB Union ein, womit sie einige ehemalige Ost-CDU-Blätter, darunter das *Thüringer Tageblatt* in Weimar, die *Neue Zeit*, *Der Neue Weg* und *Die Märkische*, zur Hälfte übernehmen konnte.
— Die Süddeutsche Zeitung einigte sich mit der Dresdner CDU-Gazette *Die Union*, in Zukunft eng zusammenzuarbeiten, wobei auch die Wochenzeitung *SZ-Diese Woche* eingebunden wurde.
— Die Verlagsgruppe Madsack, die mit der *HAZ (Hannoverschen Allgemeine Zeitung*) und der *Neuen Presse* in der damaligen DDR schon frühzeitig präsent war, kreierte dort einen neuen Titel, die *Magdeburger Allge-*

meine, und steht auch hinter der *Altmärker Allgemeinen*, der *Wernigeröder Allgemeinen* sowie dem *Eichsfelder Tageblatt.* Sie nahm sich weiters der *Leipziger Volkszeitung* an, die mit Hilfe von fünfzig Millionen ihre Drucktechnik auf Vordermann bringen will.

— Madsack und der Kölner DuMont-Verlag, der mit dem früheren SED-Organ in Halle eine Liaison einging, versuchen gemeinsam mit der Boulevardzeitung *Neue Presse-Express* ihr Glück, die seit Juni 1990 den Raum Sachsen abdeckt.

— Die Medien-Union aus Ludwigshafen (*Die Rheinpfalz*) gründete gemeinsam mit dem Verlag Freie Presse und dem Druckhaus Chemnitz die Chemnitzer Verlag und Druckhaus GmbH und steht nun hinter der *Freien Presse*, der einstmals größten Regionalzeitung des Landes.

— Der Seebald-Verlag lachte sich den Leipziger Verlag für die Frau an, der die Zeitschriften *Pramo*, *Saison*, *Sybille* und *Guter Rat* vertreibt.

— Der Motor-Presse-Verlag in Stuttgart hat schließlich mit der Berliner Transpress die Zeitschrift *Auto* ins Rollen gebracht (Startauflage: 750.000 Stück, Einzelverkaufspreis : eine DM).

[25]) Auch in UNGARN standen sogleich nach der politischen Wende die ausländischen Medien-Größen Schlange. Es kam beispielsweise zu folgenden Transaktionen:

— Als einer der ersten stürmte der Axel Springer Verlag ins Land, um gemeinsam mit dem gebürtigen Ungarn Josef von Ferenczy und lokalen Partnern etliche Projekte zu realisieren: So etwa wurden die Programmzeitschrift *tvr het* sowie *Auto Extra* aus der Taufe gehoben; sodann übernahm die zu 70 Prozent Springer und zu je 15 Prozent Ferenczy und den Ungarn gehörende Axel Springer Budapest GmbH mehrere regionale Tageszeitungen, etwa *Heves Megyei Hirlap*, *24 Ora*, *Uj Dunantuli Naplo*, *Uj Nograd*, *Uj Szolnok Megyei Neplap* und *Uj Tolna Megyei Nepujsag* ; sie machte sich ferner an die Herausgabe von zwei landesweit verkauften Tageszeitungen, den Start einer kommerziellen Radiostation und die Beteiligung an einem Budapester TV-Sender.

— Rupert Murdoch legte im Jänner 1990 vier Millionen Dollar für die Hälfte an der erst 1988 mit Hilfe der Ungarischen Kreditbank gegründeten Reform AG aus, der die Tageszeitung *Mai Nap* sowie das reißerische Wochenblatt *Reform* gehören;

— Robert Maxwell zog ein paar Wochen später nach und sicherte sich zum Spottpreis von 800.000 Dollar 40 Prozent an der einstigen Regierungszeitung *Magyar Hirlap*. Bald darauf beteiligte er sich in gleicher Höhe bei *Esti Hirlap.*

— McGraw-Hill feierte im Mai 1990 gemeinsam mit dem ungarischen Partner Hirlapkiado Vallalat die Premiere der ungarischen Ausgabe von *Business Week* — Titel: *Magyar Kiadas*, Startauflage: 8.000 Stück.

— In der Landessprache erscheinen mittlerweile auch Penthouse und Playboy, deren Verkaufszahlen allerdings wesentlich erfreulicher sind, obzwar das Sortiment an Nackedei-Postillen eine beachtliche Breite angenommen hat.

— Die deutsche Bertelsmann AG gründete gemeinsam mit der Ungarischen Sozialistischen Partei sowie der Agrobank die Népszabadság AG und hält damit 41,5 Prozent an der auflagenstärksten Tageszeitung, *Népszabadság*.

— Das deutsche Manager Magazin brachte im Teamwork mit der Budapester Komplex Dekor und der PR- Werbeagentur Trademanager die acht

Mal jährlich erscheinende Zeitschrift *Marketing Partner* auf den Markt. Herausgeber ist die General Trade GesmbH, an der die Hamburger 48 Prozent halten.

— Der Franzose Robert Hersant heimste, nachdem die schwedische Bonnier-Gruppe abgeblitzt war, die schwer defizitäre Gazette *Magyar Nemzet* zu 45 Prozent ein, die in vier Jahrzehnten als Organ der Patriotischen Volksfront ziemlich verkommen war.

— Der Italiener Carlo De Benedetti gründete gemeinsam mit der ungarischen Nachrichtenagentur MTI eine 14tägig erscheinende Wirtschaftszeitung.

— Die Euroexpansion sicherte sich 45 Prozent an der Wirtschaftsgazette *Figyelo.*

— Der deutsche *Handelsblatt*-Konzern schloß mit der einzigen täglichen Wirtschaftszeitung des Landes, *Világgazdaság,* die von der ungarischen Wirtschaftskammer herausgegeben wird, eine Lizenzvereinbarung über eine redaktionelle Kooperation ab, wobei auch eine Kapitalbeteiligung vorgesehen war.

— Die englische Gruppe Associated Newspapers legte sich die in Nordungarn erscheinende Provinzzeitung *Kisalfold* zu.

— Der Wiener Krone Verlag stieg im September 1990 mit 49 Prozent bei den westungarischen Provinzzeitungen *Napló* und *Zalai Hirlap* ein, gleichzeitig erwarb sein Partner, die westdeutsche WAZ-Gruppe, die Titel *Fejér Megyei Hirlap* und *Vas Népe.* Kaufpreis für alle vier Blätter: 244 Millionen Forint, umgerechnet etwa 40 Millionen Schilling. Die verkaufte Gesamtauflage beträgt 260.000 Exemplare. Bei zwei weiteren ungarischen Komitatszeitungen — nämlich bei *Petöfinépe* in Kecskemet und *Népujság* in Bekesvár kaufte sich das österreichische Qualitätsblatt *Standard* mit 40 Prozent ein. Der Inhaber der *Vorarlberger Nachrichten,* Eugen Russ, zog schließlich mit einem Engagement bei drei ostungarischen Blättern *(Napló, Eszak-Magyarórszág* und *Kelet-Magyarószág)* nach.

— Eine Reihe italienischer, österreichischer und deutscher Interessenten, etwa die Stuttgarter Motor-Presse, der Würzburger Vogel- bzw. der Münchner Schwan-Verlag, kreuzte im Schlepptau der Großen auf, wobei sie zum einen heiß umkämpfte Objekte ins Visier nahmen, wie zum Beispiel Ungarns bestes Wochenmagazin, *Heti Világgazdaság*, und sich zum anderen mit kleineren Fischen begnügten.

[26]) McGraw-Hill bringt seit Juli 1990 in einem Joint Venture mit Kniga sechs Mal pro Jahr das russische *Business Week* heraus. Bonnier ist schon seit Herbst '89 mit dem Finanzblatt *Aripaev* vertreten. Uusi Soumi versorgt Estland mit einem Monatsmagazin. Die holländische VNU wiederum hat sich gemeinsam mit der Interbranch Commercial Bank und der Moskauer Journalisten-Union an die vierfärbige Business- und Kulturzeitschrift *Moscow Magazine* gewagt. Die US-Verlagsgruppe International Data Group gründete zusammen mit dem Central Board der All-Union Economic Society das alle zwei Monate erscheinende *Manager Magazin.* Der Wiener Radda & Dressler Verlag stieg mit 30 Prozent in ein Joint Venture ein und produziert seither die englische Ausgabe des offiziellen Monatsmagazins des sowjetischen Außenministeriums, *Vestnik.* Und der österreichische Fachzeitschriften-Verleger Rudolf Bohmann, der im Osten schon einige Objekte lanciert hat, darunter das russische Computermagazin *Interface,* beschert den Sowjet-

lesern neuerdings, gemeinsam mit Moskauer Partnern, die beiden Lifestyle-Blätter *On* und *Ona* — auf deutsch: Er und Sie. Viele andere Verlage, unter ihnen auch Reader's Digest, stehen derzeit Gewehr bei Fuß.

TEIL 2

[1]) Er gründete zum Beispiel die auf Anzeigenblätter spezialisierte WVW Westdeutsche Verlags- und Werbegesellschaft mbH und erwarb u.a. den J. V. Journal-Verlag in München, der in SZV Spezial-Zeitschriften-Verlag umbenannt wurde, sowie eine Zwei-Drittel-Beteiligung an der MZV — Moderner Zeitschriften Vertrieb GmbH.

[2]) Als Tageszeitungen gelten im folgenden Überblick jene, die mindestens fünfmal pro Woche erscheinen. Manche Angaben unterscheiden sich deshalb von ähnlichen Statistiken erheblich, weil diese auch Blätter mit drei- oder viermaliger Erscheinungsweise erfassen. Die hier genannten Zahlen wurden direkt bei den zuständigen Stellen recherchiert und auf den aktuellsten Stand gebracht.

[3]) Quelle: Bundesverband Deutscher Zeitungsverleger, Zeitungen `89, Bonn 1989.

[4]) Quellen: Audit Bureau of Circulations (ABC) sowie British Rate & Data.

[5]) Quellen: Le Guide du Media Planning 1990 und OJD-Mediaanalyse.

[6]) Quellen: Katalog der Schweizer Presse `89 sowie Auflagen-Bulletin 1989 der AG für Werbemittelforschung (WEMF).

[7]) Quellen: Centre d`Information sur les médias (CIM)/Association Belge des Editeurs de Journaux, Brüssel, sowie Repertoire de l`Information 1989, herausgegeben vom Institut Belge d`Information et de Documentation.

[8]) Quelle: Media Scandinavia 1989.

[9]) Quelle: Media Scandinavia 1989.

[10]) Quellen: Taskumedia 1989, Media Scandinavia 1989 und Press Directory des Außenministeriums in Helsinki, April 1989.

[11]) Quellen: Media Scandinavia 1989 und Auskunft des International Presse Center, Kopenhagen.

[12]) Quelle: Accertamenti Diffusione Stampa (ADS), Mailand.

[13]) Die englischen Fachzeitschriften holten 1988 479 Millionen Pfund aus dem Inseratengeschäft.

[14]) Die rund 750 lokalen Wochenzeitungen konnten dem Werbegeschäft 1988 321 Millionen Pfund verdanken.

[15]) Comareg: Compagnie pour les marchés régionaux.

[16]) Quelle: British Rate and Data.

[17]) Quelle: Presse Handbuch 1990. Medien und Werbung in Österreich, Wien 1990.

[18]) Quelle: Katalog der Schweizer Presse `89.

[19]) Quelle: Fédération Nationale des Hebdomadaires d`Information, Brüssel.

[20]) Insgesamt gibt es in den Niederlanden etwa tausend Fachzeitschriften. Quelle: Massenmedien, Fakten und Zahlen, herausgegeben vom Ministerium für Auswärtige Angelegenheiten.

[21]) Quelle: Tidningsstatistik 1989. Darin sind auch rund 300 Fachzeitschriften aufgelistet.

[22]) Quelle: Ukepressens Informasjonskontor, Oslo. Dieser Vereinigung gehören zwölf Mitglieder an.
[23]) Quelle: Taskumedia 1989. In der Übersicht Aikakauslehtien Liitto Jäsenluettelo sind insgesamt etwa 250 Titel aufgelistet.
[24]) Quelle: Dansk Oplagskontrol: Oplagsbulletin 1988. In Dänemark erscheinen ferner rund 600 Fachzeitschriften.
[25]) Quelle: Accertamenti Diffusione Stampa (ADS), Mailand. Stand: Mai 1989. In den vergangenen Monaten kamen etliche neue Objekte auf den Markt, die aber statistisch noch nicht erfaßt sind.
[26]) Die wichtigsten Titel dieser drei Verlage sind:
Rizzoli: *Europeo*, *Il Mondo*, *Amica*, *Anna*, *Astra*, *AutoCapital*, *Brava*, *Capital*, *Carriera*, *Casa Amica*, *Insieme*, *Max*, *Milleidee*, *Natura Oggi*, *Più Bella*, *Salve*, *Elle*, *Elle Decor* (beide mit Hachette) und neuerdings *Amore;*
A. Mondadori: *L'Espresso*, *Panorama*, *Auto Oggi* (mit Springer), *Casaviva*, *Confidenze*, *Dolly*, *Donna Moderna*, *Epoca*, *Espansione*, *Fortune* (mit Time Inc.), *Giorgio*, *Grazia*, *Guida Cucina*, *Guida TV nuova*, *Marie Claire*, *100 Cose*, *Starbene*, *Storia Illustrata*, *Tempo Donna*, *Vera* (mit Gruner + Jahr) und *ZeroUno;*
Rusconi: *Donna*, *Eva Express*, *Expression*, *Gente*, *Gente Mese*, *Gente Money*, *Gente Viaggi*, *Gioia*, *Gioia Tavola*, *Mondo Uomo*, *Onda TV* und *Vital.*
[27]) Quelle: Guía de los Medios 1989.
[28]) Ziesel, Jahrgang 1911, ist Herausgeber der Zeitschrift *Deutschland-Magazin* und Autor bekannter Werke wie „Daniel in der Löwengrube". Sein Buch heißt „Die Meinungsmacher" und möchte insbesonders mit dem *Spiegel,* der *Zeit* und dem *Stern* abrechnen.
[29]) Die Enimont-Gruppe setzte 1989 15.350 Milliarden Lire um, erzielte aber nur einen mageren Gewinn in Höhe von 716 Millionen Lire.
[30]) Zu den genannten Zahlen kommen etwa 700 italienische Mini-Stationen hinzu. Die britischen ITV-Gesellschaften wurden nicht einzeln, sondern als eine Anstalt einbezogen. Alles in allem gibt es in Europa laut einer Studie von BLM & Partners bereits 1.200 TV-Programme.
[31]) Der ARD gehören seit 1954 neun Landesrundfunkanstalten an, nämlich der Bayerische Rundfunk *(BR)*, der Hessische Rundfunk *(HR)*, der Norddeutsche Rundfunk *(NDR)*, Radio Bremen *(RB)*, der Saarländische Rundfunk *(SR)*, der Sender Freies Berlin *(SFB)*, der Süddeutsche Rundfunk *(SDR)*, der Südwestfunk *(SWF)* und der Westdeutsche Rundfunk *(WDR)*. Sie veranstalten gemeinsam das Erste Deutsche Fernsehen, die TV-Regionalprogramme, gemeinsam mit dem ZDF das bundesweite Vormittagsprogramm sowie die Dritten Fernseh-Programme. Insgesamt gibt es davon fünf — und zwar eines vom Bayerischen und eines vom Westdeutschen Fernsehen, das Programm der Nordkette (*NDR*, *RB* und *SFB*), Südwest 3 (*SR*, *SDR* und *SWF*) sowie Hessen Drei.
[32]) Am besten lassen sie sich der Größe nach in drei Kategorien einteilen:
— Die sechs TV-Goliaths — das sind *Thames Television* in London, *Central TV* in Birmingham, *Granada* in Manchester, *Television South (TVS)* in Southampton, *Yorkshire Television* in Leeds und *London Weekend* ;
— die vier Mittelständler — *HTV West* in Bristol, *Scottish TV* in Glasgow, *Anglia TV* in Norwich und *Tyne Tees Television* in Newcastle — sowie
— die fünf Zwerge — *Television South West (TSW)* in Plymouth, *Ulster TV* in Belfast, *Grampian Television* in Aberdeen, *Border TV* in Carlisle und *Channel TV* in St. Helier, Jersey.

Die Umsätze der ITV-Gesellschaften bewegen sich zwischen 330 und 100 Millionen Pfund. *Thames*-Boß Richard Dunn etwa schaffte im Geschäftsjahr 1988/89 bei einem Umsatz von 327 Millionen Pfund aufgrund eines zehnprozentigen Personalabbaus 31 Millionen Gewinn vor Steuern und hat einen Marktanteil von fünfzehn Prozent zu verteidigen. Sir Peter Gibbings, Chef von *Anglia TV*, sicherte sich 6,3 Prozent aller Werbeeinnahmen und holte bei 104 Millionen Pfund Umsatz einen Profit von sechzehn Millionen heraus. Die Nachzügler, die im lokalen Bereich lediglich wenige Stunden pro Woche zum besten geben, müssen sich mit weit geringeren Summen begnügen.

[33]) Dabei handelt es sich um *ETB 1* und *2* im Baskenland, *TVG* in Galicien, *TV 3* sowie *um Canal 33* in Katalonien, *Canal 9* in Valencia, *TM 3* in Madrid und *Canal Sur* in Andalusien. Der erste private Sender überhaupt, ein Pay-TV-Programm namens *Channel 10*, das ab Januar 1988 von London aus per Satellit nach Spanien ausgestrahlt wurde, machte dem Staats-TV hingegen weniger zu schaffen: Er hatte praktisch keine Zuseher gefunden und mußte im September 1988 den Betrieb wieder einstellen.

[34]) Die Bouygues-Gruppe, die zuletzt einen Nettogewinn von 573 Millionen Francs schaffte, ist nicht nur im Straßen-, Brücken- oder Tunnelbau tätig, sondern auch im Öl- bzw. im Immobiliengeschäft sowie in der Hotellerie und im Tourismus. Neben Bouygues und Berlusconi (zunächst mit zwei Prozent) sind etwa der Crédit Lyonnais, die Société Générale de Belgique, die Compagnie Financière de Suez, Nippon Life oder die Union des Assurances de Paris an ihrem Aktienkapital beteiligt.

[35]) Das 1835 gegründete Unternehmen war jahrzehntelang eine staatliche, immens verpolitisierte Firma gewesen, ehe es 1987 wieder in private Hände übergeführt wurde. Seine wichtigsten Gesellschafter sind heute die Wasserwerksgesellschaft Lyonnaise des Eaux (25 %) und *Canal plus* (24 %). Havas setzte 1989 in den Bereichen Medien, Werbung und Tourismus 18,8 Milliarden Francs um und schloß mit einem Nettoergebnis von 975 Millionen FF ab. Die wichtigsten Töchter bzw. Beteiligungen sind Havas Tourisme, Havas Média Régions, Comareg (Gratisblätter), *Canal plus*, die Werbe-Holding Eurocom, die Audiofina-Holding (die Aktionär bei CLT ist) sowie die Zeitschriften-Gruppe CEP Communications. Diese stellte im Februar 1988 gemeinsam mit der Firma Presses de la Cité den Buchverlag Groupe de la Cité auf die Beine, der weltweit zu den Top 10 gehört.

[36]) Der Wasser-Konzern — Umsatz 1989: 98,5 Milliarden Francs — investiert auch kräftig ins französische Kabel-TV und ist obendrein an der englischen *TV South* sowie seit Dezember 1988 über die Electrafina-Holding an CLT und damit weitschichtig an *RTL plus* beteiligt.

[37]) z.B. die Kosmetikfirma L`Oréal (Marken wie Vichy, Lancôme, Guy Laroche, Cacharel, Helena Rubinstein etc; Umsatz `88: 24,4 Milliarden Francs); die Bank Caisse des Dépôts, die auch heftig im Kabel-Geschäft mitmischt, oder eine Tochter der Société Générale.

[38]) Kloiber hat sich die amerikanische ABC für seine Filmhandels- und -produktionsfirma Tele München als 49prozentigen Partner angelacht.

[39]) Die exakten Besitzverhältnisse von *SAT 1* und *RTL plus* finden sich im Anhang.

[40]) Die wichtigsten CLT-Aktionäre sind die Audiofina (= Havas, Bruxelles-Lambert, Elektrafina, hinter der wiederum die Société Générale de Belgique steckt), Fratel (= Audiofina, Bertelsmann), die Parfinance und die Banque Paribas. Der Umsatz 1989 betrug 1,29 Milliarden Francs (minus 20 %), der

Nettogewinn 32 Millionen Francs (minus 77 %). 1990 kam die Firma aus dieser Talsohle heraus: Umsatz und Gewinn waren wieder herzeigbar.

[41]) Die Bezeichnungen variieren einigermaßen: Gebräuchlich sind Namen wie Landesanstalt für Kommunikation, Landeszentrale für neue Medien, Landeszentrale für private Rundfunkveranstalter, Landesanstalt für das Rundfunkwesen, Anstalt für neue Medien bzw. Anstalt für Kabelkommunikation. Nachdem sich kein Mensch diese Begriffe freiwillig zu merken vermag, haben sich hübsche Abkürzungen durchgesetzt: z.B. BLM, LfK, LR, LfR, LPR, LAR, ULR, HAM oder AK. Übrigens: Hessen und Bremen, wo man lange ohne derartige Organisationen ausgekommen ist, haben inzwischen ebenfalls nachgezogen.

[42]) In der Bundesrepublik werden die Teilnehmergelder im Verhältnis 70 zu 30 an ARD und ZDF ausgeschüttet. Die zu 80 Prozent aus Gebühren finanzierten ARD-Anstalten bedienten sich zuletzt mit mehr als 3,5 Milliarden Mark aus dem großen Topf, das ZDF, das zu 60 Prozent von den Zusehern lebt, erhielt von ihnen eine Milliarde Mark. Zum Vergleich: Die gänzlich werbelose BBC nahm 1989 etwa 1,2 Milliarden Pfund ein, *FR 3*, zu 80 Prozent aus Gebühren finanziert, bekam 2,4 Milliarden Francs, und *Antenne 2*, zu einem Drittel von den Zusehern abhängig, 960 Millionen Francs. In Großbritannien beträgt die jährliche Gebühr für einen Farbfernseher 66 Pfund, in Frankreich 533 Francs.

[43]) In der BRD sind die Werbezeiten auf 20 Minuten pro Tag sowie auf den Zeitraum 17 Uhr 30 bis 20 Uhr limitiert, sonntags und feiertags müssen werbefrei sein.

[44]) Bei den ARD-Anstalten, die einen landesweiten TV-Kanal, drei Gemeinschafts- und insgesamt 37 Hörfunkprogramme offerieren, klaffte im Jahr 1987 zwischen Erträgen und Aufwendungen ein 136 Millionen Mark großes Loch — und auch in den folgenden Jahren setzte es jeweils ein Defizit. Das ZDF verlor 1988 58 Millionen Mark, war aber 1989 wieder in der Gewinnzone. 1990 stehen den Erträgen von 1.802 Millionen Mark im ZDF-Betriebshaushalt Aufwendungen von 1.778 Millionen gegenüber — der Überschuß beläuft sich also auf 24 Millionen.

[45]) Die Auslandsdienste der jeweiligen Stationen sind beim folgenden Überblick nicht berücksichtigt.

[46]) Um die freigewordene Lizenz bewarben sich 15 Interessenten. Gewonnen hat das linksalternative *Radio 100*, das am 1. September 1989 auf der Frequenz 103,4 MHz gestartet ist.

[47]) Von den 54 lokalen Hörfunksendern gestalten aber lediglich 33 ein eigenständiges Vollprogramm; die übrigen strahlen bloß Fensterprogramme aus und kaufen den Rest dazu oder aber übernehmen andere Programme vollständig.

[48]) Andere Funk-Kombis sind z.B. das Gong-Funkpaket in Nürnberg, die Funk Media in München, das Radio-7-IPA-Network in Frankfurt, die Funk-Media-Kombi BadenWürttemberg und die Radio-Kombi III b in Stuttgart.

[49]) Zum TV-Verhalten der Amerikaner siehe Patrick Barwise & Andrew Ehrenberg, Television and its Audience, London 1988.

[50]) Die Networks besitzen folgende Stationen: Capital Cities/ABC gehören *WABC-TV* in New York, *WLS-TV* in Chicago, *KGO-TV* in San Francisco, *KABC-TV* in Los Angeles, *KFSN-TV* in Fresno, *WTVD* in Durham, *WPVI-TV* in Philadelphia, *KTRK-TV* in Houston und *WXYZ-TV* in Detroit; CBS ist Inhaber von *WCBS-TV* in New York, *WBBM-TV* in Chicago, *KCBS-TV*

in Los Angeles, *WCAU-TV* in Philadelphia und *KMOX-TV* in St. Louis; und zum NBC-Reich zählen *WNBC-TV* in New York, *WRC-TV* in Washington, *WMAQ-TV* in Chicago, *WKYC-TV* in Cleveland und *KNBC-TV* in Los Angeles.

[51]) Die angeschlossenen Sender — im Falle von *ABC* 222, bei *NBC* 218, bei *CBS* 215 — garantieren speziell von 20 bis 23 Uhr die landesweite Abdeckung, dürfen aber tagsüber auch eigene Programme ausstrahlen — z.B. Gameshows, lokale Newssendungen oder Sportübertragungen. Außerdem gibt es in den USA die sogenannten Independents, die von den Networks unabhängig sind.

[52]) Eutelsat: European Telecommunications Satellite Organisation; ihre Mitglieder sind 26 europäische Fernmeldebehörden, ihr Sitz ist in Paris.

[53]) Zwölf an Engländer, acht an Franzosen, sieben an Spanier, vier an Italiener, je drei an Deutsche, Türken und Holländer, je zwei an Schweizer und Portugiesen und je einer an Belgien, Dänemark, Finnland, Griechenland und Schweden.

[54]) Intelsat: International Telecommunications Satellite Organisation; sie hat 110 Mitglieder, ihre Zentrale befindet sich in Washington.

[55]) Rundfunksatelliten haben eine hohe Ausgangsleistung von 230 Watt — das bedeutet entweder eine kürzere Lebensdauer oder weniger Kanäle, in jedem Fall aber hohe Mietsätze. Die Sendeleistung der Low-Power-Satelliten liegt hingegen nur bei 20 Watt. Die Signale, die sie ausstrahlen, werden per Parabolantenne empfangen sowie via Konverter und Receiver in schöne, bunte Bilder umgewandelt

[56]) Diese Firma gehört großteils deutschen und französischen Unternehmen — einerseits der AEG, der ANT und MBB (Messerschmitt-Bölkow-Blohm), anderseits Aérospatiale und Alcatel Espace.

[57]) Die wichtigsten Aktionäre sind: die Deutsche Bank, die Dresdner Bank, die Banque Générale du Luxembourg, die englische Thames Television und die nordische Kinnevik-Gruppe.

[58]) PAL: Phase alternate line

[59]) D2-MAC steht für „Duobinärcodierung" bzw. „Multiplexed Analogue Components" und ist die Vorstufe für HD-MAC, die europäische Norm für das hochauflösende Fernsehen. Seine Vorteile gegenüber PAL (BRD) und SECAM (Frankreich) sind die dank der sequentiellen Signalverarbeitung deutlich bessere Bild- sowie aufgrund der digitalen Übertragung die höhere Tonqualität.

[60]) Der CSA ist innerhalb von sieben Jahren bereits der dritte mediale Weisenrat Frankreichs. Als Nachfolger der Haute Autorité und der CNCL (Commission Nationale de la Communication et des Libertés) amtiert er seit Januar 1989. Das Gremium besteht aus neun Personen, die von den Politikern für sechs Jahre eingesetzt wurden. Es soll den medialen Pluralismus sicherstellen, darf daher alle wichtigen Entscheidungen fällen und ist mit weitreichenden Sanktionsvollmachten ausgestattet.

[61]) Gesellschafter von *Canal Enfants* waren ursprünglich *Antenne 2*, die Caisse des Dépôts und die Groupe de la Cité (je 20 %), Bayard Presse und *Canal plus* (je 10 %) sowie — mit je fünf Prozent — die Société Générale, Générale d'Image (= Générale des Eaux), Lyonnaise Communication (=Lyonnaise des Eaux) und die Bank Banexi.

[62]) Gesellschafter von *Euromusique* sind Générale d'Image, eine Tochter der Générale des Eaux (15 %), Communications-Développement (14 %), die

Caisse des Dépôts (14 %) , der private Radiosender *NRJ* (14 %), die Versicherungsgruppe GMF (10 %), CBS France (8 %), Polygram (8%), Les Editeurs Indépendants (8 %) u.a.

[63]) Gesellschafter von *La Sept* (Société édition de programmes de télévision) sind *FR 3* (45 %), der französische Staat (25 %), *Radio France* (15 %) und INA (15 %).

[64]) Gesellschafter von *Premiere* sind die Bertelsmann-Tochter Ufa Film- und Fernseh-GmbH (50 %), *Canal plus* sowie die Kirch-Gruppe (je 25 %).

[65]) Das Kapital des Senders wird von den beiden staatlichen Anstalten (33,4 %), von der Gruppe Chargeurs (37,8 %), von der Compagnie Financière Edmond de Rothschild (13,1 %) sowie von Enterprises et Partenaires (11,1 %) und der Bank Crédit National (4,6 %) gehalten. *Canal plus* war vom Start weg ebenfalls an einer Beteiligung interessiert.

[66]) Das Elaborat trug den Titel „Broadcasting in the `90s: Competition, Choice and Quality — The Government`s plans for broadcasting legislation".

[67]) Dafür werden die IBA (Independent Broadcasting Authority) sowie die Cable Authority abgeschafft.

[68]) *Sky Channel* ist ein typisches Unterhaltungsprogramm mit Talkshows, Soap-Operas und Pop, *Sky News* ein 24-Stunden-News-Sender, der neben anderen von Reuters und der NBC-Tochter Visnews beliefert wird, *Sky Movies* offeriert Unterhaltungs- und Spielfilme gegen Bezahlung, und *Eurosport* ist ein reines Sportprogramm.

[69]) Murdoch erstand etwa „Three Men and a Baby", „Good Morning Vietnam", „Police Academy", „Wall Street", „Empire of the Sun", „Frantic" oder „Big Business". BSB schlug unter anderem bei folgenden Titeln zu: „Fatal Attraction", „The Untouchables", „Crocodile Dundee II", „A Fish called Wanda", „The last Emperor", „Ghost Busters II", „Masters of the Universe", „Rambo III" und „Poltergeist III".

[70]) Die BSB-Gesellschafter sind Reed International, Pearson, die Granada-Group, Anglia TV, die französische Chargeurs SA, die australische Bond Corporation, Trinity International Plc, Invest International Holdings, London Merchant Securities und Next Plc.

[71]) Sie tragen folgende Namen: *Movie Channel*, *Sports Channel*, *Galaxy*, *NOW*, ein Informationssender, sowie *Power Station*, ein Pop- und Rock-Programm.

[72]) Die Studie „Events and issues relevant to competition in satellite television between British Satellite Broadcasting and News International", durchgeführt vom European Institute for the Media in Manchester, untersucht, wie sich dieser Zweikampf abgespielt hat.

[73]) „Television in Europe to the year 2000".

TEIL 3

[1]) Die Eigentümer der Bertelsmann AG (Grundkapital: 469,2 Millionen DM) sind die Johannes Mohn GmbH (46,61 %), die Reinhard Mohn Verwaltungs GmbH (42,65 %) und der Verleger der *Zeit*, Dr. Gerd Bucerius (10,74 %). Die erstgenannte GmbH (Stammkapital: 510.500 DM) gehört zu 3,9 Prozent Reinhard Mohn und zu 96,1 Prozent seinem Sohn Johannes Mohn. Die Gesellschafter der zweiten GmbH (Stammkapital: 516.000 DM)

sind die Johannes Mohn GmbH (58,2 %) und, zu gleichen Teilen, die Mohn-Kinder aus erster und zweiter Ehe — nämlich Johannes Mohn, Susanne Srowig, Christine Coesfeld sowie Andreas, Elisabeth, Brigitte und Christoph Mohn. Der Senior ist also am Papier nur noch Eigentümer von 2,6 Prozent der Bertelsmann-Aktien, übt aber in der Hauptversammlung das alleinige Stimmrecht aus. Nach Mohns Tod wird das Unternehmen mehrheitlich der Bertelsmann-Stiftung und zu rund 18 Prozent der Familie gehören, wobei dann die Bertelsmann VermögensverwaltungsgmbH, derzeit zu fünf Sechstel im Besitze Mohns, die zentrale Rolle spielen soll: Ihre Gesellschafter werden die beiden ranghöchsten Vorstandsdirektoren, der künftige Vorsitzende des Aufsichtsrats, zwei weitere Aufsichtsräte — und zwar ein Anwalt und ein Belegschaftsvertreter — sowie Johannes Mohn als Mitglied der Familie sein.

[2]) Der Umsatz bezieht sich auf das Geschäftsjahr 89/90, das zehn Prozent Plus brachte. Für die folgenden Jahre ist eine Steigerung um ca. acht und knapp sechs Prozent geplant.

[3]) Im Geschäftsjahr 89/90 setzte Gruner + Jahr 3,06 Milliarden Mark um. Der Jahresüberschuß betrug trotz eines Investitionsvolumens von 281 Millionen 278 Millionen DM.

[4]) Der Matra-Umsatz betrug 1989 22 Milliarden Francs, eine Steigerung um 10 Prozent, der Gewinn machte etwa 600 Millionen Francs aus, eine Zuwachsrate von fast 50 Prozent. Die Firma beschäftigt 21.000 Menschen.

[5]) Hachette setzte 1989 29 Milliarden Francs um — 19 Prozent mehr als im Jahr zuvor -, und schaffte einen Profit in Höhe von 330 Millionen Francs.

[6]) *Elle* beispielsweise erscheint, jeweils in eigener Ausgabe, in den USA, Großbritannien, Spanien, Italien, Griechenland, Schweden, Hongkong, Brasilien, Portugal und im Mittleren Osten, seit kurzem auch in Japan, in Kanada und Holland sowie als Joint Venture mit dem Burda Verlag auf deutsch.

[7]) Die wichtigsten sind Edi 7, Edimonde Loisirs, Quillet sowie Publications Groupe Loisirs.

[8]) *L`Echo Républicain* in Chartres, *Le Provençal*, *Le Méridional* und *Le Soir*, alle in Marseille, *Var Matin* in Toulon, *Les Dernières Nouvelles d`Alsace* und *Les Dernières Nouvelles du Lundi*, beide in Straßburg.

[9]) Er hat sich davon bald wieder getrennt.

[10]) Die *New York Post* mußte er aufgrund gesetzlicher Bestimmungen, wonach der Besitz von TV-Stationen und Massenblättern in ein und derselben Region unvereinbar sind, 1988 abgeben: Er verkaufte sie für 37 Millionen Dollar an den Immobilienmakler Peter S. Kalikow.

[11]) 1985 wurde *The Village Voice* wieder verkauft.

[12]) Der Sender wurde 1987 wieder verkauft.

[13]) Die *Sun Times* wurde 1986 wieder verkauft.

[14]) Murdoch besitzt in Australien etwa *The Australian, The Daily Telegraph, The Daily Mirror*, den *Sun News Pictorial*, *The Herald*, *The Weekly Times*, *The Sunday Times* in Perth und eine Reihe von Regionalblättern: Diese werden von einigen Tochterfirmen produziert — zum Beispiel von der Leader Newspaper Group in Melbourne (28 Titel), der Cumberland Newspapers Group in Sydney (21 Titel), der Messenger Press Group in Adelaide (12 Titel), der Quest Media Group in Brisbane (11 Titel), der North Queensland Newspaper Group in Townsville (10 Titel) u.a. In Papua Neu Guinea ist er mit dem *Post-Courier* Marktleader, mit der *Fidschi Times* und drei weiteren Blättern ist er auf der berühmten Insel vertreten.

[15]) Er hält rund 18 Prozent der Pearson-Aktien, nascht bei Reed mit etwa drei Prozent mit und ist bei Reuters 5,75 Prozent-Gesellschafter.
[16]) siehe Anhang: Der Gigant Maxwell.
[17]) Weitere MCC-Aktionäre sind u.a. die Ansbacher Nominees Ltd, die Lloyds Bank, die International Westminster Bank, die London Life Association, die Sun Life Assurance Society, die Prudential Assurance oder die Royal Life Insurance.
[18]) Außerdem trennte er sich unter anderem von seiner Viertel-Beteiligung an der Druckereigesellschaft Norton Opax, übergab ein am holländischen Elsevier-Konzern gehaltenes Aktienpaket an die Pearson-Gruppe und verkaufte in Schweden die Systems Publications an die dortigen Gewerkschaften.
[19]) Maxwell hatte allerdings einen Umsatz von 1,6 Milliarden Pfund und 210 Millionen Pfund Profit angekündigt. Tatsächlich betrug der Gewinn vor Steuern 1989 nur 172 Millionen Pfund Sterling.
[20]) Die Berlusconi-Sender kassierten im Jahr 1989 2.100 Milliarden Lire, die RAI hingegen nahm nur 900 Milliarden ein. Der gesamte italienische Werbemarkt wirft alles in allem etwa 7.000 Milliarden Lire ab.
[21]) Der Umsatz der Berlusconi-Gruppe war 1988 um 59 Prozent auf 13.500 Milliarden Lire gewachsen, wovon allerdings zwei Drittel dem nicht-medialen Bereich zuzuschreiben waren. Der Reingewinn hatte 180 Milliarden Lire betragen. Im Jahr 1989 stieg der Gesamtumsatz auf rund 16.000 Milliarden Lire.
[22]) Er verkaufte seine Anteile allerdings wieder.
[23]) Die Fiat-Gruppe, zu der beispielsweise die Firmen Gilardini, Snia, Comau, Ifil, Toro, Saes, Rinascente, Iveco oder Magneti Marelli gehören, beschäftigt derzeit 280.000 Menschen und setzte 1989 52.019 Milliarden Lire um; der Konzerngewinn stieg um 12 Prozent auf 3.657 Milliarden Lire. Der Pkw-Bereich stellt umsatzmäßig nur noch 54 Prozent.
[24]) Der italienische Computer-und Büromaschinenhersteller, die Ing. C. Olivetti & Co SpA., setzte 1989 9.030 Milliarden Lire um, wobei ein konsolidierter Reingewinn von 203 Milliarden Lire herausschaute, 43 Prozent weniger als im Jahr zuvor.
[25]) Z.B. *Amica*, *Anna*, *Astra*, *Auto Capital*, *Bella Più*, *Brava*, *Capital*, *Casa Amica*, *Europeo*, *Il Mondo*, *Insieme*, *Max*, *Mille Idee*, *Natura Oggi*, *Oggi*, *Più Bella*, *Salve* etc.
[26]) Zum Beispiel *Donna Moderna*, *Epoca*, *Panorama*, *Grazia*, *Espansione*, *Confidenze*, *Zerouno*, *Casaviva*, *Guidacucina* oder *Guida TV Nuova*.
[27]) Zum Beispiel *La Nuova Sardegna* in Sassari, *Il Lavoro* in Genua, *Alto Adige* in Bozen, *Il Tirreno* in Livorno, *Il Centro* in Pescara, *Il Mattino di Padova*, *La Nuova Venezia*, *La Gazzetta di Modena*, *La Gazzetta di Reggio Emilia*, *La Tribuna di Treviso*, *La Provincia Pavese* etc. Die Gesamtauflage dieser Blätter beträgt eine Million Exemplare.
[28]) Die exakten Zahlen für das Geschäftsjahr 1989/90: 3,008 Milliarden DM Umsatz (plus 5,8 %), 91,8 Millionen Jahresüberschuß (ein Jahr zuvor waren es 93) und 11.692 Mitarbeiter (100 mehr als gehabt).
[29]) Springer übernahm in der Anfangsphase folgende Titel: *Heves Megyei Hirlap*, *24 Ora*, *Uj Dunantuli Naplo*, *Uj Nograd*, *Uj Szolnok Megyei Neplap* und *Uj Tolna Megyei Nepujsag*. Das ungarische Parlament setzte daraufhin eine Kommission ein, die den undurchsichtigen Verkauf seitens der früheren Regierungspartei USP untersuchen sollte.

[30]) Die Anteile der Axel Springer Gesellschaft für Publizistik GmbH & Co, die mit der Axel Springer GmbH als Komplementär 40,1 Prozent an der Axel Springer Verlag AG hält, sind in folgenden Händen: Die Witwe Friede Springer besitzt 66,7 %, dem Springer-Sohn Nicolaus und der Springer-Tochter Barbara Choremi gehören jeweils 9,1 %, und auf die Springer-Enkel Axel, Sven und Ariane entfallen je 4,55 %. Die restlichen sechs Prozent teilen sich die Springer-Berater Ernst Cramer und Bernhard Servatius, der auch als Chef des Aufsichtsrats fungiert. Die Stimmrechte liegen — unabhängig von den Kapitalanteilen — zu je einem Drittel bei der Witwe, Cramer und Servatius.
[31]) Z.B. *Bild +Funk*, *Freizeit Revue*, *Freundin*, *Glücksrevue*, *Mein schöner Garten*, *Das Haus*, *Meine Familie & ich*, *Ambiente* oder *Pan.*
[32]) Burda ist u.a. an Radio 85 Rheinland-Pfalz, an der Radio 7 Programm und Werbegesellschaft in Ulm, an Radio Victoria 100,4, Radio Ostalb, am Schwarzwald Radio 101,1 und an *Antenne Bayern* beteiligt.
[33]) Der Konzern ist beispielsweise an *Radio Hamburg* oder *Radio 85 Rheinland Pfalz* beteiligt.

TEIL 4

[1]) Ein paar Beispiele dazu:
— Die Groupe Bruxelles Lambert ist über mehrere Holdings Gesellschafter bei CLT oder SES (Astra);
— die Société Générale de Belgique zählt durch ihre Tochter Audiofina ebenfalls zu den CLT-Mitbesitzern, hält Anteile an Havas und gilt dank ihres Ablegers Tractabel-Coditel zu den Kabel-Giganten Belgiens;
— die Compagnie Financière de Suez, die Hausbank von Francis Bouygues, hat sich ein kleines Aktienpaket am französischen Sender *TF 1* und gemeinsam mit der von ihr kontrollierten Lyonnaise des Eaux ein unvergleichlich größeres an *M 6* gesichert; letztere versucht obendrein, die Kabelnetze rasch auszubauen;
— der Crédit Lyonnais, finanzieller Rückhalt von Robert Hersant, ist bei Hachette, Havas und *Canal plus* verankert;
— die französische Paribas mischt bei CLT, Havas oder *M 6* mit;
— die Banque Worms hat sich bei *TF 1* und *M 6* eingekauft, und
— die Caisse des Dépôts, der Hauptpfeiler der französischen Finanzwirtschaft, kümmert sich nicht nur um das Kabel, sondern neuerdings auch um den Satelliten-Kanal *Euromusique.*
[2]) Dazu drei Beispiele:
— Die Compagnie Générale des Eaux ist kapitalmäßig bei *Canal plus*, Havas, der britischen Firma *TV South* und seit kurzem bei den Satelliten-Programmen *Canal Enfants* und *Euromusique* engagiert;
— Die Générale Occidentale hat das Magazin *L`Express* sowie fünfzig Prozent an der Groupe de la Cité, der zweitgrößten Verlagsgruppe Frankreichs, erworben; und
— die schwedische Firma Kinnevik finanziert nicht nur *Scansat TV 3* und *TV 1000*, sondern auch das Astra-Projekt.
[3]) siehe Neil Postman, Wir amüsieren uns zu Tode. Urteilsbildung im Zeitalter der Unterhaltungsindustrie, Frankfurt 1985, und Joshua Meyrowitz, Die

Fernseh-Gesellschaft. Wirklichkeit und Identität im Medienzeitalter, Weinheim/Basel 1987.

[4]) siehe Tabellen im Anhang.

[5]) Ihr Marktanteil betrug 1988 in Portugal 49,8 Prozent, in Griechenland 44,4 Prozent und in Italien 47,8 Prozent. Quelle: Starch Inra Hooper, World Advertising Expenditures 1988.

[6]) Die TV-Marktanteile in anderen Ländern: Großbritannien 31,4 %, Österreich 26,5 %, Frankreich 24,6 % und Belgien 15,5 %. Quelle: Starch Inra Hooper, World Advertising Expenditures 1988.

[7]) Das Plus betrug im genannten Jahr in Frankreich 27 %, in Italien 24,5 % in der BRD 13,4 %, in der Schweiz 7,9 % und in Österreich nur 5,2 %. In Portugal und Griechenland, wo die TV-Werbung um beachtliche 40 bzw. 27,4 Prozent zunahm, konnten sich die übrigen Medien noch deutlicher steigern.

[8]) Insgesamt werden die Nettowerbeumsätze der Medien laut Prognos AG von 18 Milliarden (1985) auf 49 Milliarden (2000) steigen.

[9]) In den USA gibt es rund 10.000 Agenturen, in Japan 3.000, in Frankreich 2.500, in England 1.600, in Italien 1.500, in Schweden 800 und in kleinsten Ländern Europas, etwa in Österreich, Dänemark oder Norwegen, jeweils 100 bis 200.

[10]) Damals verschmolzen die Firmen BBDO Worldwide, Doyle Dane Bernbach (DDB) und Needham Harper. 1988 erzielte die Omnicon-Gruppe einen weltweiten Bruttoumsatz in Höhe von sieben Milliarden Dollar, ihre Bruttoeinnahmen beliefen sich auf 986 Millionen Dollar.

[11]) Carat Espace ist ein Joint Venture der französischen Media Buying-Agentur SGGMD und der englischen Agentur WCRS (Wight Collins Rutherford & Scott).

[12]) Zenith wurde von Saatchi & Saatchi, BSB Dorland und KHBB gegründet und soll jährlich für 700 Millionen Pfund Inseratenraum einkaufen — das macht 18 Prozent des britischen Gesamtvolumens aus.

[13]) Auch jene professionellen Werbevermittler, die — was etwa in der Schweiz üblich ist — den Inseratenteil von vielen, meist auflagenschwachen Printmedien sozusagen pachten, haben durchaus Zukunft: Die eidgenössische Publicitas, die — vor hundert Jahren gegründet — dieses System als unangefochtener Marktleader zu höchster Reife entwickelt hat, erzielt einen Umsatz von weit mehr als zwei Milliarden Franken. Ihr weltweiter, von fünfzig Filialen in 17 Ländern betreuter Kundenstock umfaßt beinahe 600.000 Namen. In der Schweiz, wo nicht ganz ein Fünftel des Umsatzes anfällt, wickelt die Publicitas rund vierzig Prozent des nationalen Annoncenmarktes ab.

[14]) Die zwölf EG-Länder sowie die 22 Mitglieder des Europarats in Straßburg befaßten sich in den hiefür zuständigen Gremien jahrelang mit dem Fernsehen ohne Grenzen. Bei den komplizierten und langwierigen Verhandlungen ging es beispielsweise um die Frage, wie der Flut von amerikanischen Spielfilmen und TV-Serien Einhalt geboten werden könnte. Die sogenannte Quotenregelung — TV-Sender sollten die Sendezeit zu mindestens 60 Prozent mit Programmen europäischen Ursprungs füllen — fand indes EG-intern keine einhellige Zustimmung. Der Europarat war diesbezüglich in seiner vorgelegten Konvention flexibler und völlig unverbindlich: Er schlug vor, daß die Mehrheit der Programme „wenn möglich" in Europa produziert werden solle. Überdies sind von beiden Instanzen diverse Vorschriften in Bezug auf Werbung diskutiert worden: Die Werbezeiten etwa dürfen höchstens

zwölf Minuten pro Stunde ausmachen, Tabak- und Arzneimittel-Reklame ist verboten, bei Alkoholwerbung gibt es strenge Auflagen; Spielfilme können zwar der Werbung zuliebe unterbrochen werden, allerdings erst nach 45 Minuten. Gesetzliche Normierungen werden auch sicherstellen, daß die Programme in Bezug auf Geschmack und Moral nicht aus dem Rahmen fallen.

[15]) Mitte 1989 haben sich die britischen ITV-Gesellschaften, die Luxemburger CLT, Berlusconis Fininvest, der französische Sender *TF 1* und die deutsche Anstalt *SAT 1* zur Association of Commercial Television in Europe (ACT) zusammengeschlossen. Diese heilige Allianz soll unter dem Vorsitz von Silvio Berlusconi sozusagen die internationale Standesvertretung respektive eine Lobby-Organisation sein, die sämtliche Interessen der Privatstationen wahrnimmt. Ihre Aufgabe ist es beispielsweise, Initiativen zur Schaffung eines europäischen Programm-Marktes oder zur Förderung von europäischen Koproduktionen zu setzen.

[16]) Die Staatssender sind zum einen in der European Broadcasting Union (EBU) mit Sitz in Brüssel vereint, die unter anderem die europäischen Übertragungsrechte für Olympische Spiele aushandelt. Anderseits produzieren sie seit vielen Jahren in diversen Konstellationen gemeinsame Programme — ein derartiges Trio sind beispielsweise ZDF, ORF und SRG. Im übrigen sollen weitere Organisationen den Teamgeist fördern: Der European Coproduction Association (ECA) etwa, die für die Polizeiserie „Eurocop“ sorgt, gehören das *ZDF*, die *RAI*, der *ORF*, die *SRG*, *Antenne 2*, *RTVE* und der britische *Channel 4* an.

ANHANG

DER MEDIENMARKT EUROPA

Diese Übersicht zeigt, wieviele Tageszeitungen in welcher Gesamtauflage in den einzelnen Ländern erscheinen und wie stark die Bürger mit Exemplaren versorgt werden.

	Zahl der Tageszeitungen	Gesamtauflage	Leser-dichte *	Ein-wohner in 1000
1. BRD	358	20.300.000	400	61.200
2. SPANIEN	130	3.500.000	80	38.800
3. SCHWEIZ	106	2.560.000	391	6.520
4. GROSSBRITANNIEN	102	21.000.000	369	56.700
5. GRIECHENLAND	102	1.300.000	130	9.740
6. SCHWEDEN	94	4.500.000	526	8.360
7. FRANKREICH	87	9.500.000	185	55.390
8. NORWEGEN	64	2.600.000	619	4.190
9. FINNLAND	59	2.700.000	547	4.930
10. ITALIEN	55	7.000.000	122	57.220
11. DÄNEMARK	50	1.800.000	351	5.130
12. NIEDERLANDE	48	4.500.000	306	14.560
13. BELGIEN	34	2.100.000	212	9.910
14. ÖSTERREICH	17	2.700.000	356	7.660
15. PORTUGAL	20	500.000	48	10.350
16. IRLAND	5	560.000	158	3.540

* Leserdichte = Auflage pro 1.000 Einwohner

Die Reihung erfolgte nach der Anzahl der Tageszeitungen.Die höchsten Auflagen gibt es in der BRD, England und Frankreich, die niedrigsten in Irland und Portugal.Die Leserdichte ist vor allem in Norwegen, Finnland und Schweden imposant; in Spanien und Portugal hingegen sieht es bei der Versorgung der Bevölkerung mit Zeitungen traurig aus. Quellen: div. Landesberichte, BDZV, eigene Recherchen.

Diese Übersicht zeigt, wieviele TV- und Radio-Haushalte in den einzelnen Ländern vorhanden sind und wie groß die Ausstattung in Relation zur Einwohnerzahl ist.

	Zahl der Haushalte in 1.000	Sätti-gung* in %	TV-Haus-halte in 1.000	TV Dichte**	Radio-Haus-halte in 1.000	Radio-Dichte** in %
1. BRD	26.500	97	25.700	453	26.400	431
2. FRANKREICH	20.500	95	19.400	269	20.500	370
3. GROSS-BRITANNIEN	21.250	97	20.600	320	21.000	370
4. ITALIEN	19.200	99	19.000	235	19.900	347
5. SPANIEN	10.610	99	10.500	381	11.800	304
6. NIEDERLANDE	5.400	98	5.300	467	12.900	885
7. SCHWEDEN	3.700	97	3.600	394	7.200	861
8. BELGIEN	3.500	97	3.600	373	3.800	383
9. GRIECHENLAND	3.125	96	3.000	308	3.100	318
10. PORTUGAL	3.050	95	2.900	280	2.800	287
11. ÖSTERREICH	2.800	97	2.700	260	2.800	368
12. SCHWEIZ	2.500	92	2.300	281	2.500	383
13. DÄNEMARK	2.200	96	2.200	428	2.100	409
14. FINNLAND	1.900	95	1.800	377	4.900	993
15. NORWEGEN	1.450	97	1.400	357	3.200	763
16. IRLAND	1.080	93	1.000	271	2.100	593

* Sättigung = wieviele aller Haushalte mit TV ausgestattet sind ** Dichte = wieviele Geräte auf 1.000 Einwohner entfallen

In Relation zur Einwohnerzahl gesehen gibt es in den Niederlanden, Dänemark, in der BRD und in Schweden die meisten TV-Apparate. Auf den letzten Plätzen liegen Portugal und Irland. Mit Radiogeräten sind die Finnen, die Schweden und die Holländer am besten ausgestattet. Das Schlußlicht bilden die Portugiesen. Quellen: div. Landesberichte, BDZV, Euro TV-Investor, eigene Recherchen.

DIE EUROPÄISCHEN RIESEN

Die Rangliste
der führenden Presse-Konzerne und TV-Anstalten:

		Werbe-erlöse in Mio $	**Gesamt-umsatz** in Mio $
1. Bertelsmann AG	BRD	1,664.5	6.453.0
2. Reed International Plc	GB	1.649.3	2,225.3
3. Fininvest	I	1,468.1	9,684.9
4. Axel Springer Verlag	BRD	1,425.3	1,619.7
5. Hachette SA	F	1,381.6	4,100.1
6. Havas SA	F	1,286.0	2,653.9
7. United Newspapers Plc	GB	1,212.3	1,341.3
8. Hersant-Group	F	1,176.1	1,176.1
9. Heinrich Bauer Verlag	BRD	1,142.2	1,142.2
10. RCS-Rizzoli/Corriere della Sera	I	1,092.1	1,092.1
11. News International	GB	1,064.1	6,000.0
12. Daily Mail & General Trust	GB	1,010.3	1,201.6
13. RTVE	SP	827.6	1,185.5
14. VNU	NL	820.2	1,267.8
15. TF1	F	742.4	806.5
16. Canal Plus SA	F	742.4	806.5
17. RAI	I	657.2	1,871.9
18. ARD	BRD	615.4	3,418.9
19. Maxwell Communications Corporation	GB	596.4	2,008.0
20. Burda-Verlag	BRD	582.9	582.9
21. Pearson Plc	GB	555.4	2,125.6
22. WAZ-Gruppe	BRD	487.0	854.7
23. Bonnier-Gruppe	SCH	473.3	1,178.0
24. Tidnings AB Marieberg	SCH	437.8	492.5
25. Sanoma Oy	FI	430.4	430.4
26. Arnoldo Mondadori Editore SpA	I	427.8	1,149.4
27. Thames Television	GB	400.7	581.3
28. Central Independent Television	GB	390.3	470.1
29. Sebaldus Druck and Verlag	BRD	376.1	376.1
30. The Telegraph Group	GB	367.9	373.9
31. ZDF	BRD	353.1	925.4
32. Editions Mondiales	F	352.8	352.8
33. EMAP Plc	GB	341.0	414.0
34. Ringier AG	SZ	326.9	484.1
35. Channel 4	GB	323.5	341.9
36. TVS Entertainment Plc	GB	322.6	397.9
37. De Telegraaf-Gruppe	NL	315.2	359.0
38. LWT (London Weekend Television)	GB	310.9	397.1
39. CLT	LUX	305.2	305.2
40. The Guardian	GB	297.4	297.4
41. Granada Group	GB	291.9	2,611.9
42. FAZ	BRD	279.2	279.2
43. Elsevier NV	NL	279.0	822.8
44. Publications Filipacchi	F	272.1	272.1
45. Antenne 2	F	266.5	436.8
46. Groupe Amaury	F	261.6	261.6
47. Rusconi Editore	I	252.9	379.1
48. Grupo Zeta SA	SP	240.4	240.4
49. Yorkshire Television	GB	237.4	257.6
50. Holtzbrinck-Gruppe	BRD	224.1	896.3

Quelle: „Top Fifty European Media Owners", London 1990
Zahlen: 1988/89

DIE AMERIKANISCHEN RIESEN

Die wichtigsten Eckdaten der führenden US-Großverlage:

Firma/ *Hauptprodukt(e)*	**Firmensitz**	**Umsatz 1989** in Mio $	**im Vgl. zu 1988**	**Gewinn 1989** in Mio $	**im Vgl. zu 1988**	**Mit-arbeiter**
1. Time-Warner *Time, Life*	New York	7.642	+ 70 %	- 256	- 188 %	35.000
2. Gannett *USA Today*	Arlington	3.523	+ 6 %	398	+ 9 %	33.000
3. Times Mirror Co. *Los Angeles Times*	Los Angeles	3.517	+ 8 %	298	- 10 %	29.000
4. Tribune *Chicago Tribune, New York Daily News*	Chicago	2.455	+ 5 %	242	+ 15 %	14.700
5. Knight-Ridder *Miami Herald*	Miami	2.343	+ 7 %	247	+ 58 %	21.000
6. Reader`s Digest Ass. *Reader`s Digest*	Pleasantville	1.871	+ 9 %	152	+ 7 %	7.400
7. New York Times Co. *The New York Times*	New York	1.807	+ 3 %	267	+ 59 %	10.600
8. McGraw-Hill *Business Week*	New York	1.789	- 2 %	48	- 74 %	14.500
9. Dow Jones *The Wall Street Journal*	New York	1.715	+ 7 %	317	+ 39 %	10.000
10. Washington Post Co. *The Washington Post, Newsweek*	Washington	1.444	+ 6 %	198	- 26 %	6.000

Quelle: Fortune 9/1990

DIE JAPANISCHEN RIESEN

Die wichtigsten Eckdaten der führenden Druck- und Medien-Imperien in Japan:

Firma	**Firmensitz**	**Umsatz 1988/89** in Mio $	**Gewinn 1988/89** in Mio $	**Mitarbeiter**
1. Dai Nippon	Tokyo	7.892	274	20.000
2. Toppan-Printing	Tokyo	7.217	225	11.000
3. Sony *	Tokyo	3.200	k.A.	k.A.
4. Nippon Hoso Kyokai	Tokyo	2.737	k.A.	16.500
5. Asahi Shimbun Inc.	Tokyo	2.400	150	10.000
6. Fuji-Sankei Communications *	Tokyo	1.500	110	k.A.
7. Nikkei	Tokyo	1.200	40	4.400
8. Yomiuri Shimbun Inc.	Tokyo	1.150	20	7.800
9. Tokyo Broadcasting System	Tokyo	1.100	135	k.A.
10. Nippon Television Network	Tokyo	1.100	85	k.A.

* nur Medien-Umsatz

DIE SUPER-LIGA

Diese zehn weltweit tätigen Medienkonzerne erzielen im Bereich Publishing die höchsten Umsätze:

	Land	Umsatz '89 Publishing in Mio $	Anteil am Gesamtumsatz in %	Gesamtumsatz 1989 in Mio $
1. Bertelsmann	BRD	4.574	68	6.717
2. News Corporation	AUS/GB/USA	3.870	60	6.453
3. Times Mirror	USA	3.018	86	3.517
4. Thomson	Kan/USA/GB	2.907	57	5.100
5. Gannett	USA	2.745	78	3.523
6. Hachette	Frankreich	2.622	57	4.605
7. Knight Ridder	USA	2.343	100	2.343
8. Dun & Bradstreet	USA	2.322	54	4.300
9. Reed International	GB	2.190	80	2.749
10. Time-Warner	USA	ca. 2.000	26	7.642

Quelle: eigene Recherchen

Und das sind die zehn führenden Konzerne im Bereich Audiovision:

	Land	Umsatz '89 Audiovision in Mio $	Anteil am Gesamtumsatz in %	Gesamtumsatz 1989 in Mio $
1. Capital Cities/ABC	USA	3.749	78	4.773
2. General Electric/NBC	USA	3.638	7	50.089
3. Fuji Sankei	Japan	2.970	61	4.876
4. ARD	BRD	2.970	100	2.970
5. CBS	USA	2.780	100	2.780
6. NHK	Japan	2.737	100	2.737
7. Sony	Japan	2.577	26	9.810
8. MCA	USA	2.290	75	3.024
9. Fininvest	Italien	2.152	45	4.748
10. Bertelsmann	BRD	2.143	32	6.717

Quelle: Idate

DAS BERTELSMANN-IMPERIUM

BUCH- UND SCHALLPLATTENGEMEINSCHAFTEN

Inland

Bertelsmann Club, Gütersloh

Bertelsmann Club Vertrieb, Gütersloh

Deutsche Buch-Gemeinschaft, Darmstadt

EBG Buch + Musik, Kornwestheim

Hallo RTL, Gütersloh

Ring der Musikfreunde, Gütersloh

Verlagsgemeinschaft, Rheda-Wiedenbrück

Ausland Übersee

Circulo de Lectores, Bogotá, Kolumbien

Circulo de Lectores, Buenos Aires, Argentinien

Circulo de Lectores, Caracas, Venezuela

Circulo de Lectores, Quito, Ecuador

Circulo do Livro, Sao Paulo, Brasilien

Doubleday Australia, Sydney, Australien

Doubleday Book & Music Clubs, New York, USA

Doubleday Book & Music Clubs, Toronto, Kanada

Doubleday New Zealand, Auckland, Neuseeland

Quebec Loisirs, Montreal, Kanada

Ausland Europa

Book Club Associates, London, Großbritannien

Buchgemeinschaft Donauland, Kremayr & Scheriau, Wien, Österreich + Orac

Buch- und Schallplattenfreunde, Zug, Schweiz

Circulo de Lectores, Barcelona, Spanien

Circulo de Leitores, Lissabon, Portugal

Deutscher Bücherbund, Wien, Österreich

E & B Music Clubs, Malmö, Schweden

ECI voor Boeken en Platen, Antwerpen, Belgien

ECI voor Boeken en Platen, Vianen, Niederlande

Euroboek B.V., Vianen, Niederlande

Euroclub Italia, Mailand, Italien

France Loisirs Belgique, Ath, Belgien

France Loisirs, Paris, Frankreich

France Loisirs Suisse, Lausanne, Schweiz

Nederlandse Boekenclubs, Wommelgem, Belgien/ Den Haag, Niederlande

Nederlandse Lezerskring Boek en Plaat, Amsterdam, Niederlande

Setradis, Paris, Frankreich

S.G.E.D. Lexikon Verlag und Vertrieb, Paris, Frankreich

The Leisure Circle, London, Großbritannien

VERLAGE

Zeitschriften

Gruner + Jahr AG, [1]) Hamburg

Literatur, Sachbuch, Lexika, Kartographie

Bertelsmann Lexikon Verlag, Gütersloh

C. Bertelsmann Verlag, Blanvalet Verlag, München

Central-Versand, Rheda-Wiedenbrück/Bern

Geo Center, München

Goldmann Verlag, München

Albrecht Knaus Verlag, München

Mosaik Verlag, München

Orbis Verlag, München

Prisma Verlag, München

RV Reise- und Verkehrs-Verlag, München

Siedler Verlag, Berlin

Verlag Buch und Wissen, Rheda-Wiedenbrück/ Glattbrugg

Ausland

Bantam Doubleday Dell Publishing Group, New York, London, Sydney, Auckland

Doubleday Book Shops, New York, USA

Doubleday Canada, Toronto, Kanada

Plaza y Janés, Barcelona, Spanien

Fachverlage

AZ direct-marketing Bertelsmann GmbH, Gütersloh

Bertelsmann Fachzeitschriften, Gütersloh, München

Bertelsmann Informationsservice, München

Fuchsbriefe Dr. Hans Fuchs, Bonn-Bad Godesberg

Gabler Verlag, Wiesbaden

Heinze, Celle

ibau-Planungsinformationen, Münster

ILS Institut für Lernsysteme, Hamburg

LTV Lokal-Telefon-Verzeichnis, Zürich, Schweiz

MMV Medizin Verlag, München

Verlag Ärzte Zeitung, Neu Isenburg

Verlag Aktuelle Information, Frankfurt

Verlag Heinrich Vogel, München

Vieweg/Westdeutscher Verlag, Wiesbaden

Wila-Verlag, München

Theologische Verlage

Gütersloher Verlagshaus Gerd Mohn, Gütersloh

Kiefel-Verlag, Wuppertal

*Ein Puzzle aus 350 Firmen in 30 Staaten — der zweitgrößte Medienkonzern der Welt:**

DRUCK- UND INDUSTRIEBETRIEBE

Offsetdruck Inland

Belser Offsetdruck, Stuttgart

Elsnerdruck, Berlin

Gütersloher Druckservice, Gütersloh

Heichlinger Druckerei, München

Mohndruck Graphische Betriebe, Gütersloh

Tiefdruck Inland

Deutscher Supplement Verlag, Nürnberg

maul-belser, Nürnberg

Druck Ausland

Bertelsmann Printing and Manufacturing Corp. (BPMC), New York, Berryville, Dallas (PA), Los Angeles, Orange, San Francisco, Horsham

Circulo do Livro, Dep. Industrial, Sao Paulo, Brasilien

Eurohueco, Barcelona, Spanien

Nuovo Istituto Italiano d'Arti Grafiche, Bergamo, Italien

Printer Colombiana, Bogotá, Kolumbien

Printer Industria Gráfica, Barcelona, Spanien

Printer Portuguesa, Sintra, Portugal

Wiener Verlag, Wien, Österreich

Papierindustrie

Cartiere del Garda, Riva, Italien

Cartigar Papiervertrieb, München

Dienstleistungen

Bertelsmann Distribution, Gütersloh

CMS — Communication and Marketing Systems, Gütersloh

eps — Electronic Printing Service, Gütersloh

MIDS Magnetische Informations- und Datensysteme, Herne

MUSIK + VIDEO

Bertelsmann Music Group

Arista Records, New York, USA

BMG Ariola
Athen, Griechenland
Auckland, Neuseeland
Brüssel, Belgien
Buenos Aires, Argentinien
Hamburg
Hilversum, Niederlande
Kopenhagen, Dänemark
Madrid, Spanien
München
Mexico City, Mexiko
Oslo, Norwegen
Paris, Frankreich
Rio de Janeiro, Brasilien
Rom, Italien
Santiago, Chile
Stockholm, Schweden
Sydney, Australien
Wien, Österreich
Zürich, Schweiz

BMG Music Canada
Toronto, Kanada

BMG Music, New York, USA

BMG Records,
London, Großbritannien

BMG Victor, Tokio, Japan

BMG-Musikverlage

Arabella Musikverlag, München

BMG Songs, Los Angeles, New York, USA

BMG Music Publishing
London, Großbritannien
Madrid, Spanien
Mexico City, Mexiko
Rio de Janeiro, Brasilien
Rom, Italien
Stockholm, Schweden

Cyclus Musikverlag, Hamburg

UFA Musik- und Bühnenverlage München

Video

UFA Werbefilm, Düsseldorf

UFA Video, München

ELEKTRONISCHE MEDIEN

Film, Funk, Fernsehen

Antenne Bayern, München

Canal plus GmbH & Co Medien KG

Deutscher Funk Programm Service (dfs), Hamburg

Fratel, Luxemburg

G+J-Film-Produktion, Hamburg

GEO-Film, Hamburg

HRB Hamburger Rundfunk Beteiligungsgesellschaft, Hamburg

KMG Vertriebsgesellschaft für Kabel- und Satellitenprogramme, München

Radio Hamburg, Hamburg

Radio NRW GmbH

RUFA Rundfunknachrichtenagentur GmbH, Bonn

RWR Rundfunk Beteiligungsgesellschaft, Düsseldorf

RTL plus Deutschland, Hannover/Köln/München

RTL plus, Luxemburg

stern-tv, Berlin

Ufa Filmproduktion, Berlin

Ufa Film- und Fernseh-GmbH, Hamburg

Ufa Norddeutsche Filmproduktion, Hannover

Universum Fernseh GmbH Werner Mietzner, Berlin

Universum Film GmbH Werner Mietzner, Berlin

Westdeutsche Universum Film, Essen

Speichermedien

Sonopress, Gütersloh
Mexico City, Mexiko
Rom, Italien
Sao Paulo, Brasilien
Weaverville, USA

Telemedia, Gütersloh

Topac, Gütersloh

Digitale Informationssysteme

BCB Bertelsmann Computer-Beratungsdienst, Gütersloh

Innomedia
Gesellschaft für Lern- und Informationssysteme, Wiesbaden

DIE HACHETTE-GRUPPE

Das Organigramm des französischen Verlagsriesen — 27.500 Mitarbeiter in 39 Ländern:

BÜCHER

Allgemeine Literatur

Hachette Littérature,
Grasset et Fasquelle,
Librairie Arthème Fayard,
Editions Jean-Claude Lattès,
Editions Stock,
Editions du Chêne,
Editions No. 1,
Editions de la Seine,
International Book Promotion

Erziehung/Bildung

Hachette Classique,
Hachette Edition et Diffusion
Francophones, EDICEF,
Librairie Pédagogique du Centre

Taschenbücher

Hachette Jeunesse,
Librairie Générale Française (L.G.F.),
Hachette Bandes Dessinées,
Librairie Générale Française (Livre de Poche),
Librairie des Champs-Elysées, Média 1000,
Compagnie Internationale du Livre,
Harlequin,
Gérard de Villiers, L. Adès

Internationale Verlage

Belgien: Nouvelles Editions Marabout
Schweiz: Diffulivre
Kanada: Centre Educatif et Culturel,
Hachette Canada
USA: Grolier (mit div. Auslandstöchtern)
Mexiko: Panorama Editorial
Ediciones R/P
Argentinien: Hachette Argentine
Chile: Ediciones Pedagogicas Chilenas
Spanien: Salvat (mit div. Auslandstöchtern)

Vertrieb

Centre de distribution du livre
+ 16 regionale Zentren

Druck

Brodard et Taupin
Arts Graphiques Modernes

Buchversand

Le Livre de Paris,
Quillet

Beteiligungen

La Table Ronde (10%), Dupuis (48%),
J'ai lu (35%), de Fallois (33%)

AUDIOVISUELLE MEDIEN

Fernsehen, Radio

La Cinq (25%),
Europe 1, Télécompagnie,
Compagnie Européenne de
Radio et Télévision, Régie
No. 1, Promotion et Spectacles
d'Europe 1, Europe 2, Communication, Channel 80,
Vision 7, Canal J

Film

Top No. 1, Hachette Première,
Télé-Hachette,
Philippe Dussart,
Hachette Productions
Audiopar, UGC-DA

Plakatwerbung

Financière No. 1, Groupe
Affichage Giraudy

Diverse

Edition No. 1, Editions Musicales
Hachette, Tremplin, Top Télé,
SEPC, Compagnie Française de
Télévision, Europe 1 Immobilier

VERTRIEB UND SERVICE

International

BRD: Saarbach, Tradis
Belgien: A.M.P., A.M.P. transports,
Distrisud Bellens, Presse Shop, S.A.B.G.,
I.B.D., I.B. (Int. Boekhandel)
Spanien: S.G.E.L.
USA: Curtis Circulation Co.,
Hachette Distribution
Kanada: L.M.P.I.
(Les Messageries de la Presse Internationale)

Frankreich

N.M.P.P.**, S.A.D., Presse Routage,
Sopredis, France-Message, A.A.P., O.P.D
Tromas, Télétrans, S.A.E.M. Transports Presse

Einzelhandel

Kiosques Hachette, Cofec,
Miraboutiques, Sohorly, SGEC,
Aéroboutiques Mexico

PRESSE

Zeitschriften Frankreich

Edi 7

Télé 7 Jours
France Dimanche
Elle
Décoration Internationale
Parents
Vital
Prévention Sante
Journal du Dimanche
Week-End
Télé 7 Jeux

S.E.P.F.

Edimonde Loisirs

Télé Cine Video
Neptune-Yachting
Nautargus
M.B.O
Onze
Picsou
Winnie l'Durson
Confidences
Guide Cuisine
Le Journal de Mickey
Mickey Parade

Le Nouvel Economiste
Fortune

Publications Groupe Loisirs

Video 7, TV Couleur,
Tennis Magazine,
Ski Magazine

Editions Nautisme

Société d'Editions
et de Developpement
de la Presse Périodique
(SEDPP)

Soprefi

Les Editions Philippe Amaury

Parisien Libéré, L'Equipe

Imprimerie et Edition des Dernières Nouvelles

Les Dernières
Nouvelles d'Alsace
Mass

Dernières Nouvelles de Colmar

République

Var Matin

Le Provençal

Le Provençal
Le Soir

Le Nouveau Méridional

Le Méridional

Echo Communication

L'Echo Républicain
Cible 28

Zeitschriften Ausland

USA

Hachette Publications Inc.

Elle, Premiere

Diamandis Communication Inc.
Car and Driver, Road and Track,
Boating, Stereo Review,
Audio, Flying, Cycle,
Cycle World, Popular
Magazines Group, American
Photographer, Popular Photography

Kanada

Télé Media Inc. *Elle*
Québec Match

Volksrepublik China

Shanghai Translation
Publishing House *Elle*

Niederlande

Quote Holding BV *Elle*

Portugal

Sojornal *Elle*

Brasilien

Editora Abril *Elle*

Spanien

Hachette Publicaciones
Ediciones Universales
Elle, Futuro, T.P. Juegos
Teleprograma
Editorial Gráficas
Espejo, Madrid
Communicación y
Publicaciones SA.,
Madrid

England

Hachette Magazines Ltd *Elle*

Italien

Edif (Edizione Italo Francesi) *Elle*

Hongkong

International Magazines Ltd *Elle*

Deutschland

Elle Verlag GmbH *Elle*

Schweden

Joint Venture mit Bonnier *Elle*

Griechenland

European Publications *Elle*

Japan

Joint Venture mit Time *Elle*

Werbung

Hachette Filipacchi Régies
Regie 7
H.F.R.
Interdéco
Eurosud Publicité
Novation
Régipem

Druckereien

Imprimerie Ferry Peter
Imprimerie Hélio Corbeil
Brodard Graphique
C.2.E
IOTA/M.I.S.
Groupe Danel/
Formeurop
Dupuis, Belgien

Andere Aktivitäten

L'E.C.E.P.
Publifep
Film Office
H.f.t. Télématique

DAS MURDOCH-EMPIRE

THE NEWS CORPORATION LIMITED

EUROPA

Sky Channel (Satellite Television plc.)
British Sky Broadcasting
News (UK) Limited
News International plc.
News Group Newspapers Limited
Times Newspapers Limited
Murdoch Magazines (UK) Limited
Utell International Limited
John Bartholomew & Son Limited
Ordinto Investments
Robert Nicholson Publications
Times Books
William Collins plc.
Les Productions Fox Europa S.A.
Newscorp Investments Limited
Townsend Hook Limited
Eric Bemrose Limited
Netherlands Fox Film Corporation B.V.
Twentieth Century Fox of Germany G.m.b.H.
Deutsche Fox Film G.m.b.H.
Reform AG, Budapest
Burda News Druck, Darmstadt

ZEITUNGEN

The Times
The Sunday Times
The Sun
News of the World
Today

MAGAZINE
BÜCHER

Sky
TV Guide
New Woman
The Times Educational Supplement
The Times Higher Education Supplement
The Times Literary Supplement
Trader

AUSTRALIEN

The News Investments (Australia) Pty. Limited
News Group Holdings Pty. Limited
Mirror Newspapers Limited
The Herald and Weekly Times Limited
Bay Books
Angus & Robertson Publishers
Quest Media Group
North Queensland Newspaper Group
Nationwide News Pty. Limited
Access Securities Pty. Limited
News Finance Pty. Limited
Network Ten Holdings Limited
Cumberland Newspaper Group
Messenger Press Group
Bendigo Advertiser Group
Geelong Advertiser Group
Leader Media Group
Control Investments Pty. Limited
Southdown Publications Pty. Limited

Druckereien

Progress Press
Norman Keppell
Brownhall Printing
Spectron Print
Wilke Directories
Wilke Color
Leader Westernport Printing
West Web Printers
Griffin Press
Multiform Business Systems
Giganticolor
Computer Graphics
Prestige Litho
Queensland Tourist Publications
Willmetts Printers
Mercury Walch
Prestige Colorprint
National Paper Vuepak

Diverses

Ansett Transport Industries
Australian Newsprint Mills
Computer Power
East West Airlines
Festival Records
F.S. Falkiner & Sons
Gordon & Gotch
Lanray Industries

Zeitungen

The Australian
The Courier Mail
The Sunday Mail
Gold Coast Bulletin
Cairns Post
FNQ Sunday
Tablelands Advertiser
Townsville Bulletin
Daily Mirror
The Daily Telegraph
The Sunday Telegraph
Sportsman
The Herald
The Sun News-Pictorial
The Weekly Times
Sporting Globe
Wimmera Mail Times
The Mercury
The Sunday Tasmanian
Tasmanian Country
The Treasure Islander
Derwent Valley Gazette
The Advertiser
Sunday Mail
Sunday Times
Northern Territory News
Sunday Territorian
Centralian Advocate

Magazine
Bücher

New Idea
T.V. Week
Australasian Post
Epicurean
Home Beautiful
Family Circle
Better Homes & Gardens
Your Garden
Pacific Islands Monthly

Zeitungen, Magazine, TV & Filmstudios — Rupert Murdoch auf vier Kontinenten:

UNITED STATES

s America Holdings Inc.
ıgle Publications Inc.
s America Finance Inc.
s America Publishing Inc.
Express-News Corporation
uxe Laboratories Inc.
d Printing Company Inc.
York Magazine Co. Inc.
ı House Limited
nc.
Broadcasting Company
ıtieth Century Fox Video Inc.
ıtieth Century Fox Film Corporation
ıtieth Century Fox
national Corporation
er & Row, Publishers, Inc.
ı House Ltd.

ZEITUNGEN

San Antonio Express-News
The Boston Herald

MAGAZINE

Automobile
European Travel & Life
New Woman
New York
Premiere
Sportswear International
In Fashion
TV Guide
Seventeen
Soap Opera Digest

TV

Fox Television Stations
KDAF — Dallas, TX
KRIV — Houston, TX
KTTV — Los Angeles, CA
WFLD — Chicago, IL
WNYW — New York, NY
WTTG — Washington, DC
WFXT — Boston, MA

HONGKONG

South China Morning Post Limited
Asher & Co. (Hong Kong) Limited
Far East Economic Review Limited
Filmset Limited
Lever Printing Factory Limited
Panasia Book Distributors Limited
South China Morning Post Finance Limited
South China Morning Post Publishers Limited
Yee Tin Tong Printing Press Limited

BERMUDA

Rugged Limited
News Publishers Limited

FIDSCHI

The Fiji Times
The Sunday Times
Nai Lalakai
Shanti Dut

PAPUA NEU GUINEA

Post Courier

CAYMAN ISLANDS

News Publishers Finance Limited
Newscorp Finance Limited

NIEDERLÄNDISCHE ANTILLEN

News Publishers Netherlands Antilles N.V.
Newscorp Finance N.V.
Newscorp Netherlands Antilles N.V.

DAS BERLUSCONI-NETZ

ISTIFI SpA — FININVEST SPA — FININVEST COMUNICAZIONI Srl

KINO UND VERANSTALTUNGEN

SILVIO BERLUSCONI COMMUNICATIONS

Medusa Distribuzione Srl

Artisti Associati

International SpA

Cinema 5 Srl

Milan A.C. SpA

Milan Point Srl

Il Teatro Manzoni Srl

TV

R.T.I. SpA

Canale 5 SpA

Antenne di Canale 5

Rete 4 SpA

Antenne di Rete 4

Rete 10 Srl

Antenne di Rete 10

Videotime SpA

Video News SpA

Videoimpianti SpA

Elettronica Industriale SpA

Canale 5 Music Srl

Five Record Srl

Finmedia Srl

Rete 2000 Srl

Europa TV Srl

WERBUNG

PUBLITALIA '80 SpA

Promoservice Italia Srl

Publidata Srl

VERLAGE

SILVIO BERLUSCONI HOLDING EDIT. SpA

Silvio Berlusconi Editore SpA

Europrint Srl Società Europea di Edizioni Sp.

Società Italiana Editrice Stampatrice S.I.E.S. Sp

S.A.G.E. Seregni Azienda Grafica ed Editoriale SpA

S.G.N. Società Grafica Novarese SpA

Società Editrice Lombarda S.E.L. SpA

S.T.S. Società Tipografica Siciliana SpA

AUSLAND

Reteuropa Ltd.

Reteuropa International Ltd.

Reteitalia Ltd.

Europe France SA

Consortium Européen pour la Télévision Commerciale SA

Redespana SA

AUSLAND

La Cinq SA

France 5 SA

K.M.P. GmbH

Videotime Espana SA

Telecinco, Madrid

Tricom SA, Paris

AUSLAND

Publieurope International Ltd, Frankfurt, Helsinki, Brüssel, Athen, Budapest, Moskau, Prag und Warschau

Publitel GmbH, München

Publitel France, Paris

Publiespana, Madrid

Die TV-Networks und die übrigen Aktivitäten von Italiens Medienkönig Silvio Berlusconi:

VERSICHERUNGEN UND FINANZWESEN

NINVEST ITALIA SpA

ediolanum Assicurazioni SpA

ediolanum Vita SpA

ogramma Italia SpA

stione Fondi Fininvest SpA

invest Fiduciaria SpA

invest Commissionaria SpA

.SE.AS. Srl

canze Italia Srl

BAUWESEN UND IMMOBILIEN

CANTIERI RIUNITI MILANESI SpA

Edilnord Progetti SpA

Edilnord Commerciale SpA

Italcantieri SpA

Finanziaria Alta Italia Srl

Immobiliare Coriasco Srl

Beni Immobili Civili Agricoli B.I.C.A. SpA

Immobiliare Idra Srl

Residenze Immobiliari Srl

Girasole Servizi Srl

SEG SpA

Rudargia Service Srl

HANDELSKETTEN

STANDA SpA

Euromercato Italia SpA

Castorama Italia SpA

DIENSTLEISTUNGEN

Fininvest Servizi SpA

Alba Servizi Aerotrasporti SpA

Società Italiana Gestioni SpA

Five Viaggi Srl

Mediolanum Factor SpA

WEITERE FIRMEN

Industrie Alimentari Riunite SpA

Consortium SpA

Euromobiliare SpA

AUSLAND

Fininvest Service SA

DER GIGANT MAXWELL

Die ansehnliche Firmenkollektion
des britischen Tycoons Robert Maxwell:

MAXWELL COMMUNICATION CORP. PLC.	*England*
Macmillan Inc.	*U.S.A.*
Bell & Howell Co.	*U.S.A.*
Howard W. Sams & Co. Inc.	*U.S.A.*
Jaqua-MacKee Inc.	*U.S.A.*
The Berlitz Schools of Languages of America Inc.	*U.S.A.*
Tochterfirmen in *Argentinien, Brasilien, Chile, Japan, Thailand, England, Schweden, der Schweiz, Dänemark, den Niederlanden, der BRD, Spanien, Frankreich, Kanada, Hongkong, Italien, Mexiko, Singapur und Kolumbien*	
Macmillan Investment Corp.	*U.S.A.*
BLC Capital Corp.	*U.S.A.*
P.F. Collier Inc.	*U.S.A.*
Collier Macmillan Superannuation Pty. Ltd.	*Australien*
P.F. Collier & Son Ltd.	*Kanada*
Crowell International Pty. Ltd.	*Australien*
Crowell Berlitz Finance (Pty.) Ltd.	*Australien*
Macmillan Book Clubs Inc.	*U.S.A.*
MLL Holdings Ltd.	*England*
Collier Macmillan Ltd.	*England*
Macmillan Berlitz Finance N.V.	*Niederländische Antillen*
Collier Maxmillan Finance N.V.	*Niederländische Antillen*
Standard Rate & Data Service Inc.	*U.S.A.*
National Register Publishing Co. Inc.	*U.S.A.*
Macmillan Financial Corp.	*U.S.A.*
Collier Macmillan Canada Inc.	*Kanada*
Intertec Publishing Corp.	*U.S.A.*
The Michie Co.	*U.S.A.*
The Berlitz Co. Ltd.	*Taiwan*
Collier Macmillan Finance Ltd.	*Kanada*
Macmillan Acquiring Corp.	*U.S.A.*
The Scribner Book Cos. Inc.	*U.S.A.*
Atheneum Publishers Inc.	*U.S.A.*
Macmillan Capital Corp.	*U.S.A.*
BLT Schools Inc.	*U.S.A.*
Business Mailers Inc.	*U.S.A.*
Macmillan Charter Inc.	*U.S.A.*
Maxmillan S.A.	*Schweiz*
The Macmillan Foundation	*U.S.A.*
Berlitz Publications Inc.	*U.S.A.*
G.K. Hall & Co.	*U.S.A.*
Technical Careers Institute	*U.S.A.*
Que Corp	*U.S.A.*
Barnell Loft Ltd.	*England*
BRS Information Technologies Ltd.	*England*
Pergamon Holding Corp.	*U.S.A.*
Pergamon Infoline Inc.	*U.S.A.*
Pergamon Press Inc.	*U.S.A.*
Pergamon of Canada Ltd.	*Kanada*
Donohue Inc.	*Kanada*
Central Independent Television PLC	*England*
North Sea Oil and Gas Co. Ltd.	*England*
Bishopsgate Trust PLC	*England*
Lothbury Continental Co. Ltd.	*England*
B.T. Securities Ltd.	*England*
The Leagrave Press Ltd.	*England*
UPS Blackburn Ltd.	*England*
Rathbone Books Ltd.	*England*
Science Research Associates Inc.	*U.S.A.*
Science Research Associates (Canada) Ltd.	*Kanada*
Science Research Associates Ltd.	*England*
Science Research Associates Pty. Ltd.	*Australien*
Society & Association Services Corp.	*U.S.A.*
BPC do Brasil Comercio e Participacoes Ltd.	*Brasilien*
Cedibra Editora Brazileira Ltda.	*Brasilien*
BPCC Communication & Information Corp. Ltd.	*England*
BPCC Looseleaf Ltd.	*England*
BPCC Design & Print Ltd.	*England*
BPCC LaserPrint Ltd.	*England*
BPCC Information Services Ltd.	*England*
BPC Finance (Guarantees) Ltd.	*England*
BPC International Ltd.	*England*
BPC Investment Ltd.	*England*
Purnell Book Services Ltd.	*England*
Fern Hollow Productions Ltd.	*England*
BPC (Ireland) Ltd.	*Irland*
Chaucer Phoenix Publishing Co. Ltd.	*Irland*
Contemporary Artwork Ltd.	*Irland*
Cowper Prometheus Publishing Co. Ltd.	*Irland*
Oceana Publishing Consultants Ltd.	*Irland*
Studio & Artwork (1971) Ltd.	*England*
Maxwell Communications Co. (New Zealand) Ltd.	*Neuseeland*
MacDonald Publishers (NZ) Ltd.	*Neuseeland*
Vivaworld Ltd.	*England*
Purnell Publishers Ltd.	*England*
Harver Educational Services Inc.	*U.S.A.*
Caxton Publishing Overseas Holdings Ltd.	*England*
Caxton Publishing (Scandinavia) Ltd.	*England*
Jetcat Marketing Ltd.	*England*
Ocean Transport Systems Jersey Ltd.	*Jersey*
Jetcat Ltd.	*Jersey*
JetFerry International S.A.	*Panama*
Jetcat International Ltd.	*Cayman Islands*
World's Press News Publishing Co. Ltd.	*England*
Holsworthy Art Products Ltd.	*England*
Delphin Verlag GmbH	*BRD*
Delphin Verlag, das Persönliche Geburtstagsbuch GmbH	*BRD*
Delphin Verlag (Zürich) AG	*Schweiz*
MacDonald & Co. (Publishers) Ltd.	*England*
MacDonald Middle East S.A.R.L.	*Libanon*
MacDonald Purnell (Pty.) Ltd.	*Südafrika*
Purnell Inc.	*U.S.A.*
MacDonald-Raintree Inc.	*U.S.A.*
Waterlow Publishers Ltd.	*England*
Thai British Security Printing Ltd.	*Thailand*
International Learning Systems (Japan) Ltd.	*England*
Contact Publications Ltd.	*England*
Paulton Holdings Ltd.	*England*
BCB Estates Ltd.	*England*
Harold Wesley Ltd.	*England*
BPC Guarantees Ltd.	*England*
BPC Ink Co. Ltd.	*England*
Eastfield Photo Litho Co. Ltd.	*England*
Adkinson Parrish Ltd.	*England*
New Caxton Library Service Ltd.	*England*
BPCC Purchasing Ltd.	*England*
BPCC Security Printing & Business Forms Corp. Ltd.	*England*
Rollco Papers Ltd.	*England*
Thames Media Supplies Ltd.	*England*
BPC (South America) Ltd.	*England*
The Book Society Ltd.	*England*
The British Gravure Corp. Ltd.	*England*
Bristol Photo Engraving Co. Ltd.	*England*
The British Printing Corp. Ltd.	*England*
Buckingham Press Ltd.	*England*
Maxwell Fleet Services Ltd.	*England*
Datastore Ltd.	*England*
E C Estates Ltd.	*England*
English Printers Ltd.	*England*
F B H Labelling Systems Ltd.	*England*
The History Book Club Ltd.	*England*
Jouses & Estates Ltd.	*England*

Licensed Merchandising Ltd.	*England*
A D Creative Ltd.	*England*
MacDonald Phoebus Ltd.	*England*
MacDonald-Raintree International Ltd.	*England*
Noddy Subsidiary Rights Co. Ltd.	*England*
Paulton Investments Ltd.	*England*
Birn Brothers Ltd.	*England*
Usborne Publishers Ltd.	*England*
Playfrair Publications Ltd.	*England*
Print in Britain Ltd.	*England*
The Queen Anne Press Ltd.	*England*
Sampson Low Marston & Co. Ltd.	*England*
R. Sommerville & Co. Ltd.	*England*
Robert Stanton Ltd.	*England*
Thames Publishing Co. Ltd.	*England*
Wordwright Ltd.	*England*
Accountants Weekly Ltd.	*England*
Arben Publishing Co. Ltd.	*England*
Editions Arben S.A.R.L.	*Frankreich*
Ellsee Developments Ltd.	*England*
Hazells Offset Ltd.	*England*
Portman Cars Ltd.	*England*
Rishton Paper Mills Ltd.	*England*
Tapp & Toothill Ltd.	*England*
Waterlow & Sons (East Kilbride) Ltd.	*England*
Waterlow & Sons (Park Royal) Ltd.	*England*
Caxton Publising (London) Ltd.	*England*
BPCC Automation Services Ltd.	*England*
Thomson Printers Ltd.	*England*
Dorstel Press Ltd.	*England*
The North Western Printers Ltd.	*England*
MacDonald Futura Publishers Ltd.	*England*
Beric Press Ltd.	*England*
Tonbridge Printers Ltd.	*England*
Legionsrange Ltd.	*England*
Legionstyle Ltd.	*England*
Oxford Insurance Co. Ltd.	*Bermuda*
The Observer Magazine Ltd.	*England*
SelecTV PLC	*England*
The Architectural Press (Holdings) Ltd.	*England*
A & B Viewdata Ltd.	*England*
In Line Posting Ltd.	*England*
Draphics Ltd.	*England*
AP Leasing Ltd.	*England*
St. Peter's Studio Ltd.	*England*
The Architectural Press Ltd.	*England*
MBO 3 (BMC) Ltd.	*England*
H.G. Bentley Ltd.	*England*
B.P.C.C. Pre-Press Corporation Ltd.	*England*
BPCC Video Graphics Ltd.	*England*
BPCC Financial Services Ltd.	*England*
BPCC Group Services Ltd.	*England*
Camberry Ltd.	*England*
Orbis Book Publication Corp. Ltd.	*England*
Pergamon Orbit Infoline Ltd.	*England*

Maxwell Satellite Communications Ltd.	*England*
Nimbus Records Ltd.	*England*
Nimbus Record Pressings Ltd.	*England*
Handsworth Wood Properties Ltd.	*England*
Perham Securities Ltd.	*England*
Pindercrest Properties Ltd.	*England*

Maxwell Business Communications Ltd.	*England*
Caxton & English Educational Programmes International Ltd.	*England*
Caxton International Ltd.	*England*
Caxton Publications Ltd.	*England*
The Caxton Publishing Co. Ltd.	*England*
English Educational Programmes International Ltd.	*England*
English Educational Programmes (Italy) S.p.A.	*Italien*
Educational Programmes International Co. Ltd.	*Portugal*
Educational Programmes International Co. Ltd.	*England*
English Educational Programmes Ltd.	*England*
International Learning Systems (Deutschland) GmbH	*BRD*
International Learning Systems (Pvt.) Ltd.	*Zimbabwe*
Langco Productions Ltd.	*England*
Auditron Lingua S.A.	*Frankreich*
International Learning Systems (Greece) A.E.	*Griechenland*
Auditron Lingua S.r.l.	*Italien*
United Trade Press (Annuals) Ltd.	*England*
The Dickens Press Ltd.	*England*
M W Publishers Ltd.	*England*
UTP (Financial Publications) Ltd.	*England*
United Trade Press Group Ltd.	*England*
Scientific Symposia Ltd.	*England*
United Trade Press Ltd.	*England*
U.T. Print Ltd.	*England*
Home and Law Magazines Ltd.	*England*
Newbourne Holdings Ltd.	*England*
New Perspectives Publishing Ltd.	*England*
Newbourne Publications Ltd.	*England*
Cable Advertising Sales Ltd.	*England*
Home & Law (Scientific Publications) Ltd.	*England*
Home & Law (Wedding Publications) Ltd.	*England*
KGBF Ltd.	*England*
Weystreet Ltd.	*England*
Odhams-Sun Printers Housing Society Ltd.	*England*
Suntory BBC School Ltd.	*England*
Regional Magazines Ltd.	*England*
The Sino-British Printing Co. Ltd.	*England*
BPCC Holdings Inc.	*U.S.A.*
BPCC (US) Inc.	*U.S.A.*
BPCC North Carolina Inc.	*U.S.A.*
Pergamon Journals Inc.	*U.S.A.*
Oxford Insurance Co. Ltd.	*Jersey*
Providence Gravure Inc.	*U.S.A.*

Maxwell Pergamon Publishing Corp. PLC	*England*
UPS Blackpool Ltd.	*England*
The British Magazine Publishing Corp. Ltd.	*England*
Angus Hudson Ltd.	*England*
Headway Publications Ltd.	*England*
BPCC (Banking World) Ltd.	*England*

Pergamon Press PLC	*England*
Mircor Inc.	*Kanada*
Molecular Design Inc.	*U.S.A.*
Alco Gravure Inc.	*U.S.A.*
BPCC Printec (London) Ltd.	*England*
Pub/Data Inc.	*U.S.A.*
International Academic Publishers Ltd.	*China*
Bimax PLC	*England*
Pergamon Realty Inc.	*U.S.A.*
Patey Doyle (Publishing) Ltd.	*England*
Francois Imprimerie S.A.	*Frankreich*
London House Inc.	*U.S.A.*
Panini International S.p.A.	*Italien*
Maxwell Business Information Services Ltd.	*U.S.A.*
The Aberdeen University Press Ltd.	*England*
AD SAT Inc.	*U.S.A.*
Armed Forces Journal International Inc.	*U.S.A.*
Chess (Sutton Coldfield) Ltd.	*England*
Headway Publications Inc.	*U.S.A.*
Independent Network Systems Inc.	*U.S.A.*
Maxwell Data Management Inc.	*U.S.A.*
Molecular Design AG	*Schweiz*
Nimbus Records Inc.	*U.S.A.*
PCI Consultants Inc.	*U.S.A.*
Pergamon Brasseys International Defense Publishers Inc.	*U.S.A.*
Pergamon Journals Ltd.	*England*
Pergamon Press (Canada) Ltd.	*Kanada*
Pergamon Press GmbH	*BRD*
University Technology Corp.	*U.S.A.*
Webb Publishing Co.	*U.S.A.*
Wheaton Publishers Ltd.	*England*
London & Bishopsgate Trust PLC	*England*
Maxwell Communication (Canada) Inc.	*Kanada*
Maxwell Communication (Delaware) Inc.	*U.S.A.*
Maxwell Holdings Inc.	*U.S.A.*
Philip Hill Investment Trust PLC	*England*
Overseas Telecommunications Inc.	*U.S.A.*
Comline International Corp.	*Japan*

Kenya Times Media Trust Ltd.	*Kenya*
Emaudio International S.A.	*Portugal*
William Nash PLC	*England*
Fagsprog Aps	*Dänemark*

MIRROR HOLDINGS Ltd.	*England*

Mirror Group Newspapers Ltd.	*England*
British Newspaper Printing Corp. PLC	*England*
British Newspaper Printing Corp. (North) Ltd.	*England*
Beagle Books Ltd.	*England*
British Newspaper Printing Corp. (London) Ltd.	*England*
British Newspaper Printing Corp. (Scotland) Ltd.	*England*
BNPC Services Ltd.	*England*
BNPC Services (London) Ltd.	*England*
BNPC Services (North) Ltd.	*England*
Syndication International Ltd.	*England*
Public Opinion Ltd.	*England*
The Daily Mirror Newspapers Ltd.	*England*
Fleet Deliveries Ltd.	*England*
Mid Devon Newspaper Co. Ltd.	*England*
Mirror Books Ltd.	*England*
Mirror M. & G. Management Ltd.	*England*
Mirror Group Newspapers North Ltd.	*England*
Mirrorair Ltd.	*England*
Reed Aviation Ltd.	*England*
Scottish Daily Record & Sunday Mail Ltd.	*England*
Radio Tay Ltd.	*England*
Moray Firth Radio Ltd.	*England*
S D R Developments Ltd.	*England*
Clyde Cable Vision Ltd.	*England*
Scottish Daily Record & Sunday Mail Ltd.	*England*
Orbit Publications	*England*
Mirror Group (Holdings) Ltd.	*Israel*
Scitex Corp. Ltd.	*England*
Mirror Publications Ltd.	*England*
Mirrorsoft Ltd.	*England*
Microdealer International UK Ltd.	*England*
Kenya Media and Text Book Co.	*Kenya*
Syndication International Ltd.	*England*
Mirror Group Pension Trustees (Properties) Ltd.	*England*
Mirror Group Pension Trustees Ltd.	*England*
Sunday People Ltd.	*England*

PERGAMON HOLDINGS Ltd.	*England*

Henry Ansbacher Holdings PLC	*England*
Odhams Newspapers Ltd.	*England*
Advertising Management Ltd.	*England*
Brassey's Defence Publishers Ltd.	*England*
Pergamon Fleet Services Ltd.	*England*
Purnell Book Services Ltd.	*England*
Headington Paper Ltd.	*England*
Infoline Ltd.	*England*
Newman Neame Ltd.	*England*
Newport & Robinson Ltd.	*England*
Pergamon Press (Australia) Pty. Ltd.	*Australien*
MacDonald Futura Australia Pty. Ltd.	*Australien*
Reports & Surveys Ltd.	*England*

Pergamon AGB PLC	*England*
AGB Research PLC	*England*
GFM-GETAS GmbH	*BRD*
GFM-Polytechnic GmbH	*BRD*
GFM-Panelforschung GmbH	*BRD*
Cecodis S.A.	*Frankreich*
AGB Conference Services Ltd.	*England*
AGB Information Systems Ltd.	*England*
AGB Computer Services Ltd.	*England*
AGB Impact Ltd.	*England*
Tempo Computer Services Ltd.	*England*
Vista Computer Systems Ltd.	*England*
Ad Lib Computer Software Ltd.	*England*
AGB Securities Ltd.	*Jersey*
AGB Management Services Ltd.	*England*
AGB Market Research S.A.	*Schweiz*
AGB Publications Ltd.	*England*
AGB Westbourne Ltd.	*England*
Building Library and Information Services Ltd.	*England*
AGB Exhibitions Ltd.	*England*
Westbourne Journals Ltd.	*England*
Regional Digest Magazines Ltd.	*England*
Shop Equipment Ltd.	*England*
Exhibitions in Scotland Ltd.	*England*
AGB Business Publications Ltd.	*England*
AGB Heighway Ltd.	*England*
AGB Hulton Ltd.	*England*
Magnum Distribution Ltd.	*England*
The Security Gazette Ltd.	*England*
Leisure Counsellors Ltd.	*England*
AGB Contract Publishing Ltd.	*England*
AGB Specialist Publications Ltd.	*England*
AGB Public Relations Ltd.	*England*
AGB Research Australia Pty. Ltd.	*Australien*
McNair Anderson Associates Pty. Ltd.	*Australien*
AGB McNair (Hong Kong) Ltd.	*Hongkong*
McNair Surveys N.Z. Ltd.	*Neuseeland*
Spectrum Research (NSW) Pty. Ltd.	*Australien*
Hunter AGB Ltd.	*Neuseeland*
Tart Research Pty. Ltd.	*Australien*
AGB McNair Ltd.	*Neuseeland*
AGB MacNair Pty. Ltd.	*Australien*
AGB Research NZ Ltd.	*Neuseeland*
AGB Scandata Ltd.	*Neuseeland*
AGB Spectrum Research Ltd.	*Neuseeland*
Market Research (N.Z.) Ltd.	*Neuseeland*
Media Research Services Ltd.	*Neuseeland*
Mediasearch Pty. Ltd.	*Australien*
National Family Opinion Ltd.	*Neuseeland*
Spectrum Research Pty. Ltd.	*Australien*
Tempo Computer Services Ltd. (New Zealand)	*Neuseeland*
Attwood Research of Ireland Ltd.	*Irland*
Irish TAM Ltd.	*Irland*
Associated Business Programmes Ltd.	*England*
AGB Nederland B.V.	*Niederlande*
AGB Intomart B.V.	*Niederlande*
AGB Knapper & MacAlley B.V.	*Niederlande*
Aspemar S.A.	*Belgien*
Association B.V.	*Niederlande*
Ilbo Veldkamp B.V.	*Niederlande*
AGB Media Services Jan Ligthart B.V.	*Niederlande*
Veldkamp Marktonderzoek B.V.	*Niederlande*
AGB Attwood B.V.	*Niederlande*
AGB Technology Development B.V.	*Niederlande*
Intomart Qualitatief B.V.	*Niederlande*
Intomart Quantron B.V.	*Niederlande*
Intomart Sociaal-Economisch B.V.	*Niederlande*
Samsom Veldkamp B.V.	*Niederlande*
Audience Selection & Telsales Ltd.	*England*
Audits of Great Britain Ltd.	*England*
Attwood Statistics Ltd.	*England*
The Centre for Medical Communications Ltd.	*England*
Diploma Press Ltd.	*England*
Industrial Market Research Ltd.	*England*
Transport Planning Ltd.	*England*
Medical Surveys Ltd.	*England*
AGB Cable and Viewdata Ltd.	*England*
AGB Italia S.p.A.	*Italien*
AGB Litho Ltd.	*England*
AGB Communications Ltd.	*England*
AGB Research France S.A.R.L.	*Frankreich*
NFO Research Inc.	*U.S.A.*
Shoe Lane Investments Ltd.	*England*
AGB Service Industries Research Ltd.	*England*
AGB Index Ltd.	*England*
AGB Financial Market Research Ltd.	*England*
AGB Travel Research International Ltd.	*England*
AGB International B.V.	*Niederlande*
Trenton Group Ltd.	*England*
Trenton Exhibitions Ltd.	*England*
Trenton Presentations Ltd.	*England*
Industrial Indexes (International) Ltd.	*England*
Trenton Marketing Ltd.	*England*
AGB Research Pacific Pte. Ltd.	*Singapur*

Survey Research Hong Kong Ltd.	*Hongkong*
Consumer Pulse Inc.	*Philippinen*
Deemar Co. Ltd.	*Thailand*
Survey Research Malaysia Sdn. Bhd.	*Malaysien*
Survey Research Singapore Pte. Ltd.	*Singapur*
Media Pulse Inc.	*Philippinen*
Research Consulting Services Ltd.	*Hongkong*
SRG Agricultural Surveys Ltd.	*Hongkong*
Meeberrie Co. Ltd.	*Hongkong*
SRG Australia Pty. Ltd.	*Australien*
Survey Research Asia Pacific Ltd.	*Hongkong*
Survey Research Taiwan Ltd.	*Taiwan*
Dealer Pulse Inc.	*Philippinen*
Hong Kong Media Research Ltd.	*Hongkong*
Pulse Investment & Development Corp.	*Philippinen*
Shoe Lane Management Services Ltd.	*England*
Travel Audits Ltd.	*England*
AGB Surveys Ltd.	*England*
Research Surveys of Great Britain Ltd.	*England*
Contimart Ltd.	*England*
Political and Opinion Polls Ltd.	*England*
Questel Qualitative Studies Ltd.	*England*
QED Research Ltd.	*England*
AGB Consumer Research Ltd.	*England*
The Hickie Borman Travel Group Ltd.	*England*
Pressbase Ltd.	*England*
AGB Television Research Inc.	*U.S.A.*
Advertising Research Services Ltd.	*England*
Mander-Walsh (Marketlink) Ltd.	*England*
AGB Home Audit Ltd.	*England*
AGB Human Resource Consultants Ltd.	*England*
AGB Micro Systems Ltd.	*England*
AGB Sports Fair Ltd.	*England*
Bookmark Computer Systems Ltd.	*England*
Business Publications Ltd.	*England*
Elacart Ltd.	*England*
Goclassic Ltd.	*England*
Hangar Lane Information Systems Ltd.	*England*
Vista Ad Lib Computer Software Ltd.	*England*
AGB Information Systems Inc.	*U.S.A.*
AGB Research America Inc.	*U.S.A.*
ASI Market Research (Japan) Inc.	*Japan*
Information & Analysis Inc.	*U.S.A.*
ASI Field Planning Service K.K.	*Japan*
NFO Holdings Inc.	*U.S.A.*
NFO/SRG International Inc.	*U.S.A.*
Triplo S.A.	*Spanien*
Retail Focus Ltd.	*England*
AGB Television Research Ltd. Partnership	*U.S.A.*
ASI Intech Research K.K.	*Japan*
Asia Pacific Information Corp.	*Hongkong*
AGB Research Asia-Pacific Ltd.	*Hongkong*
Robert Jung GmbH	*BRD*
AGB Infocon GmbH	*BRD*
Novaction S.A.	*Frankreich*
Dennis Welbourn Ltd.	*England*
D.R. Hillman & Sons Ltd.	*England*
Petroleum Seals & Systems Ltd.	*England*
Columbia Computing Services Ltd.	*Kanada*
The Educational Supply Association Ltd.	*England*
Paul & Marjorie Abbat Toys Ltd.	*England*
Adventure Playthings (1970) Ltd.	*England*
E.S.A. Creative Learning Ltd.	*England*
E.S.A. Furniture Ltd.	*England*
Educational Supply Association International Ltd.	*England*
The Educational Supply Association (Scotland) Ltd.	*England*
Esavian Ltd.	*England*
Neeta Contracts (Furniture) Ltd.	*England*
Neeta Tubular Furniture Ltd.	*England*
Neeta Ltd.	*England*
Gorike Ltd.	*England*
Aberdeen Printers Ltd.	*England*
AUP Typesetters (Glasgow) Ltd.	*England*
Sciences, Engineering, Medical & Business Data Ltd.	*England*
Bumpus Haldane & Maxwell Ltd.	*England*
E.J. Arnold & Son Ltd.	*England*
E.J. Arnold International Ltd.	*England*
E.J. Arnold (Astralasia) Pty. Ltd.	*Australien*
E.J. Arnold Ltd.	*England*
E.J. Arnold (Scotland) Ltd.	*England*
Arnold Technical Services Ltd.	*England*
E.J. Arnold (Zambia) Ltd.	*Zambia*
West Yorkshire Broadcasting PLC	*England*

Pergamon Technical Services International Ltd.	*England*
Pergamon Infotech Ltd.	*England*
Technical Manuals, Training & Reprographic Services Ltd.	*England*
TMTRS Investments (Jersey) Ltd.	*Jersey*
TMTRS Al Arabia Ltd.	*Saudiarabien*
R. Pollard Associates Ltd.	*England*
Milthorp Ltd.	*England*
Milthorp S.r.l.	*Italien*
Milthorp GmbH	*BRD*
Milthorp Printing Equipment Co. Ltd.	*Hongkong*
Milthorp B.V.	*Niederlande*
Milthorp Machinery Inc.	*U.S.A.*
Milthorp Machinery (Pty.) Ltd.	*Australien*
Milthorp New Zealand Ltd.	*Neuseeland*
Drury Lane Publishers Ltd.	*England*
Educational International Consultants Ltd.	*England*
Pollard Malaysia Sdn. Bhd.	*Malaysien*
Metalliform Ltd.	*England*
A.H. McIntosh & Co. Ltd.	*England*
Stephen Cox Group Ltd.	*England*
Millar & Bryce Ltd.	*England*
Marten Walsh Cherer Ltd.	*England*
Celtez Ltd.	*England*
Grosvenor Group PLC	*England*
Backer Electric Co. Ltd.	*England*
Grimble's Plant Ltd.	*England*
Hawkins Land Investments Ltd.	*England*
Techmetals Engineers (South Coast) Ltd.	*England*
Bescol Ltd.	*England*
Metrel Ltd.	*England*
Floform Ltd.	*England*
Rubber & Plastic Industries Ltd.	*England*
Faulkner Engineering Ltd.	*England*
Premier Computer Corp. Inc.	*U.S.A.*
Allcentre Properties Ltd.	*England*
Halcland Ltd.	*England*
Fern Hollow Productions Ltd.	*England*
Information Management Techniques Ltd.	*England*
The Integrated Learning Centre Ltd.	*Hongkong*

Metromode Ltd.	*England*
British Cable Services Ltd.	*England*
Blackpool Rediffusion Service Ltd.	*England*
Communications Patents Ltd.	*England*
Rediffusion (Bristol) Ltd.	*England*
Rediffusion (Merseyside) Ltd.	*England*
Rediffusion (Southampton) Ltd.	*England*
Rediffusion (Yorkshire) Ltd.	*England*
Rediffusion (Wales) Ltd.	*England*
Rediffusion (South-East) Ltd.	*England*
Maidstone Rediffusion Service Ltd.	*England*
Rediffusion (West Midlands) Ltd.	*England*
Rediffusion (Scotland) Ltd.	*England*
Rediffusion (Nord-East) Ltd.	*England*
Rediffusion (North-West) Ltd.	*England*
K.L.M. Rediffusion Service Ltd.	*England*
Rediffusion (Northern Ireland) Ltd.	*England*
Rediffusion (East Midlands) Ltd.	*England*
Leicester Rediffusion Service Ltd.	*England*
Mansfield Rediffusion Service Ltd.	*England*
Rediffusion (South-West) Ltd.	*England*
Rediffusion (Exeter) Ltd.	*England*
Courtenvoy Ltd.	*England*
BCS Pension Trustee Ltd.	*England*
Oxford Microform Publications Ltd.	*England*
Oxford Insurance Co. Ltd.	*Jersey*
Pergamon Group Services Ltd.	*England*
Pergamon Books Ltd.	*England*
Pergamon Investments Ltd.	*England*
Taysign Ltd.	*England*
Yorkover Ltd.	*England*
Tamarac Systems Inc.	*U.S.A.*

DER SPRINGER-KONZERN

NEUE MEDIEN

- SAT 1 Satelliten-Fernsehen GmbH, Mainz
- Privat-Funk & Fernsehen Hessen GmbH & Co, Frankfurt
- Radio Regenbogen GmbH & Co, Mannheim
- AKTUELL Presse-Fernsehen GmbH & Co.KG, Bonn
- Commerz-Film-Mediengesellschaft mbH, Düsseldorf
- Radio Hamburg GmbH & Co.KG, Hamburg
- Radio Schleswig-Holstein GmbH & Co. KG., Kiel
- ANTENNE BAYERN Hörfunkanbieter GmbH & Co. Betriebs- u. Werbe-KG, Unterföhring
- Funk & Fernsehen Nordwestdeutschland GmbH & Co.KG, Isernhagen
- Radio NRW GmbH, Düsseldorf
- CAPITOL Film + TV GmbH & Co. Vertriebs-KG, München

VERLAGE

- BERLINER WOCHENBLATT Verlag GmbH, Berlin
- Ullstein GmbH, Berlin
- ULLSTEIN Verlag GmbH & Co.KG, Berlin
  - ULLSTEIN Anzeigen Marketing GmbH, Berlin
  - Ullstein-Langen-Müller Verlag GmbH & Co.KG, Berlin
    - Verlag Ullstein GmbH, Frankfurt
    - F. A. Herbig Verlagsbuchhandlung GmbH, München
- Hamburger Wochenblatt Verlag GmbH & Co.KG, Hamburg
  - AV Annoncen Verlag GmbH, Hamburg
  - Beteiligungen an verschiedenen Anzeigenblatt-Verlagen
- tsv „top special“ Verlag GmbH, Berlin
- Cora Verlag GmbH, Berlin
- Koralle Verlag GmbH & Co. Vertriebs-KG, Hamburg
- Branche & Business Fachverlag GmbH & Co.KG, Düsseldorf

Ausland

- Editions Mondiales/ Axel Springer (EMAS), Paris
- Axel Springer Publicaciones, Madrid
- Auto Express Comp., London
- Oscar Bronner GmbH & Co.KG Wien

Was neben der Bild-Zeitung alles zum deutschen Axel Springer Verlag gehört:

- Bergedorfer Buchdruckerei von Ed. Wagner (GmbH & Co.), Hamburg
- Weltkunst Verlag GmbH, München
  - Antiquitäten-Zeitung Verlag GmbH, München
  - WB-Verlag GmbH & Co. KG, München
  - Hirmer-Verlag GmbH, München
- Lübecker Nachrichten GmbH, Lübeck
- Kieler Zeitung Verlags- u. Druckerei KG — GmbH & Co. —, Kiel
- Kieler Zeitung GmbH & Co. Offsetdruck KG, Kiel
- A. Beig Druckerei u.Verlag GmbH & Co. KG, Pinneberg
- Moser Holding AG— Tiroler Tageszeitung, Innsbruck

VERTRIEB

- Heinz Overbruck GmbH & Co. KG, Hamburg
- Internationale Presse Import u. Export GmbH, Frankfurt
- Buch- und Presse-Großvertrieb Hamburg GmbH & Co. KG, Hamburg
- V.V.Vertriebs-Vereinigung Berliner Zeitungs- u. Zeitschriften Grossisten GmbH & Co. KG, Berlin
- Presse Vertrieb Pfalz GmbH & Co. KG, Worms
- ZZ-Kurier Gesellschaft für Zeitungs- u. Zeitschriften-vertrieb mbH, Hamburg
- Gerhard Hölter Internationale Spedition GmbH, Hamburg
- Wulf & Hölter (GmbH & Co.) KG, Hamburg
- dsb Zeitschriften Abonnements-Verwaltungs GmbH, Neckarsulm
- Medical Tribune Group, New York

WEITERE BETEILIGUNGEN

- Hamburger Abendblatt Die Welt Reisebüro GmbH, Hamburg
  - Touristik Union International GmbH & Co. KG, Hannover
- VVDG Verlags- und Industrieversicherungsdienste GmbH, Berlin
- GfP Gesellschaft für Projektmanagement mbH & Co. KG, Hamburg
- NTE NeuTech Entwicklungs-Gesellschaft mbH & Co. KG, München
- Poligrafica Editoriale SpA. Bologna
- AXEL SPRINGER-BUDAPEST GmbH, Budapest/Ungarn

DAS WAZ-REICH

WESTDEUTSCHE ALLGEMEINE ZEITUNGSVERLAGSGESELLSCHAFT

TAGESZEITUNGEN

Zeitungsverlag Ruhrgebiet GmbH & Co.KG,
Essen

Zeitungsverlag Westfalen GmbH & Co.KG,
Essen

Zeitungsverlag Niederrhein GmbH & Co.KG,
Essen

Westfalenpost GmbH & Co.KG,
Hagen

Media-Zeitschriftenverlag GmbH,
Essen

Wichelhoven Verlags GmbH & Co.KG,
Iserlohn

Westdeutsche Zeitungsverlag
GmbH & Co. Zeitschriften- u. Beteiligungs-KG

KURIER Zeitungsverlag u. Druckerei AG,
Wien

KRONE Verlag GmbH & Co.KG,
Wien

MEDIAPRINT Zeitungs- und Zeitschriften-Verlag
GmbH & Co.KG, Wien

MEDIAPRINT Zeitungsdruckerei
GmbH & Co.KG, Wien

MEDIAPRINT Zeitschriftendruckerei
GmbH & Co.KG, Wien

MEDIAPRINT Reprotechnik
GmbH & Co.KG, Wien

MEDIAPRINT Zeitungsvertriebs-
GmbH & Co.KG, Wien

MEDIAPRINT Anzeigen
GmbH & Co.KG, Wien

MEDIAPRINT Zeitungsbeilagen
Verlags-GmbH & Co.KG, Wien

Vorwärts AG, Wien

Tusch Druck, Wien

ZEITSCHRIFTEN

Welt am Sonnabend GmbH,
Düsseldorf

SZV — Spezial Zeitschriften Verlag GmbH & Co.KG,
München

Westdeutsche Zeitschriften Verlag GmbH & Co.KG,
Düsseldorf

MZV — Moderner Zeitschriften Vertrieb GmbH & Co.KG,
Eching

Zeitschriften-Verlags-Beteiligungs-GmbH, Wien

Wirtschafts-Trend
Zeitschriften-Verlags-GmbH, Wien

Wochenpresse
Zeitschriften-Verlags-GmbH & Co.KG, Wien

Rennbahn-Express
Verlags-GmbH, Wien

ORAC ZeitschriftenverlagsgmbH., Wien

Bezirksjournal
Zeitungs-Verlags-GmbH, Wien

Der Medienkonzern aus Essen ist in der BRD und in Österreich eine ganz große Nummer:

E. BROST & J. FUNKE GmbH. & Co

ANZEIGENBLÄTTER

VW — Westdeutsche Verlags- und Werbegesellschaft,
sen

struhr Anzeigenblatt GmbH & Co.KG,
sen

DRUCKEREIEN

uckhaus WAZ
nbH & Co.KG, Essen

AZ-Druck
nbH & Co.KG, vorm. C. Lange, Duisburg

orotechnik Westfalen
nbH & Co.KG, Dortmund

uck- und Verlagszentrum
nbH & Co.KG, Hagen

stdruck
undstücks-GmbH

AZ-Grundstücks-GmbH & Co.KG,
en

ndschauhaus
waltungs-GmbH

NEUE MEDIEN

Westfilm Medien-GmbH,
Essen

Allianz Filmproduktions-GmbH,
Berlin

Kabelcom,
Essen

Deutsche Gesellschaft für Kabel-Kommunikation

Westfilm Film- und Fernsehproduktions-
Verwaltungs-GmbH & Co.KG

RTL plus Deutschland
Fernsehen GmbH & Co.KG

Toro Film
GmbH, Berlin

Radio NRW GmbH,
Düsseldorf

Tele West GmbH & Co.KG

DIVERSES

Papierfabrik Holtzmann & Cie AG

Otto Versand, Hamburg (Beteiligung)

Langenberg Kupfer- u. Messingwerke GmbH & Co.KG,
(Kupfer und Messing)

A. Kiekert & Söhne GmbH & Co.KG,
(Autozubehör)

Tack und Gabel GmbH & Co.KG,
(Autoschlösser)

DER HERSANT-CLAN

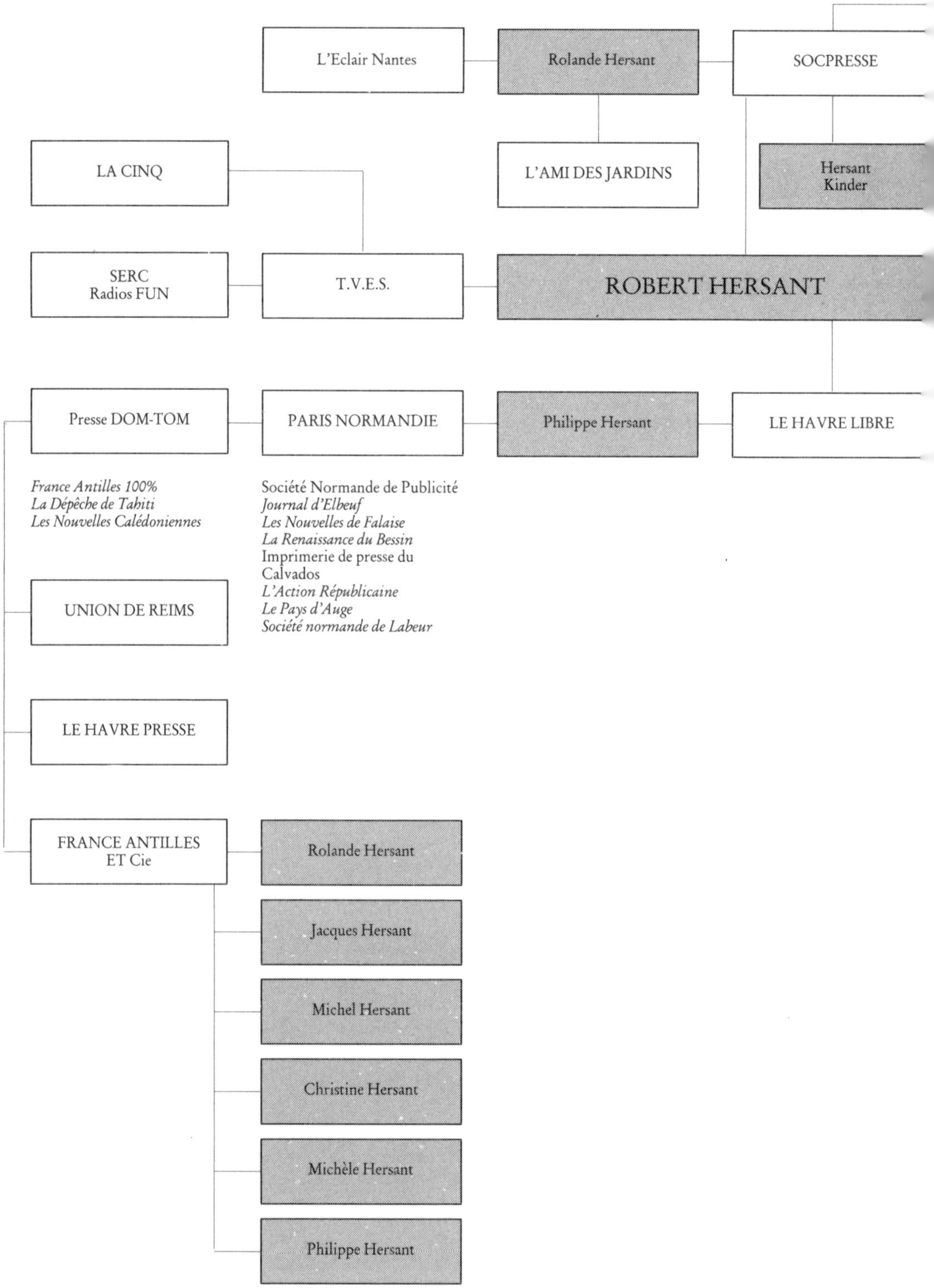

Dem Franzosen Robert Hersant und seiner Familie gehören folgende Medienfirmen:

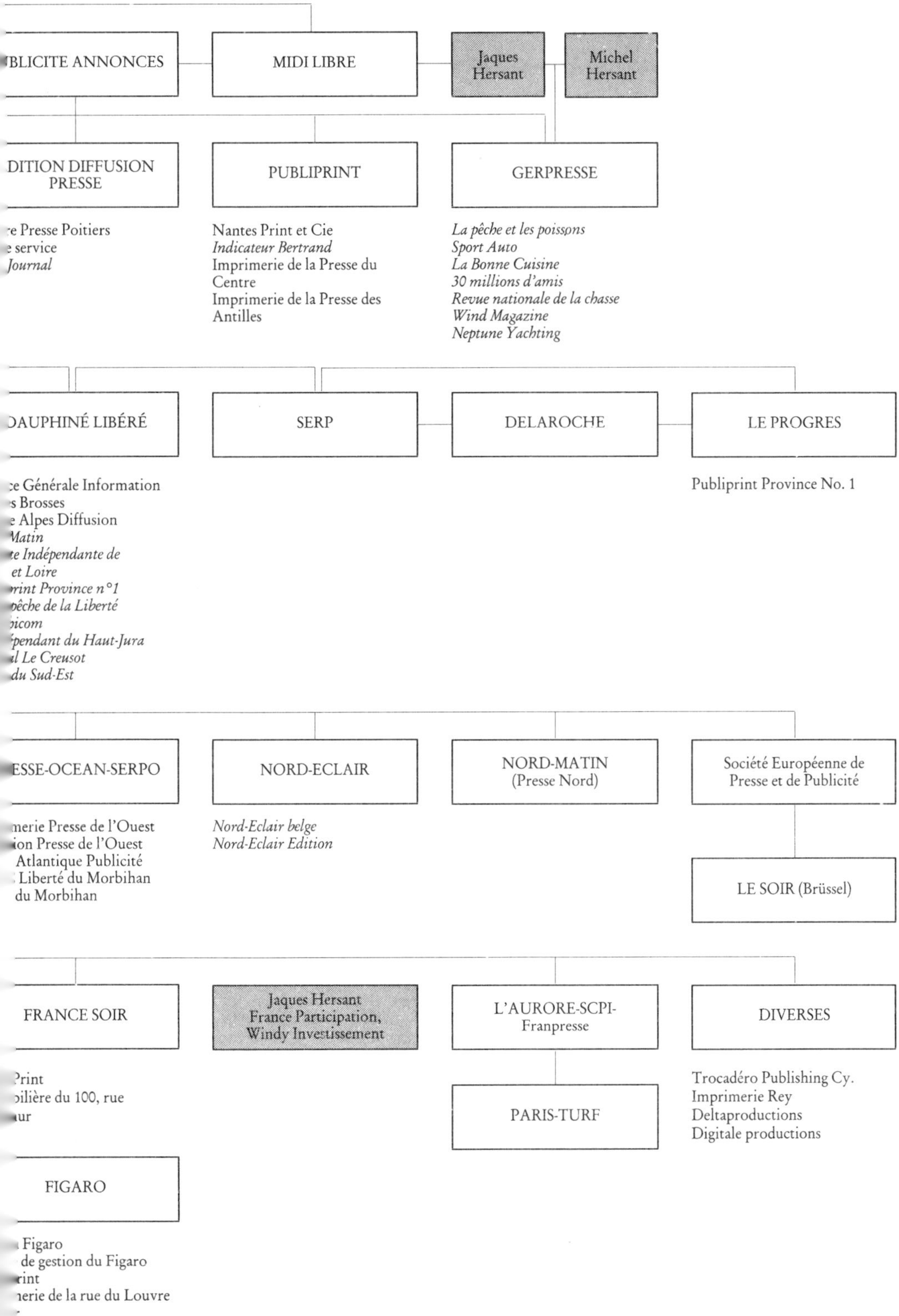

DIE NUMERO UNO MONDADORI

ARNOLDO MONDADO

BÜCHER

- Non Solo Libri S.P.A.
- Mondadori Espana, Madrid
- Serra e Riva
- Edizioni di Comunità S.P.A.
- Harlequin Mondadori S.P.A.
- Mondadori De Agostini Libri S.P.A.
- Riccardo Ricciardi Editore
- Ed. El. Editoria Elettronica
- Sperling & Kupfer S.P.A.
- Mach 2 Libri S.P.A.
- Edizione Frassinelli S.r.l.

GRAFIK & DRUCK

- Artes Graficas S.A. Toledo
- Socpi S.r.l.
- Mondadori Publishing Company Ltd., New York
- Mondadori Co. Ltd. London
- Mondadori Deutschland GmbH, München
- Mondadori Scandinavia A.B., Stockholm
- International Art Products B.V. Holland
- Encadreurs Service Nederland B.V. Holland

MAGAZINE UND WERBUNG

- GPE S.P.A.
- A. Manzoni & C.S.P.A.
- Editorale L'Espresso S.P.A.

PAPIERFABRIKEN

- Cartiera di Ascoli
- Cartiera F.A. Marsoni

Italiens größter Verlagskonzern ist drauf und dran, ein Medienmulti zu werden:

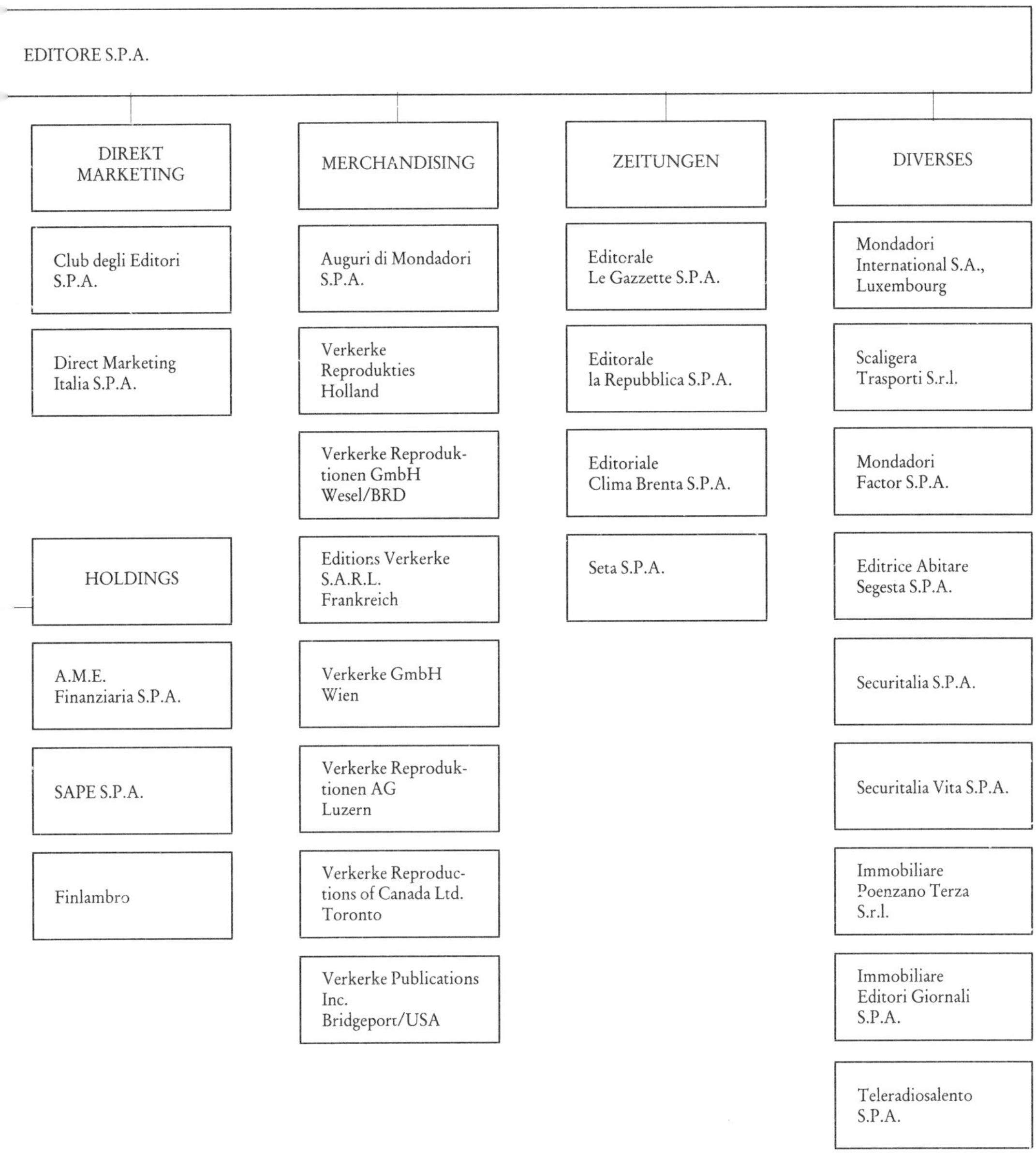

DAS BAUER-SORTIMENT

Ein Hamburger in aller Welt — Heinz Bauer und seine Unternehmensgruppe:

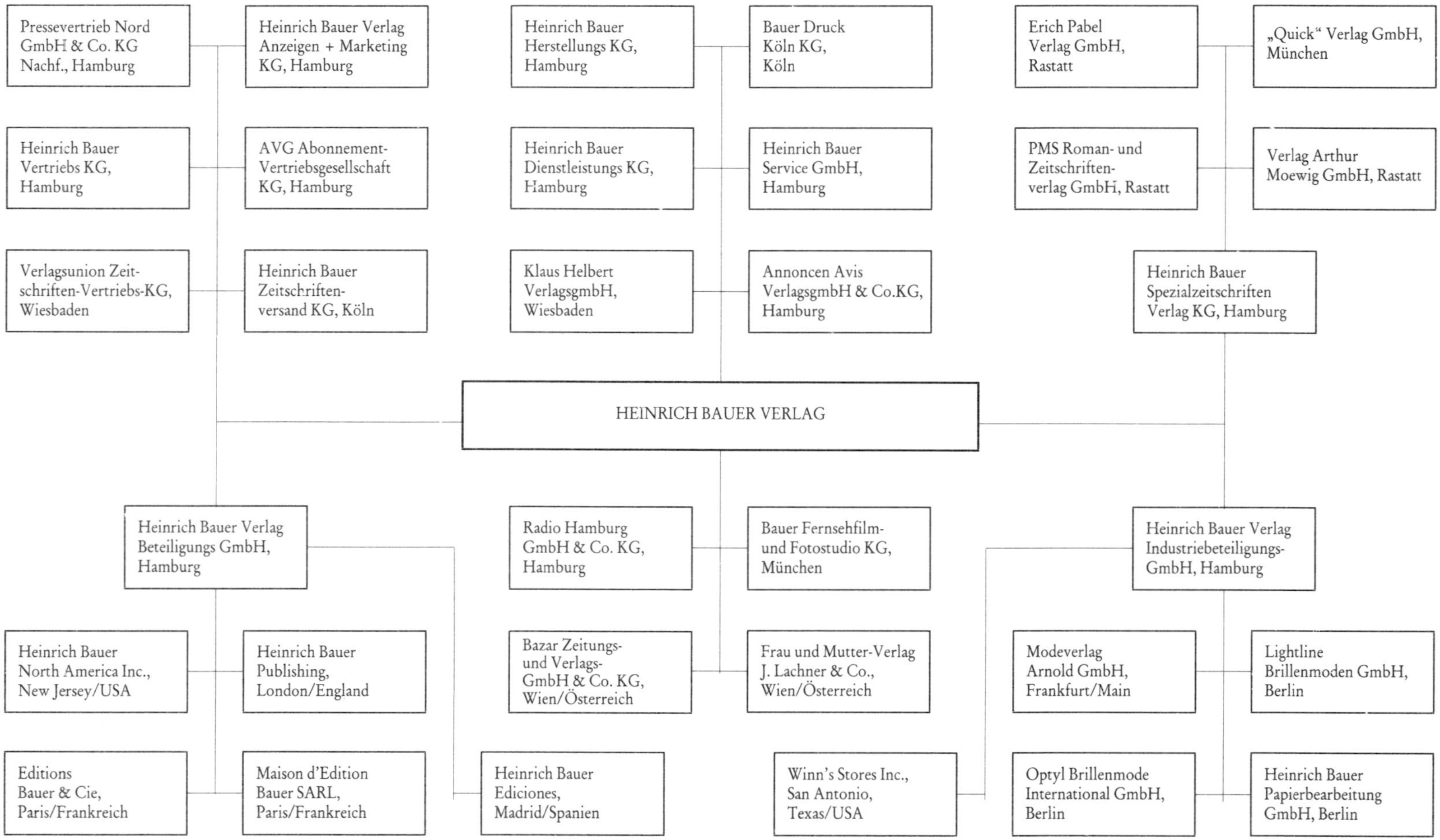

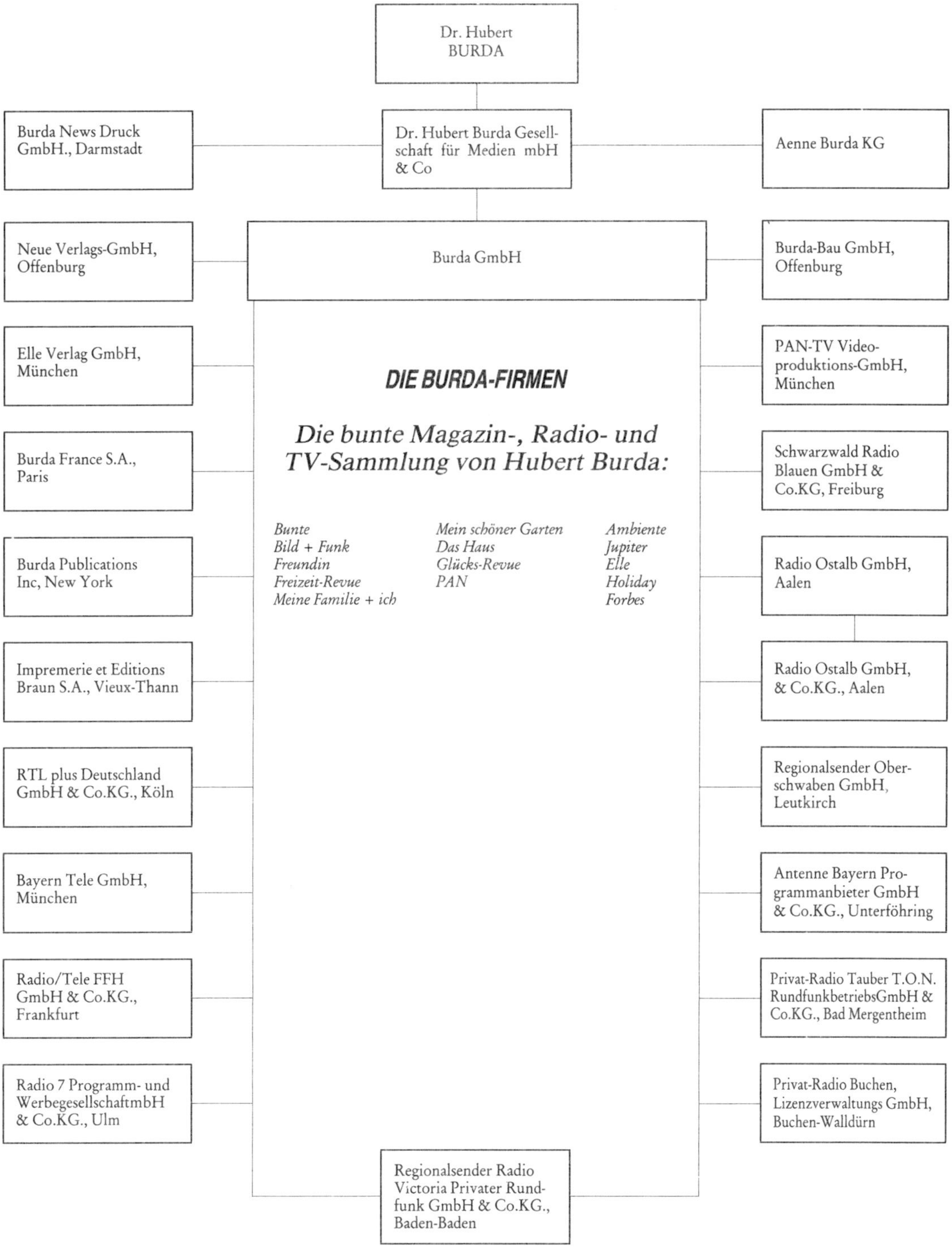
Dr. Hubert BURDA
Burda News Druck GmbH., Darmstadt
Dr. Hubert Burda Gesellschaft für Medien mbH & Co
Aenne Burda KG
Neue Verlags-GmbH, Offenburg
Burda GmbH
Burda-Bau GmbH, Offenburg
Elle Verlag GmbH, München
PAN-TV Videoproduktions-GmbH, München
DIE BURDA-FIRMEN
Die bunte Magazin-, Radio- und TV-Sammlung von Hubert Burda:
Bunte
Bild + Funk
Freundin
Freizeit-Revue
Meine Familie + ich
Mein schöner Garten
Das Haus
Glücks-Revue
PAN
Ambiente
Jupiter
Elle
Holiday
Forbes
Burda France S.A., Paris
Schwarzwald Radio Blauen GmbH & Co.KG, Freiburg
Burda Publications Inc, New York
Radio Ostalb GmbH, Aalen
Impremerie et Editions Braun S.A., Vieux-Thann
Radio Ostalb GmbH, & Co.KG., Aalen
RTL plus Deutschland GmbH & Co.KG., Köln
Regionalsender Oberschwaben GmbH, Leutkirch
Bayern Tele GmbH, München
Antenne Bayern Programmanbieter GmbH & Co.KG., Unterföhring
Radio/Tele FFH GmbH & Co.KG., Frankfurt
Privat-Radio Tauber T.O.N. RundfunkbetriebsGmbH & Co.KG., Bad Mergentheim
Radio 7 Programm- und WerbegesellschaftmbH & Co.KG., Ulm
Privat-Radio Buchen, Lizenzverwaltungs GmbH, Buchen-Walldürn
Regionalsender Radio Victoria Privater Rundfunk GmbH & Co.KG., Baden-Baden

DAS HAUS RINGIER

Die Brüder Ringier sind Marktleader in der Schweiz und expandieren in aller Welt:

SCHWEIZ

Ringier Print C. J. Bucher AG, Adligenswil
Offset- und Pressezentrum

Ringier Print
Tiefdruckzentrum, Zofingen

AG für Presseerzeugnisse, Zürich

L'illustré SA., Lausanne

Ringier Buchverlag

Ringier Dokumentationszentrum

Rincovision
Video- und Filmproduktion Broadcast Services, Zürich

Furrer & Partner AG, Zürich

Monopole Pathé Films SA
Filmverleih, Zürich

Good News Productions AG, Zürich

C. J. Bucher AG, Luzern

Illert, Häussler & Partner AG, Zofingen
Unternehmensberatung Druck

Ringier Journalistenschule, Zofingen

Zürivision AG, Zürich
Regionalfernsehen

BRD

Ringier Verlag GmbH, München
Natur, Alpin, Drachenflieger, Fliegermagazin, Fotomagazin, Fotowirtschaft

Internationale Presse GmbH, Frankfurt

Verlag C. J. Bucher GmbH, München

Illert, Häussler & Partner GmbH, Frankfurt
Unternehmensberatung Druck

VCL (Video Communication Ltd.), München
Video-Vertriebsgesellschaft

USA

W. A. Krueger Co.
Scottsdale/Arizona

Krueger-Ringier Inc.
Itasca/Illinois
Charlotte/North Carolina
Corinth/Mississippi
Dresden/Tennessee
Evans/Georgia
New York/N.Y.

FRANKREICH

Editions Ringier, Paris

Ringier France SA, Paris

HONGKONG

Times-Ringier (HK) Ltd,
Hongkong *Druckerei*

ENGLAND

Ringier Ltd., London

CSFR

Profit, Prag

DIE MAGAZINE-FABRIK G + J

Die wichtigsten Töchter der Bertelsmann-Filiale Gruner + Jahr:

GRUNER + JAHR AG & CO., ITZEHOE

Inland

- Spiegel-Verlag Rudolf Augstein GmbH & Co. KG, Hamburg
- Manager-Magazin Verlags-GmbH, Hamburg
- AVNET Bildwand GmbH, Hamburg
- AVNET Bildwand Kudamm-Eck GmbH, Berlin
- Berliner Presse Vertrieb GmbH, Berlin
- BRIGITTE Verlags- und VertriebsgesmbH, Hamburg
- BSG Buch-Service Gesellschaft mbH, Berlin
- Deutscher Pressevertrieb Buch-Hansa GmbH, Hamburg
- Druck- und Verlagshaus Gruner + Jahr Aktiengesellschaft, Itzehoe
- Ehrlich & Sohn GmbH & Co., Lübeck
- FUCATUS VermietungsgmbH & Co. Objekt Baumwall KG, Hamburg
- GEO Verlags- und VertriebsgesmbH, Hamburg
- Gruner + Jahr Informationssysteme GmbH, Hamburg
- GVG GenußrechtsverwaltungsgmbH, Itzehoe
- Hamburger Journalistenschule Gruner + Jahr — DIE ZEIT GmbH, Hamburg
- IPV Inland Presse Vertrieb GmbH, Hamburg
- IVI Verlagsgesellschaft mbH, Hamburg
- Medien Plus Filmvertriebs GmbH, Hamburg
- Morgenpost Verlag GmbH, Hamburg
- Verwaltungsgesellschaft „Morgenpost" Druck- und Verlagsanstalt mbH, Hamburg
- Norddeutsche VerlagsgesmbH, Lübeck
- Participations-Edition-Presse GmbH, Hamburg
- PRISMA Presse GmbH, Hamburg
- Vereinigte Motor-Verlage GmbH & Co.KG, Stuttgart
- Norddeutsche Verlagsgesellschaft (NVG), Hamburg
- Berliner Verlag, Ost-Berlin
- Graphischer Großbetrieb „Völkerfreundschaft", Dresden

Ausland

- G + J Espana S.A., Madrid
- G + J Images Inc., New York
- Gruner + Jahr International Marketing and Media Services Inc., New York
- Gruner + Jahr International Marketing and Media Services Ltd., London
- Gruner + Jahr International Services Marketing et Media S.A.R.L., Paris
- Gruner + Jahr (Schweiz) AG, Zürich
- Gruner + Jahr USA Group Inc., New York
- Gruner + Jahr Printing and Publishing Company, New York
- Gruner + Jahr (U.K.), London
- Gruner + Jahr VerlagsgmbH, Wien
- Prisma Presse et Cie, Paris
- Stern Magazine Corporation, New York
- Gruner + Jahr Italia, Mailand

DIE ERFOLGREICHSTEN TAGESZEITUNGEN

Eine aktuelle Rangliste
der meistverkauften Blätter Europas:

Titel	Land	Verkaufsauflage in 1.000
1. *Bild*	BRD	4.400
2. *The Sun*	GB	4.183
3. *Daily Mirror*	GB	3.o82
4. *Daily Mail*	GB	1.786
5. *Daily Express*	GB	1.674
6. *The Daily Telegraph*	GB	1.134
7. *Neue Kronen Zeitung*	Ö	1.074 *
8. *Daily Star*	GB	1.009
9. *De Telegraaf*	NL	781
10. *Ouest-France*	Fra	745
11. *Westdeutsche Allgemeine Zeitung*	BRD	660
12. *Corriere della Sera*	I	629
13. *La Repubblica*	I	618
14. *Expressen*	Sch	571
15. *Today*	GB	570
16. *La Gazzetta dello Sport*	I	531
17. *Hannoversche Allgemeine*	BRD	511
18. *Helsingin Sanomat*	Fi	477
19. *The Guardian*	GB	458
20. *Algemeen Dagblad*	NL	446
21. *The Times*	GB	445
22. *Kurier*	Ö	442*
23. *Express*	BRD	437
24. *El Pais*	Spa	417
25. *Le Figaro*	Fra	416
26. *Dagens Nyheter*	Sch	415
27. *La Stampa*	I	403
28. *Aftonbladet*	Sch	397
29. *Rheinische Post*	BRD	391
30. *Süddeutsche Zeitung*	BRD	386
31. *Frankfurter Allgemeine*	BRD	382
32. *Le Monde*	Fra	379
33. *The Independent*	GB	377
34. *Corriere Sport/Stadio*	I	377
35. *Le Parisien*	Fra	374
36. *Blick*	Sz	368
37. *Südwest-Presse*	BRD	367
38. *Schleswig-Holstein-Presse*	BRD	362
39. *Augsburger Allgemeine*	BRD	359
40. *La Voix du Nord*	Fra	356
41. *Sud-Ouest*	Fra	352
42. *Verdens Gang*	Nor	345
43. *Nürnberger Nachrichten*	BRD	344
44. *De Standaard/ Het Nieuwsblad/De Gentenaar*	Bel	335
45. *Nordwest-Zeitung*	BRD	317
46. *Il Messaggero*	I	316
47. *De Volkskrant*	NL	315
48. *Neue Osnabrücker Zeitung*	BRD	299
49. *Brabant Pers Dagbladen*	NL	298
50. *Hamburger Abendblatt*	BRD	296
51. *Le Progrès*	Fra	294
52. *Le Dauphiné Libéré*	Fra	287
53. *Kölner Stadtanzeiger*	BRD	281
54. *BZ (Berliner Zeitung)*	BRD	279
55. *Göteborgs Posten*	Sch	277
56. *France-Soir*	Fra	269
57. *Kleine Zeitung*	Ö	268 *
58. *La République du Centre- Ouest*	Fra	262
59. *Aftenposten*	Nor	262
60. *Tages-Anzeiger*	SZ	261
61. *Abendzeitung*	BRD	250
62. *Neue Westfälische*	BRD	257
63. *Nice-Matin*	Fra	249
64. *Die Rheinpfalz*	BRD	247
65. *Il Resto del Carlino*	I	247
66. *La Montagne*	Fra	245
67. *Ekstra Bladet*	Dän	245
68. *Westdeutsche Zeitung*	BRD	244
69. *Il Sole 24 Ore*	I	242
70. *L`Est Républicain*	Fra	240
71. *ABC*	Spa	235
72. *La Dépêche du Midi*	Fra	233
73. *Le Soir*	Bel	228
74. *B.T.*	Dän	227
75. *Svenska Dagbladet*	Sch	227
76. *Die Welt*	BRD	227
77. *L`Equipe*	Fra	226
78. *Stuttgarter Nachrichten/ Nachrichten*	BRD	224
79. *Dernières Nouvelles d`Alsace*	Fra	214
80. *NRC Handelsblad*	NL	214
81. *Bremer Nachrichten/ Weser Kurier*	BRD	214
82. *La Nazione*	I	211
83. *Dagbladet*	Nor	206
84. *Il Giorno*	I	203
85. *Schwäbische Zeitung*	BRD	198
86. *Pfälzischer Merkur*	BRD	198
87. *Eleftheros Typos*	Grie	195
88. *Saarbrücker Zeitung*	BRD	186
89. *Münchner Merkur*	BRD	185
90. *Haagsche Courant*	NL	185
91. *tz*	BRD	175
92. *Badische Zeitung*	BRD	175
93. *Il Mattino*	I	174
94. *Badische Nste. Nachrichten*	BRD	168
95. *Aachener Volkszeitung/ Nachrichten*	BRD	166
96. *Hamburger Morgenpost*	BRD	163
97. *Kölnische Rundschau*	BRD	161
98. *Passauer Neue Presse*	BRD	159
99. *Westfälischer Anzeiger*	BRD	159
100. *Kieler Nachrichten*	BRD	158

* Bei den österreichischen Tageszeitungen sind die kontrollierten Druckauflagen angegeben. Die Verkaufsauflagen werden in Österreich nicht veröffentlicht.

Quellen:
Accertamenti Diffusione Stampa (ADS), Mailand; Audit Bureau of Circulation (ABC)/JICNARS (Joint Industry Committee for National Readership Surveys), London; CEBUCO, Niederlande; CIM, Brüssel; Danish Oplagskontrol, Kopenhagen; IVW (Informationsgemeinschaft zur Feststellung der Verbreitung von Werbeträgern), BRD; Oficina de Justificación de la Difusión, Madrid; OJD (Office de publication de la diffusion), Paris; Norske Avisers Landsforbund, Oslo; PMT, Taskumedia, Helsinki; Swedish Audit Bureau of Circulation, Tidningsstatistik, Solna/Schweden; Ukepressekatalogen, Oslo; Auflagen-Bulletin 1989 der WEMF (AG für Werbemittelforschung), Schweiz; Presse Handbuch 1990, Wien.

DIE BESTVERKAUFTEN MASSENBLÄTTER

Die bunte Palette der beliebtesten Wochen- und Monatsblätter Europas auf einen Blick:

Titel	Land		Verkaufsauflage in 1.000
1. *Hör zu*	BRD	W*	3.060
2. *Télé 7 Jours*	Fra	W	3.045
3. *Radio Times*	GB	W	3.037
4. *TV Times*	GB	W	2.944
5. *TV Hören und Sehen*	BRD	W	2.513
6. *Auf einen Blick*	BRD	W	2.483
7. *Das Haus*	BRD	M	2.460
8. *Fernsehwoche*	BRD	W	2.365
9. *Kampioen*	NL	M	2.335
10. *TV Sorrisi e Canzoni*	I	W	2.295
11. *Bild der Frau*	BRD	W	1.940
12. *Funk Uhr*	BRD	W	1.897
13. *Femme Actuelle*	Fra	W	1.770
14. *Télé Poche*	Fra	W	1.754
15. *Pirkka*	Fin	M	1.665
16. *Neue Post*	BRD	W	1.663
17. *Télé Star*	Fra	W	1.613
18. *Tina*	BRD	W	1.571
19. *Reader`s Digest*	GB	M	1.527
20. *Das Beste*	BRD	M	1.349
21. *Freizeit Revue*	BRD	W	1.327
22. *Bella*	GB	W	1.300
23. *Stern*	BRD	W	1.247
24. *Prima*	Fra	M	1.230
25. *Woman`s Weekly*	GB	W	1.196
26. *Das Neue Blatt*	BRD	W	1.163
27. *Télé Z*	Fra	W	1.161
28. *Burda Moden*	BRD	M	1.157
29. *Pro*	Sz	M	1.134
30. *Télé Loisirs*	Fra	W	1.134
31. *Gong*	BRD	W	1.070
32. *Famiglia Cristiana*	I	W	1.068
33. *Me*	GB	W	1.054
34. *Der Spiegel*	BRD	W	1.033
35. *Modes & Travaux*	Fra	M	1.004
36. *Brigitte*	BRD	14-t.	1.001
37. *Selection du R.D.*	Fra	M	1.000
38. *Bravo*	BRD	W	992
39. *Bild + Funk*	BRD	W	987
40. *Bunte*	BRD	W	960
41. *Pronto*	Spa	W	948
42. *Woman`s Own*	GB	W	931
43. *Avrobode/Televizier*	NL	W	924
44. *Neue Revue*	BRD	W	912
45. *Bildwoche*	BRD	W	903
46. *Woman*	GB	W	887
47. *Best*	GB	W	885
48. *Notre Temps*	Fra	M	877
49. *Selezione R. D.*	I	M	875
50. *Prima*	GB	M	853
51. *Die Zwei*	BRD	W	852
52. *Gente*	I	W	826
53. *Auto-Bild*	BRD	W	820
54. *Veronica - TV*	NL	W	775
55. *Meine Familie & ich*	BRD	M	756
56. *Für Sie*	BRD	14-t.	751
57. *Allerhande*	NL	M	750
58. *Freundin*	BRD	14-t.	745
59. *Troskompas*	NL	W	744
60. *Libelle*	NL	W	726
61. *Frau im Spiegel*	BRD	W	725
62. *Quick*	BRD	W	703
63. *Teleprograma*	Spa	W	700
64. *Praline*	BRD	W	683
65. *Telesette*	I	W	677
66. *Quattroruote*	I	M	666
67. *Paris Match*	Fra	W	647
68. *Telepiù*	I	W	644
69. *Die Aktuelle*	BRD	W	639
70. *Oggi*	I	W	622
71. *Sport Bild*	BRD	W	621
72. *Marie Claire*	Fra	M	610
73. *Essentials*	GB	M	610
74. *Avantage*	Fra	M	609
75. *ICA Kuriren*	Sch	W	594
76. *Eltern*	BRD	M	590
77. *Hola!*	Spa	W	583
78. *Wochenend*	BRD	W	576
79. *L`Express*	Fra	W	555
80. *Margriet*	NL	W	555
81. *Bravo Girl*	BRD	14-t.	541
82. *Woman`s Realm*	GB	W	541
83. *Geo*	BRD	M	539
84. *The People`s Friend*	GB	W	537
85. *Das Neue*	BRD	W	535
86. *Prima*	BRD	M	523
87. *Privé*	NL	W	523
88. *Maxi*	Fra	W	522
89. *Tele Indiscreta*	Spa	W	520
90. *Bella*	BRD	W	513
91. *Woman & Home*	GB	M	509
92. *My Weekly*	GB	W	506
93. *Vara Gids*	NL	W	497
94. *Télérama*	Fra	W	498
95. *Lecturas*	Spa	W	492
96. *Geo*	Fra	M	482
97. *NRCV-Gids*	NL	W	470
98. *Das Goldene Blatt*	BRD	W	451
99. *P.M.*	BRD	M	440
100. *Maxi*	BRD	W	432

* W = wöchentlich, M = monatlich

Quellen: Accertamenti Diffusione Stampa (ADS), Mailand; Audit Bureau of Circulation (ABC)/JICNARS (Joint Industry Committee for National Readership Surveys), London; NOTU, Niederlande; IVW (Informationsgemeinschaft zur Feststellung der Verbreitung von Werbeträgern), BRD; Oficina de Justificación de la Difusión, Madrid; OJD (Office de publication de la diffusion), Paris.

DIE FAVORITS DER LESER

Ein Streifzug durch sechs Länder:
Welche Blätter haben die meisten Leser ?

BUNDESREPUBLIK DEUTSCHLAND

Tagespresse	Leser in 1.000	Zeitschriften/Magazine	erscheint *	Leser in 1.000
1. *Bild*	10.890	1. *Hör zu*	W	9.330
2. ACN-Gesamt	3.510	2. *Stern*	W	7.700
3. WAZ -Titel	2.940	3. *TV Hören & Sehen*	W	6.580
4. *Hamburger Abendblatt*	1.550	4. *Der Spiegel*	W	5.580
5. *Hannoversche Allgemeine*	1.320	5. *Fernsehwoche*	W	5.160
6. *Stuttgarter Zeitung*	1.220	6. *Bunte*	W	4.740
7. *Süddeutsche Zeitung*	1.110	7. *Funkuhr*	W	4.360
8. *Münchner Merkur*	1.030	8. *Brigitte*	14-t.	3.840
9. *Nürnberger Nachrichten*	960	9. *Auf einen Blick*	W	3.770
10. *Frankfurter Allgemeine*	910	10. *Tina*	W	3.630

Quelle: Media-Analyse 1990

* W = wöchentlich, M = monatlich

ÖSTERREICH

Tagespresse	Leser in 1.000	Zeitschriften/Magazine	erscheint *	Leser in 1.000
1. *Krone*	2.681	1. *Die ganze Woche*	W	2.168
2. *Kurier*	941	2. *ORF Nachlese*	M	841
3. *Kleine Zeitung*	659	3. *auto revue*	M	729
4. *OÖ. Nachrichten*	307	4. *trend*	M	620
5. *Tiroler Tageszeitung*	262	5. *Wiener*	M	597
6. *Der Standard*	242	6. *Basta*	M	566
7. *Neue AZ*	235	7. *profil*	W	491
8. *Salzburger Nachrichten*	217	8. *Gewinn*	M	465
9. *Die Presse*	210	9. *Gusto*	M	268
10. *Vorarlberger Nachrichten*	178	10. *Wochenpresse*	W	236

Quelle: Mediaanalyse 1990

Anm.: Die deutschen Zeitschriften wurden nicht berücksichtigt.

SCHWEIZ

Tagespresse	Leser in 1.000	Zeitschriften/Magazine	erscheint *	Leser in 1.000
1. *Blick*	835	1. *Der Schweizerische Beobachter*	14-t.	753
2. *Tages-Anzeiger*	644	2. *Schweizer Familie*	W	628
3. *Neue Zürcher Zeitung*	300	3. *Tele*	W	548
4. *Berner Zeitung*	285	4. *Schweizer Illustrierte*	W	543
5. *24-heures*	235	5. *Pro*	M	541
6. *La Suisse*	219	6. *Das Beste*	M	496
7. *Basler Zeitung*	217	7. *Meyers Modeblatt*	W	457
8. Tandem **	213	8. *Glückspost*	W	441
9. *St. Galler Tagblatt*	213	9. *Geo*	M	416
10. *Le Matin*	182	10. *Schweizer Woche*	W	372

** Luzerner Tagblatt, Vaterland

Quelle: Konsum-Media-Studie KMS `89

GROSSBRITANNIEN

Tagespresse	Leser in 1.000	Zeitschriften/Magazine	erscheint *	Leser in 1.000
1. *Daily Mirror*	10.840	1. *TV-Times*	W	9.215
2. *The Sun*	10.396	2. *Radio Times*	W	9.109
3. *Daily Mail*	4.317	3. *Reader`s Digest*	M	6.155
4. *Daily Express*	3.833	4. *Woman`s Own*	W	4.433
5. *Daily Star*	2.610	5. *Bella*	W	3.639
6. *The Daily Telegraph*	2.370	6. *Woman`s Weekly*	W	3.244
7. *Today*	1.731	7. *Woman*	W	2.987
8. *The Guardian*	1.309	8. *Best*	W	2.786
9. *The Times*	1.166	9. *Prima*	M	2.670
10. *The Independent*	1.132	10. *Family Circle*	M	1.948

Quelle: JICNARS 1990

FRANKREICH

Tagespresse	Leser in 1.000	Zeitschriften/Magazine	erscheint *	Leser in 1.000
1. *Ouest-France*	2.266	1. *Télé 7 Jours*	W	11.339
2. *La Voix du Nord*	1.206	2. *Femme Actuelle*	W	7.825
3. *Le Parisien*	1.191	3. *Télé Poche*	W	7.423
4. *Sud-Ouest*	1.176	4. *Télé Star*	W	6.344
5. *Le Monde*	1.115	5. *Prima*	M	5.146
6. *Le Figaro*	1.070	6. *Modes & Travaux*	M	5.087
7. *Le Dauphiné Libéré*	1.024	7. *Geo*	M	5.015
8. *La Dépêche du Midi*	858	8. *Paris Match*	W	4.512
9. *La Nouvelle République*	826	9. *Arts et Décoration*	M	4.206
10. *Libération*	756	10. *Marie Claire*	M	4.089

Quelle: CESP

ITALIEN

Tagespresse	Leser in 1.000	Zeitschriften/Magazine	erscheint *	Leser in 1.000
1. *La Repubblica*	3.405	1. *TV Sorrisi e Canzoni*	W	11.724
2. *La Gazzetta dello Sport*	3.094	2. *Quattroruote*	M	7.307
3. *Corriere della Sera*	2.729	3. *Famiglia Cristiana*	W	6.032
4. *Corriere Sport /Stadio*	1.869	4. *Gente*	W	4.521
5. *La Stampa*	1.822	5. *Oggi*	W	4.285
6. *Il Messaggero*	1.497	6. *Gente Motori*	M	3.870
7. *Il Resto del Carlino*	1.281	7. *Panorama*	W	3.355
8. *La Nazione*	1.166	8. *Selezione R.D.*	M	3.536
9. *Il Mattino*	1.107	9. *Grazie*	W	3.132
10. *Il Sole 24 Ore*	1.074	10. *L `Espresso*	W	3.053

Quelle: IPSI 1989

* W = wöchentlich, M = monatlich

In den übrigen Ländern liegen folgende Blätter an der Spitze:

Tagespresse	Leser in 1.000	Zeitschriften/Magazine	erscheint	Leser in 1.000
FINNLAND				
1. *Helsingin Sanomat*	1.336	1. *Pirkka*	M	2.900
2. *Ilta-Sanomat*	821	2. *Seura*	W	1.429
3. *Iltalehti*	514	3. *Apu*	W	1.400
NORWEGEN				
1. *Verdens Gang*	1.256	1. *Hjemmet*	W	1.149
2. *Aftenposten*	902	2. *Motor*	M	1.088
3. *Dagbladet*	847	3. *Se og Hor*	W	990
SCHWEDEN				
1. *Expressen*	1.716	1. *ICA-Kuriren*	W	1.137
2. *Aftonbladet*	1.235	2. *Hemmets Journalen*	W	961
3. *Dagens Nyheter*	1.098	3. *Aret Runt*	W	698
DÄNEMARK				
1. *B.T.*	636	1. *Samvikre*	M	1.285
2. *Ekstra Bladet*	585	2. *Familie Jornalen*	W	1.259
3. *Jyllands Posten*	467	3. *Se og Hor*	W	988
BELGIEN				
1. *De Standaard/Het Nieuwsblad/De Gentenaar*	1.048	1. *Humo*	W	811
2. *Het Laatste Nieuws/De Nieuwe Gazet*	728	2. *Flair*	W	768
3. *Gazet van Antwerpen/Gazet van Mechelen*	554	3. *Het Rijk der Vrouw*	W	660
NIEDERLANDE				
1. *De Telegraaf*	2.177	1. *Kampioen*	M	3.837
2. *Algemeen Dagblad*	1.437	2. *Libelle*	W	3.394
3. *De Volkskrant*	811	3. *Margriet*	W	2.851
SPANIEN				
1. *El Pais*	1.430	1. *Pronto*	W	5.148
2. *ABC*	681	2. *Teleprograma*	W	3.303
3. *La Vanguardia*	638	3. *Hola!*	W	3.092
PORTUGAL				
1. *Correio da Manha*	576	1. *Maria*	W	1.351
2. *Jornal de Noticias*	411	2. *TV-Guia*	W	960
3. *Diario de Noticias*	291	3. *Nova Gente*	W	576
GRIECHENLAND				
1. *Eleftheros Typos*	600	1. *Ena*	W	501
2. *To Vima*	569	2. *Tilerama*	W	489
3. *Eleftherotypia*	514	3. *Kai*	M	483

Quellen: Taskumedia 1989, Aikakauslehtien Liiton Toimisto (beide Finnland), Norske Avisers Landsforbund, Ukepresse Katalogen (beide Norwegen), Orvesto (Schweden), Danks Oplagskontrol (Dänemark), CIM `89 (Belgien), EGM (Spanien), Norma (Portugal) sowie eigene Recherchen.

DIE FERNSEH-PARTNER

Die vielfältigen Verflechtungen bei den neuen TV-Sendern Europas:

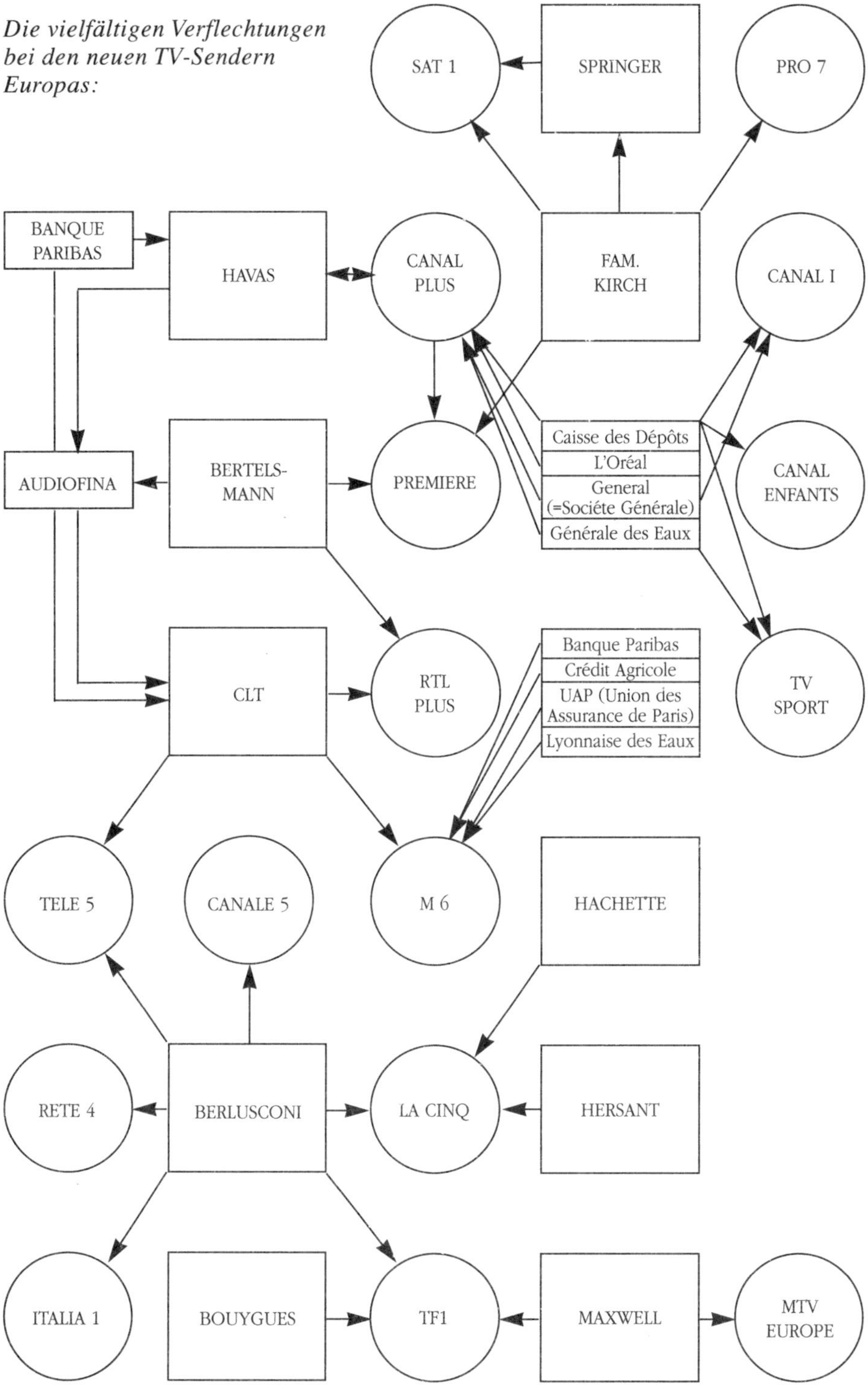

DIE NEUEN TV-MAGNATEN

Wem die privaten Fernseh-Sender gehören

Bertelsmann am Schirm

Die Besitzerstruktur von RTL plus

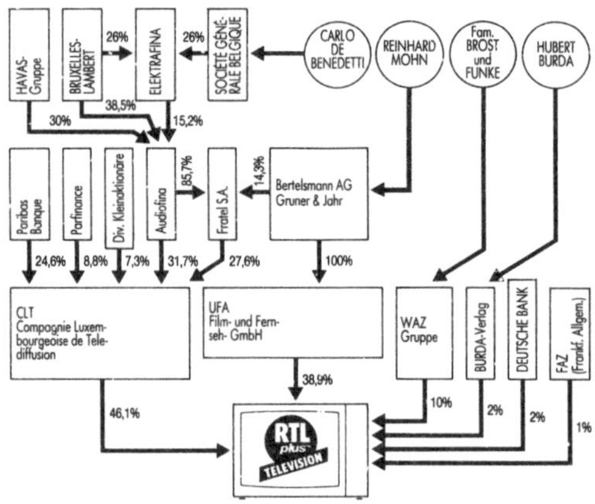

Kirch im Bild

Die Besitzerstruktur von SAT 1

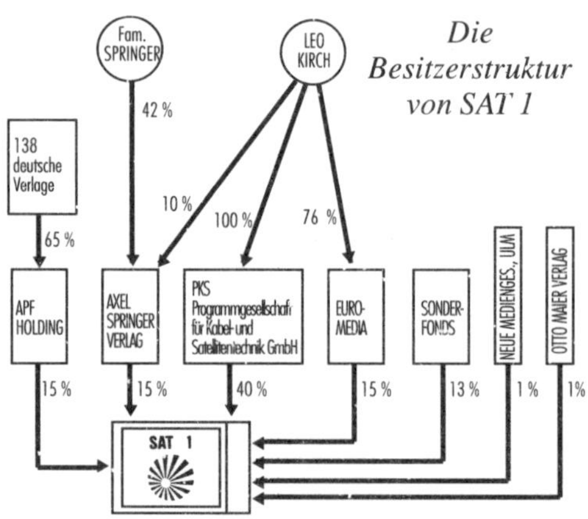

CANAL PLUS, Paris

Havas	24,7 %
Compagnie Générale des Eaux	21,3 %
L'Oréal	6,1 %
Caisse des Dépôts	6 %
Geneval (=Société Générale)	5,9 %
Nobel + Finimo (C.C.F.-Gruppe)	5,2 %
BNP	2,5 %
andere	Rest

M 6, Paris

CLT (Lux)	25 %
Lyonnaise des Eaux	25 %
Crédit Agricole	10 %
Compagnie Financière de Suez	8,2 %
Banque Paribas	8,2 %
UAP (Union des Assurances de Paris)	8,2 %
Kleinaktionäre	15,4 %

SKY TV, London

News International (=Rupert Murdoch)	89,3 %
andere Aktionäre	10,7 %

MTV Europe, London

Mirror Group Newspapers	50,1 %
Viacom International (US)	25 %
BT International	24,9 %

LA CINQ, Paris

TVES (= Robert Hersant)	10 %
Reteitalia (= Silvio Berlusconi, It)	25 %
Hachette	25 %
Société Centrale d'Investissements (=Marc Vernes)	22 %
Kleinaktionäre	Rest

TF 1, Paris

Francis Bouygues	25 %
Robert Maxwell (GB) *	13 %
Worms & Cie	5 %
Reteitalia (=Silvio Berlusconi, It.)	3,5 %
Kleinaktionäre	Rest

* wird demnächst verkaufen

THE EUROPEAN SPORTS NETWORK (TESN), London

W.H. Smith-Group	74,5 %
ESPN (US)	25,5 %

Anm.: Canal plus (Fra) hatte Mitte 1990 eine Option auf eine 15prozentige Beteiligung.

TV SPORT, Paris

Générale d'Image	28 %
Canal plus	28 %
TESN (GB)	28 %
Caisse des Dépôts (Fra)	10 %
Larizzari Group	6 %
andere	Rest

SF SUCCÉ, Stockholm

Canal plus (Fra)	25 %
Svensk Filmindustri (=Bonnier)	25 %
Marieberg (=Bonnier)	25 %
Warner Bros (US)	25 %

LIFESTYLE, London

W. H. Smith-Group	74 %
DC Thomson	15 %
Yorkshire TV	6 %
TV South	5 %

RTL 4 VERONIQUE, Holland/Luxemburg

RTL (Lux)	35 %
Elsevier	19 %
VNU	19 %
SNCI (Lux)	10 %
Crédit Lyonnais (Fra)	10 %
Projects Etudes (Lux)	5 %
Philips	2 %

SPORTKANAL, München

TESN (GB)	44 %
Canal plus (Fra)	30 %
Générale d'Image (Fra)	17 %
Caisse des Dépôts (Fra)	5 %
PK Media Holding	4 %

SPORTNET, Niederlande

TESN (GB)	40 %
Media Holdings	40 %
Canal plus (Fra)	10 %
Générale d'Image (Fra)	10 %

DAS KABELNETZ IN EUROPA

Diese Tabelle zeigt,
wie weit die Verkabelung des alten Kontinents
bereits gediehen ist und wie die Zukunft aussieht:

	1989		1995		2000	
	in 1.000	%	in 1.000	%	in 1.000	%
Belgien	3,200	89.1	3,361	93.6	3,379	94.1
BRD	6,363	26.1	13,300	54.6	15,400	63.3
Dänemark	800	36.4	1,400	63.6	1,650	75.0
Finnland	551	29.0	900	47.4	990	52.1
Frankreich	243	1.2	3,400	17.0	6,600	33.0
Griechenland	2,000	66.7	2,800	93.3	2,800	93.3
Großbritannien	80	0.4	5,994	28.3	10,750	50.7
Irland	360	36.6	630	64.1	800	81.4
Niederlande	4,200	75.7	4,659	84.0	4,881	88.0
Norwegen	450	29.0	713	46.0	853	55.0
Österreich	500	18.0	917	33.0	1,112	40.0
Spanien	900	8.4	1,685	15.8	2,600	24.3
Schweden	800	25.9	1,483	48.0	1,801	58.3
Schweiz	1,500	65.0	1,685	73.0	1,731	75.0
EUROPA	**21,947**	**16.7**	**42,927**	**32.7**	**55,347**	**42.2**

Quelle: Saatchi & Saatchi

Und das ist der Stand
der Dinge in der Bundesrepublik:

Bundesland	Wohnungen insgesamt	Wohnungen anschließbar	angeschlossen	Versorgungsgrad in %	Anschlußdichte in %
Baden-Württemberg	3 855 000	1 882 000	995 000	48,8	52,8
Bayern	4 589 000	2 480 000	1 279 000	54,0	51,5
Berlin	1 083 000	1 024 000	571 000	94,5	55,7
Bremen	325 000	314 000	155 000	96,6	49,3
Hamburg	792 000	664 000	229 000	83,8	34,4
Hessen	2 363 000	1 112 000	594 000	47,0	53,4
Niedersachsen	2 961 000	1 870 000	872 000	63,1	46,6
Nordrhein-Westfalen	7 229 000	3 882 000	1 751 000	53,7	45,1
Rheinland-Pfalz	1 516 000	775 00	374 000	51,1	48,2
Saarland	438 000	187 000	94 000	42,6	50,2
Schleswig-Holstein	1 128 000	700 000	338 000	62,0	48,2
Bundeswerte	ca. 26,3 Mio	14 890 000	7 252 000	56,6	48,7

Quelle: Telekom Deutsche Bundespost (Stand 30. 6. 1990)

DER KAMPF AM HIMMEL

Die wichtigsten TV-Satelliten und ihr Programmangebot:

ASTRA 1 A

Betreiber: SES
Position: 19,2 Grad Ost
Sendenorm: PAL / D2-MAC

Channel e
Children's Channel
3 SAT
Eurosport
FilmNet 24
Japan Satellite TV
Lifestyle
MTV Europe
Pro 7
RTL plus
RTL 4 Veronique
SAT 1
ScanSat TV 3
ScanSat TV 1000
Sky Movies
Sky News
Sky One
Sportkanal
Teleclub/Premiere

INTELSAT VI- F 4

Betreiber: Intelsat
Position: 27,5 Grad West
Sendenorm: PAL/D2- MAC

BBC Europe
Childrens Channel
CNN International
Discovery Channel *
Kindernet
SF Succé

* wird auf den zweiten Astra-Satelliten wechseln

EUTELSAT II - F 1

Betreiber: Eutelsat
Position: 13 Grad Ost
Sendenorm: PAL

3SAT
Eurosport
FilmNet
Nordic Channel
SAT 1
Super Channel
Teleclub / Premiere
TRT International
TV 5 Europe
Worldnet

TELE X

Betreiber: Swedish Space Corp.
Position: 5 Grad Ost
Sendenorm: C-MAC

NRK
TV 4

EUTELSAT 1 - F 2

Betreiber: Eutelsat
Position: 7 Grad Ost
Sendenorm: PAL

Canal Sur
Canal Plus Espana
World Net
Antena 3
Tele 5 Espana

BSB F 1 - MARCO POLO

Betreiber: BSB
Position: 31 Grad West
Sendenorm: D-MAC

Galaxy
Movie Channel
NOW
Power Station
Sports Channel

INTELSAT VA - F 12

Betreiber: Intelsat
Position: 1 Grad West
Sendenorm: PAL/D-MAC

SVT 1
SVT 2
TV Norge
TV 4

DFS 1 KOPERNIKUS

Betreiber: Dt. Bundespost
Position: 23,5 Grad Ost
Sendenorm: PAL

Bayern 3
3SAT
Eins plus
PRO 7
RTL plus
SAT 1
Teleclub/Premiere
Tele 5
West 3

EUTELSAT II - F 2

Betreiber: Eutelsat
Position: 21,5 Grad Ost
Sendenorm: PAL

3 SAT
RAI Uno
RAI Due
Star 1 (Magic Box)
TVE Internacional
TV 4

TV-SAT 2

Betreiber: Dt. Bundespost
Position: 19 Grad West
Sendenorm: D2-MAC

3SAT
Eins plus
RTL plus
SAT 1

TDF 1

Betreiber: TDF
Position: 19 Grad West
Sendenorm: D2-MAC

Canal Enfants
Canal plus
La Sept
Sport 2/3

OLYMPUS 1

Betreiber: ESA
Position: 19 Grad West
Sendenorm: PAL

BBC Enterprise
Eurostep
RAI SAT

TELECOM 1C F 3 *

Betreiber: DGT
Position: 5 Grad West
Sendenorm: SECAM / PAL

Antenne 2
Canal J
Canal plus
La Cinq
M 6
TF 1

* die Programme werden ab 1991 großteils von Eutelsat II-F 1 ausgestrahlt

DIE PROGRAMME AUS DEM ALL

Eine Kurzcharakteristik des TV-Angebots per Satellit:

Programm	Satellit	Sende-land	Programm-typus	Sende-norm	Empfang	Finan-zierung
ENGLISCHE PROGRAMME:						
BBC Europe	INT F 4	GB	Unterhaltung	PAL	Pay TV	
BBC Olympian	OLYMP	GB	Unterhaltung	PAL	Pay TV	
Children`s Channel	Astra	GB	Kinder	PAL	Pay TV	Werbung
CNN	INT F 4	US/GB	Information	PAL	Pay TV	Werbung
Discovery Channel	INT F 4	US/GB	Kultur/Wissen-schaft	PAL	frei	Werbung
Eurosport	Astra	GB	Sport	PAL	frei	Werbung
Galaxy	BSB	GB	Unterhaltung	D-MAC	frei	Werbung
Lifestyle	Astra	GB	Hausfrauen	PAL	Pay TV	Werbung
Movie Channel	BSB	GB	Spielfilme	D-MAC	Pay TV	
MTV Europe	Astra	GB	Videoclips	PAL	frei	Werbung
NOW	BSB	GB	Information	D-MAC	frei	Werbung
Power Station	BSB	GB	Pop und Rock	D-MAC	frei	Werbung
Sky Movies	Astra	GB	Spielfilme	PAL	Pay TV	
Sky News	Astra	GB	Information	PAL	frei	Werbung/ Sponsoren
Sky One	Astra	GB	Unterhaltung	PAL	frei	Werbung
Sports Channel	BSB	GB	Sport	D-MAC	Pay TV	Werbung
Super Channel	EUT F 1	US/GB	Unterhaltung	PAL	frei	Werbung
Worldnet	EUT F 1	US	News	SECAM	frei	
DEUTSCHE PROGRAMME:						
BR 3	DFS	BRD	Unterhaltung	PAL	frei	Gebühren
3SAT	DFS/ TV-SAT2 EUT II-1 EUT 5	BRD	Unterhaltung	PAL	frei	Gebühren
Eins plus	DFS	BRD	Unterhaltung	PAL	frei	Gebühren
Eurosport	Astra	GB/BRD	Sport	PAL	frei	Werbung
Pro 7	DFS/Astra	BRD	Unterhaltung	PAL	frei	Werbung
RTL plus	DFS/Astra	BRD	Unterhaltung	PAL	frei	Werbung
SAT 1	DFS/Astra TV-SAT 2	BRD	Unterhaltung	PAL	frei	Werbung
Sportkanal	Astra	GB/BRD	Sport	PAL	Pay TV	
Tele 5	DFS	BRD	Unterhaltung	PAL	frei	Werbung
West 3	DFS	BRD	Unterhaltung	PAL	frei	Gebühren
Premiere	Astra/DFS	BRD	Unterhaltung	D2-MAC	Pay TV	
FRANZÖSISCHE PROGRAMME:						
Antenne 2	TEL 1 C	F	Unterhaltung	SECAM	frei	Werbung
Canal Enfants	TDF 1	F	Kinder	D2-MAC	frei	Werbung
Canal J	TEL 1 C	F	Kinder	SECAM	Pay TV	
Canal plus	TDF 1	F	Spielfilme	D2-MAC	Pay TV	
La Cinq	TEL 1 C	F	Unterhaltung	SECAM	frei	Werbung
La Sept	TDF 1	F	Kultur	D2-MAC	frei	Gebühren
M 6	TEL 1 C	F	Unterhaltung	SECAM	frei	Werbung
TV Sport	INT 11	F	Sport	PAL	frei	Werbung
TV 5	EUT 4	F	Unterhaltung	PAL	frei	Gebühren
geplant ist:						
Sport 2/3	TDF 1	F	Sport	D2-MAC	Pay TV	

NORDISCHE PROGRAMME:

Nordic Channel	EUT F 1	Sch	Unterhaltung	PAL	frei	Werbung
NRK	TELE X	N	Unterhaltung	C-MAC	frei	Gebühren
Scansat TV 3	Astra	Sch	Unterhaltung	D2-MAC	Werbung	
Scansat TV 1000	Astra	Sch	Unterhaltung	D2-MAC	Pay TV	
SF Succé	INT F 4	Sch	Spielfilme	D-MAC	Pay TV	
SVT 1	INT F 12	Sch	Unterhaltung	C-MAC	frei	Gebühren
SVT 2	INT F 12	Sch	Unterhaltung	C-MAC	frei	Gebühren
TV Norge	INT F 12	N	Unterhaltung	PAL	frei	Werbung

SPANISCHE PROGRAMME:

Antena 3	EUT I F 2	SP	Unterhaltung	PAL	frei	
Canal + Espana	EUT I F 2	SP	Spielfilme	PAL	Pay TV	
Canal Sur	EUT i F 2	SP	Unterhaltung	PAL	frei	Gebühren
Tele 5	EUT I F 2	SP	Unterhaltung	PAL	frei	
TVE 1	EUT II F 2	SP	Unterhaltung	PAL	frei	Werbung/ Gebühren

ITALIENISCHE PROGRAMME:

RAI SAT	OLYP	I	Testprogramm	PAL	frei	
RAI UNO	EUT II F 2	I	Unterhaltung	PAL	frei	Gebühren
RAI DUE	EUT II F 2	I	Unterhaltung	PAL	frei	Gebühren

HOLLÄNDISCHE PROGRAMME:

FilmNet *	Astra	NL	Spielfilme	PAL	Pay TV	
RTL 4	Astra	NL/LUX	Unterhaltung	PAL	frei	Werbung

* Untertitel in frz., finn., dän., norw. und schw.

DIE DEUTSCHEN PRIVATSENDER

Wie die neue Hörfunkszene in der BRD derzeit aussieht – die Liste der wichtigsten Kommerzradios:

HAMBURG
- Radio Bremen
- OK Radio
- Radio 107
- Klassik Radio

NIEDERSACHSEN
- Radio ffn, Isernhagen
- Antenne Niedersachsen, Hannover

SCHLESWIG-HOLSTEIN
- Radio Eins
- Radio Schleswig-Holstein (RSH), Kiel

BONN
- Pro Radio 4 Senderkette Nord, Bonn

SAARLAND
- Radio Salü, Saarbrücken

HESSEN
- Radio FFH, Frankfurt

NORDRHEIN-WESTFALEN
- Radio NRW, Oberhausen
- 45 lokale Sender

RHEINLAND-PFALZ
- Radio 85 Rheinland-Pfalz, Koblenz
- Pro Radio 4, Ludwigshafen
- PRO Radio Pfalz, Ludwigshafen
- Radio RPR Ludwigshafen
- Linksrheinischer Rundfunk, Mainz
- Radio 4 Rosa Welle, Mainz

BADEN-WÜRTTEMBERG
- RAdio 7 OStalb, Aalen
- Radio Ladies First, Baden-Baden
- Radio 7 Victoria, Baden-Baden
- Radio 7 T.O.N., Bad Mergentheim
- Antenne 3, Bad Säckingen
- Radio 7, Studio Biberach, Biberach
- Radio ES, Esslingen
- Radio Dreyeckland, Freiburg
- Radio Freiburg FR 1, Freiburg
- Schwarzwald Radio, Freiburg
- Radio FW 1 – Filstalwelle, Göppingen
- Radio 7, Regionalsender, Göppingen
- Radio Regional Heilbronn, Heilbronn
- Stadt-Radio Heilbronn, Heilbronn
- Radio Badenia - Studio Krokodil, Karlsruhe
- Radio Residenz, Karlsruhe
- Stadt-Radio Karlsruhe, Karlsruhe
- Welle Fidelitas, Karlsruhe
- Seefunk Radio Bodensee, Konstanz
- Radio 7 – Oberschwaben, Leutkirch
- Radio Regenbogen, Mannheim
- Radio Ohr, Offenburg
- Radio Telstar, Offenburg
- Radio Merkur, Rastatt
- Bürgerradio Achalm Reutlingen
- Radio Neufunkland, Reutlingen
- Radio RT 4, Reutlingen
- Stadt-Radio, Schwabenland, Reutlingen
- Rheintal-Radio, Schwetzingen
- Radio BB, Sindelfingen
- Antenne 1, Stuttgart
- Radio Plus 101,3, Stuttgart
- Radio Resonanz, Stuttgart
- Stadt-Radio 107,7 Stuttgart
- Radio 7, Sender Witthoh, Tuttlingen
- Radio 7, Regionalsender Ulm, Ulm
- Radio Wachenburg, Weinheim

BAYERN
- Radio 8, Ansbach
- Radio ARA, Aschaffenburg
- Radio Primavera, Aschaffenburg
- Radio Fantasy, Augsburg
- Radio kö/O.K., Augsburg
- Radio Skyline, Augsburg
- Radio + TELE (RT 1), Augsburg
- Welle 93,4 Augsburg
- Radio Fun Boy, Bamberg
- Radio Mainwelle, Bayreuth
- Inn-Salzach-Welle, Burgkirchen
- Unser Radio, Deggendorf
- Radio Nordschwaben, Dillingen
- RT 1 – Studio Donauwörth, Donauwörth
- Radio Down-Town, Erlangen
- Radio Freyung (Unser Radio), Freyung
- Radio FFB, Fürstenfeldbruck
- Star Sat Radio, Grünwald (bundesweit)
- extra radio, Hof
- Radio Euroherz, Hof
- Radio IN, Ingolstadt
- Neue Welle Ostallgäu (NWO), Kaufbeuren
- Radio Allgäu, Kaufbeuren/Kempten
- Radio Session Kemptener Rundfunk, Kempten
- Radio Plassenburg, Kulmbach
- Radio AWN, Landshut
- Radio Trausnitz, Landshut
- Radio Lindau, Lindau
- Radio Mühldorf, Mühldorf

- Antenne Bayern, München
- Jazzwelle plus, München
- 89 München, München
- Radio Airplay, München
- Radio Arabella, München
- Radio 2Day
- Radio Charivari, München
- Radio Gong 2000
- Radio Xanadu, München
-
- Radio ND 1, Neuburg/Donau
- Radio Donau 1, Neu Ulm
- Radio Nordschwaben, Nördlingen
- Jazztime Nürnberg, Nürnberg
- Media Vision Studio Nürnberg, Nürnberg
- Radio 5, Nürnberg
- Radio Aladin, Nürnberg
- Radio Charivari, Nürnberg
- Radio F, Nürnberg
- Radio Gong, Nürnberg
- Radio Nürnberg 1
- Radio Z., Nürnberg
- unser radio, Passau
- Radio Regen, Regen
- Radio Charivari, Regensburg
- Radio Gong Donauspatz, Regensburg
- Radio Charivari Rosenheim, Rosenheim
- extra Radio/Radio Euroherz, Selb
- Radio Holiday, Sonnhofen
- Radio AWN, Straubing
- Radio Danubia, Straubing
- Radio Ramasuri, Weiden
- Radio Charivari Würzburg, Würzburg
- Radio Gong Mainland, Würzburg
- Radio W 1, Würzburg

BERLIN
- Hundert, 6, Berlin
- Radio 100, Berlin

Eine detailreiche Bestandsaufnahme der deutschen Kommerzsender findet sich in der Dokumentation von Dirk Busch/Roger Wieneke, Private Anbieter in Hörfunk und Fernsehen in der BRD, Bremen 1989, sowie im vier Mal jährlich erscheinenden Mediakatalog Spots, der von der neuen Mediengesellschaft Ulm GmbH herausgegeben wird.

DIE SCHWEIZER HÖRFUNKSZENE

Die Privatsender auf einen Blick:

Radio	in	Versorgungsgebiet
Aargauer Regionalradio	Aargau	Aarau-Baden
Aargovia	Aargau	Aarau-Baden
Alpin	Saas Fee	Saas Fee
Aktuell	St. Gallen	Region St. Gallen
Basilisk	Basel	Basel
Bern 104	Bern	Großraum Bern
Berner Oberland	Interlaken	Region Oberland
Canal 3	Biel	Biel
Chablais	Monthey	Chalbais
Eulach	Winterthur	Region Winterthur
Extra BERN	Bern	Bern und Umgebung
Frequence Jura	Delemont	Kanton Jura
Fribourg	Fribourg	Kanton Fribourg
Gonzen	Buchs	St. Galler Oberland
Grischa	Chur	Großraum Chur
Jura Bernois	Tavannes	Bernische Jura
L	Lausanne	Region Lausanne
Lac	Genf	Genf und Umgebung
Martigny	Martigny	Martigny/St. Maurice
Matterhorn	Zermatt	Zermatt, Mattertal
Munot	Schaffhausen	Region Schaffhausen
Pilatus	Luzern	Luzern/Umgebung
Piz Corvatsch	St. Moritz	Oberengadin
Raurach	Sissach	Kanton Baselland
Radio 32	Solothurn	Raum Solothurn
Rottu		deutschsprachiges Wallis
R 3 i	Mendrisio	Ticino, Lombardio
Sola	Langenthal	Oberaargau
RTN-2001	Neuchatel	Kanton Neuchatel
Studio B	Basel	Schwarzbubenland
Sunshine	Rotkreuz	Kanton Zug und angrenzende Gebiete
Svito		Schwyz
Thurgau	Frauenfeld	Region Thurgau
Tonic	Genf	Kanton Genf
Wil	Wil	St. Gallen – Winterthur-Bodensee
Z	Zürich	Stadt Zürich
Zürisee	Stäfa	Zürich und Seegebiet
24	Zürich	Zürich und Umgebung
90,6	Bellizona	Bellizona, Locarno

DER GLOBALE WERBETREND

Wie sich das weltweite Werbeaufkommen
von 1980 bis 1989 entwickelt hat -
und was bis 1992 zu erwarten ist:

	Werbe-ausgaben 1980 in Mrd $	Werbe-ausgaben 1989 in Mrd $	Zu-wachs 1980 - 1989	Prognose für 1992 in Mrd $	Zu-wachs 1989 - 1992
EUROPA	20,2	54,9	+ 172 %	76,0	+ 38,5 %
USA	56,6	134,9	+ 138 %	160,3	+ 18,8 %
JAPAN	16,9	30,6	+ 81 %	37,1	+ 21,2 %
ASIEN-PAZIFIK	2,8	11,5	+ 311 %	16,9	+ 47,0 %

Quelle: Saatchi & Saatchi (Stand: Ende 1989)

DAS WERBEJAHR 1989 IN EUROPA

Wieviel die klassischen Werbeträger
Print, TV, Radio, Plakat und Film 1989
in den einzelnen Ländern einnahmen,
wie stark die sechs Großen von 1980 bis 1989
zulegen konnten und was auf sie bis 1992 zukommt:

	Werbe-einnahmen 1980 in Mrd $	Werbe-einnahmen 1989 in Mrd $	Zu-wachs 1980 - 1989	Prognose für 1992 in Mrd $	Zu-wachs 1989 - 1992
1. Großbritannien	4.540	**13.032**	+ 187 %	16.390	+ 25,7 %
2. BRD*	6.300	**10.210**	+ 62 %	12.150	+ 19,2 %
3. Frankreich	2.240	**7.790**	+ 248 %	10.480	+ 34,6 %
4. Spanien	710	**5.620**	+ 688 %	12.400	+ 120,6 %
5. Italien	950	**5.640**	+ 491 %	7.860	+ 39,3 %
6. Niederlande	1.490	**2.130**	+ 43 %	2.410	+ 13,2 %
7. Schweiz		**2.115**			
8. Finnland		**1.723**			
9. Schweden		**1.673**			
10. Belgien		**1.127**			
11. Österreich		**834**			
12. Norwegen		**771**			
13. Griechenland		**413**			
14. Portugal		**379**			

Quelle: Saatchi & Saatchi

* Dabei ist die Vereinigung mit der DDR noch nicht berücksichtigt: Der Zentralausschuß der Werbewirtschaft (ZAW) hat indes einen beträchtlichen Impuls prophezeit - Ende der neunziger Jahre soll Deutschland mit einem Werbevolumen von 60 Milliarden Mark europaweit wieder die Nummer eins sein.

DER DOLLAR-REGEN IN AMERIKA

Der US-Werbemarkt in nackten Zahlen:
So viel haben die Medien in den Jahren 1987 bis 1989
an der Werbung verdient.

Medium	**Werbe einnahmen 1987**	**Werbe einnahmen 1988** in Mio $	**Werbe einnahmen 1989**	**Zuwachs 1988/89**
ZEITUNGEN	29.412	31.197	32.510	4,0 %
davon				
nationale	3.494	3.586	3.700	3,2 %
regionale	25.918	27.611	28.810	4,3 %
ZEITSCHRIFTEN	5.607	6.072	6.750	11,2 %
FERNSEHEN	23.904	25.686	26.875	4,6 %
davon				
Networks			9.260	1,0 %
Spot TV			7.400	3,5 %
Kabel-TV			1.225	30,0 %
Syndication TV			1.215	35,0 %
Lokalfernsehen			7.775	6,9 %
HÖRFUNK	7.206	7.798	8.385	7,5 %
davon				
Radio-Networks			2.035	10,4 %
Lokalradio			6.350	6,6 %
DIRECT MAIL	19.111	21.115	22.175	5,0 %
VERSCHIEDENES	23.348	25.118	28.145	12,0 %
TOTAL	**109.613**	**118.050**	**124.840**	**5,8 %**

Quelle: McCann-Erickson 1990

WERBUNG AUF JAPANISCH

Wie die Etats auf Nippons Werbemarkt
verteilt werden:

	1987	**1988** in Mrd. Yen	**1989**
ZEITUNGEN	988	1.127	1.239
ZEITSCHRIFTEN	258	296	326
FERNSEHEN	1.175	1.316	1.448
HÖRFUNK	173	188	205
KINO	306	345	369
OUTDOOR	279	315	337
TOTAL	**3.177**	**3.587**	**3.924**

Quelle: Advertising Association Statistics Yearbook 1990

DIE WERBE-HITPARADE

Diese Tabelle zeigt, wieviel Geld in den einzelnen Ländern für Werbung ausgegeben wird - in absoluten Beträgen sowie in Relation zur Einwohnerzahl („Pro-Kopf-Quote").

Werbeausgaben `88 insgesamt	in Mio $	**im Vgl. zu `87**	**Werbeausgaben pro Einwohner**	in $
1. **USA**	118.050	+ 8 %	1. **USA**	480
2. Japan	34.471	+ 26 %	2. Finnland	357
3. Großbritannien	12.076	+ 18 %	3. Schweiz	301
4. BRD	11.750	+ 18 %	4. Japan	282
5. Frankreich	6.936	+ 3 %	5. Kanada	232
6. Kanada	6.059	+ 11 %	6. Großbritannien	212
7. Spanien	5.880	+ 34 %	7. Australien	210
8. Italien	5.051	+ 15 %	8. BRD	192
9. Australien	3.475	+ 15 %	9. Neuseeland	188
10. Brasilien	2.795	+ 40 %	10. Norwegen	181
11. Niederlande	2.562	- 20 %	11. Schweden	179
12. Schweiz	1.973	- 34 %	12. Niederlande	174
13. Finnland	1.766	+ 20 %	13. Puerto Rico	170
14. Südkorea	1.748	+ 48 %	14. Dänemark	154
15. Schweden	1.494	+ 5 %	15. Spanien	151
16. Belgien	1.173	+ 12 %	16. Frankreich	124
17. Taiwan	1.092	+ 39 %	17. Belgien	119
18. Argentinien	944	+ 7 %	18. Israel	118
19. Dänemark	792	+ 8 %	19. Hongkong	111
20. Österreich	763	+ 12 %	20. Österreich	101
21. Norwegen	762	+ 1 %	21. Italien	88
22. Venezuela	632	+ 32 %	22. Singapur	77
23. Hongkong	630	+ 74 %	23. Irland	65
24. Neuseeland	627	+ 15 %	24. Taiwan	55
25. Puerto Rico	573	+ 29 %	25. Südkorea	41
26. Israel	525	+ 17 %	26. Venezuela	34
27. Mexiko	495	- 2 %	27. Malta	31
28. Volksrepublik China	430	+ 39 %	28. Griechenland	30
29. Kolumbien	421	+ 12 %	29. Argentinien	30
30. Thailand	318	+ 31 %	30. Kuwait	29
31. Griechenland	299	- 7 %	31. Zypern	28
32. Portugal	241	+ 54 %	32. Portugal	24
33. Irland	234	+ 23 %	33. Trinidad	20
34. Malaysia	212	+ 20 %	34. Costa Rica	20
35. Singapur	202	+ 29 %	35. Brasilien	19
36. Philippinen	138	+ 34 %	36. Bahrein	18
37. Indonesien	123	+ 15 %	37. Vereinigte Arab. Emirate	17
38. Dominikanische Rep.	68	- 6 %	38. Kolumbien	14
39. Saudiarabien	62	- 30 %	39. Malaysia	13
40. Kuwait	56	+ 39 %	40. Jamaica	13

Quelle: Starch Inra Hooper, World Advertising Expenditures, 23rd Edition (Angaben 1988). Die Zahlen für Südafrika, Indien, Peru, die Türkei und Chile lagen nicht vor.

Diese Tabellen zeigen, in welchen Ländern der Welt das meiste Geld für Print-, TV- und Radiowerbung ausgegeben wird und wo die werblichen Aufwendungen pro Einwohner am höchsten sind:

DIE PRINT-LÄNDER:

Werbeausgaben in absoluten Zahlen	in Mio $	**Werbeausgaben in Relation zur Einwohnerzahl (Pro-Kopf-Quote)**	in $
1. **USA**	45.050	1. **Finnland**	258
2. Japan	11.829	2. Schweiz	242
3. BRD	8.541	3. USA	183
4. Großbritannien	7.556	4. Norwegen	172
5. Frankreich	3.855	5. Schweden	171
6. Kanada	2.484	6. Dänemark	145
7. Spanien	2.353	7. BRD	140
8. Italien	2.190	8. Niederlande	134
9. Niederlande	1.972	9. Großbritannien	133
10. Australien	1.730	10. Australien	
zum Vergleich:		zum Vergleich:	
Schweiz	1.582	Österreich	53
Österreich	401		

DIE TV-LÄNDER:

Werbeausgaben in absoluten Zahlen	in Mio $	**Werbeausgaben in Relation zur Einwohnerzahl (Pro-Kopf-Quote)**	in $
1. **USA**	25.686	1. **USA**	104
2. Japan	10.330	2. Puerto Rico	98
3. Großbritannien	3.789	3. Japan	84
4. Italien	2.416	4. Australien	70
5. Frankreich	1.705	5. Großbritannien	66
6. Brasilien	1.702	6. Hongkong	59
7. Spanien	1.384	7. Neuseeland	57
8. Australien	1.151	8. Italien	42
9. BRD	1.044	9. Kanada	39
10. Kanada	1.014	10. Spanien	35
zum Vergleich:		zum Vergleich:	
Österreich	202	Österreich	27
Schweiz	131	Schweiz	20
		BRD	17

DIE RADIO-LÄNDER:

Werbeausgaben in absoluten Zahlen	in Mio $	**Werbeausgaben in Relation zur Einwohnerzahl (Pro-Kopf-Quote)**	in $
1. **USA**	7.798	1. **USA**	32
2. Japan	1.466	2. Neuseeland	24
3. Kanada	553	3. Kanada	21
4. Spanien	525	4. Australien	18
5. Frankreich	497	5. Spanien	13
6. BRD	451	6. Österreich	12
7. Australien	305	7. Japan	12
8. Großbritannien	247	8. Puerto Rico	10
9. Brasilien	184	9. Frankreich	9
10. Italien	175	10. BRD	7
zum Vergleich:		zum Vergleich:	
Österreich	92	Schweiz	4
Schweiz	28		

Quelle: Starch Inra Hooper, World Advertising Expenditures, 23rd Edition (Angaben für 1988).

Die folgende Tabelle zeigt, in welcher Relation die Werbeausgaben in den einzelnen Staaten zum jeweiligen Bruttosozialprodukt stehen: Die entsprechenden Kennzahlen sagen viel über den volkswirtschaftlichen Stellenwert der Werbung aus:

	Brutto-sozialprodukt in Mrd $	**Anteil der Werbeausgaben daran** in %
1. **Puerto Rico**	18,6	3,0
2. USA	4.863,7	2,4
3. Finnland	92,1	1,9
4. Neuseeland	32,2	1,9
5. Spanien	301,9	1,9
6. Australien	204,5	1,6
7. Großbritannien	730,1	1,6
8. Dominikanische Republik	4,6	1,4
9. Israel	38,5	1,3
10. Kanada	437,5	1,3
11. Japan	2.576,6	1,3
12. Bolivien	3,9	1,3
13. Hongkong	52,4	1,2
14. Schweiz	178,5	1,1
15. Niederlande	214,5	1,1
16. Jamaica	2,6	1,1
17. Costa Rica	4,6	1,1
18. Argentinien	83,1	1,1
19. Kolumbien	37,3	1,1
20. Südkorea	150,3	1,1
21. BRD	1.131,3	1,0
22. Schweden	160,1	1,0
23. Norwegen	84,2	1,0
24. Venezuela	59,4	1,0
25. Brasilien	328,9	0,9
26. Belgien	143,6	0,9
27. Dänemark	94,8	0,9
28. Irland	26,8	0,9
29. Singapur	24,1	0,9
30. Frankreich	898,7	0,8
weiters:		
Italien	765,3	0,7
Österreich	117,6	0,7
Griechenland	48,1	0,7
Portugal	37,3	0,7
Volksrepublik China	356,5	0,2
Indonesien	76,0	0,2
Saudiarabien	86,6	0,1
Oman	7,1	0,1

Quelle: Starch Inra Hooper, World Advertising Expenditures, 23rd Edition (Angaben für 1988).
Hinweis: Andere Statistiken, beispielweise der "European Advertising & Media Forecast", kommen aufgrund verschiedener Berechnungsmethoden zu anderen Resultaten.

DER MEDIA-MIX IN EUROPA

Diese Tabelle zeigt, wieviel vom gesamten Werbekuchen auf die einzelnen Werbeträger entfällt:

	Print	**TV**	**Radio**	**Kino**	**Plakat/ Outdoor**
		in %			
In diesen Ländern dominiert die P R I N T - Werbung:					
Schweden	**95,9**	—	—	0,6	3,5
Norwegen	**94,7**	1,0	1,0	1,1	2,2
Dänemark	**94,2**	1,5	0,6	1,0	2,7
Finnland	**84,2**	11,5	2,2	0,1	2,0
B R D	**81,5**	10,0	4,3	1,0	3,2
S c h w e i z	**80,2**	6,7	1,4	1,0	10,8
Niederlande	**77,0**	10,0	1,6	0,2	11,1
Belgien	**69,2**	15,5	1,3	2,1	11,9
Großbritannien	**62,6**	31,4	2,1	0,4	3,6
Frankreich	**55,6**	24,6	7,2	0,9	11,8
Ö s t e r r e i c h	**52,7**	26,5	12,1	1,0	7,8
Spanien	**52,6**	30,9	11,7	0,7	4,0
zum Vergleich:					
USA	**56,6**	32,3	9,8	—	1,3
Kanada	**54,2**	22,1	12,1	—	11,7
Australien	**49,8**	33,1	8,8	1,4	6,9
Japan	**43,0**	37,5	5,3	—	14,1
In diesen Ländern ist das F E R N S E H E N der führende Werbeträger:					
Portugal	32,3	**49,8**	12,3	—	5,5
Italien	43,4	**47,8**	3,5	0,2	5,1
Griechenland	41,2	**44,4**	7,1	—	7,4
zum Vergleich:					
Mexiko	17,2	**67,7**	10,1	—	5,1
Brasilien	30,0	**61,2**	6,6	0,3	1,9
Hongkong	39,3	**53,1**	2,7	1,3	3,5

Quelle: Starch Inra Hooper, World Advertising Expenditures, 23rd Edition (Angaben für 1988).

DAS MILLIARDEN-SPIEL

*Wie der Werbekuchen in den einzelnen Ländern auf Print-, Funk- und sonstige Medien verteilt wird und wie zuletzt die Zuwachsraten aussahen: **

BUNDESREPUBLIK DEUTSCHLAND

	Werbeeinnahmen 1988 in Mio. DM	Werbeeinnahmen 1989 in Mio. DM	Plus 88/89 in %
PRESSE			
Tageszeitungen	7.148	7.757	8,5
Publikums-zeitschriften	2.818	2.955	4,9
Fachzeitschriften	1.708	1.861	9,0
Wochen- bzw. Sonntagszeitungen	337	339	0,7
Supplements	211	209	- 1,1
Anzeigenblätter	1.644	1.808	10
FERNSEHEN	1.834	2.256	23
RADIO	793	817	3,1
DIREKTWERBUNG	2.234	2.506	12,1
AUSSENWERBUNG	587	621	5,8
KINO	187	202	8,2
ADRESSBÜCHER	1.198	1.281	6,9
GESAMT	**20.701**	**22.616**	**9,2**

Quelle: Zentralausschuß der Werbewirtschaft (ZAW)

ÖSTERREICH

	Werbeeinnahmen 1988 in Mio. öS	Werbeeinnahmen 1989 in Mio. öS	Plus 88/89 in %
PRESSE			
Tageszeitungen	2.949	3.377	14,5
Regionalblätter	584	693	18,7
Überregionale Zeitschriften	81	70	13,6
Illustrierte/Magazine	1.190	1.398	17,5
FERNSEHEN	2.524	2.886	14,3
RADIO	1.159	1.289	11,2
PLAKAT	679	748	10,2
GESAMT	**9.166**	**10.461**	**14,1**

Quelle: A.C. Nielsen Company

FRANKREICH

	Werbeeinnahmen 1988 in Mio. Francs	Werbeeinnahmen 1989 in Mio. Francs	Plus 88/89 in %
PRESSE	22.762	25.762	14,1
FERNSEHEN	10.542	12.496	18,5
PLAKAT/OUTDOOR	4.873	6.244	28,2
RADIO	5.282	5.691	7,8
KINO	422	656	53,3
GESAMT	**43.881**	**50.849**	**15,9**

Quelle: Sedocip

* Die landesweiten Statistiken sind aufgrund verschiedener Erhebungsmethoden nur sehr bedingt miteinander vergleichbar.

SCHWEIZ

	Werbeeinnahmen 1988	1989	Plus 88/89
	in Mio. S Fr		in %
PRESSE			
Zeitungen	1.740	1.860	6,8
Publikumszeit-schriften und Fachzeitungen	575	572	- 0,5
FERNSEHEN	192	207	7,7
RADIO	41	43	4,8
DIREKTWERBUNG	1.791	1.825	1,9
AUSSENWERBUNG	311	360	15,7
KINO	28	31	10,7
GESAMT	**4.678**	**4.978**	**6,4**

Quelle: Stiftung Schweiz Werbestatistik

ITALIEN

	Werbeeinnahmen 1988	1989	Plus 88/89
	in Mio. Lire		in %
PRESSE			
Zeitungen	1.190	1.345	13,0
Zeitschriften	1.595	1.768	10,8
FERNSEHEN	3.150	3.489	10,7
RADIO	245	268	9,4
OUTDOOR	340	374	10,0
KINO	16	17	6,2
GESAMT	**6.536**	**7.261**	**11,1**

Quelle: UPA

BELGIEN

	Werbeeinnahmen 1988	1989	Plus 88/89
	in Mio. belg. Francs		in %
PRESSE			
Tageszeitungen	6.533	6.729	3,0
Zeitschriften	9.321	9.056	- 2,8
Gratisblätter	2.417	2.756	14,0
FERNSEHEN	3.877	8.619	122,3
RADIO	534	534	0,0
OUTDOOR	3.917	4.270	9,0
KINO	433	559	29,1
GESAMT	**27.046**	**32.526**	**20,3**

Quelle: Young & Rubicam

DIE 50 WELTAGENTUREN

Die Rangliste der erfolgreichsten internationalen Werbefirmen:

	Agenturen	Bruttoeinnahmen 1989 weltweit in Mio $	Veränderung zu 1988 in %	Bruttoumsätze 1989 weltweit in Mio $	Veränderung zu 1988 in %
1.	Dentsu Inc.	1,316.4	11,9	10,063.2	12,6
2.	Saatchi & Saatchi Advertising Worldwide	890.0	20,2	6,049.9	19,7
3.	Young & Rubicam	365.4	14,2	6,250.5	16,0
4.	Backer Spielvogel Bates Worldwide	759.8	10,2	5,143.2	9,9
5.	McCann-Erickson Worldwide	715.5	8,9	4,772.3	8,9
6.	Ogilvy & Mahter Worldwide	699.7	10,1	4,828.0	17,5
7.	BBDO Worldwide	656.6	12,1	4,550.0	12,3
8.	J. Walter Thompson Co.	626.4	12,0	4,407.5	14,3
9.	Lintas: Worldwide	593.3	10,4	3,957.6	10,4
10.	Hakuhodo Inc.	585.5	12,1	4,449.2	12,9
11.	DDB Needham Worldwide	552.9	38,2	4,095.4	35,8
12.	Foote, Con & Balding Communications	510.9	5,6	3,413.9	5,3
13.	Grey Advertising	498.9	15,3	3,267.4	13,2
14.	Leo Burnett Co.	483.8	12,9	3,245.5	13,3
15.	D'Arcy Masius Benton & Bowles	471.5	10,0	3,803.1	13,2
16.	EWDB Worldwide	381.0	–	2,702.3	–
17.	Publicis-FCB Communications B.V. (49 % FCB)	358.8	6,5	2,405.4	5,6
18.	N W Ayer Inc.	210.5	13,6	1.398.2	3,7
19.	Bozell Inc.	190.7	6,4	1,400.0	9,1
20.	RSCG	175.3	15,7	1,234.3	9,4
21.	Tokyu Agency	156.2	16,0	1,259.4	12,9
22.	Dai-Ichi Kikaku	155.8	9,8	1,053.0	7,7
23.	Daiko Advertising	152.1	8,9	1,214.1	7,8
24.	Chiat/Day/Mojo	150.0	36,4	1,060.0	26,5
25.	Lowe International	137.8	–	918.6	
26.	Wells, Rich, Greene	132.5	5,9	885.0	5,9
27.	Scall, McCabe, Sloves	127.0	18,7	870.1	12,9
28.	TBWA Advertising	123.7	27,0	827.0	23,1
29.	Ketchum Communications	117.8	7,1	915.7	18,0
30.	Asatsu Inc.	113.9	10,8	837.3	13,1
31.	Yomiko Advertising	100.3	11,5	753.5	14,1
32.	Ross Roy Group	97.7	14,6	651.1	14,6
33.	I&S Corp.	94.7	13,9	770.2	11,2
34.	MPM Propaganda	83.9	–	220.7	–
35.	Asahl Advertising	82.9	17,3	509.4	15,7
36.	BDDP	79.2	14,2	527.9	14,2
37.	Chell Communications	64.0	43,1	247.5	27,5
38.	Nihon Keizalsha Advertising	56.3	19,6	337.3	19,2
39.	W.B. Doner	52.1	24,4	381.0	25,6
40.	Clemenger BBDO (46,6 % BBDO)	52.0	20,8	325.1	20,8
41.	Hill, Holliday, Connors Cosmopulos	51.6	2,7	344.0	2,7
42.	Chuo Senko Advertising	50.6	7,6	376.4	8,9
43.	Armando Tosta Group Worldwide	50.2	5,2	349.4	8,1
44.	Sogel Co.	49.2	25,7	300.2	14,2
45.	Orikomi Advertising	47.5	16,3	435.8	3,8
46.	Oricom Inc.	45.1	38,8	173.0	26,3
47.	Admarketing Inc.	44.9	11,1	252.0	12,2
48.	FCA! Group	42.3	–	281.7	–
49.	Man-Nen-Sha Inc.	42.2	15,8	550.4	11,7
50.	Telephono Marketing Programs	40.5	29,1	270.0	29,1

Quelle: Advertising Age

EUROPAS TOP-WERBER

Die führenden Agenturen in sechs Ländern (Billings 1989, in Mio. DM):

BUNDESREPUBLIK DEUTSCHLAND	
1. Lintas: Deutschland	641
2. McCann-Erickson	600
3. TEAM/BBDO	576
4. Young & Rubicam	
5. Ogilvy & Mather	
6. Grey Advertising	475
7. HDM-Eggert	414
8. DMB & B	394
9. J. Walter Thompson	
10. Saatchi & Saatchi Advertising	314

FRANKREICH	
1. HDM	1,202
2. Publicis	1,145
3. Belier/WCRS	854
4. Roux Seguela Cayzac, Goudard	840
5. Boulet Dru Dupuy Petit	666
6. Young & Rubicam	580
7. DDB Needham	544
8. Lintas	540
9. Synergie/BJK & E	377
10. Feldmann Calleux & Associes	362

ITALIEN	
1. Publicis-FCB/MAC	666
2. Young & Rubicam-Gruppe	659
3. McCann-Erickson-Gruppe	476
4. J. Walter Thompson	459
5. Saatchi & Saatchi	413
6. Armando Testa	408
7. Lintas-Gruppe	340
8. BBDO-Gruppe	333
9. Belier/WCRS-Gruppe 293	
10. TBWA	238

ÖSTERREICH	
1. Demner & Merlicek	104,8
2. Wirz	93,5
3. GGK Wien	93,3
4. Lintas	89,0
5. Ogilvy & Mather	81,7
6. Young & Rubicam	78,6
7. McCann-Erickson	63,5
8. Saatchi & Saatchi	61,0
9. HDM Dorland	53,7
10. Grey Austria	52,5

GROSSBRITANNIEN	
1. Saatchi & Saatchi	1.055,5
2. J. Walter Thompson	871,6
3. BSB Dorland	806,5
4. Young & Rubicam	673,5
5. BMP DDB Needham	611,3
6. D'Arcy Masius Benton & Bowles	588,6
7. Ogilvy & Mather	582,9
8. Lowe Howard-Spink	491,8
9. Collett Dickenson Pearce	455,6
10. Still Price: Lintas	454,3

BELGIEN	
1. McCann-Erickson	220
2. BSB Belgium	172
3. HHD/Ogilvy & Mather	161
4. DMB & B	138
5. BBDO	138
6. HDM Dechy	122
7. Lowe Communication	114
8. Lintas	111
9. Young & Rubicam	98
10. Publicis-FCB	95

LITERATURVERZEICHNIS

BÜCHER:

Pierre **Albert**, La Presse, Paris 1985
Pierre **Albert**, La Presse francaise, Paris 1983
Wolfgang **Arnold** (Hrsg), Die elektronischen Medien, Heidelberg 1984
Patrick **Barwise**/Andrew **Ehrenberg**, Television and its audience, London 1988
Dirk **Bavendamm**, Bertelsmann — Mohn — Seippel: Drei Familien — ein Unternehmen, München 1986
Günter **Bentele**/Otfried **Jarren** (Hrsg), Medienstadt Berlin, Berlin 1988
Barbara **Bimler**, Die spanische Tagespresse von 1970 bis 1980. Von der Diktatur zur Demokratie, Diss., Münster 1981
Tom **Bower**, Maxwell. The Outsider, London 1988
Stewart **Brand**, The Media Lab. Inventing the Future at MIT, New York 1987
Bundesverband Deutscher Zeitungsverleger (Hrsg), Medienzukunft mit der Zeitung, Bonn 1988
Eric **Clark**, Weltmacht Werbung. Die Kunst, Wünsche zu wecken, Bergisch Gladbach 1988
Richard **Collins**/Nicholas **Garnham**/Gareth **Locksley**, The Economics of Television — The UK Case, London 1988
James **Curran**/Jean **Seaton**, Power without Responsibility. The Press and Broadcasting in Britain, London 1988
Peter J. S. **Dunnett**, The World Newspaper Industry, New York 1988
Robert **Edwards**, Goodbye Fleet Street, London 1988
Alan **Friedman**, Agnelli and the Network of Italian Power, London 1988
Werner D. **Fröhlich**/Rolf **Zitzlsperger**/Bodo **Franzmann** (Hrsg), Die verstellte Welt. Beiträge zur Medienökologie, Frankfurt am Main 1988
Karl **Geibel**, Mediendschungel — Eine kritische Bestandsaufnahme, Stuttgart 1983
Susan **Goldenburg**, The Thomson Empire, New York 1984
René **Grossenbacher**, Die Medienmacher. Eine empirische Untersuchung zur Beziehung zwischen Public Relations und Medien in der Schweiz, Solothurn 1986
Thomas **Guback**/Tapio **Varis**, Transnational Communication and Cultural Industries — Unesco Report on Mass communication Nr. 92, Paris 1982
Bernard **Guillou**, Les Stratégies multimédias des groupes de communication, Paris 1985
Joe **Haines**, Maxwell. Macht und Medien. Eine Biographie, München 1988
Fredi **Hänni**/Matthias **Loretan**/Urs **Meier** (Hrsg), Schöne Fernseh-Aussichten. Die folgenreiche Demontage einer öffentlichen Institution, Basel 1988
Dennis **Howitt**, The Mass Media and Social Problems, Oxford 1982
Peter **Hunziker**, Medien, Kommunikation und Gesellschaft. Einführung in die Soziologie der Massenkommunikation, Darmstadt 1988
Simon **Jenkins**, The Market for Glory. Fleet Street Ownership in the 20th Century, London 1986
Hans **Kistner**, Medien, Meinung, Manipulation. Die Ethik des Umgangs mit der Information, Berlin 1984
Wolfgang **Koschnick**, Rupert Murdoch. Der Medientycoon, Düsseldorf 1990
Johannes **Kunz** (Hrsg), Die (des)informierte Gesellschaft, Wien 1987
André **Lange**/Jean-Luc **Renaud**, The Future of the European Audiovisual Industry, Manchester 1989
Walther von **La Roche**/Ludwig **Maaßen**, Massenmedien — Fakten — Formen — Funktionen in der Bundesrepublik Deutschland, Heidelberg 1983
Helmut **Lenhardt**, Rundfunk im Satellitenzeitalter, Wien 1987
Helmut **Lenhardt**, Die nächsten Satelliten. Perspektiven der Programmversorgung, Bonn 1988
Henno **Lohmeyer**, Die Macher und die Mächtigen. Fernsehen in Deutschland, München 1989
Brian **MacArthur**, Eddy Shah — Today and the Newspaper Revolution, London 1988

Tom **O'Malley**, Switching Channels, The Debate over the Future of Broadcasting, London 1987
Michel **Mathien**, La Presse Quotidienne Régionale, Paris 1986
Peter **Menke-Glückert**, Der Medienmarkt im Umbruch. Ein aktueller Leitfaden, Frankfurt 1978
Joshua **Meyrowitz**, Die Fernseh-Gesellschaft. Wirklichkeit und Identität im Medienzeitalter, Weinheim/Basel 1987
Hervé **Michel**, La télévision en France et dans le monde, Paris 1989
Alasdair **Milne**, The Memoirs of a British Broadcaster, London 1988
Uwe **Müller**/Hans Jürgen **Jakobs**, Augstein, Springer & Co, Wiesbaden 1990
George **Munster**, Rupert Murdoch. A Paper Prince, Sydney 1984
Peter **Muzik**, Die Zeitungsmacher. Österreichs Presse: Macht, Meinungen und Milliarden, Wien 1984
Gerhard **Naeher**, Der Medien-Händler. Der Fall Leo Kirch, München 1989
Elisabeth **Noelle-Neumann**, Die Antwort der Zeitung auf das Fernsehen, Konstanz 1986
Dietrich **Oppenberg** (Hrsg), Zeitungen für den Markt von morgen, Düsseldorf/Wien/New York 1987
Rainer **Patzlaff**, Medienmagie und die Herrschaft über die Sinne, Stuttgart 1988
Peter **Pelinka**/Manfred **Scheuch**, 100 Jahre AZ. Die Geschichte der Arbeiter-Zeitung, Wien 1989
Robert G. **Picard** (Hrsg), Press Concentration and Monopoly: New Perspectives on Newspapers Ownership and Operation, Norwood/NewJersey 1988
Antonio **Pilati**, L'Industria dei Media. Scenari mondiali degli anni '90, Mailand 1990
Neil **Postman**, Wir amüsieren uns zu Tode. Urteilsbildung im Zeitalter der Unterhaltungsindustrie, Frankfurt 1985
Neil **Postman**, Die Verweigerung der Hörigkeit, Frankfurt 1988
Herbert **Riehl-Heyse**, Bestellte Wahrheiten. Anmerkungen zur Freiheit eines Journalistenmenschen, München 1989
Philip **Schlesinger**, The Scott Trust, Manchester 1986
Gerhard **Schult**, Medienmanager oder Meinungsmacher ? Vom Verwalten zum Stimulieren. Das Beispiel: öffentlich-rechtlicher Rundfunk, Zürich 1988
Michael Wolf **Thomas** (Hrsg), Porträts der deutschen Presse — Politik und Profit, Berlin 1980
Alvin **Toffler**, Die dritte Welle — Zukunftschance. Perspektiven für die Gesellschaft des 21. Jahrhunderts, München 1980
Nadine **Toussaint**, L'Economie de L'Information, Paris 1978
Jeremy **Tunstall**, The media in Britain, London 1985
Giuseppe **Turani**, De Benedetti. Das italienische Wunder, Düsseldorf 1989
George **Wedell**/Georg-Michael **Luyken**, Media in Competition. The Future of Print and Elevtronic Media in 22 Countries, Hamburg 1986
Eberhard **Witte**, Zeitungen im Medienmarkt der Zukunft — Eine betriebswirtschaftliche Untersuchung, Stuttgart 1984
* Kurt **Ziesel**, Die Meinungsmacher, München 1988

REFERATE/VORTRÄGE/AUFSÄTZE/BUCHBEITRÄGE:

Hans-Jürgen **Anders**, Referat: Fernsehnutzung 1985 bis 1988. Entwicklungstendenzen für die 90er Jahre, München 1988
Rolf **Arnim**, Referat: Satelliten der 90er Jahre — Technische Perspektiven und Wirtschaftlichkeit, Berlin 1989
Gerd **Bacher**, Kulturkampf in der Informationsgesellschaft — Die neuen Herausforderungen der europäischen Film- und Fernsehindustrie. In: Österreichisches Jahrbuch für Kommunikationswissenschaft 4/ 86-87
Mariano **Bacigalupo**/Jürgen **Rath**, Die Zulassung privater Fernsehveranstalter in Spanien. In: Media Perspektiven 7/88

* Dieses Werk kann ausschließlich jenen Lesern empfohlen werden, die ein Faible für Kuriositäten haben.

Hansjörg **Bessler**, Lokaler Rundfunk — große Hoffnungen, schlechte Aussichten. In: Media Perspektiven 11/87
Derek **Bowden**, Referat: Europe's Changing Media Scene, London 1989
Elco **Brinkman**, Referat: New Media Policy in Europe, London 1989
Malcolm **Brynin**, Aufstieg und Niedergang der britischen Presse. In: Media Perspektiven 6/88
Marisa **Buovolo**, Fernsehlandschaft in Italien — Entwicklungen im dualen Modell. In: Media Perspektiven 8/87
Michael **Checkland**, Referat: BBC's Perspective of the New Media, London 1989
Fiona **Cooper**, Referat: The Challenge of Global Marketing, London 1989
Peter **Davis**, Referat: Internationalisation — towards a Global Market?, London 1989
Jon **Davey**, Referat: Developments in UK Cable, London 1989
Jean-Paul **Denfert-Rochereau**, Referat: How Hachette plans development in Europe, London 1989
Klaus **Dicke**, Eine europäische Rundfunkordnung für welches Europa? In: Media Perspektiven 4/89
Ian **Fletcher**, Referat: Prospects for free Newspapers, London 1989
Christian **Frietsch**, Referat: Was haben die privaten Hörfunksender den Werbungstreibenden zu bieten ?, Düsseldorf 1988
Henry A. **Grunwald**, Vortrag: The Challenge of the Information Age, Wien 1989
Hannes **Haas**, Schritte in die Medienzukunft: Der österreichische Weg zum Kabelfernsehen. In: Media Perspektiven 6/86
David **Hardman**, Referat: Satellite Competition in Europe, London 1989
Stephen **Hearst**, Systemveränderung im britischen Rundfunk. Zum White Paper der Regierung. In: Media Perspektiven 12/88
Mario **Hirsch**, Die französische Presselandschaft — Expansion trotz Krise. In: Media Perspektiven 6/88
Ralph **Ingersoll II**, Referat: The Future for regional Newspapers, London 1989
Carsten **Jens**, Privater Hörfunk — eine Verlegerdomäne. Ergebnisse einer Dokumentation über Verlagsbeteiligungen an Privatradios in der BRD. In: Media Perspektiven 1/89
Michael **Kayser**, Referat: Planungsperspektiven für paneuropäische Sender, Berlin 1989
Hartwig **Kelm**, Plädoyer für das „Unternehmen öffentlich-rechtlicher Rundfunk". In: Media Perspektiven 1/89
Werner E. **Klatten**, Referat: Privatfernsehen für ein Massenpublikum — Zwänge und Möglichkeiten, München 1988
Hans J. **Kleinsteuber**, Medien und Medienpolitik in Australien. In: Media Perspektiven 4/89
Hans J. **Kleinsteuber**, Radiosystem und Radiopolitik in den USA. In: Media Perspektiven 3/88
Georg **Kofler**, Referat: Marktchancen für private TV-Vollprogramme, Berlin 1989
Anne **Köhler**, Referat: Nutzung der Massenmedien im Wandel, München 1988
Bernd-Peter**Lange**, Die Werbemärkte der Zukunft. Diskussion neuerer Untersuchungsergebisse. In: Media Perspektiven 3/89
Bernd-Peter **Lange**/Bertram **Konert**, Wirtschaftliche Entwicklung ausgewählter Großverlage, Unternehmensstrategien und das Engagement im kommerziellen Rundfunk. In: Media Perspektiven 12/87
Ian **Locks**, Referat: How the Magazine Publishing Industry is changing, London 1989
Brian **McArthur**, Referat: The Outlook for Britain's National Newspapers, London 1989
Wulf **Meinel**, Italien: Die Stabilisierung eines Patts zwischen Unterhaltungsnetworks und der RAI. In: Media Perspektiven 9/86
Pierre **Meyrat**, Referat: Neue Märkte für Privat-TV, Düsseldorf 1988
Pierre **Meyrat**, Referat: Programmvielfalt aus einer einzigen Orbitalposition, Berlin 1989
Jean-Louis **Missika**, Die Deregulation der Audiovision in Frankreich, In: Media Perspektiven 8/86
Rudolf **Mühlfenzl**, Referat: Stand und Entwicklung des privaten Rundfunks, München 1988
Peter **Muzik**, Frischer Wind in der Presselandschaft: Das Werbejahr 1988 in Österreich. In: Jahrbuch der Werbung '89, Düsseldorf 1989

Peter **Muzik**, Das Werbejahr 1989 in Österreich. In: Jahrbuch der Werbung '90, Düsseldorf 1990
Volker **Nickel**, Weiter in solidem Tempo: Das Werbejahr 1988 in Zahlen. In: Jahrbuch der Werbung '89, Düsseldorf 1989
Volker **Nickel**, Referat: Werbemarkt gleich Wachstumsmarkt — Wie verteilt sich das Werbeaufkommen in den 90er Jahren?, München 1988
Burkhard **Nowotny**, Referat: Cable Television and Satellite Broadcasting: Developments in Germany, London 1989
Piet te **Nuyl**/Frank **Olderaan**/Karsten **Renckstorf**, Medienpolitik in den Niederlanden zwischen Kontinuität und Wandel. Das neue Mediengesetz, die Koalitionsvereinbarungen und die Kommerzialisierung des Rundfunks. In: Media Perspektiven 11/88
Thomas **Oehler**, Lokale Radio-Networks in Frankreich. In: Media Perspektiven 6/88
Rolf A. **Paltzer**, Referat: The International Approach to Women's Magazines, London 1989
Ulrich **Pätzold**, Wer bewegt die Medien an der Ruhr ? Die leise Effizienz der WAZ-Politik. In: Media Perspektiven 8/86
Thaddäus **Podgorski**, Vortrag: Europäischer Binnenmarkt und elektronische Medien — österreichische Perspektiven, Innsbruck 1989
Ole **Prehn**, Lokales Fernsehen in Dänemark — drei Versuchsjahre. In: Media Perspektiven 6/86
Heinz **Pürer**, Österreichs Mediensystem im Wandel — ein aktueller Lagebericht. In: Media Perspektiven 11/88
Birgit **Rauen**, Italienische Presse 1978 bis 1988. In: Media Perspektiven 11/88
Birgit **Rauen**, Hörfunk in Italien: Das belagerte Medium. In: Media Perspektiven 5/86
Eckart Klaus **Roloff**, Rundfunkpolitik in Norwegen: Aufbruch ohne Lösung. In: Media Perspektiven 7/86
Horst **Röper**, Formationen deutscher Medienmultis 1987. In: Media Perspektiven 8/87
Horst **Röper**, Formationen deutscher Medienmultis 1988. In: Media Perspektiven 12/88
Horst **Röper**, Stand der Verflechtung von privatem Rundfunk und Presse 1987. In: Media Perspektiven 11/87
Yves **Sabouret**, Referat: Multi-Media or Specialist Communication Group?, London 1989
Ulrich **Saxer**, Vortrag: Neue Tendenzen in der europäischen Medienlandschaft — Konsequenzen für die Medienpolitik am Beispiel der Schweiz, Wien 1988
Heribert **Schatz**/Nikolaus **Immer**/ Frank **Marcinkowski**, Der Vielfalt eine Chance? In: Rundfunk und Fernsehen 1/89
Klaus **Schrape**/Martina **Kessler**, Film — Fernsehen — Video: Programmbedarf bis zum Jahr 2000. In: Media Perspektiven 9/88
Jan **Servaes**, Neue Trends in der belgischen Presse. In: Media Perspektiven 6/88
Anthony **Simonds-Gooding**, Referat: Satellite Competition in the UK, London 1989
Adam **Singer**, Referat: US Investment in Cable in the UK, London 1989
Erich **Staake**, Referat: Sind die Werberichtlinien zeitgemäß?, München 1988
Joachim **Steinbach**, Werbemarkt 1988. Die Entwicklung in den klassischen Werbemedien. In: Media Perspektiven 3/89
Urs **Steiner**, Von Mäusen und Elefanten: Kommunikationswirtschaft in der Schweiz 1988. In: Jahrbuch der Werbung '89, Düsseldorf 1989
Edmund **Stoiber**, Referat: Orientierungspunkte in der Medienlandschaft, München 1988
Dieter **Stolte**, Referat: Die Bundesrepublik als Markt für TV-Zielgruppen- und Spartenprogramme, München 1988
Toby **Syfret**, Referat: The European Media Scene — Today and Tomorrow's Possibilities, London 1989
Irene **Teidelt**, Mediengesetzgebung in Frankreich: Trendwende nach dem Regierungswechsel. In: Media Perspektiven 8/86
Alastair **Tempest**, Referat: European Broadcasting — Legislation creating the Framework, London 1989
George **Wedell**, Vortrag: Europa und die Medien, Wien 1988
Klaus **Wenger**, Medienmacht und Medienmarkt. Zur Veränderung der Medienstrukturen in Frankreich. In: Media Perspektiven 8/87
Stephen **White**, Referat: De-Regulation of Media and its Implications, London 1989

Runar **Woldt**, Die Großverlage haben den längeren Atem. Verdrängungskämpfe im Markt der Publikumszeitschriften. In. Media Perspektiven 10/86
Mark **Wössner**, Vortrag: Medienwirtschaftliche Perspektiven in Europa, Berlin 1989

Handbücher/Jahrbücher/Lexika:

„The Advertising Statistics Yearbook 1989“, Hrsg: The Advertising Association, London 1989
„Americas Market & Media Fact 1989“, Hrsg: Saatchi & Saatchi, Advertising Worldwide, London 1989
„Asia Pacific Market & Media Fact 1990“, Hrsg: Saatchi & Saatchi, Advertising Worldwide, London 1990
„British Rate & Data“, London 1989
Dirk **Busch**/Roger **Wieneke**, Private Anbieter in Hörfunk und Fernsehen in der Bundesrepublik Deutschland, Bremen 1989
„European Market & Media Fact 1989“, Hrsg: Saatchi & Saatchi, Advertising Worldwide, London 1989
„Guia de los medios“, Madrid 1989
„Guide de la Presse 1989“, Hrsg: Office Universitaire de Presse, Paris 1989
„Le Guide des Relations Presse ’89“, Hrsg: Edinove, Paris 1990
„Le Guide du Media Planning. L'Annuaire des Medias 1990“, Hrsg: Le Journal des Medias, Issy-les-Moulineaux 1990
„Internationales Handbuch für Rundfunk und Fernsehen“, Hrsg: Hans Bredow-Institut, Baden-Baden 1988
„International Media Guide 1988“. Newspapers Worlswide, South Norwalk, Connecticut 1988
„Jahrbuch der Werbung in Deutschland, Österreich und der Schweiz“, Jg. 1987 — 1990, Hrsg: Jürgen Jeske, Eckhard Neumann und Wolfgang Sprang, Düsseldorf 1987/88/89/90
„The Japanese Press 1989“, Hrsg: Nihon Shinbun Kyokai, Tokyo 1989
„Media Daten“. Handbuch der deutschen Werbeträger. Zeitschriften , Mainz 1990
„Media Daten“. Handbuch der deutschen Werbeträger. Zeitungen, Anzeigenblätter, Mainz 1989
„Media Scandinavia 1989.“ Mediakatalog for Danmark, Gronland, Island, Norge, Sverige og Finland, Kopenhagen 1989
„The Media Scene in Europe 2“, Hrsg: Gruner + Jahr/ Lintas Deutschland, Hamburg 1987
„Medien-Jahrbuch ’89“, Hrsg: Dirk Manthey, Willi Bär, Jörg Altendorf, Hamburg 1989
Elisabeth **Noelle-Neumann**, Winfried **Schulz**, Jürgen **Wilke** (Hrsg), Fischer-Lexikon: Publizistik Massenkommunikation, Frankfurt am Main 1989
„Presse-Handbuch 1990. Medien und Werbung in Österreich“, Hrsg: Verband Österreichischer Zeitungsherausgeber und Zeitungsverleger, Wien 1990
„Presse-Porträts 89“, Das Angebot des Pressehandels. Ein Sonderheft von Presse Report, 1989
„tarif media“. Presse nationale, Magazines Grand Public, Paris 1989
„tarif media“. Presse Régionale/Locale, Periodiques Gratuits, Paris 1989
„Werbung in Deutschland 1989“, Hrsg: Zentralausschuß der Werbewirtschaft, Bonn 1989
„World Radio & TV Handbook 1989“, Hrsg: Andrew Sennitt, London 1989
„Zeitungen ’89. Das BDZV-Jahrbuch“, Hrsg: Bundesverband Deutscher Zeitungsverleger, Bonn 1989

Newsletters/Fachzeitschriften:

„Campaign“, Hrsg: Haymarket Marketing Publications, London
„Copy“, Magazin für Medien, Kommunikation und Kreation (1988 eingestellt)
„Horizont“, Zeitung für Marketing, Werbung und Medien, Hrsg: Deutscher Fachverlag, Frankfurt

„Le Journal des Medias“, Medias et Mediaplanning, Hrsg: Group Marketing Mix SA, Issy-les-Moulineaux/Frankreich
„Kabel & Satellit“, Die neuen Medien-Märkte, Hrsg: Günter Götz, Ulm
„Media Bulletin“, Hrsg: The European Institute for the Media, Manchester
„Media International“, Hrsg: Media International, London
„Media Perspektiven“, Hrsg. im Auftrag der Arbeitsgemeinschaft Rundfunkwerbung, Frankfurt
„Media Week“, Hrsg: Media Week Ltd, London
„medien“, Märkte und Mächte, Hamburg (1989 eingestellt)
„medien aktuell“, Hrsg: Hartmut Ohm, Hamburg
„M & M Media and Marketing Europe“, Hrsg: Media Week Ltd, London
„Neue Medien“, Das deutsche Fach-Magazin für Medien und Kommunikation, Hamburg (1989 eingestellt)
„Prima Comunicazione“, Hrsg: Editore Nuova Società, Mailand
„Spots“, Media-Katalog: Planungsdaten für Funk und Fernsehen, Hrsg: Günter Götz, Ulm
„Television International“, Hrsg: Tele-audiovision Medien, München
„UK Press Gazette“, Hrsg: Bouverie Publishing Comp., London
„w & v — werben und verkaufen“, Die Wochenzeitung der Marketingkommunikation, Hrsg: Europa-Fachpresse-Verlag, München

ZEITUNGEN/ZEITSCHRIFTEN:

„Bilanz“, Zürich
„Business Week“, New York
„The Economist“, London
„Le Figaro“, Paris
„Financial Times“, London
„Forbes“, New York
„Fortune“, New York
„Frankfurter Allgemeine“, Frankfurt
„Handelsblatt“, Düsseldorf
„Manager-Magazin“, Hamburg
„Le Monde“, Paris
„Die Presse“, Wien
„profil“, Wien
„Der Spiegel“, Hamburg
„Der Standard“, Wien
„Süddeutsche Zeitung“, München
„The Sunday Times“, London
„trend“, Wien
„Die Zeit“, Hamburg
„Neue Zürcher Zeitung“, Zürich

GESCHÄFTSBERICHTE/SELBSTDARSTELLUNGEN:

von folgenden Verlagen:

Bertelsmann, Geschäftsbericht und Sozialbilanz 1988/89
Burda, Geschäftsbericht 1989
Daily Mail and General Trust PLC., Report and Accounts 1988
Groupe **Expansion**, Rapport d'Activité 1989
Financial Times, General Information, 1989
Fininvest, Gruppo Fininvest, Mailand 1989
The Guardian, Working Report. A Review of activities 1988
Gruner + Jahr, Geschäftsbericht 1988/89

Hachette, Rapport Annuel 1989
Havas, Rapport Annuel 1989
The Independent Newspaper Publishing Plc, Report and Accounts for the Year ended 1 October 1989
Knight-Ridder, 1989 Annual Report
McGraw-Hill, 1989 Annual Report
Arnoldo Mondadori Editore SPA, Business Activities and Results 1988
Neue Zürcher Zeitung, Jahresbericht 1989
Neue Zürcher Zeitung, Blick ins Getriebe der Neuen Zürcher Zeitung,1982
News Corporation, Annual Report 1989
News International, Annual Report 1989
The New York Times Company, Annual Report 1989
Pearson, Annual Report and Accounts 1989
Reed International, Annual Report 1989
Ringier, Jahresabschluß 1989
Der Spiegel, Allgemeine Informationen 1989
Axel Springer Verlag, Geschäftsbericht 1989
De Standaard Newspaper Group, 1989
Süddeutscher Verlag, Geschäftsbericht '89
Time-Warner Inc, Annual Report 1989
Wolters Kluwer, Annual Report 1988
Die Zeit, Eine Wochenzeitung stellt sich vor, 1989

von folgenden TV-Anstalten:

Antenne 2, Rapport d'exécution du cahier des missions et des charges 1987
ARD, Jahrbuch '89
BBC, Annual Report & Accounts 1988-89
Canal plus, Rapport Annuel 1989
Danmarks Radio, Beretning og regnskab 1988
FR 3, Le relief de la vie
Independent Broadcasting Authority (IBA), Annual Report 1988-89
Independent Broadcasting Authority (IBA), The IBA's Reference Book for Independent Broadcasting 1988 — 89
MTV Oy, Annual Report 1988
Radiodifusao Portuguesa (RDP), Relatório e Contas 1988
Radio ffn, Daten zur Mediaplanung, 1989
Radiotelevisione Italiana, Bilancio e Consolidato di Grupo 1988
Radiotelevisione Italiana, Programmazione Televisiva e Radiofonica; Ore di trasmissione nel 1987
RTL plus, Zahlen, Namen, Daten, 1990
SAT 1, Entwicklung und Bedeutung im Werbemarkt, 1989
Schweizerische Radio- und Fernsehgesellschaft, SRG Jahrbuch 1988/89, sowie Sozialbilanz 1988
Schweizerische Radio- und Fernsehgesellschaft, SRG-Leitbild sowie SRG-Programmgrundsätze
TéléDiffusion de France, Rapport Annuel 1988
TéléDiffusion de France, TDF 1: La révolution audiovisuelle en 1989
Yleisradio, Annual Report 1988
ZDF (Zweites Deutsches Fernsehen), Haushaltsplan 1989
ZDF-Jahrbuch 89, Mainz 1990

von folgenden Institutionen/Organisationen:

The Advertising Association, Advertising Expenditure, London 1989
Advertising Audit Service, Brüssel 1989
Aikakauslehtien Liitto, Jäsenluettelo 1989, Helsinki 1989
American Newspaper Publishers Association, Facts about Newspapers, Washington 1989

Asociación de Editores de Diarios Espanoles, Diez anos al servicio de la Libertad de Prensa, Madrid 1988
Association Belge des Editeurs de Journeaux, Brüssel 1989
Audit Bureau of Circulations, Schaumburg/Illinois 1989
Central Office of Information (Hrsg), The Press in Britain, London 1989
Danske Dagblades Forening, Ars-Beretning 1987/88, Kopenhagen 1988
Federation Nationale des Hebdomadaires d'Information, Brüssel1989
The Finnish Newspaper Publishers Association (Hrsg), The Press Media in Finland, Helsinki 1988
Institut belge d'Information et de Documentation (Hrsg), Repertoire de l'Information, Brüssel 1989
International Presse Center (Hrsg), Pressen Danmark, Kopenhagen 1988
Ministry for Foreign Affairs (Hrsg), Press Directory, Helsinki 1989
The Nordic Council of Ministers (Hrsg), Nordic Television in Transition, Kopenhagen 1988
Oficina de Justificacion de la Difusion, Recopilacion de los Controles efectuados en el ano 1988, Madrid 1989
Periodical Publishers Association, Annual Review 1988, London 1989
Ukepresse Katalogen 89, Hrsg: Ukepressen Informasjonskontor, Oslo 1989

Statistiken:

„Advertising Statistics Yearbook 1989“, Hrsg: The Advertising Association, Henley-on-Thames 1989
„Dansk oplagskontrol“, Hrsg: Bulletin of the Danish Audit Bureau of Circulations, Kopenhagen 1989
„Katalog der Schweizer Presse — Zeitungen, Amtsblätter, Anzeiger, Publikumszeitschriften“, Hrsg: Verband Schweizerischer Werbegesell-schaften, Zürich 1989
„The Lintas Media Factbook“, London 1989
„The Lintas Media Yearbook“, London 1989
„MA '88 — Media-Analyse“, Hrsg: Arbeitsgemeinschaft Media-Analysen, Wien 1988
„Orvesto 1988“, Hrsg: Imu-Testologen AB, Stockholm 1988
„Statistical Yearbook 1988“, Hrsg: Unesco, Paris 1988
„Taskumedia 1989“, Hrsg: Mediat, Helsinki 1989
„Testate Certificate: Quotidiani, Settimanali, Mensili“, Hrsg: Accertamenti Diffusione Stampa, Mailand 1989
„TS -tidningen: Dagspress, Fackpress“, Hrsg: Tidningsstatistik AB, Solna/Schweden 1989
„World Advertising Expenditures. A Survey of World Advertising Expenditures in 1988, Hrsg: Starch Inra Hooper Inc., New York 1990

Studien/Reports:

„The Economics of Television Advertising in the UK“, Hrsg: Booz-Allen & Hamilton, London 1988
„The European Businessman Readership Survey 1989“, Hrsg: Research Services Ltd, London 1989
„Funding European Broadcasting: The Challenge for the 1990s“, Hrsg: Booz-Allen & Hamilton, London 1988
„Hörfunknutzung im Großraum Nürnberg“, Hrsg: Infratest, Nürnberg 1988
„Hörfunkstudie Augsburg 1988“, Hrsg: Emnid-Institut, Bielefeld 1988
„Hörfunkstudie München 1987“, Hrsg: Emnid-Institut, Bielefeld 1987
„Hörfunkstudie Regensburg“, Hrsg: Infratest, Regensburg 1987
„Kabel TV und Satellit in Österreich. Eine aktuelle Bestandsaufnahme“, Hrsg: Telekabel, Wien 1988
André **Lange**, Aktionärskarussell und Bündnisstrategien in der Medienwelt, Lüttich 1989

Monika **Lindner**, Spielfilm-Serien — eine qualitative und quantitative vergleichende Analyse: ORF — SAT 1 — RTL plus, Wien 1989

„Le Marché Publicitaire Francais 1988-89“, Hrsg: Institut de Recherches et d'Etudes Publicitaires, Paris 1989

„Mediamarkt Ost-Europa“, Teil 1: DDR, Teil 2: Polen—Ungarn—CSFR, Hrsg: Initiative Media, Hamburg 1990

„Media Summit Luxembourg — Report“, Hrsg: Johannesson & Associates, Luxemburg 1990

„Medienbericht '85. Bericht der Bundesregierung über die Lage der Medien in der Bundesrepublik Deutschland 1985“, Bonn 1986

„MedienForum Berlin '89, Internationaler Kongreß für die professionelle Anwendung der Kommunikationstechnik“, 3 Bände: Medienpolitik, Hörfunk/Fernsehen, Telematik, Berlin 1989

„Multi-media Concentration and the Free Flow of Information, Case Study No 1: Events and issues relevant to competition in satellite television between British Satellite Broadcasting and News International“, Hrsg: The European Institute for the Media, Manchester 1989

„The Publishing Industry in the 90s, Speakers Papers“, Hrsg: Financial Times Conferences, London 1989

„Der Satellit. Das Kabel. Situation und Zukunftsperspektiven im Bereich des Fernsehens“, Hrsg: Lintas, Wien 1986

„Strategic Partnerships as a Way Forward in European Broadcasting“, Hrsg: Booz Allen & Hamilton, London 1989

„Television in Europe to the year 2000“, Hrsg: Saatchi & Saatchi Communications, London 1990

„Top Fifty European Media Owners“, Hrsg: Saatchi & Saatchi Communications, London 1990

REGISTER

PERSONEN:

FIRMEN:

TITEL:

LÄNDER:

Abkürzungen: T = Tageszeitungen, Z = Zeitschriften , F = Fernsehen, H = Hörfunk, K = Kabel

Japans eigener Weg ins 21. Jahrhundert:

Ein Wirtschaftsjournalist und Japankenner beschreibt die Atmosphäre eines Lebens auf dem Vulkan, die Ängste und Triebfedern der inzwischen größten Gläubigernation der Erde, die superreichen Riesenkonzerne und die Erfolgsstrategien des japanischen Managements sowie die politischen und sozialen Gefahren dieses kometenhaften Aufstiegs.

Eine Herausforderung für den kommenden EG-Markt

Michael Schano
Japan-Die Strategie des Siegers
252 Seiten
Format 16 x 24 cm
Efalin, Schutzumschlag
ISBN 3-7015-0112-2
DM 49,80 sfr 47,80
öS 385,-